VERLORENE WELTEN

von
Claudia Gray

Aus dem Englischen
von Timothy Stahl

PANINI BOOKS

Bibliografische Information der Deutschen Nationalbibliothek
Die Deutsche Nationalbibliothek verzeichnet diese Publikation in
der Deutschen Nationalbibliografie; detaillierte bibliografische Daten
sind im Internet über http://dnb.d-nb.de abrufbar.

Titel der Amerikanischen Originalausgabe:
Star Wars: Lost Stars (Journey to *Star Wars: The Force Awakens*")
by Claudia Gray, illustrated by Phil Noto,
published in the by Lucasfilm Press, 2015.

Deutsche Ausgabe 2022 by Panini Verlags GmbH,
Schloßstr. 76, 70176 Stuttgart. Alle Rechte vorbehalten.

Geschäftsführer: Hermann Paul
Head of Editorial: Jo Löffler
Head of Marketing: Holger Wiest (E-Mail: marketing@panini.de)
Presse & PR: Steffen Volkmer

Übersetzung: Timothy Stahl
Lektorat: Robert Mountainbeau
Umschlaggestaltung: tab indivisuell, Stuttgart
Satz: Greiner & Reichel, Köln
Druck: GGP Media GmbH, Pößneck
Printed in Germany

YDSWJT004

1. Auflage, Juli 2022
ISBN 978-3-8332-4255-7

Auch als E-Book erhältlich:
ISBN 978-3-8332-3203-9

Findet uns im Netz:
www.starwars.com
www.paninicomics.de

PaniniComicsDE

*Dieses Buch ist dem Gedenken
an Karen Jones gewidmet,
die als Freundin und Fan
unvergleichlich war.*

*Wir dürfen uns glücklich schätzen,
dich gekannt zu haben.*

INHALT

Es war einmal vor langer Zeit in einer weit,
weit entfernten Galaxis ...

Acht Jahre nach dem Untergang der Alten Republik herrscht
nun das Galaktische Imperium über die bekannte Galaxis.
Der Widerstand gegen das Imperium ist so gut
wie ausgeschaltet. Nur einige wenige tapfere Anführer
wie Bail Organa von Alderaan wagen es noch,
sich Imperator Palpatine offen entgegenzustellen.

Nach jahrelanger Auflehnung haben die vielen Welten im
Outer Rim kapituliert. Mit jeder Unterwerfung eines Planeten
wird die Macht des Imperiums noch stärker.

Der abgelegene Gebirgsplanet Jelucan ist die bislang letzte
Welt, über die der Imperator die Kontrolle erlangt hat.
Die Bewohner hoffen auf eine bessere Zukunft,
während sich hoch über ihren Köpfen die Imperiale
Flotte sammelt ...

PROLOG

Ein Schiff durchschnitt den schiefergrauen Himmel über ihnen, so schnell, dass es nicht mehr war als ein Lichtstreif und ein fernes Kreischen, das sich fast im Wind verlor.

„Das ist ein Shuttle der Lambda-Klasse!" Thane Kyrell zeigte vor Aufregung hüpfend nach oben. „Hast du es gehört? Dalven, hast du es gehört?"

Sein älterer Bruder versetzte ihm einen Klaps und grinste spöttisch. „Du weißt doch gar nicht, wie die Schiffe aussehen. Dazu bist du viel zu klein."

„Bin ich gar nicht. Das *war* ein Shuttle der Lambda-Klasse. Man kann es am Geräusch der Triebwerke erkennen ..."

„Kinder, seid doch still", sagte Thanes Mutter, ohne sich zu ihnen umzudrehen. Sie konzentrierte sich ganz darauf, den Saum ihres safrangelben Kleides anzuheben, damit er nicht durch den Staub schleifte. „Ich habe ja gesagt, wir hätten das Hovercraft nehmen sollen. Stattdessen marschieren wir wie das Gesindel aus dem Tal zu Fuß nach Valentia hinunter."

„In den Hangars wird's zugehen wie im Irrenhaus", beharrte Thanes Vater Oris Kyrell mit einem verächtlichen Schnauben. „Tausende von Leuten wollen da anlegen, ob sie nun eine Reservierung haben oder nicht. Willst du den ganzen Tag mit Streitereien über Landegenehmigungen vergeuden? Nein, so ist es besser. Und die Jungs halten doch gut mit."

Auf Dalven traf das zu. Er war zwölf Jahre alt, hatte lange Beine und war stolz darauf, seinen jüngeren Bruder zu überragen. Thane fiel die Wanderung auf den unebenen Pfaden den Berg hinab jedoch schwerer. Bislang war er kleiner als die meisten Jungen seines Alters. Die großen Füße und Hände, die auf seine zukünftige Körpergröße hindeuteten, waren momentan nur plump, sonst nichts. Sein rötlich blondes Haar klebte ihm auf der verschwitzten Stirn, und er wünschte, seine Eltern hätten ihn seine Lieblingsstiefel tragen lassen anstatt dieser glänzenden neuen, die bei jedem Schritt an seinen Zehen zwickten. Aber er hätte auch eine noch mühsamere Reise auf sich genommen, um endlich TIE-Jäger und -Shuttles zu sehen – *echte* Raumschiffe, nicht so was wie eine klobige alte V-171.

„Und das *war* ein Shuttle der *Lambda*-Klasse", murmelte er und hoffte, dass Dalven es nicht aufschnappte.

Er schnappte es aber auf. Ein Ruck ging durch seinen älteren Bruder, und Thane wappnete sich. Dalven schlug ihn nie besonders fest, wenn ihre Eltern in der Nähe waren, aber diese leichteren Stöße und Hiebe waren oft nur Warnungen vor schlimmeren, die später folgten. Diesmal jedoch tat Dalven nichts. Vielleicht war er abgelenkt durch die Erwartung des Spektakels, das sie heute zu Gesicht bekommen würden – die Demonstration des Flugvermögens und der Kampftechniken von Schiffen der Imperialen Flotte.

Oder vielleicht schämte sich Dalven auch einfach nur, weil ihm klar geworden war, dass Thane das Schiff sehr wohl identifiziert hatte, was ihm selbst nicht gelungen war.

Er sagt, er will auf die Imperiale Akademie, dachte Thane, *aber das will er nur, weil er glaubt, dass er dadurch wichtig wird. Aber Dalven kennt nicht jedes Schiff so wie ich. Er liest weder die Handbücher, noch übt er mit einem Gleiter. Dalven wird nie ein richtiger Pilot werden.*

Aber ich schon!

„Wir hätten Thane mit dem Haushalts-Droiden zu Hause lassen sollen." Dalvens Stimme hatte einen mürrischen Ton angenommen. „Er ist zu klein für all das. In spätestens einer Stunde wird er quengeln, dass er zurückwill."

„Werd ich nicht", entgegnete Thane. „Ich bin alt genug. Stimmt's, Mama?"

Ganaire Kyrell nickte geistesabwesend. „Natürlich bist du alt genug. Du hast im selben Jahr das Licht der Welt erblickt wie das Imperium, Thane. Vergiss das nie."

Wie sollte er das vergessen, wo sie ihn heute doch schon mindestens fünfmal daran erinnert hatte? Das wollte er ihr auch sagen, aber das hätte ihm nur einen weiteren Klaps von Dalven eingetragen – oder schlimmer noch, eine neuerliche Schimpftirade seines Vaters, dessen Worte tiefer schnitten als jede Klinge. Er konnte schon spüren, wie sie ihn anstarrten und nur auf ein Anzeichen von Trotz oder Schwäche seinerseits warteten. Thane wandte sich ab, als schaute er hinunter in Richtung ihres Zieles, der Stadt Valentia, damit weder Vater noch Dalven seine Miene sahen. Es war immer besser, wenn sie nicht wussten, was Thane gerade dachte.

Wegen seiner Mutter sorgte er sich deswegen nicht. Sie nahm ihn ja ohnehin kaum wahr.

Der Wind zerrte an seinem blau und goldfarben bestickten Umhang, und Thane fröstelte. Andere Welten mussten wärmer sein. Strahlender, geschäftiger, in jeder Hinsicht interessanter. Das glaubte er, obwohl er in seinem ganzen Leben noch keinen anderen Planeten besucht hatte. Es war eine unmögliche Vorstellung, dass es in der unermesslichen Weite der Galaxis keinen lebenswerteren Ort geben könnte als diesen.

Jelucan war erst spät in der galaktischen Geschichte besiedelt worden, wahrscheinlich, weil niemand sonst so verzweifelt gewesen war, dass er auf einen nahezu unbewohnbaren Felsbrocken am äußersten Rand des Outer Rim aus gewesen wäre. Vor fast fünfhundert Jahren war eine Gruppe von Siedlern von einer anderen, gleichermaßen unbedeutenden Welt hierher verbannt worden. Sie hatten in irgendeinem Bürgerkrieg auf der falschen Seite gekämpft oder so ähnlich. Die Einzelheiten kannte Thane nicht. Seine Eltern hatten ihm nur erzählt, dass diese ersten Siedler in völliger Armut in den Tälern gehaust hatten und kaum in der Lage gewesen waren, ihr Überleben zu sichern.

Die wahre Zivilisation hatte erst später Einzug gehalten, vor hundert oder hundertfünfzig Jahren nämlich, mit der zweiten

Welle von Siedlern, die freiwillig hierhergekommen waren und gehofft hatten, ein Vermögen zu machen. Sie hatten den Bergbau etabliert, galaxisweiten Handel getrieben und ein Leben nach modernen Maßstäben geführt – anders als die Bewohner der Täler, die sich kaum wie Leute von heute, sondern eher wie prätechnische Nomaden verhielten. Natürlich waren auch sie Jelucaner, aber sie waren unfreundlich und arrogant und kapselten sich ab.

Oder es war einfach so, dass die Talbewohner immer noch sauer waren, weil man sie auf diesen eisigen, schroffen Klotz von einer Welt quasi abgeschoben hatte. Wenn es so war, konnte Thane es ihnen nicht verübeln.

„Schade, dass der Imperator nicht selbst dabei sein kann", sagte seine Mutter. „Wäre das nicht etwas gewesen, wenn wir ihn mit eigenen Augen hätten sehen können?"

Als ob der Imperator jemals hierherkommen würde. Thane hütete sich jedoch, diesen Gedanken laut auszusprechen.

Jedermann sollte Imperator Palpatine lieben. Jedermann behauptete, er sei der mutigste, intelligenteste Mensch in der Galaxis, er sei derjenige gewesen, der nach dem Chaos der Klonkriege Ordnung geschaffen habe. Thane fragte sich, ob das alles so stimmte. Zumindest stand fest, dass Palpatine das Imperium stark und sich selbst zum mächtigsten Mann darin gemacht hatte.

Thane war es eigentlich egal, ob der Imperator nett war oder nicht. Die Ankunft des Imperiums war jedenfalls gut, weil es seine Schiffe mitbrachte. Er wollte nichts weiter, als diese Schiffe sehen – und später dann lernen, sie zu fliegen.

Und schließlich würde er weit fort von hier fliegen und nie mehr zurückkommen.

„Ciena! Schau auf den Weg, sonst fällst du hin."

Ciena Ree konnte nicht aufhören, in den grauen Himmel hinaufzustarren. Sie hätte schwören können, ein Shuttle der *Lambda*-Klasse gehört zu haben, und mehr als irgendetwas sonst wollte sie auch eines zu Gesicht bekommen. „Aber, Mama – ich weiß, dass ich ein Schiff gehört habe."

„Immerzu hast du nur Schiffe und die Fliegerei im Kopf." Ihre Mutter Verine lachte leise und hob ihre Tochter hoch, dann setzte sie Ciena auf den breiten Pelzrücken des Muunyaks, das sie bergauf in Richtung Valentia führten. „Spar dir deine Kräfte für die große Parade auf."

Ciena grub ihre Hände in das zottige Fell des Muunyaks. Es roch angenehm nach Moschus und Heu. Nach zu Hause. Als sie nach oben spähte, sah sie einen dünnen Streif in den Wolken – er war bereits dabei, sich aufzulösen, aber doch Beweis dafür, dass das Shuttle da gewesen war. Sie schauderte vor Aufregung, dann dachte sie daran, das geflochtene Lederarmband an ihrem Handgelenk anzufassen. Sie drückte das Leder zwischen den Fingern und flüsterte: „Sieh durch meine Augen."

Jetzt konnte es ihre Schwester Wynnet auch sehen. Ciena lebte ihr Leben für sie beide, und das vergaß sie nie.

Ihr Vater musste sie gehört haben, denn sein Gesicht zeigte jenes traurige Lächeln, das bedeutete, dass er auch an Wynnet dachte. Aber er tätschelte seiner Tochter nur den Kopf und strich ihr eine widerspenstige schwarze Locke hinters Ohr.

Nach einer zweistündigen Wanderung, die nur bergauf geführt hatte, erreichten sie schließlich Valentia. Außer in Hologrammen hatte Ciena vorher noch nie eine richtige Stadt gesehen. Ihre Eltern verließen ihr heimatliches Tal kaum, und wenn sie es doch einmal taten, hatten sie Ciena nie mitgenommen – bis heute. Ihre Augen wurden groß, als sie den Anblick der Bauten in sich aufnahm, die in das helle Gestein der Steilwände gehauen waren – manche davon waren zehn oder fünfzehn Stockwerke hoch. Sie erstreckten sich entlang der Bergflanke, so weit Ciena schauen konnte. Rund um die in den Stein geschlagenen Wohnstätten standen Zelte und Sonnendächer, strahlend bunt gefärbt und mit Fransen oder Glasperlen verziert. Imperiale Flaggen flatterten an Masten, die man eigens in den Boden gerammt oder auf dem Stein errichtet hatte.

Auf den Straßen drängten sich mehr Leute, als sie in all den acht Jahren ihres Lebens zusammen gesehen hatte. Manche verkauften Essen oder Andenken an das große Ereignis – imperiale Banner oder kleine holografische Darstellungen des Imperators, der gütig lächelnd und durchscheinend über einer schillernden kleinen Scheibe stand. Die meisten jedoch schlenderten dieselben überfüllten Straßen entlang wie sie und ihre Familie, alle in Richtung der Zeremonie. Sogar ein paar Droiden rollten, schwebten oder schoben sich durch die Menge, allesamt glänzender und offensichtlich sehr viel moderner als der eine zerschrammte Schleif-Droide in ihrem Dorf.

Sie hätte diese Leute und Droiden allerdings noch viel faszinierender gefunden, wenn sie ihr nicht alle im Weg gewesen wären.

„Werden wir etwa zu spät kommen?", fragte Ciena. „Ich möchte die Schiffe nicht versäumen."

„Wir kommen nicht zu spät." Ihre Mutter seufzte. Sie hatte das heute schon so oft gesagt, und Ciena wusste, dass sie jetzt lieber still sein sollte. Doch dann legte Verine Ree ihre Hände auf die Schultern ihrer jungen Tochter, und so sanft, wie die Berührung auch war, das Muunyak wusste, dass es stehen zu bleiben hatte. Mamas ausgeblichener schwarzer Umhang umwehte ihren zu dünnen Körper, als sie sagte: „Ich weiß, du bist aufgeregt, mein Herz. Das ist der bislang größte Tag deines Lebens. Warum also solltest du nicht gespannt sein? Aber hab Vertrauen. Das Imperium wird auf uns warten, wenn wir den Berg hinaufgestiegen sind, wann immer das sein wird. In Ordnung?"

Das Lächeln ihrer Mutter gab Ciena das Gefühl, als wäre sie in ein Fleckchen voller Sonnenschein getreten. „In Ordnung."

Es war egal, wann sie oben ankamen. Das Imperium würde immer, immer auf sie warten.

Wie Mama es versprochen hatte, erreichten sie die Koppel rechtzeitig. Doch während ihre Eltern die Unterbringungs- und Futtergebühr für einen Tag entrichteten, hörte Ciena das Gelächter.

„Die sind auf diesem dreckigen Muunyak zur imperialen Zeremonie geritten!", johlte ein Junge im Teenageralter, dessen Vorfahren der zweiten Welle von Siedlern entstammten. Das dunkle

Rot seines Umhangs erinnerte Ciena an eine offene Wunde. „Die werden hier mit ihrem Gestank alles verpesten."

Ciena spürte, wie ihre Wangen warm und rot wurden, weigerte sich jedoch, noch länger zu den Kindern, die sie verhöhnten, hinzuschauen. Stattdessen tätschelte sie die Flanke des Muunyaks, und das Tier blinzelte ihr zu, geduldig wie immer. „Wir kommen dich später wieder holen", versprach sie. „Du brauchst dich nicht einsam zu fühlen." Keiner Spöttelei irgendwelcher dummer großer Kinder wegen würde sie sich für das Tier schämen. Sie liebte es und seinen Geruch. Die blöden Zweitweller wussten nicht, was es hieß, seinen Tieren nah und verbunden zu sein. Oder dem Land.

Doch nun sah sie Hunderte von Zweitwellern in ihren langen Gewändern aus Seide und reich besticktem Stoff. Ciena blickte hinab auf ihr hellbraunes Kleid und kam sich schäbig vor. Bis jetzt hatte sie dieses Kleid immer gemocht, weil der Stoff nur ein wenig heller war als ihre Haut, und es gefiel ihr, dass beides zusammenpasste. Jetzt fielen ihr der ausgefranste Saum und die losen Fäden an den Ärmeln ins Auge.

„Gib nichts auf ihr Gerede." Das Gesicht ihres Vaters war angespannt und verkniffen. „Ihre Zeit ist vorbei, und das wissen sie auch."

„Paron", flüsterte Cienas Mutter und umklammerte den Arm ihres Mannes. „Nicht so laut."

Er fuhr weniger lautstark, aber mit noch größerem Stolz fort: „Das Imperium respektiert harte Arbeit. Absolute Loyalität. Die Werte des Imperiums entsprechen den unseren. Diese Zweitweller haben nichts anderes im Kopf, als sich die eigenen Taschen vollzustopfen."

Das hieß Geldmachen. Ciena wusste das, weil ihr Vater es oft sagte, und zwar immer über die Zweitweller, die auf den höchsten Bergen lebten. Sie verstand nicht, was so schlecht daran sein sollte, Geld zu machen. Aber andere Dinge waren wichtiger … vor allem Ehre.

Ciena und jeder andere Bewohner der jelucanischen Täler stammte von Loyalisten ab, die nach dem Sturz ihres Königs von ihrer Heimatwelt vertrieben worden waren. Allesamt hatten sie sich für das Exil entschieden, anstatt die Treuepflicht gegenüber ihrem Anführer zu brechen. So hart das Leben auf Jelucan auch war, so unverändert ihre Arbeit und Not seither auch gewesen waren, das Volk der Täler war immer noch stolz auf die Wahl seiner Vorfahren. Wie jedes andere Kind in ihrem Dorf war Ciena in dem Wissen aufgewachsen, dass ihr Wort zu halten ihre Pflicht war und ihre Ehre der einzige Besitz, der wirklich zählte.

Sollten die Zweitweller doch herumstolzieren mit ihren neuen Kleidern und ihrem glänzenden Schmuck. Cienas schlichten Umhang hatte ihre Mutter eigenhändig gewebt und die Wolle dafür aus dem Pelz ihres Muunyaks gesponnen. Ihr Lederarmband wurde, während sie wuchs, immer wieder neu geflochten und verlängert, damit sie es ihr Leben lang ums Handgelenk tragen konnte. Sie besaß wenig, aber alles, was sie hatte, und alles, was sie tat, war von Bedeutung und Wert. Das begriff das Volk von den Bergen nicht.

Als könnte er die Gedanken seiner Tochter lesen, fuhr Paron Ree fort: „Wir haben jetzt andere Möglichkeiten. Bessere. Das haben wir doch schon gesehen, nicht wahr?"

Cienas Mutter lächelte und schlang ihren blassgrauen Schal fester um ihr Haar. Vor drei Tagen erst hatte man ihr einen Posten als Aufsicht in der nahen Mine angeboten – die Art von Autoritätsposten, die die Zweitweller gern unter sich vergaben. Aber jetzt hatte das Imperium das Sagen. Alles würde sich ändern.

„Du wirst mehr Auswahlmöglichkeiten haben, Ciena. Du hast die Chance, mehr zu tun. Mehr zu sein." Paron Ree lächelte streng, aber unverkennbar stolz auf seine Tochter nieder. „Die Macht lenkt all das."

Soweit Ciena durch die wenigen Hologramme, die sie je gesehen hatte, wusste, glaubten die meisten Leute in der Galaxis nicht mehr an die Macht, jene Energie, die es einem ermöglichte, eins mit dem Universum zu werden. Selbst sie fragte sich manchmal, ob es je so etwas wie einen Jedi-Ritter gegeben haben konnte. Die beeindruckenden Geschichten, die man sich über tapfere Helden mit Lichtschwertern erzählte, die den Willen anderer beeinflussen und Gegenstände schweben lassen konnten ... das waren doch gewiss nur Legenden.

Doch die Macht musste es geben, denn sie hatte das Imperium nach Jelucan geführt, auf dass es ihrer aller Zukunft veränderte. Für alle Zeit.

„Volk von Jelucan, der heutige Tag ist sowohl ein Ende als auch ein Anfang", sagte der hochrangige offizielle imperiale Gast der Feier, ein Mann namens Großmoff Tarkin.

(Ciena wusste, dass es sich dabei um seinen Titel und seinen Namen handelte, aber sie war sich nicht sicher, ob sein Titel Großmoff und sein Name Tarkin war – oder ob er Moff Tarkin hieß und er wirklich sehr groß war. Sie würde später danach fragen, wenn keine Zweitweller mehr in der Nähe waren, die sie wegen ihrer Unwissenheit auslachten.)

Tarkin fuhr fort: „Heute endet Ihre Abgeschiedenheit vom großen Rest der Galaxis. Stattdessen beginnt für Jelucan eine neue, glorreiche Zukunft, indem Ihre Welt ihren rechtmäßigen Platz im Imperium einnimmt!"

Applaus und Jubel erfüllten die Luft, und Ciena klatschte mit all den anderen mit. Doch ihre scharfen Augen entdeckten ein paar Leute, die still blieben – ältere zumeist, die noch vor den Klonkriegen geboren worden sein mussten. Sie standen schweigend und ernst da und wirkten eher wie Trauergäste bei einer Beerdigung oder einer öffentlichen Entehrung. Eine blasse Frau mit silbrigem Haar senkte den Kopf, und eine Träne rann über ihre Wange. Ciena überlegte, ob sie womöglich einen Sohn oder eine Tochter gehabt hatte, der oder die in den Kriegen gefallen war. Dann mochte der Anblick all dieser Soldaten sie an ihren Verlust erinnern und sie traurig stimmen an diesem freudigen Tag.

Denn es waren *viele* Soldaten da – Offiziere in zackigen schwarzen oder grauen Uniformen und Sturmtruppen in glänzenden weißen Rüstungen. Und es schienen annähernd so viele Schiffe wie Soldaten zu sein: kantige TIE-Jäger so schwarz wie

Obsidian, Angriffskreuzer vom gleichen Grau wie der Granit der Berge, und hoch oben im Orbit funkelten wie der Südstern am Morgen ein paar Pünktchen, bei denen es sich, wie sie wusste, in Wirklichkeit um Sternenzerstörer handelte. Es hieß, jeder einzelne Sternenzerstörer sei größer als ganz Valentia. Zwei- oder dreimal so groß.

Allein der Gedanke daran ließ Cienas Herz vor Stolz anschwellen. Jetzt war sie Teil des Imperiums – nicht nur ihr Planet, sondern auch sie selbst. Das Imperium regierte die ganze Galaxis. Die Schlagkraft der Imperialen Flotte übertraf die einer jeder anderen Streitmacht der gesamten Geschichte. Der Anblick der Schiffe, die über ihr in präziser Formation dahinflogen, ohne auch nur ein einziges Mal von ihren vorgeschriebenen Bahnen abzuweichen, ließ sie bis ins Innerste erbeben.

Das war Stärke, Größe, Erhabenheit. Das war die Art von Ehre und Disziplin, die man sie zu schätzen gelehrt hatte, in einem Maße jedoch, das sie sich nie hätte träumen lassen. Nichts konnte schöner sein als das, dachte sie.

Es sei denn, sie könnte eines Tages wirklich selbst eines dieser Schiffe fliegen.

Großmoff Tarkin sprach weiter, sagte etwas über Separatistenwelten, was allen einen Moment lang Unbehagen einzuflößen schien, aber dann fuhr er fort damit, wie großartig das Imperium sei und wie stolz alle sein mussten. Ciena jubelte, wenn die anderen jubelten, aber da war sie schon ganz auf das nächststehende Schiff konzentriert, ein Shuttle genau wie jenes, das sie am Himmel zu sehen geglaubt hatte. Wenn sie es sich nur einmal aus der Nähe hätte ansehen können …

Vielleicht ergab sich nach der Zeremonie eine Gelegenheit dazu.

Als die Ansprachen und die Musik ein Ende fanden, mussten die Kyrells zu einem Privatempfang mit hohen Offiziellen, und sie trugen Dalven auf, Thane im Auge zu behalten. Sie hatten die Worte noch nicht ganz ausgesprochen, da schätzte Thane im Stillen bereits ab, wie lange es wohl dauern würde, bis Dalven ihn stehen ließ, um sich mit seinen Freunden herumzutreiben. *Fünf Minuten*, dachte er. *Fünf oder sechs.*

Dieses Mal hatte er Dalven überschätzt – er entledigte sich seines kleinen Bruders nach nur drei Minuten.

Aber Thane konnte auf sich selbst aufpassen. Und wichtiger noch war, dass er auf eigene Faust viel näher an den imperialen Hangar herankommen konnte.

Obwohl die meisten der imperialen Schiffe zu ihren Sternenzerstörern zurückgerast waren – oder zu einer der neuen Einrichtungen, die auf den Hochebenen im Süden gebaut wurden –, befanden sich doch noch ein paar im imperialen Hangar. Das nächststehende war ein Shuttle der *Lambda*-Klasse, genau wie das, von dem Thane überzeugt war, es zuvor am Himmel gesehen zu haben.

Sicher, auf den Schildern stand „Zutritt verboten". Aber manche Leute glaubten ja, kleine Kinder könnten keine Schilder lesen. Thane ging davon aus, dass er noch jung genug war, um mit dieser Ausrede durchzukommen, sollte man ihn erwischen.

Er wollte sich das Schiff ja nur einmal aus der Nähe ansehen … und es vielleicht berühren, nur einmal.

Also schlich er sich hinter die Bühne, die man für die Ansprachen am heutigen Tag aufgebaut hatte, dann schlüpfte er darunter. Thane musste zwar den Kopf einziehen, aber er konnte den ganzen Weg bis zum Hangar darunter entlanglaufen. Als er wieder zum Vorschein kam, lächelte er vor Stolz, doch dann sah er zu seiner Enttäuschung, dass er nicht der Einzige gewesen war, der diese Idee gehabt hatte. Auch etliche andere Kinder, die er aus der Schule kannte, hatten sich in der Nähe versammelt – etwas ältere Jungen, die er nie gemocht hatte –, und dann noch ein fremdes Mädchen, ein mageres Ding in abgetragener Kleidung, die verriet, dass sie aus den Tälern stammte. Neben dem kräftigen Purpurrot und Gold der Kleidung der Jungen fühlte Thane sich von ihrem braunen Kleid an Herbstlaub erinnert, das im Begriff war, vom Baum zu fallen.

„Gesocks wie du hat hier nichts verloren", schnauzte Mothar

Drik. Das Grinsen auf seinem breiten Gesicht war noch gemeiner als sonst.

Das ehrfürchtige Lächeln verschwand vom Gesicht des Mädchens, als es den Blick von dem Shuttle löste und auf ihre Peiniger richtete. „Ich wollte mir nur das Schiff angucken. Genau wie ihr." Mothar machte eine obszöne Geste. „Scher dich zurück in deinen Saustall und miste ihn aus. Da gehörst du hin."

Das Mädchen gab nicht klein bei. Stattdessen ballte es die Fäuste. „Wenn ich ausmisten wollte, müsste ich mit dir anfangen."

Thane lachte laut auf. Da erst entdeckten ihn ein paar der anderen Jungen. Einer von ihnen sagte: „Hey, Thane, willst du helfen, den Müll rauszubringen?"

Damit meinten sie, dass sie das Mädchen aus den Tälern vermöbeln wollten. Sie waren zu sechst, das Mädchen allein – ein Verhältnis, wie es nur Fieslingen gefiel.

Unter einem Vater wie Oris Kyrell aufzuwachsen, hatte Thane vieles gelehrt. Er hatte gelernt, wie streng und hart Regeln durchgesetzt werden konnten. Er hatte gelernt, dass die Reaktion seines Bruders auf die Grausamkeit ihres Vaters darin bestand, seinerseits ebenso grausam, wenn nicht sogar noch grausamer zu Thane zu sein. Er hatte gelernt, dass es nicht darauf ankam, wer nun eigentlich recht hatte und wer nicht – weil die Regeln von demjenigen festgelegt wurden, der den Stock in der Hand hielt.

Und vor allem hatte er gelernt, Fieslinge zu *hassen*.

„Oh ja", erwiderte Thane. „Ich bring den Müll raus." Und damit stürmte er geradewegs auf Mothar los.

Der Idiot wusste gar nicht, wie ihm geschah – die Luft entwich ihm mit einem überraschten *Wuff!*, als er schwer auf den Rücken krachte. Thane landete ein paar Treffer, bevor ihn jemand von Mothar herunterzerrte, und als er sah, wie einer der anderen Jungen nach seinem Kragen griff, machte er sich auf die unausweichliche Faust im Gesicht gefasst … Aber da warf sich das magere Mädchen auf seinen Angreifer und riss den Arm des Jungen nach hinten. „Lass ihn in Ruhe!", schrie sie.

Zwei gegen sechs war immer noch kein tolles Verhältnis, aber das Mädchen kämpfte mit harten Bandagen. Thane wusste, dass das auch auf ihn selbst zutraf, vor allem, weil er dank Dalven bereits gelernt hatte, wie man einen Hieb einsteckte und trotzdem weitermachte. Doch sie wurden in eine Ecke gedrängt, Thane hatte schon eine blutige Lippe, und die ganze Sache würde kein gutes Ende nehmen ...

„Was geht hier vor?"

Alle erstarrten. Nur fünf Meter entfernt stand Großmoff Tarkin, umgeben von imperialen Offizieren und weiß gerüsteten Sturmtruppen. Bei ihrem Anblick gab Mothar Fersengeld, und seine Speichellecker folgten ihm auf dem Fuße. Somit standen Thane und das Mädchen allein da.

„Nun?", fragte Tarkin und trat ohne Eile näher. Das Gesicht mit den scharf geschnittenen, blassen Zügen hätte in einen Quarzkristall eingeätzt sein können.

Das Mädchen trat vor. „Es ist meine Schuld", sagte sie. „Die anderen Jungen wollten mich verhauen, und er hat versucht, sie davon abzuhalten."

„Das war sehr dumm von dir", wandte sich Tarkin an Thane. Er schien amüsiert zu sein. „Dich in einen Kampf zu stürzen, den du verloren hättest? Lege dich nie mit einer Übermacht an, Bursche. Das nimmt kein gutes Ende."

Thane überlegte schnell. „Heute habe ich es Ihretwegen getan."

Tarkin schmunzelte. „Dann wusstest du also, dass in Kürze eine noch größere Übermacht zur Stelle sein würde? Ein hervorragender strategischer Gedanke. Gut gemacht, mein Junge."

Damit waren sie jetzt vom Haken, doch das Mädchen aus den Tälern schien das nicht zu wissen. „Ich hätte nicht im Hangar sein dürfen", sagte sie mit gesenktem Kopf. „Ich habe eine Regel gebrochen. Aber ich wollte nichts Unredliches tun. Ich wollte nur die Schiffe sehen."

„Natürlich", erwiderte Tarkin und beugte sich ein wenig zu ihnen hinab. „Das verrät mir, dass ihr neugierig auf die Galaxis jenseits von Jelucan seid. Und ihr zwei seid hiergeblieben, als die anderen Kinder davonrannten. Das sagt mir, dass ihr tapfer seid. Nun möchte ich sehen, ob ihr auch klug seid. Was für ein Schiff haben wir hier?"

„Ein Shuttle der Lambda-Klasse!", antworteten sie wie aus einem Mund, dann blickten sie einander an. Das Mädchen zeigte ein zaghaftes Lächeln, genau wie Thane.

„Sehr gut." Tarkin wies mit einer Hand auf das Schiff. „Möchtet ihr einen Blick hineinwerfen?"

War das sein Ernst? Es war sein Ernst. Thane konnte sein Glück kaum fassen, als einer der Sturmtruppler die Luke für sie öffnete. Er rannte mit dem Mädchen hinein, wo alles schwarz und glänzend und von Hunderten von Lämpchen beleuchtet war. Man zeigte ihnen das Cockpit, und sie durften sich sogar in die Pilotensessel setzen. Großmoff Tarkin stand hinter ihnen, starr wie ein Fahnenmast, und seine Stiefel glänzten so strahlend wie das polierte Metall rings um sie her.

„Zeigt mir die Höhenkontrolle", sagte er. Sie deuteten beide umgehend darauf. „Ausgezeichnet. Und die Andock-Führung? Das wisst ihr also auch. Ja, ihr seid beide sehr gescheit. Wie heißt ihr?"

„Ich bin Thane Kyrell." Er fragte sich, ob Großmoff Tarkin seinen Nachnamen kennen würde. Seine Eltern behaupteten, dass die imperialen Obrigkeiten sie gut kannten. Doch Tarkins Miene zeigte weiterhin nur vage Neugier.

Das kleine Mädchen sagte: „Ich heiße Ciena Ree, Sir."

Sir. Er hätte auch daran denken sollen, Tarkin mit „Sir" anzusprechen. Aber wenigstens schien es Tarkin nicht zu kümmern. „Würdet ihr nicht auch eines Tages gern in den Dienst des Imperiums treten und Schiffe wie dieses fliegen? Dann wärt ihr vielleicht Captain Kyrell und Captain Ree. Wie würde euch das gefallen?"

Thanes Brust schwoll vor Stolz. „Das wäre das Allerbeste, was mir je passieren könnte, Sir."

Tarkin wandte sich leise lachend zu einem der jungen Offiziere um, die hinter ihm standen. „Sehen Sie, Piett? Wir sollten nie zögern, die Peitsche einzusetzen, wenn es nötig ist – aber es gibt Momente, da ist die Verlockung noch effektiver."

Thane hatte keine Ahnung, was das bedeutete, und es war ihm auch egal. Ihm war nur klar, dass er sich kein ruhmreicheres Schicksal mehr vorstellen konnte, als ein Offizier in der Imperialen Flotte zu werden. Und aus dem Grinsen auf Cienas Gesicht schloss er, dass sie dasselbe empfand.

Sie flüsterte: „Wir werden viel lernen müssen."

„Und das Fliegen üben."

Enttäuschung zeichnete sich auf ihrem Gesicht ab, als sie betrübt sagte: „Ich habe kein Schiff zum Üben, und unser Simulator ist schon sehr alt."

Natürlich hatte man in den Tälern keine guten Simulatoren, und wahrscheinlich hatte nur einer von fünfzig Angehörigen des Talvolks ein eigenes Schiff. Thane fühlte mit ihr, bis ihm etwas einfiel. „Dann kannst du ja zum Üben zu mir kommen."

Cienas Miene hellte sich auf. „Wirklich?"

„Na klar." Viele Manöver ließen sich nur mit einem Copiloten durchführen. Er würde einen Partner brauchen, wenn er so gut fliegen lernen wollte, dass man ihn eines Tages in die Imperiale Sternenflotte aufnähme.

Außerdem wusste Thane schon jetzt eines – trotz all ihrer Unterschiede würden er und Ciena Ree Freunde werden.

1. KAPITEL

Fünf Jahre später

Dreißig Minuten blieben noch bis zum Flugtraining – das war jetzt schon kaum genug Zeit, um es zum Hangar zu schaffen. Und Ciena musste noch hier auf dieser blöden Bank sitzen bleiben ...

Nein, dachte sie. Das ist nicht blöd. Die Familienehre der Nierre wurde infrage gestellt. Sie brauchen in dieser schweren Stunde den Beistand ihrer Freunde. Auch wenn ich deswegen das Flugtraining verpasse.

Aber ich würde so viel lieber fliegen.

Die grob behauene Bank stand vor dem kleinen Kuppelhaus der Familie Nierre, deren Land seit Generationen an das der Familie Ree grenzte. Vor der Bank verlief ein langer, mit Sand gefüllter Graben, in dem jetzt mehrere Flaggenmasten steckten, und jede Fahne stand für eine der Familien, die den Nierres in dieser dunklen Zeit die Treue geschworen hatten. Eine alte Tradition, die zurückreichte bis in die Anfänge der Besiedlung Jelucans, aber sie war heute noch so bedeutsam wie damals. Ein Mitglied aus jeder der loyalen Familien würde unentwegt bei den Nierres bleiben, bis die Wolke des Misstrauens über ihrer Ehre sich verzogen hatte.

Die meisten Talfamilien hatten eine Flagge gebracht, aber nicht alle. Ein paar wenige waren der Meinung, dass der Vater des Hauses seine Macht als imperialer Kommunikations-Inspektor missbrauchte, indem er private Treffen und Nachrichten meldete. Cienas Eltern hatten jedoch erklärt, dass niemand auch nur die Absicht haben sollte, wichtige Informationen vor dem Imperium zu verbergen, und deshalb seien nicht die Nierres ehrlos, sondern jene, die sie anklagten, und sie hätten Schuld auf sich geladen.

Das blonde Haar und die milchweise Haut waren in den Genen der Familie verankert. Trotzdem waren ihre Gesichter noch bleicher geworden, so sehr, dass sie alle krank aussahen. Wenn die offizielle Beschwerde an den imperialen Gouverneur aufrechterhalten und ein neuer Inspektor ernannt wurde, würde diese Schande den Nierres auf ewig anhängen – eine schwerwiegende Bedrohung, die es da auszuhalten galt. Also mussten die Freunde bei ihnen bleiben und ihnen Trost spenden, so gut sie konnten.

Ich würde auch wollen, dass jemand das für mich täte, wenn ich falschen Vorwürfen ausgesetzt wäre, dachte Ciena. *Aber die Nierres würden sich noch mehr getröstet fühlen, wenn meine Eltern hier wären – was sie schon vor einer ganzen Stunde sein wollten.*

Ihre Blicke suchten den Himmel ab, als könnte sie die alte V-171 schon vorüberfliegen sehen. Von der Bank aus konnte Ciena weiter ins Tal hinunterschauen, bis hin zu dem fernen silbrigen Schimmer des Wassers mehrere Tausend Meter tiefer. Rings um sie herum ragten zahllose schneebedeckte Gipfel auf, weißen Krallen gleich, die am steinfarbenen Himmel kratzten. Ihr dunkelblauer Umhang war so schwer, dass der Wind ihn nicht hochwehte, und er verbarg auch, dass sie anstatt eines traditionellen Kleides den zu großen Fliegeranzug trug, den sie Anfang des Jahres in einem Gebrauchtwarenladen gekauft hatte.

Dann hörte sie das ferne Surren eines Hangsteigers. Das waren jene bergtauglichen Hovercraft-Fahrzeuge, die vom Imperium unterstützte Händler vor fünf Jahren eingeführt hatten. Ciena konnte sich schon kaum noch erinnern, wie sie ohne diese Fahrzeuge zurechtgekommen waren. Sie liebte das alte Muunyak nach wie vor, aber das Tier war inzwischen noch langsamer. Als der Hangsteiger um die Biegung kam, wollte sie vor Freude aufspringen. Endlich!

Doch sie blieb mit ernster Miene auf der Bank sitzen, bis ihr Vater ausgestiegen war und auf sie zukam. Er war allein.

„Wo ist Mama?", fragte Ciena und erhob sich.

„Es wird wieder einmal spät in der Mine." Ihr Vater schüttelte den Kopf. „Wir wussten ja, dass ihr Aufsichtsposten harte Arbeit verlangen würde, und ich bin stolz auf sie – aber manchmal vermisse ich sie."

„Ich auch." Und das meinte Ciena auch so, dennoch konnte sie den Blick nicht von dem Hangsteiger abwenden. Wenn Papa ihr das Fahrzeug lieh, dann konnte sie noch rechtzeitig zum Hangar kommen.

Ihr Vater sah, dass sie es eilig hatte. Er presste die Lippen zu einem dünnen Strich zusammen, und sein Blick verfinsterte sich. „Fliegst du heute wieder?"

„Papa, bitte. Wie soll ich es denn sonst auf eine der imperialen Akademien schaffen?"

„Du sollst ja viel und oft üben. Nichts würde deine Mutter und mich mit mehr Stolz erfüllen, als mitzuerleben, wie du eine Imperiale Offizierin wirst." Paron Ree hielt inne. Ein paar Vögel zogen über sie hinweg und kreischten, wie sie es immer taten. Ciena sah ihnen beim Fliegen zu, denn wann immer ihr Vater das folgende Thema anschnitt, fiel es ihr schwer, ihn auch nur anzuschauen. Und in der Tat fuhr er fort: „Wir wünschten nur, du würdest mehr an den neuen Simulatoren in Valentia üben, anstatt deine ganze Zeit mit diesem Jungen zu verbringen."

„Thane ist mein *Freund*." Sie betonte das letzte Wort.

„Wir sollten nichts von Zweitwellern annehmen. Wir sollten aus eigener Kraft aufsteigen, nicht dank ihrer Geschenke."

Manchmal überkam Ciena an dieser Stelle des Streits die Wut – aber wenn sie sich das heute erlaubte, dann würde sie definitiv nicht fliegen. Also holte sie tief Luft, bevor sie sagte: „Ich helfe Thane so sehr, wie er mir hilft. Wir arbeiten *zusammen*. Keiner von uns ist dem anderen etwas schuldig, und das weiß er so gut wie ich."

Ihr Vater seufzte. „Leute seines Schlags haben ein schlechtes Gedächtnis. Aber geh nur. Nimm den Hangsteiger. Ich reite auf dem Muunyak heim. Deine Mutter und ich kommen später wieder her, und du bist bis dahin mit dem Training fertig und hast die Küche von oben bis unten geputzt."

„Ja, Sir." Ihre Laune besserte sich schlagartig. Sie würde heute doch fliegen.

„Werde ein besserer Pilot als dieser junge Kyrell", sagte ihr Vater, richtete seine Kleidung und trat auf das Haus der Nierres zu. „Sollte es nur einen Platz für einen Kadetten von Jelucan geben, möchte ich, dass du ihn bekommst."

Ciena lachte. „Wir gehen beide. Die Imperiale Flotte wird ohne uns nicht auskommen!"

Darüber musste sogar ihr Vater lächeln.

Thane überlegte, ob er nicht den Haltebolzen des CZ-I-Lehrer-Droiden lösen könnte. Dann würde der Droide ihn gehen lassen, obwohl er seinen blöden Mathetest noch nicht fertig hatte.

„Deine Konzentration lässt nach", sagte CZ-I. „Das ist einer optimalen Leistung nicht zuträglich."

Thane zeigte auf den nächststehenden Chronometer. „Ich komme zu spät zum Flugtraining."

„Du musst deine Lektionen abschließen, um das Thema zu beherrschen. Wie willst du sonst in einer Imperialen Akademie aufgenommen werden? Es ist die sehnlichste Hoffnung deiner Eltern, dass du in Dalvens Fußstapfen trittst."

Manchmal fand Thane, dass CZ-I gerissener war, als es ein Droide eigentlich sein sollte. Nichts brachte Thane mehr in Rage als das Wissen, dass Dalven es irgendwie auf eine der Akademien geschafft hatte – zwar auf eine der weniger angesehenen, aber trotzdem. Thane hegte den Verdacht, dass sein Vater den örtlichen Musterungsoffizier bestochen hatte, damit der seinen älteren Sohn aufnahm, was wiederum das Ansehen der Familie förderte. Für Thane würde sich Oris Kyrell allerdings nicht in diesem Maße verwenden, er musste aus eigener Kraft in die Akademie kommen.

Also überlegte er rasch. „Ich werde auch nicht in eine Imperiale Akademie aufgenommen, wenn ich nicht gut genug fliegen kann", erklärte er dann. „Und wie soll ich gut fliegen können, wenn ich nicht übe?"

„Deine Familie besitzt einen eigenen Hangar nebst Schiff. Somit kannst du jederzeit üben."

Mit seinem schönsten Lächeln erwiderte Thane: „Aber du bist auch in unserem Besitz, CZ-I. Das heißt, ich kann auch jederzeit Mathematikunterricht nehmen. Mit einem Partner kann ich aber nur fliegen, wenn Ciena Zeit hat, und sie kommt heute. Ist es also nicht sinnvoll für mich, wenn ich dem Flugtraining Priorität einräume?"

CZ-I neigte den Kopf, und Thane hörte das leise Sirren, das bedeutete, dass der Droide angestrengt nachdachte.

Ganz beiläufig sagte Thane: „Weißt du, wenn ich zurückkomme, sollte ich dir wirklich ein Schmierbad geben. Ich sollte dich mal wieder schön lange einweichen. Ist 'ne Weile her, nicht?"

Es folgten noch einige Momente des Schweigens, ehe CZ-I befand: „Jetzt, wo du es erwähnst, fällt mir ein, dass meine Gelenke in letzter Zeit tatsächlich etwas steif sind."

Grinsend schaltete Thane das Mathe-Hologramm ab und schnappte sich seine Fliegerjacke. „Ich bin wieder zu Hause, bevor meine Eltern von diesem blöden Bankett zurück sind. Okay?"

„Und morgen früh steht Mathematik auf dem Programm!", rief CZ-I, während Thane schon zur Tür hinausflitzte.

Seine Familie hatte einen privaten Hangar, aber ihr Anwesen war mehr vertikal als horizontal angelegt, wie es bei den meisten Leuten auf Jelucan der Fall war. Ihr goldgedecktes Haus erstreckte sich fast über die gesamte Breite ihres Grundstücks, in erster Linie weil seine Eltern darauf bestanden hatten, dass Leute ihres Standes ein Haus brauchten, das eindrucksvoller war als das der Nachbarn. Diese Aufgeblasenheit ärgerte Thane jedoch weniger als der Umstand, dass sein Hangar deshalb dreihundert Meter entfernt war – dreihundert Meter bergab.

Aber zumindest war ihm eine Lösung eingefallen. Mit einem Grinsen setzte Thane seine Fliegerbrille auf und rannte auf den gegenüberliegenden Kamm zu. Die Handgriffe waren in Position und bereit, also brauchte er nichts weiter zu tun, als sie fest zu packen, die Bremse zu lösen und zu springen.

Augenblicklich rauschte er an dem Drahtseil entlang, das vom Haus aus zum Hangar hinunterführte. An den Haltegriffen baumelnd sauste er über den langen Felskamm hinweg nach unten. Kalte Bergluft umpfiff ihn, während er in das Tal tief unter ihm hinabschaute. Ein Gefühl, das nicht ganz so toll war wie tatsächlich zu fliegen, aber dicht dran.

Er reaktivierte die Bremse, als er auf den Endpfosten zuglitt – jedoch nur gradweise, weil er am Ende gerne noch ein wenig Schwung hatte, bis hin zu dem Punkt, an dem er schon gegen den Pfosten zu prallen drohte. Da erst ließ Thane los und sprang laut lachend zu Boden.

Dann hörte er jemanden sagen: „Eines Tages wirst du mit dem Gesicht an das Ding da knallen, das ist dir schon klar, oder?"

Thane drehte sich um und sah Ciena neben dem klotzigen alten Hangsteiger ihrer Familie stehen. In ihrem übergroßen Fliegeranzug sah sie noch kleiner und dünner aus, und ihr Gesicht mit den runden Wangen und der Stupsnase wirkte immer noch jünger, als sie tatsächlich war. Die Arme hatte sie vor der Brust verschränkt. Sie wollte einen strengen Eindruck erwecken, aber er konnte das Lächeln erkennen, das in ihren dunkelbraunen Augen glitzerte.

Er richtete sich auf und klatschte in die Hände, um seine Handschuhe zu säubern. „Du bist ja nur neidisch, weil ich es dich nie versuchen lasse."

Ciena streckte ihm die Zunge heraus. „Ich *könnte* es aber, und das weißt du."

Natürlich könnte sie es, daran zweifelte Thane gar nicht. Aber die Seilbahn begann oben bei seinem Haus, und seine Eltern hassten Ciena noch mehr, als ihre Eltern ihn hassten. Bei den wenigen Malen, die sie einander begegnet waren, hatte seine Familie Ciena so schlecht behandelt, dass Thane vor Scham fast übel geworden war. Ciena war nicht wilder darauf, den Kyrells noch einmal gegenüberzutreten, als sie es ihrerseits waren, das Mädchen wiederzusehen.

Nichtsdestotrotz taten sie beide stets so, als gäbe es keinen Grund, weshalb sie nicht Zeit miteinander verbringen sollten. Das war leichter, als darüber zu reden, warum ihre Familien sie voneinander trennen wollten.

„Ich hatte schon Angst, ich würde zu spät kommen", fuhr Ciena fort, „und dabei war ich vor dir hier."

„Trigonometrie." Thane verzog das Gesicht, und Ciena tat es ihm gleich. „Komm schon, fangen wir an. Echse, Kröte, Schlange um den Pilotensitz?" Sie zählten beide stumm bis drei, dann streckten sie die Hand aus. Thane hatte sich für die Schlange entschieden, aber Ciena hatte Echse gewählt, und die Echse fraß die Schlange. Sie strahlte, und er zeigte auf die Luke der V-171. „Der Pilot geht voran."

Es machte ihm eigentlich nichts aus, Copilot und Kanonier zu sein. Kadetten mussten Experten in beiden Positionen sein, wenn sie auf die Akademie wollten. Aber rückwärts im Cockpit zu sitzen, machte eben nicht ganz so viel Spaß.

Genau genommen gehörte die V-171 ja Dalven. Als er sich auf die Akademie verabschiedete, hatte er strikte Anweisung gegeben, dass niemand sie fliegen dürfe, solange er fort war.

Ja, klar.

Thane ließ sich nie eine Gelegenheit entgehen, sie zu fliegen – oder sich ein bisschen an seinem älteren Bruder zu rächen.

(Dalven war noch unverschämter gegenüber Ciena als die übrige Familie Kyrell. Kurz bevor Dalven zur Akademie gegangen war, hatte er grinsend gemeint, es gäbe nur einen Grund, sich mit einem Mädchen aus den Tälern einzulassen – und wenn es das wäre, worauf Thane scharf war, solle er sich doch eine suchen, die schon einen Busen hatte. Thane hatte Dalven die Lippe blutig geschlagen, bevor ihre Eltern sie trennen konnten.)

„Hey", sagte Ciena. Thane merkte, dass er immer noch auf der Leiter stand, anstatt ins Cockpit zu klettern. „Bist du noch da?"

„Ja, ja." Thane glitt ins Schiff, eisern bemüht, nicht auf die Vorderseite von Cienas Anzug zu glotzen. „Tut mir leid. Los geht's."

Sie stülpten ihre Helme über, gurteten sich an und ließen das Dach herunter. Inzwischen war ihnen der Ablauf in Fleisch und Blut übergegangen. Es war etwas, das Thane tun konnte, ohne bewusst darüber nachzudenken. Er wusste, wann Ciena anfangen würde, die Schalter umzulegen, um das Triebwerk zu starten, und er kannte selbst den Rhythmus ihrer Fingerspitzen dabei. Seine eigene Konsole leuchtete gleichzeitig auf. „Alle Systeme geprüft und in Ordnung."

„Bestätige, wir sind startbereit", sagte sie. „Voller Schub. Holen wir uns ein Stück vom Himmel."

Die alte V-171 erhob sich bebend vom Boden, links und rechts von ihnen leuchteten die Triebwerke blau auf. Dann drehten sie, legten sich zur Seite und düsten los.

Ciena brachte sie höher, den Gipfeln entgegen, die zu kalt und unwirtlich waren, als dass sich dort jemand hätte ansiedeln können. Eine Handvoll Bergbau-Droiden sprenkelten die Landschaft und hoben sich dunkel vom Schnee und den hellen Felsen ab, doch ansonsten war die Gegend unberührt. Thane hatte das Gefühl, Ciena und er hätten die Welt für sich allein.

Als sie auf einen der Höhenrücken im Osten zuflogen, erklang Cienas Stimme knisternd in den Lautsprechern seines Helms. „Ich sehe ein paar Eiszapfen, denen wir eine Lektion erteilen sollten."

„Verstanden."

Der Bergrücken erschien im Raster seines Sichtschirms und wurde scharf gestellt. Drei Eiszapfen hingen wie Stalaktiten vom Fels, zum größten Teil etwa so stark wie sein Arm. Groß für einen Eiszapfen – klein für ein Ziel.

Thane zielte, feuerte, und zertrümmertes Eis spritzte in alle Richtungen. Er grinste, als er Cienas johlenden Siegesruf hörte.

„Kannst du mir noch ein paar Ziele suchen?", fragte er. Sie ballerten nie wahllos herum, denn schon ein paar aus dieser Höhe fallende Steine oder Eiszapfen konnten unten auf den bewohnten Ebenen eine Lawine auslösen. Doch er und Ciena kannten mittlerweile jede Stelle, an der sich Eis verbarg, auf das man gefahrlos schießen konnte.

„Natürlich", antwortete sie. „Halt dich fest!"

Thane wusste genau, wie sie das Schiff nun in eine Abwärtsschleife legen würde. Selbst ohne ihr genaues Ziel zu kennen, konnte er anhand der kleinsten Bewegung der Tragflächen ausmachen, was sie als Nächstes tun würde. Er und Ciena hatten in den vergangenen fünf Jahren jede nur mögliche Gelegenheit genutzt, um als Team zu fliegen. Inzwischen arbeiteten sie so gut zusammen wie die zwei Hände eines einzigen Piloten.

Die V-171 tauchte in die Stepson-Klamm ein, einen schmalen, zerklüfteten Durchlass, in dem jede Kehre eine Herausforderung für ein Schiff war. Ciena manövrierte sie tief hinab, zweifellos suchte sie für Thane ein Überkopf-Übungsziel. Im Sinkflug passierten sie einen der vielen kleinen Wasserfälle in der Klamm. Trotz der eisigen Kälte floss das Wasser noch, auch wenn es eher tröpfelte als schäumte. Zu dieser Nachmittagsstunde wurde das Wasser vom Licht genau im richtigen Winkel getroffen, um einen Regenbogen zu erzeugen, und ein gefrorener Vorsprung in der Nähe fing das gebrochene Licht auf und reflektierte es in ein Dutzend verschiedene Richtungen zugleich. Jeder Stein und Schneestreif schien zu funkeln. Es war einer jener perfekten Augenblicke, die umso spektakulärer waren, weil sie im nächsten Moment vorbei sein und nie wiederkehren würden.

Thane hörte, wie Ciena flüsterte: „Sieh durch meine Augen."

Er hatte gewusst, dass sie das sagen würde.

Vielleicht war es endlich an der Zeit, herauszufinden, warum.

Nach dem Flugtraining gingen Ciena und Thane zur Festung.

So hatten sie den Ort getauft, als sie acht gewesen waren und einen Hang zur Dramatik hatten. Tatsächlich war es nur eine Höhle, wenngleich eine Höhle, die sie im Laufe mehrerer Jahre zu ihrer Zufriedenheit hergerichtet hatten. Alle paar Wochen hatte einer von ihnen etwas angeschleppt, um das sie ihr Sammelsurium ergänzten. Die meisten der besseren Dinge (den Protonengas-Heizer, die Holo-Spiele) hatte Thane mitgebracht – abgelegtes Zeug seiner Familie, Luxusdinge, derer sie überdrüssig geworden waren oder die sie nie vermissen würden. Cienas Mitbringsel waren bescheidener, aber sie tröstete sich mit dem Gedanken, dass sie wichtiger waren. Die Festung wäre furchtbar ungemütlich gewesen ohne die dicken Decken und die kleinen Fellteppiche, die sie beigesteuert hatte. Auch das waren abgelegte Sachen, die Bewohner der Täler ausrangiert hatten, um ihre Wohnstätten den imperialen Standards entsprechend moderner zu gestalten. Aber sie waren warm und weich, die ideale Verkleidung für ihr Nest, in dem sie sich vor dem Rest der Welt versteckten.

Eigentlich befand sich die Höhle kaum fünfzig Meter vom Hangar der Kyrells entfernt, doch der Eingang lag unter einem Vorsprung verborgen und im Schatten eines weiteren, wodurch dieses Fleckchen so geheim schien, dass Ciena manchmal glaubte, sie und Thane wären die Ersten in der Geschichte Jelucans, die ihn betraten. Kurzum, es war der perfekte Treffpunkt.

Gelegentlich kam einer von ihnen alleine her, aber meistens suchten sie die Festung gemeinsam auf, redeten dann über alles Mögliche und träumten von ihrer Zukunft inmitten der Sterne.

„Mein Vater hat gesagt, es waren drei Dutzend Senatoren, die den Saal verlassen haben", erzählte Ciena.

Thane hob die Schultern. Er interessierte sich weniger für Politik als Ciena und lümmelte weiter auf dem roten Teppich, von dem aus er in den Sonnenuntergang hinausblickte. „Was macht es denn für einen Unterschied, ob es zwanzig waren oder sechsunddreißig? Von Hunderten Senatoren sind das so oder so nicht besonders viele."

„Sie haben sich der Abstimmung verweigert. Das Imperium wird Ersatzleute für sie bestimmen. Das ist eine große Sache, Thane."

„Das sind nur ein paar reiche alte Politiker, die sich wichtigtun. Das ist deren Vorstellung von Spaß."

„Wie kann man nur so seinen Eid verletzen? Seine *Ehre*?" Ciena konnte es immer noch nicht fassen. „Jedermann weiß, dass es der Senat war, der die Galaxis in den Bürgerkrieg getrieben hat, bevor der Imperator wieder für Ordnung sorgte. Wie kann jemand den Frieden, den wir jetzt haben, als selbstverständlich hinnehmen?"

Thane zuckte mit den Schultern. „Wahrscheinlich streiten sie sich um etwas ganz anderes und behaupten nur, es ginge um diese hehren Ideale. Wenn sie merken, dass sie keine Macht mehr haben, kommen sie schon zum Imperator zurückgekrochen und vergessen alles, worüber sie sich vorher gestritten haben."

„Manchmal bist du wirklich zynisch."

„Aber ich habe recht. Du wirst schon sehen."

Ciena ließ sich seufzend nach hinten auf das dichte schwarze Gundarkfell sinken, das so bequem wie ein Bett war. Aus diesem Blickwinkel loderte der Sonnenuntergang in herrlichen Tönen hinter dem fernen Grat der Berge. Das Licht, in dem die Höhle glühte, färbte Thanes Haare richtig rot und verlieh seiner blassen Haut Wärme, und irgendetwas daran ließ sein Gesicht überraschend älter wirken.

Er wird einmal sehr gut aussehen, dachte Ciena. So seltsam diese Erkenntnis auch sein mochte, fand Ciena, dass sie nur objektiv war. Es war nicht so, dass sie und Thane … Als ob sie jemals … Nein, bestimmt nicht. Wenn ihre Eltern es schon nicht gern sahen, dass sie einen Zweitweller zum Freund hatte, wie würden sie da erst reagieren, wenn sie sich in einen verliebte? Und Thane hatte ihr zwar nie im Detail erzählt, wie sein Vater mit ihm umsprang, aber sie hatte die blauen Flecken gesehen und spürte in seinem Schweigen die Dinge, die er nicht ausgesprochen hatte. Thanes Vater würde zu noch schlimmeren Maßnahmen greifen, sollte er je glauben, dass sie beide zusammen waren.

Und außerdem, sie und Thane … Vielleicht standen sie einander *zu nahe*, um sich zu verlieben. Manchmal hatte sie das Gefühl, sie wären wie zwei Hälften ein und derselben Person.

„Hey", sagte Thane leise, fast behutsam. „Kann ich dich etwas fragen, das vielleicht … äh … ein bisschen persönlich ist?"

Hatte er erraten, worüber sie gerade nachgedacht hatte? Ciena setzte sich auf und zog die Knie an die Brust. „Fragen kannst du. Aber ich verspreche nicht, dass ich antworten werde."

„In Ordnung." Er zögerte noch einmal, bevor er weitersprach. „Ab und zu, wenn wir etwas wirklich Wunderschönes sehen, flüsterst du: ‚Sieh durch meine Augen.' Ist das irgendetwas, das man in den Tälern so sagt? Was bedeutet es?"

Das war tatsächlich sehr persönlich, aber Ciena stellte fest, dass es ihr nichts ausmachte, wenn Thane es wusste. „Ja, das ist bei uns ein Brauch. Ein seltener allerdings. Weißt du ... Als ich geboren wurde, war ich ein Zwilling."

„Ein Zwilling?" Thane setzte sich gerade auf. Das faszinierte selbst einen Zweitweller. Auf vielen Planeten gab es Mythen und Legenden über Zwillinge. „Wirklich? Aber ich dachte, du seist ein Einzelkind."

„Jetzt schon. Meine Schwester Wynnet ist nur ein paar Stunden nach unserer Geburt gestorben."

„Oh! Das tut mir leid."

„Nein, ist schon gut. Ich erinnere mich ja nicht an sie. Aber ich lebe mein Leben für uns beide." Ciena hob ihren Arm, damit er ihr ledernes Armband sehen konnte. „Ist dir mal aufgefallen, dass ich das nie abnehme?"

„Na ja, schon, aber ich dachte, es gefällt dir eben."

Ciena fuhr mit einer Fingerspitze über das geflochtene Band. „Ich trage es als Symbol dafür, dass ich mit Wynnet immer noch verbunden bin. Alles, was ich im Leben tue, alles, was ich sehe – das ist alles, was sie von der Welt je haben wird, weil ich es mit ihr teile. Wenn ich also etwas besonders Schönes sehe, alles, was außergewöhnlich ist, und manchmal auch Dinge, die richtig schlimm sind – dann sage ich diese Worte. Meine Schwester sieht durch meine Augen, und ich zeige ihr die wichtigsten Augenblicke meines Lebens."

Thane legte sich wieder hin. „Das ist ... wirklich toll. Im Ernst."

Ciena nickte. „Manchmal fühlt es sich an wie eine riesige Verantwortung, auch für Wynnet zu leben, aber meistens erinnert es mich daran, Ausschau nach den Dingen zu halten, die wirklich besonders sind. Vielleicht würde ich nicht so viel davon wahrnehmen, würde ich nicht für sie danach suchen."

Die Sonne war hinter dem Horizont versunken. Obwohl noch Licht den unteren Teil des Himmels erfüllte, war das Blau weiter oben so dunkel geworden, dass es kleine blinkende Lichtpunkte offenbarte.

Ciena flüsterte: „Eines Tages, wenn wir es auf die Akademie geschafft haben, werde ich ihr die Sterne zeigen."

2. KAPITEL

Als sie vierzehn waren ...

„Na, komm schon", sagte Thane. Tief in der Festung saß er ihr im Schneidersitz gegenüber. „Das weißt du."

„Wirklich?"

„Dieser Typ hat einen *Krieg* angefangen."

Ciena schwirrte der Kopf. Seit drei Stunden wiederholten sie jetzt den Lehrstoff für galaktische Geschichte. „Also gut. Die Verbrecherbande, die auf Geonosis eine rechtmäßige Exekution störte und die Klonkriege auslöste, wurde angeführt von ... von ..." Sie schloss die Augen, zuckte zusammen und sagte: „Mace Windu?"

Dann schlug sie die Augen wieder auf und sah, dass Thane sie angrinste. „Na, siehst du? Du hast es von Anfang an gewusst."

Neben ihnen gackerte der CZ-1-Droide anerkennend. „Ihr Verständnis für Geschichte ist ausgezeichnet, Miss Ree. Meiner Meinung nach sollten Sie sich eher wegen Mathematik Sorgen machen."

Enttäuschung machte sich auf Cienas Gesicht breit. Thane funkelte CZ-1 an. „Wusst' ich doch, dass wir ein Upgrade hätten installieren sollen, was dein Taktgefühl angeht."

„Was nutzt aller Takt, wenn er vom Lernen abhält?" CZ-1 schlurfte näher, seine alten Gelenke ließen sich nicht mehr so leicht bewegen. „Als du mich zum ersten Mal in den Hangsteiger geschmuggelt hast, um mich zum Unterricht hierher zu bringen, hast du gesagt, ich solle dafür Sorge tragen, dass ihr beide die Prüfungen besteht. Das kann ich jedoch nicht, wenn ich vorgebe, ihr würdet bestimmte Themen verstehen, wenn das in Wirklichkeit nicht der Fall ist."

Ciena hätte vor Verzweiflung aufstöhnen mögen. Das waren noch nicht einmal die Aufnahmeprüfungen für die Akademie. Mit diesen Prüfungen qualifizierte sie sich gerade einmal für die Vorbereitungskurse. „Wenn ich schon in diesen Tests versage, wie soll ich dann die richtigen bestehen?" Sie bemühte sich um einen scherzhaften Ton, aber ihre Stimme brach.

Thane hörte es. „Hey", sagte er und beugte sich zu ihr hinüber. „Du bist schlau genug. Du bist stark genug. Du kannst jedes Ein-Mann-Schiff der Imperialen Flotte fliegen, und ich wette, du würdest sogar mit einem Sternenzerstörer klarkommen, wenn man dir die Gelegenheit dazu gäbe."

Sie musste lachen. „Das bezweifle ich."

„Ich bezweifle das nicht." Seine Stimme wurde fester, nachdrücklicher. „*Ich* zweifle nicht an dir. Also hör du auf, an dir selbst zu zweifeln, okay? Wir schaffen das."

Ciena wiederholte die Worte, damit sie selbst daran glauben konnte.

„Wir schaffen das."

Als sie fünfzehn waren ...

„Kyrell!" Der K&A-Trainer – Kondition und Agilität – stand über Thane, der keuchend am Boden lag. „Komm in Gang oder lass es ganz bleiben!"

Jeden Monat mussten sie im Zuge der Vorbereitungsphase eine andere Hindernisstrecke laufen. Die Strecken wurden zunehmend schwieriger und auch gefährlicher. Wenn sich angehende Kadetten etwas brachen oder eine Narbe davontrugen, dann war das nur ein Beweis dafür, dass sie nicht fit genug waren, um überhaupt dort zu sein.

Wer die Strecke nicht zu Ende brachte, wurde zwar nicht automatisch ausgeschlossen, stand aber schon mal sehr weit oben auf der Liste derjenigen, die schließlich als Erste gehen würden.

Aber sein Rücken und die Schultern taten *so* weh ...

„Hey!" Ciena kniete neben ihm nieder. „Komm schon. Hoch mit dir!"

Thane schüttelte den Kopf. Seine Muskeln zitterten vor Entkräftung. Unter seiner losen K&A-Kleidung brannten bei jeder Bewegung Prellungen und Schrammen. Er hatte keine zwei Stunden geschlafen. Jeder Muskel schmerzte. Seine Knochen kamen ihm schwerer als Karbonit vor. „Ich kann nicht."

„Und ob du kannst, verdammt noch mal!"

Er hob den Kopf von der gummiartigen roten Oberfläche des K&A-Raums und sah sie über sich knien. Sobald ihre Blicke sich trafen, wusste Thane, dass er die Wahrheit nicht vor ihr verheimlichen konnte. „Gestern Abend ... mein Dad ..."

Es war nichts Ungewöhnliches, dass Oris Kyrell seinen Söhnen eine Lektion erteilte. Oft benutzte er dazu den Stock, aber nur für ein paar Hiebe. Gestern Abend war sein Zorn allerdings explodiert wie noch nie zuvor. Thane hatte nicht begriffen, dass er sich wehren musste, bis er zu verletzt dazu gewesen war. Die Schläge und Tritte seines Vaters hatten nicht aufgehört, bis Thane blutend am Boden gelegen hatte. Weder sein Vater noch seine Mutter hatten ihm hinterher hochgeholfen, noch hatten sie seine Verletzungen am Morgen zur Kenntnis genommen. Offenbar hatten sie beschlossen, so zu tun, als hätte sich der Zwischenfall nie zugetragen.

Grün und blau geprügelt und schmerzerfüllt musste Thane die Wahrheit alleine ertragen – jedenfalls bis Cienas Augen ganz groß wurden, als sie begriff. „Du schaffst es trotzdem", flüsterte sie. „Du bist immerhin schon so weit gekommen, richtig?"

„Ich versuch's", sagte er zwischen zwei tiefen Atemzügen.

„Aber du musst zurück auf die Strecke. Du verlierst Zeit."

„Ich stehe in K&A auf Platz eins, schon vergessen? Ich kann es mir leisten, ein paar Minuten zu verlieren. Und ich schwöre dir hier und jetzt, Thane Kyrell, wenn ich dich hochheben und bis zum Ende der Strecke tragen muss, dann werd ich das tun."

„Ich weiß das Angebot zu schätzen, aber ich glaube nicht, dass das zählt."

Andere Bewerber rannten an ihnen vorbei und sprangen über die nächste hohe Hürde. Nur ein paar wenige ächzten und stöhnten, weil sie die scharfen Ränder berührt hatten. Das waren die langsamsten Teilnehmer oder fast die langsamsten zumindest. Ciena würde als Letzte ins Ziel kommen, und Thane erwartete gar nicht, es bis zum Ende zu schaffen.

Er wälzte sich herum, um ihr ins Gesicht zu blicken, damit sie vielleicht sähe, wie ernst er es meinte. *„Geh!"*

Ciena beugte sich nur noch tiefer zu ihm herab. „Thane ... lass deinen Vater nicht gewinnen."

Der Hass auf seinen Vater vermochte, was Hoffnung nicht schaffte. Angetrieben von purem Trotz kämpfte sich Thane auf die Knie, dann auf die Füße. Obwohl er im ersten Moment wankte, gelang es ihm schließlich, sich zu fangen.

„Bereit?" Ciena fing an, auf den Fersen zu wippen, sie brannte darauf, sich in Bewegung zu setzen.

„Ja." Thane holte tief Luft. „Ich bin bereit."

Irgendwie warf er sich über die Hürde. Thane schaffte es zwar nur als Letzter ins Ziel – aber er schaffte es.

Später, als sie allein im Geräteraum waren, saß er auf der Bank, zog vorsichtig sein Shirt aus und ließ Ciena die schlimmsten seiner Verletzungen sehen. Die Scham brachte sein Gesicht zum Glühen. Auch wenn er wusste, dass er nicht derjenige war, der sich schämen sollte ... Er saß da und zeigte Ciena, wie er sich verprügeln ließ, bis die Haut auf seinem Rücken aufplatzte.

Wenn sie Mitleid mit ihm hätte oder sagte, dass es ihr für ihn leidtue, dann, dachte Thane, würde er gehen müssen.

Doch Ciena sagte nichts. Schweigend öffnete sie den Verbandskasten und machte sich daran, eine Wundsalbe aufzutragen und eine Verletzung nach der anderen zu behandeln, bis Thane sich besser fühlte.

Als sie sechzehn waren ...

Nur eine Handvoll Jugendlicher von ganz Jelucan würde es auf eine der Imperialen Akademien schaffen. Während Welten des Inner Rim oft Tausende von Kandidaten ins Rennen schickten, waren die Plätze für Bewohner der einstigen Separatistenwelten immer noch streng begrenzt. Die Ausbilder der Akademie klassifizierten die Anwärter höchstpersönlich. Während die Bewerber herausfanden, ob sie angenommen wurden, erfuhren sie zugleich, in welche Schule sie gesteckt wurden und auf welchem Planeten sie schon in zwei Wochen leben würden.

Ciena war es egal, welche Akademie es werden würde. Und ihr war jeder Planet recht. Solange sie nur ein imperialer Kadett sein würde.

An dem Morgen, an dem die Ergebnisse bekannt gegeben wurden, versammelte sich die ganze Klasse auf dem Schulhof. Eltern hatten keinen Zutritt auf das Schulgelände, nur Schüler und Offizielle des Imperiums, doch die Familien warteten draußen. Im Anschluss würde gefeiert werden oder Trost nötig sein. Fürs Erste hatten Ciena und Thane und die anderen nur einander.

„Ich konnte nicht schlafen", gestand sie Thane, während sie beide links außen auf dem Hof standen und auf die Tür starrten, durch die der Prokurator mit den Resultaten kommen würde. „Kein bisschen."

„Ich auch nicht." Thane schenkte ihr ein schiefes Lächeln. „Dadurch hatte ich Zeit, über ein paar mögliche andere Pläne für uns nachzudenken."

Ciena hob protestierend die Hände. Sie hatte sich geweigert, andere Berufspläne auch nur in Betracht zu ziehen, weil sie der Meinung war, dass das Pech brächte.

Thane schnaubte. „Komm schon, Ciena. Wir haben die Prüfungen abgelegt. Die Entscheidung ist bereits gefallen! Jetzt können wir nichts mehr daran ändern."

Das stimmte. Darüber hinaus hatte Ciena an Thanes Tonfall erkannt, dass diese „Pläne" nicht ernst gemeint waren. „Na schön, lass hören."

„A, wir werden berühmte Akrobaten."

„Akrobaten ...?"

„*Berühmte* Akrobaten. Als mittelmäßiger, unbekannter Akrobat erntet man keinen Ruhm. Wenn wir das machen, dann auch richtig."

Gleich würde der Prokurator kommen. Das Stimmengewirr der Menge wurde lauter, angespannter. Cienas Herz raste, aber sie versuchte, ebenfalls Thanes scherzhaften Ton anzuschlagen. „Ich verzichte. Sonst noch irgendwelche tollen Ideen für unsere Zukunft? Du sagtest, das sei Plan A."

„B, wir ziehen mit Trommel und exotischem Tanz durch die Galaxis."

Sie hob die Augenbrauen. „Entschuldige mal, aber ich werde doch keine Stripperin."

„Das hat doch auch keiner gesagt. Ich tanze. Du trommelst."

Diesmal war ihr Lachen echt. „Aber nur, wenn ich dein Kostüm entwerfen darf."

„Hmmm. Vielleicht sollte ich zu Plan C kommen ..."

Da straffte sich Thane, seine Augen wurden größer, denn die Tür ging auf, und der Prokurator kam heraus. Seine schwarze Uniform schien dem Tag das Sonnenlicht zu entziehen. Cienas Magen zog sich zusammen, aber wie alle anderen Schüler stand sie augenblicklich stramm und vollkommen still.

Verstärker-Droiden schwebten in der Nähe und fingen die Stimme des Prokurators auf, als er sagte: „Die folgende Liste enthält die Namen aller erfolgreichen Bewerber für die verschiedenen Imperialen Akademien. Für die Imperiale Akademie auf Arkanis ..."

Ciena wollte aufstöhnen. Die Namen wurden nach Schule in alphabetischer Reihenfolge verlesen? Dann erfuhren sie womöglich erst ganz am Schluss, ob sie es geschafft hatten oder nicht. Sie konnte sich schon sehen, wie sie in Habtachtstellung dastand und die Minuten dahingingen, während die schreckliche Erkenntnis ihres Versagens in ihr Bewusstsein drang. Dann würde sie sich gedemütigt trollen müssen. Zu versagen war nicht dasselbe, wie seine Ehre zu verlieren, aber im Moment fühlte es sich so an.

Ein paar Minuten nach Beginn der Zeremonie – die bereits ewig anzudauern schien – ging ein Ruck durch den Prokurator. „Für die Royalistische Imperiale Akademie auf Coruscant ..."

Keine Schule in der ganzen Galaxis war renommierter. Keine

andere Ausbildung bot eine größere Garantie auf eine hochrangige Karriere in der Imperialen Sternenflotte.

Ciena hatte davon geträumt, auf diese Akademie zu gehen. Und sicher glaubte sie deshalb, dass der Prokurator ihren Namen genannt hatte.

Aber nein. Er hatte wirklich gesagt ... „Thane Kyrell und Ciena Ree." Sie beide, zusammen!

Sie verharrte in Habtachtstellung, schielte aber zur Seite und zu Thane hin. Wenn er es auch gehört hatte, dann stimmte es hundertprozentig. Und tatsächlich, er lächelte – aber es war ein müdes Lächeln, so wie er gelächelt hatte, als er die letzte Hürde auf dem K&A-Parcours überwunden hatte. Thane schloss die Augen und flüsterte, als wären die Worte nur für seine eigenen Ohren bestimmt: „Ich bin hier raus, ich bin weg."

Ciena wusste, warum ihr Freund diesen Planeten so dringend verlassen wollte. Bei ihr war es anders. Sie liebte Jelucans schroffe Schönheit, die Kameradschaft unter den Bewohnern der Täler – all das fand sie großartig. Dennoch konnte sie ihre Heimatwelt ohne Bedauern verlassen.

Sie floh vor nichts. Sie folgte ihrem Traum, eine Offizierin des Imperiums zu werden, stürzte sich voller Freude ins All.

Der Tag, an dem Thane Jelucan verließ, kam ihm ... perfekt vor. Als könnte er nichts Falsches tun, als stünden die Sterne für ihn endlich richtig, um ihm den Weg von hier fort zu weisen. Seine Eltern verabschiedeten sich zu Hause von ihm und machten sich nicht die Mühe, ihn zum Raumhafen zu bringen. Das empfand er als Erleichterung.

An Bord des Schiffes nach Coruscant zu gehen, war noch befriedigender, weil auch Ciena da war, doch umarmte sie ihre Eltern auf der Einstiegsrampe so lange, dass der Captain drohte, sie zurückzulassen. Thane und sie waren zu einem Team geworden, um auf die Akademie zu kommen – es war nur recht und billig, dass sie zusammen dort ankamen. Am besten war der Moment, als der Transporter bebend in den Hyperraum eintrat – zum ersten Mal erlebten sie Lichtgeschwindigkeit –, und sie grinsten einander vollkommen glücklich an.

Dann erreichten sie Coruscant – und das war wie ein Schlag ins Gesicht.

Thane hatte immer gewusst, dass Jelucan ein Planet in der letzten Ecke der Galaxis war. Aus Hologrammen wusste er, dass die Galaxis viel größer und kultivierter war als alles, was er je gesehen hatte. Deshalb glaubte er, gewappnet zu sein. Doch als sie aus dem Schiff traten und Coruscant zum ersten Mal sahen …

Die Gebäude waren so hoch wie die Berge auf Jelucan. Obgleich Sonnenlicht durch die diversen Glasbauten drang, stellte sich insgesamt ein tief greifendes Gefühl von Enge ein. Der Boden lag unfassbar weit unten, und der Himmel war in schmale Stücke geschnitten. Hunderte von kleineren Raumfahrzeugen rasten und schwebten zwischen den Wolkenkratzern umher, ein endloses Schwirren, das Politik und Handel diente. Jede einzelne Person schien ein Ziel und einen Zweck zu haben und vollkommen zu Hause zu sein in diesem gewaltigen Käfig aus Metall, in dieser Stadt, die eine ganze Welt verschlungen hatte. Doch Thane versuchte, nicht länger aus dem Fenster zu schauen, weil er sich bei diesem Anblick ganz klein vorkam.

Erst dachte er, dass Ciena noch überwältigter sein würde. Sie hatte ihre Kindheit in den weiten Tälern verbracht, in Häusern, die nur wenig mehr Komfort boten als Zelte. Das hier musste einfach zu viel für sie sein.

Stattdessen war sie regelrecht beschwingt. „Das ist der Dreh- und Angelpunkt von allem", sprudelte es aus ihr hervor, als sie durch die Gänge des Raumhafens gingen. Bojen-Droiden schwebten als Wegweiser voraus und geleiteten sie zum Akademie-Shuttle. „Es ist wie … Elektrizität, diese unglaubliche Energie überall. Fühlst du das auch?"

„Und wie", sagte Thane. „Bin völlig elektrisiert."

Ciena sah ihn von der Seite an. „Hey, alles in Ordnung mit dir?"

Aber da hatten sie gemeinsam mit einer Handvoll weiterer neuer Kadetten auch schon das Shuttle erreicht und wurden erfasst von dem Wirbel des ersten Tages auf der Akademie: Sie holten sich die Datenchips mit den Informationen, die sie brauchten, wurden über den Empfang am Abend für alle Kadetten unterrichtet und machten sich mit Neuankömmlingen von anderen Welten bekannt. Imperiale Offiziere, die in ihren Paradeuniformen steif und korrekt wirkten, gingen zwischen ihnen umher, während das Shuttle ablegte und sich in den schwindelerregend rasanten Luftverkehr Coruscants einfädelte. Thane musste an sich halten, um nicht jedes Mal zusammenzuzucken, wenn ein anderes Fahrzeug bis auf zwei Flügelspitzenlängen an sie herankam – aber in einer planetengroßen Metropole waren die Piloten offenbar daran gewöhnt, dass schon kleinste Fehler fatal sein konnten.

Das Gefühl wurde noch intensiver, als sie die Akademie erreichten. Während die neuen Kadetten aus dem Shuttle stiegen, wurde Thane bewusst, dass schon Hunderte von Studenten hier waren. Hunderte weitere würden sich wahrscheinlich aus den anderen, ihnen folgenden Shuttles ergießen. Während der ganzen Anmeldung kam er sich verloren vor. Als er einen Blick auf Ciena warf, lächelte sie noch strahlender. Es dauerte nicht lange, bis sie voneinander getrennt wurden in dem Gewühl aus Leuten, die herauszufinden versuchten, wo sie hinsollten.

Thanes Datenchip verriet ihm, wo sein Zimmer zu finden war und dass er bereits zwei Mitbewohner hatte. *Sie können nicht schlimmer als Dalven sein,* dachte er, entschlossen, das Beste aus allem zu machen.

Trotzdem kam Thane sich, als er die Hand hob, um die Türklingel zu drücken, unglaublich klein vor.

Die Tür glitt zischend auf und gab den Blick frei auf einen schlanken schwarzhaarigen Burschen. Sein Gesicht war schmal, seine Haltung steif – so korrekt, dass Thane einen Moment brauchte, um zu begreifen, dass er keinen Beamten der Akademie vor sich hatte, sondern einen seiner Zimmergenossen.

„Du bist also der von … Wie heißt der Planet noch gleich? Jelucan?“ Als Thane nickte, spöttelte der Typ: „Warum klingelst du an der Tür deines eigenen Zimmers? Das ist doch albern.“

„Reizendes Kerlchen, was?", sagte Thanes anderer Mitbewohner, der größte von ihnen. Er war spindeldürr, hatte ein längliches Gesicht und trug das lange braune Haar am Hinterkopf zu einem Knoten gebunden. Sein Akzent war aristokratisch, sein Lächeln jedoch ansteckend. „Dieser Charmebolzen hier ist Ved Foslo von Coruscant ..."

„Natürlich", unterbrach Ved und hob das Kinn. „Mein Vater, General Foslo, arbeitet für den Geheimdienst."

„... und wie du siehst, bringt er es fertig, seinen Vater schon in der ersten Minute eines jeden Gesprächs zu erwähnen." Während sich Veds Miene verfinsterte, trat der Große vor und schüttelte Thane die Hand. „Ich bin Nash Windrider von Alderaan. Und mein Vater fertigt Teppiche. Beeindruckt?"

„Und wie!" Thane merkte, dass er lächelte. „Meiner ist ein leicht unehrlicher Buchhalter."

„Das ist immer praktisch", meinte Nash. „Man weiß schließlich nie, wann man die Bilanzen frisieren muss. Komm rein, und mach's dir gemütlich – das heißt, so gemütlich, wie es auf dem unteren Bett eben geht. Wir haben uns die beiden besten Kojen schon unter den Nagel gerissen."

Nash, so stellte sich heraus, war bereits auf über einem Dutzend verschiedener Welten gewesen, und Coruscant hatte er ebenfalls schon einige Male besucht. Er fragte Thane nicht einmal, ob er anfangs eingeschüchtert gewesen war, davon ging er aus, und er schwor, dass es jedem so ging, wenn er das erste Mal auf dem Planeten landete.

„Man sollte am Raumhafen Inhalatoren ausgeben", sagte Nash, während sie sich auf ihre Betten lümmelten und auf die Willkommenszeremonie und das Abendessen warteten. „Oder Tranquilizer. Irgendetwas eben, das den Leuten hilft, den Anblick dieser Welt zu verdauen."

„Ich verstehe nicht, was an Coruscant so sonderbar sein soll." Ved blieb so steif wie anfangs, schien aber insgesamt ganz in Ordnung zu sein. „Warst du bis jetzt wirklich noch nie in einer richtigen Stadt? Oder überhaupt auf irgendeiner Kernwelt?"

Thane wusste jetzt schon, dass er mit Ehrlichkeit am besten beraten war. „Nein." Er streckte sich auf seinem Bett aus, das sich unter Veds befand, und versuchte, sich an die harte Matratze zu gewöhnen. „Ich war noch nicht einmal in einer größeren Stadt als Valentia auf Jelucan, und ich schätze mal, die gesamte Einwohnerschaft von Valentia würde vielleicht … sieben Etagen dieses einen Gebäudes füllen."

Nash faltete die Hände hinter dem Kopf. „Du wirst dich daran gewöhnen, Thane. Schon bald werden wir alle imperiale Offiziere sein, und du wirst Hunderte von Welten bereist haben, und wenn du heimkehrst, wirst du so abgebrüht sein wie der Sohn des Herrn Generals hier."

Ved bedachte Nash mit einem bösen Blick, aber Thane konnte sich das Lachen nicht verkneifen.

Ciena hatte darauf vertraut, dass sie ihre neuen Mitbewohner mögen und einen schönen Empfang erleben würde, aber bisher hatte der Nachmittag selbst ihre höchsten Erwartungen noch übertroffen. Sie stand vor dem Spiegel und bestaunte sich in ihrer Kadettenuniform. Schwarze Stiefel, dunkle Hose, dunkle Jacke – es war wie eine Vision aus einem Traum.

„Ich hasse diese Stiefel", sagte ihre Zimmergenossin Kendy Idele, die neben ihr stand und finster auf Cienas Stiefel hinabstarrte. „Aber andererseits hasse ich Schuhe aller Art. Wenn man auf einer tropischen Welt aufwächst, läuft man am liebsten barfuß."

„Du wirst dich schnell daran gewöhnen", versprach die Dritte im Bunde, Jude Edivon. Sie war so groß, wie Kendy klein war, und so blass, wie Kendy und Ciena dunkel waren. „Barfuß mag ja toll sein auf Iloh, aber auf Coruscant? Deine Füße wären schnell schmutzig. Außerdem wäre die Gefahr, sich zu verletzen und dann böse Entzündungen zu bekommen, viel zu groß. Damit will ich nichts gegen die hiesigen Hygienestandards sagen, aber allein das Ausmaß der Bevölkerung lässt darauf schließen …"

„Fängst du schon wieder an, Statistiken zu zitieren?", stöhnte Kendy.

„Es ist in Ordnung, ein Wissenschaftsfreak zu sein", sagte Ciena. „Zitiere so viele Statistiken, wie du magst, Jude. Wir werden uns schon daran gewöhnen."

Ein Lächeln erhellte Judes leicht sommersprossiges Gesicht. „Unsere Persönlichkeiten scheinen kompatibel zu sein. Ich glaube, wir beide werden sehr gut miteinander auskommen."

„Wir beide auch", versicherte Kendy. „Sieh einfach über meine Unleidlichkeit hinweg. Mir macht nur der Spacelag zu schaffen, außerdem bin ich müde, und ich versuche, irgendwie mit diesen verdammten Zöpfen klarzukommen."

Ciena trug ihr Haar schon seit Jahren in dicht geflochtenen Zöpfen, die sie nach hinten steckte – seit sie erfahren hatte, dass das für alle Kadetten mit langen Haaren Pflicht war. „Warte, lass mich mal machen." Kendys dunkelgrünes Haar war glatt und seidig – ganz anders als Cienas dichte Locken –, aber sie dachte, ein Zopf sei ein Zopf. „Hast du das wirklich nie geübt?"

„Kein einziges Mal. Ich dachte, es sei einfach!" Kendy seufzte. „Vielen Dank übrigens!"

„Keine Ursache."

Jude beugte sich herüber. „Du könntest dein Haar einfach kurz schneiden, so wie ich. Das gewährt optimale Effizienz."

Kendy zog eine Grimasse. „Auf Iloh tragen nur kleine Kinder ihre Haare kurz. Es lang wachsen zu lassen bedeutet, dass man erwachsen ist. Auf keinen Fall säbele ich es jetzt ab."

„Den Dreh mit den Zöpfen wirst du schnell raushaben", sagte Ciena. „Musst du auch, weil ich dir nicht jeden Morgen die Haare machen werde."

„Auch nicht, wenn ich dir verspreche, dass ich dir vor den Inspektionen dein Bett mache?"

„Nein."

Irgendwie schafften sie es rechtzeitig zur Zeremonie, und ihre Uniformen saßen perfekt. Cienas Klasse zählte über achttausend Studenten, und das allein empfand sie als eine atemberaubende Zahl, aber es durchlief sie dann ein wahrer Ruck, als sie alle sah – im imperialen Ornat, zusammengeführt von einem gemeinsamen

Ziel, einem gemeinsamen Traum. Jeder einzelne dieser Kadetten war hierher gereist, sie kamen von Hunderten von Welten, damit aus ihnen die besten Offiziere wurden, die sie nur sein konnten. Sie waren gekommen, um dem Imperium zu dienen, um die ganze Galaxis mit ihrem Dienst voranzubringen. Cienas Herz fühlte sich so voll an, dass sie eine Hand auf ihre Brust legte.

Ob es Thane inzwischen besser ging? Bestimmt. Ihr Blick suchte in der Menge nach ihm, aber das war einer der Nachteile, wenn man Uniform trug – es war schwieriger, die Leute voneinander zu unterscheiden.

Sie wollte ihn, sobald sie konnte, ausfindig machen, doch da begann die Ansprache des Präsidenten der Akademie.

„Sie sind nicht nur hier, um militärische Strategien zu erlernen oder das Fliegen von Sternenjägern zu trainieren", sagte Kommandant Deenlark, und jedes einzelne Wort klang forsch. „Das sind wichtige Fähigkeiten, gewiss. Aber wir verlangen mehr von Ihnen. Unsere Studenten sollen Bürger des Imperiums werden. Sie sollen sich in erster Linie als Patrioten und Soldaten betrachten. Können Sie aufhören, sich als Bewohner Ihres Heimatplaneten zu fühlen, und anfangen, sich zuvorderst als Imperialer zu sehen? Nur als Imperialer? Können Sie akzeptieren, dass der Schutz und der Dienst an der Welt, von der Sie kamen, am besten zu gewährleisten sind, indem Sie das Imperium stärken, zu dem Ihre Heimat gehört?"

Ciena hatte ihre Zugehörigkeit zum Imperium nie so verstanden, dass sie Jelucan dafür aufgab. Für sie existierten diese beiden Identitäten harmonisch nebeneinander. Aber vielleicht kamen ein paar der Studenten hier von Welten mit aufsässigen Senatoren, von Orten, die nicht treu zum Imperator standen. Sie bedurften vielleicht der Versicherung, dass sie trotzdem hierher an die Akademie gehören konnten.

Deenlark fuhr fort: „Einige von Ihnen sind mit Freunden von zu Hause hierhergekommen, oder Sie haben ältere Geschwister, die bereits im Dienst des Imperiums stehen. Ihre natürliche Neigung wird darin bestehen, sich bei jeder Gelegenheit mit diesen Personen zu treffen, sich auf bereits bestehende Bindungen zu verlassen. Aber wenn das alles ist, was Sie beabsichtigen … dann hätten Sie genauso gut auf Ihrer Heimatwelt bleiben können, nicht wahr?"

Ein paar lachten pflichtschuldig. Ciena verspürte einen Stich. Sie und Thane sollten keine Zeit mehr miteinander verbringen? Überhaupt keine?

Also, „überhaupt keine" war sicher übertrieben, befand sie. Die Ausbilder wollten einfach nur nicht, dass sie sich vollkommen aufeinander verließen.

Doch das war genau das, was sie und Thane in den vergangenen acht Jahren ihres Lebens getan hatten.

Nach der Zeremonie und dem Abendessen schlenderten die Studenten umher, stellten sich einander vor, und zumindest einige taxierten auch die Konkurrenz. Ciena wollte Thane finden, auch wenn sie sich sagte, dass sie das eigentlich nicht tun sollte.

Zum Glück fand er sie.

„Wir haben beide vor, dem Imperium für den Rest unseres Lebens zu dienen", sagte Thane, als sie vor der Kulisse der glitzernden Stadt auf Stühlen Platz nahmen. „Wir werden nie nach Jelucan zurückkehren, jedenfalls nicht lebend. Also müssen wir uns keine Gedanken darüber machen, ,in der Vergangenheit zu leben'. Oder wie Deenlark es auch immer genannt hat."

Thane konnte bisweilen sehr unbedacht sein, wenn es um Autoritäten ging, er scherte sich nicht um Regeln. Aber in diesem Fall gab Ciena ihm mehr oder weniger recht. „Sieht so aus, als ob wir einige Klassen zusammen belegen und andere allein. Das heißt, wir können hier beide unseren eigenen Weg gehen."

„Dieser Ort hat mich anfangs zu Tode erschreckt", gestand Thane. „Du hast weiter draußen in der Einöde gelebt als ich, aber dich hat das alles hier keine Sekunde lang aus der Fassung gebracht. Wie kam das?"

Er scherzte nur, doch Ciena gab ihm eine ernsthafte Antwort. „Ich war bereit für Coruscant, weil ich immer davon geträumt habe, hier zu sein. Du warst nicht bereit, weil … Ich glaube, du hast am meisten davon geträumt, einfach nur von Jelucan wegzukommen."

Thane schwieg einen Moment lang, und Ciena wünschte, sie könnte die Worte zurücknehmen. Aber dann nickte er schließlich. „Du hast recht."

„Aber den wichtigsten Teil des Traums haben wir gemeinsam geträumt", sagte Ciena. „Es war mehr als nur das. Wir haben einander hierher gebracht. Es ist kein Zufall, dass wir beide für die Royalistische Akademie zugelassen wurden. Wir sind zusammen geflogen, wir haben zusammen gelernt ... Wir haben uns gegenseitig so viel besser gemacht, als wir es allein je hätten sein können."

Ihr wurde die Kehle eng. „Ja. Das stimmt."

Thane lächelte, als er den Kopf schüttelte, vielleicht weil er nicht fassen konnte, wie weit sie bereits gekommen waren – oder wie weit sie noch zu gehen hatten. „Jetzt ist es Aufgabe der Akademie, uns besser zu machen."

„Uns zu Offizieren zu machen. Und das wird sie."

„Na, und ob!"

Sie spiegelten sich leicht wider in dem Fenster, durch das der Blick hinaus auf Coruscant fiel, ihr Abbild überlagerte die Gebäude und Fahrzeuge jenseits der Scheibe. Ciena sah sich neben Thane sitzen, beide in den steifen, ungewohnten Jacken und Stiefeln, die sie heute bekommen hatten. Sie hatten immer so unterschiedlich ausgesehen – Thane groß und blass, stets in der hellen, eleganten Kleidung eines Zweitwellers, und Ciena dunkel und schmal, in den schlichten, selbst gefertigten Gewändern der Täler. Jetzt trugen sie dieselbe Uniform, und jedermann konnte sehen, dass sie und Thane in allen wirklich wichtigen Punkten gleich waren.

Sie blieben noch einen Moment lang nebeneinander sitzen, dann standen sie auf. Thane lächelte und flüsterte: „Du kannst das schaffen."

„Du auch", erwiderte Ciena. Sie mussten sich nicht gegenseitig stützen. Sie waren mehr als bereit zum Fliegen.

Dann wandten sie sich voneinander ab, um in die Menge einzutauchen, um neue Leute kennenzulernen und die Bürger des Imperiums zu werden, die zu sein ihnen von jeher bestimmt gewesen war.

3. KAPITEL

War die Vorbereitung auf die Imperiale Akademie schon hart gewesen, so war die Kursfülle der Royalistischen Akademie von Coruscant *brutal*.

Die lockere Freundlichkeit des ersten Tages hatte genauso lange gewährt – einen Tag, nicht länger. Wissenschaft, Mathematik, Pilotenausbildung, Konditionstraining – jeder nur mögliche Test trieb die Studenten an ihre Grenzen, jedes Mal. Die Klassen verringerten sich alljährlich im gesamten Dreijahresprogramm um jeweils die Hälfte. Nur wenige würden den Abschluss schaffen, und der Wettbewerb unter diesen wenigen war und blieb erbittert. Ausschlafen, eine Klasse schwänzen oder auch nur mit anderen Studenten während des Unterrichts flüstern, all das musste man sich abschminken – wer auf der Akademie bleiben und eines Tages ein Offizier werden wollte, durfte nie, niemals nachlassen. Der musste sich selbst jeden Tag bis ans Limit zwingen.

Zwei Monate nach Beginn des ersten Jahres kam Thane zu dem Schluss, dass er noch nie im Leben so viel Spaß gehabt hatte.

„Du willst mich … wohl auf den … Arm nehmen", keuchte Nash, während sie ihre neunte Runde auf dem Sky Loop rannten, einer Bahn auf dem Dach der Akademie, hoch über dem Getümmel von Coruscant. Eine kühle Wolke hatte sich um das Gebäude gelegt und hüllte sie in fahlen Nebel. „Im Morgengrauen aufstehen … Bis Mitternacht Hausaufgaben machen … Trainieren bis zum Erbrechen? *Spaß*?"

Thane wischte sich grinsend den Schweiß von der Stirn. „Und wie, Mann!"

„Wenn das auf Jelucan die Auffassung von Spaß ist … dann mach ich woanders Urlaub." Sie überquerten die Ziellinie, wurden langsamer und kamen zum Stehen. Nash beugte sich vor, stützte die Hände auf die Knie und atmete ein paarmal tief durch, dann fuhr er fort: „Irgendwann musst du mal mit mir nach Alderaan kommen. Glaub mir, da hat man mehr Spaß als hier."

Nash begriff es nicht. Konnte er auch nicht. Auf dem Weg zur Umkleide suchte Thane nach den richtigen Worten, um es ihm zu erklären. „Die meiste Zeit meines Lebens waren meine Eltern gegen alles, was ich tun wollte – selbst gegen die Vorbereitung auf die Akademie. Ich musste mich zum Flugtraining mit Ciena aus dem Haus schleichen. Kannst du dir das vorstellen?"

„Im Ernst?" Nash schüttelte ungläubig den Kopf. Schweiß hatte sein graues T-Shirt dunkel gefärbt. „Aber Ciena Ree ist eine der besten Pilotinnen hier. Du hättest auf zwanzig anderen Welten suchen können und keine bessere Partnerin zum Fliegen gefunden."

Lohnte sich die Mühe, die Kluft zwischen den jelucanischen Talbewohnern und den Siedlern der zweiten Welle zu erklären? Thane entschied, diesen Punkt zu überspringen. Das war die Art von Heimatdenken, die bei den Ausbildern der Akademie verpönt war. „Worum es geht, ist, dass ich zum ersten Mal in meinem Leben ein Ziel verfolgen kann, ohne dass sich mir jemand in den Weg stellt."

Nash seufzte. „Klingt hart. Auf Alderaan ermutigt man die Leute, zu lernen und mehr aus sich zu machen. Jegliche Bildung ist kostenlos, und Freiwillige lehren alle möglichen Dinge, einfach so. Natürlich wird es eines Tages im ganzen Imperium so sein." Thane lachte, woraufhin Nash die Stirn runzelte. „Was ist daran so komisch?"

„Dass du glaubst, in der ganzen Galaxis könnten eitel Sternenschein und Blümchenduft herrschen, und das alles nur dank des Imperiums."

„Das ist doch Sinn und Zweck des Imperiums, oder nicht?" Nash versuchte, sich mit seinem T-Shirt den Schweiß vom Gesicht zu wischen, musste aber feststellen, dass der Stoff noch nasser war. Er zog eine Grimasse und ließ es sein. „Das Beste einer jeden Welt und Kultur nehmen und es in allen Systemen verbreiten, richtig?"

Thane hob die Schultern. „Darum ging es auch in der Galaktischen Republik. Zumindest dachte man da anfangs wohl so. Aber manche Dinge scheitern eben."

„Pass auf, dass nicht zu viele Leute hören, was du da redest, ja?" Nash schaute sich um, aber es war niemand in nächster Nähe. „Ein anderer könnte dich leicht für untreu halten. Während ich, dein Freund, natürlich weiß, dass du nur ein Zyniker bist."

„Schuldig im Sinne der Anklage." Er hatte seine Lektion schon beim ersten Mal gelernt, als seine Eltern sich in der Öffentlichkeit bei Leuten einschleimten, über die sie sich zu Hause lustig machten – der Schein trog nur allzu oft.

„Irgendwann kommst du mit mir nach Alderaan, und dann siehst du selbst, wie herrlich es dort ist. Nicht einmal du könntest über meine Welt etwas Zynisches sagen."

Thane spürte, dass Nash Heimweh hatte, darum beschloss er, dessen Prahlerei über Alderaan hinzunehmen ... für den Moment. „Klingt gut. Würde ich gern irgendwann mal sehen."

„Wart's nur ab, mein Freund. Du wirst Alderaan lieben."

Damit durfte Thane sich auf eine Reise nach Alderaan freuen. Bislang war jede Welt, über die er Wissenswertes erfahren hatte, als mögliches Ziel infrage gekommen. Was als schlichtes Verlangen, Jelucan zu verlassen, begonnen hatte, war zu einer regelrechten Wanderlust herangereift. Eine Karriere in der Imperialen Flotte erlaubte es ihm, durch den Tiefschnee von Eisplaneten zu stapfen, in die unendlichen Tiefen der Ozeane einer Wasserwelt abzutauchen und in der sengenden Hitze eines Strandes jenseits eines binären Sternensystems zu baden.

Und er durfte jeden Tag fliegen, manchmal den ganzen Tag lang. Ja, inzwischen benutzten die Kadetten meistens Simulatoren – aber die Simulatoren der Akademie agierten mit einer Perfektion, wie Thane sie noch nie gesehen hatte. (Außerdem war alles besser als eine schäbige alte V-171.) Von außen waren die Simulatoren schlichte Kugeln aus stumpfem Metall – im Inneren jedoch fanden die Kadetten vollkommen originalgetreue Cockpits, leuchtende Bedienungspulte und Sichtschirme, die dreidimensionale Bilder der Sternenlandschaft oder Planetenatmosphäre zeigten, in denen sie jeweils trainierten.

Das Fluggefühl war absolut echt, und die Herausforderungen, denen man sich zu stellen hatte, waren unmittelbarer, furchterregender und vielfältiger, als sie es in Wirklichkeit wahrscheinlich je erleben würden – bisher jedenfalls. Heute mochte Thane versuchen, einen TIE-Jäger aus den Tiefen des Alls in die Atmosphäre eines Planeten zu bringen, dessen Schwerkraft so stark war, dass sie einen Menschen zerquetschen konnte. Am nächsten Tag manövrierte er vielleicht einen Schneegleiter durch einen Blizzard mit Windstärken, die die Metallverkleidung vom Rumpf zu fetzen drohten. Manche Studenten waren nervös, gerieten in Panik wegen ihrer Trainingsergebnisse oder darüber, wie es wohl sein würde, wenn sie das im richtigen Leben tun mussten.

Thane hingegen fühlte sich entspannter, wenn er als Pilot flog. Er konnte es gar nicht erwarten, bis er es wirklich durfte. An den Kontrollen eines Fahrzeugs zu sitzen, blieb für ihn die reinste Art der Freude, die er kannte.

Seine Mischung aus Begeisterung und Beharrlichkeit schlug sich auch in seinen Ergebnissen nieder. Auf den Klassenranglisten stand Thane im Pilotieren stets auf einem der vordersten Plätze – und einer der wenigen Namen, die je über seinem erschienen, war Ciena Rees.

Sie lachten zusammen darüber, gratulierten sich zum Sieg, und der jeweils Unterlegene erklärte stolz, dass er sich den Titel schon mit dem nächsten Flug zurückholen würde. Ciena war seine Rivalin geworden, aber eine freundschaftliche. Sie sahen sich häufig, entweder im Unterricht oder in der großen Mensa der Akademie. Obwohl der Balanceakt zwischen dem Erhalt ihrer Freundschaft und dem Ziel, „Bürger des Imperiums" zu werden, ein schwieriger war, hatte er das Gefühl, dass sie ihn hinbekamen. Mochten ihre Begegnungen auch oft kurz sein, fanden sie doch ein paarmal in der Woche Gelegenheit, sich zu treffen. Stunden, in denen sie den Wettbewerb außen vor ließen. Thane wusste, dass sie schon immer voneinander profitiert hatten, indem sie versuchten, mit den Fähigkeiten des anderen gleichzuziehen. Selbst auf der Akademie hielten Ciena und er einander in Bestform.

„Das ist doch lächerlich", meinte Ved Foslo eines Abends naserümpfend, nachdem Ciena die Spitzenposition zurückerobert hatte. „Sie hat dir deinen Platz weggenommen. Warum findest du es so toll, dass eure Konkurrenz eine bessere Pilotin aus *ihr* macht? Du solltest versuchen, sie abzuhängen, anstatt sie mitzuziehen."

„In der Abschlussklasse ist nicht nur für einen von uns Platz", erwiderte Thane. Er saß auf seiner Bettkante und polierte die Uniformstiefel. „Und besteht das Ziel außerdem nicht darin, die bestmöglichen imperialen Offiziere hervorzubringen? Auf diese Weise erhält das Imperium zwei hervorragende Piloten, nicht nur einen."

Ved schüttelte den Kopf. „Eines Tages wirst du es schon begreifen."

Nash, der unter der dünnen grauen Decke seiner Koje lag, lachte. „Gib's zu, Ved. Du bist nur sauer, weil Thane und Ciena jedes Mal besser sind als du! Obwohl dein Vater ein ... Welchen Rang hat er noch gleich?"

„Das weißt du ganz genau", entgegnete Ved. Der Missmut, regelmäßig von nicht nur einem, sondern zwei Blagen, die von einem Felsbrocken am Outer Rim stammten, übertroffen zu werden, stand ihm ins Gesicht geschrieben. Ohne ein weiteres Wort knöpfte er sich den Schlafanzug bis obenhin zu, wie er es jeden Abend tat. Der Typ entspannte sich *nie*.

Ansonsten war Ved allerdings kein übler Mitbewohner. Er war reinlich, er schnarchte nicht, und es machte ihm nichts aus, die Feinheiten der Militärkultur auf Coruscant zu erläutern. Nash hingegen warf seine Sachen zwischen den Zimmerinspektionen überallhin und schuf ein geradezu spektakuläres Beispiel für Unordnung, aber abgesehen von ein paar Auseinandersetzungen darüber, weshalb es eklig war, wenn Nashs schmutzige Socken auf jemandes Zahnbürste landeten, waren er und Thane unerschütterliche Freunde.

Das Allerbeste an den ersten Monaten auf der Akademie war für Thane jedoch das Wiedersehen mit Dalven.

Die meiste Zeit seines Lebens war Thane unter seinen Altersgenossen von durchschnittlicher Größe gewesen. Manchmal hatte er seine Mutter, die eine klassische Schönheit war, und seinen hochgewachsenen Vater sowie seinen langen älteren Bruder voller Verzweiflung angesehen. Auch in dieser Hinsicht hatte er sich für benachteiligt gehalten. Doch ein paar Monate bevor er auf die Akademie kam, hatte sein Körper sich angeschickt, die verlorene Zeit wettzumachen. Die Knochen seiner Beine schmerzten in der Nacht, und er schien gar nicht genug essen zu können, um sich nicht mehr hungrig zu fühlen – und schon nach drei Monaten auf der Akademie hatte er größere Uniformen gebraucht.

Als er in der Sektorenausgabe stand und darauf wartete, dass er an der Reihe war, um sich größere Stiefel geben zu lassen, hörte er die tonlose Stimme eines Droiden: „Fähnrich Kyrell, H-J-zwei-neun-null, Paket bereit."

Thane runzelte die Stirn. Er war nach wie vor nur ein Kadett, und seine Kennnummer lautete AV547. Trotzdem war er sicher, den Namen Kyrell gehört zu haben ...

In diesem Moment trat Dalven aus der Menge wartender Offiziere und holte sich hastig ein Uniformpaket ab. Er schien es eilig zu haben, doch als er sich umdrehte und seinen jüngeren Bruder sah, blieb er wie erstarrt stehen.

„Dalven?" Thane wusste nicht, was er sagen sollte. „Schön, dich zu sehen", wäre eine Lüge gewesen. Aus ihrer beider Mund.

„Tja ... du hast also noch nicht aufgegeben. Das ist ja erstaunlich." Mit diesen Worten hob Dalven das Kinn und war eindeutig bereit zu gehen, aber Thane stand zwischen ihm und der Tür, und er rührte sich nicht vom Fleck.

„Fähnrich? Uns hast du erzählt, du seist Leutnant geworden."

Dalvens Wangen röteten sich. „Ich ... also ... die Beförderung müsste eigentlich jeden Moment durch sein."

Thane nickte. „Klar, sicher. Deshalb hast du dir auch eine neue Uniform abgeholt, nehme ich an ..."

Er verstummte, als er das gedruckte Etikett auf dem Bündel in Dalvens Armen sah: BÜROPERSONAL/DRITTE KLASSE. „Wiedersehen!" Dalven eilte hinaus, offensichtlich entschlossen, so zu tun, als hätte Thane nichts gesehen.

Vielleicht war es gemein oder gar kleinkariert, aber herauszufinden, dass man seinen überheblichen älteren Bruder lieber auf einen Schreibtischstuhl setzte als in einen Sternenzerstörer? Das bereitete Thane echte Genugtuung.

Als er an diesem Nachmittag zum Sky Loop hinaufging, um eine Extrarunde zu drehen, stellte er sich vor, wie er Ciena von seiner Begegnung erzählte. Sie verabscheute Dalven fast so sehr wie er. Thane glaubte, jetzt schon ihr Lachen hören zu können und ihre dunklen Augen zu sehen, die vor Genugtuung glänzen würden.

Dann trat er auf die Bahn hinaus, wo er einige andere Kadetten sah, die ebenfalls außerplanmäßig trainierten. Ciena befand sich unter ihnen.

Sie trug die gleichen Sachen wie jeder andere Kadett: graues Shirt, schwarze Shorts und die vorgeschriebenen Schuhe. Ciena war nur eine Person unter einigen Dutzend Leuten da draußen am äußersten Rand der Bahn. Und doch erkannte er sie auf der Stelle – selbst über die Länge des Sky Loops hinweg und obwohl die Sonne so grell vom Himmel brannte. Thane erkannte ihre Art zu rennen und wie ihre schwarzen Locken im Nacken geflochten waren ...

Sie ist schön, dachte er. Es war eine Erkenntnis, die ihn erst erschreckte und ihm dann albern vorkam. Wie konnte ihm das bei einem Mädchen, das er in den vergangenen acht Jahren mindestens an jedem zweiten Tag gesehen hatte, noch nicht aufgefallen sein? Aber genau das war es. Thane kannte Ciena zu gut, um sie auch nur halbwegs objektiv betrachten zu können. Ihr Gesicht war ihm so vertraut wie sein eigenes Spiegelbild – oder jedenfalls war es das gewesen, bis jetzt.

Der Beweis seiner Blindheit verstörte ihn. Es war, als hätte sich Ciena irgendwie verwandelt, und er schien überrascht, dass sie ihn nicht vorgewarnt hatte. Möglichkeiten, die er in der Vergangenheit nicht einmal in Betracht zu ziehen gewagt hatte, drängten sich jetzt in seinen Kopf, Möglichkeiten, die sowohl beglückend als auch erschreckend waren. Er fühlte, wie ein Schaudern über seine Haut rann, ein Gefühl, das er bislang stets mit dem Fliegen in Verbindung gebracht hatte, mit jenem speziellen Moment, wenn er den Erdboden unter sich ließ und nach dem Himmel griff …

Thane beschloss, nicht länger darüber nachzudenken. Stattdessen wollte er laufen, rennen, so schnell er konnte, bis er ausgelaugt und halb benommen war. Wenn er Ciena wiedersah, würde er mit ihr reden können, wie er es immer getan hatte. Es musste sich nichts ändern.

4. KAPITEL

Die Benutzung von Handfeuerwaffen war nie etwas gewesen, wovon Ciena geträumt oder das sie geübt hatte, und ihre anfänglichen Trefferquoten mochten zwar ausreichend sein, zogen aber die Gesamtbewertung ihrer Leistungen nach unten. Deshalb verbrachte sie einen großen Teil ihrer Freizeit mit dem Übungs-Lasergewehr auf dem Schießstand und konzentrierte sich auf die Verbesserung ihrer Treffsicherheit.

Oder, wie es heute der Fall war, sie *versuchte*, sich zu konzentrieren, wobei ihre Mitbewohnerinnen keine Hilfe waren.

„Das war nur eine Feststellung", sagte Kendy und bemühte sich, unschuldig zu wirken, was kläglich misslang. Sie stand auf dem Platz nebenan, ihr weißer Trainingsoverall bildete einen starken Kontrast zu den metallisch schwarzen Oberflächen der Übungsanlage. „Willst du nicht *einmal* zugeben, dass Thane inzwischen richtig gut aussieht?"

Ciena konzentrierte sich auf das holografische Ziel, das auf sie zukam, und feuerte drei Stöße auf den Kopf ab. Erst als das Ziel in tausend winzige Lichtstriche zerbarst, erwiderte sie: „Er ... äh ... wird kräftiger."

„Das ist eine normale Phase der physiologischen Entwicklung." Jude saß auf einer Bank hinter den Schießständen und zerlegte ihr Lasergewehr, um zu testen, wie schnell sie es wieder zusammensetzen konnte. „Ich muss allerdings sagen, dass die Entwicklung in Thanes Fall *sehr* gut voranschreitet."

„Nun hört schon auf. Ich kann nicht zielen, wenn ich lachen muss."

Doch Kendy ließ das Thema nicht ruhen. „Bist du ehrlich kein bisschen an ihm interessiert?"

„Liebesbeziehungen oder sexuelle Affären zwischen Kadetten sind verboten." Jude konnte sehr sittsam dreinschauen. „Außerdem kennen sich Ciena und Thane, seit sie Kinder waren. Es wäre nur vernünftig anzunehmen, dass ihre Beziehung mehr der von Bruder und Schwester entspricht, und somit gibt es zwischen ihnen auch keine sexuelle Anziehung."

Thane ist nicht mein Bruder. So ist das nicht. Ciena öffnete den Mund, um genau das zu sagen, doch dann machte sie ihn wieder zu. Es war besser, wenn ihre Freundinnen glaubten, dass dies ihren Gefühlen entsprach, dann würden sie nämlich aufhören, ihr Fragen über Thane Kyrell zu stellen.

Es war nur so, dass sie nicht genau wusste, was sie für ihn empfinden sollte. Früher waren sie ständig zusammen gewesen, und sie hatte nie auch nur einen Moment lang Zeit gehabt, um einen Schritt zurückzutreten und sich zu fragen, ob ihr Verhältnis zueinander sich ändern könnte – und wenn ja, auf welche Weise. Ihrer beider Leben verlief paralleler und separater denn je.

Wenn Thane sie aus den Ranglisten verdrängte – oder umgekehrt –, dann schauten sie einander in gespieltem Zorn an, der nicht ganz gespielt war. Manchmal hatte Ciena das Gefühl, als könnte sie es viel eher ertragen, von irgendjemand anderem bezwungen zu werden als von Thane. Doch am nächsten Tag, wenn sie sah, wie gut er sich geschlagen hatte, erhellte ein Lächeln ihr Gesicht. Sie hatte gesehen, wie er ihr bei Wettbewerben zugejubelt hatte, und sie hatte im Gegenzug ihm zugejubelt. Ihre Rivalität erzeugte eine Spannung, die unschön werden konnte oder auch …

Konzentrier dich, mahnte sich Ciena. *Du bist hier, um deine Ziele zu treffen.*

Auf die Hologramme folgten die Droiden, ein Dutzend kleiner Kugeln, die über die Schießbahn flitzten und sie quasi provozierten, jede einzelne zu treffen. Ciena feuerte. Rote Blitze jagten aus ihrem Gewehr, und sie hörte nicht auf, bis sie alle Kugeln abgeschossen hatte.

„Das ist schon viel besser", sagte Jude unnötigerweise, als Cienas Punktzahl auf dem Monitor über ihnen aufblinkte. „Die Bewertung deiner Treffsicherheit liegt in unserer Klasse schon jetzt über dem Durchschnitt. Bald liegst du im oberen Viertel."

„Dann kannst du neben Scharfschützen wie mir bestehen." Wie ein Pirat aus einem Gewürzschmuggler-Holo ließ Kendy ihren Blaster wirbeln, bevor sie ihn ins Holster gleiten ließ. Ciena lachte.

Sie bezweifelte nicht, dass sie das Schießen auch noch meistern würde. Das hatte nichts mit Arroganz zu tun – die Anforderungen der Imperialen Akademie machten ihr tagtäglich ihre Grenzen bewusst. Stattdessen fußte Cienas Glaube an sich auf ihrer schieren Freude an der Akademie und Coruscant selbst. Obgleich sie ihr Leben in den Tälern von Jelucan geliebt hatte und es vermisste, hatte sich ihr Universum um ein Hundertfaches erweitert, und jeder neue Teil davon schien ihr wunderbar zu sein. Mit Angehörigen eines Dutzends verschiedener Völker durch die Korridore zu laufen, ihre unterschiedlichen Sprachen mit ihren fremdartigen Silben, Pfeiftönen und Klicklauten zu hören, jeden Tag in den Himmel zu schauen und ein Dutzend verschiedener Schiffstypen auszumachen ... all das bezauberte sie.

Bisweilen hatte Ciena das Gefühl, ihrer Schwester unentwegt zuzuflüstern: Sieh durch meine Augen. Es gab unendlich viele Wunder zu bestaunen, und endlich hatte sie die Chance, alle zu sehen.

Doch sie erlebte auch Augenblicke voller Schuldgefühle. Manchmal ertappte Ciena sich dabei, dass sie ihr früheres Leben als ... rückständig betrachtete. Ihr Leben in den Tälern war stets ein glückliches gewesen. Nein, sie besaß keine Luxusdinge wie die Zweitweller, aber sie wollte sie auch gar nicht haben. Außerdem hatte Thanes schwieriges Familienleben ihr jeden Ansatz der Vorstellung, dass reiche Leute automatisch glücklicher wären, rasch ausgetrieben. Materielle Dinge hatten ihr nie viel bedeutet, und daran würde sich auch nichts ändern.

Daher war es nicht die relative Herrlichkeit Coruscants, die sie reizte. Es war die Reichhaltigkeit des Lebens hier, die Energie in der Luft, der Umstand, dass es hier keinerlei Rituale brauchte. Mit jedem Schritt nach vorn stellte sie sich die Frage, ob sie ihre traditionellen Werte hinter sich ließ.

Nicht ganz. *Niemals* ganz. Nie würde sie ihre Auffassung von Ehre verwerfen, die absolute Notwendigkeit, ihr Wort zu halten – unter allen Umständen. Das war so sehr Teil von Ciena, wie es ihre Knochen waren. Auch würde sie ihre Schwester immer mit sich tragen und Wynnet durch ihre Augen sehen lassen.

Doch hatte sich Cienas Perspektive für alle Zeit erweitert.

Sie schaute nicht mehr durch das schmale Prisma, in dem es nur auf der einen Seite die Zweitweller gab und auf der anderen Seite das Tal. Der Riesenunterschied, den sie einst zwischen sich und Thane gespürt hatte – er war nichts. Er existierte nicht.

Ciena hatte so lange an diese Kluft geglaubt, dass sie nicht recht wusste, was sie nun, da es sie nicht mehr gab, glauben sollte.

Endlich durften sie wirklich fliegen.

„Das wurde auch Zeit", sagte Ciena zu Thane, der genau wie sie schon frühzeitig in den Hangar für Tiefflug-Schiffe gekommen war. Es entging ihr nicht, dass er ihr näher kam, als es jeder andere Kadett getan hätte – in ihre Intimsphäre.

„Was?", fragte er rasch und wich ihr aus, als fürchtete er einen elektrischen Schlag. „Es ist noch nicht Zeit für was auch immer."

„… Zeit für uns *zu fliegen.*" Ciena maß ihn mit einem Blick.

Thane lächelte unsicher. „Ach so, klar. Natürlich. Allerhöchste Zeit sogar. Also, ich meine … ach, egal."

Warum benimmt er sich so unbeholfen? Andererseits merkte Ciena, dass sie die Arme um sich geschlungen hatte wie an einem kalten jelucanischen Morgen. Sie und Thane kamen immer noch gut miteinander aus, aber es schlichen sich immer wieder Momente verlegenen Unbehagens ein.

Vielleicht hatte eine ihrer Freundinnen jemandem erzählt, dass sie während des Schießtrainings über ihn getratscht hatten. Weder Jude noch Kendy würden hinter ihrem Rücken über sie reden, doch Jude mochte in sozialer Hinsicht so unbedarft sein, dass sie

Nash oder Ved gegenüber eine falsche Bemerkung fallen ließ. Das wäre schrecklich gewesen – zumal es dafür zu sorgen schien, dass Thane sich von ihr zurückziehen wollte.

Ich sagte, es sei nichts zwischen uns. Also sollte er sich nicht so benehmen. Es sei denn, er will, dass etwas zwischen uns ist. Aber das will er nicht. Oder?

Will ich das?

Ciena riss sich zusammen. Mama hatte ihr immer geraten, nicht zu übertreiben. Sie sollte keine voreiligen Schlüsse ziehen. Sie sollte zusehen, dass sie in die Luft kam.

„Ihr habt etliche Male auf dem Düsenschlitten-Simulator geübt", sagte der Commander, der den Flugunterricht für Kleinschiffe erteilte. Die Piloten aus Cienas Sektion – mehrere Dutzend inklusive ihrer Zimmergenossinnen – sowie Thane und seine Kameraden standen im Schiffshangar innerhalb des riesigen Gefüges der Akademie. Draußen hatte die Dämmerung eingesetzt, die Lichter von Coruscant glitzerten. „Ein Düsenschlitten ist das grundlegendste Modell eines Tiefflug-Fahrzeugs und deshalb das erste, das ihr beherrschen solltet. Der Umgang damit sollte die Fähigkeiten keines Studenten dieser Klasse überschreiten."

Ciena versuchte, ihre Aufregung zu verbergen. Sie war zu lange in den Simulatoren gewesen – sie war bereit loszulegen. Und die Düsenschlitten schienen so *einfach* zu sein …

Als hätte er sie gehört, fuhr der Commander fort: „Um zu gewährleisten, dass euer erster Flug sowohl zu einem unvergesslichen Erlebnis wird als auch eine Herausforderung darstellt, legen wir das Ganze als Wettkampf an. Als Rennen."

„Gibt es einen Preis?", rief Nash Windrider dazwischen, und ein paar der anderen lachten. Im Gegensatz zu den meisten Ausbildern ließ der Flugkommandant von Zeit zu Zeit eine gewisse Ungezwungenheit zu. Er sagte, das stärke den „Kampfgeist", den sie schließlich pflegen sollten.

Der Flugkommandant lächelte sogar ein wenig, als er antwortete: „Allerdings, Kadett Windrider. Aber Sie sollten die Aufgabe erst einmal kennen, bevor Sie sich zutrauen, sie zu bewältigen."

Ein Hologramm stieg inmitten des Hangars auf. Es zeigte eine dreidimensionale Karte des Bereichs rings um die Akademie. An zehn verschiedenen Stellen, von ganz unten bis nach oben zum Sky Loop, blinkten kleine bunte Punkte. „Was Sie hier markiert sehen, sind Reitgen-Reifen, jeder so groß, dass ein einzelner Düsenschlitten leicht hindurchpasst. Wir haben den umliegenden Luftraum geräumt, sodass Sie Ihren eigenen Kurs wählen können und nur auf die Fahrzeuge Ihrer Klassenkameraden achtgeben müssen."

Den am weitesten entfernten zuerst, entschied Ciena sofort. *Die meisten werden einander zu sehr ins Gehege kommen, weil sie versuchen werden, den nächstliegenden Reif zu erreichen, also werde ich freie Bahn haben. Und dann schlüpfe ich auf dem Weg zurück durch die anderen.*

Der Commander kam zum Schluss. „Wer als Erstes durch alle zehn Reifen fliegt, erhält fünfzig Punkte auf der Rangliste."

Die Kadetten erschauerten vor Unglauben und Vorfreude gleichermaßen. Fünfzig Punkte! Das war besser, als zwei oder sogar drei Examen mit Bestnote zu bestehen. Kadetten, die auf der Rangliste hinterherhinkten, wussten, dass dieses Rennen ihre Rettung sein konnte. In Cienas Kopf war nur Platz für einen Gedanken: *Damit würde ich es schaffen. Damit wäre ich die Nummer eins, weit vor allen anderen.*

„Ihr könnt es gar nicht erwarten, was?", sagte der Commander. „Dann ab zu euren Fahrzeugen, und wartet auf das Signal!"

Ciena rannte zu ihrem Düsenschlitten und startete ihn. Während der Antrieb summend zum Leben erwachte, prüfte sie den Kinnriemen ihres dunkelgrauen Helms und die Panzerung, die um ihre Unterarme, Schienbeine und Oberschenkel geschnallt war. Am wichtigsten war der Repulsor-Gurt, der aktiviert würde, wenn sie vom Bike fiele. Aber das hatte sie nicht vor.

Dieser Sieg ist mein, sagte sie sich, als sie die Handgriffe umfasste und die Bedienungselemente durch die Handschuhe spürte. Der Antrieb unter ihr vibrierte, wie ihr schien, vor Erregung, als säße sie auf einem feurigen Reittier und nicht bloß auf einer Maschine.

Die Lichter über ihnen veränderten sich, wurden langsam heller. Ciena hielt die Luft an. Dann erfolgte der grelle Blitz, der das Startzeichen war.

Ciena gab Vollgas, als sie alle losjagten wie ein Schwarm dardanellischer Heuschrecken – doch sobald sie aus dem Gebäude heraus war, ließ sie sich zurückfallen und zügelte ihr Tempo, damit möglichst wenige ihre Flugroute erkannten und ihren Plan durchschauten. Während die meisten der anderen Düsenschlitten auf den nächstliegenden Reif zurasten, wendete Ciena, drehte ab und hielt mit Höchstgeschwindigkeit auf das am weitesten entfernte Ziel zu.

Sie war allerdings nicht ganz allein. Etwa ein halbes Dutzend weiterer Kadetten hatten sich ebenfalls für diese Strategie entschieden – und einer von ihnen war natürlich Thane. Während er sich über seine Griffe nach vorn beugte, fing er ihren Blick auf und grinste, bevor er seitlich ausscherte.

Ciena lachte laut auf. Es war wieder alles beim Alten zwischen ihnen, und dieses Rennen würde ein Riesenspaß werden.

Das Knifflige an dem Kurs war nicht die Handhabung des Düsenschlittens, ein Leichtfahrzeug, das gut auf die Bewegungen des Piloten reagierte. Die Herausforderung bestand darin, den besten Kurs zu wählen. Für die adäquate Balance durften Düsenschlitten nicht weiter als zwanzig Meter vom Boden oder zumindest einer flachen Oberfläche wie der eines größeren Gefährts, einer Maschine ... oder eines Gebäudes entfernt sein. Sie glitt hinüber zum nächstliegenden Riesenbau, balancierte ihr Bike vor seiner glänzenden Oberfläche aus und flog lotrecht zum Boden mit einer Geschwindigkeit, bei der die Schwerkraft keine Rolle mehr zu spielen schien. Leuchtende Fenster rauschten „unter" ihr vorbei und schienen sich zu kräuseln, als fiele Sonnenlicht auf Wasser.

Verlagern! Ciena lenkte den Düsenschlitten in eine Spirale, sauste aufwärts und hinweg über den von Tunneln durchzogenen Abgrund in der Tiefe – bis sie auf ein paar Meter heran war an ein anderes, höheres Gebäude, das sie jetzt zum Balancieren nutzte. So konnte sie höher und schneller fliegen. Der Wind biss ihr ins Gesicht. *Zum Glück trag ich die Schutzbrille*, dachte sie … … und fluchte dann im Geiste, als sie einen anderen Schlitten neben sich sah, bei dem es sich natürlich um Thanes handelte.

Er rief ihr etwas zu, seine Stimme war gegen das Rauschen der Luft und die Motoren kaum zu verstehen: „Das wird eng!"

„Zu eng für *dich*!", rief sie zurück und lachte dann, als sie die Oberkante des Gebäudes in spitzem Winkel nahm. Vor ihr leuchtete der erste Reif, strahlend gelb schwebte er dicht über dem Dach. Ciena beschleunigte, zielte genau auf die Mitte des Reifes – und keuchte auf, als ihr Schlitten und Thanes aneinanderstießen.

Das hatte er nicht absichtlich gemacht, genauso wenig wie sie. Sie hatten sich beide so intensiv auf das Ziel konzentriert, dass sie vergessen hatten, aufeinander zu achten. Der Zusammenstoß allein war nicht weiter wild – Düsenschlitten waren von ihrer Bauweise her auf derlei Dinge und Schlimmeres ausgelegt –, doch zu ihrem Schrecken erkannte Ciena, dass die vorderen Luftleitbleche ihrer Schlitten sich ineinander verhakt hatten.

„Zieh!", rief Thane und riss seinen Schlitten verzweifelt nach rechts. Sie versuchte, nach links zu ziehen, aber alles, was geschah, war, dass sie ins Wanken gerieten. Ihre Düsenschlitten ließen sich nicht im Flug voneinander trennen. Sie würden anhalten, landen und aufgeben müssen.

Ciena keuchte auf, als sie sah, wie nah sie dem Reitgen-Reif waren. Zu nah, um auszuweichen – sie standen unmittelbar vor einem Crash, vor dem sie nicht einmal das Repulsor-Feld retten konnte.

Instinktiv zielte sie genau auf die Mitte des Reifes. Neben ihr tat Thane genau im selben Moment exakt das Gleiche. Mit links und rechts weniger als einem halben Meter Abstand zischten sie durch den Reif.

Ihr erster Gedanke war, dass sie sich glücklich schätzen konnten, noch am Leben zu sein. Aber dann stellte sie fest, dass verkantete Luftleitbleche zwar das Lenken erschwerten, Balance und Tempo davon jedoch unberührt blieben.

Wäre sie mit einem anderen Kadetten in diese Situation geraten, hätte Ciena den Schlitten abgeschaltet und ihn gezwungen aufzugeben. Mit Thane allerdings … Sie wusste, was für ein guter Pilot er war, verstand, wie er flog. Sollten sie den Versuch wagen?

Sie rief: „Lass es uns durchziehen!"

„Was denn, *so*?" Thane bewegte eine Hand zum Energieregler hin, hielt dann aber inne, als sich die Idee in ihm festzusetzen begann. Abermals sah sie ihn grinsen. „In Ordnung, los geht's!"

Ciena stürzte auf den nächsten Reif zu, genau wie Thane. Sie beschleunigten gleichzeitig, wechselten simultan Richtung und Neigung. Sie hätten es auch dann nicht effektiver hinbekommen, wenn sie es vorher miteinander geprobt hätten. Die beiden Düsenschlitten schienen eins geworden zu sein.

Der zweite Reif machte es erforderlich, dass sie durch schmale Schneisen zwischen Gebäuden rasten, die schon für einen Schlitten eng gewesen wären, von zweien gar nicht zu reden. Gemeinsam legten sie sich so zur Seite, dass ihre Schlitten vor dem linken Gebäude balancierten (woher hatten sie beide gewusst, dass es das linke sein sollte?), brausten an einem anderen Kadetten vorbei, der sie kurzzeitig überholt hatte, und stürzten dann auf den leuchtenden gelben Kreis zu, der ihr Ziel markierte.

Gemeinsam nahmen Ciena und Thane auch den dritten Reif, der sich fast unten am Boden befand, schlängelten sich durch ein Netz aus Gehwegbögen zum vierten Reif und düsten durch die Riefen eines spiralförmigen Wolkenkratzers, um den fünften zu erreichen. Jedes Ziel schien unmöglicher zu schaffen zu sein als das vorherige, und trotzdem wurde das Fliegen immerzu leichter, weil sie und Thane es *im Griff hatten*.

Ihr wurde klar, dass nur zwei Personen, die gemeinsam Jahre damit verbracht hatten, fliegen zu lernen, derart reibungslos aufeinander eingespielt sein konnten. Die Art und Weise, wie sie auf Thanes Manöver reagierte – und er auf die ihren –, bedurfte keinerlei Überlegung. Es geschah rein instinktiv, war ein Teil von ihnen beiden. Die zahllosen Tage, an denen sie durch die Täler Jelucans geflogen waren, hatten sie gelehrt, einander ohne Worte zu verstehen.

Die Bande, die sie in jenen Jahren geschmiedet hatten, waren nicht von der Sorte, die verging.

Als sie durch den zehnten Reif ganz oben auf der Akademie tauchten, legten sie und Thane sich umgehend in die Kurve und beschleunigten geradewegs an der Gebäudewand abwärts. Ciena warf einen Blick über die Schulter und sah die blinkenden Lichter der Schlitten anderer Kadetten, die wie ein Schwarm Glühwürmchen auf den Hangar zuschwirrten. Sie waren nahe – aber nicht nahe genug. Thane und Ciena jagten als Erste wieder in die Landebucht, volle vierzig Sekunden vor dem nachfolgenden Konkurrenten.

Die ineinander verkeilten Düsenschlitten zu landen, erwies sich als der schwierigste Teil. Während sie schwankend zu Boden sanken, sausten hinter ihnen andere Schlitten herein und an ihnen vorbei, und sie hörten Ved Foslo rufen: „Ihr gehört disqualifiziert!"

„Von wegen!", gab Ciena zurück, nahm den Helm ab und schob sich die Schutzbrille auf die Stirn. „Es gab keine Regel für den Fall, dass sich zwei Schlitten ineinander verhaken!"

„Unter diesen Bedingungen zu fliegen, war eher schwieriger als einfacher", betonte Jude, die noch ihre volle Flugmontur trug. Sie war ihnen noch dichter auf den Fersen gewesen als Ved. „Deshalb würde es mir unfair erscheinen, sie zu bestrafen."

Veds tiefgoldener Teint hatte sich unterdessen vor Zorn verfärbt. „Wir sind hier, um zu lernen, wie man einen Düsenschlitten ordnungsgemäß fliegt. Eure Verfahrensweise war ja wohl nicht unbedingt korrekt, oder?"

„Solche Situationen können auch im Kampf auftreten. Sollten wir dann nicht wissen, wie man damit umgeht?" Ciena war beinahe schlecht. Sie hatte keine Regel gebrochen – oder jedenfalls hatte sie es nicht beabsichtigt –, und da stellte Ved Foslo ihre Ehre infrage. Warf er ihr etwa vor, sie hätte das mit Absicht getan? Betrogen?

Inzwischen hatte sich eine kleine Menge versammelt, und die Kadetten schufen eine Gasse, damit der Ausbilder näher treten konnte. Er sagte nur: „Das war ... neu."

Thane lehnte sich an sein Bike, als wäre er völlig entspannt. „Ich möchte nur darauf hinweisen, dass Sie nie gesagt haben, es könne nur eine Person gewinnen. Sie sagten, die fünfzig Punkte bekomme, wer ,als Erstes' ins Ziel kommt. Wir sind zusammen ins Ziel gekommen."

„In den Anweisungen eines vorgesetzten Offiziers nach Schlupflöchern suchen? Das ist eine schlechte Angewohnheit, Kyrell." Der Commander schüttelte langsam, wie aus Verzweiflung, den Kopf. „Aber es liegt mir fern, derartige fliegerische Qualitäten zu bestrafen. Ihr habt euch die Herausforderungen geteilt, also werdet ihr euch auch die Belohnung teilen. Je fünfundzwanzig Punkte für Ree und Kyrell."

Ved Foslo schleuderte angewidert seinen Helm zu Boden, doch die meisten Kadetten jubelten. Thane nahm Cienas Hand und reckte sie mit seiner in die Höhe. Sie lachte aus purem Hochgefühl.

Klassenbeste! Ich habe es bis auf die Royalistische Akademie von Coruscant geschafft und bin tatsächlich die Beste in meiner Klasse! Fünfundzwanzig Punkte reichten dafür. Doch da hielt Ciena inne, weil ihr einfiel, dass sie sich diese Ehre wahrscheinlich mit Thane teilte.

Aber, so stellte sie fest, es machte ihr nichts aus zu teilen. Nicht mit ihm.

Thane ließ ihrer beider Hände sinken – nur los ließ er Cienas Hand nicht gleich.

Und Ciena ließ auch seine nicht los.

5. KAPITEL

Es änderte sich nichts – bis zum Laserkanonen-Projekt ein paar Monate später.

Auch die besten Schlachtpläne setzten das Leben von Soldaten aufs Spiel, und man konnte jederzeit getrennt werden und in Gefahr geraten, während die eigene Schwadron festgehalten wurde oder aus irgendeinem anderen Grund nicht in der Lage war, einem Einzelnen zu helfen. Der eigene Blaster konnte Schaden nehmen oder weshalb auch immer keinen Schutz vor einem feindlichen Schiff bieten. Konstruierte man jedoch rasch eine größere Waffe, konnte man den Kampf allein fortsetzen – vielleicht lange genug, um gerettet zu werden, ganz bestimmt aber lange genug, um den Feind büßen zu lassen. Eine Laserkanone ließ sich aus imperialen Standardkomponenten bauen, wenn man wusste, wie.

Mechanische Arbeiten mochte Thane nicht. Fliegen und Schießen lagen ihm viel mehr. Aber er war entschlossen, auch dieses Projekt zu meistern. Er und Ciena hatten ihre Spitzenplätze bislang verteidigt. Nun blieb nur noch die Frage, wer von ihnen das Semester als Nummer eins abschließen würde. Wenn Ciena ihn schlug, würde er der Erste sein, der ihr gratulierte ... aber hoffentlich würde sie die Erste sein, die *ihm* gratulierte.

„Schau sich einer dieses Grinsen an", sagte Nash, der ein paar Meter entfernt in der riesigen Reparaturbucht unter seiner eigenen im Bau begriffenen Laserkanone lag. „Denkst du an unseren freien Tag? Bist du bereit, das Nachtleben von Coruscant zu erkunden?"

Thane hob die Schultern, ohne den Blick von dem Sturmtruppenhelm abzuwenden, den er gerade auf einer Werkbank zerlegte, um an die Energiezelle heranzukommen. „Ich arbeite an meiner Kanone, wie du es auch tun solltest. Komm schon, Nash, konzentrier dich."

„Wie soll ich mich denn konzentrieren, wenn wir Gelegenheit haben, in Clubs, Cantinas und zig andere Lokale zu gehen, wo wir die Chance haben werden, endlich Mädchen kennenzulernen?", erwiderte Nash. „Mädchen, die uns im Gegensatz zu unseren Mitschülerinnen hier nicht verboten sind. Mädchen zum Anfassen. Mädchen zum Küssen."

„Das versteh ich ja, okay? Aber ich versuche mich gerade zu konzentrieren, damit ich meinen Platz halten kann. Eine Menge Leute haben in dieses Projekt viel Zeit investiert." Thane zeigte mit einer umfassenden Geste auf die Reparaturbucht, um seine Worte zu unterstreichen.

Ringsum standen ein paar Dutzend weitere Laserkanonen, geschützt von kleinen, funkelnden, halbkugelförmigen Niedrig-Energiefeldern. Jede einzelne dieser Maschinen war vielleicht mit mehr Sachverstand repariert worden als seine eigene, mit einfallsreicherer Verwendung zufälliger Ersatzteile, die in fremden Raumhäfen zu finden sein mochten. Jede einzelne davon zählte als Konkurrenz.

Nash stieß sich von seiner eigenen Werkbank ab und rollte näher zu Thane, um die Wirkung des vernichtenden Blickes, den er auf ihn abschoss, zu verstärken. „Wir arbeiten hier jetzt seit Stunden. Und da können wir nicht über den einzigen vergnüglichen Tag reden, den wir haben werden, bevor das nächste Semester anfängt?"

„Na ja …"

„Du hast doch neulich ganz begeistert geklungen, als Ved uns die besten Clubs empfohlen hat."

„War ich ja auch. Ich meine, das bin ich ja noch. Ich freu mich drauf, wirklich."

Da stand Nash auf und schaute Thane über die auf der Werkbank aufgereihten Ersatzteile hinweg an. „Aber du *scheinst* dich nicht zu freuen – jedenfalls nicht darauf, Mädchen kennenzulernen. Das bedeutet entweder, du interessierst dich stattdessen für

Männer – was ich angesichts deiner Reaktion auf dieses schlüpfrige Holo von Ved bezweifle ..."

Der Fluch der hellen Haut bestand darin, dass selbst die leiseste Rötung auffiel. Thane versuchte sich den Anschein zu geben, sich noch immer auf den Sturmtruppenhelm zu konzentrieren.

„... oder es gibt ein Mädchen, an dem du bereits interessiert bist. Ein Mädchen, das du schon kennst." Nash stützte sich auf die Werkbank, legte das Kinn auf die Hände, die Augen in gespielter Unschuld weit geöffnet. „Könnte es sein, dass sich der Name dieses Mädchens zufällig auf *lie-henna see* reimt?"

„So ist das nicht mit uns", beharrte Thane. „So war das nie."

Nashs Grinsen war boshaft geworden. „Aber ich nehme an, dass es so sein wird."

Das Thema verunsicherte Thane mehr, als ihm lieb war. Er wusste noch immer nicht, was er davon halten sollte, wie sich sein Verhältnis zu Ciena veränderte, und er wollte nicht, dass Nash seine lange Nase hineinsteckte. Abgesehen davon erinnerte ihn Nashs anzüglicher Ton, auch wenn er es sicher nur gut meinte, zu sehr daran, wie Dalven ihn damit aufgezogen hatte, dass er von einem Mädchen aus den Tälern doch nur eines wollen könne.

Es war herablassend, so über Ciena zu sprechen. Und es brachte Thane dazu, zu sehr über Dinge nachzudenken, die er vor dem Abschluss der Akademie nicht einmal ansatzweise ändern konnte.

„Wir nehmen diese Angelegenheiten auf Jelucan ernster, als die meisten anderen Leute es tun", sagte er wahrheitsgemäß. „Solche Spekulationen sind ... anstößig."

„Und das sagt der Mann, der sich dieses Holo fünfmal angeschaut hat?" Nash lachte laut auf. „Außerdem sollst du aufhören, ein Jelucaner zu sein, und anfangen, ein Bürger des Imperiums zu werden. Schon vergessen? Und solche Spekulationen machen *Spaß*."

„Jetzt hör mir mal genau zu." Thane legte seine Werkzeuge weg und sah Nash direkt ins Gesicht. „Dieses Thema ist ein für alle Mal vom Tisch. Zwischen Ciena und mir ist nichts. Wir sind nur ..."

„… gute Freunde", sagte Ciena, als sie die Kampfsporthalle verließ. Jeder Muskel schmerzte. „So war es immer, und so wird es
immer sein. Das ist alles."

Jude nickte beipflichtend, dann zuckte sie zusammen – wahrscheinlich tat ihr immer noch der Kopf weh vom letzten Mal, als
Kendy sie wuchtig auf die Matte gelegt hatte. „Das ist sehr klug
von dir. In Anbetracht des Verbots, mit anderen Kadetten aus-
zugehen, wollen schließlich weder du noch Thane eure Laufbahn
gefährden, indem ihr eine so wichtige Regel verletzt."

Kendy – strahlend, verschwitzt und triumphierend – lachte nur
über die beiden. „Für einen Typen, der so gut aussieht, würde ich
jede Regel brechen."

Ciena verspürte einen schmerzhaften Anflug von Eifersucht, der
sie wie ein kleiner Stich traf. Eifersucht wollte sie ganz bestimmt
nicht empfinden, wenn es um Thane ging – und doch brannte sie
in ihr, wie ein Stück glühender Kohle, das nicht erlöschen wollte.

Doch Kendy wechselte bereits das Thema. „Und? Was wollen
wir mit unserem freien Tag anfangen?"

„Mir persönlich ist es eigentlich egal", sagte Ciena, „solange
wir unter anderem *richtig essen* gehen."

Auf imperialen Schiffen waren die Offiziere angehalten, nutri-
tive Getränke zu sich zu nehmen, anstatt zu essen. Das war effizienter, sowohl hinsichtlich der Schiffsressourcen als auch aus
zeitlichen Gründen, und die Mediziner behaupteten, es sei auch
gesünder. Diese Getränke schmeckten zwar nicht schlecht – aber
sie schmeckten eben auch nicht *gut*. Die Mensa der Akademie bot
sie an, und Ciena hatte sich pflichtbewusst daran gewöhnt. Aber
solange sie richtiges, echtes, leckeres Essen genießen konnte, ohne
Schuldgefühle zu bekommen, gab sie der Versuchung gerne nach.

„Ich gehe davon aus, dass wir buchstäblich an jedem potenziellen Zielort eine akzeptable Mahlzeit finden werden", sagte Jude,
dann zögerte sie, bevor sie ihren Vorschlag unterbreitete. „Wäre
jemand an einem Besuch des wissenschaftlichen Museums für
Multi-Spezies interessiert?"

Kendy stöhnte, doch Ciena warf ihr einen scharfen Blick zu.

Die Dritte in ihrem Bunde war still, geduldig und entgegenkommend – sie verdiente es, ab und zu ihren Willen zu bekommen. „Vielleicht könnten wir gleich am Morgen ins Museum gehen. Aber am Nachmittag würde ich lieber etwas weniger ..." – *Todlangweiliges?* – „... Intellektuelles unternehmen. Wir müssen hier doch schon so viel lernen, verstehst du? Ich würde gerne etwas wie, sagen wir, Tauchen ausprobieren."

„Tauchen. Ja!" Kendy war sofort ganz aufgeregt. Da sie von der Tropenwelt Iloh stammte, hatte sie mit dem Schwimmen schon angefangen, bevor sie laufen konnte. „Ich kann nicht glauben, dass es sechs Monate her ist, seit ich im Wasser war! Und nein, Jude, Bahnen im Wellenpool zu ziehen, zählt nicht."

Jude reagierte nicht darauf, während sie in den Fahrstuhl stiegen, sie war bereits tief in Gedanken. „Tauchen wäre eine faszinierende Herausforderung. Bespin ist ein Gasplanet, das heißt, wir haben weder Ozeane noch Seen. Swimmingpools sind ein seltener Luxus. Deshalb sind meine Erfahrungen im Wasser beschränkt. Eine Gelegenheit, meine Fähigkeiten zu erweitern und das Meeresleben zu beobachten, wäre überaus erfreulich."

Der Aufzug hielt auf ihrer Etage. Ciena musste den Kopf schütteln und lächeln. „Für dich ist alles ein wissenschaftliches Projekt, Jude."

„Die Wissenschaft ist das Studium des gesamten materiellen Universums. Daher ist alles Wissenschaft – ob man es sieht oder nicht." Der leise Anflug eines Lächelns auf Judes schmalen Lippen verriet, dass sie zurückstichelte.

Ciena erwähnte nicht, was sie am Abend tun mochten. Innerlich hoffte sie, dass sie ihren Semesterabschluss als Klassenbeste feiern würden, aber das auch nur laut auszusprechen, hätte hochmütig geklungen. Der einzige andere mögliche Kandidat auf den ersten Platz war natürlich Thane. Und sollte er gewinnen, könnte sie sich – jedenfalls glaubte sie das – auch für ihn freuen.

Vielleicht würde sie sogar mit ihm feiern und auf seinen Erfolg anstoßen. Lieber würde sie auf ihren anstoßen, aber ...

„Ciena?" Kendy bedachte sie mit einem fragenden Blick, während sie zu ihrem Zimmer gingen. „Dein Hirn schien sich gerade kurz in den Orbit verabschiedet zu haben."

„Entschuldigt. Ich bin, glaub ich, noch ganz durcheinander im Kopf von diesem einen Schulterwurf, mit dem du mich flachgelegt hast." Ciena löste schon den Gürtel ihrer Kampfsportmontur, als sich die Tür vor ihnen rauschend öffnete. „Kannst du mir mal zeigen, wie das geht?"

„Auf keinen Fall", antwortete Kendy lachend. „Das ist eines der wenigen Dinge, in denen ich besser bin als du."

Am nächsten Morgen stand die Inspektion der Laserkanonen an. Ciena stand vor ihrer perfekt zusammengebauten Kanone stramm. Sie hatte Wert darauf gelegt, möglichst ungeeignete Altmaterialien zu verwenden, damit die Ausbilder sahen, dass sie selbst unter den ungünstigsten Bedingungen etwas zustande bringen konnte. Ihr Bauchgefühl sagte ihr, dass Thane sich nicht ganz so sehr ins Zeug gelegt haben mochte, um sich die Aufgabe schwieriger zu machen. Wenn sie irgendwo einen Vorsprung herausschlagen konnte, dann hier.

Commander Harn schritt an den aufgereihten Laserkanonen vorüber. Neben jeder stand ein Kadett in Habtachtstellung. Obwohl die Reparaturbucht eigentlich ein Ort war, an dem schwer gearbeitet und es auch mal schmutzig wurde, blieben der gummibeschichtete graue Boden und die Wände frei von Ölflecken und Brandspuren. Imperiale Disziplin verlangte absolute Sauberkeit, die Spuren einer jeden Aufgabe hatten zu verschwinden, sobald sie ausgeführt war. Lediglich Kadett Windriders Kanone wies Flecken auf – wie üblich.

Harn nickte anerkennend, als Kendys Kanone anlief. Er öffnete das Bedienfeld, nickte zufrieden angesichts ihrer Auswahl von neuen Teilen. Er lächelte jedoch nicht, weder in diesem Moment noch während der folgenden Inspektionen, murmelte aber: „Innovativ!", als er Veds Werk begutachtete. Das rief auf Veds Gesicht ein derart selbstgefälliges Lächeln hervor, dass Ciena aufstöhnen wollte.

Sie wartete, bis sie an der Reihe war, schaltete ihre Kanone an und sah zu, wie Harn die Effizienzwerte und die Gesamtleistung überprüfte. Obwohl er nichts sagte, kreuzte sein Blick den ihren, als beurteilte er sie aufs Neue. Sie hatte ihn offenbar beeindruckt. Irgendwie schaffte sie es, eine ausdruckslose Miene zu wahren, obwohl Kendy mit den Lippen über die Schulter des Commanders hinweg ein stummes *„Toll gemacht!"* formte.

Als Harn vor Thanes Kanone stehen blieb, sie betrachtete und nach dem Startknopf griff, hielt Ciena den Atem an ...

... doch die Laserkanone lief nicht an.

Gar nicht.

Alle Farbe wich aus Thanes Gesicht. Ciena fühlte sich selbst nicht gut. Sie hatte ihn schlagen wollen, aber sie wollte ihn nicht völlig versagen sehen.

Wie ist das möglich?, dachte sie und verschränkte die Hände hinter ihrem Rücken fester. *Thane ist zwar nicht der geborene Mechaniker, aber er strengt sich an und ist gründlich, und er hat seine Kanone bestimmt Dutzende Male getestet. Das kann gar nicht sein.*

„Das ist untypisch für Sie, Kyrell", sagte Harn, während er einen Vermerk auf dem Tablet machte, das er in einer Hand hielt. „Lassen Sie uns mal sehen, wo der Fehler liegt."

Harn klappte das Bedienfeld von Thanes Laserkanone auf, dann erstarrte er, und seine scharfen Züge verhärteten sich zu einer Miene des Unmuts, ja, sogar Zorns.

Was es auch war, Thane sah es ebenfalls, und es entlockte ihm einen lauten Fluch – hier und jetzt, in Habtachtstellung, direkt gegenüber einem Vorgesetzten. Ein paar der anderen Kadetten keuchten erschrocken auf.

Doch Harn maßregelte Thane nicht. Stattdessen bedeutete er allen mit einer Handbewegung, bequem zu stehen. Kadetten scharten sich um Thane und verstellten Ciena zunächst die Sicht, doch sie drängte sich vor, bis sie selbst in das aufgeklappte Bedienfeld von Thanes Kanone sehen konnte und begriff, weshalb alle zu murmeln begonnen hatten und sich argwöhnisch umschauten.

Die Drähte darin waren durchgeschnitten worden. Gerade und sauber – die Spuren verrieten eindeutig, dass es sich weder um eine schlechte Verdrahtung noch um eine Panne handelte. Irgendjemand hatte das mit Absicht getan.

Sabotage. Die Konkurrenz auf der Akademie konnte brutal sein, aber bisher hatten scheinbar alle fair gespielt. Bei dem Gedanken rann Ciena ein Schauer über den Rücken. Wie konnte irgendjemand, noch dazu ein imperialer Kadett, so ehrlos sein? Die Vorstellung widerte sie fast im gleichen Maße an, wie ihr Thane leidtat.

„Wir werden diese Sache rasch aufklären", versicherte Harn, und sein Ton war scharf und kalt wie ein Eispickel. „Wer auch immer geglaubt haben mag, seinen Platz auf der Rangliste mit so einem Trick verbessern zu können, wird das bedauern." Er trat auf die Bedienungstafel neben dem Haupteingang zu, drückte die Hand darauf und sagte: „Wie viele Kadetten haben diesen Raum zwischen Kadett Kyrells letztem Besuch hier und dieser Inspektion allein betreten?"

Eine monotone künstliche Stimme antwortete: „Einer."

„Und wer war das?", blaffte Harn.

„L-P-acht-acht-acht."

Ciena hatte den Computer falsch verstanden. Sie musste ihn falsch verstanden haben.

Aber da fuhr der Computer fort und führte seine Antwort zu Ende: „Kadettin Ciena Ree."

„So etwas würde ich niemals tun", schwor Ciena in Kommandant Deenlarks Büro, während sie vor seinem langen Schreibtisch aus Obsidian strammstand. „Das würde ich niemandem antun und Thane schon gar nicht."

„Und warum nicht? Er war Ihr einziger Konkurrent um den Spitzenplatz in der Klasse, oder nicht?"

„Aber ... er ist mein Freund."

„Kaum eine Freundschaft ist stärker als wahrer Ehrgeiz."

Cienas Magen verkrampfte sich so sehr, dass sie an sich halten musste, um sich nicht auf den Boden zu erbrechen. Dieser Albtraum hatte sie förmlich verschlungen, ganz und gar. Nicht nur hatte sie Thanes entsetzten Ausdruck der Bestürzung gesehen, und nicht nur hatte die ganze Klasse sie finster angestarrt, als sie eilends aus der Reparaturbucht geführt wurde, nein, darüber hinaus – und das war das Schlimmste – war ihre Ehre ruiniert, und sie wusste nicht, ob sie noch zu retten war.

Was geschieht, wenn ich von der Akademie geworfen werde? Ihre Gedanken rasten wie wild, während sie ihre starre Haltung wahrte und sich alle Mühe gab, nach außen hin ruhig zu wirken. *Dann wird aus mir nie eine Offizierin des Imperiums. Vielleicht fände ich Arbeit als Pilotin, aber nach Jelucan könnte ich nicht heimkehren, nie wieder. Meine Eltern dürften mich nicht einmal ins Haus lassen. Die anderen würden sie fortan meiden.*

Nein. Das konnte sie ihrer Mutter und ihrem Vater nicht antun. Wenn sie von der Akademie verwiesen wurde, musste Ciena sich einen völlig unbekannten Planeten suchen und neu anfangen, ganz allein.

Die Tür zu Deenlarks Büro glitt auf, und der Kommandant schnauzte: „Wir sind noch nicht fertig mit dieser Sache."

„Sir. Ja, Sir." Harn nahm rasch Haltung an. „Aber ein anderer Kadett hat sich mit einer wichtigen Information gemeldet."

Die Mischung aus Schrecken und Hoffnung, die Ciena erfüllte, verschlug ihr die Sprache, auch dann noch, als Jude mit einem Tablet in den Händen zur Tür hereinkam. Nachdem Kommandant Deenlark ihr ungeduldig bedeutet hatte zu sprechen, begann Jude so ruhig und gelassen, als läse sie eine Liste mit Maschinenteilen vor. „Sir. Kadett Jude Edivon von Bespin, T-I-acht-null-drei, meldet sich zur Stelle. Eine gründliche Überprüfung der Daten beweist, dass sich Kadett Ree zu der Zeit, als sie angeblich die Reparaturbucht betrat, um Kadett Kyrells Kanone zu manipulieren, in Wirklichkeit mit mir und ihrer anderen Mitbewohnerin, Kadettin Idele, in unserem Zimmer aufhielt. Ich habe Datenprotokolle aufgerufen, die zeigen, wie sie die Kampfsporthalle verlassen, den Aufzug benutzt und unser Zimmer betreten hat, und es gibt keine Aufzeichnung, dass sie es wieder verlassen hätte."

Ciena fürchtete fast, vor Erleichterung ohnmächtig zu werden, doch Deenlarks finstere Miene hellte sich nicht auf. „Datenprotokolle können ebenfalls manipuliert werden, Kadettin Edivon."

Jude nickte. „Ich bin der Überzeugung, dass jemand nicht nur Kadett Kyrells Kanone sabotiert hat, sondern auch den Computer der Reparaturbucht, um es so aussehen zu lassen, als wäre Kadettin Ree die Schuldige. Kurzum, Sir, ich glaube, sie wurde verleumdet."

„Was Sie glauben, ist ohne Beweise bedeutungslos, Kadettin Edivon", sagte der Kommandant. Ciena wagte nicht zu hoffen, dass allein eine Aussage seitens Jude und Kendy als Beweis ihrer Unschuld gelten würde. Wäre es so, hätte er es dann nicht schon gesagt?

„Sir. Ich zögere, den Namen der Person zu nennen, die für diese Sabotage verantwortlich zu sein scheint, denn während die Daten zwar eindeutig sind, können sie doch nicht als zweifelsfreier Beweis gelten." Judes Finger schlossen sich fester um das Tablet, als hätte sie Angst, die Information könnte ihr entrissen werden.

Warum hältst du damit hinterm Berg?, wollte Ciena schreien. Wer hat mir das angetan?

Kommandant Deenlark erhob sich, und er war so groß, dass er selbst die gertenschlanke Jude überragte. „Berichten Sie, was Sie herausgefunden haben."

Jude warf Ciena einen entschuldigenden Blick zu. „Sir, es scheint, dass es sich bei der Person, die verantwortlich ist für die Verleumdung von Kadettin Ree ... um Kadett Thane Kyrell selbst handelt."

Nein. Ciena weigerte sich, das zu glauben. Es musste eine andere Antwort geben. Jude musste die Daten falsch interpretiert haben.

Aber niemand verstand mehr von den inneren Funktionsweisen eines Computers als Jude. Thane war der einzige andere Konkurrent um den ersten Platz, und mechanische Reparaturen waren eine seiner größten Schwächen. Wenn er das Gefühl hatte, die Projektaufgabe nicht gut genug gelöst zu haben, und fürchtete zu scheitern … dann könnte er die Drähte seiner eigenen Maschine durchgeschnitten haben, um zu verschleiern, dass er nicht in der Lage war, sie zu reparieren. Und wenn er Ciena die Schuld in die Schuhe schob, verhinderte er nicht nur, dass er herabgestuft wurde, er zöge auch sie so weit nach unten, dass sie nicht Klassenbeste werden konnte.

Aber hier geht es nicht nur um den Platz des Klassenbesten. Man könnte mich rausschmeißen wegen dieser Sache! Das würde Thane mir nicht antun, niemals.

Und doch leuchtete der Beweis auf dem Datapad in Judes Händen.

6. KAPITEL

„Was hat der Kommandant gesagt?", wollte Nash von Thane wissen.

„Nur, dass ich ins Büro kommen soll." Thane schloss seine Uniformjacke und bereitete sich auf das Zusammentreffen vor.

„Glaubst du, er gibt dir noch eine Chance mit der Laserkanone?" Ved lag auf seinem Bett und gab sich nicht einmal wirklich Mühe, so zu tun, als interessierte ihn, was mit Thanes Platz auf der Rangliste geschah.

Im Moment interessierte Thane diese Frage selbst allerdings noch viel weniger. „Ich glaube, er wird mir sagen, was wirklich passiert ist."

Nash hob eine Augenbraue. „Du denkst immer noch, dass es nicht Ciena war, die deine Maschine manipuliert hat? Obwohl es Beweise dafür gibt?"

„So etwas tut sie nicht", sagte Thane knapp und ging zur Tür.

Er war nicht hundertprozentig sicher, dass Ciena unschuldig war – die Daten sprachen gegen sie, und Thane musste gestehen, dass Daten in den Computern der Akademie schwer zu fälschen waren. Aber er war mindestens zu fünfundneunzig Prozent sicher. Thane vertraute ihr nicht nur, er wusste, wer sie war und wo sie herkam. Sicher, viele Kadetten der Akademie hätten geschummelt, um nach vorne zu kommen. Aber Ciena, ein Mädchen aus den Tälern Jelucans? Sie wäre eher gestorben, bevor sie etwas Unehrenhaftes getan hätte. Sie würde nie jemanden betrügen und ihn am allerwenigsten. Dazu bedeuteten sie einander zu viel.

Trotzdem verspürte er diese fünf Prozent Ungewissheit, und er hatte bisher noch nie an Ciena gezweifelt, nicht einmal für eine Sekunde.

Als Thane das Büro von Kommandant Deenlark betrat, war er überrascht, Ciena in Habtachtstellung dastehen zu sehen. Erst war er froh – gut, wir können die Sache ausbügeln und hinter uns lassen –, doch dann stellte er fest, dass sie sich weigerte, seinem Blick zu begegnen. Geschah das aus Gründen der Disziplin oder aus Schuldgefühl?

„Kadett Kyrell. Kadettin Ree. Wir stehen vor einem Rätsel." Der Kommandant erhob sich nicht von seinem Stuhl, während er sie musterte, wie sie da nebeneinanderstanden, unbewegt und korrekt. „Die erste Datenlage besagt, dass Kadettin Ree die Einzige ist, die als Verursacherin der heute aufgedeckten Manipulation infrage kommt. Die zweite Datenlage legt hingegen nahe, dass Kadett Kyrell selbst seine Laserkanone manipuliert und Kadettin Ree die Schuld an der Tat untergeschoben hat."

Thane hatte nicht gewusst, dass man spüren konnte, wie einem das Blut aus dem Gesicht wich. Es war, als würde man taub vor Kälte. „Sir! Ich habe ganz bestimmt nicht ... ich würde niemals ..."

„Verschonen Sie mich mit Ihrem Protest, Kadett Kyrell." Inzwischen wirkte Deenlark eher gelangweilt. „Ich habe mit unseren Spezialisten gesprochen, die mir erklärten, dass sowohl die eine als auch die andere Datenlage die gefälschte sein könnte. Einer von ihnen hat versucht, den anderen zu sabotieren und seine Spuren verwischt – nicht gut genug, um sie völlig zu verbergen, aber doch so weit, dass wir nicht sicher sein können, wer von Ihnen verantwortlich und wer unschuldig ist. Deshalb bleibt uns keine andere Möglichkeit, als Sie beide zu bestrafen."

So gut er als Pilot auch sein mochte, hatte Thane doch ab und zu einen Flugsimulator gecrasht. Wenn er auf den Bildschirmen die Flammen gesehen hatte und eine Planetenoberfläche, die auf ihn zuraste, um ihn in seine Atome zu zerlegen, hatte er sich oft gefragt, was es wohl für ein Gefühl sein mochte, wirklich abzustürzen und zu verbrennen.

Wahrscheinlich fühlte es sich ungefähr so wie jetzt an.

Kommandant Deenlark lächelte schmal. „Sie haben beide die

Laserkanonen-Aufgabe nicht geschafft. Das wird sich in Ihren Kursbewertungen niederschlagen."

Sie waren beide hoch genug platziert, dass selbst ein Scheitern in dieser Größenordnung sie nicht weiter als ins zweite Viertel herunterstufen würde. Trotzdem war es schmerzlich.

„Normalerweise", fuhr der Kommandant fort, „würde eine Verletzung des Ehrenkodex ein Disziplinarverfahren und möglicherweise einen Ausschluss aus der Akademie verlangen. Da wir der Wahrheit jedoch nicht näher kommen können, wäre das sinnlos. Obgleich ich Sie beide bestraft habe, bin ich nicht willens, zwei begabte Piloten aufgrund einer derart undurchsichtigen Beweislage hinauszuwerfen. Sie werden beide Kadetten bleiben. Ich versichere Ihnen jedoch eines: Sollte es während Ihrer Zeit auf der Akademie zu irgendeinem ähnlichen Zwischenfall kommen, sei es für einen von Ihnen oder für alle beide, erfolgt der sofortige und endgültige Ausschluss. Haben Sie mich verstanden?"

„Ja, Sir", sagten Thane und Ciena wie aus einem Mund. Ihre Stimme klang so hohl wie seine eigene.

Schweigend verließen sie Deenlarks Büro und Vorzimmer. Draußen – und von einer der obersten Etagen des Akademie-Gebäudes aus – fiel der Blick durch die grün getönten Fenster auf, wie es schien, halb Coruscant. Es standen einige Bänke und Stühle für Junior-Offiziere, Studenten und Besucher bereit, damit sie sich, wenn sie die Stadt vor sich ausgebreitet sahen, der Macht des Kommandanten bewusst wurden. Heute Abend waren jedoch keine Besucher da. Thane und Ciena waren allein.

Als hätten sie es vorab geprobt, traten sie beide auf die Fensterfront zu, bevor sie sich einander zuwandten. Als ihre Blicke sich trafen, atmete Ciena zutiefst erleichtert aus. „Du hast es nicht getan."

„Du auch nicht." Das hätte er die ganze Zeit schon wissen sollen. Sie lächelten einander an, das Vertrauen war wiederhergestellt – doch das Problem war nicht gelöst. Thane ließ sich gegen eine der Metallsäulen zwischen den Fenstern sacken. „Aber verdammt noch mal, wer war es dann?"

Ciena schaute düster drein. „Jemand, der die beste Note für das Projekt wollte. Wahrscheinlich Ved Foslo, diese Schlange."

„Da bin ich mir nicht so sicher. Ved kennt sich gut aus in mechanischen Dingen, er wäre, auch ohne zu betrügen, unter die Besten gekommen. Warum sollte er also so ein Risiko eingehen? Außerdem ist er ein Pedant, wenn es um Regeln geht – auch dann, wenn sie zu seinem Nachteil sind."

„Aber wer sollte uns beide verleumden und gegeneinander aufhetzen wollen?" Sie wirkte regelrecht verletzt. „Die Kanone und die Daten zu manipulieren, war nicht einfach nur ein Trick, um voranzukommen. Jemand wollte uns treffen."

Wer in ihrer Klasse hegte einen Groll gegen sie beide? Niemand hasste sie persönlich – jedenfalls soweit Thane wusste, und das war vielleicht nicht weit genug. „Es muss daran liegen, dass wir beide an der Spitze der Klasse stehen."

Ciena ächzte. „Wir *standen* an der Spitze der Klasse. Diese Sache wirft uns weit zurück ..."

„Nur vorübergehend." Er merkte, dass er die Fäuste geballt hatte. „Wir müssen herausfinden, wer das wirklich war. Wenn wir den wahren Täter liefern, bekommen wir unsere Platzierungen zurück, und der Blödmann fliegt raus."

„Niemand, der zu so etwas bereit ist, verdient es, ein imperialer Offizier zu werden", sagte sie und hob ihr Kinn. „Du hast recht. Wir finden die Wahrheit heraus, und dann lassen wir den Schuldigen büßen."

Thane nickte. Draußen huschten Schiffe und Hoverbikes durch den dunstigen Sonnenuntergang der Stadt. „Okay, wie fangen wir an?"

Jude willigte ein, ihnen zu helfen, aber sie warnte, als sie später am Abend in einer der freien Datenstationen saßen: „Meine vorherige Analyse ergab fälschlicherweise Thane als den Schuldigen. Deshalb müssen meine Fähigkeiten infrage gestellt werden."

„Sag nicht so was." Ciena legte ihrer Freundin eine Hand auf die Schulter. „Du bist auf die falsche Lösung gestoßen, weil dich jemand auf die falsche Spur geführt hat. Jetzt, da du Bescheid weißt, musst du tiefer graben, und ich wette, du findest die Antwort im Handumdrehen. Nicht wahr, Thane?" Sie warf ihm einen Blick zu, und er nickte, als hätte er nicht genau denselben Einwand gegen Judes Fähigkeiten vorgebracht, nachdem Ciena ihm ihren Vorschlag noch vor dem Büro des Kommandanten unterbreitet hatte.

Aber sie glaubte an ihre Freundin. Wenn sie die Wahrheit herausfinden wollten, war es am besten, sich Judes Führung anzuvertrauen.

Jude arbeitete minutenlang an ihrem Terminal. Niemand sagte währenddessen ein Wort, sie bewegten sich sogar kaum. Das einzige Geräusch in dem riesigen Datenanalyse-Raum war das leise Tippen von Judes Fingern auf den Kontrollen. Die Helligkeit rührte allein von den Dutzenden Terminals her, die zu dieser späten Stunde alle unbesetzt waren und in einem blassen Blau glommen. Ciena schaute einmal zu Thane hin und stellte fest, dass er bereits zu ihr herübersah. Als sich ihre Blicke begegneten, wandte er verlegen den Kopf ab.

Aus irgendeinem Grund wurden daraufhin ihre Wangen ganz heiß.

Entschlossen konzentrierte sie ihr Augenmerk darauf, zu überlegen, wer die wahrscheinlichsten Täter waren. Jeder konnte daran interessiert sein, sie auf der Rangliste nach unten zu drücken. Aber sie gegeneinander ausspielen zu wollen … Offenbar hatte es jemand darauf abgesehen, ihnen wehzutun.

Aber wir haben sie überlistet. Ihr Herz schwoll vor Stolz und anderen Gefühlen, die schwerer zu benennen waren, als sie abermals seitlich zu Thane hinschaute. *Es braucht mehr als nur das, um uns auseinanderzubringen.*

„Hmmm." Jude legte die Stirn in Falten und rümpfte ihre lange, sommersprossige Nase. „Die Wege, die der Saboteur genommen hat, sind ziemlich umständlich. Ich habe die Information über Thane verfolgt, und … es sieht so aus, als wollte man den Anschein erwecken, ein höherer Offizieller hier an der Akademie wäre für die Sache verantwortlich."

Ciena konnte nur den Kopf schütteln. „Eine Lüge nach der anderen. Wenn ich herausfinde, wer das war, werde ich sie fragen, wie sie auf die Idee verfallen sind, sie könnten einen Ausbilder verleumden und damit durchkommen."

„Keinen Ausbilder. Jemand im Büro für Studentenergebnisse", stellte Jude klar.

Na und? Ein Ausbilder, Verwaltungsbeamter, wer auch immer – es war auf jeden Fall ein dummer Zug. Doch Thane richtete sich auf seinem Stuhl auf. In seiner Miene dämmerte eine Erkenntnis herauf. „Wisst ihr, wofür das Büro für Studentenergebnisse zuständig ist?"

Ciena hatte noch nie davon gehört. Jude antwortete: „Dort überwacht man die studentischen Leistungen und erarbeitet Vorschläge für Lehrmethoden zum Zwecke maximaler Steigerung." Dann fügte sie schulterzuckend hinzu: „Aber ich habe keine Ahnung, wie die das genau anstellen."

„Na, offenbar, indem sie uns verrückt machen!" Thane stieß sich vom Datenterminal ab. So wütend hatte Ciena ihn noch nie erlebt.

Jemand musste die Ruhe bewahren. „Thane", sagte sie, „überleg mal, was du da redest. Warum sollte jemand vom Personal der Akademie ausgerechnet uns reinlegen wollen?"

„Weil sie nicht wollen, dass zwei Kadetten von einem Provinzplaneten die Sprösslinge dieser großen Tiere beim Militär schlagen. Weil General Foslo oder Admiral Jasten oder irgendein anderer von denen befohlen hat, uns runterzustufen, damit deren Balg die Nummer eins sein kann." Thane stand auf. Seine Miene war finster.

Sie verstand, weshalb Thane dermaßen außer sich war, trotzdem reagierte Ciena ungehalten. „Warum machst du eine Riesenverschwörungstheorie aus der Sache?"

Jude, die schweigend an ihrem Terminal gesessen hatte, warf ein: „Es *ist* eine Art von Verschwörung. Es stellt sich nur die Frage, wer dafür verantwortlich ist."

„Niemand wäre so dumm, einem Offiziellen der Akademie die Schuld in die Schuhe zu schieben", schimpfte Thane. „Jedenfalls niemand, der schlau genug wäre, um so eine Sache überhaupt anzuleiern. Das heißt also, dass Leute aus dem Büro für Studentenergebnisse dahinterstecken müssen."

„Das kann nicht dein Ernst sein." Kalte Angst sammelte sich in Cienas Magengrube – Thane ging mit seinem Verdacht über die Grenzen verständlicher Wut hinaus und betrat gefährliches Terrain. Die Methoden der Akademie stellte man nicht infrage.

„Doch, das ist mein Ernst. Sie haben sich bestechen lassen oder etwas Ähnliches. Was glaubst du, wie viele Credits kostet es wohl, deinem Kind den Spitzenplatz in der Klasse zu kaufen? Wie viel es auch sein mag, die Akademie meint, das sei unser Wert."

„Dir ist schon klar, dass du damit den Vorwurf eines Verbrechens erhebst, oder?", versetzte Ciena.

Er giftete zurück: „Und? Willst du mich melden?"

Jude saß ganz still an ihrem Terminal, nur ihr Blick glitt zwischen ihnen hin und her, während sie stritten. Ciena wusste, dass sie leiser sein sollten, wenigstens bis sie allein waren, aber dazu war sie zu wütend, genau wie Thane. „Ich werde dich natürlich nicht melden. Aber du musst dir in Erinnerung rufen, weshalb wir hier sind und wem wir dienen."

„Du glaubst, alles, was die Akademie und das Imperium tun, sei perfekt!"

„Und du glaubst, jede Autoritätsperson sei so schlimm wie dein Vater!"

Thanes Augen wurden groß, und sie wusste, dass sie ihn verletzt hatte. Er trat auf sie zu. „Erwähne mir gegenüber *nie wieder* meinen Vater. Das geht dich nichts an. Verstanden?"

Seit sie sich kannten, hatte er noch nie zu ihr gesagt, dass sie etwas nichts angehe. Sie wussten alles voneinander, sie hatten keine Geheimnisse. Jetzt hatte Thane eine Grenze gezogen, wo es vorher keine gegeben hatte, eine Wand aus Stein, und Ciena hatte das Gefühl, sie sei soeben in vollem Tempo dagegengerannt.

„Dir ist klar, dass wir sie deswegen zur Rede stellen müssen", fuhr er fort, weil er offenbar so wütend war, dass er den Verstand verloren hatte.

„Du willst, dass wir Offizielle der Akademie der Unehrlichkeit bezichtigen?"

„Ja! Ich will, dass sie zugeben, was sie getan haben, und es rückgängig machen! Das ist unsere einzige Chance, unsere Plätze zurückzubekommen ..."

„Nach solchen Vorwürfen werden sie uns unsere Plätze nicht zurückgeben! Sie werden uns so schnell rauswerfen, dass wir nicht einmal Zeit haben, unsere Sachen zu packen."

„Du willst es nicht einmal *versuchen?* Du würdest lieber den Kopf in den Sand stecken, anstatt zuzugeben, dass deine ach so edlen Lehrer etwas falsch gemacht haben?"

Ciena hätte ihn am liebsten gepackt und geschüttelt. „Wir würden alles nur noch schlimmer machen, Thane."

„Du willst also, dass ich es einfach hinnehme. Ich soll akzeptieren, dass mein ganzes erstes Semester hier auf der Akademie vergeudet war."

Als wäre alles, was sie gelernt, getan und gesehen hatten, nur wegen ihrer blöden Listenplätze vergeudet gewesen. Wütend fuhr sie ihn an: „Ja, das will ich! Du musst loslassen, du musst lernen, mit Dingen umzugehen, und du musst *erwachsen* werden."

Er starrte sie mit offenem Mund an, in seinen Augen nichts als Verachtung, und dann sagte er: „Ich hätte nie gedacht, dass du ein Feigling bist."

Das tat weh. „Ich hätte nie gedacht, dass du nicht für den imperialen Dienst taugst. Jetzt allerdings? Jetzt frag ich mich schon ..."

„Verschon mich mit deinen Analysen, ja? Wir sind hier fertig."

Damit wandte er sich ab, um zu gehen. Ciena wollte ihn einerseits los sein, andererseits wollte sie die Angelegenheit nicht so auf sich beruhen lassen. Deshalb rief sie ihm nach: „Willst du nicht sehen, was Jude noch ausgräbt?"

„Sie wird nichts weiter ausgraben. Wir haben unsere Antwort. Du bist nur zu naiv, um sie zu glauben." Thanes Stimme troff vor Verachtung, und das traf sie tief. Sie sagte nichts mehr, als er hinausstürmte.

Es war ein Gefühl, als wäre eine Bombe hochgegangen. Ciena spürte, dass dieser Zwischenfall nur der Auslöser gewesen war, dass eine drastische Veränderung schon lange auf sie gelauert hatte. Aber nie hätte sie sich träumen lassen, dass es zu einer derart hässlichen Auseinandersetzung kommen würde. In ihrer Freundschaft hatte sich eine Kluft aufgetan, und Thane stand auf der anderen Seite des Abgrunds. Sie konnte nicht mehr glauben, dass er das Imperium so liebte wie sie. Sie konnte nicht mehr auf sein Verständnis und seine Unterstützung vertrauen. Irgendwie wusste Ciena bereits, dass es zwischen ihnen nie mehr so sein würde, wie es einmal gewesen war.

„Nun." Jude klang verlegen. „Also, ich habe weitergesucht, und es scheint, als würde die Spur im Büro für Studentenergebnisse enden. Das heißt nicht, dass die Schuldigen dort sitzen – das Büro mag nur eine bequeme Umleitung für die ursprüngliche Sabotage der Datenaufzeichnungen gewesen sein. Und der Rest der Reparaturbucht-Informationen wurde natürlich gelöscht. Ich fürchte, meine Suche endet hier."

Ciena nickte. Die Datenterminals verschwammen vor ihren Augen. Mit dem Handballen wischte sie heiße Tränen fort.

Jude fuhr fort: „Wir sollten unsere Bemühungen darauf konzentrieren, deine zukünftige Platzierung auf der Rangliste zu verbessern, damit du diesen Rückschlag ausgleichen kannst ..."

Dann stand sie unvermittelt auf, unförmlich auf eine bisher nie erlebte Weise, und nahm Ciena fest in die Arme. Und endlich konnte Ciena weinen.

7. KAPITEL

Für die Kadetten der Akademie schienen die nächsten zweiein-halb Jahre ewig zu dauern und gleichzeitig wie im Flug zu ver-gehen. Während die Examen anspruchsvoller, das Fliegen schwie-riger und die Disziplin wichtiger wurden, begannen die Betten sich zu leeren. Beim Antreten musste die Formation ein ums an-dere Mal zusammengezogen werden. Das Gedränge in den Kor-ridoren nahm ab, denn mehr und mehr Studenten flogen von der Akademie oder gaben einfach auf.

Sowohl Thane Kyrell als auch Ciena Ree waren dafür zu zäh. Sie waren beide nach wie vor auf den ersten Platz in der Klassenrang-liste aus, in jedem Semester – und das hieß, dass sie immer wieder aneinandergerieten.

In *Klassische Kultur der Kernwelten*: „Wer kann mir sagen, für welche Oper der Komponist Igern am bekanntesten ist?"

Cienas Hand schoss hoch, und als der Professor ihr zunickte, antwortete sie: *„Kelch und Altar."*

„Sehr gut, Kadettin Ree. Und können Sie mir auch die Themen nennen, für die diese Oper berühmt ist?"

Oje! Sie konnte einige Melodien aus *Kelch und Altar* summen, aber sie mochte Opernmusik nicht besonders. Das machte es ihr schwer, die Musik mit der Handlung in Verbindung zu bringen.

Der Professor wartete nur einen Moment, dann wandte er sich ab. „Nur auswendig gelernt, Kadettin Ree? Pech. Weiß es sonst jemand?"

Der Klang von Thanes Stimme hinter ihr bohrte sich wie ein Messer zwischen ihre Schulterblätter. Er sagte: „Die Oper befasst sich mit der Moralität der Selbsthingabe und der Unterdrückung des Verlangens."

„Ausgezeichnet, Kadett Kyrell."

Es war, als könnte Ciena spüren, wie sich Thanes selbstgefälliges Lächeln in ihren Rücken brannte. Sie biss die Zähne zusammen und beschloss, bis zum nächsten Kulturexamen jeden Abend Opern zu hören. Kendy und Jude mussten sich damit eben abfinden.

In *Operieren von Schiffen der Zerstörer-Klasse*: „Sämtliche anderen Bemühungen sind fehlgeschlagen", leierte der Professor auf dem nachgebauten Kapitänssessel der Sternenzerstörer-Simulation die Aufgabe herunter. „Unser Schiff wurde geentert, auf allen Ebenen tobt der Kampf, aber wir können nicht zulassen, dass der Feind unser Schiff übernimmt. Deshalb müssen wir uns selbst zerstören. Welche der drei Methoden zur Selbstzerstörung würden wir wählen?"

Thane drehte sich mit seinem Konsolenstuhl herum. „Wir sollten die automatische Selbstzerstörung auslösen, indem wir die Codes benutzen, die die drei Führungsoffiziere erhalten haben. Die Automatik lässt uns am meisten Zeit bis zur Detonation, das heißt, mehr von unseren Truppen werden es in die Rettungskapseln schaffen."

Der Professor legte die Fingerspitzen aneinander. „Eine interessante Wahl. Sieht jemand ein Problem in Kadett Kyrells Szenario?"

Ciena hob die Hand von ihrem Sichtschirm. „Ja, Sir. Wenn der Feind das Schiff bereits so gründlich infiltriert hat, gibt es keine Garantie, dass alle drei Führungsoffiziere auf der Brücke oder überhaupt noch am Leben sein werden. Außerdem räumt die längere Zeit bis zur Detonation unseren Gegnern nur eine größere Chance ein, ebenfalls zu fliehen."

„Sehr gut, Kadettin Ree. Was würden Sie stattdessen vorschlagen?"

„Nicht die Kernantrieb-Methode, die einen problemlosen Zugang zum Maschinenraum erfordern würde – auch das wäre bei einem Kampf innerhalb des Schiffes nicht garantiert. Stattdessen sollten wir die Kapitänsbefehls-Methode anwenden. Der Kapitän signalisiert allen, das Schiff zu verlassen, schließt sich selbst mit einem bestimmten Passwort, das nur ihm bekannt ist, auf der Brücke ein und bleibt dort, um auf die Feindschiffe zu schießen und den Rettungskapseln Feuerschutz zu geben. Dann steuert er das Schiff in das nächste planetare Objekt, den nächsten Stern oder die nächste Singularität." Ciena hob in kaum verhohlenem Stolz das Kinn.

„Das bedeutet, der Kapitän muss mit seinem Schiff untergehen", sagte der Ausbilder.

„Ja, Sir", erwiderte Ciena. „Aber alle imperialen Offiziere sollten darauf gefasst sein, ihr Leben zu opfern, um ihre Pflicht zu erfüllen."

„Ausgezeichnet, Kadettin Ree." Der Ausbilder lächelte ihr zu. Und dieses alte Ekel lächelte nie jemandem zu. „Ihre Antwort ist diejenige, die ich in taktischer Hinsicht für ideal halte – und auch in moralischer Hinsicht."

Thanes Hände krampften sich um die Kanten seiner Steuerkonsole, um sich an einer Geste zu hindern, die auf den meisten Welten als ausgesprochen unhöflich galt.

Moral. Was war denn moralisch gut daran, sich selbst in die Luft zu jagen, wenn man genauso leicht mit dem Leben davonkommen und am nächsten Tag weiterkämpfen konnte? Thane schäumte deswegen noch den ganzen Nachmittag, auch im Nahkampf-Unterricht, wo die Wut seinen Schlägen so viel Dampf verlieh, dass er Ved zu hart traf. Das trug ihm nicht nur eine schlechte Note ein, er musste Ved zur Wiedergutmachung auch noch all seine Nachtisch-Credits für eine Woche versprechen.

Dass er im Nahkampf-Unterricht Mist gebaut hatte, war seine eigene Schuld, und das wusste Thane auch. Trotzdem wurde er das Gefühl nicht los, dass auch dies eine Lage war, in die er wegen Ciena geraten war.

Sie mochte ja immer noch glauben, das Imperium sei der perfekte Staat, auf den die Völker aller Planeten unentwegt ein Loblied sangen. Thane wusste es inzwischen besser. Obwohl auf den offiziellen Informationskanälen die Rede vom Bau neuer Projekte war, von erfolgreichen Handelsgesprächen und endlosem wirtschaftlichen Wohlstand, wusste er, dass dieser Schein größtenteils nur Fassade war. Das Imperium baute neue Stützpunkte, um seine Macht zu festigen. Die „Handelsgespräche" schienen stets darauf hinauszulaufen, dass das Imperium alles bekam, was es wollte, und das zu Bedingungen, von denen der jeweilige Planet unmöglich profitieren konnte. Und was die Stimmung in der Bevölkerung anging, hatten selbst die offiziellen Informationskanäle angefangen, Gift zu spucken über eine kleine Gruppe, die Böses im Schilde führte und sich Rebellen nannte.

Thane hatte für Terroristen nur Verachtung übrig, aber er wusste auch, dass solche oppositionellen Splittergruppen wohl kaum aus dem Nichts kamen. Sie waren eine Reaktion auf die zunehmende Kontrolle des Imperiums – eine Überreaktion, gewiss, aber eben auch ein Beweis dafür, dass nicht alle die Herrschaft des Imperiums akzeptierten.

Trotz seiner Ernüchterung hatte Thane nicht vor, den imperialen Dienst zu verlassen. Wie sonst sollte er die tollsten Schiffe der Galaxis fliegen? Außerdem konnten auch kleinere Arbeitgeber korrupt sein, und die Arbeit wäre unsicherer. In der Imperialen Flotte wurde Thane garantiert ordentlich bezahlt, er hatte Zugriff auf die besten Schiffe und die Chance, regelmäßig befördert zu werden. Und am besten war, dass er nie wieder auf Jelucan würde leben müssen.

Deshalb empfand er keinen Neid, als Ciena Ree der Kommando-Laufbahn zugeteilt wurde. Seine Laufbahn – Elitekämpfer – passte viel besser zu ihm. Er begrüßte es sogar, dass er und Ciena nach der Verteilung auf unterschiedliche Laufbahnen weniger Klassen gemeinsam besuchten. Thane empfand es als Erleichterung, dass er sie nicht mehr jeden Tag sehen musste. Manchmal tat es sogar weh, sie nur zu sehen ...

Nein. Es regte ihn auf. Machte ihn wütend. Es tat nicht *weh*.

Jedenfalls redete er sich das ein. Er wusste nur, dass es ihnen nicht gelungen war, ihre Freundschaft, die an dem Zerwürfnis über die vorgetäuschte Sabotage vor über zwei Jahren zerbrochen war, je wieder ganz zu kitten. Die Demütigung, die er empfunden hatte, als sie seinen Vater zur Sprache gebracht hatte – dass sie zu behaupten gewagt hatte, *irgendetwas*, das er tat, könnte etwas mit seinem Vater zu tun haben –, die schmerzte noch immer jedes Mal, wenn er Jude Edivon sah. (Jude war seit jenem Tag stets besonders nett zu ihm gewesen, was die Sache nur noch schlimmer machte.) Ciena hatte aufgehört, ihm zu vertrauen, was sich kalt und seltsam anfühlte. Er fragte sich, ob sie hinsichtlich ihrer imperialen Pflicht so fanatisch geworden war, dass sie sein Misstrauen gegenüber den Methoden der Akademie als persönliche Kränkung betrachtete. Wie albern wäre das denn? Er konnte aber auch nicht vergessen, dass sie sich geweigert hatte, ihre vorgesetzten Offiziere zur Rede zu stellen, und einfach hingenommen hatte, dass er auf der Klassenbestenliste eben ein beträchtliches Stück abgerutscht war.

Er hasste Ciena nicht oder so, und er glaubte auch nicht, dass sie ihn hasste. Aber sie jubelten einander beide bei Wettbewerben nicht mehr zu und gratulierten sich nicht mehr nach einem Turniersieg. Und sie verbrachten auch die wenige Freizeit, die ihnen die Strenge der Akademie noch ließ, nicht mehr gemeinsam.

Gelegentlich jedoch – in den unpassendsten Augenblicken – machte sich die anhaltende Verbindung zwischen ihnen noch bemerkbar. Dann wurde aus Asche wieder Glut.

Eines Tages, nur ein paar Monate vor dem Abschluss, war Thane wieder einmal auf dem Weg zur Uniformausgabe, den er mindestens einmal pro Semester antrat. Er hatte endlich aufgehört zu wachsen, was eine Erleichterung darstellte, weil er der drittgrößte Student seiner Klasse geworden war, um Haaresbreite reichte er damit an Nash heran. Aber nun baute sein Körper Muskeln auf den Knochen auf, seine Brust und seine Schultern wurden breiter, und das hieß, er brauchte neue Uniformjacken. Er dachte gerade daran, wie eng und unbequem die Jacke war, die er jetzt trug, als er um eine Ecke bog und ein Stück den Gang hinunter Ciena dastehen sah, die noch ihre losen schwarzen Shorts und das graue

Oberteil aus dem K&A-Unterricht trug. Doch hielt sie sich nicht wie üblich stolz aufrecht, sondern lehnte an einer Wand und hielt sich eine Hand vors Gesicht. Selbst ohne ihre Miene sehen zu können, erkannte Thane, dass sie aufgewühlt war.

In diesem Augenblick erinnerte er sich plötzlich an etwas, woran er seit Jahren nicht mehr gedacht hatte – an den Tag, an dem er Ciena vor so langer Zeit kennengelernt hatte. Die anderen Jungs hatten sie verspottet, während sie in ihrem schlichten braunen Kleid im Hangar gestanden und Thane an ein vom Baum gefallenes Herbstblatt erinnert hatte, das leicht zerbrechlich war. Er hatte herausgefunden, dass Ciena Ree alles andere als zerbrechlich war. Trotzdem dachte er auch jetzt an das Herbstblatt.

„Hey", sagte er. Er zögerte einen Moment, dann trat er auf sie zu. „Alles in Ordnung mit dir?"

Ciena zuckte zusammen und richtete sich auf, während sie sich zu fassen versuchte. Sie hatte nicht geweint, doch Thane sah das Glitzern nicht vergossener Tränen in ihren Augen. „Mir geht's gut", erwiderte sie heiser. „Danke."

Du hast nach ihr gesehen. Sie ist in Ordnung. Pflicht erfüllt. Verschwinde. Thane zögerte, war drauf und dran zu gehen, aber dann brachte er es doch nicht fertig. „Du siehst aber nicht so aus, als ginge es dir gut."

Sie gab einen sonderbaren Laut von sich – halb Lachen, halb Schluchzen. „Es ist albern."

„Was?"

„... ich hab ein Holo von meinen Eltern bekommen. Das Muunyak ist gestorben."

„Das Muunyak, auf dem du manchmal zur Festung geritten bist, als wir klein waren?" Thane hatte seit Jahren nicht mehr von der Festung gesprochen.

Ciena nickte. „Ja, das. Es war ziemlich alt, und ich wusste schon, als ich hierherkam, dass ich es wahrscheinlich nicht wiedersehen würde – aber trotzdem ..." Sie verdrehte die Augen, machte sich über ihre eigenen Gefühle lustig. „Albern, sich davon so mitnehmen zu lassen, was?"

„Das ist nicht albern. Dieses Muunyak war *super.*" Thane war auch ein paarmal darauf geritten. Er erinnerte sich daran, wie er als Kind auf dem breiten Pelzrücken des Tieres gesessen hatte, die Arme um Cienas Hüften geschlungen, und wie sie beide in einer Mischung aus Freude und Angst gelacht hatten, als das Muunyak trittsicher einen schmalen Berggrat entlangstapfte.

Sie lächelte. Es war lange her, seit sie Thane angelächelt und es auch so gemeint hatte. „Das war es, nicht wahr?"

„Ja."

Ihre Blicke trafen sich, und für einen Moment war es, als wären die vergangenen zwei Jahre von ihnen abgefallen ...

Doch dann trübte sich Cienas Miene. Ihre Haltung wurde steifer, und sie sagte förmlich: „Danke für dein Mitgefühl! Wenn du mich entschuldigst, ich muss mich für den Studienkreis Amphibische Kampfstrategien umziehen."

Thane hob die Hände, eine Geste, als stieße er sie von sich. „Du bist entschuldigt."

Das tat sie immer – sie wurde kalt und schloss ihn wieder aus. Er sagte sich, er sei daran gewöhnt, dass es ihn schon lange nicht mehr kümmere. Trotzdem ging Thane auf dem ganzen Weg zur Kleiderausgabe die Festung, die sie sich zusammen eingerichtet hatten, nicht mehr aus dem Kopf, und er sah sich in Gedanken wieder dort sitzen und auf seine einzige wahre Freundin warten.

Das tat er immer – er war gerade lange genug nett, dass Ciena vergessen konnte, wie er mit ihr umgesprungen war. Sie fing an, sich ihm wieder anzuvertrauen, wie sie es früher getan hatte, und dann riss sie sich gerade noch rechtzeitig zusammen, wenn ihr einfiel, wie gründlich Thane sie ausgeschlossen hatte.

Während sie in ihrem Studienkreis saß und holografische Aufnahmen von historischen amphibischen Invasionen anschaute, grübelte Ciena über diese seltsame, abrupt abgebrochene Begegnung mit Thane nach. Sie wünschte, sie wäre nicht so kalt geworden – aber es schien, als wendete er sich ab, wann immer sie ihm gegenüber versuchte, sie selbst zu sein.

Was hatte sie denn so Falsches getan? Er war doch derjenige gewesen, der nach diesem blöden Kanonen-Projekt vor zweieinhalb Jahren durchgedreht war und gemutmaßt hatte, es sei irgendeine Massenverschwörung im Gange. Er war derjenige, der sie beide in eine administrative Anhörung hineingezogen hätte, die auf keinerlei Beweisen beruhte, und das hätte ihren sofortigen Hinauswurf zur Folge gehabt. Und manchmal wirkte er so beleidigt, wenn sie ihn in Prüfungen oder bei Aufgaben schlug, dass Ciena das Gefühl hatte, er könne nicht fassen, dass jemand, der so viel schlechter war als er, besser abgeschnitten hatte. Hielt er sie immer noch für nichts weiter als ein verwahrlostes kleines Kind aus den Tälern?

Vielleicht hatte er ihre Freundschaft ja immer nur als einen Akt der Wohltätigkeit betrachtet. All die Trainingsflüge, all die Unterrichtsstunden mit CZ-I … Vielleicht hatten sie diese Erfahrungen gar nicht als Freunde geteilt, vielleicht waren sie vielmehr Geschenke des reichen Jungen an das kleine Mädchen gewesen, von dem er sich erhoffte, dass es ihn im Gegenzug verehrte.

Das war übertrieben, und Ciena wusste es. Sie und Thane waren wirkliche Freunde gewesen, und auf einer gewissen Ebene waren sie das auch noch – aber es war eine Ebene, die sie nicht mehr erreichen konnte.

Ihr Studienkreisleiter sprach noch immer. Ciena saß da, lauschte, hörte aber nicht zu und erinnerte sich stattdessen daran, wie sie und Thane stundenlang in der Festung gesessen, ihre Geheimnisse miteinander geteilt und von den Sternen geträumt hatten.

Wenige Wochen vor dem Abschluss verkündete der Kommandant, dass eine Handvoll der besten Kadetten einem Empfang und Ball im Imperialen Palast beiwohnen würde. Der Gedanke daran verschlug Ciena den Atem. Natürlich war die Chance, dass der Imperator persönlich der Zusammenkunft vorsitzen würde, nur gering. Aber der Imperiale Palast war eines der stattlichsten und elegantesten Bauwerke des gesamten Planeten. Offenbar war er früher einmal eine Art Tempel gewesen. Hunderte von hohen Offizieren würden anwesend sein, ganz zu schweigen von den vielen Mitgliedern des Imperialen Senats. Jeder Kadett, den man zu einer solchen Versammlung einlud, wurde für mehr als nur gute Noten belohnt – es war ein Zeichen der Gunst, eine Investition in diese zukünftigen Offiziere. Wurden sie mächtigen Vertretern des Militärs und der Politik vorgestellt, konnte das den Verlauf ihrer Karriere beeinflussen.

Als Ciena dann ihren eigenen Namen auf der Liste sah, wäre sie am liebsten in lauten Jubel ausgebrochen. Erst viel später wurde ihr bewusst, wer noch teilnehmen würde.

„Thane Kyrell und Ved Foslo", sagte sie und ließ sich rücklings auf ihr Bett fallen. „Unter all den Jungs in unserer Klasse mussten ausgerechnet die beiden eingeladen werden?"

„Jede logische Analyse der Klassenleistung erbrächte sie als die wahrscheinlichsten Kandidaten." Jude sah gar nicht auf von ihrer Computerkonsole, ihre Finger tanzten über den Bildschirm, während sie ihr jüngstes Projekt für Langform-Computer-Obliegenheiten fertigstellte. „Ihre Einladung war genau wie die unsere unabdingbar."

„Streu du ruhig noch Salz in die Wunde", sagte Kendy gutmütig von ihrem Bett aus. So kurz vor dem Abschluss, da ihre zukünftigen Zuteilungen so gut wie sicher waren, hatte sich ein Gefühl der Ruhe über die Akademie gelegt. Nachdem der schonungslose Wettbewerb vorbei war, konnten die Studenten ... sich nicht unbedingt entspannen, aber aufhören, sich über das Hier und Jetzt zu sorgen, und anfangen, mit Begeisterung der Zukunft entgegenzuschauen. „Sag mir nur, dass du nicht deine Uniform tragen wirst."

Ciena zögerte. „Ich ... nun ... die Ausgehuniformen sind angemessen für alle formellen Gelegenheiten."

„Sie sind aber nicht Pflicht bei nicht militärischen Funktionen wie diesem Ball", erklärte Jude rasch. „Aber du möchtest natürlich zweifellos eine Ausgehuniform tragen, weil du nicht im Besitz der entsprechenden Credits für geeignete Zivilkleidung bist."

Zum Glück war ihre Hautfarbe von Natur aus so dunkel, dass niemand sehen konnte, wie sie rot wurde. Ciena bemühte sich um einen festen Klang ihrer Stimme. „Die Uniform ist in Ordnung."

Jude seufzte, als sie schließlich zu Ciena aufsah. „Dein Stolz ist für gewöhnlich eine starke Motivation, aber es gibt Zeiten, da steht er einem nur im Weg. Bitte erlaube mir, dir für diesen Abend etwas zum Anziehen zu kaufen."

„Das kann ich nicht", protestierte Ciena, und ihr sträubten sich die Nackenhaare. In den Tälern aufzuwachsen, hatte sie gelehrt, stolzer auf ihre Lumpen zu sein, als es die Zweitweller auf ihre Seidengewänder waren – auch wenn sie die Seidengewänder schön gefunden hatte.

In sanfterem Ton sagte Jude: „Wir sind Freundinnen. Du hast mir in unserer Zeit hier enorm geholfen. Meine Mutter besitzt Patente auf zahlreiche Gerätschaften, die auf Bespin beim Gasabbau zum Einsatz kommen. Unser persönlicher Wohlstand ist damit mehr als ausreichend für unsere Bedürfnisse. Warum also sollte ich dir kein Kleid schenken?"

„In meiner Kultur ..."

Jude fiel ihr, ganz untypisch, ins Wort: „Ich habe auch eine Kultur. Wir schätzen Großzügigkeit und die dankbare Annahme von Geschenken."

Ciena suchte nach Worten, um zu widersprechen, aber ... wenn es doch zu Judes *Kultur* gehörte. „Na ja ..."

Jude blickte hoffnungsvoll drein.

„Ich brauche kein eigenes Kleid, aber ... vielleicht könntest du mir helfen, eines zu leihen?"

Und so ging sie in dem einzigen festlichen Kleid, das sie je getragen hatte, zum großen Ball. Sicher nährte auch Eitelkeit das Glücksgefühl, das in ihr sprudelte, aber dagegen kam sie nicht an. Der weiche veilchenblaue Stoff funkelte leicht, und das kurze Cape und der lange Rock umwehten sie, wie von einer unsichtbaren Brise bewegt.

Viele der anwesenden Frauen – und auch etliche der Männer – hatten sich viel prächtiger herausgeputzt. Sie trugen etwa dicht mit Edelsteinen besetzte Armbänder oder Stirnreife oder Kleidung aus Samt und Seide, die mit Stickereien verziert war. Doch Ciena wusste, dass sie so elegant wie alle anderen war. Anstatt ihr Haar wie sonst zu festen Zöpfen zu flechten, trug sie ihre Locken heute offen und hielt sie nur mit einem leichten Duftöl etwas im Zaum. Kendy hatte ihr schillernde Kämme aus Muscheln von Iloh geborgt, um sich die Haare an den Seiten nach hinten zu stecken, und dazu noch schlichte Perlenohrringe. Ciena sah dem Anlass angemessen aus, und dennoch fühlte sie sich wie sie selbst – nicht wie eine Hochstaplerin. So wäre sie sich nämlich in einem der prachtvollen, aufwendigen Kleider und Gewänder, die sie sah, vorgekommen.

„Da bist du ja", sagte Jude. Ciena drehte sich um, wollte sie begrüßen – und konnte sie nur anstarren.

Da Jude kein Wort über ihr eigenes Kleid verloren hatte, war Ciena davon ausgegangen, dass ihre Freundin sich auch bei der Kleiderwahl von ihrem Sinn fürs Praktische würde leiten lassen – etwas Graues oder Elfenbeinfarbenes vielleicht, schlicht geschnitten, passend für jede Gelegenheit. Stattdessen war Jude in eng sitzenden orangefarbenen Stoff gehüllt – zumindest überall dort, wo er nicht strategisch geschickt ausgeschnitten war und ihr flacher Bauch und der schlanke Rücken zum Vorschein kamen. Ihr militärisch kurzes Haar hatte sie mit Gel zu Spitzen geformt, und die goldenen Ohrringe baumelten bis über ihren Hals hinunter und streiften ihre Schultern auf eine Weise, die, offen gesagt, sexy war.

Ciena gaffte noch immer, und Jude runzelte die Stirn in offenbar ehrlicher Verwirrung. „Was ist denn?"

„Ich … du siehst großartig aus."

Jude strahlte. „Genau wie du, Ciena."

Sie ließen sich zusammen mit der eleganten Menge in einen Saal treiben, bei dem es sich gewiss um einen der herrlichsten öffentlichen Räume im ganzen Imperialen Palast handelte. Der gewaltige Korridor erstreckte sich scheinbar endlos, beiderseits von mächtigen Säulen flankiert. Von der Decke hingen strahlend rote Banner, deren Säume beschwert waren, damit sie sich nicht bewegten und nicht schon durch eine leichte Brise ins Flattern gerieten. Funkelnde, auf Hochglanz polierte Droiden rollten mit Tabletts voller Getränke und Vorspeisen umher und schlängelten sich anscheinend mühelos durchs Gewühl. Die Luft war parfümiert, der schwere Duft reizte Ciena anfangs jedoch ein wenig zum Husten. Prächtige Kristallskulpturen standen auf Sockeln und veränderten sich fließend von abstrakten Formen in perfekte Abbilder imperialer Symbole. Lichtquellen waren so auf die Skulpturen ausgerichtet, dass sie genau im Augenblick der Transformation am hellsten funkelten.

„Das ist ja erstaunlich", meinte Jude. „Stell dir nur die Arbeit vor, die dafür nötig gewesen sein muss."

„Und das Geld", fügte Ciena hinzu. Allein mit dem, was man für diesen Abend ausgegeben hatte, hätte man auf Jelucan wahrscheinlich eine Erzraffinerie wiederaufbauen können ...

Aber nun dachte sie schon wieder wie eine Provinzlerin. Jede Welt musste sich selbst wiederaufbauen. Ja, das Imperium war da, um zu helfen und zu regieren, aber letztlich mussten Jelucan und ähnliche Welten aus eigener Kraft erstarken.

Ciena wollte das Thema gerade Jude gegenüber anschneiden, als ihr Blick auf Ved und Thane fiel.

Ved hatte den Anlass genutzt, um die Mode Coruscants zu tragen – ein langes Cape, ein Seidenhemd, das um die Brust weit geschnitten war, und so weiter. Dennoch hielt Ciena es für unmöglich, dass irgendjemand sich für Ved interessieren würde, solange Thane neben ihm stand. Er trug seine Ausgehuniform wie mindestens zweihundert weitere anwesende Männer, doch die anderen schienen neben ihm ... zu verblassen. Und obgleich sie in den vergangenen zwei Jahren Zeuge gewesen war, wie Thane älter geworden und gewachsen war, sah sie ihn erst jetzt als Mann.

Ihre Reaktion verwirrte sie, jedoch nicht annähernd so sehr wie der Moment, als Thane sie erkannte und ihr bewusst wurde, dass ihr Anblick ihn mit gleicher Wucht getroffen hatte. Wie seine Augen sie förmlich zu verschlingen schienen ...

„Sieh nur", flüsterte Jude und zog Ciena beiseite, entweder im besten oder schlechtesten Moment. „Das ist die Junior-Senatorin von Alderaan – Leia Organa, die Prinzessin!" Ciena stellte sich auf die Zehenspitzen, ganz erpicht darauf, jemand so Berühmtes zu sehen. Sie erhaschte einen kurzen Blick auf die Prinzessin, die ein schmales weißes Kleid trug und ihre langen Haare aufwendig geflochten hatte. Dann schloss sich die Menge wieder um Senatorin Organa und verbarg sie vor Ciena.

„Kannst du das fassen?", fragte Jude, während sie der Prozession in den Ballsaal folgten.

„Es leuchtet ein, dass sie hier ist." Dennoch fand Ciena es einschüchternd, dass ein Mädchen, das fast genau in ihrem Alter war, schon einen Platz im Imperialen Senat innehatte und so selbstsicher, erfahren und *wichtig* sein konnte.

„Ich finde es überraschend, dass sie zu einer offiziellen Veranstaltung kommt – nach der Rede, die sie gestern im Senat gehalten hat."

Da erinnerte sich Ciena – Prinzessin Leia hatte im Namen ihres Vaters erklärt, bevorstehende „Wohltätigkeitsmissionen" auf Planeten, die die Hilfe der Organas beanspruchten, würden von der imperialen Politik negativ beeinflusst. „Das war lächerlich", murmelte sie. „Reine Selbstdarstellung. Solche Missionen können unmöglich nötig sein. Das Imperium würde den Leuten von sich aus helfen. Dafür ist das Imperium ja da!"

Jude nickte zustimmend, meinte aber: „Wir sollten großzügig sein. Selbst wenn die Organas fehlgeleitet sind, handeln sie wahrscheinlich doch aus freundlicher Gesinnung."

Das mochte ja sein, doch Ciena konnte nicht umhin, den Kopf zu schütteln über die Arroganz einer jeden, die glaubte, sie wüsste es besser als das *ganze Imperium*.

Mit einem Partner zu tanzen, war eine jener Gepflogenheiten, die Ciena zur Dekadenz der Zweitweller gezählt hatte, bevor sie nach Coruscant kam. Oh ja, man tanzte auch in den Tälern, aber die Tänze dort wurden von ganzen Gruppen aufgeführt und waren Teil bestimmter Schlüsselrituale. Die Kultur der Kernwelten hatte sie jedoch gelehrt, diese Praxis als zivilisiert zu betrachten – selbst unter Paaren, die es einzig zum Spaß taten. Dafür war sie jetzt dankbar. Und noch dankbarer war sie, dass sie in dieser Klasse auch die Schrittfolgen der populärsten formalen Tänze gelernt hatte. Die glanzvolle Versammlung in diesem riesigen, schmuckvoll vertäfelten und reich mit Spiegeln dekorierten Saal ängstigte sie nicht. Sie schritt voller Selbstvertrauen über die Tanzfläche zu ihrem Platz und wartete ab, welchen Partner ihr die Computer als Ersten zuweisen würden.

Und natürlich war es Thane.

Er stand vor ihr inmitten der Paare, die ringsum Aufstellung nahmen, und schien ihren Blick zu meiden. „Offenbar will man, dass anfangs die Kadetten miteinander tanzen", meinte er knapp.

„Sieht so aus." Ciena drehte den Kopf und versuchte, irgendwo anders hinzuschauen – und was sie erblickte, brachte sie zum Lächeln. „Ob du es glaubst oder nicht, wir können uns glücklich schätzen."

Neben ihnen schaute Ved finster zu Jude auf, die über einen Kopf größer war als er. Jude versuchte, würdevoll dreinzusehen, doch Ciena kannte sie gut genug, um zu erkennen, dass sie sich ein Lachen verkneifen musste.

Thane musste gesehen haben, was sie gesehen hatte, denn sie hörte ihn leise lachen. „Da hast du recht."

Dann spielte das Orchester den Eröffnungstanz – *eine Calenada*, bemerkte Ciena. Sie kannte die korrekte Ausgangsposition und hielt sogar die Hände hoch, doch das wappnete sie nicht für den Moment, als Thanes breite Hand sich um ihre Hüfte legte.

Ihre Blicke trafen sich, und der Tanz begann.

Die tausend Gäste im Saal kannten alle die richtigen Schritte und bewegten sich synchron, ein strahlender Farbenwirbel, der sich ständig veränderte, aber doch stets festgelegten Mustern folgte, wie die Glasstücke in einem Kaleidoskop. Niemand trat auch nur mit einer Zehe falsch auf. Ciena verglich die Menge der Tanzenden mit Edelsteinen in ihren Fassungen, fest umschlossen von Metall, das unter dem Glanz kaum sichtbar war.

Thane sagte: „Ich dachte, du hältst Tanzen für – was war es noch gleich? – liederlich? Schlüpfrig? Eine Vorstufe zur Sünde?" Das war gewesen, bevor sie in *Kultur der Kernwelten* gelernt hatte, weniger engstirnig zu sein. Jetzt ärgerte es Ciena nur, dass er sie an ihre provinzielle Denkart erinnerte. „Das musst du wohl geträumt haben."

Er lachte – aber lachte er aus Geringschätzung oder vor Überraschung? „Du wirkst sehr selbstsicher."

„Bin ich."

Es war ein Geplänkel gewesen, nicht ganz ein Streit. Aber irgendetwas veränderte sich in diesem Augenblick. Ciena hatte, bis sie es aussprach, nicht gemerkt, dass sie sich selbst für schön und anziehend erklärte. Das bildete für Thane eine Vorlage, um sie nicht nur ärgern, sondern gemein sein zu können.

Stattdessen sagte er leise: „Und das bist du zu Recht."

Ihre Blicke begegneten sich abermals, und Ciena wurde sich von Neuem der Wärme von Thanes Hand bewusst, die ihre umfasst hielt, sowie des sanften Drucks seiner Finger, die auf ihrem Rücken lagen. So nah waren sie einander sehr lange nicht mehr gewesen. Jeder Schritt des Tanzes verlangte von ihm, sie zu führen, und von ihr, ihm zu folgen, was die Intimität des Moments noch verstärkte. Das bunte Flirren der Tänzer ringsum verblasste, bis sie glaubte, sie beide wären hier ganz allein.

Ciena öffnete die Lippen, aber sie wusste immer noch nicht, was sie sagen sollte – doch da endete das Lied auch schon mit einer Fanfare. Sie und Thane beendeten den Tanz auf den Takt, blieben jedoch, ohne die Hände voneinander zu lösen, noch ein paar Momente lang stehen, nachdem alle anderen schon zu applaudieren begonnen hatten. Dann war es Zeit, den Partner zu wechseln, und Thane ging ohne ein weiteres Wort davon.

Die nächste Stunde über spielte Ciena weiter ihre Rolle beim Tanz, lachte und lächelte mit der übrigen Menge, aber sie hätte nicht wiederholen können, worüber andere mit ihr sprachen. Sie hätte nicht sagen können, welche Tänze sie tanzte, zu welchen Liedern oder wer ihre Partner waren. Mit rasenden Gedanken dachte sie wieder und wieder über die Kluft zwischen ihr und Thane nach und versuchte, irgendeinen Sinn darin zu erkennen. Während einer Tanzpause eilte Ciena schließlich zu einem Servier-Droiden. Sie griff an den vielen Weingläsern vorbei nach einem Glas mit kaltem Wasser. Als sie mit großen Schlucken trank, hörte sie hinter sich eine Stimme: „Da bist du ja."

Ciena drehte sich nicht nach Thane um. Sie konnte spüren, dass er ganz nah bei ihr stand. „Ja, da bin ich."

„Hör zu, wir hätten schon längst darüber reden sollen, und vielleicht ist das weder die richtige Zeit noch der richtige Ort …"

Da wirbelte sie zu ihm herum. „Willst du dich entschuldigen?"

„Entschuldigen?" Thanes Augen loderten wie blaue Gasflammen. „Wofür? Dass ich einen eigenen Standpunkt habe und ihn vertrete?"

„Dass du mich ausgeschlossen hast."

„Du hast doch …"

In diesem Moment stolperte jemand zwischen sie – Ved Foslo, der bereits betrunken war. Er lachte laut auf. „Ihr seid so blöd."

„Wie bitte?" Ciena rümpfte die Nase und wich zurück. Ved stank nach corellianischem Brandy, der auf dieser Party nicht einmal serviert wurde. Er musste einen Flachmann in der Tasche seines Capes versteckt haben.

„Blöd. Du. Thane. Alle beide. So blöd." Ved drohte ihnen mit dem Finger, als wären sie ungehorsame Kinder. „Immerzu streitet ihr euch über die Geschichte mit der Laserkanone. Wen kümmert die Geschichte mit der Laserkanone? Und außerdem habt ihr sie ohnehin nicht kapiert."

Erst ergaben die Worte keinen Sinn. Dann überkam Ciena in einem fast schwindelerregenden Rausch aus Wut und Entsetzen die Erkenntnis. „Du warst es?"

Veds Grinsen wurde nur noch breiter. „Nein! Ich? Warum sollte ich es gewesen sein? Ihr begreift es immer noch nicht, oder? Tölpel von einem Felsbrocken am Rand der Galaxis – natürlich wisst ihr nicht, wie die Akademie und die Imperiale Flotte wirklich funktionieren …"

Thane legte Ved eine breite Hand auf die Brust. Das konnte den Eindruck erwecken, ein nüchterner Mann helfe seinem betrunkenen Freund, aufrecht stehen zu bleiben, doch Ciena witterte die versteckte Drohung. Und in dem Maße, wie Veds Lächeln erstarb, begriff er wohl auch. In leisem Ton fragte Thane: „Warum erklärst du es uns nicht einfach?"

Ved trat ein paar Schritte zurück, entfernte sich aus Thanes Reichweite, bevor er erwiderte: „Wir gehen auf die Akademie, um Bürger des Imperiums zu werden. Die Ausbilder mögen es nicht, wenn Kadetten von einem Planeten zu sehr auf Tuchfühlung bleiben – das stärkt die Bande zur eigenen Welt. Es schadet der Hingabe an das Imperium."

„Nein, das ist nicht wahr!", widersprach Ciena, aber er hörte ihr nicht zu.

„Man hat euch reingelegt." Ved lachte wieder. „Man hat euch reingelegt, damit ihr einander hasst, und ihr habt angebissen."

Thanes Augen wurden schmal. „Als wir beide wegen dieser Aufgabe runtergestuft wurden, bist du auf den ersten Platz hochgerutscht. Jedenfalls bis Jude Edivon dich zwei Wochen später überholt hat."

„Du glaubst immer noch, dass ich es war? Vergiss es. So sehr versteh ich mich nicht aufs Hacken. Nicht einmal Jude kann das. Nur die Ausbilder verfügen über diese Art von Befugnissen. Und wenn ich jemandem etwas in die Schuhe schieben wollte, wären die Letzten, an die ich mich wende, die Leute vom Büro für Studentenergebnisse. Mein Vater hat mir alles über die erzählt."

Veds Grinsen war so lasch wie verschlagen. „Dass sie den Rang des Sohnes eines Generals erhöhen konnten? Das war bestimmt ein zusätzlicher Ansporn. Aber in erster Linie haben sie es getan, damit ihr zwei nicht mehr wie Kletten aneinanderhängt. Und ihr jelucanischen Idioten habt genauso reagiert, wie sie es erwartet haben – nur habt ihr es noch schlimmer gemacht. Wahrscheinlich wollten sie nur, dass ihr darüber in Streit geratet. Aber nicht …"

Ved fuhr mit der Hand durch die Luft. „Ihr seid nicht einfach nur wütend geworden. Ihr habt praktisch angefangen, einander zu *hassen.* Ich schätze mal, das macht euch zwei zu den perfekten Akademie-Kadetten. Wieder mal."

Dann schien er das Interesse an ihnen zu verlieren und ging davon zum nächstbesten Servier-Droiden, um sich noch einen Drink zu schnappen. Ciena fühlte sich, als wäre all die Scham, die eigentlich Ved hätte empfinden sollen, stattdessen über sie gekommen.

Aber sie verdiente es auch, sich zu schämen. Sie war über Thane hergezogen, weil er glaubte, die Akademie stecke hinter allem – und damit hatte er von Anfang an recht gehabt. Die Motive der Akademie waren andere gewesen, nichtsdestotrotz hatte er die Wahrheit im Grunde erkannt. Und sie hatte zugelassen, dass deswegen eine Kluft entstand zwischen ihr und dem Mann, den sie nie hätte gehen lassen sollen.

Thane wusste nicht, wo er anfangen sollte. „Ciena ..."

Sie schüttelte den Kopf, doch war ihm nicht klar, was sie verneinte – Veds Geschichte, die Schuld der Akademie, dass Thane als Erster das Wort ergriff oder was auch immer. Er legte ihr eine Hand auf die Schulter, aber sie zuckte zusammen, als täte ihr seine Berührung weh. Was sollte er sagen oder tun?

In dem Moment setzte natürlich das verdammte Orchester wieder ein, und Ciena ging rasch davon und zu ihrem nächsten Tanzpartner. Sie drehte sich kein einziges Mal nach Thane um.

Er hatte kaum eine andere Wahl, als mitzumachen, aber er konnte den restlichen Abend über an nichts anderes denken. Manchmal wollte er zurück zur Akademie und auf jeder einzelnen Etage durch jeden einzelnen Flur gehen, bis er dieses Büro für Studentenergebnisse gefunden hatte, und dann wollte er denen, die dort arbeiteten, in die Augen schauen und ihnen ins Gesicht schlagen, und zwar kräftig. Dann wieder war ihm eher danach, eine Zeitmaschine zu suchen, damit er in die Vergangenheit zurückkehren und seinem jüngeren Ich sagen konnte, es solle nicht so ein Vollidiot sein. Er dachte sogar darüber nach, was ein solches Vorgehen seitens der Akademie über das Imperium aussagte und über die Art und Weise, wie es mit seinen Offizieren umging.

Mehr als alles andere jedoch wollte er mit Ciena reden. Unter vier Augen.

Als der Ball schließlich zu Ende war, drängte sich Thane durch die Menge und hielt Ausschau nach der dunklen Wolke von Cienas Haar oder dem einzigartigen bläulich violetten Ton ihres Kleides. Es war schwer, etwas zu sehen zwischen den kriecherischen Diplomaten, den lachenden Schmeichlern und den schwarz gekleideten Offizieren – und warum fand er es so seltsam, sich in Erinnerung zu rufen, dass er einer von ihnen war?

Jude sah er als Erstes. Sie war einen Kopf größer als die meisten Leute im Raum, und ihr Kleid in seinem kräftigen Orange fiel auf. Im Näherkommen konnte Thane hören, wie sie sagte: „Da heute Abend kein Zapfenstreich ist und wir morgen keine Verpflichtungen haben, ist das doch die ideale Gelegenheit, das berühmte Nachtleben in dieser Gegend von Coruscant zu erkunden. Ich habe mich schon immer für die Clubs hier interessiert, vor allem für das Crescent Star ...“

Nur Jude Edivon brachte es fertig, eine Partynacht wie ein wissenschaftliches Experiment klingen zu lassen. Der Gedanke ließ Thane lächeln – doch dann sah er Ciena, und alles andere in seinem Kopf verblasste. „Ehrlich gesagt, Jude“, ergriff er die Chance, „hatte ich gehofft, Ciena und ich könnten ein bisschen Zeit miteinander verbringen und ein paar Dinge nachholen ...“

Jude schaute, eine Augenbraue hochgezogen, zwischen ihnen hin und her.

Ciena holte tief Luft. „Thane und ich sollten miteinander reden. Wenn es dir nichts ausmacht, Jude.“

„Überhaupt nichts. Ich gehe mit den anderen mit.“ Jude wies auf eine Gruppe jüngerer Offiziere, mehrere Jungs und ein paar Mädchen, die auf sie zu warten schienen.

Nachdem Jude außer Hörweite war, fragte Thane: „Mit welchem von denen geht sie denn mit?“

„Möglicherweise mit allen.“ Ciena wandte sich ihm zu, die

Hände verschränkt, eine Geste, die Thane aus den Tälern vertraut war. Ihre genaue Bedeutung kannte er nicht, er wusste nur, dass sie förmlich und wichtig war. „Thane, ich habe nicht geglaubt, dass die Akademie verantwortlich war, und mit dir darüber gestritten, und damit habe ich deine Ehre in Zweifel gezogen. Eine solche Verfehlung ...“

„Nein. Das lasse ich nicht zu. Es ist nicht deine Schuld, Ciena, jedenfalls nicht mehr, als es auch meine ist. Ich würde sagen, wir haben uns beide wie Idioten benommen. Aber die wahre Schuld trägt dieses Aas im Büro für Studentenergebnisse, das uns das angetan hat.“

Sie blinzelte wie vor Schreck. „Aber sie wollten nicht, dass es so schlimm zwischen uns wird. Daran sind wir selbst schuld.“

So ärgerlich es auch war, Ciena hatte recht.

„Und denk doch mal nach, Thane“, fuhr sie fort. „Wahrscheinlich hat General Foslo jemanden bestochen, um es zu tun, und Ved lügt, um seinen Vater zu decken.“

Das ... schien möglich zu sein, doch Thane war nicht überzeugt. Im Moment war es auch irrelevant. „Wie auch immer, du hattest recht, es wäre nicht richtig gewesen, die Ausbilder der Akademie zur Rede zu stellen.“ Es tat weh einzugestehen, wie sehr er sich geirrt hatte, doch diese Erkenntnis hatte sich im Lauf der vergangenen Jahre an Thane herangepirscht, und es war überfällig, dass er es sowohl Ciena als auch sich selbst gegenüber zugab. „Wir wären mit Sicherheit rausgeworfen worden. Ich hätte nicht so mit dir umspringen dürfen.“

„Ich hätte begreifen sollen, dass du wütend warst.“

Ciena war absolut entschlossen, sich zu entschuldigen. Doch Thane wollte nichts davon hören. „Ich sehe es so – keiner von uns hat etwas falsch gemacht. Ich hab es satt, wütend auf dich zu sein. Können wir das Ganze nicht endlich auf sich beruhen lassen?“

Sie richtete sich kerzengerade auf und gab sich wieder ganz formell. „Ich bin willens, unsere Freundschaft wiederherzustellen.“

Diese Worte klangen, als müsste ihnen irgendein aufwendiges Versöhnungsritual der Täler folgen, aber weder wusste Thane, worum es sich dabei handelte, noch kümmerte es ihn. „Können wir nicht einfach … reden? Komm schon, Ciena. Es ist mir egal, wer es besser hätte wissen sollen oder warum die Akademie es getan hat und so weiter. Ich will einfach nur meine Freundin wiederhaben. Der Rest zählt nicht."

Für sie war es nicht so einfach, die Sache hinter sich zu lassen, das wusste er, aber er sah auch den Anflug eines Lächelns auf ihrem Gesicht, als er sagte, dass er sie wiederhaben wolle. „Wo fangen wir an?"

„Wir fangen heute Abend an."

In Nachtclubs zu gehen, hieße, gegen Tanzmusik anschreien zu müssen, ganz zu schweigen von den zahllosen Typen, die sich an Ciena heranmachen würden, solange sie in diesem Kleid steckte. Zurück zur Akademie zu gehen, war keine Art, einen freien Abend zu verbringen. Weder Thane noch Ciena hatten eine Ahnung, wohin sie in der Gegend sonst gehen konnten, und anstatt zu suchen, landeten sie schließlich auf der Terrasse, die dem Ballsaal am nächsten lag, und setzten sich auf eine niedrige Bank am Brunnen, wo sie sich stundenlang unterhielten, während die Reinigungs-Droiden um sie herumschwirrten.

Sie begannen tatsächlich damit, über den Ball selbst zu reden, darüber, wen und was sie gesehen hatten. Thane konnte angeben: „Ich hab sogar mit der Prinzessin von Alderaan getanzt. Nash wird es den Atem verschlagen, wenn er das hört. Er ist in sie verknallt, seit er neun ist."

„Prinzessin Leia? Wie war sie denn?"

„Noch kleiner als du", antwortete Thane, was ihm einen – nicht besonders festen – Tritt ans Schienbein eintrug. Er tat jedoch so, als hätte es wehgetan, und fuhr in ernsterem Ton fort: „Ich weiß nicht. Es war ja nur ein Tanz, und sie schien gar nicht richtig bei der Sache zu sein. Nicht, dass sie unhöflich gewesen wäre, aber ich hatte den Eindruck, sie sei abgelenkt. Jemandem wie ihr geht vermutlich eine Menge im Kopf herum."

Ciena öffnete sich mehr, als sie über ihre zukünftigen Aufgaben sprachen. „Die Kommando-Laufbahn ist eine Ehre. Manchmal stelle ich mir vor, eines Tages ein eigenes Schiff zu haben, und dann …" Sie erschauerte, und das war nicht vorgespielt – Thane konnte die Gänsehaut auf ihren Armen sehen. „Aber das heißt, dass ich nicht viel Zeit in Ein-Mann-Jägern verbringen werde, jedenfalls nach den ersten paar Jahren nicht mehr."

„Was ja ein Verbrechen ist", meinte Thane. Nicht weit entfernt benutzte ein goldener Servier-Droide seine fünf Arme, um die Scherben eines zerbrochenen Glases aufzusaugen. „Du bist eine phänomenale Pilotin, Ciena. Du solltest immer in der Luft sein."

Er hatte vergessen, wie schlitzohrig ihr Lächeln sein konnte. „Das werd ich ja sein. Nur in einem größeren Schiff."

Als fast schon der Morgen dämmerte, vertrauten sie einander wieder vollkommen. Ciena zeigte ihm, dass sie das Lederarmband, das sie immer noch mit ihrer Schwester verband, in einem kleinen Beutel aufbewahrte. „Das hab ich mich immer gefragt", sagte er leise und betrachtete das weiche, abgetragene Ledergeflecht. „Es am Arm zu tragen, verstößt gegen die Vorschrift, und du würdest nie gegen eine Vorschrift verstoßen – aber ich wusste auch, dass du es nie ablegen würdest."

„Nein." Cienas Finger schlossen sich sanft um das Beutelchen. Der grob gewebte Stoff ließ Thane vermuten, dass sie es aus einem Tuchfetzen von zu Hause gefertigt hatte. „Niemals."

Unterdessen hatte sich der Himmel rosig gefärbt. Der brausende Luftverkehr war die ganze Nacht über nicht abgerissen, wurde jetzt aber wieder dichter und hektischer. Cienas nackte Füße ruhten auf der steinernen Bank, ihre funkelnden Schuhe lagen auf dem Fliesenboden der Terrasse. Die Servier-Droiden hatten ihnen noch ein letztes Glas Wein gebracht, bevor sie sich für die Nacht an ihre Ladestationen zurückzogen, und als Thane den letzten Schluck aus seinem Glas trank, sah er, wie Ciena gähnte. So spät es auch war – und so erschöpft wie sie beide auch waren –, sie sah immer noch wunderschön aus.

Er würde sich davon jetzt zu nichts hinreißen lassen. Vielleicht würde er das nie tun, mochten sie doch schon in wenigen Monaten an verschiedene Enden der Galaxis versetzt werden. Außerdem war ihre Wiedervereinigung noch zu frisch, als dass er sich schon mehr davon versprechen könnte. Später, beschloss Thane. Später würde er über Ciena und ihrer beider Zukunft nachdenken. Diese Nacht war für sich genug.

„Wir sollten gehen", sagte er und erhob sich. „Komm!"

Nachdem Ciena wieder in ihre Schuhe geschlüpft war, bot Thane ihr seinen Arm. Sie nahm ihn und kam auf die Füße. Müde, wie sie waren, erwartete er nichts weiter als Small Talk darüber, wie viel Schlaf sie wohl bekommen würden oder auch nicht. Stattdessen sagte Ciena ganz leise: „Ich bin froh, dich wiederzuhaben."

Später, rief er sich mit mehr Nachdruck in Erinnerung. „Ich auch."

8. KAPITEL

„Der heutige Tag ist nicht nur ein Ende, sondern auch ein Anfang. Alles, was Sie in Ihren drei Jahren auf der Akademie getan haben – und in mancherlei Hinsicht auch alles, was Sie bis zu diesem Moment in Ihrem Leben getan haben –, geschah zu einem einzigen Zweck: Es diente Ihrer Vorbereitung darauf, die bestmöglichen imperialen Offiziere zu werden. Sie waren immer schon Bürger des Imperiums, aber heute werden Sie ein *Teil* des Imperiums, auf eine Weise, die ein Zivilist nie ganz verstehen wird. Die Uniform, die Sie jetzt tragen, dient als Symbol der Macht des Imperiums, und Ihr Dienst stärkt diese Macht noch."

Cienas Herz jubilierte vor Stolz, während sie inmitten der Reihen von Kadetten stand ... nein, neuen Offizieren. Sie trug die schwarzgraue Uniform eines Leutnants der Kommando-Laufbahn. Direkt unterhalb ihres Schlüsselbeins glänzten quadratische neue Abzeichen. Heute Morgen, kurz vor der Zeremonie, hatte sie ihre neuen Anweisungen erhalten. Die Sonne strahlte hell am blassen Himmel über Coruscant, riesige rote Banner wehten sanft in der Brise, und sie hatte das Gefühl, als wäre die Zukunft vor ihr ausgerollt worden wie ein weicher, flauschiger Samtteppich, der ihren Weg vorzeichnete.

Ein paar Reihen weiter hinten standen die Eliteflieger-Absolventen in der schwarzen Montur der TIE-Jäger-Piloten. Das fand Thane bescheuert. Die Rüstung war schwer und obendrein noch heiß. Sie war geschaffen, um sie in der oberen Atmosphäre oder im Weltall zu tragen, nicht an einem sonnigen Tag auf der Oberfläche. Und der Helm, der natürlich notwendig und nützlich war – und außerdem total cool aussah, wenn man flog –, wirkte am Boden einfach nur albern. Dennoch war er wegen der Rüstung nicht annähernd so verärgert, wie ihm die Rede des Sprechers auf die Nerven ging. *Der tut so, als hätte uns das Imperium gerade verschlungen, mit Haut und Haaren. Und er hört nicht auf zu quatschen. Könnte er bitte endlich die Klappe halten, damit ich mich umziehen kann?*

Der beste Teil der Zeremonie war seiner Meinung nach das Ende, als er Ciena in der Menge ausfindig machte. Nachdem er seinen Helm abgenommen hatte, schlang sie die Arme um ihn und drückte ihn fest. Thane spürte es des Brustpanzers wegen kaum, aber er grinste trotzdem. „Und? Wo bist du stationiert?"

„Auf einem Sternenzerstörer. Auf der *Devastator*."

„Wow! Das ist eines der besten Schiffe der Flotte." Thane freute sich für sie, aber er war nicht überrascht. Er hatte nie daran gezweifelt, dass sie es weit bringen würde.

Cienas Augen strahlten vor Freude – und Hoffnung. „Und du? Wo kommst du hin?"

„Ich wurde der Verteidigungsflotte einer Raumstation zugeteilt."

„Welcher?"

„Das ist das Komische daran ... Ich weiß es nicht. Offenbar ist diese Station brandneu und noch ,geheim'."

„Wie aufregend", meinte sie. „Und ich wette, die Chancen stehen nicht schlecht, dass die *Devastator* diese neue Station ansteuern wird."

„Ja, klingt ganz so." Thane hoffte es. Wären sie an gegenüberliegende Enden des Outer Rim versetzt worden, hätte er akzeptieren müssen, dass ihre Wege sich womöglich nie kreuzen würden, jedenfalls nicht in Ausübung ihrer Pflicht. Aber sie würde auf einem der wichtigsten Schiffe in der Flotte dienen – und er hatte bereits in Erfahrung gebracht, dass diese neue Station eine der am höchsten entwickelten überhaupt sein würde, ein Ort also, an dem wichtige Schiffe anlegen würden. Und das hieß, dass er sie vielleicht schon bald wiedersehen würde. Und wenn sie wieder zusammen waren, nicht als Spielgefährten oder Kadetten, sondern als Offiziere und Erwachsene ... was dann?

Das wusste Thane nicht genau, aber er wollte es gerne herausfinden. „Halt mich auf dem Laufenden, ja?"

„Schick du mir nur Nachrichten und Holos. Immerzu." Ciena versuchte so zu klingen, als scherzte sie, aber er konnte die echte Hoffnung in ihrer Stimme hören. „Und vielleicht sehe ich dich sogar zu Hause wieder."

„Ganz bestimmt." Dann beugte er sich rasch vor und küsste sie auf die Wange. Cienas volle Lippen öffneten sich leicht vor Überraschung – und Freude. Thane wurde klar, dass er das schon längst hätte tun sollen. Er wollte ihr etwas sagen, aber ihm kamen keine passenden Worte in den Sinn. Also beschränkte er sich aufs Wesentliche: „Herzlichen Glückwunsch, Leutnant Ree!"

„Ebenfalls herzlichen Glückwunsch, Leutnant Kyrell!" Sie hob eine Hand, als sie sich zum Gehen umdrehte, bedachte ihn aber noch mit einem letzten Blick über die Schulter, bevor sie in die Menge eintauchte.

Thane sah ihr nach. Selbst aus einem Gewühl Hunderter Studenten, die Variationen der gleichen Uniform trugen, stach Ciena für ihn heraus und blieb unverkennbar. Erst als sie aus seinem Blickfeld verschwunden war, wandte er sich ab.

Zu Hause, dachte er. Obwohl er hoffte, Ciena vor ihrem nächsten Heimaturlaub wiederzusehen, gefiel ihm die Idee, wieder mit ihr auf Jelucan zu sein. Er hatte vorgehabt, jedweden Besuch nach Abschluss seiner Ausbildung bei seiner Familie so lange wie möglich und möglichst sogar ewig aufzuschieben. Jetzt allerdings stellte er fest, dass er bereit war, wenigstens noch einmal zurückzukehren. Und es wäre ein Unterschied, wenn er und Ciena die Reise gemeinsam anträten. Vielleicht könnten sie sogar in der Festung vorbeischauen. Sicher war Staub in ihr Höhlenversteck geweht worden, aber es würde keine große Mühe machen, es wieder nett herzurichten. Oder sie konnten miteinander nach Valentia gehen, wie sie es sich immer versprochen, aber nie getan hatten ...

Drei Wochen nach Beginn ihres Dienstes auf der *Devastator* fühlte Ciena sich endlich nicht mehr wie eine aufschneiderische Kadettin, sondern wirklich wie eine echte imperiale Offizierin. Dieser Wandel erfolgte an dem Tag, als sie zum ersten Mal gegen die Rebellen im Einsatz war.

Die schießen zurück? Sie konnte es kaum fassen. Ein winziger Blockade-Brecher versuchte, es mit einem Sternenzerstörer aufzunehmen. Das war nicht nur schlichtweg unmöglich – das war *Irrsinn.*

Aber andererseits – waren nicht alle Rebellen irrsinnig?

„Näher rücken", sagte der Brücken-Kommandant. „Ihre Energiereserven müssen inzwischen fast aufgebraucht sein. Ziehen wir sie in die Landebucht und machen der Sache ein Ende."

Ciena aktivierte den Traktorstrahl, dann schaute sie von der schwarz schimmernden Konsole auf, um das Geschehen selbst zu verfolgen. Das kleine weiße Ding in einiger Entfernung war kaum mehr als ein Fleck in der Sternenlandschaft, der vor der Kulisse des Wüstenplaneten darunter noch kleiner wirkte. Sichtschirme lieferten weitere Details, aber es hatte etwas Erfüllendes, die Niederlage des Rebellenschiffs mit eigenen Augen zu sehen.

Früher hätte sie diese Niederlage als selbstverständlich hingenommen. Die Rebellen waren ein zusammengewürfelter Haufen von Unzufriedenen, die nur zu Terrorakten imstande waren, weil es ihnen entweder an allgemeiner Unterstützung oder militärischer Schlagkraft fehlte – jedenfalls hatten sie das alle bis vor Kurzem geglaubt, bevor die Rebellen sie von einem geheimen Stützpunkt aus attackiert hatten. Zur unvergänglichen Schande der selbstgefälligen imperialen Offiziellen, die dafür verantwortlich waren, hatten die Rebellen den Angriff tatsächlich gewonnen. Das Imperium musste nicht nur mit dieser unbegreiflichen Niederlage klarkommen, die Rebellen waren darüber hinaus wichtige vertrauliche Informationen in die Hände gefallen. Über die Einzelheiten wurde nicht weiter gesprochen, aber Ciena hatte erfahren, dass die Sache mit den Plänen für eine neue geheime Raumstation des Imperiums zu tun hatte.

Das musste die Station sein, der Thane zugeteilt worden war. Wenn diese Rebellen entkommen wären, hätten sie dann diese Station angegriffen und dadurch Thanes Leben in Gefahr gebracht?

Ciena kniff die Augen zusammen, während sie auf das Rebellenschiff starrte, und dachte: *Ihr habt wirklich geglaubt, ihr könntet uns angreifen und damit durchkommen. Jetzt seid ihr klüger, nicht wahr?*

Der Blockade-Brecher setzte seinen Protest per Funk fort, man sei auf einer „diplomatischen Mission", doch das ignorierte Ciena, genau wie alle anderen auf der Brücke. Zufrieden sah sie, wie das Schiff aus dem Blickfeld, das man durch die Fenster hatte, verschwand und zu einem grün blinkenden Punkt auf ihren Anzeigen wurde.

Nicht weit von ihr sagte ein Offizier: „Lord Vader hat befohlen, die *Tantive IV* zu entern, Sir."

Der Captain nickte. „Sehr gut. Man wird die Prinzessin im Handumdrehen in Gewahrsam nehmen. Hauptlaserkanonen herunterfahren."

Ciena nickte und gab rasch die Befehle des Kommandanten ein. Nur mit Mühe verbarg sie ihr Erschrecken über die Vorstellung, Prinzessin Leia von Alderaan könnte eine Rebellin sein, eine Terroristin und Verräterin. Doch ihr Vater war schon lange ein Unruhestifter im Imperialen Senat, der die Bedeutung seines Planeten fälschlicherweise mit seiner persönlichen gleichsetzte. Ein Jammer, dass seine Tochter diese Überheblichkeit offenbar geerbt hatte.

Heute hatten sie ihr und allen anderen Rebellen gezeigt, dass sie sich nicht mit dem Imperium anlegen konnten, ohne den Preis dafür zu bezahlen.

Eine der Rettungskapseln der *Tantive IV* wurde abgesprengt. Laut den Anzeigen versuchten vier Lebensformen auf den Wüstenplaneten hinunterzufliehen. Die Kapsel wurde mühelos abgeschossen.

Was haben sie sich bloß dabei gedacht?, fragte sich Ciena, während sie zügig die Meldungen des Enterkommandos weiterleitete. *Sie konnten doch nicht ernsthaft erwartet haben, von*

*einem Sternenzerstörer zu entkommen, nachdem sie bereits in
der Landebucht festsaßen?*

Wahrscheinlich konnten sie vor Angst nicht mehr klar denken.

*Sie verdienen alles, was auf sie zukommt, aber dass sie Angst ha-
ben, kann ich ihnen nicht verdenken ...*

Eine weitere Rettungskapsel löste sich und riss sie aus ihren Gedanken. Der Offizier neben Ciena murmelte: „Da ist noch eine."
Der Captain klang gelangweilt. „Nicht schießen. Es sind keine
Lebensformen an Bord. Muss ein Kurzschluss gewesen sein." Binnen weniger Augenblicke war die Rettungskapsel vor dem Hintergrund des gelben Sandes des Planeten in der Tiefe nicht mehr
zu sehen.

Kurz darauf brachte Ciena persönlich Kopien der Hilfsbrücken-
Daten zum ISB-Offizier für innere Angelegenheiten. Das Imperiale Sicherheitsbüro überwachte gern alle Interaktionen mit verdächtigen Rebellenzielen, um sicherzustellen, dass niemand durch
Worte oder Taten Zweifel an seiner Treue zum Imperium verriet.
Unterwegs traf sie am Einstieg des Hauptbrückenlifts auf Nash
Windrider. Er war einer der wenigen Absolventen ihrer Klasse,
die der *Devastator* zugeteilt worden waren – und mochten sie
dort einander wegen der idiotischen Kluft zwischen ihr und Thane auch nicht nahegestanden haben, kannten sie sich doch gut
genug, um jetzt als Freunde zu gelten. Nash trug sein Haar immer
noch lang, aber fest im Nacken geflochten, wie es die Vorschrift
verlangte. „Sag nichts", flüsterte er ihr zu, als die Aufzugtüren
auseinanderglitten und sie in die Kabine traten. „Du machst einen
Botengang, damit du nicht auf diesen kochenden Sandklumpen
da unten geschickt wirst."

„Tatooine", korrigierte sie ihn schmunzelnd. Der Lift setzte sich
in Bewegung und stieg. Vor den verglasten Sichtfenstern in den
Türhälften zog flackernd Etage um Etage des riesigen Sternenzerstörers vorbei. „Gehe ich recht in der Annahme, dass du dorthin
unterwegs bist?"

„Nein, zum Glück nicht. Da hinunter in der Sturmtruppenrüs-
tung, das ist, als würde man bei lebendigem Leib gebacken."

Der Aufzug würde die Hauptbrücke gleich erreichen, deshalb ergriff Ciena die Gelegenheit, um etwas zu sagen, das sie Nash unter vier Augen mitteilen musste. Behutsam begann sie: „Ich wollte nur sagen, dass es mir leidtut wegen deiner Prinzessin. Du musst dir so … hintergangen vorkommen."

Nash verging das Grinsen. Er richtete sich zu seiner vollen schlaksigen Größe auf und legte hinter seinem Rücken die Hände ineinander. „Prinzessin Leia kann nur von ihren Höflingen irregeleitet worden sein. Ich bin sicher, dass gründliche Ermittlungen sie von jedem Verdacht befreien werden."

„Natürlich. Hätte ich mir denken können." Ciena wusste nicht, ob sie eine so einfache Erklärung für plausibel hielt, doch Nash wusste mehr über die Prinzessin als sie. Vielleicht hatte er recht.

Die Lifttüren glitten auseinander, und Nash trat hinaus. „Bis später", sagte er und wandte sich ab, um auf seinen Posten zurückzukehren. Ciena wünschte, sie hätte nichts über die Prinzessin gesagt. Es war nicht Nashs Schuld, wenn sich einer der Senatoren seines Planeten als Verräter entpuppte. Sie hoffte, der Offizier für innere Angelegenheiten würde genauso denken.

Ciena war zuvor nur einmal auf der Hauptbrücke gewesen, im Rahmen einer kurzen Orientierungstour durch das Schiff an dem Tag, als sie an Bord gekommen war. Deshalb erfüllte der Anblick sie noch immer mit Ehrfurcht – der scheinbar endlos lange Korridor, der gewaltige Sichtschirm, die zahllosen Monitore, die auf der tiefer liegenden Ebene surrten und blinkten, während im Datengraben Offiziere geschäftig zugange waren. Dies war das Herz der *Devastator*, die Seele der Maschine.

Schnell wandte sie ihre Aufmerksamkeit Captain Ronnadam zu, der in seiner ISB-Uniform mit dem charakteristischen Jackett an seiner Station saß. „Sir. Die Datenpakete, wie verlangt."

Ronnadam nahm die Pakete entgegen, ohne Ciena dabei auch nur einen Blick zuzuwerfen. Sein Augenmerk galt einzig den langen Textzeilen, die über seinen Monitor liefen. Ciena durfte die Hauptbrücke nicht ohne Befehl zum Wegtreten verlassen, also blieb sie in Habtachtstellung stehen und wartete.

„Sie sind nachlässig hinsichtlich des Protokolls, Ronnadam", sagte da eine trockene, forsche Stimme hinter ihr. „Zum Glück folgt der junge Leutnant hier der Vorschrift – und sie hat bessere Manieren."

Cienas Miene hellte sich auf, als sie sich umdrehte und Großmoff Tarkin erkannte – in Form eines Hologramms, das in graugrünem Licht flackerte. Er betrachtete Ciena mit einigem Interesse. „Sie scheinen mich zu kennen, Leutnant. Aber ich bezweifle, dass wir schon zusammen Dienst getan haben. Wer sind Sie?"

„Leutnant Ciena Ree, L-P-acht-acht-acht, Absolventin der letzten Klasse der Royalistischen Akademie und gebürtig auf Jelucan, Sir." *Ich kann's nicht erwarten, Thane zu erzählen, dass ich Tarkin wiedergesehen habe!*

Der Großmoff nickte höflich. „Jelucan. Im Outer Rim, ja? Ich war dort, als der Planet sich dem Imperium anschloss."

Es war nicht nötig zu antworten – aber es war auch nicht verboten, und Ciena konnte nicht widerstehen. „Richtig, Sir. Ich lernte Sie an diesem Tag kennen, gleich nach der Zeremonie, als ich noch ein kleines Mädchen war."

Tarkins kantiges Gesicht musterte sie einen langen Moment, und dann sagte er zu ihrem Erstaunen: „Die beiden Kinder, die sich im Shuttle-Hangar herumtrieben. Waren Sie eines davon?"

Sie hatte Geschichten über Tarkins ausgezeichnetes Gedächtnis gehört, dass er nie eine Gefälligkeit oder eine Kränkung vergaß, der tatsächliche Beweis dafür brachte sie jedoch zum Lächeln. „Ja, Sir. Sie haben mich an jenem Tag gefragt, ob ich dem Imperium dienen wolle, wenn ich groß sei, und hier bin ich."

„Sieh an, sieh an." Tarkin legte die Hände auf den Rücken, offensichtlich zufrieden mit sich und mit ihr. „Die Macht der Diplomatie in Aktion."

„Der Junge, der damals bei mir war, hat die Akademie ebenfalls abgeschlossen – als Bester der Eliteflieger-Laufbahn. Er ist jetzt Leutnant Thane Kyrell."

Tarkins Lächeln war schmal, aber unverkennbar. „Offenbar sollte ich öfter auf Jelucan rekrutieren. Ich werde dafür sorgen, dass man mich über Sie beide auf dem Laufenden hält."

Ciena hatte Mühe, die korrekte militärische Haltung zu wahren, aber sie war sicher, dass ihre Freude sich auf ihrem Gesicht zeigte. Großmoff Tarkin schien sich daran aber nicht zu stören. Als das Hologramm verblasste, nickte er ihr zu – eine Geste, wie ein Leutnant sie von einem vorgesetzten Offizier nicht freundlicher erwarten konnte. Wenn er sich an den Zwischenfall mit den Lambda-Klassen-Shuttles vor all den Jahren erinnerte, dann würde er auch bestimmt nicht vergessen, sich ihre und Thanes Akte anzusehen. Vielleicht würde Tarkin ja mehr sein als die Inspiration für sie beide, um in die Imperiale Flotte einzutreten. Vielleicht würde er sogar zu ihrem Mentor werden.

Ein Rebellenschiff aufbringen und von einem Großmoff gelobt werden, und das alles vor dem Mittagessen? Ciena grinste. Es war schon jetzt ein spektakulärer Tag!

Thane war nicht klar gewesen, wie riesig der Todesstern war, bis er zum ersten Mal mit seinem TIE-Jäger Patrouille flog. Unverzüglich musste er die Schubdüsen eher dahingehend einstellen, als startete er innerhalb einer planetaren Atmosphäre und nicht von einer Raumstation, denn die ungeheure Größe verlieh dem Todesstern eine hohe Gravitationskraft.

Der bloße Gedanke brachte Thane zum Grinsen. Er hätte sich nie vorstellen können, dass es auch nur möglich sei, etwas dermaßen Kolossales zu bauen. Nun war die Raumstation sein Zuhause, und er fürchtete jetzt schon den Tag, an dem er woandershin versetzt werden würde. Der Todesstern war darauf ausgerichtet, wie eine eigene Welt zu funktionieren, und das hieß, er wartete mit Annehmlichkeiten auf, die andere militärische Einrichtungen nicht boten: anständiges Essen, Freizeitanlagen, Cantinas mit modernsten Barkeeper-Droiden, Läden mit einer großen Auswahl an Leckereien und Luxusdingen, wenn auch zu stolzen Preisen. Thane wohnte zwar in einer Gemeinschaftsunterkunft, aber offenbar gab es so viele Einzelkabinen, dass die meisten damit rechnen konnten, innerhalb von drei bis sechs Monaten eine zu bekommen. Für gewöhnlich musste man Lieutenant Commander sein, um dieses Privileg zu erhalten. Ein derart behaglicher Posten und täglich die Möglichkeit zum Raumflug – das übertraf Thanes kühnste Träume.

Wie auch die Nachricht, die er an diesem Morgen erhielt.

„Du kommst *heute* hierher", wiederholte er, während er auf Cienas Gesicht auf dem kleinen Bildschirm hinabsah. „Also … jetzt?"

„Siehst du, wie wir verzögerungsfrei kommunizieren? Die *Devastator* sollte in einer Stunde anlegen." Ihre Ungeduld war durch den Schirm hindurch zu spüren. Seine wohl auch, vermutete Thane. „Hast du denn ein bisschen Zeit?"

„Ja. Bestimmt. Heute habe ich meine Patrouille schon hinter mir." Und morgen … nun, Schichten zu tauschen, verstieß nicht gegen die Regeln, wenn man es sich vorab genehmigen ließ. Er würde jede Schicht für jeden fliegen, wenn er dafür nur den ganzen Tag mit Ciena verbringen konnte. „Wir könnten in eine der Cantinas gehen und uns erzählen, was so passiert ist."

„Nash kann es auch nicht erwarten, dich zu sehen", sagte Ciena.

„Klar. Sicher. Natürlich." Nash mochte ja einer seiner besten Freunde sein, aber nie war Thane weniger daran interessiert gewesen, mit ihm Zeit zu verbringen. Zum Glück war Nash schlau genug, um zu wissen, wann er sich zu verabschieden hatte … hoffte Thane.

„Und ich möchte Jude sehen", erklärte Ciena weiter. „Sie ist doch auch an Bord, oder?"

„Ja, Jude Edivon ist dem Todesstern zugeteilt, aber ich bin ihr noch kein einziges Mal über den Weg gelaufen. Diese Station hat die Größe eines Mondes – es ist so, als wäre Jude auf der anderen Seite des Planeten." Als sich Enttäuschung auf Cienas Gesicht abzeichnete, fügte Thane hastig hinzu: „Aber wenn du ihr sagst, dass du kommst, dann findet sie schon zu dir. Verlass dich drauf."

„Du doch auf jeden Fall, ja?"

„Na, und ob!", erwiderte er und grinste über beide Backen.

Vielleicht hab ich ja wenigstens nicht wie ein Vollidiot ausgesehen, dachte Thane einige Stunden später während seiner sekundären Pflichtschicht als Wartungsmechaniker. Jeder Pilot musste imstande sein, alle Ein- und Zwei-Mann-Schiffe zu warten und zu reparieren, und mittlerweile waren Thane Zwillings-Ionentriebwerke so vertraut wie seine eigenen Hände. Deshalb konnte er seine Checkliste abarbeiten, ohne einen Punkt zu vergessen, während er nebenher seinen Gedanken freien Lauf ließ. *Sie hat auch gelächelt. Das ist ein gutes Zeichen. Oder?*

Er stellte sich nicht die Frage, wofür es ein gutes Zeichen war. Die Aufregung, die er bei dem Gedanken verspürte, Ciena wiederzusehen, blieb etwas, das er lieber nicht genauer in Augenschein nahm oder benannte. Er wusste nur, dass er es sich nicht hätte träumen lassen, dass es so bald geschah, und nun schien ihm ein einziger weiterer Tag zu lange.

Die Devastator *ist bereits hier. Ciena ist jetzt schon auf dem Todesstern. Warum musste ich diese blöde Schicht bekommen? Ich habe getauscht, damit ich morgen freihabe, aber was ist, wenn Ciena nicht freibekommt?*

Thane redete sich gut zu, sich darüber jetzt keine Sorgen zu machen. Er holte tief Luft und machte sich wieder an die Arbeit. Das Kontrollfeld des TIE-Jägers musste teilweise neu verkabelt werden, eine Aufgabe, die aufwendig genug war, um ihn eine Weile zu beschäftigen. Doch just, als er die Platte wieder einsetzte, hörte er die Durchsage: „Alle Mann in Sektor vier-siebzehn zum Seitentor der Landebucht."

Das war sein Sektor. Zum Glück befand Thane sich bereits in der Nähe, und so war er der Erste, der Aufstellung in der vordersten Linie nahm. Sein Mechanikeroverall wies ein paar Schmierflecken auf, aber das war nicht unangemessen, wenn man mitten aus der Schicht gerufen wurde. Dennoch kam er sich schäbig vor unter den vielen Offizieren ringsum, die entweder Offiziersuniform oder eine glänzende Sturmtruppen-Rüstung trugen.

Doch dem Kommandanten würde das wahrscheinlich gar nicht auffallen. Er stolzierte vor sie und verkündete: „Ab heute ist der Todesstern voll einsatzbereit – und es ist der Wunsch des Imperators, dass wir der gesamten Galaxis seine Macht demonstrieren!" Ein paar Jubelrufe wurden laut. Thane klatschte ein paarmal in die Hände. Er nahm an, dass sie die Station so dicht an einen Planetenorbit heranmanövrieren würden, dass die Bevölkerung sie sehen konnte – das würde die Leute umhauen. Er hatte gespürt, dass der Hauptantrieb in Gang gewesen war, also war die Station offenbar in die Nähe eines wichtigen Planeten gebracht worden, Coruscant vielleicht …

Das Tor der Landebucht glitt auf. Thane wusste zwar Bescheid über die Kraftfelder, die dafür sorgten, dass die Atmosphäre nicht entweichen konnte und die feindselige Weltraumkälte draußen blieb, dennoch verspürte er einen kurzen Schauer, als er hinausschaute in die unermessliche Dunkelheit jenseits des Tores. Es öffnete sich langsam, und eine Welt erschien. Die zartblaue Kugel schien in einem eigenen Licht zu strahlen, und wie immer dachte Thane darüber nach, wie schön und doch fragil Planeten aus der Ferne aussahen.

„Sie sehen den Planeten Alderaan", sagte der Kommandant.

Nashs Heimatwelt! Thane musste grinsen. Welch ein Glück, gerade in der Nähe dieser Welt zu sein, während die *Devastator* der Station einen Besuch abstattete. Wie oft hatte Nash versprochen, Thane all die Sehenswürdigkeiten zu zeigen? Er hatte geglaubt, das würde stets ein Traum bleiben, aber jetzt mochte Thane tatsächlich Gelegenheit haben, sich selbst auf Alderaan umzuschauen, wenn er irgendwie die Zeit dazu fand. Er ertappte sich dabei, wie er sich alles in Erinnerung rief, wovon Nash ihm vorgeschwärmt hatte – von allen Orten, die er unbedingt sehen musste, von den Naturschönheiten, für die seine Welt berühmt war. *Wo sollen wir als Erstes hin? Zu den Wolkenfällen? Zum Isatabith-Regenwald?*

„Wie einige von Ihnen wissen werden", sagte der Kommandant, „wird Alderaan im Imperialen Senat von einem Mitglied der

Herrscherfamilie Organa vertreten. Es stellte sich jedoch heraus, dass die Senatorin, ihr Vater und, wie wir glauben, die gesamte Führung der Regierung Alderaans die Rebellen-Allianz heimlich finanziert und unterstützt haben."

Es dauerte einen Moment, bis die Worte in Thanes Bewusstsein drangen. Er war nicht sicher, ob er sie richtig verstanden hatte. Wie konnte die führende Familie Alderaans in den Terrorismus verwickelt sein? Sein zynisches Wesen sagte ihm, dass niemand lauter und vornehm genug war, um nicht korrumpiert werden zu können – aber es sagte ihm auch, dass Leute, die vom Status quo profitierten, wohl kaum versuchen würden, ihn zu verändern.

Der Kommandant fuhr fort: „Diese Station wurde ausgewählt, um der gesamten Galaxis eine Botschaft zu senden. Wir werden jetzt demonstrieren, dass die Macht des Imperiums absolut ist, heute und für alle Zeit. Möge der Imperator lange herrschen!"

„Möge der Imperator lange herrschen!", riefen die Offiziere in Habtachtstellung, Thane eingeschlossen. Er nahm die Worte kaum zur Kenntnis, sie waren ihm inzwischen so vertraut, dass sie Routine waren. In Gedanken versuchte er immer noch dem, was er gerade gehört hatte, einen Sinn abzugewinnen.

Dann pflanzte sich ein dumpfes Vibrieren im Kern der Station durch sämtliche Decks fort, anders und machtvoller als alles, was Thane bis dato an diesem Ort gespürt hatte. Seine Haare sträubten sich, doch wusste er nicht, ob dies vor Angst geschah oder aufgrund der Ionisierung der Atmosphäre.

Was passiert hier?, fragte er sich ...

... und dann feuerte der Todesstern auf Alderaan, und vor seinen Augen explodierte eine ganze Welt.

9. KAPITEL

Entsetzt, beinahe wie betäubt dachte Ciena: *Sieh durch meine Augen.*

Sie musste Wynnet das Schreckliche ebenso zeigen wie das Schöne. Und das hieß, Ciena musste ihr auch *das* zeigen. Auf dem Sichtschirm stoben Bruchstücke des Planeten Alderaan in tausend Richtungen. Sämtliche Trümmer glühten unter der Hitze des feurigen Todes ihrer Welt. Ciena dachte an die Milliarden Leben, die gerade vor ihren Augen ausgelöscht worden waren, und hatte das Gefühl, sie würde gleich weinen – aber dann sah sie den Offizier an der Hilfsstation neben sich.

Nash Windrider war so blass geworden, dass sie glaubte, er würde in Ohnmacht fallen. Er stammte von Alderaan. Seine ganze Familie, jeder Ort, an dem er je gewesen war, seine Heimat waren just vor seinen Augen vernichtet worden. Wegen Untreue.

Ciena begriff sogleich, dass man es Nash, sollte er wirklich ohnmächtig werden, weinen oder sonst eine Gefühlsregung zeigen, als Protest auslegen würde. Man würde ihn desselben Verrats für schuldig halten wie die Organas und mochte ihn in den Bau werfen, wenn man ihm nicht gleich auf der Stelle sein Offizierspatent abnahm.

Sie konnte sonst niemandem helfen, also würde sie Nash helfen. Sie fasste mit einer Hand nach Nashs Arm, um ihn zu stützen. Seine Reaktion bestand darin, ihre Finger zu umklammern und so fest zu drücken, dass es wehtat, aber sie entzog sie ihm nicht. Stattdessen beobachtete sie, wie Nash sich zwang, tief durchzuatmen, in gleichmäßigen Zügen, und dabei hielt er sich an ihrer Hand fest, als wäre sie eine Rettungsleine, die ihn ans Ufer brachte.

Nach Hause, hätte Ciena beinahe gedacht. Aber sie verkniff es sich im letzten Moment.

Während der Vernichtungsschlag noch nachwirkte, führte sie Nash zum Aufzug, der ihn zur Landebucht der *Devastator* bringen würde, damit er an Bord des Schiffs gehen und in seine Unterkunft zurückkehren konnte, vielleicht, um allein zu sein. Nash sagte die ganze Zeit über nichts. Er nahm nicht einmal Blickkontakt zu Ciena auf, bevor er in die Liftkabine trat. Erst in der letzten Sekunde, bevor die Türen sich schlossen, sah sie, wie er sich schwer an die Fahrstuhlwand lehnte, als wäre er sonst hingefallen.

Wenigstens hatte sie jetzt ein paar Stunden frei, um ihre Gedanken zu sammeln, und konnte die Sache mit einer alten Freundin besprechen. Leider nicht mit dem alten Freund, auf den sie sich am meisten gefreut hatte – aber immerhin, ein vertrautes, willkommenes Gesicht.

„Natürlich kannte ich das volle Potenzial der Kanone", sagte Jude, als sie und Ciena auf einem der kleinen Aussichtsdecks vor einer langen Fensterreihe saßen. „Der Superlaser wird von einer Batterie riesiger Kyberkristalle gespeist, die ihm nahezu unbegrenzte Kraft verleihen. Aber ich hatte gehofft, man würde sie einsetzen, um Asteroiden zu Abbauzwecken aufzubrechen. Oder unbewohnte Welten. Aber doch nicht ... dazu."

Ciena schaute sich um und vergewisserte sich, dass sie nicht belauscht wurden. „Jude, glaubst du ... was wir heute gesehen haben, was der Todesstern angerichtet hat ... gibt es dafür irgendeine Rechtfertigung? *Kann* es eine geben?"

Anstatt gleich zu antworten, saß Jude zunächst ganz still da und dachte nach. Das hatte Ciena immer an ihrer Freundin gemocht – die ruhige, vernünftige Art und Weise, wie Jude Dinge beurteilte. Während ihrer Zeit als junge Kadettinnen war Judes Gesetztheit oft Anlass für Neckereien ihrer Mitbewohnerinnen gewesen, aber jetzt war Ciena dankbar dafür.

„Obwohl ich erst seit ein paar Wochen im aktiven Dienst bin", sagte Jude schließlich, „ist mir doch schon klar geworden, dass die Rebellen-Allianz eine sehr viel größere und gefährlichere Gruppierung ist, als man es offiziell je verlautbart hat. Wir operieren nicht als Friedensarmee. Unsere Vorbereitungen sind eher auf eine Zeit des Krieges ausgerichtet."

Dieses Gefühl hatte Ciena auch schon selbst gehabt, doch erst als Jude es in Worte fasste, wurde ihr alles klar. Die Bedrohung durch die Rebellen-Allianz war sehr real geworden.

Jude fuhr fort: „Die Organas sind des Verrats schuldig, die meisten Bewohner waren das jedoch nicht."

Wenigstens ist es schnell gegangen, dachte Ciena, aber die Rechtfertigung klang selbst in ihren Ohren hohl. Sie stellte sich vor, sie wäre eins der Kinder gewesen, hätte nach oben geschaut und gesehen, wie sich der schieferfarbene Himmel rot färbte, und einen furchtbaren Moment lang gewusst, dass dies nur das Ende sein konnte. Die Angst, die Alderaans Kinder verspürt haben mussten – das Entsetzen …

„Aber es ist nicht korrekt, das, was geschehen ist, als Bestrafung der Bevölkerung Alderaans zu betrachten", sagte Jude, und ihr Ton wurde forscher. „Die einzige Rechtfertigung für einen derart extremen Akt besteht darin, dass nur so eine noch ernstere Gefahr ausgeschaltet werden konnte. Es ist leichtsinnig seitens der Rebellen, mehr noch, närrisch, den Versuch zu wagen, die gesamte Imperiale Flotte zu bezwingen. Wie also lassen sie sich zur Vernunft bringen? Wie macht man ihnen die Beschränktheit ihrer Macht und die Unausweichlichkeit des Sieges des Imperiums begreiflich? Nur eine Demonstration dieses Ausmaßes vermochte das. Jetzt sehen die Rebellen sicher ein, dass ihre Ziele hoffnungslos und ihre Strategien unklug sind. Jetzt sind wir vor einem Krieg sicher. Die Milliarden Toten, die es heute gab, haben durch ihr Opfer vielleicht unzählige Leben gerettet."

So musste es sein. Keine Terrorzelle der Galaxis, ganz gleich, wie fanatisch oder blutrünstig sie war, konnte jetzt noch glauben, sie hätte die Macht, das Imperium zu besiegen. Nur hatten die Bewohner Alderaans sich nicht freiwillig entschieden, dieses Opfer zu bringen.

Jude seufzte und blickte für einen langen Moment in ihr Glas. Aus irgendeinem Grund – vielleicht lag es am Licht oder an dem verlorenen Ausdruck in ihrem Gesicht – kam sie Ciena in diesem Augenblick jünger vor, wie das Mädchen, das sie gewesen war, als sie sich vor über drei Jahren kennengelernt hatten. Ihre makellos gebügelte und passgenau geschneiderte Uniform wirkte wie das Kostüm eines Kindes, das Verkleiden spielte. Vielleicht fühlte auch Ciena sich zu jung, zu frisch, um in den Krieg zu ziehen. Zweifellos empfand anfangs jeder so.

Ciena sagte: „Egal also, was heute passiert ist, wie viele Opfer es auch gegeben haben mag ... in einem gewaltigen galaktischen Krieg würden noch mehr sterben."

„Genau." Jude nickte. „Denk an die Milliarden, die in den Klonkriegen umkamen."

„Aber indem man den Krieg jetzt beendet, bevor er wirklich begonnen hat, wird der Todesstern mehr Leben retten, als er genommen hat." Es war schwer, so darüber zu denken. Ciena hatte gehofft, sie würde nach dem Kommando-Ethik-Unterricht nie mehr mit dieser Art düsterer Rechenaufgaben zu tun haben. Doch jetzt musste sie sich einer solchen stellen und ihre Pflicht tun.

Wäre das Imperium doch nur nicht gezwungen gewesen, zu solch drastischen Mitteln zu greifen. Wäre die Rebellen-Allianz doch nur nie entstanden aus der Mischung von Unzufriedenheit und Arroganz, die ihre Anführer umtrieb. Diese Terroristen hatten auf die Mutmaßung gesetzt, das Imperium würde nie zurückschlagen. Jetzt hatte man ihnen zumindest ihren Irrtum vor Augen geführt. Doch Ciena fragte sich, ob ihre Anführer je die Verantwortung für die schrecklichen Maßnahmen, die nötig gewesen waren, um diese Rebellion – diesen Krieg – aufzuhalten, übernehmen würden, bevor die ganze Galaxis ins Chaos gestürzt wurde. Wahrscheinlich nicht.

Die Rebellion hatte damit angefangen. Hatte es sogar herausgefordert.

Ciena fühlte sich besser, jetzt, da sie verstand, wem die Schuld anzulasten war.

Eine Durchsage ertönte, hallte aus den Lautsprechern, und die Offiziere sahen auf. *„Achtung! Die Devastator wird die Station zu Beginn der nächsten Dienstschicht verlassen. Die Besatzung wird hiermit aufgefordert, an Bord zu gehen und sich für weitere Befehle bereitzuhalten."*

„Oh nein!" Ciena wollte sich nicht schon wieder von Jude trennen, wo sie ihr doch gerade half, in der Welt wieder einen Sinn zu sehen. Und das Letzte, was Nash jetzt brauchte, war eine weitere und anstrengende Schicht anstatt etwas Zeit, um sich zu fassen. Und Thane hatte sie noch nicht einmal gesehen ...

„Ich bezweifle, dass die *Devastator* lange weg sein wird", sagte Jude. „Es geht das Gerücht, dass Lord Vader bleiben will, bis die gegenwärtige Krise beigelegt ist. Die *Devastator* ist sein Flaggschiff, also werdet ihr nur eine begrenzte Zahl von Missionen ohne ihn unternehmen."

Natürlich. Cienas Laune besserte sich wieder. Ganz gleich, was für eine Mission auf die *Devastator* wartete, sie konnte nicht länger als ein paar Wochen dauern, nicht ohne Darth Vader an Bord. „Dann sehen wir uns bald wieder."

Sie umarmten sich rasch zum Abschied, dann eilte Ciena auf den Gang hinaus. Das Treiben ringsum nahm sie kaum wahr, die ungeheuren Ausmaße der Station verfehlten ihre Wirkung auf sie. In Gedanken beschäftigte sie sich schon mit der Zukunft – wie sie Nash über die kommenden Tage hinweghelfen konnte, wie sie zurückkehrten, um Lord Vader aufzunehmen ... Und wahrscheinlich würde die *Devastator* diese Station oft anlaufen, also würde sie reichlich Gelegenheit haben, Jude zu besuchen. Und sie würde so schnell zurück sein, um Thane zu sehen, als wäre sie gar nicht fort gewesen.

Thane starrte auf den Kommunikationsmonitor und versuchte, ihn kraft seines Willens mit einer Antwort von Ciena aufleuchten zu lassen. Doch ihn starrte nur Schwärze an.

Er wusste, dass sie wahrscheinlich auf der *Devastator* war, vielleicht hatte sie Dienst. Wie konnte man nur einfach so weitermachen, nachdem man Zeuge des Mordes an der Bevölkerung eines ganzen Planetens geworden war? Doch auch Thane hatte wie die anderen in Habtachtstellung ausgeharrt, eine Tatsache, die ihn mit jedem Moment, der verging, mehr erstaunte. *Wir haben Milliarden von Leben ausradiert. Wir haben Milliarden umgebracht, und danach erwartete man von uns, dass wir applaudierten.*

Alderaan war Nashs Heimatwelt gewesen. Wenn Thane sich schon krank fühlte ob dessen, was er gerade gesehen hatte, wie musste es da erst Nash ergehen? Er musste kurz vor dem Kollaps stehen. Doch Thane schickte ihm keine Nachricht. Er wusste, dass die Kommunikationsaufzeichnungen vom Offizier für innere Angelegenheiten überprüft werden konnten, und jede Nachricht an einen oder von einem Alderaaner würde automatisch verdächtig sein. Thane ging es dabei nicht um sich. Er verstand sich darauf, seine Worte so vorsichtig zu wählen, dass der Adressat auch verstand, was unausgesprochen blieb. Eine Fähigkeit, die viele auf der Akademie entwickelten. Aber Nash musste außer sich sein – und in seiner Trauer und Wut würde er vielleicht etwas sagen, das ihn belasten könnte.

Nein, Thane würde sich später an Nash wenden, wenn es sicherer war. Jetzt musste er mit Ciena sprechen. Sie war immer sein Prüfstein gewesen. Wenn er bei ihr wäre, dachte er, wäre ihm jetzt weder so übel, noch wäre er so wütend. Er hätte das Gefühl, wieder Luft zu bekommen …

Der Kommunikationsmonitor erhellte sich, und Thanes Laune besserte sich für den Sekundenbruchteil, den er brauchte, um festzustellen, dass die Nachricht nicht von Ciena war. Stattdessen stammte sie von seinem Kompanie-Kommandanten, der seinen Leuten befahl, sich umgehend zum Dienst zu melden.

„Dantooine?", wiederholte er einer Offizierskollegin gegenüber, als sie an Bord des Truppentransporters gingen. „Das ist mitten im Nirgendwo." Ein Ort, der fast so unbedeutend wie Jelucan war.

„Das ist ja Sinn und Zweck des Ganzen", sagte die Offizierin, während sie die Einstiegsrampe erklommen. „Wo könnten sich die Rebellen sonst verstecken?"

Sie tun gut daran, sich zu verstecken, dachte er. Nachdem die Galaxis nun erlebt hatte, wozu diese Raumstation in der Lage war, würde sich bestimmt niemand mehr gegen das Imperium erheben.

Bis alle an Bord waren, blieben Thane ein paar Augenblicke Zeit, um eine Botschaft aufzuzeichnen, die Ciena sich anhören konnte, wenn ihre Schicht zu Ende war: „Schlechte Nachrichten – ein paar von uns werden wegen einer Patrouille in letzter Minute ausgeschifft. Das Ganze wird nur ein, zwei Tage dauern, aber ich weiß nicht, wie lange die *Devastator* noch auf dem ... auf der Station bleiben wird."

Der Begriff *Todesstern* wollte ihm nun, da der Tod zur Realität geworden war, nicht mehr so leicht über die Lippen kommen.

„Ich hoffe wirklich, dass ich dich zu sehen bekomme", sagte er und wollte, dass sie hörte, wie innig er das meinte. „Wenn nicht ... dann nächstes Mal auf Jelucan. Das verspreche ich dir. Also musst du es mir auch versprechen. In Ordnung? Kyrell, Ende."

Wahrscheinlich hätte er auch Nash eine Nachricht schicken sollen, aber er hatte immer noch keine Ahnung, was er sagen sollte. Während der ganzen Reise des Truppentransporters nach Dantooine überlegte Thane, was er für Nash tun könnte, aber ihm fiel nichts Sinnvolleres ein, als sich mit seinem Freund bei einer Flasche corellianischen Brandys zusammenzusetzen.

Nachdem sie den Planeten erreicht hatten, fingen die Scanner recht schnell Hinweise auf einen Rebellenstützpunkt auf. Doch bevor Thane seine Kampfausrüstung anlegen konnte, kam die Meldung, dass der Stützpunkt verlassen sei. Man würde ihn in der Hoffnung auf weiterführende Informationen durchsuchen, sonst aber nichts. Es schien so, als hätten sie die weite Reise völlig umsonst unternommen.

Doch als der Truppentransporter an dem verlassenen Stützpunkt im Herzen von Dantooines bedrückendem Ödland ankam, sah Thane nicht etwa einen baufälligen Hangar oder eine armselige Schmugglerhöhle, sondern die Hinterlassenschaften einer echten militärischen Organisation.

Allein hier hätten Dutzende von kleinen Sternenjägern stationiert sein können, dachte er, während er den Blick über die weitläufige Anlage wandern ließ. Daten, die über seinen Bildschirm liefen, verrieten ihm, dass die Einrichtung außerdem über Dutzende von Droiden-Ladestationen verfügt hatte sowie über eine hoch entwickelte Kommunikationstechnik, die einen nahezu verzögerungsfreien galaxisweiten Informationsaustausch erlaubte, und Schlafkojen für mehrere Hundert Rebellen. Und es schien mindestens ein Dutzend weiterer Bauten dieser Art zu geben. Darüber hinaus stießen sie auf Beweise für umfangreiche unterirdische Grabungen, was bedeutete, dass die Rebellen irgendwann vorgehabt hatten, den Stützpunkt noch zu erweitern.

Das war keine kleine Bande von Unzufriedenen. Die Rebellen-Allianz war eine Armee.

Nein, ihre Streitkräfte hatten nicht annähernd das Ausmaß der Macht des Imperiums. Doch Thane hatte auf der Akademie lange genug Strategie-Unterricht gehabt, um zu wissen, dass der Feind einem nicht ebenbürtig sein musste – solange seine Streitmacht eine bestimmte kritische Masse erreichte, hatte er die Möglichkeit, ernsthaften Schaden zu verursachen. Und Thane hatte den Eindruck, dass die Rebellion fast an diesem Punkt angelangt war.

Sein üblicher Gedankengang über die Rebellen nahm seinen Lauf: *Sie sind Terroristen, sie sind Strolche. Das Imperium hat seine Schwächen, aber die hatte auch die Republik, die diese Typen so verehren. Man kann keiner Macht wirklich vertrauen. Im Grunde ist es egal, wer das Sagen hat.*

Er hatte sich für ach so weltgewandt und weise gehalten. Jetzt, da die Lohe der Vernichtung Alderaans noch in seinem Kopf nachglühte, wusste Thane, wie leer seine Rechtfertigungen gewesen waren. Terrorismus konnte nie die Antwort sein, aber mit dem heutigen Tag war das Imperium in puncto Terrorattacken ebenso schuldig wie die Rebellen-Allianz. Wenn nicht mehr ...

Seine Pflichtdienstzeit nach Abschluss der Akademie betrug fünf Jahre. Danach konnte Thane theoretisch den Dienst quittieren und irgendeinen anderen Beruf ergreifen. Doch die meisten imperialen Offiziere blieben im Dienst, bis sie das Pensionierungsalter erreichten oder starben, je nachdem, was früher eintrat. Er hatte immer geglaubt, er werde sein Leben lang Berufssoldat bleiben. Jetzt hatte er das Gefühl, er könnte diese Uniform keine fünf Minuten mehr tragen.

Wie oft hatte er gesagt, er würde in der Imperialen Flotte bleiben, nur damit er die besten Schiffe der Galaxis fliegen konnte? Diese Worte klangen jetzt so unreif. Mehr noch, kindisch sogar.

Du willst nicht wirklich hinschmeißen, sagte sich Thane, während er mit sorgsam teilnahmsloser Miene weitere Anzeigen ablas. *Was du heute gesehen hast, beweist, dass wir am Rande eines galaktischen Krieges stehen. Sie brauchen dich.*

Doch wenn er an *sie* dachte, stellte er sich nicht den Imperator und seine Admirale vor, die ihn brauchten. Er dachte vielmehr an seine Kollegen, wie er die Leute um sich herum schützte, die er schon als Freunde betrachtete. Und an Nash.

Und an Ciena.

Obwohl die *Devastator* den Todesstern hinter sich gelassen hatte, war die Besatzung des Sternenzerstörers angewiesen worden, mit den Dateneingaben der Station in Verbindung zu bleiben. Die entsprechend zugeordneten Sichtschirme befanden sich ein wenig links von Cienas Station, sodass sie aus dem Augenwinkel die fiebrige Oberfläche Yavins sehen konnte, eines gewaltigen roten Gasriesen. Andere Bildschirme zeigten einen der Monde des Planeten, Yavin 4, bei dem es sich offenbar um den wahren Standort des Rebellenstützpunkts handelte.

Man hat Thane also aufgrund falscher Informationen nach Dantooine geschickt. Umsonst. Sie sehnte sich danach, mit ihm über die schrecklichen Geschehnisse der vergangenen Tage zu reden. Durch das Gespräch mit Jude hatte Ciena ihre Fassung wiedergefunden, aber schlafen konnte sie immer noch nicht. Ein ums andere Mal sah sie vor ihrem geistigen Auge, wie Alderaan explodierte.

Und nun mochte sie im Begriff sein, Zeuge des Todes einer zweiten Welt zu werden.

Aber das ist ein militärisches Ziel, versicherte sie sich. *Es kommen keine Zivilisten zu Schaden.*

Diese Erklärung würde ihr schlussendlich einleuchten. Nur im Moment tat ihr der Bauch weh bei dem Gedanken, die Vernichtung eines zweiten Planeten mit ansehen zu müssen. Der Untergang Alderaans war noch nicht lange genug her, ihre Nerven lagen bloß.

Die Rebellen erkannten, dass ihr Untergang bevorstand, und sie schlugen zurück – aber auf die absurdeste Weise.

„Unglaublich", murmelte ein Commander, der nahe ihrer Station stand. „Die Rebellen schicken eine Handvoll Sternenjäger, um den Todesstern anzugreifen? Dieser kleine Aufstand muss in den letzten Zügen liegen, wenn das alles ist, was sie noch aufbringen können."

Der Mond ist unbewohnt, rief sie sich in Erinnerung. *Die einzigen Leute dort unten sind Angehörige der Rebellion, diejenigen also, die einen Krieg anzetteln wollen. Sie haben ihren Weg aus freien Stücken gewählt. Das ist es, was Krieg bedeutet.*

Und doch dachte sie auch an die Tiere, die dort lebten, kleine unschuldige Kreaturen, und selbst die Bäume …

Ein Monitor zeigte X-Flügler, die durch einen Graben rasten, von TIE-Jägern verfolgt. Sie fragte sich, warum man die TIEs überhaupt ausgeschickt hatte gegen einen derart kläglichen Angriff. Andererseits müsste selbst ein geringer Schaden an der Station repariert werden. Die Schiffe sausten so schnell vorbei, dass das Feuergefecht schon nach wenigen Augenblicken nicht mehr zu verfolgen war. Vielleicht würde eine andere Kamera es einfangen.

Stattdessen sah sie kurz darauf einen X-Flügler und einen klobigen alten Frachter in höchster Unterlichtgeschwindigkeit zurück nach Yavin 4 fliegen. Ciena meldete: „Sir, die Rebellenschiffe entfernen sich vom Todesstern."

„Bleiben Sie an ihnen dran", sagte ihr Kommandant. „Wir wollen Großmoff Tarkin einen möglichst vollständigen Bericht liefern."

Sie protokollierte weiterhin jedes Datenpaket, das vom Todesstern eintraf, ob es nun wichtig oder nebensächlich war. Es blieb geschäftig auf der Hilfsbrücke, doch Stimmen brachen ab und das Tun verlangsamte sich. Ciena wusste, dass jedermann auf den Moment wartete, da Yavin 4 explodieren würde. Übelkeit stieg in ihr auf, sie versuchte sich auf das plötzliche grelle Licht gefasst zu machen … als stattdessen jeder Schirm, der mit dem Todesstern verbunden war, schwarz wurde.

Umgehend. Gleichzeitig. Ciena sah, dass der Datenstrom, der von der Station kam, ebenfalls versiegt war.

„Sind die Schaltkreise ausgefallen?", fragte jemand und überprüfte die betroffenen Monitore. Er glaubte, die Monitore seien defekt. Sie wusste es besser.

„Der Todesstern ist verstummt, Sir", meldete sie. „Er sendet keine Daten mehr."

Das Gesicht ihres Kommandanten nahm einen seltsamen Ausdruck an, verwirrt und wütend zugleich. „Das ist unmöglich, Leutnant. Die Rebellen müssen irgendwie für eine Störung gesorgt haben, oder diese Jäger wurden geschickt, um die Kommunikationstechnik der Station lahmzulegen."

Aber dazu waren X-Flügel-Sternenjäger nicht in der Lage. Nicht wenn es um eine Raumstation von der Größe des Todessterns ging. Oder?

Doch die einzige Alternative war … undenkbar.

10. KAPITEL

„Das ist alles? Weiter wissen sie nichts?"

„Versuchen Sie noch einmal, Coruscant zu erreichen."

„Sämtliche Kommunikationsnetze sind völlig blockiert ..."

Stimmen hallten durch den verlassenen Rebellenstützpunkt auf Dantooine, der vorübergehend zu einer provisorischen imperialen Station geworden war. Offiziere drängten sich in Gruppen zusammen, einige noch in voller Landungsausrüstung, die meisten jedoch trugen inzwischen nur noch Teile ihrer Rüstung. Der Truppenkommandant besaß zwar nach wie vor die Befehlsgewalt, aber außer den Kommunikationsoffizieren hatte seit Stunden niemand mehr einen Befehl erhalten. Es gab nichts für sie zu tun, außer zu warten und sich zu fürchten.

Thane schritt längs durch die Halle, die offenbar aus massivem Fels herausgesprengt geworden war, was ein bisschen das Gefühl vermittelte, sie würden alle miteinander in einer Höhle hocken. Die bruchstückhaften Informationen, die sie bislang aufgefangen hatten, waren widersprüchlich, verwirrend und ominös. Einige besagten, der Todesstern sei zerstört worden, andere behaupteten, er habe Schaden genommen und könne nicht mehr kommunizieren, und wieder andere meinten, die Informationen müssten falsch sein – ein Trick, um die Rebellen aus ihrem Versteck zu locken, damit man sie effizienter ausmerzen konnte.

Die meisten der anwesenden Soldaten schienen letzteres Szenario zu glauben, was zu vielen Flüchen und vollmundigem Gerede darüber geführt hatte, dass *sie*, wenn sie das Sagen hätten, nie einen solchen Plan ausführen würden, ohne die komplette Befehlskette ordentlich zu informieren und vorzubereiten. Ein paar andere widersprachen, weil Spione schließlich überall sein könnten. Wenn sich selbst ein so namhaftes Mitglied des Imperialen Senats wie Prinzessin Leia Organa als Verräterin zu entpuppen vermochte, dann konnte in jedem einer stecken. Also musste dieses groß angelegte Ablenkungsmanöver bis zum letztmöglichen Moment geheim bleiben.

Doch nicht alle waren davon überzeugt. Thane hatte Blicke mit einer Handvoll anderer Soldaten gewechselt, die angespannt und schweigsam blieben.

Der Todesstern kann nicht verloren sein. Es bräuchte ein Dutzend Sternenzerstörer und Angriffskreuzer, um einer Station von dieser Größe auch nur merkbaren Schaden zuzufügen. Die Rebellen-Allianz ist zwar deutlich schlagkräftiger, als unsere Vorgesetzten uns weismachen wollten, aber wenn die Rebellen eine so große Flotte besäßen, hätten sie doch schon längst zugeschlagen. Dieser Teil seiner Analyse kam Thane äußerst zutreffend vor – der Rest jedoch schien ihm weniger gewiss. *Wenn der Todesstern beschädigt wurde, wie schlimm ist der Schaden dann? Die Station ist so groß wie ein Mond, wie ist es also möglich, dass alle Kommunikationssysteme ausgefallen sind? Und warum kommt auch von den Schiffen, die dort angedockt haben, keine Antwort?*

Wenn die Rebellen den Todesstern mit einer Flotte, die richtigen Schaden anrichten konnte, angegriffen hatten, wären die großen imperialen Schiffe in Bewegung gesetzt worden. Sie wären in die Schlacht gezogen.

Thane lehnte sich an die grob behauene steinerne Wand des Rebellenstützpunkts, in einer Hand eine Feldflasche mit Nährmilch. Er dachte an die *Devastator* in all ihrer Majestät und Macht, und er malte sich aus, wie ihre Laserkanonen die Rebellenflotte in Stücke schossen. Immer wieder stellte er es sich vor – die Metallfetzen, die wirbelnden Trümmer, die kurzen Flammenstöße, bevor sie im Vakuum des Alls erloschen.

Wenn er sich vorstellte, wie die *Devastator* gewann, dann musste er sich nicht vorstellen, was sonst noch geschehen sein könnte in der Schlacht, die er wie in einer Vision vor sich sah … mit dem Schiff, mit Nash Windrider oder mit Ciena.

Nach einigen Stunden auf ihrem Posten klangen Ciena die Ohren vom Kreischen schlecht gefilterter Übertragungen. Ihr war schwindlig von den endlosen Datenmengen, die sie eiligst bearbeitet hatte. Sie musste jetzt für ihr Schiff und das Imperium alles geben, was sie hatte.

Die führenden Offiziere der *Devastator* konferierten, und das schon seit Stunden, wie es schien. Wenn sie den Grund für das so plötzliche wie erschreckende Verstummen des Todessterns kannten, hatten sie es der Besatzung noch nicht mitgeteilt.

Einstweilen konnte Ciena nichts weiter tun, als die endlosen Datenpakete durchzugehen, die vom Todesstern hereingekommen waren, bevor es still geworden war. Viele davon enthielten keinerlei nützliche Informationen, aber bis sie eine umfassende Erklärung hatten, durfte sie nichts ignorieren.

Als sie Judes Nummer auf einem der Pakete erkannte, öffnete sie es augenblicklich. Es war ihr egal, ob dieses Paket wichtig war oder nicht – Ciena musste wissen, was Jude getan hatte, bevor der Todesstern ... Schaden genommen hatte oder infiltriert worden war. Oder was auch immer dort so furchtbar schiefgegangen war.

Doch Judes Datenpaket *war* wichtig. Ciena las einen Bericht von Jude Edivon an ihren vorgesetzten Offizier und alle dortigen Kommandanten, in dem sie erklärte, ihre Analyse habe ergeben, dass der Rebellenangriff mit kleinen Sternenjägern in der Tat eine Bedrohung für den Todesstern darstellte. Sie hatte einen Makel entdeckt, den sonst niemand vermutet hatte – er hatte irgendetwas mit einer Absaugöffnung zu tun –, und eine Schwäche aufgespürt, wo alle anderen nur Unverwundbarkeit sahen.

Obgleich die Wahrscheinlichkeit eines direkten Treffers gering ist, hatte Jude geschrieben, *könnten die Folgen für die Station höchst schwerwiegend, möglicherweise sogar fatal sein.*

Wenn irgendjemand eine Antwort auf Judes Warnung geschickt hatte, dann war Ciena bisher noch nicht darauf gestoßen.

Fatal für die Station? Für den Todesstern? Nein. Jude konnte nur gemeint haben, dass Offiziere durch daraus resultierende kleine

Explosionen getötet werden könnten. Das ergab sehr viel mehr Sinn als die Vorstellung, dass ein X-Flügler etwas von der Größe eines Mondes zerstören könnte.

Doch es blieb alles dunkel und still.

Kurz nachdem Ciena diese Information an das Kommando geschickt hatte, wurde sie aufgefordert, sich in Landebucht 47 zu melden. Nash warf ihr einen Blick zu, als sie hinausging, offensichtlich ebenso neugierig wie sie, was da im Gange sein mochte. Sie hoffte, ihn bald auf den neuesten Stand bringen zu können.

Stattdessen erhielt sie einen neuen Auftrag.

Ein Kommandant mit steinernem Gesicht sagte zu ihr und einer weiteren Pilotin: „Leutnant Ree, Leutnant Sai, Sie werden einen Frachter der *Gozanti*-Klasse ins Yavin-System bringen und Lord Vader treffen, um ihn zurück zur *Devastator* zu fliegen."

Es war, als hätten sich Stahlbänder um sie herum zugezogen, um dann plötzlich wieder gelöst zu werden. Ciena schaffte es, sich ein lautes Seufzen zu verkneifen. *Darth Vader lebt. Es ist ihm gelungen, unser Schiff zu kontaktieren. Was immer mit dem Todesstern passiert ist, es ist nicht zum Schlimmsten gekommen.* Sie hatte es noch immer nicht gewagt, wirklich in Erwägung zu ziehen, worin dieses „Schlimmste" bestehen könnte.

Der Kommandant fuhr fort: „Sie werden Ihre Mission niemandem gegenüber offenlegen – nicht während Ihrer Reise oder zu irgendeinem Zeitpunkt danach. Sie werden Funkstille wahren, es sei denn, Lord Vader gibt einen anderslautenden Befehl oder … das Zusammentreffen kommt nicht wie geplant zustande."

Was sollte denn das heißen? Ciena bedachte die andere Pilotin mit einem Seitenblick, doch deren Miene hätte ebenso gut in Stein gemeißelt sein können.

Erst als sie im Cockpit des Frachters allein waren, erwies sich Leutnant Sai als alles andere denn stoisch. „Was sollen wir machen?", fragte sie, kaum dass das Schiff in den Hyperraum eingetreten war. „Den völlig stummen Todesstern anfliegen, ohne irgendwelche Fragen zu stellen? Oder auch nur um die Erlaubnis zum Andocken zu ersuchen?"

„Es wird alles einen Sinn ergeben, wenn wir erst dort sind", sagte Ciena.

„Warum bist du dir da so sicher?"

„Weil es nicht weniger Sinn ergeben kann als jetzt."

Damit erntete sie ein Lachen. „Das stimmt. Ich heiße übrigens Berisse."

„Ciena."

Berisse, so erfuhr sie, hatte im Jahr zuvor ihren Abschluss an der Akademie von Lothal gemacht. Ihr Lächeln strahlte hell in ihrem gebräunten Gesicht. Sie war so kräftig, wie es die Vorschriften erlaubten, und hatte dunkles, glänzendes Haar, das sie noch fester geflochten hatte als Ciena das ihre. Als sie hörte, dass Ciena erst seit ein paar Wochen auf der *Devastator* war, versprach Berisse, sie herumzuführen, und zeigte sogar etwas Mitleid für Nash. „Das ist hart", sagte sie. „Stell dir mal vor, du würdest herausfinden, dass alle auf deinem Planeten zu Verrätern geworden sind."

Nicht einmal das konnte schlimmer sein, als mit ansehen zu müssen, wie er völlig vernichtet wird, hätte Ciena beinahe erwidert, aber da schlugen die Sensoren an. „Yavin", sagte sie und schwang mit ihrem Sessel wieder zu den Kontrollen herum. „Wir verlassen den Hyperraum."

„Hyperraum verlassen", bestätigte Berisse. Auch sie war wieder im offiziellen Modus.

Die Angst, die Ciena während der Unterhaltung mit Berisse im Zaum gehalten hatte, war jetzt stärker als zuvor. Sie sagte sich, dass sie nun wenigstens erfahren würde, wie schlimm die Lage wirklich war. Sie würde sich keine Sorgen mehr um Jude machen müssen. Nichts konnte schlimmer sein, als nicht Bescheid zu wissen.

Der Frachter stürzte aus dem Hyperraum … und in die Hölle.

Berisse keuchte laut auf. Ciena konnte nicht einmal nach Luft schnappen. Sie befanden sich am äußeren Rand eines gewaltigen Trümmerfelds, verbogenes Metall driftete in alle Richtungen. Einige Stücke waren riesig, so groß wie ein leichter Kreuzer, andere Bruchteile waren noch kleiner als der Kopf eines Menschen.

Splitter trafen auf die Fenster des Frachters, blieben an den Scheiben haften und bildeten Muster, die Frost oder Rissen ähnelten. „Ich kann's nicht glauben", sagte Berisse mit zitternder Stimme. „Er ist weg. Er ist völlig weg."

Der Todesstern war zerstört worden.

Judes Warnung echote laut durch Cienas Kopf. *Fatal.* Jetzt wusste sie, dass Jude tot war.

Auch ein paar andere Klassenkameraden waren auf dem Todesstern stationiert gewesen. Mindestens ein Dutzend Personen, die Ciena gekannt hatte, waren heute getötet worden. Abertausende von Soldaten, von denen die meisten nicht einmal auf ihre Gefechtsstationen gerufen worden waren – sie hatten geschlafen, gegessen oder in einer der Cantinas etwas getrunken, ohne zu ahnen, dass dieser Moment ihr letzter sein würde. Doch Jude hatte die Gefahr gekannt. Hatte sie Angst gehabt? Hatte Jude in ihren letzten schrecklichen Augenblicken gewusst, dass dies das Ende war? Die Vorstellung schnürte Ciena die Kehle zu, und ihre Augen füllten sich mit Tränen.

„Lord Vaders Signal", sagte Berisse, schüttelte die Schreckensstarre ab und machte sich wieder an die Arbeit. „Los!"

Benommen steuerte Ciena den Frachter am Rand des Trümmerfelds entlang. Sie wollte weinen, sie wollte schreien. Die Kommando-Offiziere mussten gewusst haben, was geschehen war. Warum hatten sie es der Flotte nicht gesagt? Der ganzen Galaxis? Aber vielleicht hatten sie es für so unmöglich gehalten wie sie selbst. Ciena begriff endlich, dass ihre Mission nicht allein darin bestand, Darth Vader aufzunehmen, sie sollten darüber hinaus bestätigen, dass der schlimmste Fall eingetreten war. Man hatte sie losgeschickt, auf dass sie Augenzeugin eines weiteren Massakers würde.

Ihre Trauer um Jude bemächtigte sich ihrer, bis sie nichts mehr fühlen konnte. Ciena tat alles wie mechanisch, als sie sich Lord Vaders beschädigtem TIE-Jäger näherten. Sie war dankbar für ihre Ausbildung, in der sie gelernt hatte, auch dann noch zu funktionieren, wenn sie innerlich völlig aufgelöst war.

Vaders Schiff schälte sich langsam aus der Dunkelheit. Als Erstes nahm sie die merkwürdige Rotation einiger Trümmerstücke wahr, als würden sie von Repulsorstrahlen abgestoßen. Dann sah sie die Konturen eines TIE-Jägers mit winkligen Flügeln. Vader just jenseits des Trümmerfelds, das sich immer noch ausdehnte.

„Initiiere Luftschleusen-Sequenz", sagte Ciena. Sie war froh, dass Berisse sie noch nicht besonders gut kannte, denn so konnte ihr nicht auffallen, wie angespannt und unnatürlich ihre Stimme auf einmal klang. „Drei ... zwei ... eins."

Berisse bediente die Kontrollen, die einen der vier Andockschläuche im Bauch des Schiffes auslösen würden. Vorsichtig führten sie den Schlauch von oben her an das runde Cockpit des TIE-Jägers heran.

„Bist du Lord Vader schon mal begegnet?", fragte Berisse leichthin.

„Ich ... äh ... nein." Ciena konnte sich kaum genug konzentrieren, um zu sprechen.

„Ich lass dich nach hinten gehen, dann kannst du ihn begrüßen."

Normalerweise waren imperiale Offiziere ganz erpicht darauf, die Ersten zu sein, die mit einem Ranghöheren sprachen. Das waren Gelegenheiten, aus der Masse herauszustechen. Doch noch nie hatte Ciena ihr Aufstieg weniger interessiert als in diesem Moment. Trotzdem hatte sie nicht den Eindruck, dass Berisse ihr einen Gefallen tat.

Man sagt, er sei ein großer Mann, rief sie sich in Erinnerung, als sie an der Luftschleuse stand und auf das grüne Licht wartete, um die Bucht zu betreten. *Dass er die Gunst des Imperators genießt. Und es heißt, er könne die Macht seinem Willen unterwerfen.* Ciena glaubte zwar an die Macht, allerdings bezweifelte sie, dass irgendjemand sie so vollkommen kontrollieren konnte. Sie fragte sich, ob ihr das Gegenteil bewiesen werden würde.

Ciena brauchte einen vorgesetzten Offizier, den sie respektieren konnte. Jemanden, der die Dinge in die Hand nahm, jemanden, in den sie Vertrauen setzen konnte. Sie betrat den Luftschleusen-Korridor in dem Moment, als sich das Druckschott zischend öffnete. Ermutigt trat sie vor ...

... und blieb abrupt stehen, als sie Vader zum ersten Mal sah. Eine schwarze Rüstung umschloss ihn vollständig. Doch handelte es sich dabei nicht um die Montur eines TIE-Piloten. Ciena erkannte darin stattdessen einen Lebenserhaltungs-Anzug, und zwar einen dermaßen universalen, wie sie ihn noch nie zuvor gesehen hatte. Nicht einmal vorstellen hätte sie sich einen solchen Anzug können. Die glänzende Schale ließ nichts von Vaders menschlicher Haut oder seinem Gesicht sehen, und ein schwarzes Cape hüllte ihn von den Schultern bis zum Boden ein. Als er vortrat, sah sie, wie groß er war – größer als jeder andere Mensch, dem sie je begegnet war. In dem engen Korridor wirkte seine Statur noch einschüchternder. Am schlimmsten jedoch war das Geräusch seines Atems. Das raue Rasseln seines Respirators echote, bis es den gesamten Raum auszufüllen schien.

Was ist *er?*, fragte sich Ciena. Ihr gespaltenes Denken weigerte sich, Lord Vader als Menschen anzusehen. Er kam ihr eher vor wie eine Vision aus einem Albtraum oder eine Gestalt aus den Schauergeschichten, die ihre Mutter ihr früher erzählt hatte, wenn alle um das Feuer saßen. Etwas Böses schien aus ihm herauszuquellen und sich zu sammeln und den Raum zu erfüllen, bis die Luft zum Atmen knapp wurde. Ciena hatte das Gefühl, ihr Uniformkragen sei auf einmal zu eng.

Nur wenige Augenblicke zuvor war sie entschlossen gewesen, ihren vorgesetzten Offizier mit Achtung zu begrüßen. Jetzt hoffte sie nur noch, nicht ohnmächtig zu werden.

Als Darth Vader von der Luftschleusentür wegtrat, hörte sie zum ersten Mal seine tiefe, metallische Stimme. „Sind Sie auf Befehl des Imperators hier?"

„Wir erhielten unsere Befehle vom Kommandostab der *Devastator*, Sir", brachte Ciena hervor. Sie musste gegen das instinktive Verlangen ankämpfen, vor Vader zurückzuweichen. „Über dessen Kontakt mit dem Imperator bin ich nicht informiert."

Vader schien darüber sehr lange nachzudenken. Cienas Nervosität wuchs, bis er befahl: „Sie und der andere Pilot bleiben für den Rest der Reise im Frachtraum. Ich übernehme das Kommando über diesen Frachter, bis wir zur *Devastator* zurückgekehrt sind."

„Ja, Sir."

Es störte sie nicht, wie ein Stück Frachtgut zu ihrem Sternenzerstörer zurückgeschleppt zu werden. Dankbar ließ Ciena sich zu Boden sinken, legte den Kopf auf die Knie und atmete tief ein und aus. Jetzt musste sie sich wenigstens nicht mehr verstellen. Nicht einmal mehr denken. Sie versuchte zu vergessen, dass sie Darth Vader je gesehen hatte, und fast gelang es ihr. Ihr angeschlagenes Denkvermögen fand keinen anderen Halt als den Anblick der Zerstörung, deren Zeugin sie geworden war, und ihre Trauer um Jude.

Tausend Erinnerungen an ihre Freundin leuchteten wie Kerzen in Cienas Gedächtnis – all die Male, die sie bis spät in die Nacht in ihren Betten gelacht und geredet hatten, wie Jude zu ihrer Verteidigung geeilt war, als man Ciena beschuldigt hatte, Thanes Laserkanone sabotiert zu haben, und wie unerwartet zauberhaft Jude auf dem Ball ausgesehen hatte. Eine der besten Freundinnen, die sie je gehabt hatte und je haben würde, war ausgelöscht worden. In Atome zerrissen.

Berisse entschuldigte sich, als sie sich Ciena anschloss. „Lord Vader kann ein bisschen ... überwältigend sein, wenn man ihn zum ersten Mal sieht."

„Allerdings", meinte Ciena matt.

„Ich fürchtete, ich könnte es nicht ertragen. Heißt nicht, dass es für dich leichter war. Tut mir leid." Berisse lehnte sich wie eine Marionette, die man von ihren Fäden befreit hatte, an die Wand. „Ich weiß, er trägt nur einen Lebenserhaltungs-Anzug, und es ist albern, sich vor jemandem zu ängstigen, der eben andere Bedürfnisse hat, aber dieser Respirator ..."

„Er könnte uns beobachten", warf Ciena ein.

Berisse verstummte.

Als sie auf die *Devastator* zurückkehrten, war Ciena froh, endlich dienstfrei zu haben. Sie begab sich auf das Deck, auf dem ihr Quartier lag. Sie machte sich frisch. Sie weinte aus Trauer um Jude ein paar Minuten lang in ein Handtuch. Dann riss sie sich zusammen und ging zu ihrer Koje, hielt jedoch inne, als sie einen anderen Jungoffizier auf dem Gang sah, der zur Hilfsbrücke unterwegs war. „Nash?"

Nash Windrider nickte. Er bewegte sich immer noch langsam, ein wenig wie jemand, der schlafwandelte, doch seine Uniform saß vorschriftsmäßig, und seine Stimme war ruhig. „Es werden alle gebraucht."

„Bist du sicher, dass du bereit bist?"

„Ich muss", erwiderte er schlicht.

Sie legte ihm eine Hand auf den Arm. „Ehrlich? Du hast viel durchgemacht." Wie unangemessen. Sein ganzer Planet war vernichtet worden in der Hoffnung, dass sich damit ein Krieg beenden ließe, und diese Hoffnung hatte sich als vergebens erwiesen. Nash musste völlig am Boden zerstört sein.

In leisem Ton sagte er: „Das Imperium ist alles, was ich noch habe. Ich muss mich nützlich machen. Ich will etwas tun."

Ciena fragte sich immer noch, ob Nash klarkommen würde, aber sie beschloss, ihm nicht mehr zu widersprechen. Er verdiente eine Chance, es zu versuchen. „In Ordnung. Ich begleite dich nach oben."

Nash nickte. Sein Schweigen mochte ein stillschweigendes Bekenntnis sein, dass er emotional noch immer am Abgrund stand.

Da fiel ihr auf, dass er seine Haare abgeschnitten hatte – die langen Zöpfe, die er während seiner Zeit auf der Akademie im Nacken zusammengeflochten hatte, waren komplett abgeschoren. Vielleicht hatten die Zöpfe auf Alderaan eine Bedeutung gehabt, oder vielleicht war die Veränderung symbolisch für Nash – ein Akt des Abschieds. Dennoch hütete Ciena sich, danach zu fragen.

In den Korridoren der *Devastator* war es unheimlich still – nur ein paar Kurier-Droiden und eine Handvoll Wachen waren unterwegs. Ohne das übliche geschäftige Treiben wurden die wenigen verbliebenen Geräusche verstärkt – der Widerhall ihrer Schritte auf dem Metallgeflecht-Boden und auch das schwache Zischen der Belüftungsanlage des Schiffes klangen fremdartig.

Trotz ihres Kummers und ihrer Wut fand Ciena tief in sich einen Hauch von ... Beruhigung.

Der Todesstern wird keine weitere Welt mehr vernichten.

Sie würde immer trauern um Jude und all die anderen, die an Bord des Todessterns ums Leben gekommen waren, würde seine Explosion immer als den Terrorakt betrachten, der er war. Doch schöpfte Ciena auch etwas Trost aus der Tatsache, dass kein anderer Planet Alderaans Schicksal erleiden würde. Die Vernichtung Alderaans war der letzte, verzweifelte Versuch des Imperators gewesen, einen blutigen Krieg zu beenden, noch bevor er angefangen hatte. Diese Bemühungen waren gescheitert. Der Krieg hatte begonnen. Die Verheerungen, die noch bevorstanden, würden zweifellos furchtbar sein. Ciena rechnete für lange Zeit mit ständiger Kampf- und Kriegsbereitschaft. Sie würde töten und ihr eigenes Leben riskieren müssen.

Aber so war der Krieg. Die Beteiligten würden Soldaten sein, die auf den Kampf vorbereitet waren. Damit konnte Ciena leben.

Kurz bevor sie die Hilfsbrücke erreichten, sagte Nash: „Ciena?"

„Willst du diese Schicht abtreten?" So erschöpft Ciena auch war, sie würde sich anbieten, die nächsten paar Stunden für Nash einzuspringen, wenn es ihm half.

„Nein. Es ist nur ... Bevor ich meine Kabine verließ, dachte ich an Thane. Ich wollte mit ihm reden. Deshalb suchte ich nach Informationen über den Dantooine-Transporter." Nash zögerte, bevor er weitersprach. „Sie hatten Befehl erhalten, zum Todesstern zurückzukehren."

Ihr gefror das Blut in den Adern. Stocksteif stand Ciena auf dem Gang, unfähig, noch einen weiteren Schritt zu tun. Sie schluckte hart. „Und Thane?"

„Er müsste an Bord gewesen sein. Weißt du, ob der Transporter vor der Explosion angedockt hat?"

„Nein."

Ciena hatte sich die ganze Zeit über vor allem deshalb nicht unterkriegen lassen, weil sie sich selbst versprochen hatte, dass sie schon bald mit Thane über alles reden könnte – indem sie sich immer wieder daran erinnerte, dass wenigstens ihr allerbester Freund davongekommen war.

Aber was war, wenn das nicht stimmte? Was war, wenn Thane auch getötet worden war?

Es dauerte fast eine Woche – die längste und qualvollste Woche seines Lebens –, bis Thanes Schiff neue, konkrete Befehle erhielt. Das Schiff, ein Kurzstrecken-Transporter, hatte nicht annähernd genug Proviant an Bord gehabt, deshalb hatten sie aus der nächstgelegenen Stadt Lebensmittel besorgen müssen. Das Schiff verfügte zwar über Kojen, doch die waren eher als Notfalllager für Verletzte gedacht als wirklich zum Schlafen. Anstatt sich darauf zu legen, waren Thane und etliche andere in die Quartiere eingezogen, die die Rebellen hinterlassen hatten.

Es war ein merkwürdiges Gefühl, im Bett des Feindes zu liegen oder zu sehen, wo jemand ein primitives Abbild eines X-Flüglers an die Wand gemalt hatte, und zu wissen, dass ein solcher X-Flügler die Waffe gewesen war, die den Todesstern vernichtet hatte – und Ciena vielleicht zusammen mit ihm.

Thane hätte also erleichtert sein sollen, wieder an Bord seines eigenen Schiffes zu sein, in voller Montur und den Blaster an der Hüfte. Nichts war schlimmer, als nicht Bescheid zu wissen, sagte er sich. Sobald sie wieder mit der Imperialen Flotte zusammengetroffen waren, würde er endlich herausfinden, was wirklich mit all seinen Freunden geschehen war.

Als er sich jedoch vorzustellen versuchte, was er tun würde, wenn man ihm sagte, dass Ciena tot sei, setzte sein Denkvermögen aus. Es war, als weigerte sich sein Gehirn, ihm irgendetwas jenseits dieses Punktes zu zeigen.

„Kyrell", sagte sein Kommandant, während sie sich auf Lichtgeschwindigkeit vorbereiteten. „Haben Sie keine Nachricht, dass Sie noch am Leben sind, an Ihre Familie geschickt? Es wird zwar ein Ja für Sie angezeigt, aber wir haben keine Antwort erhalten."

„Die werden Sie auch nicht bekommen", erwiderte Thane ohne viel Gefühl. Er glaubte nicht, dass seine Familie ihn wirklich tot sehen wollte – auch wenn es Dalven vielleicht nichts ausgemacht hätte –, aber zurückzuschreiben, das lag offenbar jenseits ihrer Interessen. *Was habe ich ihnen je angetan, abgesehen davon, dass ich geboren wurde?*, dachte er zum tausendsten Mal.

Doch darüber nachzudenken, weckte in ihm den Wunsch, mit Ciena zu reden, der Einzigen, die wirklich je verstanden hatte, wie verkorkst seine Familie war. Der Klumpen aus Angst in seinem Bauch wurde schwerer, und er sprach auf dem ganzen Weg zum Rendezvous mit der Flotte kaum ein Wort.

Als der Transporter wieder auf Unterlichtgeschwindigkeit ging, hob vereinzeltes Raunen an, und irgendjemand stieß einen leisen, überraschten Pfiff aus. Draußen schwebten mehr Schiffe, als Thane je an einem Ort gesehen hatte, selbst über Coruscant. TIE-Jäger schwärmten wie Fliegen umher und schwirrten über die Oberfläche eines jeden größeren Schiffes. Zahllose Transporter und kleinere Schiffe waren rings um etwa ein Dutzend Sternenzerstörer, die offensichtlich den neuen Kern der Imperialen Flotte bildeten, grob in Formation gebracht worden.

War einer dieser Sternenzerstörer die *Devastator*? Von außen sahen die Schiffe alle so gleich aus wie Stücke derselben Torte.

Noch während ihr Transporter in die Hauptlandebucht emporstieg, rief der Kommandant ihre neuen Befehle aus. „N-O-siebeneins-acht, Sie melden sich umgehend auf dem Sternenzerstörer *Eliminator* bei Lieutenant Commander Cherik. N-Y-eins-einszwei, selber Befehl. A-V-fünf-vier-sieben ..."

Thane hob den Kopf.

„Sie sind ab sofort auf Kerev Doi stationiert. Das Truppenschiff *Wachturm* bringt Sie hin."

Er wurde auf eine Gewürzminenwelt geschickt? Für den Augenblick, den er brauchte, um ihn zu begreifen, klang der Befehl in

Thanes Ohren völlig absurd. Wo mit Gewürzen gehandelt wurde, wurden finanzielle Angelegenheiten dubios. Wollte man Geld verstecken – und zwar große Summen, die Art von Geldern, die eine ganze Rebellenarmee unterstützen konnten –, dann war Kerev Doi einer der wenigen Orte in der Galaxis, wo man an der richtigen Adresse sein mochte. Sie wurden hingeschickt, um den Ort aufzumischen und der Rebellion vielleicht den Geldhahn zuzudrehen. Das ergab Sinn. Trotzdem sah er Kerev Doi in einem ganz anderen Licht. Auf Gewürzwelten wimmelte es sowohl von legitimen als auch von kriminellen Schiffen. Und selbst viele der legitimen führten keine gründlichen Aufzeichnungen über ihre Flüge dorthin. In jedem Buch und Holo-Film über Ausreißer von zu Hause kam eine der Gewürzwelten vor, nebst schillernden Bildern der exotischen Schiffe und Händler, die jeden aus dem Leben, das er oder sie bis dahin geführt hatte, verschwinden lassen konnten.

Kerev Doi war ein Ort, an dem er leicht verloren gehen könnte.

Thane fing sich wieder. Es war ja nicht so, dass er tatsächlich vorhatte, die Imperiale Flotte zu verlassen, jedenfalls noch nicht. Nicht, bevor er erfahren hatte, was aus Ciena, Nash und den anderen geworden war. Und vielleicht niemals. Aber vielleicht … prüfte er die Idee. Gewöhnte sich daran.

Wenn Ciena ums Leben gekommen war, was war dann noch für ihn übrig? Nichts.

„Sir?", sagte er zu seinem befehlshabenden Offizier, der ihn verärgert ob der Störung ansah. „Welcher Sternenzerstörer ist das?"

„Macht das einen *Unterschied*, Leutnant Kyrell?"

„Für mich schon, Sir."

Sein vorgesetzter Offizier ließ sich von irgendwelchen Anzeichen für Selbstständigkeit nicht beeindrucken. „Sie sind auf der *Devastator*. Aber wenn Sie nicht binnen einer Stunde auf der *Wachturm* sind, dann sind Sie raus aus der Flotte."

Die *Devastator!* Thane atmete aus. *Okay, Ciena geht es wahrscheinlich gut. Sie war die ganze Zeit über gesund und munter auf ihrem Schiff.*

Es sei denn, sie ist auf dem Todesstern zurückgeblieben, weil man ihr irgendeine Aufgabe aufs Auge gedrückt hat … Oder sie hat Jude besucht, und die Devastator legte so überstürzt ab, dass sie es nicht mehr an Bord geschafft hat …

Er ging nur mit einem Armband-Kommunikator am Handgelenk, der ihm den Weg zum Liegeplatz der *Wachturm* anzeigte, von Bord des Transporters. Er hatte nicht viel Zeit, aber vielleicht reichte sie, um kurz an einer Kommunikationstafel haltzumachen. Schon wenn er nur die Information fände, dass sie im Dienst war, wäre das der Beweis dafür, dass sie noch lebte. Wie sollte er an Bord eines Schiffes gehen und die *Devastator* verlassen, ohne wenigstens Bescheid zu wissen?

„Thane!"

Er drehte sich um und sah Ciena auf halbem Wege quer durch die Bucht, und es war, als zerspränge die Rüstung um ihn herum und bröckelte von ihm ab. Er vergaß jeden Gedanken an Kerev Doi, an Flucht. In seinem Kopf war für nichts anderes Platz als ihren Anblick, wie sie dastand … und *lebte*. „Ciena!"

Dann zählte für ihn nur noch, sich durch die Menge zu drängen, Sturmtruppen-Landser und selbst Offiziere gleichermaßen beiseitezurempeln, damit er nur zu ihr kam.

Ciena schlang ihre Arme um Thanes Hals, und er umarmte sie seinerseits so fest, dass sie kaum noch atmen konnte. Aber das kümmerte sie nicht, nicht jetzt.

„Du lebst", sagte sie mit brechender Stimme. „Du lebst. Wir wussten nicht, ob dein Transporter zum Todesstern zurückgekehrt war …"

„Ich wusste nicht, ob es die *Devastator* geschafft hatte, und niemand weiß, was überhaupt los ist …"

„Es ist so furchtbar …"

„Hast du …?"

Sie hörten auf durcheinanderzureden und lachten einen Moment lang einfach nur aus schierer Freude. Ciena schaute zu Thane auf, und sie sah den Mann, der aus ihm geworden war, den

Mann, den sie in mancherlei Hinsicht gerade erst kennenzulernen begann ... und der doch schon so sehr Teil von ihr war wie ihre Knochen und ihr Blut.

„Ich soll mich innerhalb einer Stunde auf der *Wachturm* melden", sagte Thane. „Hast du frei?"

Sie hätte aufstöhnen mögen. Sie war jetzt schon zu spät dran, um sich zu ihrer nächsten Schicht zu melden – doch dann sah sie ein Stück entfernt Berisse, die ihr mit deutlicher Geste zu verstehen gab: *Geh nur! Ich regel das schon!* Ciena wandte sich wieder an Thane. „Ein paar Minuten hab ich Zeit."

Sie gingen durch die geschäftige Landebucht in einen Seitengang, der zu einer Freizeitanlage führte und deshalb momentan verlassen war. Obwohl die lärmende Hektik nur ein paar Meter entfernt weiterging, konnten sie dort doch fast allein sein.

„Bist du in Ordnung?" Thane strich ihr eine lose Locke von der Wange und nahm ihr Gesicht in beide Hände.

Ciena wusste, dass er nicht von Kampfverletzungen sprach. „Nash Windrider ist in Sicherheit. Er ist natürlich niedergeschmettert wegen Alderaan ..." Es fiel ihr schwer, auch nur den Namen des Planeten auszusprechen. Thane zuckte zusammen, als er ihn hörte. „Er tut aber trotzdem Dienst. Jude hingegen ist auf dem Todesstern gestorben."

„Das tut mir leid." Er zog sie wieder in seine Arme, und sie legte ihren Kopf an seine Brust.

So hatten sie einander noch nie berührt. Dessen war Thane sich zweifellos ebenso sehr bewusst, wie sie es war. Und doch fühlte es sich ganz natürlich an, ihn zu umarmen und so von ihm gehalten zu werden. Es fühlte sich *richtig* an.

„Ich dachte wirklich, ich hätte dich verloren", flüsterte sie. „Mit allem anderen konnte ich fertigwerden, weil ich musste, aber als mir klar wurde, dass du ums Leben gekommen sein könntest ... da wusste ich, dass ich das nicht verkraften würde. Niemals."

Ciena erwartete, dass er etwas sagte wie „Natürlich könntest du das, du bist stark" oder „Mach dir um mich keine Sorgen". Stattdessen schloss er sie noch fester in seine Arme. „Die ganze

Woche lang wusste ich nicht, ob du tot oder am Leben bist. Das Imperium ist aus den Fugen geraten, und wir ziehen in den Krieg, aber das alles war mir völlig egal. Du warst alles, woran ich denken konnte."

Ciena stellte sich auf die Zehenspitzen, um ihn fester umarmen zu können. Thanes Finger strichen über ihre Wange, während seine Lippen ihre Stirn streiften, dann hob er ihr Gesicht an. Aber es war Ciena, die mit ihrem Mund den seinen zum ersten Kuss berührte.

Oh, dachte sie, als ihrer beider Lippen sich teilten. *Es geht nicht darum, ob er mein Freund ist oder jemand, den ich liebe. Er ist beides. Thane war immer beides gewesen, von Anfang an.*

Dies war nicht der Auftakt zu irgendetwas – es war ihre Entdeckung, ihr Eingeständnis dessen, was schon sehr lange zwischen ihnen war.

Als sie sich voneinander lösten, holte Thane tief Luft. „Das war ... sehr ..."

„Ja." Dann lachten sie beide, sanfter diesmal, und er küsste sie abermals auf die Stirn.

Sie ließ ihre Arme über seine Schultern nach unten gleiten und nahm seine Hände in die ihren. Thanes schiefes Lächeln gab Ciena das Gefühl, sie schmölze innerlich dahin. Warum war das nicht in einem Moment passiert, in dem sie wirklich allein sein konnten?

Doch ein paar gestohlene Minuten in einer lauten Landebucht waren alles, was sie hatten, und sie wollte sie nicht verschwenden. „Hör zu", sagte sie. „So irrsinnig im Moment auch alles sein mag, wir werden wieder zusammen sein. Ich weiß nicht, wo oder wann, aber es wird so sein."

„Ganz bestimmt", erwiderte er strahlend. „Was auch passiert, ich werde dich finden."

Das war eine eigenartige Formulierung. Wenn dieses anfängliche Durcheinander erst wieder geordnet war, konnten sie den imperialen Datenarchiven jederzeit entnehmen, wo der andere gerade war. Aber das kümmerte Ciena jetzt nicht. Sie war zu überwältigt und sehnte sich bereits nach ihrem nächsten Wiedersehen, noch bevor sie sich verabschiedet hatten. „Wie kann ich dich vermissen, wo du doch noch hier bist?"

„Weil ich dich auch schon vermisse. Aber es ist kein Abschied für immer. Noch nicht einmal für lange."

Thane küsste sie noch einmal, und nachdem sie tagelang stark gewesen war und Trauer und Schrecken ertragen hatte, gab sich Ciena einen Moment lang einem vollkommenen Glücksgefühl hin.

Dann begleitete sie Thane zu seinem Transporter, küsste ihn an der Rampe noch einmal unter den Pfiffen einiger Offiziere, die schon an Bord waren, und rannte dann endlich wie von Teufeln gehetzt zu ihrer Station.

Als sie ihre Konsole erreichte, trat Berisse mit einer Geste beiseite, als wäre sie eine Kellnerin, die das Dessert präsentierte. „Ich bin dir einen Gefallen schuldig", keuchte Ciena, während sie sich zu beruhigen versuchte.

„*Viel* mehr als nur einen", erwiderte Berisse.

Ciena warf ihr einen Blick zu. Beide lächelten sie ob des ganzen Wahnsinns. Es war erstaunlich, wie man in solchen Situationen binnen weniger Tage zu guten Freunden werden konnte. Sie ging wieder an die Arbeit, aber auf einen der Sichtschirme holte sie die Kamerabilder der Landebucht, damit sie sehen konnte, wie die *Wachturm* in die Unendlichkeit des Alls aufbrach ... und Thane mitnahm.

11. KAPITEL

In den Abenteuergeschichten und den draufgängerischen Holo-Serien, die Thane als Kind geschaut hatte, waren Gewürzwelten exotische Länder, bevölkert mit schönen Tänzerinnen, flachsenden Gangstern und wagemutigen Piloten, die mit aufgemotzten Raumschiffen den nichtsnutzigen Hütern der Alten Republik davonflogen.

Diese Geschichten suggerierten alle, dass Gewürzschmuggler sich nach dem Tag sehnten, da sie anständig mit ihren Waren handeln konnten und das Imperium die Gewürzwelten aus ihrer bewegten und gefährlichen Vergangenheit befreit hatte. Thane glaubte nicht mehr an die Erlöserrolle des Imperiums, und er wusste, dass er all das aus Geschichten kannte, die man Kindern erzählte ... Dennoch hielt sich die Romantik der Gewürzwelten in seinem Kopf, bis er den Fuß auf Kerev Doi setzte.

Er wusste nicht, was er erwartet hatte – aber *das* war es nicht.

Der rosige Himmel von Kerev Doi spannte sich nicht mehr über weites, offenes Land – er war vielmehr dunkler geworden und hing über einer so grimmigen wie niedergeschlagenen Bevölkerung. Die Leute trugen keine bunte Kleidung und scherzten nicht miteinander – sie verbargen sich unter schweren Kutten und sprachen so wenig wie möglich. Gewürzfarmen dominierten die Landschaft. Alles, was an dem Planeten nicht gewöhnlich war, war zutiefst deprimierend.

Na schön, die Geschichten aus deiner Kindheit haben sich also nicht bewahrheitet, sagte sich Thane grob. *Finde dich damit ab. Das ist die Realität.*

Seine Arbeit wäre einfacher gewesen, hätte er auf Kerev Doi mehr zu tun gehabt, doch die Aufgabe der *Wachturm* bestand in erster Linie darin, die Offiziellen, deren Aufgabe es war, dem bekanntermaßen korrupten Bankensystem des Planeten Dampf zu machen, von A nach B zu bringen und darüber hinaus Stärke zu demonstrieren. Thanes Job beschränkte sich also darauf, jeden Tag seinen TIE-Jäger herauszuholen und im Tiefflug über Gegenden hinwegzubrausen, die an die Macht und Reichweite des Imperiums erinnert werden mussten.

Früher hätte Thane es vielleicht lustig gefunden, wie die Leute sich duckten und davonliefen, wenn er über ihre Köpfe hinwegflog. Aber nach Alderaan zu sehen, wie sich die Leute vor dem Imperium fürchteten ... nun, ihm war nicht mehr zum Lachen zumute.

An einem freien Abend ging er in den *Blue Convor*, einen örtlichen Nachtclub, der für seine Holos bekannt war. Hier trafen sich Helden und Heldinnen, um bei Drinks, die im strahlenden Licht glühten, schmachtende Blicke zu tauschen und Pläne zu schmieden, die sie unvorstellbar reich machen würden. Thane hatte wenig Hoffnung hinsichtlich des Lokals – schlimmstenfalls würde es so schäbig und heruntergekommen sein wie die meisten, die er bis jetzt auf Kerev Doi gesehen hatte. Bestenfalls war es eine Touristenfalle.

Aber irgendwie kam das *Blue Convor* dem Bild, das Thane sich gemacht hatte, ziemlich nahe. Die Stimmung war zurückhaltend (was auch von der neuen Regel herrührte, die imperialen Offizieren erlaubte, ihre Blaster auch im Lokal zu tragen). Zum Sitzen gab es niedrige Sofas, die in dunklem Orange und kräftigem Pink gepolstert waren. Von der Decke hingen üppig blühende Pflanzen. Schwebende Kerzen-Droiden illuminierten nur ihr unmittelbares Umfeld und ließen reichlich Raum für einladende Schatten. Die Musik war ausgezeichnet. Langsame, glutvolle Rhythmen, die ein Typ mit langer Schnauze auf einem runden Keyboard spielte. Thanes Drink kam in einem hohen Glas und war gerade stark genug, um ihn zu entspannen.

Davon muss ich Ciena in meiner nächsten Nachricht erzählen, dachte er. Sie hatte auch immer Spaß an diesen Holos gehabt, wenn sie Gelegenheit hatte, sie zu sehen. Es wird sie freuen zu erfahren, dass wenigstens etwas an Kerev Doi so gut ist, wie wir es uns immer vorgestellt haben.

Thane merkte, dass er grinste, und versuchte aufzuhören, aber er konnte nicht. Allein der Gedanke an Ciena haute ihn jetzt schon um.

Seit jenem Tag auf dem Sky Loop, als Thane das neue Potenzial seiner Beziehung zu Ciena zum ersten Mal bewusst geworden war, hatte er sich diesen Gefühlen widersetzt. Selbst als er auf sie wütend gewesen war wegen dieser blöden Geschichte mit der Laserkanone, hatte er sich gefürchtet vor dem, was geschehen mochte, wenn sich das Band zwischen ihnen veränderte.

Aber es hatte sich nicht verändert. Das war das Erstaunliche. Sie hatten immer zueinander gehört, auf eine Weise, die schwierig zu beschreiben war. Thane hatte das Gefühl, sie hätten sich jetzt endlich eingestanden, was von Anfang an wahr gewesen war.

Und auch sie zog es in Betracht, die Imperiale Flotte zu verlassen.

Das ergab natürlich Sinn. Ciena definierte sich nach ihrer Ehre, und es ließ sich nichts Ehrbares finden in dem, was das Imperium mit Alderaan getan hatte. Die Rebellen-Allianz war offensichtlich nicht besser. Sie hatte den Todesstern mit annähernd zwei Millionen Leuten an Bord hochgejagt. Aber ein Unrecht entschuldigte nicht das andere. Wahrscheinlich hatte sie darüber nachgedacht, ihren Posten aufzugeben, noch bevor er es getan hatte.

Einmal mehr ließ Thane diese wenigen unfassbaren Minuten in seinem Geist Revue passieren – das erste und einzige Mal, dass er Ciena in seinen Armen halten und sie küssen konnte. Sie hatte gesagt: *Wir werden wieder zusammen sein. Ich weiß nicht, wo oder wann.*

Das hätte sie nicht gesagt, wenn sie glaubte, dass sie beide in der Imperialen Flotte bleiben würden, wo sie einander mithilfe einer jeden Datenbank finden konnten. Auch sie wollte offensichtlich aussteigen.

Aber aussteigen wollen und tatsächlich aussteigen, das war ein großer Unterschied. Was würde er denn genau tun, wenn er seinen Posten sausen ließe? Er würde auf der Stelle zu einem gesuchten Kriminellen werden. Kein Krimineller, nach dem man vordringlich suchte, das wohl nicht – zumal jetzt, wo die Rebellen da draußen eine sehr viel größere Bedrohung darstellten –, aber er würde dennoch Gefahr laufen, im Bau zu landen, sobald ihn ein imperialer Offizier scannte und feststellte, dass er ein Deserteur war. Außerdem würde es Ciena unglaublich schwerfallen, ihren Eid gegenüber dem Imperium zu brechen. Für sie waren sowohl ein Eid als auch die Ehre heilig. Was würde geschehen, wenn dieser Eid und ihre Ehre auf dem Spiel stünden?

Wir müssen wohl abwarten, dachte er müde. *Unsere fünf Jahre abreißen. Versuchen, für eine Weile zusammen auf eine Station oder ein Schiff zu kommen. Vielleicht diese verdammte Rebellion niederschlagen und Jude rächen, bevor unsere Einsatzzeit herum ist. Dann können wir ausscheiden und unserer Wege gehen.*

Und danach … das wusste Thane nicht. Sie würden nicht nach Jelucan zurückkehren, so viel stand fest. Aber die Galaxis war groß. Die Möglichkeiten waren endlos. Sie brauchten nichts weiter zu tun, als gemeinsam nach ihrer Zukunft zu suchen.

Er nippte an seinem Drink und träumte mit offenen Augen von dieser Nacht, als wäre sie eine Szene aus einem der Holos. Jetzt war er ein stolzer Gewürzpirat, selbstgefällig und charmant in einem. Ciena konnte sich als eine dieser klassischen Femme fatales verkleidet zu ihm stehlen – in einem dunkelroten Kleid, das sich eng an ihren Körper schmiegte – und ihm zuflüstern, dass sie die Hilfe eines Mannes brauchte, der sich vor nichts fürchtete.

„Der bin ich", flüsterte er der Ciena in seinem Kopf zu. Er stellte sich vor, sie wieder zu küssen, und die weiteren Tagträume reichten ihm, bis er seinen Drink bezahlte, den Club verließ und in sein Quartier zurückkehrte.

Thanes Fünfjahresplan scheiterte acht Tage darauf, als er die Lower-Sea-Provinz überflog.

Um der besten Wirkung willen vollführte er ein paar dramatische Schwenks und Sturzflüge. Das charakteristische Kreischen eines TIE-Jäger-Antriebs hallte in den Schluchten wider. Wer es hörte, konnte keinen Zweifel daran haben, dass das Imperium in der Galaxis nach wie vor mit starker Hand regierte und allgegenwärtig war. Als er landete, um sich mit der hiesigen Garnisonsbesatzung zu treffen und zu Mittag zu essen, war Thane recht zufrieden mit sich selbst.

Doch als er auf das örtliche Hauptquartier zuging, verging ihm sein Lächeln.

Eine Reihe von Arbeitern stapfte den Weg hoch, der aus der Minenspalte heraufführte. In den meisten Gewürzminen, die Thane bis dahin gesehen hatte, dienten Droiden und Roboter als Hauptarbeitskräfte. Hier jedoch waren die Bergarbeiter allesamt fühlende Lebewesen. Er erkannte sogar ihre Spezies – ein blasses reptilienartiges Volk namens Bodach'i. Ihr Planet hatte sich den imperialen Vorschriften unablässig widersetzt – das wusste jeder, denn die Bodach'i hatten aus ihrer Auflehnung keinen Hehl gemacht –, vor einigen Monaten war jedoch verkündet worden, dass nun Ordnung herrsche und neue Sanktionen verhängt worden seien.

Thane war davon ausgegangen, dass unter „Sanktionen" Bußgelder oder Handelsstrafen zu verstehen seien. Ihm war nicht klar gewesen, dass damit Sklaverei gemeint war.

Die Bodach'i trugen Zwingkragen und -armbänder. Allein waren die Kragen und Armbänder lediglich schwer und unbequem – doch jede Abweichung von den programmierten Aufgaben und Pfaden führte entweder zu Elektroschocks oder sogar dazu, dass sich Metalldornen ins Fleisch des Trägers bohrten.

Ich dachte, diese Dinger wären nur für gewalttätige Verbrecher, nicht für ... normale Bürger, dachte Thane wie benommen, als er langsam an der Grenze des imperialen Außenpostens entlangging. Dahinter wankten die Bodach'i unter der Last ihres Weges und durften sich nicht erlauben, stehen zu bleiben und auszuruhen. Bewacht wurden sie von imperialen Sturmtruppen, die in regelmäßigen Abständen entlang der Reihe standen, die sich bis ins Unendliche zu erstrecken schien. Ein paar Bewohner der Stadt beobachteten das Ganze, entweder in stummer Angst oder völlig apathisch. Thane konnte den Unterschied nicht feststellen. Sein Hals und Bauch verkrampften sich vor Übelkeit, als er mit ansah, wie sich die Bodach'i abmühten. Die meisten von ihnen taugten nicht einmal zu Arbeitern. Er sah junge Bodach'i, die kaum groß genug waren, um die Bürde zu tragen, die man ihnen auferlegt hatte, und auch ältere, deren Schuppen im Laufe vieler Jahre Staub angesetzt hatten.

Das war falsch. Schlimmer als falsch – *böse*. Wenn die Bodach'i sich dem Imperator widersetzt hatten, mochten Sanktionen angemessen sein, aber nicht *das*. Nichts rechtfertigte eine derartige Bestrafung eines ganzen Volkes.

Seine Versklavung.

Warum hilft denn diesen Leuten niemand?, wunderte sich Thane, während sein Blick über die ausdruckslosen Mienen der Einheimischen schweifte. Die Kragen hätte man in der Nacht lösen können, die Flucht vertuschen ...

Dann traf ihn die Erkenntnis.

Niemand half den Bodach'i, weil alle Angst vor dem Imperium hatten. Und als Thane über sie hinweggeflogen war und mit seinem TIE-Jäger eine Schau abgezogen hatte und die Triebwerke weithin hörbar kreischen ließ, hatte er diese Angst noch geschürt.

Das zermalmende Gewicht dieser Wahrheit senkte sich auf ihn nieder, und einen Moment lang hatte Thane das Gefühl, er könnte kaum noch atmen.

Eines der einheimischen Kinder hatte angefangen, die Bodach'i zu verhöhnen. „Das habt ihr davon! Ihr dachtet, ihr könntet den Imperator zum Narren halten? Da hat er's euch aber gezeigt!" Einer der Sturmtruppler nickte bekräftigend und tätschelte dem Kind den Kopf.

Der Junge konnte höchstens sieben oder acht Jahre alt sein – in dem Alter also, da Thane beschlossen hatte, der Imperialen Flotte beizutreten. So breitete sich das Böse aus – es schlug Wurzeln in den Kindern und wuchs mit ihnen. Jede Generation errichtete so die nächste Stufe des Missbrauchs.

Wir lehren Kinder, Sklaverei gutzuheißen. Wir bringen ihnen bei, dass Grausamkeit eine Tugend ist.

Aber das Schlimmste war ... Thane war selbst ein Kind wie dieses gewesen. Er hatte im Pilotensessel eines Shuttles gesessen und war stolz gewesen. War sich groß vorgekommen. Alles nur, weil er eines Tages Teil des Imperiums sein wollte. Er war dem Pfad gefolgt, der dort begann, und wo hatte er ihn hingeführt? Jetzt flog er Schiffe, nur um Leute zu ängstigen, und das im Namen eines Imperiums, das ganze Welten niedermachte. Wenn er zurückgehen könnte, hätte er dann die Kraft, einen anderen Weg zu wählen?

Habe ich jetzt die Kraft dazu?

Ein anderer Sturmtruppler versetzte einer Bodach'i, die zur Seite schwankte, einen Stoß. Sie hatte schon viele Schuppen verloren, und ihr Schwanz schleifte hinter ihr durch den Sand, obwohl der raue Boden ihm inzwischen unzählige Schnittwunden und Schrammen zugefügt haben musste. Die Schwäche dieser Kreatur ging Thane durch und durch, vor allem weil er nichts tun konnte. Gar nichts. Nicht gegen eine ganze Garnison von Sturmtruppen. Er konnte nur dastehen und zuschauen und sich seiner Rolle in dem bösen Treiben, das er mit ansah, bewusst sein.

An diesem Abend bezahlte er die ungeheure Summe von Credits, die eine Holonetz-Nachricht kostete. Wenn Ciena das Signal nicht rechtzeitig erhielt oder keine Gelegenheit hatte, darauf zu antworten, musste er es eben morgen noch einmal versuchen – aber zu Thanes Erleichterung meldete sie sich fast umgehend an. Er nahm in der dunklen Holo-Kabine Platz, spürte die warmen Lichtstrahlen, die sein Gesicht und den Körper scannten ...

... und Ciena erschien vor ihm.

Ihr Hologramm war fast lebensgroß. Das hellblaue Licht fing jede Facette von ihr ein – die Locken, die teils gelöst waren und auf ihren Rücken hinabfielen, ihre vollen Lippen, wie sie lächelte, als sie ihn sah. „Damit habe ich nicht gerechnet", sagte sie, die Übertragung verzerrte ihre Stimme nur ein klein wenig. Sie trug Uniformhosen, hatte sich ansonsten aber bis aufs Unterhemd ausgezogen, sodass ihre Arme und Schultern nackt waren. „Ich kann's nicht fassen, dass du dir das Holonetz gönnst – aber ich freue mich darüber! Es tut so gut, dich zu sehen."

„Noch besser ist es, dich zu sehen." Ihr Anblick hatte nichts von der Macht jenes ersten Moments verloren, als er sie auf der *Devastator* gesehen hatte. Thane empfand auch immer noch dieselbe Dankbarkeit und Demut ob der schlichten Tatsache, dass sie noch lebte. „Ich muss unbedingt mit dir reden. Ich hab dich doch nicht aufgeweckt, oder?"

„Nein. Meine Schicht war gerade zu Ende, und meine Mitbewohnerin ist nicht da."

Eines dieser Worte ließ ihn stutzen. „Zimmergenossin? Singular?"

Cienas Grinsen strahlte ihn im Dunkel der Holo-Aufzeichnungskabine an. „Du sprichst mit Lieutenant Commander Ree. Seit gestern."

„Das ist ja toll." So wenig ihnen beiden das persönliche Vorankommen in einer Zeit wie dieser auch bedeutete, wusste Thane doch zu würdigen, was Ciena die Beförderung bedeutete. Es war der Beweis dafür, dass sie ihre Pflicht getan hatte, und zwar bravourös. „Allerdings überrascht mich das nicht. Nicht bei jemandem, der so gut ist wie du."

Dennoch sah Ciena enttäuscht aus. „Es geht da doch nicht nur um meine Leistung. Nicht einmal in erster Linie. Ich wurde befördert, weil das Imperium auf dem Todesstern so viele Leute verloren hat."

Natürlich. Auf der Station waren viele Spitzenleute der Flotte und ihres Mitarbeiterstabs gewesen. Jetzt gab es an der Spitze ein Machtvakuum. „Alles hat sich geändert", sagte er bedächtig.

Ciena nickte. Ein Träger ihres Unterhemds rutschte von ihrer Schulter, und die Illusion des Hologramms war so machtvoll, dass Thane sich vorbeugen und ihn wieder hochschieben ... oder vielleicht auch noch den anderen herunterstreifen wollte. Aber er musste seine Konzentration wahren. Er musste überlegen. Holonetz-Nachrichten wie diese wurden sicher nicht direkt überwacht, aber es gab Programme, die durchforsteten, was gesprochen wurde, und nach verdächtigen Worten und Begriffen Ausschau hielten.

Deshalb konnte Thane nicht einfach herausplatzen und genau sagen, was er dachte. Genau wie sie. Aber vielleicht konnten sie sich einander trotzdem verständlich machen.

Ciena saß auf ihrer Bettkante und saugte den Anblick von Thanes Hologramm, das sie vor sich hatte, in sich auf. In der Dunkelheit konnte sie beinahe so tun, als ob er wirklich hier wäre.

„Alles in Ordnung bei dir?", fragte sie so leise wie möglich direkt in den Holo-Empfänger. „Sosehr ich mich auch freue, mit dir sprechen zu können, weiß ich doch, dass du mich nicht ohne Grund so überrascht hättest."

Thanes Gesicht war wie mit goldenem Licht nachgezeichnet, nur eine Spur heller als sein rötlich getöntes Haar. In seiner Miene konnte sie tiefe Sorge und Kummer lesen. „Es ist schwer zu entscheiden, wie es nach so einer Tragödie weitergehen soll", sagte er.

Abermals dachte Ciena an Jude und musste die Tränen wegblinzeln. „Ich krieg es auch nicht aus meinem Kopf. Es ist, als wiederholte sich die Explosion in meinen Gedanken ein ums andere Mal, und ich will sie alle retten, aber ich kann es nicht. Ich … kann es einfach nicht."

„Hast du das Gefühl, wir müssten abwarten, was aus diesem Krieg wird?", fragte Thane, und sein Blick suchte so intensiv nach dem ihren, dass sie den Eindruck hatte, er wäre wirklich bei ihr. „Oder ändert das etwas daran, wie wir von hier aus weitermachen?"

Ihr tat das Herz weh, wenn sie daran dachte, dass er ganze Systeme weit von ihr entfernt war und sich vergebens die richtige Strategie zu überlegen versuchte, die ihnen einen schnellen Sieg bescheren und weiteres Blutvergießen verhindern würde. Solche Tagträume waren nur normal, aber mehr konnten sie eben auch nicht sein – nur Träume.

„Wir können nicht einfach beiseitetreten und solche Dinge zulassen", erinnerte Ciena ihn. „Nicht, wenn wir die Macht haben, es zu ändern. Was wir auch tun müssen, so viel wir auch opfern müssen, wir werden es nehmen, wie es kommt. Gemeinsam."

„Gemeinsam", wiederholte Thane, und sein Lächeln dabei war so traurig, dass sie seine Verletzlichkeit und auch die ihre spüren konnte, so gewiss und schmerzhaft wie eine Wunde.

Ciena streckte ihre Hand aus, um die des Hologramms zu berühren – Thane reagierte, und das flackernde Licht seiner Finger durchdrang ihre reale Hand. „Du fehlst mir", sagte sie noch einmal. Die Worte waren so ungenügend. Nichts konnte ausdrücken, was sie fühlte.

„Es wird nicht mehr lange dauern, bis wir wieder zusammen sind", versprach Thane so zuversichtlich, dass sie ihm glauben musste. Mehr noch, er wirkte so sicher, dass Ciena sich fragte, ob er seine nächsten Befehle vielleicht schon erhalten hatte – ob er mehr als sie wusste.

Thane blickte auf ihre Hand hinab, die wie aus blauem Licht geschnitzt schien und nach ihm und durch ihn hindurchgriff.

„Ich hoffe, du hast recht", sagte Ciena, und ihre Stimme hallte in der Kabine leicht wider. „Ich wünschte, es wären nur ein paar Tage. Nein, wenn ich mir schon etwas wünsche ... Ich wünschte, du wärst jetzt bei mir."

„Das wünsche ich mir auch." Der Zähler fing an zu blinken und zeigte an, dass ihre Zeit beinahe um war. Thane wollte weitere Credits einwerfen, um noch ein paar Minuten zu erkaufen – aber sie hatten alles gesagt, was sie sagen konnten, und nun musste er sein Geld mehr denn je für wichtigere Dinge sparen. „Ich muss Schluss machen. Tut mir leid, dass der Anruf so kurz ist, Ciena ..."

„Ist schon gut! Ich freu mich so, dass ich dich sehen durfte." Ciena küsste ihre Fingerspitzen und streckte sie ihm dann entgegen, bis sie seine Lippen zu berühren schienen. Thane stellte sich vor, er könnte die Energie des Lichts spüren, kribbelnd und warm. „Auf Wiedersehen!"

„Auf Wiedersehen!", sagte er im letzten Moment, bevor ihr Abbild erlosch.

Auf dem Weg von der Holo-Kabine zurück zu seiner Unterkunft ging Thane ihr Gespräch in Gedanken immer wieder durch und staunte darüber, wie es ihnen gelungen war, alles und doch nichts zu sagen. Ciena hatte ihm hinsichtlich der Tragödie von Alderaan zugestimmt und dieselbe Verzweiflung empfunden, das vergebliche Verlangen, die Verlorenen zu retten. Und darüber hinaus hatte sie ihm beigepflichtet, dass sie nicht einfach im imperialen Dienst verweilen und tun konnten, was man ihnen befahl. Sie mussten umgehend handeln.

Thane hatte bereits geahnt, wie sein Weg aussehen musste, aber nun, da er wusste, dass Ciena seiner Meinung war, konnte ihn nichts mehr aufhalten.

Am nächsten Tag absolvierte er wie gewöhnlich seinen Flug am Morgen, dann gelang es ihm zu tauschen, sodass er in der Nacht noch einmal fliegen würde anstatt wie sonst am Nachmittag. Die Nachmittagsstunden nutzte er, um so viele Credits wie möglich von seinem Konto abzuheben und sie gegen Gewürze einzutauschen, und dann tauschte er die Gewürze gegen nicht markierte Credits. Dieses Geld benutzte Thane, um Zivilkleidung zu kaufen – eine dunkelblaue Jacke, schwarze Hosen und Stiefel, dazu ein graues Hemd, mit dem er auf keiner Welt der Galaxis auffallen würde.

Erst dann ging er zum Raumhafen und suchte nach einem unabhängigen Frachter.

„Ich möchte auf die nächste Zentralwelt", sagte Thane und versuchte dabei so selbstsicher und hochmütig zu klingen wie die Figuren in diesen Holos von früher. „Mehr brauchen Sie nicht zu wissen. Stellen Sie keine Fragen, und Sie bekommen zwei Drittel des Preises im Voraus und ein Drittel bei der Landung."

Der reptiloide Falleen-Pilot lachte. „Dummer Mensch. Ich stelle ohnehin keine Fragen. Bist du bereit? Wir starten binnen einer Stunde."

Einen Moment lang zögerte Thane noch. Er dachte an Ciena. Würde sie wissen, wo sie ihn finden konnte? *Natürlich weiß sie das. Womöglich hat sie das Imperium schon vor mir verlassen und ist schon dort. Wir sind beide in dieselbe Richtung unterwegs. Nichts in der Galaxis kann uns aufhalten.*

„Ja", antwortete Thane. „Ich bin bereit."

Als Ciena ein paar Nächte darauf in ihrem Bett lag, flüsterte sie: „Glaubst du, wir sollten etwas für Nash tun?"

„Mmmpff." Berisses Stimme klang verschlafen und rau. „Du weißt aber schon, dass ich noch ein paar Stunden schlafen könnte, bevor meine nächste Schicht anfängt, oder?"

„Tut mir leid, ich mach mir nur Sorgen um ihn, das ist alles. Es kommt mir vor, als schlafwandelte Nash durch seine Schichten. Als wäre er nur halb am Leben."

„Kein Wunder nach allem, was passiert ist." Berisse beugte sich über die Kante ihres Bettes, das sich über Cienas befand, ihr langes schwarzes Haar umrahmte ihr scheinbar auf dem Kopf stehendes Gesicht. „Du denkst vor allem deshalb an Nash, weil es das Einzige ist, das dich davon abhält, an Thane zu denken, richtig?"

„Gar nicht wahr!" Ciena rollte sich auf die Seite und schlug ihre graue Decke zurück, um ihre Worte mit einer Geste zu unterstreichen. „Ich habe im Dienst kaum noch mit offenen Augen geträumt. Gestern durfte ich sogar die Hilfsnavigation übernehmen."

„Ich rede ja auch nicht vom Dienst. Setzt man dich auf deine Station, funktionierst du einwandfrei. Nur in jedem anderen wachen Augenblick denkst du an nichts anderes als an Thane."

„Du willst mich nur aufziehen, weil ich nicht aufhören wollte, von seinem Holo neulich zu sprechen."

„Genau. Also halt die Klappe, und lass mich schlafen." Berisses Gesicht verschwand, und Ciena hörte von oben das Rascheln der Decke ihrer Freundin.

Aber eingeschlafen war Berisse sicher noch nicht. „Wir müssen wirklich etwas für Nash tun. Das war mein Ernst. Er leidet furchtbar und will es nicht zugeben."

„Er hält sich so gut, wie man es erwarten kann. Nash übernimmt zusätzliche Schichten, er lenkt sich ab. Das ist am besten für ihn."

Das stimmte wahrscheinlich. „Wir könnten uns trotzdem etwas überlegen, um ihm die Zeit zu vertreiben. Vielleicht sollten wir ihn einladen, mit uns in der Sporthalle zu trainieren. Oder Grav-Ball zu spielen. So was in der Art."

„Klar, versuch's einfach mal", brummelte Berisse. Sie war inzwischen völlig schläfrig, kaum noch wach. Zweifellos hatte sie keine Ahnung, was Ciena überhaupt gesagt hatte.

Grav-Ball. Der Vorschlag war so belanglos, dass Ciena sich dafür schämte. Das tröstete doch nicht über den Verlust einer Welt hinweg! Andererseits jedoch, was wäre ein solcher Trost? Nash musste sein Leben Tag um Tag neu aufbauen, Stunde um Stunde sogar. Und im Moment war alles, was Ciena als Freundin tun konnte, ihm dabei zu helfen, diese Stunden zu füllen.

Sie wälzte sich herum, umschlang ihr Kissen und versuchte, zur Ruhe zu kommen. Aber die Sorge um Nash blieb, und sie war ärgerlich, dass Berisse ihr vorgeworfen hatte, sie würde nur an Thane denken ...

... und sie war glücklich, an Thane zu denken.

Das war auch die richtige Zeit, um an ihn zu denken. Kein Dienst, keine anderweitige Ablenkung, nur die Erinnerung an die außergewöhnliche Holo-Nachricht vor ein paar Tagen. Ciena lächelte, als sie an die Art und Weise dachte, wie sie mit wenigen Worten so viel gesagt hatten. Thane hatte ihr zugestimmt, dass sie an ihrer Pflicht festhalten und sich auf das Führen dieses Krieges konzentrieren mussten, so gut sie konnten, und daneben mussten sie Mittel und Wege finden, so oft zusammen zu sein, wie ihr Dienst es erlaubte.

Sie schlief mitten in einer Vision ein, die teils Hoffnung, teils Traum war – Thane wurde als TIE-Pilot auf die *Devastator* versetzt und flog an der Seite Lord Vaders persönlich, und nach jeder Schicht kam er zu ihr. Dieser Traum erfüllte die ganze Nacht, und das war ein Grund, weshalb die Nachricht am nächsten Morgen so ein schrecklicher Schock war.

„Das muss ein Irrtum sein", sagte Ciena und starrte Nash an. „Du hast die Namen verwechselt."

„Ich habe drei Jahre mit ihm in einem Zimmer gewohnt. Glaub mir, ich kenne seinen Namen." Nash drehte sogar das Tablet herum, damit sie sich selbst überzeugen konnte. Sie standen vor der Marketenderei. Es war niemand da, der mithören konnte, abgesehen von ein paar erschöpften Piloten, die sich hineinschleppten, um zu frühstücken. „Leutnant Thane Kyrell, Kennnummer A-V-fünf-vier-sieben, desertierte vor drei Tagen auf Kerev Doi."

Sie klammerte sich an Nashs Uniformärmel. „Er würde doch nie desertieren. Sein Schiff muss abgestürzt sein. Oder er wurde von irgendwelchen lokalen Verbrechern gefangen genommen. Irgendetwas in der Art."

„Man sollte glauben, seine Vorgesetzten hätten das überprüft. Aber vielleicht hast du recht. Es wäre untypisch für Thane, einfach davonzulaufen." Nash trat näher an sie heran und senkte seine Stimme. „Ich habe dir das nicht gesagt, um dich nicht zu ängstigen. Ein ISB-Offizier hat mich heute Morgen über Thanes Pflichtgefühl befragt, seine politischen Ansichten und so weiter. Ich habe versichert, dass Thane kein Rebell ist, aber ich weiß auch, dass sie sich damit nicht zufriedengeben werden."

Jetzt verstand Ciena. Als Nächstes würde man sie befragen.

Also marschierte sie schnurstracks zum Büro des höchsten ISB-Offiziers an Bord, Captain Ronnadam, und ließ sich melden. Dann stand sie in Habtachtstellung vor ihm und sagte: „Ich bin gekommen, um freiwillig mitzuteilen, was ich über Leutnant Kyrell sagen kann, Sir."

„Unser Vagabund auf Kerev Doi. Oder ehedem auf Kerev Doi." Ronnadam musterte sie mit schmalen Augen. „Halten Sie ihn für einen Verräter oder nur für einen Deserteur?"

„Er ist kein Verräter", entgegnete sie mit so viel Nachdruck, wie sie es gerade noch wagte. Es war wichtig, dem General deutlich zu machen, dass sie auf derselben Seite standen – alle drei. „Thane … Leutnant Kyrell hat die Rebellen wiederholt als Terroristen bezeichnet, Sir. In unserem letzten Gespräch brachte er seinen Kummer und sein tiefes Bedauern über die Vernichtung des Todessterns zum Ausdruck."

„Warum, Lieutenant Commander Ree, hat er dann seinen Posten verlassen?"

„Ich kann mir nur vorstellen, dass er … verzweifelt ist, Sir. Übermannt vom Verlust so vieler Freunde." Ciena zögerte, bevor sie fortfuhr. Sie stand hier kurz davor, Thanes Geheimnisse preiszugeben, und das hatte sie schon einmal fast getan, als sie seine Probleme mit seinem Vater vor Jude angesprochen hatte. Aber sie musste Thane und sein Offizierspatent jetzt retten, und da konnte sie hinsichtlich der Mittel nicht zimperlich sein. „Leutnant Kyrell wuchs unter äußerst schwierigen Umständen auf. Seine Familie gewährt ihm keinerlei Unterstützung. Deshalb sind seine Offizierskollegen … Wir sind seine Familie. Wir sind alles, was er hat. Dieser Verlust hat ihn zutiefst getroffen."

„Er ist nicht der Einzige, der Familie und Freunde verloren hat", versetzte Ronnadam, doch dann wurde seine Miene nachdenklicher. „Und er ist nicht der einzige Offizier, den wir strauchelt gesehen haben. Dieselben Vergehen, die vor zwei Jahren noch zu einer unehrenhaften Entlassung geführt hätten, werden jetzt als Einzelfälle geprüft … einstweilen. Natürlich wird die Sache eine Strafe nach sich ziehen, aber wenn Leutnant Kyrell in Kürze in den Dienst zurückkehrt, kann er seine Karriere ohne übermäßige Schwierigkeiten fortsetzen."

Ciena atmete erleichtert auf. Wenigstens war noch Zeit, Thane vor einem furchtbaren Fehler zu bewahren.

„Wissen Sie, wo er ist, Lieutenant Commander Ree? Wenn ja, dann ist Ihnen sicher bewusst, dass Sie diese Information melden müssen."

„Nein, Sir. Ich kenne Leutnant Kyrells derzeitigen Aufenthaltsort nicht. Aber ich weiß, wo man mit der Spurensuche anfangen muss – auf unserer Heimatwelt Jelucan."

„Sehr gut, Lieutenant Commander. Ich werde Anweisung geben, dass Sie mit dem nächsten Transporter nach Jelucan reisen."

Ihre Augen wurden groß. „Ich, Sir?"

„Halten Sie eine solche Aufgabe für Ihrer unwürdig?", blaffte Ronnadam.

„Nein, Sir! Ich dachte nur ... ein ISB-Offizier ..."

„Unsere Agenten sind derzeit beschäftigter als je zuvor. Sie kennen sich in der Gegend bereits aus, also sind unsere Ressourcen besser genutzt, wenn wir Sie hinschicken." Seine Stimme hatte eine gefährliche Schärfe angenommen. „Es sei denn natürlich, Sie haben eine bessere Idee?"

Ciena war beinahe froh über das Missverständnis – es war besser, wenn Ronnadam nicht merkte, dass sie unbedingt diejenige sein wollte, die Thane fand. „Nein, Sir. Ich werde umgehend nach Jelucan aufbrechen."

„Suchen Sie überall nach ihm. Nutzen Sie alle zur Verfügung stehenden Mittel." Ronnadams Augen wurden erneut schmal. „Und wenn Sie auch nur ein Flüstern hören, das auf eine Verstrickung Kyrells in die Rebellion hindeutet ... dann folgen Sie diesem Flüstern, wo es auch hinführt, und melden jedes Wort. Haben Sie das verstanden?"

Ciena hatte eine Chance, Thane zu retten, weil das Imperium sie als Spionin benutzen wollte. Sie hatte nie jemanden denunzieren wollen, aus keinem Grund. Die Pflicht verlangte Loyalität, aber Loyalität war man sowohl Freunden als auch Vorgesetzten schuldig. Zum ersten Mal wurde ihr klar, wie düster die Aufgaben, die ihr in diesem Krieg zuteilwurden, sein mochten.

Aber das war der Preis, den sie zahlen musste, um Thane wiederzufinden.

„Ja, Sir", sagte sie und dachte: *Um jeden Preis.*

12. KAPITEL

Es war der vierte und letzte Frachter-Transport, der Thane an die Nieren ging. Er hatte sich bedeckt gehalten und Ruhe bewahrt, und es war nicht schwer gewesen, von Kerev Doi fortzukommen. Die Schiffe, an Bord derer er die nächsten Reisen unternahm, hatten ihm auch keine Probleme bereitet. Auf einem Passagierschiff hätte er kaum Privatsphäre gehabt und sich mit einer übermäßig eifrigen Crew herumschlagen müssen. Auf einem Frachter hingegen wurden die paar leeren Kojen an Arbeiter verkauft, die auf eine billige Transportmöglichkeit aus waren und keinen Wert auf Komfort legten. Hier brauchte Thane sich keine Sorgen zu machen, dass er auffiel.

Doch als der letzte Frachter nahe Jelucan aus dem Hyperraum kam, schnappte sich Thane seine Tasche und ging in den Ausschiffungsbereich. Lange Metallbänke, die an den Wänden festgeschraubt waren, verfügten über ein paar Sicherheitsgurte für diejenigen, die eine holprige Landung befürchteten. Er schnallte sich an und wartete. Ein weiterer Passagier folgte seinem Beispiel, dann noch einer und schließlich ein vierter.

Keiner von ihnen verhielt sich merklich anders als Thane selbst. Sie trugen alle die Art von unscheinbarer Kleidung, die man auf fast jeder Welt kaufen konnte. Und sie zeigten auch kein besonderes Interesse an den Leuten um sich herum.

Und trotzdem konnte jeder Einzelne von ihnen ein imperialer Spion sein.

Dieser Gedanke saugte sich dermaßen an Thane fest, dass er kaum noch atmen konnte. Die Frau mit dem langen grau melierten Zopf ... hatte sie nicht gerade sein Gesicht gemustert? Und der Otteganer mit seinen weit auseinanderstehenden Augen ...

Wer wusste schon, was er beobachtete? Oder der Volpai da, der mit allen Fingern seiner vier Hände auf seinem Daten-Eingabegerät tippte ... meldete er Thane womöglich gerade an die Behörden?

Überall sonst hatte Thane den Vorteil der Überraschung auf seiner Seite gewusst. Seine bisherigen Züge hatte das Imperium unmöglich vorhersagen können, aber man konnte vermutet haben, dass er nach Jelucan zurückkehren würde. Also konnte ihm jemand zu diesem Frachter gefolgt sein. Oder vielleicht wartete ein ganzer Sturmtruppen-Zug in der Landebucht auf ihn ...

Stattdessen landete der Frachter ohne Zwischenfall. Die anderen vier Passagiere zerstreuten sich, ohne Thane auch nur eines weiteren Blickes zu würdigen. Er lachte über seine Paranoia und schulterte seine Tasche. *Jetzt bist du auf vertrautem Boden. Bald wirst du dich wieder wie du selbst fühlen.*

Doch das tat er nicht.

Zunächst glaubte Thane, er litte nur an einem umgekehrten Kulturschock, dass ihm seine Heimat nach der langen Zeit, die er fort gewesen war, einfach fremd vorkam. Valentia, die herrliche Stadt, die er als Junge bewundert hatte ... natürlich musste sie klein und provinziell auf ihn wirken, nachdem er drei Jahre auf Coruscant verbracht hatte. Und wenn die Leute zurückhaltender und weniger freundlich zu sein schienen, lag das wahrscheinlich daran, dass er ihnen früher eben als kleiner Junge gegenübergetreten und daher natürlich anders behandelt worden war – einem Erwachsenen gegenüber verhielt man sich nun einmal reservierter. Und außerdem war er immer noch nervös. Aber je länger er sich umschaute, desto sicherer war er sich. Seine Welt hatte sich verändert. Das Imperium hatte sie verändert.

Das Senatsgebäude, auf das alle so stolz gewesen waren an jenem Tag, als Jelucan sich dem Imperium angeschlossen hatte? Das Militär hatte es übernommen, um Truppen darin unterzubringen. Thane wahrte Distanz, aber er erkannte trotzdem, dass es sich hier nicht um eine kurzfristige Notfallmaßnahme handelte. Der Bau einer hohen Mauer rundherum hatte bereits begonnen, und das Perimeter-Energiefeld darüber glitzerte, wenn die Sonne durch den grauen Himmel brach.

Valentia mochte nie an den Glanz und die Raffinesse Coruscants herangereicht haben, aber es war eine lebhafte, betriebsame Stadt gewesen. Jetzt wirkte sie einerseits voller und andererseits zugleich leerer. Neben den älteren, aus Stein gefertigten Gebäuden waren wacklige, provisorische Baracken errichtet worden. Sie dienten offensichtlich als Unterkünfte für Wanderarbeiter, die aus den Bergen gekommen waren, um Ausschau zu halten nach neuen Möglichkeiten, die nie zustande gekommen waren. Oder hatte man diese Leute ausgestoßen? Da war sich Thane nicht ganz sicher. Er konnte anhand der Kleidung, die sie trugen, sagen, dass sowohl Bewohner der Täler als auch Zweitweller zu der neuen Vagabundenbevölkerung gehörten. Doch waren die beiden Gruppen schwerer voneinander zu unterscheiden als früher. Sowohl die glänzenden Seidengewänder als auch die schlichten selbst geschneiderten Stücke waren billiger, massenproduzierter Kleidung gewichen. Eine dumpfe, lähmende Gleichförmigkeit hatte sich über das Land gelegt.

Selbst das Unterhaltungsangebot war davon betroffen. Das Zimmer, das Thane gemietet hatte, lag im oberen Stockwerk eines Gebäudes, das im Erdgeschoss eine Cantina beherbergte. Als er ein Junge gewesen war, hatte sein Vater ihn manchmal in solche Etablissements mitgenommen und versprochen, dass er „nur ein Gläschen" trinken würde. Und so hatte Thane viele Stunden lang in einer Ecke gesessen und Podrennen geschaut oder die Gewürzwelt-Holos, die ihm so gut gefielen.

Jetzt ging es in den Cantinas rauer zu – sie waren weniger die Kneipe nebenan und mehr zwielichtige Bar. Die Gäste waren zumeist keine Einheimischen. Fremdweltler schienen sie verdrängt zu haben. Während Thane an seinen Ale nippte, blickte er fassungslos auf die Bildschirme. Auf allen lief nur irgendeine Form imperialer Propaganda – eine Dokumentation über die angeblich erfolgreichen „Aufbauprogramme" des Imperiums auf Thurhanna Minor (bei denen es sich in Wirklichkeit um riesige Kraftwerke handelte, die eine einst schöne Landschaft verschandelten) wurde unterbrochen durch Rekrutierungsaufrufe für die Sturmtruppen ("Entdecke das Abenteuer und diene deinem Imperium!") oder Nachrichtenschnipsel, in denen Imperator Palpatine lächelnd und nickend Gäste empfing. Am schlimmsten war ein Hinweis auf eine Sonderreportage, die in Kürze folgen und „das volle Ausmaß der hochverräterischen Verhetzungen auf dem Planeten Alderaan endlich aufdecken" würde.

Thane hatte gedacht, jedermann würde über Alderaan reden. Tatsächlich tat das niemand. Das Schweigen über die Vernichtung einer ganzen Kernwelt verriet Thane mehr, als es aller Tratsch vermocht hätte. *Alle denken daran. Alle haben Angst.* Wenn das Imperium eine Welt vernichtete, die so wichtig und wohlhabend war wie Alderaan ... dann gab es in der ganzen Galaxis keinen Ort mehr, der sicher war.

(Die imperialen Sendungen über die Zerstörung des Todessterns waren vage und sprachen nur von einem „beispiellosen Angriff der Rebellen-Allianz". Thane hatte anfangs erwartet, das Imperium werde die Sache zu einer Gräueltat der Rebellen hochspielen, doch dann wurde ihm klar, dass es wichtiger war, die Bevölkerung in dem Glauben zu lassen, das Imperium könnte jederzeit einen weiteren Planeten vernichten.)

Als er nach draußen ging, störte er sich sogar an der Farbe des Himmels. Die Atmosphäre von Jelucan zeigte sich für gewöhnlich eher grau als blau, aber die Luft war immer klar und prickelnd gewesen, und das Grau des Himmels hatte wie edles Metall geschimmert. Heute war der Himmel dunkler, selbst wenn er wolkenlos war, als wäre ein Unwetter zu erwarten, das nie kam. Beeinträchtigte der Bergbau bereits die Atmosphäre?

Thane hatte bei seiner Ankunft hin und her überlegt, ob er Kontakt zu seiner Familie aufnehmen sollte. So gleichgültig er seinem Vater auch sein mochte und sosehr seine Mutter sich dem Imperium andienen wollte, konnte er sich doch nicht vorstellen, dass sie ihn wirklich ausliefern würden. Auch wenn sie ihm keinen Schutz bieten würden, hätten sie doch nicht die Schmach auf sich laden wollen. Zu Hause hätte er seine Credits sparen, sich Zeit nehmen und auf Ciena warten können. Er hätte sogar an seiner alten Seilbahn zur Festung hinunterrutschen und sie aufräumen und schön herrichten können. Es schien ihm so passend, sie dort wiederzutreffen ...

Letztlich jedoch hatte Thane sich gegen den Kontakt zu seinen Eltern entschieden. Es verlangte ihn weder nach der trunkenen Verachtung seines Vaters noch nach der Empörung seiner Mutter, und am allerwenigsten wollte er sich von ihnen anhören müssen, wie es Dalven gehe.

(Aufgrund der akuten Knappheit an imperialen Sturmtruppen hatte man wahrscheinlich selbst so einen Tölpel wie Dalven befördert. Und er war sicher dumm genug, auch noch stolz darauf zu sein.)

Doch als die Tage verstrichen, sank seine Laune. Ciena war noch nicht aufgetaucht. Was war, wenn sie versucht hatte zu desertieren, aber erwischt worden war? Die Vorstellung, sie könnte voller Scham und ohne Hoffnung im Gefängnis sitzen, machte ihn ganz krank. (Doch gab er der Verzweiflung nicht nach. Ciena war zu klug und zu kompetent, um sich so ohne Weiteres schnappen zu lassen. Sie würde geduldig auf den richtigen Moment warten, aber dieser Moment mochte eben nicht so schnell kommen.)

Das bisschen Geld, mit dem Thane entkommen war, hatte er zum größten Teil für seine Frachterfahrten ausgegeben. Die Miete für das winzige Zimmer war ihm jetzt schon zu hoch, und er ernährte sich nur von dem, was er auf der Straße kaufen konnte – dünn geschnittenes Fleisch zweifelhafter Herkunft, das auf kleinen, selbst gebauten Grills vor den Baracken gebraten wurde, oder dünne „Eintöpfe", die man mit gemahlenem Korn andickte.

Wie die meisten Kadetten hatte Thane von ein paar Tagen geträumt, an denen er ausschlafen, die militärische Disziplin ignorieren und tun konnte, was er wollte. Doch ohne den strikten Rahmen, in dem er während der vergangenen Jahre gelebt hatte, fühlte er sich jetzt steuerlos, konfus und irritiert durch ein Maß an Freizeit, mit dem er nichts anzufangen wusste. Anstatt die ihm übertragenen Aufgaben anhand eines vorgefertigten Zeitplans zu erledigen, tat er jetzt ... nichts. Stoppeln erschienen auf seinem Gesicht, als die Wirkung des Bartwuchs-Hemmers nachließ, und mehr davon zu kaufen, schien ihm die Credits nicht wert, die das Mittel kosten würde. Jede Nacht hatte er Albträume – von Alderaan, vom Todesstern, von seinem Vater oder von Ciena, die in Gefahr schwebte. Der einzige Unterschied zwischen ihm und den heruntergekommenen Gestalten um ihn herum bestand darin, dass er nicht sein ganzes Geld für Ale ausgab, auch wenn er mittlerweile verstand, warum manche Leute das taten. Mit jedem Tag versank er tiefer in Melancholie.

Anfangs hatte er gemeint, es würde leicht sein, irgendeine Anstellung zu finden. Für Piloten gab es immer Arbeit, auch für nicht lizenzierte. Aber nun hatte er eingesehen, dass er das auf Jelucan nicht wagen konnte. Die Präsenz des Imperiums war zu groß, als dass ein Deserteur einfach durch die Häfen spazieren und nach einem Job fragen könnte. Sicher hätte er sich einem der weniger einladenden Frachter verpflichten können, die hier durchkamen – aber damit wäre er nur noch einen Schritt davon entfernt gewesen, sich in die Sklaverei zu verkaufen.

Nur sehr wenige Dinge schienen es wert zu sein, sie noch länger zu versuchen. Er hatte das Gefühl, sein ganzes Leben wäre zeitlich eingefroren, und er könnte nichts weiter tun, als auf Ciena zu warten. Er wusste nicht, was aus ihm werden würde, wenn sie nie kam – und es war ihm eigentlich auch egal.

Nach etwa zwei Wochen stieß Thane an seine Grenzen, als er im Schlafanzug auf seinem Bett lag. Die hellen Gipswände seines Zimmers waren kahl, seine Bettdecke hellbeige ohne irgendein Muster. Für den Mietpreis war das Zimmer überraschend behaglich – doch Thane kam es vor, als verhöhnte es ihn mit seiner Leere.

Im Unterricht für Sicherheitsprotokolle und Verhörtechniken hatten sie an der Akademie gelernt, dass eine der wirksamsten Methoden, eine Person zu brechen, darin bestand, sie zu zwingen, ohne jede Schlafpause eine kahle Wand anzustarren. Der

Schlafentzug und die Langeweile schafften, was Schmerzen und Drohungen nicht erreichten. Die Gedanken eines Gefangenen öffneten sich dadurch von selbst und gaben jedes Wort preis, das sich darin verbarg, nur um der kraftraubenden Monotonie ein Ende zu bereiten. Thane hatte nie verstanden, wie das funktionierte – bis jetzt.

Ein Tumult draußen ließ ihn sich aufsetzen. Es klang, als würden einige der Straßenhändler eilends ihre nicht ganz legalen Verkaufsstände dichtmachen. Thane trat an das einzige, kleine Fenster seines Zimmers und zog das Rollo hoch. Drunten sah er ein imperiales Streifenfahrzeug, das offenbar gerade erst eingetroffen war.

Dann hörte er auf der Treppe draußen schwere Stiefelschritte, die in Richtung seines Zimmers kamen.

Okay, überleg schnell. Das ist ein Ein-Personen-Fahrzeug. Man hat nur einen Mann geschickt. Mit einem Mann wirst du fertig.

Aber nicht ohne Waffe. Hatte er irgendetwas, das er benutzen konnte? Doch die wenigen Gegenstände in seinem Zimmer waren entweder alle zu groß, um sie hochzuheben, oder zu klein, um nennenswerten Schaden anzurichten.

Vielleicht wollte er gar nicht zu ihm. Es wohnten Dealer in der Nachbarschaft. Prostituierte. Schmuggler. Jede Menge Leute, die verhaftet werden könnten. Aber dann hätte man einen Vertreter des örtlichen Paramilitärs geschickt, keinen imperialen Offizier.

Thane holte tief Luft und fuhr sich mit den Händen durch die kurzen Haare. Er musste bluffen, so gut er konnte. Wenn er bestritt, Thane Kyrell zu sein, und völlig verdutzt tat, mochte er den Typen für einen Moment aus dem Konzept bringen – lange genug, um sich den Blaster des Mannes zu schnappen.

Aber konnte er jemanden erschießen, der nur seine Pflicht tat? Jemanden, der bis vor ein paar Tagen noch sein Offizierskollege gewesen war?

Eine Faust schlug an Thanes Tür. Er zerwühlte sein Bett, als hätte er geschlafen, ging zur Tür und sagte, als wäre er noch nicht richtig wach: „Mmhmmm. Ja? Wer ist da?"

„Ich bin in einer offiziellen Angelegenheit hier."

Er kannte diese Stimme.

Sofort öffnete Thane die Tür und sah Ciena in Uniform vor sich stehen. Ihr Anblick kam ihm vor wie der erste Atemzug nach Jahren.

„Du hast es geschafft." Er zog sie in sein Zimmer hinein, schloss die Tür hinter ihnen ab und nahm sie fest in die Arme. Während er den Duft ihrer Haut einsog, konnte er über Cienas Scharfsinn nur staunen – sie war nicht desertiert, sie war offiziell hierhergekommen, um sicherzugehen, dass das Imperium sie weiter bezahlte und jede weitere Verfolgung aufschob. „Du bist ein Genie, weißt du das? Ich habe gewartet und gewartet und dachte schon, man hätte dich aufgehalten, aber nun bist du hier. Du bist da."

Thane küsste sie, lang und innig. Diese verdammte graue Uniform fühlte sich so steif an unter seinen Händen, aber damit konnten sie sich später befassen. Ciena erwiderte seinen Kuss genauso leidenschaftlich, doch als ihre Lippen sich voneinander lösten, schaute sie so bekümmert drein, dass er sich fragte, ob er etwas falsch gemacht hatte.

Oder vielleicht sorgte sie sich um ihrer beider Sicherheit. „Hat das Imperium sonst noch jemanden geschickt?"

„Nein. Sie waren sicher, dass du nicht nach Jelucan gehen würdest. Ich wusste, dass du das vermuten und gerade deshalb doch hierherkommen würdest ..."

Thane grinste. Sie kannte ihn so gut.

Aber Ciena wirkte jetzt noch verzweifelter als zuvor. „Thane, was hast du getan?"

Und da begriff er endlich, wie weit sie immer noch voneinander entfernt waren.

Eine Stunde später saß Ciena mit Thane in der Cantina im Erdgeschoss. Sie hatte befürchtet, man könnte sie belauschen, sie sehen, vielleicht sogar verraten, doch Thane hatte den Kopf geschüttelt. „Glaub mir", hatte er gesagt, „die Sorte von Leuten, die hier verkehrt? Die machen einen großen Bogen um imperiale Offiziere. Hier taucht wahrscheinlich niemand auf, den wir kennen."

„Das Risiko ist zu groß", hatte sie erwidert.

Doch Thane hatte das kantige Kinn auf jene Weise vorgeschoben, die, wie sie wusste, Ausdruck absoluter Entschlossenheit war ... oder einfach nur schierer Sturheit. „Wenn ich nicht aus diesem Zimmer herauskomme, dreh ich durch. Glaub mir. Uns passiert schon nichts."

Tatsächlich hatten sie die ganze hintere Ecke des Lokals für sich. Die meisten Gäste waren neu auf dem Planeten, keine Einheimischen, und sie drängten sich weiter vorn um die Bildschirme. Sie und Thane saßen allein an ihrem Tisch. Der bloße Aufenthalt in einer heruntergekommenen Cantina wie dieser hätte sie vor ein paar Jahren und vielleicht auch jetzt noch entnervt, hätte sie nicht so angestrengt versucht, Thane daran zu hindern, den schlimmsten Fehler seines Lebens zu begehen.

„Du kannst zurückkommen", wiederholte sie. „Ich weiß, du glaubst, man würde dich verhaften, und zu einer anderen Zeit hätten sie das auch getan, aber nach allem, was geschehen ist, werden qualifizierte Offiziere dringend gebraucht."

„Ich will nicht zurückkommen", sagte er, und auch das nicht zum ersten Mal.

Ciena weigerte sich immer noch, das zu glauben. „Drei Jahre auf der Akademie ... all die Arbeit, all die Mühe ... für nichts?"

„Glaubst du, ich bin froh darüber? Das bin ich nicht. Aber nach allem, was ich gesehen habe, was das Imperium – nach Alderaan! – mit den Bodach'i macht, kann ich diese Uniform nicht mehr tragen." Thane beugte sich über sein Glas mit Ale, den Kopf in eine Hand gestützt wie jemand, der Kopfschmerzen hat. „Ich dachte, wir wären uns in dieser Hinsicht einig."

„Ich dachte, wir wären uns einig, dass wir zusammenstehen müssten nach dem, was so vielen unserer Freunde auf dem Todesstern widerfahren ist. Die Rebellen haben Tausende unserer Kollegen umgebracht. Sie haben Großmoff Tarkin getötet ..."

„Tarkin war nett zu uns", räumte Thane ein. „Die Begegnung mit ihm hat unser Leben verändert."

„... und sie haben Jude ermordet", fuhr Ciena fort. „Billigst du das?"

„Ich schließe mich nicht der verdammten Rebellion an, Ciena. Ich billige weder, was mit dem Todesstern noch was mit Alderaan geschehen ist. Du etwa? Das *kann* nicht sein. Du würdest nie glauben, dass es richtig ist, eine ganze Welt zu vernichten."

Sie schüttelte kläglich den Kopf. „Nein. Ich verstehe die Denkart, die zu der Attacke auf Alderaan führte, aber ich billige sie nicht. Aber das muss ich auch nicht." Ciena beugte sich ein wenig über den Tisch, schaute in Thanes blaue Augen und versuchte, sich ihm eindringlich verständlich zu machen. „Der Imperator und die Moffs müssen jetzt einsehen, dass es keinen Nutzen gebracht hat, Alderaan zu vernichten. Es hat die Rebellion nicht gestoppt. Im Gegenteil, es hat die Rebellen allenfalls noch erbitterter gemacht."

„Zwei Milliarden Leute sind also umsonst gestorben", sagte Thane.

„Und fast eine Million an Bord des Todessterns." Ciena weigerte sich, Judes Tod außen vor zu lassen. In ihren Albträumen rannte sie immer noch durch die Gänge der Station und rief nach Jude, schrie, sie solle in ein Shuttle steigen – jedoch ohne ihre Freundin zu finden. „Jetzt existiert der Todesstern nicht mehr. Selbst wenn der Imperator noch einmal etwas derart Drastisches tun wollte, könnte er es nicht. Außerdem wurde Alderaan nur aus dem Grund angegriffen, um einen noch verheerenderen Krieg zu verhindern. Der Krieg hat trotzdem begonnen. Es ist zu spät, um die Galaxis davor zu bewahren. Ich kann jetzt nur eines tun – auf der Seite von Gesetz und Ordnung und Stabilität kämpfen."

Thanes Lachen war barsch. „Es fällt alles auseinander, Ciena. Unsere Eltern wurden Zeugen, wie sich die Republik selbst zerstörte. Das Imperium mag noch ein Jahr oder auch noch ein Jahrzehnt überdauern, aber letztlich wird es eine brandneue Ordnung und brandneue Gesetze geben. Wem wirst du dann dienen?"

„Du musst nicht gemein sein, nur weil ich nicht desertieren werde ... nicht desertieren *kann.*" Sie konnte nicht einmal wütend auf Thane sein, zu groß war ihre Sorge. Dass er sich über die Vernichtung Alderaans aufregte, war nur natürlich, aber das musste doch nichts ändern. Und natürlich hasste er Sklaverei – sie doch auch! –, aber das Imperium hatte diese Praxis ja nicht erfunden. Was jetzt zählte, war größer als jedes Einzelschicksal. Jetzt ging es ums tiefste Prinzip. „Wir haben einen *Eid* geleistet. Wir haben dem Imperium unsere Treue geschworen. Dieses Versprechen können wir nicht brechen. Niemals."

Thane schüttelte den Kopf. Das bernsteinfarbene Licht in der Cantina ließ sein Haar in einem dunkleren Rot erscheinen und warf Schatten auf sein Gesicht, die zeigten, wie sehr er mit sich rang. „Du bist immer noch das Mädchen aus den Tälern. Du würdest dein Wort nie brechen, auch dann nicht, wenn du es einem Führer und einer Flotte gegeben hast, die dich nicht verdienen."

„Und du bist immer noch der Zweitweller. Dir fällt es leichter, deine Versprechen zu brechen, als sie zu halten." Doch Ciena schämte sich für ihre Worte, kaum dass sie ihr über die Lippen gekommen waren. Aus ihnen sprach die Voreingenommenheit ihres Vaters und ihr eigener Kummer bei der Vorstellung, Thane zu verlieren.

Er war nicht gekränkt. Stattdessen flüsterte er: „Es fällt mir nicht leicht, dich zu verlassen. Das ist das Schwerste, was ich je getan habe."

Sie wandte sich ab, konnte ihn nicht mehr anschauen.

Thane schien zu glauben, sie reagiere aus Wut, nicht aus Trauer, denn er schlug einen förmlicheren Ton an, als er fragte: „Wirst du mich melden?"

„Ich ..." Was sollte sie sagen oder tun? Jetzt war sie gefangen zwischen ihrer Loyalität zu Thane und ihrer Treue zum Imperium. So wütend sie auch darüber war, dass Thane desertierte, konnte sie sich doch nicht vorstellen, ihn ins Gefängnis zu schicken. Wie könnte sie dem Mann, den sie liebte, so etwas antun? „Ich weiß es nicht."

„Du weißt es nicht. Na toll!" Er strich sich mit einer Hand durch die Haare. „Weißt du wenigstens, ob du mich noch *heute Abend* melden wirst?"

In ihr zerbrach etwas. „Natürlich nicht."

Thanes Stimme wurde schroff und schneidend: „Brichst du damit auch nicht deinen Eid? Zerstörst du damit nicht deine kostbare Ehre?"

„Manchmal sind wir mehr als nur einer Sache gegenüber loyal. Kommt es zum Konflikt, müssen wir entscheiden, welche Loyalität wir ehren wollen." Ciena hatte zu zittern begonnen. Sie hatte das Gefühl, entzweigerissen zu werden. „Ich weiß nicht, was ich morgen tun werde. Aber heute Abend, jetzt, in diesem Augenblick, entscheide ich mich für meine Loyalität zu dir."

Da fiel alle Wut von Thane ab. Seine Hand schmiegte sich an ihre Wange, und sie konnte sich nicht länger zurückhalten. Ciena lehnte sich weiter vor und klammerte sich an seine Jacke, damit er nicht vor ihr zurückweichen konnte. Sie wollte nichts anderes, als dass er jetzt bei ihr blieb, heute Nacht, so lange es ging. Sie wollte glauben, dass er nicht fortgehen würde.

Thane küsste sie abermals, noch inniger als zuvor. Ciena schloss die Augen, schlang die Arme um ihn und stellte sich vor, sie könnte die Zeit anhalten. Dann würde dieser Moment kristallisieren und ewig bleiben – seine Brust an die ihre gedrückt, das weiche Kratzen seiner Bartstoppeln auf ihren Wangen, der leise, raue Laut, den er von sich gab, als seine Hand den Schwung ihrer Hüfte fand.

Als sie sich schwer atmend voneinander lösten, lehnte sie ihre Stirn an die seine und flüsterte: „Nach oben."

Thane brauchte noch ein paar Atemzüge, bevor er antworten konnte: „Bist du sicher?"

In diesem Augenblick konnte sie sich keiner Sache sicher sein. Thane, eine der Konstanten in ihrem Leben, ihr Polarstern, würde sie für immer verlassen. Ihre Welt stand kopf, und sie fürchtete, sie würde nie wieder ganz in Ordnung sein.

Aber genau deshalb war sie entschlossen, sich alles zu nehmen, was sie bekommen konnte. Ganz und gar in diesem Augenblick zu leben, in dieser Nacht mit Thane. Die Zeit anzuhalten. „Ja", flüsterten ihre Lippen an seinem Mund. „Ja."

Thane konnte nicht schlafen.

Es war mitten in der Nacht, und er war erschöpft, aber das war egal. Er konnte nichts anderes tun, als Ciena anzusehen.

Sie ruhte an seiner Schulter, war weder wach, noch schlief sie. Die Locken ihres offenen Haares lagen auf dem Kissen wie ein dunkler Lichthof um ihr Gesicht. Die vollen Lippen waren geschwollen von ihren Küssen. Und obgleich er den größten Teil der vergangenen drei Stunden damit verbracht hatte, absolut jedes Detail ihres Körpers kennenzulernen, berauschte es ihn immer noch, sie neben sich liegen zu sehen, ohne etwas am Leib außer dem Zipfel des Lakens.

Während er so neben ihr lag, fragte sich Thane zum ersten Mal, ob er tun könnte, worum Ciena ihn bat. Könnte er auf den Stützpunkt zurückkehren, einen Moment der Schwäche eingestehen und wieder in den Dienst des Imperiums treten? Ciena hatte wahrscheinlich recht, im Zuge der momentanen Krise würde man viele Sünden vergeben. Was ihm vor einem Jahr noch mehrere Monate im Bau eingetragen hätte, würde jetzt vermutlich nichts weiter sein als ein Fleck in seiner Akte.

Wenn er jetzt zurückkehrte, könnte er bei Ciena bleiben ...

Aber er konnte nicht zurückgehen. Nicht nach dem, was er gesehen hatte. Er hatte seine ganze Kindheit lang unter der Grausamkeit eines Heuchlers gelitten – er weigerte sich, Leid im Namen eines anderen zu verbreiten, auch wenn dieser andere der Imperator war.

Für Ciena lag die Sache anders. Hatte sie ihre Loyalität erst einmal versprochen, dann war sie absolut. Das Imperium verdiente sie nicht, dennoch hatte es sie für immer in seinen Klauen. Sie blieb nicht Teil der Maschinerie, weil sie ehrgeizig oder korrupt war. Nein, das Imperium hatte einen Weg gefunden, ihre Ehre gegen sie zu verwenden. Ihre Charakterstärke war genau der Grund, warum sie im Dienst des Bösen verbleiben würde.

Es war, als wäre sie schon für immer fort, obwohl er ihren sanften Atem auf seiner Schulter spürte. Thane schloss sie fester in die Arme und barg sein Gesicht in ihrer Halsbeuge. Ciena seufzte leise und wurde ein wenig wacher. Ihre Hand legte sich um seine Hüfte, um die Umarmung noch zu verstärken.

„Bist du wach?", murmelte er.

„Mmm-hmmm." Dann regte sie sich abermals und antwortete glaubhafter: „Jetzt schon."

„Ich liebe dich." Er konnte nicht fassen, dass er das noch nie gesagt hatte. Es war, als würde er erklären, dass der Himmel oben war – so offensichtlich, so grundsätzlich wahr, dass es unnötig schien, es auch noch in Worte zu kleiden.

Sie hob ihr Gesicht dem seinen entgegen. „Ich liebe dich auch. Schon immer. Auf die eine oder andere Weise."

„Ich liebe dich auf jede Weise."

„Ja." Ciena lächelte, aber ihr Blick war so traurig, dass er Thane wehtat – ein realer Schmerz mitten in seiner Brust. „Auf jede Weise."

„Wenn ich dich anflehen würde, bei mir zu bleiben, würde das keinen Unterschied machen, oder?"

Sie schüttelte den Kopf. „Wenn ich dich anflehen würde, in den nächsten Transporter nach Coruscant zu steigen, würdest du es nicht tun, oder?"

Er brauchte nichts zu sagen. Sie kannten beide die Antwort.

„Das ist also das Ende." Die Worte klangen barscher, als Thane beabsichtigt hatte, aber Ciena wusste sicher, dass sein Zorn sich nicht gegen sie richtete. „Das Imperium bringt uns für immer auseinander."

„Ohne das Imperium wären wir gar nicht erst zusammengekommen. Überleg doch mal. Hättest du dich andernfalls je mit einem Mädchen aus den Tälern angefreundet?"

Thane war noch so klein gewesen, als das Imperium Jelucan annektiert hatte, dass seine frühen Erinnerungen daran durcheinander und ungewiss waren. In mancherlei Hinsicht hatte er das Gefühl, dass sein Leben an jenem Tag erst wirklich begonnen hatte, mit seinem Traum vom Fliegen und mit Ciena. „Wohl eher nicht." Ciena setzte sich auf, als wollte sie das Bett verlassen, doch Thane zog sie zurück. Sie sah ihm nicht mehr ins Gesicht. „Ich sollte gehen."

„Bleib!"

„Wenn ich bleibe, fällt es mir später nur noch schwerer zu gehen."

„Und jetzt zu gehen wäre leichter? Wirklich?"

„Nein." Endlich begegnete Ciena wieder seinem Blick. „Thane, du musst Jelucan verlassen, noch in dieser Woche. Denn Ende der Woche werde ich dich melden."

Thane spürte die Worte wie eine Stichwunde zwischen den Rippen. „Und was ist mit der Entscheidung, welche Loyalität zu ehren ist?"

„Heute Nacht habe ich mich für dich entschieden. Ich wünschte, ich könnte mich immer für dich entscheiden. Aber würde ich dich für immer decken, wäre mein Eid gegenüber dem Imperium wertlos. Das ist das einzige Mal, verstehst du?" Ihre Stimme hatte zu zittern begonnen. „Das ist das erste und das letzte Mal."

Irgendwo tief in sich drin war Thane immer noch überzeugt gewesen, dass er Ciena wiedersehen würde. Er wollte glauben, dass sie einander finden könnten, was auch geschah. Aber jetzt wurde ihm klar, dass das töricht war, der Traum eines Kindes.

„Verstehst du das?", wiederholte Ciena.

„Ja ..." Das Wort schmeckte bitter. „Du würdest mich also in ein Militärgefängnis werfen, auch nach ... alldem." Thane wies auf das zerwühlte Bett, ihrer beider Kleidung, die auf dem Boden lag. Cienas Rangabzeichen schimmerte leicht im schwachen Licht.

„Ich habe dich doch vorgewarnt, gerade eben! Außerdem musst du früher oder später sowieso weg. Wie viel Zeit hast du hier schon verschwendet?"

„Verschwendet? Ich habe auf dich gewartet." Er hatte nicht gewusst, dass man so wütend auf jemanden sein und die Person trotzdem noch lieben konnte. „Na ja, das war wohl doch Zeitverschwendung."

Ciena zuckte zusammen, fuhr jedoch fort: „Du kannst auf Jelucan keinen Job annehmen. Nimm den nächsten Frachter, der eine unabhängige Welt ansteuert – und denk nicht mal dran, dich auf dem Frachter anwerben zu lassen. Such dir irgendwo anders im Outer Rim, wo man nie nach dir suchen wird, eine Arbeit."

„Ich brauche keinen Rat von *dir* …"

„Du brauchst *jemandes* Rat. Sonst bleibst du einfach hier in Valentia, bläst Trübsal und kommst vom rechten Weg ab."

Das tat weh, doch Thane fing an einzusehen, dass sie nicht ganz unrecht hatte. „Na gut, schön. Ich reise ab. Bald."

„Diese Woche."

Denn in einer Woche würde sie ihn melden. Die Frau, die er liebte, würde ihn ans Imperium melden. „Ja", sagte er tonlos. „Diese Woche."

Sie holte tief Luft. „Mehr gibt es nicht zu sagen."

Doch sie machte keine Anstalten zu gehen. Stattdessen strich sie ihm mit der flachen Hand über die Wange. Ihr Daumen fuhr die Linie seines Wangenknochens nach.

Er hätte sie hinauswerfen sollen. Er hätte ihr sagen sollen, dass er sein Bett nicht länger teilen wolle mit einer Frau, der das Imperium mehr bedeutete als er.

Grausame Worte, die sein Vater und Dalven benutzt hatten, kamen ihm in den Sinn, als wäre die Boshaftigkeit, die er von ihnen erfahren hatte, tief in ihm vergraben gewesen und hätte nur darauf gewartet, zum Ausbruch zu kommen: *Ich habe schon alles bekommen, was ich von dir wollte. Hast es mir ja auch nicht schwer gemacht.*

Aber er sagte nichts dergleichen. Stattdessen fragte er sich, was er mehr bedauern würde – sie jetzt zu verlassen oder noch einmal mit ihr ins Bett zu gehen. Beides würde wehtun.

Ihre Blicke trafen sich, und als sie sich zu ihm beugte, legte er seine Hand um ihren Hinterkopf und zog sie zu sich heran, um sie zu küssen.

Die Zeit, die Thane noch mit Ciena hatte, ließ sich nur noch in wenigen Stunden zählen. Die durften sie nicht verschwenden.

Ronnadam blickte mit düsterer Miene auf ihren Bericht hinab, der auf seinem Bildschirm zu lesen war. „Und Sie sind sich dessen völlig sicher, Lieutenant Commander Ree?"

„So sicher, wie man sich nur sein kann, ohne eine Leiche gefunden zu haben – und in den Spalten tun sich selbst Scanner-Droiden mit der Suche schwer. Die Himmelsbestattung lässt die Toten innerhalb von Tagen verschwinden, Sir."

„Himmelsbestattung?"

Ciena wünschte, sie hätte diese Worte zurücknehmen können. Ihre Gedanken befassten sich noch zu sehr mit Jelucan und allem, was sie dort zurückgelassen hatte. „Auf Jelucan, Sir, legen wir unsere Toten in großer Höhe in offene Steingräber. Vögel fressen den Leichnam und tragen sowohl das Fleisch als auch die Seele des Verstorbenen mit sich in den Himmel. Für immer."

„Barbarisch", befand Ronnadam mit einem Schnauben. Sie konnte sich ein Zucken verkneifen. „Aber ich nehme an, dasselbe würde nach einem Unfall geschehen … oder nach einem Selbstmord, mit dem wir es hier offenbar zu tun haben."

Ciena nickte. „Leutnant Kyrell wurde nach dem Verlust so vieler Offizierskollegen und Freunde an Bord des Todessterns von seiner Trauer überwältigt. Aufgrund meiner Gespräche auf Jelucan glaube ich, dass er ursprünglich desertierte und auf seine Heimatwelt zurückkehrte, um seinen Lebenswillen wiederherzustellen, aber das klappte nicht. Er sprang von einer der hohen Felswände in unserer Heimatprovinz und ließ seinen Hangsteiger oben stehen. Der Motor lief noch."

Auf diesen Zusatz hätte sie verzichten sollen. Lügen gestaltete man am besten schlicht, jedenfalls hatte Ciena das immer so verstanden. Aber sie hatte in ihrem Leben so wenig gelogen. Die Unehrlichkeit hinterließ in ihrem Mund den Geschmack von etwas Verdorbenem.

Als sie sich von Thane trennte, hatte Ciena durchaus vorgehabt, ihr Wort zu halten und seine Desertion nach einer Woche zu melden. Eine Woche war lange genug für ihn, um sich am Riemen zu reißen, auf eine unbedeutende Welt zu fliehen und für immer aus ihrem Leben zu verschwinden.

Und ihr verschaffte das genug Zeit, um ihre Eltern zu besuchen, die sich gefreut hatten, sie so überraschend wiederzusehen – und zweifellos hatte es sie noch mehr überrascht, als sie an der Tür in Tränen ausgebrochen war. Obwohl Ciena sich einigermaßen zusammengerissen und zu ihrer Familie kein Wort über Thane gesagt hatte, war ihr klar, dass sie nicht wirklich glaubten, dies sei ein Routinebesuch. Mama war bis spät in die Nacht mit ihr aufgeblieben, ohne bohrende Fragen zu stellen – sie hatte einfach nur Cienas Haare zu Zöpfen geflochten, so wie sie es früher immer getan hatte. Doch nichts konnte das Leid lindern, das Ciena bei der bloßen Vorstellung empfand, Thane zu verraten.

Letztlich hatte sie es nicht fertiggebracht. Wenn das Imperium irgendwelche Anstrengungen unternahm, um ihn aufzuspüren, und mochten sie auch noch so gering sein, war es möglich, dass sie ihn fanden und vor Gericht stellten.

Also entschied sie sich einmal mehr für ihre Loyalität zu ihm und schützte ihn mit der besten Lüge, die sie zustande brachte.

„Nun gut." Ronnadam zeichnete ihren Bericht ab, ohne ihn auch nur ganz gelesen zu haben. Wäre Thane zu einer Zeit desertiert, die für die Imperiale Flotte weniger ernst war, hätte man ihre Geschichte sehr viel eingehender geprüft, das war Ciena klar. Jetzt hingegen wollte Ronnadam vor allem einen Punkt auf seiner Liste abhaken. „Gute Arbeit, Lieutenant Commander Ree."

Das Lob fühlte sich an, als hätte man ihr Steine auf den Rücken geladen, die im Laufe des Tages immer schwerer wurden. In Ciena brannte die Scham darüber, von einem Vorgesetzten dafür belobigt worden zu sein, dass sie ihren Treueeid verletzt hatte.

Nie mehr, versprach sie sich. Von diesem Tag an würde ihr Dienst für das Imperium mehr sein als nur ihre Pflicht – er würde ihre Buße dafür sein, dass sie eine Person in der ganzen Galaxis mehr liebte als ihre Ehre.

13. KAPITEL

Sieben Monate nach der Schlacht von Yavin

Thane stellte die bläulich weiße Flamme des Schweißbrenners kleiner, schob die Schutzbrille hoch und musterte mit finsterer Miene das Metallgewirr, das er zu reparieren versuchte. Der freie Frachter *Moa* war schon vor Thanes Geburt alt gewesen, aber dank einer Reihe provisorischer Nachrüstungen, die er im Lauf der Jahrzehnte erfahren hatte, flog er immer noch. Im Augenblick versuchte Thane, eine sechzig Jahre alte Energiezelle in einem zwanzig Jahre alten Prozessor in Gang zu bringen. Mit überschaubarem Erfolg.

Leise fluchend stellte er den Schweißbrenner ganz ab und ging durch die Gänge der *Moa*, bis er auf die Brücke kam. Dabei handelte es sich nicht um einen jener dunklen, eckigen Räume, wie Thane sie aus imperialen Schiffen kannte, sondern um eine kleine, hell erleuchtete Kabine, in der Steuertafeln in fünf verschiedenen Farben glommen, die Zeichen ihrer völlig verschiedenen Herkunft waren. Alles an dem Schiff war aus Teilen zusammengesetzt, die den ganz besonderen Bedürfnissen der *Moa* genügten – oder genauer gesagt jenes Schiffes, das alle an Bord für gewöhnlich die *Moa* nannten. Das war nämlich nur eine Abkürzung für ihren vollständigen Namen, der *Mighty Oak Apocalypse* – *Mächtige Apokalyptische Eiche* – lautete, eine Bezeichnung, die für das Ohr eines Wookiees scheinbar sehr viel cooler klang als für das ihres Captains.

„Ich komme immer noch nur auf sechzig Prozent Ladung", meldete Thane an Lohgarra. „Wenn wir in Zeitooine anlegen, müssen wir uns eine bessere Energiezelle besorgen."

Lohgarra knurrte und wollte wissen, wo genau die Credits für eine neue Energiezelle herkommen sollten.

„Ich weiß, dass wir pleite sind." Theoretisch war Thane nur ein angeheuerter Copilot und Navigator, aber Lohgarra behandelte ihre Besatzungsmitglieder mit Respekt – wie ein Team. Er konnte Einwände vorbringen, er konnte *wir* sagen. „Aber es muss ja keine neue Energiezelle sein. Nur eine, die noch nicht ganz so alt ist." Lohgarra fragte, ob Thane der Ansicht sei, alle alten Dinge müssten weggeworfen werden. Das war ein Scherz auf ihre eigenen Kosten – sie war selbst nach den Maßstäben der langlebigen Wookiees schon älter, ihr Pelz war inzwischen fast vollständig weiß.

Thane lehnte sich an die Wand und lächelte. „Die meisten Dinge altern nicht so gut wie du, Lohgarra."

Die Bemerkung trug ihm eine wegwerfende Geste ein. Sie erklärte sich einverstanden, ihm ein Budget für die Suche nach einer neueren Batterie für die Hecksensoren zu gewähren, warnte ihn aber mit einem Knurren, dass Zeitooine nicht der preisgünstigste Ort sein mochte, um eine zu beschaffen.

„Ich weiß. Aber in dieser Gegend des Alls sieht es anderswo auch nicht besser aus. Im Outer Rim könnten wir etwas Günstigeres finden."

Der Aufenthalt im Inner Rim des Imperiums bereitete Thane Unbehagen. Er hatte eigentlich auf der *Moa* angeheuert, weil Lohgarra und ihre Crew sich meistens im Outer Rim oder in der Expansionsregion aufhielten. Für sie zu arbeiten, schien ihm deshalb eine gute Möglichkeit zu sein, sich für eine Weile zu verstecken. Lohgarra transportierte nur legale Fracht, aber sie agierte in den Randzonen, wo die imperiale Aufsicht kaum einmal Probleme machte. Thane hatte Lohgarra zwar nicht direkt gesagt, dass er ein imperialer Deserteur war, aber er hatte ihr angesehen, dass sie gleich darauf gekommen war – und dass es ihr egal war. Mochten ihre dunkelblauen Augen aufgrund ihres Alters auch ein wenig milchig geworden sein, waren ihr Blick und ihr Verstand doch immer noch scharf.

Lohgarra heuerte Besatzungsmitglieder an, die nicht nur kompetent, sondern auch umgänglich waren – und die nicht mit allen Mitteln Geld machen wollten. Über die Jobs, die sie übernahmen, entschied eher Lohgarras Charakter als das Streben nach Reichtümern – auf eine lukrative Fracht von Luxusgütern mochte der kostenlose Transport von Notfallgeneratoren an einen Außenposten in Schwierigkeiten folgen. Sie sagte, sie brauche Leute um sich, denen sie vertrauen konnte. Insgeheim fand Thane, dass sie zu vertrauensselig war, aber es waren ihr Schiff und ihr Geschäft. Immerhin führte sie ihr Frachtunternehmen seit ein paar Hundert Jahren ohne seine Hilfe, also konnte sie andere Leute sicher ganz gut einschätzen. Als er Shyriiwook besser zu verstehen lernte, hatte er erkannt, wie klug Lohgarra war. Und wenn sie ein Crewmitglied wirklich unter ihre Fittiche nahm – wie sie es mit Thane getan hatte –, konnte sie so herzlich wie eine Mutter sein. Es war ein bisschen albern, aber das störte ihn nicht. Wenigstens arbeitete er für jemanden, den er respektieren konnte.

Einfühlsam, wie sie war, hatte sie sein Unbehagen bemerkt. Rasch erinnerte sie ihn daran, dass Zeitooine ein Dschungelplanet mit nur einer Handvoll Städten war und kein rühriges Handelszentrum.

„Ja, ich weiß", sagte Thane. „Wird schon klappen." Trotzdem war ihm noch unwohl, und wahrscheinlich sah man ihm das auch an.

Das einzige andere „Besatzungsmitglied" auf der Brücke war momentan ihr Astromech-Droide, ein JJH2-Modell in Violett und Schwarz. Thane war froh, dass niemand sonst sein Unbehagen angesichts der Landung auf einer Welt mit imperialer Präsenz mitbekam. Lohgarra musste die Einzige bleiben, die wirklich wusste, was los war.

Besorgt lehnte sie sich vor, um Thane anzuschauen, und kniff ihre blauen Augen zusammen, dann stellte sie fest, dass er zu dünn geworden war, und fragte, ob er denn genug zu essen bekam.

Er brachte es fertig, nicht die Augen zu verdrehen. „Ja, ich esse."

Aber Lohgarra wusste, dass es schwierig sein konnte, Verpflegung zu finden, die für eine angemessene Ernährung all der verschiedenen Spezies an Bord taugte ...

„Ich schwöre, es geht mir gut. Mach dir keine Sorgen, in Ordnung?" Thane wandte sich zum Gehen.

Als die Brückentür wieder aufglitt, jammerte Lohgarra in leisem, scheltendem Ton.

Im Hinausgehen stieß Thane ein gespielt verzweifeltes Lachen aus. „Mein Fell glänzt genug!"

Als er den Korridor hinunterging, dachte er: *Ich habe meine Haare gerade „mein Fell" genannt. Ich sollte bald mal wieder etwas Zeit mit anderen Menschen verbringen.*

Dennoch erwog er nicht, nach Jelucan zurückzukehren. Er hatte keinen Anlass dazu. Ab und zu schaute er neue Holos von zu Hause, aber nie aus nostalgischen Gründen, sondern nur um sich noch mehr darüber zu freuen, dass er nie wieder dorthin zurückgehen musste. Seine Familie war zweifellos froh, ihn los zu sein, und Ciena – er musste kurz die Augen schließen, als er an sie dachte – würde auch nicht dort sein. Nicht jetzt, wo sich der Krieg zwischen dem Imperium und der Rebellen-Allianz zuspitzte. Er glaubte kaum, dass Ciena seit ihrem Abschied voneinander mehr als drei freie Tage am Stück bekommen hatte.

Sollte Thane jemals nach Jelucan zurückkehren, würde er sich Ciena als kleines Mädchen in irgendeinem der kleinen Flieger vorstellen, die über den Himmel jagten. Die Bergpfade würden ihn daran erinnern, wie sie als Kinder gemeinsam auf Erkundungstour gegangen waren und die Höhle gefunden hatten, aus der die Festung wurde. Und Valentia würde nie mehr einfach nur eine Stadt für ihn sein, sondern immer der Ort, wo sie eine Nacht lang zusammen gewesen waren – und wo sie sich für immer getrennt hatten.

Das ist jetzt eine Weile her, sagte er sich. *Du solltest drüber weg sein.*

Das war eine Lüge. Man kam nicht darüber hinweg, seine erste Liebe, seine beste Freundin zu verlieren. Doch Thane hatte geglaubt, es würde wenigstens nicht immer so wehtun wie an jenem letzten schrecklichen Morgen in Valentia. Bislang war das ein Irrtum.

Zeitooine war eine kalte Welt – nicht eine von denen, auf welchen ewiger Winter herrscht, aber kalt genug, dass Thane und seine Kollegen von strengem Frost empfangen wurden, als sie das Schiff verließen. Der Raumhafen lag am Rand der Stadt, in der Ferne konnte er hohe sommergrüne Bäume sehen, die alle ihre Blätter verloren hatten. Sein Atem bildete Wolken in der Luft.

„In Zeiten wie diesen ist es gut, ein Fell zu haben", sagte Brill, ihre aus dem Tarsunt-System stammende Maschinistin, die ihren langhaarigen Pelz knallrosa gefärbt hatte. „Ich weiß nicht, wie ihr Menschen das aushaltet."

„Manchmal frag ich mich das auch." Thane schlug den Kragen seiner Jacke hoch. „Na kommt, erledigen wir die Sache, okay?"

Methwat Tann, der ithorianische Wartungsoffizier, bekundete mit pochendem Schnurren seine Zustimmung. Sein riesenhafter geschwungener Kopf und Hals waren mit einem Schal umwickelt, den Lohgarra extra für ihn gestrickt hatte, trotzdem fröstelte auch er.

Ihr Job auf Zeitooine war denkbar einfach: Die Lieferung einiger Konstruktor-Droiden. Thane half Methwat und Brill beim Ausladen, dann eilte er tiefer in den Raumhafen hinein, um einen Händler für Gebrauchtteile ausfindig zu machen. Zwei oder drei trieben sich eigentlich in jedem Hafen herum. Nach einigen glücklosen Minuten wagte er es schließlich, jemanden zu fragen, und erfuhr, dass der nächste Händler zehn Minuten zu Fuß entfernt war. Er verzog das Gesicht, schaute auf seinen Chrono und beschloss, es zu versuchen. Lieber verspätete er sich ein wenig und holte sich dafür einen Anpfiff ab, bevor er sich noch länger mit dieser verdammten antiquierten Energiezelle herumschlug.

Also machte er sich schleunigst auf den Weg durch die Stadt, bis er auf einen vollen Marktplatz stieß – und stehen blieb. Niemand ging oder rührte sich hier auch nur, und dann sah er, warum.

„Sie sind verhaftet", sagte ein Sturmtruppen-Hauptmann in gelangweiltem Ton. Mindestens ein Dutzend seiner Männer standen herum und hielten mit ihren Blastern jedermann auf Distanz, während aus einem Haus in der Nähe Leute herausgezerrt wurden. *Eine Familie*, erkannte Thane erschrocken. Die Tochter konnte nicht älter als dreizehn sein, und sie weinte, als ein Sturmtruppler sie so schnell hinter sich herzog, dass sie kaum mit ihm Schritt halten konnte. Seine Faust hielt ihr Haar gepackt.

„Bitte", flehte die Mutter, die vor dem Hauptmann kniete. „Bitte, wir bezahlen die Strafe ... Sie können unser Haus verkaufen, alles, was wir besitzen ..."

Der Hauptmann klang unverändert gelangweilt. „Wiederholte Verstöße gegen das Verbot unabhängiger Publikationen werden mit unbefristeten Haftstrafen geahndet."

Ein anderer Sturmtruppler brachte ein noch jüngeres Mädchen aus dem Haus. Es mochte erst fünf sein und war so klein, dass er es unter dem Arm tragen konnte. Dieses Mädchen weinte nicht – dazu hatte es viel zu viel Angst. Stattdessen starrten ihre weit offenen Augen in die Menge, als suchte sie nach jemandem, der ihnen half.

Niemand rührte einen Finger. Dafür sorgten die Blaster der Sturmtruppen.

Vor noch nicht einmal einem Jahr habe ich danebengestanden, als Sklaven geschlagen wurden, erinnerte sich Thane. Und einmal mehr dachte er daran, wie er mit seinem TIE-Jäger über den Himmel streifte, nur damit die Bewohner von Kerev Doi sich fürchteten.

Die Mutter bettelte weiter: „Nicht die Kinder. Mein Mann und ich, wir waren das. Die Kinder sind unschuldig. Warum sollten sie ..."

Ihre Worte rissen ab, als der Hauptmann ihr den Kolben seines Gewehrs ins Gesicht rammte. Sie fiel weinend zu Boden, ein anderer Sturmtruppler bückte sich, um ihr Handschellen anzulegen.

Tu etwas! Doch Thane war machtlos. Gegen so viele bewaffnete Männer konnte er nichts unternehmen. Er konnte noch nicht einmal etwas sagen. Mit seiner Desertion von der Imperialen Flotte hatte er sich in eine Lage gebracht, in der er nie mehr Aufmerksamkeit erregen oder aus der Reihe tanzen durfte. Den unsichtbaren Käfig, in dem er steckte, hatte er selbst geschaffen.

Mit Übelkeit im Bauch wandte er sich ab und ging zurück zum Raumhafen. Als er auf die *Moa* zuhielt, erspähte ihn Brill. „Hey! Wo ist die neue Energiezelle?"

„Es gab nichts in unserer Preislage. Okay?", schnauzte Thane.

„Entschuldigung, dass ich gefragt habe", konnte er sie hinter sich murmeln hören.

Das war keine Art, sich mit seinen neuen Schiffskollegen anzufreunden. Aber Thane wollte sich auch mit niemandem anfreunden. Er wollte sich in seine Kabine einschließen, das Licht ausmachen und versuchen, alles zu vergessen, was er gesehen hatte und was gewesen war.

Ciena starrte auf die Szene auf dem Planeten Ivarujar, die sich ihr darbot, und dachte, dies könne nur die Hölle sein.

In der Ferne spie der Vulkan nach wie vor Asche in die Luft, so weit in die Höhe, dass auf Jahre hinaus niemand auf dieser Welt den Himmel sehen würde. Lava glühte am Horizont, orangefarben und unheilvoll, die Hauptstadt war bereits vollständig davon überflutet. Als Ciena durch ihr Quadnokular schaute, konnte sie sehen, wie weitere Gebäude schwarz wurden und allein durch die Hitze zu Asche zerfielen.

Als nächstes Schiff im Sektor hatte die *Devastator* mehrere Truppentransporter entsandt, um die imperialen Garnisonen auf Ivarujar zu evakuieren. Deren eigene Schiffe waren durch die ursprüngliche Eruption stark beschädigt worden, sodass die Truppen festsaßen – und wenn Ciena sie nicht bald erreichte, waren sie dem Tod geweiht. Ihr hatte man die Verantwortung für den Transporter übertragen, der am nächsten an den Vulkan heranflog. Eine gefährliche Aufgabe, aber sie musste feststellen, dass diese Erfahrung sie auch erregte. Es war nicht so, dass ihr die Arbeit auf der Brücke eines Sternenzerstörers nicht gefiel … aber es war längst fällig gewesen, dass sie ihre Stiefel auch einmal auf den Boden bekam.

„Lieutenant Commander Ree, wir haben Sichtkontakt", sagte der Pilot. Ciena wandte sich vom Fenster des Transporters ab und richtete den Blick auf den Bildschirm, der Sturmtruppen auf einem Gebäudedach zeigte. Sie standen regungslos in Formation und warteten auf ihre Rettung, obwohl die Hitze inzwischen unerträglich sein musste.

„Gut gemacht", sagte sie. „Bringen Sie uns hin."

Der Pilot zögerte, dann prüfte er noch einmal seine Instrumente. Ciena verstand, warum er unsicher war – die ungeheure Hitze schuf Feuer, löste Rauchgasexplosionen aus und fachte Winde an, die auch ein größeres Schiff als ihren Transporter destabilisieren konnten.

Auch in den Bergen hatte man es mitunter mit eigenwilligen Winden zu tun.

„Hier, ich übernehme das Steuer." Ciena bedeutete ihm mit einer Geste, vom Sessel aufzustehen.

„Ma'am … ich kann fliegen …"

„Das weiß ich. Aber Sie sind auch kräftig genug, um Verletzte ins Schiff zu tragen, und das bin ich nicht." Jedenfalls würde sie nicht mehr als einen oder zwei schaffen.

Zufrieden, dass er nicht wegen Feigheit gemeldet werden würde, schloss sich der Pilot den anderen Sturmtruppen im hinteren Teil an. Ciena steuerte den Transporter im Tiefflug durch Häuserschluchten, wo die Lava dort floss, wo vor Kurzem noch Straßen gewesen waren. Das rote Licht der Höllenglut von unten bildete einen Kontrast zu dem schwarzen Himmel. Es war ein holpriger Flug, aber sie schaffte es, das Schiff ausreichend zu stabilisieren.

Klobiges Ding, dachte sie und wünschte sich kurz ein Schiff, das etwas wendiger wäre. Egal, der Transporter hielt die Hitze aus, und das war alles, worauf es ankam.

Sie landete ihn auf dem Dach des Garnisonsgebäudes, und sobald sie die Türen geöffnet hatten, drängten die Soldaten herein. Ihre Rüstung war grau von Vulkanasche, und etliche von ihnen husteten und taumelten. In spätestens einer halben Stunde wären sie ohnmächtig geworden oder gestorben. Ciena dachte daran, wie sie in Formation gestanden und bis zuletzt Disziplin gewahrt hatten, und ihr platzte vor Stolz fast das Herz.

„Also dann", sagte sie und wollte schon „Abflug!" rufen, als sie ein Stück entfernt noch ein Gebäude ausmachte. Auch auf dessen Dach drängten sich Leute – Bewohner Ivarujars, die es offenbar nicht rechtzeitig zu den Ziviltransportern geschafft hatten. Oder vielleicht war auch nicht genug Platz für alle gewesen ...

„Lieutenant Commander?" Der Pilot war ins Cockpit zurückgekommen. „Sind wir startklar?"

„Ja", antwortete sie. „Wir legen nur noch einen Zwischenstopp ein, bevor wir zur *Devastator* zurückkehren."

„Einen ... Zwischenstopp?"

Sie hatte keinen Befehl, der ihr erlaubte, Zivilisten zu retten – sie hatte aber auch keinen, der es ihr untersagte. „Machen Sie dahinten so viel Platz, wie es geht. Wir nehmen weitere Passagiere auf."

Als Ciena wieder abhob, konnte sie die Unbeständigkeit der Luftströmungen ringsum spüren. Während sie an der Unterlippe nagte, ließ sie den Transporter höher steigen, damit sie nur ganz am Ende in die allerschlimmsten Turbulenzen abtauchen mussten. Der Vulkan grollte abermals so laut, dass das ganze Schiff vibrierte. Man hatte sie vor einer möglichen zweiten Eruption gewarnt, die nun unmittelbar bevorzustehen schien.

Du hast kein Recht, Leben zu riskieren, für die du verantwortlich bist, um andere zu retten, für die das nicht gilt, dachte sie, als ihre alte Akademieausbildung sich meldete. Doch sie schüttelte den Gedanken schon im nächsten Moment ab. Ein Leben war ein Leben – und außerdem würde sie es schaffen.

Abermals landete sie auf der Ecke eines Gebäudes, dann verließ sie das Cockpit, um den Zivilisten an Bord zu helfen. Sie husteten noch heftiger als die Soldaten, da sie keine Helme mit Beatmungsmasken getragen hatten. Ein paar von ihnen waren schon halb bewusstlos. Ciena streckte die Arme nach einem kleinen Jungen aus, hob ihn ins Schiff, und dann reichte sie ihre Hand dem Vater, um auch ihm hereinzuhelfen. Um sie her taten die Sturmtruppen das Gleiche, folgten wie immer dem Befehl ihres vorgesetzten Offiziers.

Als man schließlich auch die letzte Person an Bord geholt hatte, war das Schiff bis zum Limit beladen – und noch ein wenig darüber. Ciena musste sich nach vorn zum Cockpit durchdrängen. Dort trat der Pilot beiseite und sagte: „Ich weiß nicht, ob wir mit diesem Gewicht ..."

„Wir können und wir werden", erwiderte Ciena mit mehr Zuversicht, als sie wirklich empfand. Der Transporter konnte so viel Gewicht tragen, aber es würde seine Manövrierbarkeit beeinträchtigen – ein ernstes Risiko, wenn man mit superheißen Sturmwinden zu kämpfen hatte.

Ciena fuhr die Triebwerke auf volle Leistung hoch und hob ab. Anfangs ruckelte der Transporter unter ihr so heftig, dass sie fast vom Sessel fiel. Sie konnte hören, wie die geretteten Ivarujaner im Schiffsraum vor Angst aufschrien. Mittlerweile gingen draußen die Gebäude wie angerissene Streichhölzer in Flammen auf. Gleich würde ein wahrer Feuersturm daraus werden – und ihr Schiff konnte mittendrin stecken.

Sie richtete den Bug geradewegs nach oben. Sie gewannen langsamer an Höhe, als ihr lieb war, aber sie bewegten sich ...

Am Horizont sah sie die Flammen höher aufschießen, dann noch höher. Wenn der Transporter in eine dieser Strömungen geriet, waren sie tot.

Aber sie hielt ihn stabil, kämpfte auf jedem Zentimeter des Weges gegen die schrecklichen Winde an, bis sie endlich außer Gefahr waren. Ciena atmete erleichtert auf, und von hinten hörte sie Jubelrufe.

Dass sie sich da ein Lächeln nicht verkneifen konnte – wer wollte ihr das verdenken?

Die Antwort lautete, wie sich erwies: Captain Ronnadam.

„Sie waren beauftragt, die Soldaten dieser Garnison zu bergen", sagte er und schritt der Länge nach durch sein Büro, während sie, immer noch in ihrer rußverschmierten Uniform, strammstand. „Nicht mit der Rettung von Zivilisten."

„Meine Befehle haben mir das nicht verboten, Sir."

Ronnadams Augen wurden schmal. „Suchen Sie nach Schlupflöchern, Ree? Ein gefährlicher Zug."

„Nein, Sir! Ich meinte nur ... Ich reagierte instinktiv und sah nichts, was mich daran gehindert hätte, so zu handeln."

„Sie reagierten *instinktiv*", höhnte er. „Mit anderen Worten, Sie haben es versäumt, Ihre Pläne mit Ihren Vorgesetzten abzuklären!"

Wir hatten keine Zeit, wollte sie protestieren, besann sich aber eines Besseren. „Es tut mir leid, Sir. Ich hätte meine Mission absegnen lassen sollen, ehe ich sie unternahm. Ich werde diesen Fehler nicht noch einmal begehen."

„Das kann ich Ihnen nur raten." Ronnadam musterte sie von Kopf bis Fuß, bevor er steif hinzufügte: „Ihre Akte weist ansonsten keinen Tadel auf, also wird Ihre Strafe milde ausfallen – fünf Wochen Doppelschichten. Beim nächsten Mal werden wir jedoch nicht so gnädig sein."

„Es wird kein nächstes Mal geben, Sir." Und fünf Wochen Zusatzschichten, das war ein geringer Preis für vierzig Leben.

Als sie sein Büro verließ, atmete sie erleichtert auf. Zuerst war sie wütend gewesen, dass man sie maßregeln wollte, weil sie Leben gerettet hatte – doch jetzt wusste sie, dass man nur verärgert gewesen war, weil sie die Befehlskette unterlaufen hatte. Es war nicht so, dass sie wirklich etwas falsch gemacht hatte mit der Rettung dieser Leute. Dagegen würde das Imperium niemals Einwände erheben.

Außerdem war es einer der besten Flüge ihres Lebens gewesen. Wenn sie nur Thane davon erzählen könnte. In Gedanken konnte Ciena das Gesicht sehen, das er gemacht hätte, würde sie ihm die flammenden Wirbelstürme beschreiben. Er wäre so was von *neidisch* gewesen, dass nicht er diesen Flug unternommen hatte.

Selbst die Dinge, auf die sie am stolzesten war, fühlten sich leer an, wenn Ciena sie nicht mit Thane teilen konnte.

14. KAPITEL

Achtzehn Monate nach der Schlacht von Yavin

Die Frachträume der *Moa* waren mit medizinischen Gütern für die südlichste Halbinsel des einzigen Großkontinents von Oulanne gefüllt. Vor einem Monat war es dort zu einem schweren Erdbeben gekommen, das in weitem Umkreis buchstäblich jedes Bauwerk zerstört hatte. Doch das Imperium hatte keine medizinische Hilfe geschickt – ein wirtschaftlich unwichtiger Planet verdiente keine solche Zuwendung. Ein paar wohlhabendere Oulannister, die auf anderen Welten lebten, hatten gespendet, was sie konnten. Die medizinischen Güter, die der Frachter transportierte, waren nur ein Bruchteil dessen, was wirklich gebraucht wurde, aber sie würden schon mal helfen. Thane ging stark davon aus, dass Lohgarra einverstanden gewesen war, die Tour umsonst zu unternehmen.

Als sie die oberen Schichten der Atmosphäre durchflogen, überprüfte Thane die Klima-Sensoren und stieß einen leisen Pfiff aus. „Das ist nicht gut."

Lohgarra wollte wissen, was ihnen bevorstand.

„Uns erwartet ein gewaltiger Sturm. Ein Megahurrikan, der sich über ein gutes Viertel der Landmasse erstreckt."

JJH2 bestätigte dies mit alarmierendem Piepen. Methwat ließ einen bestürzten Vibrato-Laut hören.

„Als hätten diese Leute nicht schon genug Ärger", sagte Brill und schüttelte ihren pelzigen pinkfarbenen Kopf.

Thane ergänzte: „Und jetzt haben auch wir Ärger." Normalerweise waren Stürme kein Problem für ein Raumschiff – alles, was die Unbilden des Alls aushielt, vertrug auch ein bisschen Regen,

Blitz und Donner. Ein Frachtschiff allerdings, das so überladen war, wie es im Moment auf die *Moa* zutraf, konnte in der Atmosphäre schwerfällig werden, und Winde dieser Stärke besaßen genug Kraft, um ihre Stabilisatoren zu überfordern. (Nur für ein paar Minuten, aber das war lange genug, um ein Schiff in den Boden zu pflügen.)

Sie hätten einfach den nächsten sicheren Hafen ansteuern können. Doch in diesem Fall bedeutete das, dass sie Tausende Kilometer von dem Katastrophengebiet entfernt gewesen wären. Die medizinischen Hilfsgüter wurden aber wahrscheinlich jetzt mehr denn je gebraucht.

Als Lohgarra nun Thane fragte, ob er unter solchen Bedingungen landen könnte, sagte er deshalb: „Na, und ob ich das kann."

Methwat wandte sich mit sorgenvoller Miene in Thanes Richtung. Er war zu höflich, um jemanden direkt infrage zu stellen, aber es war offensichtlich, dass ihm diese Sache nicht gefiel.

„Vertrau mir", sagte Thane. Und damit schnallte er sich in seinem Sessel an und leitete die Landung ein.

Die Schwärze des Alls wich einem Himmel, der immer noch blau war – aber nicht mehr lange. Unter ihnen wirbelte der Sturm, die Unheil verkündende Spiralwolke streckte sich aus wie die Tentakel einer gigantischen Meereskreatur. Als die Winde das Schiff durchzurütteln begannen, erbebte die Hülle um sie herum.

Lohgarra knurrte allen Crewmitgliedern zu, sich festzuhalten. JJH2 fütterte Thanes Station zügig mit allen Atmosphäre-Daten, die sie aufnehmen konnte.

Brill murmelte: „Ich hoffe, du weißt, was du tust, Kyrell."

„Damit sind wir schon zu zweit."

Er tauchte hinein ins Auge des Sturms, in jenen ruhigen Fleck in der Mitte eines jeden Zyklons. Als sich die breiten weißen Flügel der *Moa* über der aufgewühlten See spannten, zeigte der Sichtschirm ein surreales Bild – Sonnenschein auf dem Wasser, während sie auf schwarze Wolken und Regenschleier zurasten, die so dicht waren, dass sie Thane den Blick auf die Welt dahinter verwehrten.

Die Sensoren würden ihm alles übermitteln, was er wissen musste. Er richtete das Schiff aus, verringerte die Geschwindigkeit und flog so tief, dass sie die weißen Schaumkronen auf den rastlosen Wellen erkennen konnten – und dann die Trümmer, die über die felsige Küste unter ihnen verstreut waren.

Das ganze Schiff neigte sich ruckartig zur Seite, als wäre es von einer Riesenfaust getroffen worden. Verdammt! Der Scherwind war noch schlimmer, als Thane gedacht hatte. „Komm schon", flüsterte er, während er den Frachter in einen Winkel legte, in dem ihnen diese Strömung zugutekommen konnte, anstatt sie abstürzen zu lassen. „Wir schaffen das."

„Redest du mit dem Schiff oder mit mir?", fragte Brill.

Anstatt zu antworten, erwiderte Thane: „Hast du das System auf die Hangar-Koordinaten eingestellt?"

Brills pinkfarbene Haare sträubten sich. „Du willst das über die Autonavigation machen?" Lohgarra grollte in ihrem Kapitänssessel ungläubig, und JJH2 stieß den schrillen Ton aus, der klarmachte, dass ein Droide in Panik war.

„Nicht nur über die Autonavigation!" Unterdessen bebte die *Moa* so heftig, dass Thane schreien musste, um sich über das Scheppern und Ächzen der Hülle hinweg verständlich zu machen. „Diese Kiste ist so alt, dass ihre Systeme aus denen eines Dutzends verschiedener Raumschiffe zusammengebastelt sind. Das heißt, die manuelle Steuerung wird nicht deaktiviert, wenn man die Autonavigation einschaltet. Wir benutzen beides gleichzeitig."

Brills Finger tippten über die Kontrolltasten und veranlassten, worum Thane gebeten hatte. „Dir ist aber schon klar, dass du uns in Stücke reißen wirst, wenn du deine Bewegungen nicht mit denen der Autonavigation synchronisieren kannst?"

„Ich hab's im Griff."

Thane spürte, wie die Autonavigation einsetzte. Es war ein bisschen so, als würde ein anderer Pilot versuchen, ihm die Steuerung zu entreißen.

Aber er hatte den größten Teil seiner Kindheit damit verbracht zu lernen, wie man mit einem Partner flog. Man kämpfte nicht um die Kontrolle – man baute sie gemeinsam auf.

Die Autonavigation blieb auf ihr Ziel fixiert, ungeachtet der rauen Windbedingungen. Somit war es Thanes Aufgabe, das Schiff so zu neigen und zu lenken, dass es gegen diese Winde ankämpfte und dabei auf Kurs blieb. Einmal wichen sie so stark voneinander ab, dass ein harter Ruck durchs Schiff ging, der alle dermaßen durchschüttelte, dass selbst der stets freundliche Methwat fluchte. Doch Thane brachte sich binnen weniger Augenblicke wieder in Einklang mit dem Autopiloten.

Als der Hangar am Horizont auftauchte, hatte Thane endlich wieder das Gefühl, atmen zu können. Landeklappen, Schub weg, Endanflug – und die *Moa* setzte sanft auf dem Boden auf.

Als Brill und Methwat applaudierten, verschränkte Thane die Arme hinter dem Kopf, als hätte er sich gar keine Sorgen gemacht. „Ganz recht", sagte er. „Ich bin gut."

„Du hattest Glück!", behauptete Brill, wenn auch mit einem breiten Grinsen.

„Na schön, ich hatte Glück. Hauptsache, es hat geklappt."

Du hättest es nicht einmal geglaubt, wenn du dabei gewesen wärst, sagte er im Stillen zu Ciena. *Andererseits, wärst du dabei gewesen, hättest du darauf bestanden, an meiner Stelle die Steuerung zu übernehmen – und hättest uns wahrscheinlich eine noch weichere Landung beschert.*

Thane speicherte Anekdoten ab, um sie ihr eines Tages zu erzählen, obwohl er wusste, dass dieser Tag nie kommen würde. Er versuchte, damit aufzuhören, aber er kam einfach nicht dagegen an.

Lohgarra sagte Thane, wie stolz sie auf ihn sei, und schlang ihre gewaltigen Pelzarme um ihn. Dann erwies sie ihm die für einen Wookiee höchste Form von Lob und Zuneigung – sie striegelte ihn.

Thane seufzte, während sie sich mit Feuereifer an seinen Haaren zu schaffen machte. Im Imperium erlebte man so etwas jedenfalls nicht.

Am nächsten Tag hatte sich der Sturm so weit verzogen, dass sie sich daranmachen konnten, ihre Fracht zu verteilen. Zu Thanes Überraschung war ein paar Tage vorher eine weitere Gruppe von Piloten gelandet, die eine beträchtliche Menge medizinischer Güter und Notfallverpflegung mitgebracht hatten, sodass sie letztlich Seite an Seite arbeiteten.

„Du hast dieses Schiff gestern runtergebracht?", fragte der Anführer der anderen, ein schwarzhaariger Mann, der ein paar Jahre älter als Thane war. „Eine reife Leistung."

„Danke."

„Macht ihr viele solcher Transporte? Zu Welten in Not?"

„Manchmal. Das Lob dafür gebührt Lohgarra", sagte Thane, während sie beide Kisten abluden. „Aber ich finde es gut, dass sie das tut."

„Das bedeutet weniger Geld für dich."

„Ich hab mir nie viel aus Geld gemacht."

„Was hast du denn noch so für Touren unternommen?"

Thane zögerte, bevor er antwortete. Wenn er in den Verdacht geriet, dem Imperium abtrünnig geworden zu sein, konnte man ihn melden ... aber er konnte unmöglich ehrlich über seine Erlebnisse der letzten Monate sprechen, ohne seine Gefühle klar zum Ausdruck zu bringen.

Er hatte gewusst, dass beim Imperium etwas faul war, er hatte jedoch nicht gewusst, wie tief diese Fäulnis reichte. Das Joch der Bodach'i hatte ihn tief verstört, und doch wusste er jetzt, dass sie nur eines von Hunderten ganzer Völker waren, die das Imperium zur Zwangsarbeit verdammte. Er hatte mit der *Mighty Oak* Welten angeflogen, auf denen ein dermaßen intensiver Rohstoffabbau betrieben worden war, dass an Stellen, wo sich einst Städte und Ackerland erstreckt hatten, neue Meere entstanden waren. Er hatte hinabgeschaut auf Städte, die von imperialen Laserkanonen zur Strafe für lediglich geringfügigen Widerstand in Schutt und Asche geschossen worden waren.

„Zeitooine", sagte Thane. „Und Dinwa Prime. Und Arieli. Zuletzt waren wir auf Ivera X." Er hatte in gelassenem Ton gesprochen, war sich aber sehr wohl der Tatsache bewusst, dass seine Aufzählung tatsächlich eine Liste der Kriegsverbrechen des Imperiums war.

Der andere Mann schaute ihm ruhig in die Augen. „Dann hast du eine Menge gesehen."

„Ja."

„Wenn wir hier fertig sind, sollten wir zwei uns einmal unterhalten. Ich war auf einigen dieser Welten und würde gerne hören, was andere Leute davon halten – und was man ihrer Meinung nach tun sollte."

Denkt er daran, mich zu melden? Thane wusste, dass das möglich war, aber sein Bauchgefühl sagte ihm, dass dem nicht so war. Er nickte langsam. „Sicher. Wir können uns unterhalten. Ich bin übrigens Thane Kyrell."

Der schwarzhaarige Mann lächelte und reichte ihm die Hand. „Wedge Antilles."

Schließlich machten sie am Tor des Hangars gemeinsam Pause und aßen etwas. Der schlimmste Teil des Hurrikans war inzwischen vorübergezogen. Es fielen immer noch schwere silbrige Regenschleier, aber der Wind hatte sich so weit gelegt, dass die Palmen und Dschungelbäume nur noch schaukelten. Die Geräusche des raschelnden Laubes und der Regentropfen auf dem Metalldach blieben laut genug, um ihre Unterhaltung zu übertönen, falls jemand versuchte, sie zu belauschen.

„Du hast Mut bewiesen", sagte Wedge, „dass du einfach so gegangen bist."

Thane hob die Schultern. „Ich habe meine Credits gewaschen und mich davongeschlichen. Nicht das Mutigste, was jemals einer getan hat."

„Du hast dich allein dem Imperium widersetzt. Du hast lieber das Leben und die Laufbahn, die du aufgebaut hast, aufgegeben, anstatt deine Prinzipien zu verletzen. Das nenne ich durchaus mutig."

„Hör auf, dich einzuschmeicheln, und sag, was du sagen willst."

Das trug ihm einen scharfen Blick ein – Wedge Antilles war es offenbar nicht gewöhnt, nicht beim Wort genommen zu werden. Vielleicht war Thane unfair, aber na und? Er musste aufpassen, wem er traute. Lohgarra und der Rest der Crew des Schiffes hatten sich das verdient. Ciena würde seine Loyalität immer bis zu einem gewissen Grad genießen, auch wenn er sie nie wiedersah.

Aber dieser Typ? Er sollte endlich mit der Sprache herausrücken.

Wedge sagte ganz gelassen: „Wir könnten Piloten wie dich in der Rebellen-Allianz brauchen."

Die Rebellen? Hier? Nicht im Traum hätte Thane geglaubt, dass sie es wagen würden, sich auf einem Planeten in Not blicken zu lassen. Aber er wusste, dass Wedge die Wahrheit sagte. „Nein, tut mir leid."

„Du hasst das Imperium. Nach allem, was du gesehen hast, konntest du nicht anders."

„Stimmt", gab Thane zu. „Aber für eure Rebellion habe ich auch nicht viel übrig."

„Wir kämpfen, um die Galaxis zu befreien ..."

„Ihr habt einen Krieg angefangen, und deswegen werden viele Leute sterben."

In Wedges dunklen Augen blitzte es. „Palpatine hat den Krieg angefangen. Wir werden ihn beenden."

Die Kraft des Glaubens dieses Mannes war ein wenig entnervend. „Gegen das Imperium? Eins muss ich euch lassen – mutig seid ihr. Aber ihr macht euch selbst etwas vor, wenn ihr glaubt, ihr könntet es mit einer Streitmacht wie der Imperialen Flotte aufnehmen und gewinnen."

„Wir haben den Todesstern vernichtet, oder nicht? Mit einer Handvoll Ein-Mann-Jägern! Ich flog auf dieser Mission und bin immer noch hier. Eine Menge imperialer Offiziere können das nicht von sich behaupten."

„Inklusive einiger meiner Freunde", sagte Thane leise. Er hatte Jude Edivon nicht sonderlich nahegestanden, aber er erinnerte sich, wie freundlich sie gewesen war, wie klug. Sie hätte ein längeres Leben verdient gehabt. Und einen besseren Tod. Und die Offizierskollegen, die er gerade erst kennenzulernen begonnen hatte, junge Leute wie er, die zusammen ihre Karriere anfingen … Manchmal blitzten ihre Gesichter nachts in Thanes Kopf auf, wenn er zu schlafen versuchte. „Hör zu, ich versteh ja, warum ihr es getan habt. Ich weiß, dass der Todesstern gestoppt werden musste. Aber mach dir nichts vor. Das war eine blutige Sache."

„Ich weiß", erwiderte Wedge still. „Es ist so, wie du gesagt hast – der Todesstern musste gestoppt werden. So wie das Imperium vernichtet werden muss. Und um das zu bewerkstelligen, müssen sich einige von uns die Hände blutig machen. Wir müssen bereit sein, zu töten – und zu sterben. Es ist nicht einfach, und das wird es auch nie sein. Aber eines kann ich dir sagen, Kyrell – es ist einfacher, danebenzustehen und nichts zu tun."

Thane dachte an jenen Tag auf Zeitooine und die Familie, die vor seinen Augen ins Gefängnis geschleppt worden war. Er hatte sich so nutzlos, so machtlos gefühlt. Solange er ein Flüchtling des Imperiums blieb, würde er nie wieder seinem Glauben folgend handeln können. Er würde sich nie wieder für jemanden einsetzen können.

Es sei denn, er stand nicht allein da.

Spät in dieser Nacht – nach stundenlanger Arbeit und weiteren Stunden im Gespräch mit Wedge bei ein paar corellianischen Ales – kehrte Thane auf die *Moa* zurück. Er ging leise zu seiner Koje. Methwat und Brill würden schon schlafen, das wusste er, aber Lohgarra saß in der Kombüse und kaute an einem großen Stück Käse.

„Hey", sagte er. „Kannst du nicht schlafen?"

Lohgarra gab zu, dass der Hunger sie geweckt hatte, dann sagte sie, Thane sehe besorgt aus.

„Besorgt ist nicht ganz das richtige Wort." Die Leute, denen er genug vertraute, um diese Geschichte mit ihnen zu teilen, konnte er an einer Hand abzählen, und es blieben noch Finger übrig – aber Lohgarra gehörte dazu. „Lieutenant Commander Antilles

von der ... äh ... ungebundenen Gruppe heute? Er möchte, dass ich mit ihnen fliege."

Das hatte ein Brüllen der Entrüstung zur Folge. Wie konnte dieser Mann es wagen, ihr den besten Piloten stehlen zu wollen? Eine solche Krise derart auszunutzen, war undenkbar. Sie würde dafür sorgen, dass Thane eine Lohnerhöhung erhielt, wenn es das sein sollte, was nötig war, um ihn zu halten ...

„Nein, nein, Lohgarra, du verstehst das nicht richtig." Thane senkte seine Stimme. „Sie gehören zur Rebellion."

Sie verstummte. Vor Schreck oder Missbilligung?

Er beugte sich vor und versuchte, seine Gedanken in Worte zu fassen, nicht nur für sie, sondern auch für sich selbst. „Ich habe nie daran gedacht, mich der Rebellion anzuschließen. Ich wusste zwar, dass das Imperium korrupt ist, aber ich dachte, das hat am Ende auch für die Alte Republik gegolten. Und es würde auf jede weitere Regierung zutreffen. Ich habe mir eingeredet, dass alles dasselbe wäre. Aber was ich in den vergangenen paar Monaten gesehen habe ... das geht über Korruption hinaus. Das Imperium zerstört Welten und versklavt ganze Völker und schert sich einen Dreck um diejenigen, über die es herrscht. Mal ehrlich, Coruscant ist so was von reich, und trotzdem konnten sie keine humanitäre Hilfe hierher schicken?"

Lohgarra antwortete leise, dass die Not auf Oulanne groß sei.

„Genau. Und das Imperium ist nicht hergekommen, aber die Rebellion schon. Diese Leute führen einen Krieg, sie sind ständig auf der Flucht, und trotzdem haben sie von ihren Vorräten etwas abgegeben." Für Thane ergab das alles keinen Sinn. Die meisten Leute taten nicht einmal dann das Richtige, wenn sie nicht in Gefahr waren ...

... aber von Ciena hatte er gelernt, dass es da draußen tatsächlich ein paar wenige Idealisten gab.

Er fuhr fort. „Cie..., dieses Mädchen, das ich mal kannte, hat geglaubt, das Imperium würde nie wieder eine Welt vernichten, sobald die Rebellion zerschlagen sei, aber sie ist in ihrem Innersten so gut, dass sie das Böse nicht einmal dann erkennt, wenn es ihr ins Gesicht schaut. Im Ernst, warum würde sich das Imperium die Mühe machen, eine Raumstation zu bauen, die Planeten zerstören kann, wenn es sie nicht auch benutzen wollte? Und wenn das Imperium *dazu* fähig ist, dann ist es zu *allem* fähig." Thane straffte sich und holte tief Luft. „Ich weiß nicht, was nach dem Imperium kommt. Ich kann nicht sagen, dass der nächste Machthaber, wer er auch sein mag, besser sein wird … aber schlimmer kann es nicht werden. Das geht nicht. Wenn auch nur die Chance besteht, dass ich etwas zum Untergang des Imperiums beitragen kann, dann, glaube ich, muss ich das tun."

Ein langer Moment verstrich, dann erklärte Lohgarra leise, dass auch ihr eigenes Volk vom Imperium versklavt worden sei. Kashyyyk sei so ein schöner Ort gewesen, als sie jung war. Jetzt sei eine Hölle daraus geworden. Es fiel ihr schwer, über die Tragödie ihrer Heimatwelt zu sprechen, aber sie hatte sie nie vergessen.

Thane versuchte, sich das bloße Maß an Brutalität vorzustellen, das nötig gewesen sein musste, um ein so starkes Volk wie die Wookiees zu unterwerfen. „Willst du mir damit sagen, dass du dich auch der Rebellion anschließt?"

Sie schüttelte den Kopf. Die *Moa* war kaum in der Lage, Fracht zu transportieren, wie sollte sie da in eine Schlacht ziehen? Und für Brill und Methwat war sie nicht nur ein Schiff, sondern ihr Zuhause. Der Entschluss, sich der Rebellion anzuschließen, müsste einstimmig gefasst werden, und Lohgarra hatte das Gefühl, Thane wisse so gut wie sie, dass die anderen noch nicht so weit waren.

Das stimmte. Aber … „Wir könnten uns irgendwohin zurückziehen und das Schiff aufmöbeln. Mit den anderen sprechen. Niemand hier hat etwas für das Imperium übrig. Ich wette, in ein, zwei Monaten könnten wir sie überreden."

„Wahrscheinlich", räumte Lohgarra ein. Nach einer Weile fragte sie, ob er noch damit warten wolle, sich der Rebellion anzuschließen, bis er vollkommen dazu bereit sei.

Thane wurde rot. „Ich bin kein *Feigling*."

Ihre gewaltige Hand tätschelte seinen Kopf. Lohgarra wusste, dass er mutig war. Doch sie vermutete auch, dass Thane andere Gründe hatte, noch zu zögern.

All die Monate über hatte Thane sich so sehr bemüht, seine Vergangenheit und seine Gefühle für sich zu behalten. Er hätte wissen müssen, dass Lohgarra zu scharfsinnig war, um nicht wenigstens einen Teil der Wahrheit zu erraten. „Ich habe in der Imperialen Flotte gedient. Viele meiner Freunde und Klassenkameraden gehören immer noch zum Imperium, darunter auch jemand, der mir ... der mir eine Menge bedeutet. Das Imperium anzugreifen, das fühlt sich in gewisser Weise an, als würde ich auch sie angreifen."

Lohgarra wies darauf hin, dass er die Risiken des Kampfes akzeptiert hatte, als er sich der Imperialen Flotte anschloss, und das hätten auch alle anderen getan.

„Ja, ich weiß." Er lehnte sich auf dem knarrenden Stuhl zurück und holte tief Luft. „Aber der Rebellion beizutreten ... Das Imperium zu verlassen, ist eine Sache, aber mit Waffen dagegen vorzugehen, das ist etwas anderes. Die Freunde, mit denen ich vorher zusammen diente, würden mir das nie verzeihen. Am allerwenigsten die Frau, von der ich dir erzählt habe. Ciena. Sie würde nie wieder mit mir reden, wenn sie das wüsste. Aber das wird sie wohl ohnehin nicht mehr tun."

Mit einem leisen Heulen gab Lohgarra ihm zu verstehen, dass es eine Eigenschaft der Macht sei, Leute zusammenzuführen, wenn es an der Zeit war.

Oh ja, toll, die Macht. Ich wette, dieses magieverrückte alte Volk der Täler glaubt immer noch daran. Doch Thane sagte nichts, er wusste, dass Lohgarra ihr Glaube wichtig war. Stattdessen fragte er: „Willst du mir damit sagen, dass es in Ordnung ist, wenn ich gehe? Weil ‚die Macht' dafür sorgen wird, dass wir uns wiedersehen?"

Er bekam seine Antwort in Form einer kräftigen Umarmung, die ihn ganz in weißes Fell hüllte. Während er Lohgarras Umarmung erwiderte, bat sie ihn, ihr zu versprechen, immer genug zu essen.

Er musste lachen. „Das verspreche ich dir."

Ich tu es wirklich, dachte er. Es kam ihm immer noch unwirklich vor. *Ich ziehe gegen das Imperium in den Krieg. Ich trete der Rebellen-Allianz bei.*

15. KAPITEL

„Ihr Dienst in den vergangenen zwei Jahren ist vorbildlich gewesen, Lieutenant Commander Ree."

Ciena stand vor Admiral Ozzel stramm, die Hände fest an die Oberschenkel gelegt. Jungoffiziere nahmen während einer Beurteilung keinen Blickkontakt zu Vorgesetzten auf, also schaute sie starr auf die metallverkleidete Wand hinter ihm.

„Sie melden sich regelmäßig freiwillig, um zusätzliche Schichten zu übernehmen oder dabei zu helfen, neue Offiziere mit den Protokollen eines Sternenzerstörers vertraut zu machen. Abgesehen von dem unglücklichen Zwischenfall auf Ivarujar haben sie keinerlei Strafen oder Verweise erhalten, und es ist meiner Aufmerksamkeit nicht entgangen, dass sich Ihr damaliges Vergehen nie wiederholt hat. Nicht einmal wegen eines Verstoßes gegen die Uniformordnung mussten Sie ermahnt werden."

Das Lederarmband, das sie für Wynnet trug, blieb in seinem Stoffbeutelchen in ihrer Tasche. Keine Vorschrift besagte, dass sie nichts in der Tasche haben durfte.

„Sie wurden auf Lord Vaders persönliches Ersuchen hin von der *Devastator* auf die *Executor* versetzt. Wahrlich eine große Ehre."

Ciena antwortete nicht. Insgeheim hielt sie Vaders Ersuchen eher für eine Drohung als eine Belohnung. Sie hatte ihn nahezu hilflos im All treiben sehen. Und er wollte gewiss nicht, dass irgendjemand ihn in irgendeiner Hinsicht als so verletzlich betrachtete. Also musste er Ciena daran erinnern, dass *er* sie auf ewig verletzen konnte.

Ozzel fuhr fort: „Obwohl Sie in einem viel zu hohen Rang stehen, um Dienst in einem TIE-Jäger zu tun, leisten Sie Ihre Zeit im Simulator ab, damit Ihr Piloteninstinkt geschärft bleibt."

Jetzt hielt Ciena es für angemessen, etwas zu sagen. „Wir wissen nie, was eine Krise von uns verlangen könnte, Sir."

Sie liebte das Fliegen aber auch um des reinen Fliegens willen, und manchmal träumte sie die ganze Nacht davon, mit Thane an ihrer Seite durch die Schluchten von Jelucan zu fegen. Aber es verstieß auch nicht gegen die Vorschriften, dass sie liebte, was sie tat – oder sich daran zu erinnern, was man verloren hatte.

„Sehr gut gesagt." Admiral Ozzel verzog die Lippen, sodass immerhin fast ein Lächeln daraus wurde. Und wirklich lächeln hatte sie ihn noch nie gesehen. „Kurzum, Lieutenant Commander Ree, Ihre Leistung an Bord der *Executor* übertrifft die Erwartungen in allen Punkten. Machen Sie so weiter, und Sie werden schon bald zum Commander befördert werden."

Commander. Ciena war nicht mehr so erpicht darauf voranzukommen wie noch vor drei Jahren, aber es verschaffte ihr doch Befriedigung, ihre Pflicht so gut erfüllt zu haben. Trotz der ungewöhnlich schnellen Beförderung nach der Zerstörung des Todessterns war es doch eine außerordentliche Leistung, innerhalb von nicht einmal fünf Jahren nach Abschluss der Akademie zum Commander befördert zu werden. „Ja, Sir. Danke, Sir!"

Als sie danach durch die dunklen Metallkorridore der *Executor* ging, dachte sie über ihre potenzielle Beförderung nach. Eigentlich wäre das ein Grund zum Feiern gewesen. Sie hätte Nash und Berisse sofort benachrichtigen und sie bitten sollen, sich später auf ein oder zwei Ales mit ihr zu treffen. Stattdessen erinnerte das Lob ihres vorgesetzten Offiziers sie nur daran, wie sie sich einmal gegen das Imperium vergangen hatte – als sie gelogen hatte, um einen Freund zu schützen.

Am schlimmsten war, dass Ciena wusste, sie würde sich, vor die gleiche Situation gestellt, immer noch für Thane entscheiden.

Als sie eines der Aussichtsdecks passierte, schaute sie zu den Sternen hinaus und fragte sich, wo er sein mochte. Sicher hatte er Jelucan verlassen, wie sie ihm geraten hatte. Ihre Heimatwelt war gefährlich für ihn – diese Schlangen, die er Familie nannte, würden ihn für zwei Credits verraten. Trotzdem konnte Ciena nicht

das Bild von Thane vergessen, wie sie ihn zuletzt gesehen hatte –
gebrochen, gefangen in einem winzigen Zimmer über einer heruntergekommenen Bar in Valentia und in seinen blauen Augen
jener Ausdruck von Verlorenheit.

Hör auf, sagte sie sich. Thane ist klug. Er ist ein talentierter Pilot. Inzwischen hat er bestimmt Arbeit und einen guten Ort zum
Leben gefunden. Wahrscheinlich ist er glücklich.

Du bist doch nicht so kleingeistig, dass du Thane ein glückliches
Leben ohne dich neidest. Oder?

Ciena richtete sich auf und strich ihre Uniformjacke glatt. Das
schemenhafte Spiegelbild, dessen Umrisse sie vor der Kulisse der
Sterne im Fenster sah, war wieder das einer perfekten imperialen
Offizierin. Die Güte ihres Dienstes galt schon lange nicht mehr
nur dem Zweck, ihren Eid zu ehren. Sie betrachtete sie auch als
den Preis, den sie dafür bezahlte, Thane seine Freiheit gegeben
zu haben. Niemand würde je sagen können, sie hätte nicht voll
dafür bezahlt.

*Ich weiß! Ich werde Mama und Papa sagen, dass ich vielleicht
befördert werde.* Die meisten imperialen Offiziere beschränk-
ten ihre Nachrichten an und von zu Hause zum Zeichen ihrer Er-
gebenheit, doch Ciena fand, dass dies einfacher sei für Leute von
den Kernwelten, die erwarten konnten, ihre Familien mehr als
nur alle fünf Jahre einmal zu sehen. Sie sprach immer noch mindestens alle zehn Tage einmal mit ihrer Familie und erzählte ihnen alles, angefangen von Grav-Ball-Turnieren bis hin zu Berisses
Witzen – na ja, die Witze jedenfalls, die man wiederholen konnte.

Das einzige Thema, über das ihre Familie nie sprach, war Thane Kyrell. Ciena wollte ihre Eltern nicht anlügen, und sie wusste
auch, dass sie es gleich merken würden, wenn sie nicht die Wahrheit sagte. Je weniger Leute die Wahrheit über Thane vermute-
ten, desto besser war es.

Ihre Eltern schienen sich immer über ihre Nachrichten zu freuen,
vor allem Mama. Doch in letzter Zeit war Ciena mehr und mehr
aufgefallen, dass sich die Nachrichten ihrer Eltern gänzlich um ihr,

Cienas, Leben drehten und nicht um ihr eigenes. Sie waren entweder nicht mehr über den neuesten Tratsch in den Tälern auf dem Laufenden, oder sie wollten ihn nicht mit ihr teilen. Mama erzählte manchmal von ihrem Aufsichtsjob in der Mine, aber im Laufe der Jahre war ihr einst stolzer Ton sachlich und lustlos geworden. Vielleicht war das nur natürlich, aber es fiel Ciena eben auf – genau wie die Tatsache, dass ihr Vater kaum noch sein eigenes Leben oder das in den Tälern erwähnte.

„Da bist du ja", sagte eine sympathische, kultivierte Männerstimme. Ciena drehte sich um und sah Leutnant Nash Windrider mit einem leichten Lächeln im Gesicht auf sich zukommen. In den drei Jahren seit der Vernichtung Alderaans hatte er Stück für Stück einen Teil seines früheren Witzes und Elans zurückgewonnen. Nein, er würde nie mehr derselbe sein – aber sie sah nicht mehr die schrecklichen Schatten unter seinen Augen, die ihr anfangs solche Angst bereitet hatten. Sowohl er als auch ihre Freundin Berisse Sai waren von der *Devastator* auf die *Executor* versetzt worden, als Darth Vader sie zu seinem neuen Flaggschiff erkoren hatte. Sie waren außerdem im selben Quadranten des Schiffes stationiert, sodass Ciena sie oft sah. „Ich habe dich gesucht, Ciena."

„Warum? Geht es um Berisses Geburtstag?" Ciena verschränkte die Arme und funkelte ihn an. „Du hast die Überraschung verdorben, stimmt's?"

„Du traust mir entschieden zu wenig zu – sowohl hinsichtlich meiner Kompetenz in Sachen Überraschungspartys, die beträchtlich ist, als auch meines Urteilsvermögens darüber, was wichtig genug ist, um dich auf die Brücke zu holen, obwohl du dienstfrei hast."

Ihre Nackenhärchen sträubten sich, denn sie spürte sowohl Gefahr als auch Erregung. „Was ist los?"

„Einer der Suchdroiden hat auf der Eiswelt Hoth ein sehr interessantes Signal aufgefangen", sagte Nash genüsslich. „Gut möglich, dass wir endlich auf die Rebellenbasis gestoßen sind."

Ciena sog scharf die Luft ein. „Und wir greifen an?"

Nashs Grinsen wurde breiter. „Mit fünf Sternenzerstörern der *Imperial*-Klasse an unserer Seite."

Das Bild von Judes Lächeln blitzte in Cienas Kopf auf. Endlich hatten sie die Chance, sich an denen zu rächen, die den Todesstern vernichtet und ihre beste Freundin ermordet hatten – und die Rebellion ein für alle Mal auszumerzen.

Thane stöhnte, als sie das Tor der Bucht wieder öffneten und ein Schwall eisiger Luft an ihnen vorüberfegte. „Ich frier mir die Nüsse ab."

Der Typ, der ihn herumführte, Dak Ralter, lachte, während er ein weiteres Tauntaun absattelte. „Es gibt einfachere Wege der Geschlechtsumwandlung."

„Ich sagte ja nicht, dass ich sie mir abfrieren *will*. Das heißt nur ... es ist so kalt." Weil er im Hochgebirge Jelucans aufgewachsen war, hatte Thane eigentlich geglaubt, er könnte mit Kälte umgehen – aber Hoth war eine ganz andere Größenordnung.

„Red nicht drüber. Denk nicht mal dran", sagte Dak völlig ernsthaft. „Behalt einfach deine Hosen an und konzentrier dich auf das große Bild."

„Ich weiß, ich weiß. Wir haben unseren Stützpunkt auf diesem gefrorenen Felsklotz aufgeschlagen, weil das Imperium nie auf die Idee kommen wird, hier nach uns zu suchen. Denn niemand, der noch halbwegs bei Trost ist, würde sich dem hier aussetzen." Thanes Geste meinte die Eiswände ihrer Basis sowie die bittere Kälte, die bis in die Knochen drang, und den beißenden Gestank der Tauntauns, die sich im Moment von ihren Geschirren befreiten. „Niemand wird je behaupten können, wir hätten uns der Rebellion des Spaßes wegen angeschlossen."

„Das würde auch niemand behaupten!" Dak Ralters Gesichtszüge entgleisten, als hätte ihnen wirklich jemand vorgeworfen, sie würden nur zum Spaß in einem Krieg kämpfen. „Jedenfalls will ich das keinem raten. Jeder, der glaubt, wir müssten uns dem Imperium nicht entgegenstellen ..."

„Reg dich nicht auf. War nur ein Scherz."

Dak bedachte Thane mit einem tadelnden Blick, als wollte er sagen, dass dieser Krieg viel zu ernst sei für etwas so Niveauloses wie Humor. Einige der neuen Rekruten waren anfangs so – so idealistisch, dass man in ihrer Gegenwart das Gefühl hatte, in reinen Zucker zu beißen.

Jedenfalls sagten das die Altgedienten. Thane übertraf Dak gerade mal um drei Wochen. Aber er kam sich vor, als wäre er nicht nur zwei, sondern zwanzig Jahre älter als Dak. Thane war nie einer von den Idealisten gewesen – er hatte Wedge Antilles Einladung nicht deshalb angenommen, weil er glaubte, die Rebellion sei das pure Gute, sondern weil er herausgefunden hatte, dass das Imperium das pure Böse war. Doch auch ihm fiel die Eingewöhnung schwer. So klein die *Moa* auch gewesen war, hatte doch jedes Besatzungsmitglied eine eigene Kabine gehabt. Und auch im Dienst des Imperiums hatte er nie mit mehr als sieben anderen in einem Raum wohnen müssen. Bei den Rebellen schlief Thane mit ein paar Hundert anderen Leuten in einem riesigen Bunker, und die meisten von ihnen schienen zu schnarchen. Die Verpflegung war dürftig, ihre Chancen standen schlecht, und die Risiken waren noch größer, als Thane es sich vorgestellt hatte – und dabei war er bislang noch in gar keiner der epischen Schlachten gewesen, die er erwartet hatte. Stattdessen hatte er unter Meidung der imperialen Grenzkontrollen ein paar Versorgungsflüge unternommen. Er hatte beim Aufbau des Hoth-Stützpunkts geholfen. Und jetzt war er dabei, ihn wieder aufzugeben – sie ließen ihre Packtiere frei, damit sie weit weg waren, wenn das Imperium eintraf, weil ein Suchdroide die Basis offenbar schon gefunden hatte.

Sie hatten ihr Quartier hier gerade erst aufgeschlagen. Er hatte nicht übel Lust, das Rebellenkommando zu fragen, wie sie einen Krieg gewinnen sollten, wenn das Imperium die Rebellenstützpunkte binnen eines Monats ausfindig machen konnte.

Er schaute über den Rücken des Tauntauns neben sich hinweg und ließ den Blick durch die Basis schweifen. Mechaniker werkelten fieberhaft an Jägern, ihre bläulich weißen Schweißbrenner erhellten die düstere Reparaturbucht. Prinzessin Leia sprach eindringlich mit General Rieekan. Ihre Angespanntheit war selbst auf diese Entfernung nicht zu übersehen, fand Thane. (Sie waren sich in den Gängen zweimal begegnet, ohne dass sie ihn von dem damaligen Tanz her erkannt hatte.) Droiden surrten durch das Getümmel, nicht am Kampf beteiligte Helfer rannten zu den ersten Transportern, das Boarding hatte bereits begonnen. Thane wusste nur, dass seine Gruppe, die Corona-Staffel, noch nicht an der Reihe war. Einstweilen hatte er nichts weiter zu tun, als stinkende Tauntauns freizulassen.

Daks Geplapper riss ihn aus seinen Gedanken. „Ich kann immer noch nicht glauben, dass ich *Luke Skywalker* als Kanonier zugewiesen wurde. Dem Mann, der im Alleingang den Todesstern vernichtet hat!"

„Irgendjemand muss ja sein Kanonier sein. Warum also nicht du?" Thane war vor allem froh, dass nicht er es war. Ja, Skywalker hatte unglaublichen Mut bewiesen und einen fast unmöglichen Treffer gelandet, er verdiente Respekt, aber diese spezielle Heldentat bewunderte Thane lieber aus der Ferne.

„Und man sagt, er wolle ein Jedi-Ritter werden, ganz so wie in alten Zeiten", fuhr Dak fort, verträumt wie ein schwärmendes Schulkind. „Wusstest du, dass er ein richtig echtes Lichtschwert hat? Er hat sogar gelernt, die Macht zu nutzen – vom großen General Kenobi, dem Letzten der Jedi!"

Thane musste an sich halten, um nicht aufzustöhnen. *Bitte nicht noch mehr abergläubischen Unsinn über die „Macht".* Seiner Meinung nach mussten die Rebellentruppen durch die harsche Wahrheit über das Imperium motiviert werden, nicht durch einen verrückten religiösen Glauben.

Dann entsann er sich Cienas Stimme so lebhaft, dass es ihm vorkam, als flüsterte sie ihm ins Ohr: *An etwas zu glauben, das größer ist als wir selbst, ist nicht verrückt. Es ist Beweis dafür, dass wir vernünftig sind. Schau doch, wie riesig die Galaxis ist. Musst du da nicht einfach zugeben, dass wir nicht die größte Macht darin sein können?*

Das hatte sie an einem ihrer letzten Tage auf Jelucan zu ihm gesagt, bevor sie auf die Akademie gegangen waren. Er hatte sie ausgelacht, als sie gemeint hatte, die Macht könnte dafür gesorgt haben, dass sie auf Coruscant auf dieselbe Schule kamen, damit sie zusammenblieben. Inzwischen hätte selbst Ciena eingestehen müssen, dass ihnen nicht das Glück beschieden gewesen war, eine Bestimmung zu teilen.

Aber warum schien ihm die Erinnerung an sie trotzdem realer als die Person, die tatsächlich nur einen Meter neben ihm stand? „Lass uns die Sache hier einfach zu Ende bringen, in Ordnung? Wir wollen ja nicht abhauen und die armen Biester hier eingepfercht und verhungern lassen." Thane streichelte die Schnauze eines Tauntauns, bevor er ihm das Halfter abstreifte. Das Tier hüpfte davon und suchte sich eilends ein Rudel, um sich mit ihm einzugraben und die Wärme zu teilen. „Wir müssen heute noch hier raus, sagte Rieekan. Ich will nicht auf Hoth vergessen werden, nur weil wir mit der Freilassung der Tauntauns nicht rechtzeitig fertig geworden sind."

„Entschuldige", sagte Dak so ernst, dass Thane einen Anflug schmerzhaften Schuldgefühls verspürte.

Deshalb erwiderte er in sanfterem Tonfall: „Du musst übrigens ganz schön Eindruck auf jemanden gemacht haben, um mit Skywalker fliegen zu dürfen. Ihn würde man wohl kaum mit irgendwem zusammenspannen."

„Ehrlich ...?"

„Ganz bestimmt."

Er warf Dak einen Blick zu und sah, dass der Junge lächelte. Dann trieben sie die letzten beiden Tauntauns aus dem Stall. Während die Tiere in den Schnee hinausrannten und nur ihren Gestank zurückließen ...

... gingen sämtliche Sirenen des Stützpunkts auf einmal los.

Das Kreischen hallte von den Höhlenwänden wider. Thane fuhr hoch und ließ die Geschirre auf der Stelle fallen. „Was hat das zu bedeuten?", schrie Dak.

So grün er auch noch sein mochte, die Antwort auf seine Frage kannte Dak selbst. Er wollte sie nur nicht glauben. Thane rief gegen den Lärm an: „Das Imperium ist schneller hier aufgekreuzt, als wir dachten. Sie haben uns gefunden!"

Nach einem raschen Briefing durch Prinzessin Leia brauchte Thane nur vier Minuten, um sich anzuziehen und zu seinem Schneegleiter zu rennen. Vier Minuten waren fast zu lange.

„Schwing deinen Jelucaner-Arsch hier rauf!", rief Thanes Copilot Yendor, ein Twi'lek und Kollege aus der Corona-Staffel. Er trug bereits seinen speziell angepassten Helm, unter dem sein blauer Lekku hervor- und auf seinen Rücken hinabhängen konnte. „Es sind mehrere imperiale Läufer im Anmarsch."

„Mit Läufern hab ich auf der Akademie trainiert." Thane schwang sich in seinen Sitz. Noch während er seinen Helm aufsetzte, senkte sich über ihm die Haube nieder und rastete ein. „Die kenn ich in- und auswendig."

„Was kannst du mir über diese Dinger sagen?" Yendor legte Schalter um, die den Start vorbereiteten.

„Das sind die am stärksten gepanzerten Bodenvehikel der Imperialen Armee."

„... das heißt also, du weißt ziemlich genau, wie sehr wir am Arsch sind."

„So ungefähr", erwiderte Thane. „Sieh's doch mal so. Wenn selbst der Todesstern untergegangen ist, dann hat das Imperium nichts, was wir nicht abschießen können."

Yendor löste die Klammern. „Dann lass uns diese Theorie mal auf die Probe stellen."

Thane legte seine Hände an die Kontrollen und spürte, wie unter ihm die Triebwerke zu vibrierendem Leben erwachten. „Und los geht's."

Der Schneegleiter schoss aus dem Stützpunkt und hinein ins Getümmel. Laserblitze sengten über den silbrig weißen Himmel, und Rebellenschiffe schwärmten aus, um sich der anrückenden Armee zu stellen ... denn das war es, womit sie es hier zu tun hatten. Kein Angriffstrupp. Sie standen den gesamten Landstreitkräften des Imperiums gegenüber. *Wie viele Schneetruppen sind hier unten?*, fragte sich Thane. *Und wahrscheinlich werden sie Flammentruppen in den Stützpunkt schicken, um alles zu verbrennen, was noch drin ist – alles und jeden.* Am schlimmsten war, dass er am Horizont bereits fünf AT-AT-Läufer sehen konnte. Jeder davon transportierte Dutzende von Soldaten und zahllose Waffen, ganz zu schweigen von den tödlichen Kanonen, die vorn angebracht waren.

Es wäre egal, wie weit es die Läufer schafften, wenn die Rebellen nur die Transporter auf den Weg bringen konnten, rief sich Thane in Erinnerung. Eines dieser Ungetüme tatsächlich zu zerstören, wäre nur ein zusätzlicher Erfolg.

„Hast du auf der Akademie auch gelernt, wie man die schwere Panzerung der Läufer knackt?", fragte Yendor. „Unsere Blaster richten gegen diese Dinger nämlich gar nichts aus."

Thane ließ den Gleiter im Tiefflug über den Boden rasen. Hinter ihnen stob Schnee auf. „Es kann nicht jede Stelle voll gepanzert sein. Überleg doch mal. Die Beine sind genau dort verletzlich, wo es die Beine eines jeden Wesens sind."

„Verstanden", erwiderte Yendor. „Ich halte auf die Gelenke zu."

Der ganze Schneegleiter erzitterte unter der Feuerkraft, die sie auf einen der Läufer abschossen, insbesondere auf seine „Knöchel". Ihre Blaster mochten zwar nicht stark genug sein, um diese Legierungen zu zerstören, aber es war vielleicht möglich, die Bolzen zu schwächen und ein paar der Schaltkreise durchschmoren zu lassen.

Wir können ihre Stabilität erschüttern. Sie verlangsamen. Das hilft zumindest, die Transporter in Sicherheit zu bringen.

An Bord eines jeden dieser Transporter würden sich an die hundert Rebellensoldaten befinden, das Herz ihrer Flotte. Wenn das Imperium heute triumphierte, dann konnte das wirklich das Ende der Rebellion sein.

Doch Yendors Treffsicherheit war exakt und stetig. Ein ums andere Mal traf er die untersten Gelenke des Kampfläufers an genau denselben Stellen und maximierte den Schaden. Als Thane den Anblick mit seinen Sensoren heranzoomte, erkannte er, dass sie sogar die Chance hatten, dem Ding einen Fuß abzuschießen, womit es lahmgelegt wäre.

„Mach weiter so!", rief er Yendor zu. „Ich bring uns ganz nah ran!"

„Ich kann auch über die Entfernung ganz gut zielen, weißt du?", witzelte Yendor, während er in kürzerer Folge zu feuern begann. Inzwischen ragte der unterste Teil des Läufers groß auf dem Sichtschirm auf. Thane schaute nach oben, damit er das Ding mit eigenen Augen sehen konnte. Im ersten Moment wünschte er, das nicht getan zu haben – diese Monster schauten schon groß genug aus, wenn man in ihnen drinsaß, aber von unten schienen sie den ganzen Himmel zu verdecken.

Sie sind nicht so groß wie die Berge zu Hause. Und durch die bist du auch geflogen. Also schaffst du es auch hier durch, beruhigte er sich.

Und so beschleunigte er, bis die Schneelandschaft vor seinen Augen verschwamm, und brachte sie so schnell wie es nur ging zurück. Yendor schoss weiter mit punktgenauer Präzision, und jeder Treffer ließ jetzt entweder schwarzen Rauch oder Funken aufstieben.

Sie waren auf zweihundert Meter heran. Hundert Meter ...

Thane traf die Entscheidung binnen eines Augenblicks. Er hätte in letzter Sekunde abschwenken können, aber er tat es nicht.

Yendor schrie auf – schoss aber weiter –, als Thane ihren Schneegleiter direkt auf die Füße des AT-ATs zusteuerte. Unmittelbar bevor es zur Kollision kam, riss er den Gleiter zur Seite, stellte ihn lotrecht zum Boden und glitt zwischen den Beinen des Läufers hindurch, bis er hinten wieder hervorschnellte, unversehrt, in einem Stück.

Das war mehr, als sich über den AT-AT behaupten ließ, der jetzt auf brennenden, beschädigten Füßen humpelte. Eines der Beine hob sich ohne den Fuß und erstarrte dann. Dieser Läufer lief nirgendwo mehr hin.

„Das war also kein Selbstmordunternehmen?", fragte Yendor.

Thane lachte, während er den Schneegleiter wendete und noch einmal an dem Ding vorbeiflog. „Solche Seitengleitflüge habe ich zu Hause jeden Tag zwischen Stalaktiten in den Bergen geübt. Du warst die ganze Zeit über so sicher wie ein Baby."

„Erinnere mich daran, dich nie als Babysitter anzuheuern."

Als Thane ins Kampfgeschehen zurückjagte, sah er, dass es noch jemand geschafft hatte, einen Läufer zu Fall zu bringen – und zwar im wahrsten Sinne des Wortes, denn der AT-AT lag tatsächlich im Schnee. Gerade flog der Kopf des Dings in die Luft, eine schwarze Rauchwolke bauschte sich über dem weißen Boden. Einen Moment lang stellte er sich vor, er säße selbst in dem Läufer. Es musste unerträglich heiß sein unmittelbar vor der Explosion, die Hitze musste diese Männer in ihren Rüstungen gebraten haben ...

Ganz recht, sagte er sich schonungslos. *Wir sind hier, um sie zu töten, so wie sie hier sind, um uns zu töten. Lieber sie als du.*

„Nachricht von Commander Skywalker", meldete Yendor. „Sie haben ein Schleppkabel um die Beine des Läufers geschlungen."

„Das geht natürlich schneller", räumte Thane ein. „Und spart Energie für später."

„Und dieser verdammte Todessalto ist dazu auch nicht nötig ..."

„Zieh nicht über den Trick her, der uns gerade den Hintern gerettet hat", sagte Thane und hielt schon geradewegs auf den nächsten Kampfläufer zu. „Mach einfach schon mal das Schleppkabel bereit."

Als sie wieder ins Schlachtgewühl hineinrasten, sah Thane einen Transporter, der durch die Atmosphäre jagte und sich zum Sprung in den Hyperraum bereit machte. Würden sie diesem Chaos tatsächlich entkommen?

Ein paar von ihnen, ja. Aber es lagen auch schon abgestürzte Schneegleiter am Boden, ringsum wehte Asche im Wind. Ganz gleich, wie viele Transporter davonkamen, die Rebellion würde eine ungeheure Menge an Schiffen und Material zurücklassen müssen. Und die ganze Arbeit, die sie in den Bau der Basis investiert hatten, war umsonst gewesen. Jetzt mussten sie wieder durch die Galaxis streifen und einen Ort finden, der noch unbedeutender und unwirtlicher war als Hoth … wenn es einen solchen Planeten überhaupt gab. Vielleicht hatte die Führung der Rebellion einen langfristigen Plan, in dem die heutige Schlacht letztlich keine Rolle spielte, aber im Moment ließ das Imperium sie bitter für ihren Widerstand büßen.

Thane knirschte mit den Zähnen. Die große Strategie der Rebellion war nicht seine Sache. Er hatte nur einen Job – den Transportern Deckung zu geben.

Eine ganze Weile lang dachte er an nichts anderes als die Ziele und tat nichts anderes, als so dicht wie möglich heranzufliegen, damit Yendor jeden Schuss in einen Treffer verwandeln konnte. Die Bodentruppen unter ihrem Gleiter waren manchmal nur Schatten, ihre weiße Schneetruppen-Rüstung machte sie vor dem Hintergrund der winterlichen Landschaft fast unsichtbar. Als der letzte Läufer bezwungen war, jubelten die anderen Rebellen.

Thane blickte hoch zum trüben Himmel über ihnen. *Was werden sie als Nächstes runterschicken?*

Es kam nichts. Es senkten sich keine imperialen Schiffe mehr herab. Das hieß, sie warteten über der Atmosphäre, um die Rebellen-Jäger einen nach dem anderen abzuschießen.

Sobald der letzte Transporter himmelwärts schoss, jagten Thane und Yendor ihren Schneegleiter zurück zum Stützpunkt. Jetzt blieben ihnen nur noch Minuten, um ihre individuellen Sternenjäger auf den Weg zu bringen.

Thane brauchte nichts weiter zu tun, als sicher aus der Atmosphäre des Planeten herauszufliegen und dann auf Lichtgeschwindigkeit zu gehen – vorher musste er nur den TIE-Jägern entwischen, die gerade herangerast und in Reichweite gekommen waren.

Verdammt! Wäre er nur fünf Minuten früher gestartet, hätten die TIEs ihn gar nicht mehr zu Gesicht bekommen. Jetzt musste Thane sich seinen Weg in die Freiheit freischießen.

Aber TIE-Jäger waren nicht so robust wie Kampfläufer. Sie boten ihren Piloten kaum Schutz – das war der Grund, weshalb es in der Imperialen Flotte als Ehre galt, ein TIE-Pilot zu sein. Es brauchte Schneid, ein solches Ding zu fliegen. Dieses Wissen machte es Thane allerdings nicht leichter, die TIE-Jäger abzuschießen. Er tat es trotzdem. Seine Blasterblitze pflügten über einen der TIEs, ein Schauer grüner Funken stob auf, und dann trudelte das Schiff mit gestutzten Flügeln davon und seinem Untergang entgegen.

Thane hatte in TIE-Jäger-Simulatoren erlebt, wie sich das anfühlte. Er wusste, was die Piloten gerade sahen.

Sie waren im Krieg. Und sie hatten alle ihre Seiten gewählt. Thane jagte nach oben, ohne einen Blick auf die Sensoren zu werfen, als der TIE-Jäger zu Boden krachte.

Sobald der Raum außerhalb seines X-Flüglers schwarz geworden war und die Sensoren freie Bahn anzeigten, gab er einen Kurs für die Rendezvous-Koordinaten ein und machte sich zum Sprung in die Lichtgeschwindigkeit bereit. Erst in den letzten Augenblicken sah er die Imperiale Flotte, die sich auf seiner Steuerbordseite gesammelt hatte, und sie war so gewaltig, dass sie nicht einmal vor der endlosen Finsternis des Alls klein wirkte. Er hatte keine Zeit, sie im Detail zu betrachten, sie war kaum mehr als ein silbriges Aufblitzen, bevor die Sterne sich von Punkten in einen Tunnel verwandelten und seine Triebwerke aufheulten, als sein Schiff den Sprung zur Lichtgeschwindigkeit vollzog.

Thane hatte das Gefühl, er könnte nicht mehr atmen. Er wusste, was er in diesem letzten Sekundenbruchteil beim Blick auf die Imperiale Flotte gesehen hatte – einen Super-Sternenzerstörer.

Als ich desertierte, war Ciena auf der Devastator *stationiert. Man würde sie nie mehr auf ein kleineres Schiff als einen Sternenzerstörer versetzen. Inzwischen setzt man sie wahrscheinlich auch nicht mehr oft auf TIE-Patrouillen ein, aber es könnte sein ... und sie könnte sich nur aus Spaß am Fliegen freiwillig gemeldet haben.*

Er machte sich lächerlich. Angesichts der vielen Sternenzerstörer unter der Herrschaft des Imperators, wie groß war da die

Chance, dass ein bestimmter zu einer bestimmten Schlacht ab-kommandiert wurde – und das an einem bestimmten Tag? Aber so klein die Chance auch sein mochte, die Möglichkeit war gegeben. Und jetzt wurde Thane, dem inzwischen schlecht vor Angst war, klar, dass der TIE-Pilot, den er gerade getötet hatte, Ciena hätte sein können. Die Wahrscheinlichkeit, dass sie es gewesen war, lag ebenso hoch wie für jeden anderen x-beliebigen Piloten in der Flotte. Und wenn es so war, hatte er sich nicht einmal die Mühe gemacht, ihren Tod zu bezeugen.

Am schlimmsten aber war, dass er die Wahrheit nie erfahren würde.

16. KAPITEL

Das metallische Kratzen von Lord Vaders Atem hallte über die Brücke der *Executor*. Ciena war klug genug, um nicht aufzusehen oder auf sonst eine Weise zu zeigen, dass sie seine Anwesenheit auch nur wahrnahm, als er da auf der höheren Ebene nur ein paar Meter über ihr stand. Sie glaubte zwar nicht alle Gerüchte über Darth Vaders Rachsucht, aber inzwischen wusste sie doch, dass man am besten beraten war, wenn man seine Aufmerksamkeit möglichst gar nicht auf sich lenkte. Seine Wutanfälle, wenn ihn etwas verärgerte, waren legendär.

Im Augenblick musste er aufs Höchste verärgert sein.

Wie hatten so viele Rebellentransporte entkommen können? Auch wenn sie zu früh aus dem Hyperraum gekommen waren, hätte das nicht den ganzen Angriff untergraben dürfen. Die Imperiale Flotte hatte eine Streitmacht hinuntergeschickt, der es mühelos hätte gelingen müssen, die Verteidigung des Feindes zu lähmen. Aber statt eines Sieges schlugen auf ihrer Seite drei demolierte AT-ATs zu Buche, von denen einer schwer beschädigt war, dazu mehrere Dutzend zerstörter TIE-Jäger und einige Hundert tote Schneetruppler. Die hohe Zahl von Opfern aufseiten der Rebellen war da nur ein kleiner Trost.

Später, entschied Ciena, würde sie sich die Aufzeichnungen der Schlacht von Hoth ansehen und die Taktik der Rebellen im Detail studieren. Das Imperium hatte in Sachen Manpower und Feuerkraft alle Vorteile auf seiner Seite. Heute hätte der Tag sein sollen, an dem sie der Rebellion den letzten, vernichtenden Schlag versetzten. Stattdessen hatten sie nur einen Teilsieg errungen. Wenn die Rebellen es verhindern konnten, von einer imperialen Streitmacht unter der Führung von sechs Sternenzerstörern zermalmt zu werden, dann mussten überlegene oder wenigstens überraschende Strategien der Grund dafür sein. Diese eingehender zu analysieren, mochte den Imperialen Erkenntnisse bescheren, die sie brauchten, um einen endgültigen Schlussstrich unter diesen grausamen Krieg zu ziehen.

Jetzt allerdings hatten Ciena und jeder sonst an Bord der *Executor* eine andere, sehr viel wichtigere Priorität – die Ergreifung des *Millennium Falken*.

Wenn irgendjemand auf der Brücke wusste, warum es so wichtig war, diesen antiken Schrotthaufen zu schnappen, dann behielt er es für sich. Lord Vader wollte, dass das Schiff an Bord gezogen und die Passagiere lebend gefangen genommen wurden. Anstatt den *Millennium Falken* also kurzerhand in Stücke zu schießen – was ihnen im Handumdrehen gelungen wäre –, mussten sie versuchen, ihn vom Himmel zu pflücken.

Leider war der Pilot des *Falken* ein echtes Ass. Er war in ein Asteroidenfeld vorgedrungen, weil ihm Selbstmord anscheinend lieber war, als geentert zu werden. Kein Kleinschiff durfte darauf hoffen, unbeschadet aus einem Asteroidenfeld herauszukommen. Das Rebellenschiff hatte wenigstens Schilde – TIE-Jäger besaßen nicht einmal diesen Schutz.

Trotzdem waren vier davon hinterhergeschickt worden. Während Ciena dasaß und versuchte, den Sinn und Zweck dieser Selbstmordmission zu ergründen, sagte Captain Piett: „Ree, leisten Sie Navigationshilfe."

Ihr wurde bang ums Herz, trotzdem sagte sie nur: „Ja, Sir."

Sie ging zur Navigationshilfe-Station im Datengraben und blickte auf die vier Bildschirme, die ihr die Ziele und die Koordinaten der TIE-Jäger anzeigten. Die Unterstützung, die sie leisten konnte, würde nur minimal sein – aber wenn sie die Chancen dieser Piloten vergrößern konnte, dann würde sie das natürlich tun. Mit fliegenden Fingern gab sie die Triangulationen zwischen ihren Schiffen und dem *Millennium Falken* ein, dann setzte sie hastig das Headset auf, durch das sie direkt mit den Piloten sprechen konnte. „O-L-sieben-null-eins, justieren Sie siebenunddreißig Grad nach steuerbord und unten. N-A-acht-eins-eins, folgen Sie, aber gehen Sie höher ..."

NA811 war ein Pilot namens Penrie, mit dem sie ab und zu ein paar Worte wechselte, ein Absolvent der Akademie auf Lothal. Wenn er lachte, musste man mit einstimmen, und da er jedermanns Witze zum Brüllen komisch zu finden schien, herrschte ständig Gelächter. Obwohl Penrie ein paar Jahre älter als sie war, klang seine Stimme jünger, als er sagte: *„Verstanden."*

„C-R-neun-sieben-acht, ziehen Sie hoch – hochziehen!" Aber Cienas Befehl war zu spät gekommen. Einer der TIE-Jäger verschwand vom Raster.

Damit hatte sie einen Toten zu verantworten. Bitte nicht noch mehr.

„O-L-sieben-null-eins, ich gebe eine neue Flugbahn in ihren Navigationscomputer ein, jetzt ..."

„Erhalten."

„J-A-eins-acht-neun, Ihr Computer stellt keine Verbindung her ..."

„Ich kann nicht ..." Dann begleitete plötzliches statisches Rauschen den wilden Taumel eines weiteren TIEs auf ihrem Bildschirmraster. „Eines meiner Triebwerke wurde getroffen! Ich kann nicht steuern ... brauche einen Traktorstrahl ..."

Das Rauschen wurde erst lauter, dann verstummte es, als das Abbild von JA189s TIE-Jäger vollends erlosch.

Schweiß ließ Cienas grauen Overall auf ihrer Haut kleben. Sie hielt den Blick auf das Raster geheftet und ihre Stimme so ruhig es ging. „O-L-sieben-null-eins, N-A-acht-eins-eins, Sie kommen einem der größeren Asteroiden gefährlich nahe ..."

„Das Zielobjekt scheint nach Deckung zu suchen. Wir sind an ihm dran." Das war OL701. Durch das NA811-Uplink hörte Ciena nur Atemgeräusche, die zu flach und zu schnell waren. Penrie hatte gerade zwei andere Piloten vor seinen Augen explodieren sehen.

An Captain Piett gewandt sagte sie: „Sir, wenn der *Millennium Falke* auf einem der größeren Asteroiden landet, könnten wir unsere Laserkanonen darauf konzentrieren und ihn hochjagen. Damit würden wir den *Falken* ausschalten. Kann ich die TIE-Jäger zurückbeordern?"

Piett stand völlig reglos da. Offenbar wartete er darauf, dass Lord Vader den Befehl zurückwies. Doch Vader sagte nichts. Er drehte sich nicht einmal um. Schließlich antwortete Piett: „Na gut, Ree."

Hoffnung durchströmte sie. Wenigstens zwei der Piloten konnte sie retten. „N-A-acht-eins-eins, O-L-sieben-null-eins, Verfolgung abbrechen. Suchen Sie sich den sichersten Kurs zurück ..."

„*Er ist in einer der Schluchten*", erwiderte OL701. „*Wir haben ihn fast ...*"

Ciena wartete auf eine Meldung von Penrie. Stattdessen schrie er – ein schrecklicher, kurzer Laut, der sofort abriss. Im selben Augenblick verschwanden die beiden verbliebenen TIE-Jäger von ihrem Bildschirm, und er wurde schwarz.

Vier Piloten waren tot, und es war zumindest teilweise ihre Schuld. Würde Piett sie dafür maßregeln? Schlimmer noch, würde Vader es tun?

Was war, wenn etwas dran war an den Gerüchten darüber, wie Vader mit Leuten verfuhr, die sein Missfallen erregten?

Aber niemand beachtete sie auch nur. Piett und Vader taten, als hätte sie niemanden im Stich gelassen, als wären nicht soeben vier treue Offiziere völlig grundlos gestorben. Ciena blieb nichts weiter übrig, als an ihre übliche Station zurückzukehren und die Lage weiterhin zu beobachten.

Dem Commander, der im Datengraben neben ihr saß, flüsterte sie zu: „Warum feuern wir nicht wenigstens auf den Asteroiden?"

„Keine freie Schussbahn. Das Zielobjekt könnte ebenso gut den Kurs geändert haben. Wir haben es nicht mehr auf den Bildschirmen und den Sensoren."

Eine Welle der Übelkeit überrollte Ciena. Diese vier TIE-Piloten waren umsonst gestorben. Niemand würde Penrie je wieder lachen hören. In den Kommando-Laufbahn-Kursen auf der Akademie hatten die Lehrer ihnen geraten, ihre Truppen nicht als Individuen zu sehen – das würde nur zu Bedenken und in der Folge zur Niederlage führen. Sie schützten ihre Leute, indem sie vergaßen, dass es Leute waren – stattdessen betrachteten sie sie als Figuren in einem großen, komplizierten Spiel. Das war der einzige Aspekt in der Kommando-Laufbahn-Ausbildung gewesen, der Ciena je hatte innehalten lassen. Und sie wusste jetzt, dass sie dazu nie in der Lage sein würde, nicht so wie Piett und Vader es waren.

Dennoch konnte Vader nicht völlig bar aller Emotionen sein, denn da erteilte er den unglaublichen Befehl, mit der *Executor* ebenfalls in das Asteroidenfeld vorzustoßen.

Die ersten Aufschläge ließen das Schiff erbeben. Ciena fuhr zusammen, als wären die Schäden Verletzungen, die ihr selbst beigebracht wurden. Was Sternenzerstörer an schierer Kraft besaßen, fehlte ihnen in puncto Manövrierbarkeit – sie würden heute zahllose Treffer einstecken. Was bei einem Super-Sternenzerstörer noch als geringe Beschädigung bezeichnet wurde, konnte die Zerstörung von zwei ganzen Decks, die sich über ein paar Tausend Meter erstreckten, bedeuten – und den Tod all der Leute, die auf diesen Decks stationiert waren. Weitere Offiziere und Sturmtruppen würden unnötigerweise sterben, und das alles nur, weil Lord Vader ein verlottertes altes Schiff nicht entkommen lassen wollte …

Nein, rief sich Ciena in Erinnerung. Die Toten, die es heute gegeben hatte, das sinnlose Risiko und die Schäden, all das lag daran, dass die Rebellen-Allianz einen Krieg angefangen hatte.

Als ihre Schicht zu Ende war, stand Ciena auf, um zu gehen, und zuckte zusammen. Jeder Muskel ihres Körpers hatte sich während der TIE-Jäger-Flüge durch das Asteroidenfeld so schlimm verspannt, dass sie sich vorkam, als wäre sie dreißig Kilometer gerannt. Die Tür glitt auf, um sie hinauszulassen – oder um, wie sich herausstellte, Piett wieder hereinzulassen. Sie stand augenblicklich stramm und wartete auf die Rüge, die sie zweifellos verdiente.

Doch Piett sagte nur: „Das war gute Arbeit heute, Lieutenant Commander."

„Aber …" Verwechselte er sie mit jemand anderem? „Ich habe alle vier Piloten verloren, Sir."

„Die hatten eigentlich gar keine Chance. Dank Ihnen sind sie länger am Leben geblieben, als sie es aus eigener Kraft geschafft hätten."

Er teilte ihr mit, dass sie gute Arbeit geleistet hatte. In gewisser Hinsicht verstand sie ja, warum er das sagte, aber das änderte nichts daran, wie elend ihr zumute war. Doch ihr blieb nichts weiter zu sagen als „Danke, Captain!".

„Oh! Ach ja. Sie waren nicht auf der Brücke, als …" Piett straffte sich. „Ich wurde mit sofortiger Wirkung zum Admiral befördert und übernehme Admiral Ozzels Kommando."

Was ist denn mit Admiral Ozzel? Die Frage erstarb ihr auf den Lippen. In der Imperialen Flotte war es manchmal besser, wenn man glauben konnte, die Antwort nicht zu kennen. „Ja, Admiral. Glückwunsch!"

Pietts Miene wirkte freudlos. „Das ist alles, Ree." Damit kehrte er auf die Brücke zurück. Die schwarze Tür glitt hinter ihm zu.

Ciena fühlte sich zu erschöpft, um sich zu bewegen, geschweige denn, um Überstunden zu machen. Doch anstatt in ihr Quartier zurückzugehen, suchte sie sich eine freie Analyse-Kabine und rief alle Aufnahmen der Schlacht von Hoth auf, die für jemanden ihrer Freigabestufe zugänglich waren. Sie hatte vor, jede einzelne Sekunde davon durchzugehen, bis sie herausgefunden hatte, wie es einem zusammengewürfelten Haufen armselig ausgerüsteter Rebellen gelungen war, die größte Militärstreitmacht, die es in der Galaxis je gegeben hatte, zu überlisten.

War es Anmaßung zu glauben, sie könnte eine Antwort finden, die den klügsten Taktikern der Admiralität entgangen war? Nein, stellte sie fest. Es war Verzweiflung. Sie wollte, dass dieser Krieg aufhörte – er *musste* enden –, damit auch die blutigen, gnadenlosen Methoden des Krieges ein Ende nahmen. So stark und entschlossen sie auch war, die Sache durchzuziehen, wusste Ciena doch auch, dass sie es nicht ertragen könnte, noch auf Jahre hinaus Leute in einen so sinnlosen wie unnützen Tod zu schicken.

Penrie und ich mögen zwar nicht unbedingt Freunde gewesen sein, aber er war mehr als nur eine Kennnummer. Ich erinnere mich an sein Lachen, an sein Muttermal. Ich kann nicht vergessen, dass er ein Mensch war, dass er irgendwo dort draußen eine Mutter und einen Vater hat, die wollen, dass er nach Hause kommt. Sie werden zerbrechen, wenn sie die Wahrheit erfahren, so gewiss wie Mama und Papa zerbrechen würden, wenn ich in Ausübung meiner Pflicht fallen würde. Das ist nur eine einzelne kleine Tragödie. Aber multipliziert man dieses Leid und diese Trauer mit den Milliarden Leuten, die in diesem Krieg bereits umgekommen sind, wird es unerträglich.

Immer wenn Ciena so in Gedanken sprach, stellte sie sich denselben Zuhörer vor. Wenn sie doch nur wirklich mit Thane reden könnte! Er wüsste, was er ihr raten sollte, wie er sie trösten konnte. Und selbst wenn er nichts anderes tun könnte, würde er sie in seine Arme nehmen und ihr erlauben, sich an ihm festzuhalten, bis der ärgste Schmerz verebbt war. Manchmal konnte sie nicht einschlafen, ohne sich die eine Nacht vorzustellen, die sie und Thane miteinander verbracht hatten – nicht den Sex (na ja, nicht *nur* den Sex), sondern das Nachglühen, die Art und Weise, wie er zärtlich ihr Haar geküsst und sich mit seinem Körper an ihren geschmiegt hatte. Niemals sonst im Leben hatte sie sich so sicher und geborgen gefühlt.

Ciena biss sich auf die Unterlippe – der Schmerz holte sie zurück ins Hier und Jetzt. Alle paar Monate fasste sie den Entschluss, nie wieder an Thane zu denken. Er hatte seinen Weg gewählt. Wo in der Galaxis er auch sein mochte, sie hoffte, dass es ihm gut ging und er glücklich war. Sie würde es nie wirklich wissen, und damit musste sie ihren Frieden machen.

Also konzentriere dich auf das, was du tust, ermahnte sie sich. Ciena begann die Hoth-Aufzeichnungen abzuspielen und machte sich dabei die ganze Zeit über Notizen auf ihrem Datapad. *Verlassene Schneegleiter ... Das heißt, sie verloren Schiffe und wertvolles Material, als wir sie verjagten ... Wäre es möglich, sie einfach zu jagen, bis ihre Ressourcen aufgebraucht sind? Zermürbungskrieg?* Die nächste Aufzeichnung zeigte die Laserkanonen der Rebellen. Die Bewaffnung selbst entsprach den imperialen Standards zumindest annähernd, aber ... *Unzureichende Körperpanzerungen für Soldaten scheinen unter den Rebellenstreitkräften gang und gäbe zu sein. Waffen in Betracht ziehen, die Schrapnells verursachen, möglicherweise scharfkantige Mikrodroiden?* Als Nächstes folgten Aufnahmen von der Zerstörung der imperialen Kampfläufer. Ciena hätte aufstöhnen mögen, als sie sah, wie mühelos die Harpunen und Abschleppseile den ersten AT-AT zu Fall brachten. Es musste doch irgendeine Abwehrmaßnahme geben, die sie dagegen installieren konnten. Der zweite Läufer schien von innen heraus zu explodieren, da lag die Schuld also wahrscheinlich eher auf imperialer Seite. *Mechanische Fehlfunktion? Möglicherweise Sabotage?*, notierte sie. Und dann wurde ein weiterer Läufer Opfer eines Rebellenpiloten, der aus irgendeinem Grund über die einzigen verwundbaren Stellen in der Panzerung Bescheid wusste ...

Ihr Kopf war plötzlich wie leer gefegt. Das Piepen und Summen der Computer ringsum wurde praktisch zu weißem Rauschen. Erstaunen und das Gefühl, verraten worden zu sein, rollten durch sie hindurch wie der Schock eines Erdbebens und seine Nachwirkungen. Doch Ciena schüttelte den Kopf. *Das habe ich mir eingebildet. Das muss ich mir eingebildet haben. Weil es unmöglich wahr sein kann.*

Rasch rief sie die Aufzeichnung noch einmal auf und spielte sie ein weiteres Mal ab. Sie hatte es sich nicht eingebildet. Der Rebellen-Schneegleiter feuerte unentwegt auf die idealen Ziele in den untersten Gelenken der Läuferbeine, wobei er in selbstmörderischem Tempo vorwärtsraste – und dann, im allerletzten Moment, kippte er seitwärts und schlüpfte durch die enge Lücke, die in die Sicherheit führte.

Als flöge man zu Hause zwischen den Stalaktiten hindurch.

Eine Menge Piloten in der ganzen Galaxis mussten dieses Manöver erlernt haben. Das wusste Ciena. Aber das änderte nichts an dem, was sie gerade mit absoluter Sicherheit gesehen hatte: Thane Kyrell hatte sich der Rebellion angeschlossen.

17. KAPITEL

Thane tat alles so ausdruckslos und automatisch wie sein Astromech-Droide – den Sammelpunkt erreichen, die Codes eingeben, um den nächsten Sammelpunkt zu erfahren, wieder in den Hyperraum springen und schließlich an das neue Basisschiff der Rebellen ankoppeln, den Mon-Calamari-Kreuzer *Liberty*.

Die *Liberty* war viel größer und ausgeklügelter als die meisten anderen Schiffe in der bunt zusammengewürfelten Rebellenflotte. Allerdings war sie auf die Bedürfnisse der Mon Calamari ausgerichtet, nicht auf die von Menschen. Es war warm an Bord und die Luftfeuchtigkeit so hoch, dass Thanes Haut binnen weniger Minuten nass war.

Er beschloss, dass er sich irgendwie von seinem Unbehagen ablenken musste. Und es war sowieso besser, wenn er mit seinen Gedanken nicht allein war. Immer noch sah er diesen TIE-Jäger in die Tiefe trudeln und stellte sich vor, dass Ciena darin starb … und dem musste er irgendwie einen Riegel vorschieben.

Erst suchte er Freunde auf.

Wedge klopfte Thane auf die Schulter, und Thane brachte ein Lächeln zustande, als sie einander zu den Läufern gratulierten, die sie ausgeschaltet hatten. Doch als Thane nach Dak Ralter fragte, machte Wedge ein betrübtes Gesicht. „Dak ist in der Schlacht gefallen. Der Schneegleiter wurde getroffen. Nur Skywalker hat es geschafft."

Vor einem halben Tag erst hatte Thane den jungen Mann noch wegen seiner Heldenverehrung für Luke Skywalker aufgezogen. Jetzt lag Dak tot und verlassen auf Hoth, sein Leichnam zermalmt von einem AT-AT.

Der Junge war noch nicht einmal neunzehn Jahre alt gewesen.

„Wenn es dir ein Trost ist", ergänzte Wedge, während er Thanes Miene betrachtete, „Luke sagte, Dak ist durch den Treffer gestorben und war auf der Stelle tot."

„Ein Trost", wiederholte Thane. „Ja, klar."

Wedge schien noch mehr sagen zu wollen, aber Thane wollte es nicht hören. Er wandte sich ab, ging durch die Startbucht und beobachtete das Treiben ringsum, als hätte er so etwas noch nie gesehen. Piloten lachten und scherzten, denn so ging man um mit einer tödlichen Gefahr, die nie aufhörte – man tat so, als existierte sie nicht. Nur eine Handvoll der umstehenden Rebellen zeigten irgendwelche Anzeichen von Trauer oder Schock.

Wahrscheinlich stellten auch sie sich Szenen vor, die so schrecklich waren wie die eine, die Thane immer wieder durch den Kopf ging – Ciena und Dak, beide tot, ihre zerschmetterten Leichen, die auf der Oberfläche von Hoth lagen. Bald würden sie vom Schnee zugedeckt sein und nie mehr gesehen werden.

„Hey, alles in Ordnung mit dir?" Yendor schloss zu ihm auf und ging neben ihm her. Sein blauer Lekku hing ihm über den Rücken.

„Mir geht's gut."

„Wenn du so aussiehst, wenn es dir ‚gut' geht, dann will ich dich gar nicht sehen, wenn es dir ‚schlecht' geht."

„Dak Ralter hat's nicht geschafft."

„Tut mir leid, das zu hören", erwiderte Yendor. „Er war ein guter Junge."

„Ja."

„Ich wusste gar nicht, dass ihr euch so nahestandet."

„Taten wir auch nicht." *Es geht nicht nur um Dak. Ich könnte heute Ciena getötet haben – und mir ist zwar klar, dass es höchstwahrscheinlich nicht sie war, aber sie hätte es sein können, und ich werde es nie erfahren ...* „Lass es gut sein, okay?"

Yendor war klug genug, das Thema ruhen zu lassen. „Verstanden. Komm, hilf mir, die neuen Rekruten auszurüsten. Zwei Dutzend von ihnen waren auf dem Weg nach Hoth, als der Alarm losging."

„Klar", sagte Thane. Dann hatte er wenigstens etwas zu tun.

Er erlebte sogar eine angenehme Überraschung, als er Helme, Blaster und Funkgeräte an die Neuen ausgab – er blickte in ein bekanntes Gesicht. „Na, schau einer an, was uns der Gundark da angeschleppt hat", sagte Kendy Idele, und ein breites Lächeln erschien auf ihrem Gesicht. Ihr dunkelgrünes Haar hing zu einem langen Zopf geflochten hinten über ihren weißen Overall, ein paar feuchte Strähnen klebten auf ihrer Stirn. „Thane Kyrell. Hätte nie gedacht, dich hier anzutreffen."

„Kendy. Ich dachte, du hättest dich der Imperialen Flotte lebenslänglich verschrieben."

„Da siehst du mal, wie man sich irren kann." Kendy lachte laut auf. Sie schien sich ein bisschen mehr darüber zu freuen, ihn zu sehen, als es umgekehrt der Fall war. Es *tat* gut, Kendy wiederzusehen, in gewisser Weise – sie waren auf der Akademie nicht wirklich eng befreundet gewesen, aber er hatte sie immer bewundert. Vor allem erinnerte er sich, wie tödlich präzise sie auf der Schießbahn gewesen war, wo sie mit ihrem Blaster drei Flugziele pro Sekunde treffen konnte. Die Rebellion brauchte Leute, die so schießen konnten.

Aber sie war eine von Cienas Zimmergenossinnen und eine ihrer besten Freundinnen gewesen. Thane konnte Kendy nicht anschauen, ohne in Gedanken Ciena an ihrer Seite zu sehen.

An diesem Tag wurde nicht viel mehr getan, als Namen aufzunehmen, Inventur zu machen und zu schwitzen. Die Kommandozentrale der Echo-Basis war getroffen worden, und das hieß, dass Desorganisation und Ungewissheit herrschten. Mehrere wichtige Leute wurden offenbar vermisst. Nicht nur war Luke Skywalker nicht am Sammelpunkt erschienen, auch der *Millennium Falke* mit Prinzessin Leia Organa an Bord war verschwunden. General Rieekan hatte eine Notfallkonferenz der Führungsoffiziere dieses Teils der Flotte einberufen, zu der auch Wedge hinzugezogen wurde. Der Rest von ihnen machte sich an die Reparatur der Sternenjäger, verstaute die Ausrüstung so, dass es zumindest einigermaßen ordentlich aussah, und wartete darüber hinaus auf neue Befehle und die Bekanntgabe ihres nächsten Zieles.

Somit war es keine Überraschung, als einer der Transporter-Piloten erwähnte, dass sie ein bisschen Maschinenraum-Fusel gebraut hatten.

Dieser sogenannte Jet-Sprit gehörte zu den Dingen, die die Führung zwar offiziell verboten hatte, tatsächlich aber sah man darüber hinweg, solange weder die Herstellung noch der Verzehr den Dienst beeinträchtigte. Für die kommenden ein, zwei Tage, bevor sie zu ihrem nächsten Zielort aufbrachen, waren sie so frei von Gefahr, wie es eine Rebellenarmee nur sein konnte. Hätte die Imperiale Flotte gewusst, wo die Sammelpunkte der Rebellen lagen, wäre sie ihnen sofort in voller Stärke gefolgt. Jeder gute Offizier wusste, dass Soldaten manchmal eine Gelegenheit brauchten, um Dampf abzulassen, insbesondere nach einer großen Schlacht. Also sagte niemand etwas, als sie anfingen, die Becher kreisen zu lassen.

Thane leerte seinen ersten so schnell, dass ihm die Augen tränten. Jet-Sprit mochte ja alles Mögliche sein, aber mild war er bestimmt nicht. Doch sobald er nicht mehr husten musste, hielt er seinen Becher erneut hin und ließ sich nachschenken.

„Du gibst es dir heute aber ordentlich", meinte Yendor mit einem neugierig zuckenden Lek.

„Warum auch nicht?", entgegnete Thane. Er sah Yendor dabei nicht in die Augen.

Es war nicht so, dass Thane nie trank. Ab und zu genehmigte er sich ein paar Becher Schnaps oder ein, zwei Ales. Im Laufe der Zeit hatte er sogar Geschmack an andoanischem Wein gefunden. Aber sich wirklich zu betrinken, das hatte ihn nie interessiert, nicht einmal als Junge auf Jelucan, wenn sich die anderen aus seiner Schule in Festnächten völlig zuschütteten.

Er hatte noch nicht einmal irgendwelche Rauschmittel probiert vor jenem Abend in der Festung, an dem Ciena unter ihrer Kleidung versteckt eine Flasche Talwein mitgebracht hatte. Sie waren nicht älter als vierzehn gewesen. Beide hatten sie das klebrig süße Zeug eklig gefunden und das meiste davon weggeschüttet. Ihre vollen Lippen waren immer noch beerendunkel gefleckt gewesen, als sie die Flasche auswusch, und sie hatten gelacht, weil sie das Zeug nicht einmal mehr riechen wollten …

Ciena. Immerzu Ciena. Besaß Thane eine Erinnerung, die es wert war, bewahrt zu werden, in der sie nicht vorkam? Konnte er genug trinken, um wenigstens den Gedanken an sie zu tilgen? Offenbar nicht. Aber es lag nicht daran, dass er es nicht versucht hätte.

Noch ein Drink. Dann noch einer. Thanes Wahrnehmung des Abends wurde bruchstückhaft und surreal. Er wusste, dass Kendy erzählt hatte, wie ihre gesamte Patrouille auf Miriatin gemeutert hatte und nur ein Drittel von ihnen mit dem Leben davongekommen war. Er erinnerte sich an eine Partie Sabbac, aber an keine der Karten, die er in der Hand gehabt hatte. Ein paar Jungs von Ord Mantell könnten ein obszönes Lied über die einzigartigen Freuden, die verschiedene Spezies im Bett bereiten konnten, gesungen haben. Irgendwann hatte Yendor ihn gefragt, ob er sich nicht hinlegen und schlafen wolle, aber Thane hatte seinem Freund gesagt, er solle sich um seinen eigenen Kram kümmern. Als sich der Raum um ihn herum drehte, hatte sich Thane einfach an den nächsten X-Flügler gelehnt und weitergemacht.

So fand er sich irgendwann mitten in der Nacht wieder, stolperte allein durch die unvertraute Basis und gab sich alle Mühe, nicht auf die Schnauze zu fallen.

Komm schon, du findest die Quartiere schon irgendwie. Man hat sie dir doch gezeigt. Vorhin … Doch seine Trunkenheit hatte die seltsamen Korridore des Mon-Calamari-Schiffs in noch seltsamere Winkel gefaltet. Immer wieder tauchten die Wände dort auf, wo eigentlich der Boden sein sollte, und umgekehrt. Schließlich kam Thane zu dem Schluss, dass es eine großartige Idee war, sich erst mal hinzusetzen.

Als sein Rücken an der Wand nach unten rutschte, spürte er, wie sich ihm der Magen umdrehte. Eine Androhung dessen, was ihm bevorstand. Er hatte noch nie so viel getrunken, dass er sich übergeben musste. Das war auch keine Erfahrung, auf die er scharf war. *Es gibt für alles ein erstes Mal,* dachte er benebelt.

Dann half ihm jemand auf die Beine, eine Frau, der er noch nie begegnet war – jedenfalls glaubte er, dass er ihr noch nie begegnet war –, aber sie schien nett zu sein und legte sich einen seiner Arme über die Schultern. Für Thane war das ein Grund, der gut genug war, um ihr seine Lebensgeschichte zu erzählen.

„Also, eigentlich erzähl ich Ihnen nur … ich erzähl Ihnen nur den Teil, in dem Ciena vorkommt", nuschelte er, während die Frau mit ihm die nächste Toilette ansteuerte. „Aber das ist so ziemlich mein ganzes Leben. Der gute Teil meines Lebens jedenfalls."

„Hört sich ganz so an. Hier, setzen Sie sich."

Sie ließ ihn auf einen Sitz rutschen. Thane ließ den Kopf schwer nach hinten sinken. „Ich weiß, wahrscheinlich hab ich sie heute nicht abgeschossen. Aber ich *hätte* es tun können. Oder irgendeiner von den anderen … die hätten es tun können, und die sind auf meiner Seite, verstehen Sie? Das sind meine Freunde, und wir hassen das Imperium alle, aber wenn ich je herausfände, dass einer von ihnen Ciena getötet hat … Und eigentlich ist das ja verrückt, denn sie hat mich ans Imperium verraten, wissen Sie? Ist das zu fassen? Sie hat mir zwar einen Vorsprung gegeben, aber sie hat mich verraten. Manchmal denk ich darüber nach, und dann werd ich so wütend, dass ich … aber es bringt mich immer noch um, wenn ich mir vorstelle, ihr könnte etwas zustoßen …"

„Sch, sch!" Die Frau legte ihm irgendein kühles, feuchtes Tuch auf die Stirn. Das war die beste Idee, die jemals irgendjemand gehabt hatte. Thane befand, dass sie eine Art Genie war.

Also konnte vielleicht sie ihm helfen herauszufinden, was Sache war.

„Was ist, wenn … was ist, wenn ich eines Tages wieder gegen das Imperium in eine Schlacht ziehe und … blockiere? Was ist, wenn ich nicht schießen kann, weil ich weiß, dass Ciena in einem dieser TIE-Jäger sein könnte? Was ist, wenn ich schieße und sie in einem *ist?*" Thane merkte, dass er drauf und dran war zu heulen, und schaffte es, sich zusammenzureißen. Er mochte sturzbesoffen sein, aber er wollte verdammt sein, wenn er hier zusammenbrach. „Ich will sie nicht umbringen. Und ich will nicht, dass andere sterben müssen, weil ich Angst habe, sie zu verletzen … diesen einen Menschen in der gesamten Imperialen Flotte, den ich liebe."

„Das verstehe ich", sagte die Frau und drückte ihm einen Becher in die Hand. „Trinken Sie einen Schluck Wasser. Sie werden es mir später danken."

Danach verschwamm alles noch mehr. Irgendwann musste Thane seine Koje gefunden haben, weil er vage wahrnahm, dass er voll angezogen, inklusive seiner Stiefel, hineinkroch. Und dort wachte er am nächsten Morgen auf und hasste das Leben.

„Ein anderer würde jetzt sagen: ‚Ich hab dich ja gewarnt.'" Yendor grinste, als Thane sich über den nächstbesten Eimer beugte.

„Halt bitte die Klappe."

„Nicht bevor ich dir gesagt habe, dass unsere Staffel ein Briefing mit der Führung hat, und zwar in … oh, einer halben Stunde."

Thane verdrehte die Augen ob seiner eigenen Dummheit, dann zuckte er zusammen. Er hatte nicht gewusst, dass es wehtun konnte, die Augen zu verdrehen. „Kann man einen Kater loswerden, wenn man in einen Bacta-Tank steigt?"

Yendor überlegte. „Hm. Das ist gar keine schlechte Idee, weißt du? Das müssen wir irgendwann mal ausprobieren. Jetzt allerdings hast du dafür keine Zeit mehr."

„Toll. Ganz toll."

In einem Akt übermenschlicher Anstrengung, jedenfalls kam es ihm so vor, schaffte es Thane unter die Dusche und in seine Uniform. Die dunklen Ringe unter seinen Augen und die rötlichen Stoppeln auf seinen Wangen …? Nun, andere Leute waren schon in schlimmerer Verfassung als er zum Appell angetreten. Der Medi-Droide 2-IB gab ihm eine Injektion, die seine Blutwerte in ein, zwei Stunden wieder auf ein erträgliches Maß bringen würde. Thane brauchte nur das Briefing zu überstehen.

Als die komplette Staffel angetreten war, betrat General Rieekan den Raum – aber er war nicht allein. Hinter ihm ging eine gefasste, hoheitsvolle Frau mit dunkelrotem Haar, die ganz in Weiß gekleidet war.

„Ich glaub's ja nicht", flüsterte Kendy.

„Ich auch nicht", sagte Yendor, der mit einem breiten Grinsen im Gesicht neben Thane stand. „Endlich lernen wir Mon Mothma persönlich kennen!"

Mon Mothma. Eine der wenigen im Senat, die sich Palpatine während seines Aufstiegs zur Macht offen widersetzt hatten. Meistgesucht auf allen Verbrecherlisten der Imperialen Flotte. Eine der führenden Kräfte der Rebellen-Allianz.

Und die Frau, die in der vergangenen Nacht zugehört hatte, als Thane sich ausgekotzt hatte, sowohl buchstäblich als auch im übertragenen Sinn.

Wie hatte er sie nicht erkennen können? Er musste noch besoffener gewesen sein, als er gedacht hatte. Natürlich zeigten die Nachrichtenmeldungen des Imperiums nur Bilder von Mon Mothma, die etliche Jahre alt waren, denn sie war für einige Zeit untergetaucht. Aber Thane war so betrunken gewesen, dass er die Frau nicht einmal dann erkannt hatte, als sie ihm den Kopf über ein Becken gehalten hatte, während er sich die Seele aus dem Leib kotzte.

Toll. Ganz toll. Wäre er doch nur im Boden versunken und hätte der sich dann über ihm wieder geschlossen, um jeden Hinweis darauf, dass er auch nur existierte, zu verbergen ... Aber Thane musste dastehen und so tun, als wäre alles ganz normal.

„Guten Morgen", sagte sie, und ihre Stimme klang so ruhig und fest wie gestern Nacht. „Es ist mir eine Ehre, weitere der Kämpfer kennenzulernen, die dazu beigetragen haben, dass die Rebellen-Allianz in diesen finsteren Zeiten stark geblieben ist."

Eine Welle des Stolzes durchlief die Reihen der Staffel, und selbst Thane fühlte sich aller Scham zum Trotz davon berührt. Die Anführerin der ganzen Rebellion sagte, es sei ihr eine Ehre, *sie* kennenzulernen. Er bezweifelte, dass der Imperator jemals so etwas zu seinen Truppen gesagt hatte.

Mothma fuhr fort: „Sie wissen alle, dass wir uns natürlich bald wieder in Bewegung setzen müssen." Sie musterte einen Piloten nach dem anderen. Thane wunderte sich, dass eine so sanfte Stimme zu derselben Person gehören konnte wie dieser stählerne Blick. „Die Corona-Staffel wird die Flotte jedoch nicht zu ihrem neuen Sammelpunkt begleiten."

Sie wechselten Blicke untereinander. War das eine Art Strafe für ihr Gelage gestern Abend? Oder für einen anderen, schwerwiegenderen Verstoß? Aber sie hatten sich, soweit Thane wusste, nichts zuschulden kommen lassen, was irgendeine Strafe verdient hätte. Im Gegenteil, sie waren eine der Spitzenstaffeln der Flotte.

Da sagte Mon Mothma: „Wir haben ... wichtige Aufgaben für Sie."

Weitere Worte waren nicht nötig. Sie meinte Spionagearbeit. Das bedeutete auch Gefahr. Aber Thane hatte sich der Rebellion nicht angeschlossen, um eine ruhige Kugel zu schieben.

„Sie wurden für diese Mission ausgewählt, obwohl viele von Ihnen noch neu in der Rebellion sind. Doch sie verfügen über die richtigen Fähigkeiten für die bevorstehenden Aufgaben." Mon Mothma nahm auf einem der Schreibtische in dem kleinen Raum Platz. Irgendwie verwandelte allein ihre Präsenz diese vier Wände in eine Staatskanzlei.

Sie ist dem Imperator jetzt schon gewachsen, dachte Thane, *auch wenn es Palpatine noch nicht weiß.*

General Rieekan ergriff das Wort. „Die Corona-Staffel wird bis auf Weiteres auf der *Liberty* stationiert bleiben. Sie bekommen in den nächsten Stunden permanente Quartiere zugewiesen."

„Oh Mann", sagte Yendor todernst, „ich hab schon immer darauf gehofft, mal in einer Sauna zu leben."

Rieekan hob eine Augenbraue. „Wie bitte, Schütze Yendor?"

„Ich sagte, ich hätte schon immer darauf gehofft, eines Tages in einer Sauna zu leben, *Sir.*"

Das brachte die anderen zum Lachen, und auch Rieekan lächelte. Mon Mothmas Gesicht blieb ausdruckslos, zeigte aber auch keine Missbilligung. Dieselbe kleine Formlosigkeit hätte einen imperialen Offizier in den Bau gebracht – in der Rebellenflotte konnten Disziplin und Menschlichkeit nebeneinander existieren.

„Sowohl die Gruppen- als auch die Einzelmissionen werden besprochen, wenn sie anstehen", fuhr Mon Mothma so ruhig fort, als hätte es keine Unterbrechung gegeben. „Aber Sie haben ein Recht darauf, schon jetzt zu erfahren, dass die Risiken beträchtlich sein werden, noch größer als diejenigen, denen Sie sich bereits gestellt haben. Es liegt im Bereich des Möglichen, dass einer von Ihnen oder auch Sie alle gebeten werden, sich auf Missionen zu begeben, bei denen nur eine geringe oder auch keine Chance auf eine Rückkehr besteht. Wenn Sie glauben, solche Missionen nicht übernehmen zu können, so sagen Sie es jetzt. Das ist keine Schande."

Alle blieben stumm und in Habtachtstellung. Wortlos akzeptierten sie die Gefahr. Thane hielt den Blick stur geradeaus gerichtet, ohne jemanden im Raum direkt anzusehen. Aber er konnte Mon Mothmas Blick auf sich spüren.

Als die Stille lange genug gewährt hatte, nickte Rieekan. „Gut. Machen Sie fürs Erste Ihre neuen Kollegen mit unseren Regeln vertraut", dabei nickte er in Kendys Richtung, die als bislang Letzte hinzugekommen war, „und warten Sie auf weitere Anweisungen."

„Ich danke Ihnen allen für Ihre tapferen Dienste", sagte Mon Mothma. „Sie können wegtreten." Während sich alle zum Gehen wandten und Kendy sich gerade zu Thane herüberbeugte, um ihm eine Frage zu stellen, fügte Mothma hinzu: „Leutnant Kyrell, ich würde gern kurz mit Ihnen sprechen."

Und er war so dicht dran gewesen, sich unbemerkt aus dem Staub zu machen.

Er drehte sich um, nahm wieder Haltung an und sah Mon Mothma an. Aus dem Augenwinkel erhaschte er einen Blick auf General Rieekan, der überrascht wirkte. Wenigstens hatte Mon Mothma nicht dem ganzen Rebellen-Kommando erzählt, wie er im Suff Trübsal geblasen hatte.

Noch nicht jedenfalls.

Die Tür glitt zu, nachdem der Letzte der anderen gegangen war, und Thane war allein mit Mon Mothma. In den meisten Fällen warteten Jungoffiziere, bis der Vorgesetzte das Wort ergriff. Thane war der Meinung, dass dieser Fall eine Ausnahme von dieser Regel rechtfertigte. „Ma'am. Ich möchte mich für mein ... ungehöriges Benehmen gestern Abend entschuldigen. Offensichtlich war ich auf unserer ... äh ... Feier allzu zügellos. Es wird nicht wieder vorkommen."

Ein Zucken huschte über Mon Mothmas Mund, als sie sich auf ihrem Stuhl zurücklehnte. „Leutnant Kyrell, wenn ich jeden Piloten rauswerfen würde, der einmal zu viel Jet-Sprit getankt hat, gäbe es keine Rebellion."

„Ja, Ma'am." Aber warum hatte sie ihn dann herausgegriffen? Er erinnerte sich teilweise an das, was er gestern Abend gesagt hatte, unter anderem, dass er womöglich blockieren könnte, und sein Entsetzen wuchs. „Wenn Sie befürchten, ich könnte meiner Pflicht auf einer der Sondermissionen der Corona-Staffel nicht gewachsen sein, dann kann ich Ihnen versichern, dass diese Bedenken unnötig sind, Ma'am."

„Meine Bedenken tun nichts zur Sache", erwiderte sie knapp. „Das Problem hier ist, dass Sie sich *selbst* infrage stellen. Selbstzweifel werden sie sehr viel wahrscheinlicher lähmen, als Angst es jemals könnte. Ich habe gehört, dass Sie ein hervorragender Pilot sind, Kyrell. Und ich bin mir ziemlich sicher, dass Sie Ihre Pflicht tun werden. Wenn Sie aber nach jedem größeren Gefecht zusammenbrechen, werden Sie sich binnen Kurzem selbst zerstören."

Thane konnte nichts sagen. Er wusste, dass sie recht hatte.

Sie sprach weiter. „Viele Mitstreiter der Rebellion haben Freunde oder Familien, die in irgendeiner Form dem Imperium dienen oder auf Planeten oder Schiffen, denen es in diesem Krieg schlecht ergehen könnte. Sie sind nicht der Einzige, der im Zwiespalt ist."

Yendor sprach manchmal leise von seinem Sohn Bizu, den er auf Ryloth zurückgelassen hatte. Kendys ganze Familie auf Iloh war nun wegen ihres Treuebruchs in Gefahr. „Ja, Ma'am. Das ist mir klar."

Mon Mothma erhob sich, und als sie näher trat, bemerkte Thane in ihrer Miene jene Freundlichkeit, die er gestern Nacht durch seine Umnebelung hindurch gespürt hatte. „Es ist in Ordnung, wenn Sie jemanden, der in diesem Krieg auf der anderen Seite steht, immer noch lieben – solange Sie das, wofür Sie kämpfen, noch mehr lieben."

Er hatte sich nie für jemanden gehalten, der *für* irgendetwas kämpfte. Thane hatte sich der Rebellion angeschlossen, um gegen das Imperium zu kämpfen, nicht für die Wiederherstellung der Republik oder irgendeines der anderen großen Vorhaben, von denen die Leute sprachen. Solange das Imperium gestürzt wurde, konnte sich der Rest von allein finden – so hatte er immer gedacht. Jetzt aber fragte er sich doch endlich, was seine Entscheidung wirklich bedeutete.

Gegen das Imperium zu kämpfen bedeutete, für eine galaktische Autorität zu kämpfen, die Gerechtigkeit und Mut mehr schätzte als rohe Macht, die ihre Bürger mit Respekt behandelte, anstatt sie immerfort zu täuschen und zu manipulieren. Gegen die Versklavung der Bodach'i und der Wookiees zu kämpfen bedeutete, dafür zu kämpfen, dass jeder das Recht zur Selbstbestimmung hatte. Gegen diejenigen zu kämpfen, die Alderaan skrupellos und brutal vernichtet hatten, bedeutete, für alle anderen bewohnten Welten in der ganzen Galaxis zu kämpfen.

Thane glaubte an all diese Dinge, er glaubte so sehr an sie, dass er für sie gestorben wäre, und doch wusste er, dass dies nicht der Grund war, weshalb er kämpfte. Er hatte sich der Rebellion angeschlossen, um das Imperium zu Fall zu bringen, und sich nicht anrühren lassen von all den blauäugigen Vorstellungen von einer Neuen Republik, die da kommen sollte. Nur weil er glaubte, dass die nächste galaktische Regierung besser sein würde als das Imperium, bedeutete das nicht, dass er glaubte, sie werde *gut* sein. Letztlich würde es nur eine andere Bürokratie sein, eine andere Gruppe, in der die Kernwelten dominierten, während das Outer Rim sich mit seinen Problemen selbst herumschlagen musste – natürlich würde diese andere Form dem Imperium in jeder Hinsicht überlegen sein, aber damit lag die Messlatte nicht besonders hoch.

Seine Antwort lautete also Nein. Er liebte die Rebellion nicht mehr, als er Ciena liebte.

Aber sein Leben konnte er nur für eines von beiden zu opfern bereit sein, und er wusste, worauf seine Wahl fallen musste – ganz gleich, wie sehr es schmerzte.

Mon Mothma fragte: „Können Sie Ihre Pflicht erfüllen, Kyrell?"

„Ja, Ma'am", antwortete er. Thane fühlte das volle Gewicht seiner Worte. Er hatte soeben geschworen, alles zu tun, was erforderlich war – auch wenn es hieß, dass er Ciena das Leben nehmen musste.

Doch er wusste, dass er nie wieder zögern würde, in der Schlacht zu feuern.

18. KAPITEL

Jude hatte nie erwähnt, dass Bespin so schön war. Ciena blickte hinab auf den Sichtschirm, der die Bilder von den rundkantigen, lehmfarbenen Bauten zeigte, die scheinbar über den Wolken schwebten. Es war typisch für Jude, dass sie nie erzählt hatte, wie das gefilterte Sonnenlicht den Himmel in ein ewiges Sonnenuntergangsrosa tauchte, so wenig, wie sie je von der Eleganz der Bauwerke in Cloud City geschwärmt hatte, die wie Blüten auf einzelnen schlanken Stängeln saßen, als wären sie Sonnenschirme, die sich im Wind wiegten. Stattdessen hatte Jude, wann immer sie von ihrer Heimatwelt gesprochen hatte, die geologischen Schwierigkeiten bei der Gewinnung von Tibanna-Gas dargelegt oder die aerodynamischen Eigenschaften der Gleiter, die sie als Kind geflogen war. Jude war immer und unter allen Umständen in erster Linie eine Wissenschaftlerin gewesen. Sie hatte so begierig nach der Wahrheit gesucht wie diese Kopfgeldjäger nach dem *Millennium Falken*. (Wie ärgerlich es doch war, dass diesem Abschaum Erfolg beschieden gewesen war, wo die imperialen Offiziere versagt hatten. Aber kleine zivile Schiffe hatten nun einmal den Vorteil, dass sie größtenteils unbemerkt durchs All kreuzen konnten – das war das Einzige, was ein Sternenzerstörer nicht konnte.)

Obgleich Ciena Cloud City gerne einen Besuch abgestattet hätte, vielleicht um Judes Eltern kennenzulernen, blieb sie an Bord der *Executor*. Das Einsatzkommando, das mit der Gefangennahme der Crew des *Falken* beauftragt war, bestand nur aus ein paar Personen, darunter Lord Vader, der es für gewöhnlich vorzog, Operationen persönlich zu beaufsichtigen. Was sonst auch geschehen mochte, die Tausende zählenden anderen

Besatzungsmitglieder der *Executor* hatten kaum mehr zu tun, als zu warten.

Im Augenblick wäre Ciena eine Aufgabe ganz recht gewesen – irgendeine, egal, wie schwer oder zeitaufwendig sie auch wäre. Sie hätte sie wenigstens abgelenkt von ihrer Wut auf Thane Kyrell. Bespin machte die Sache noch schlimmer, denn Bespin bedeutete Jude. Allein der Gedanke an die verlorene Freundin erinnerte Ciena daran, wie Jude dabei geholfen hatte, die Wahrheit über dieses blöde Laserkanonen-Projekt herauszufinden.

Dieser Zwischenfall hatte bewiesen, dass Ciena und Thane durchaus verschiedener Meinung sein konnten – genau wie bei seinem Entschluss, die Imperiale Flotte zu verlassen. So außer sich Ciena auch gewesen war, als Thane desertierte, hatte sie seine Entscheidung wenigstens verstanden, auch wenn sie nie ihre Zustimmung finden würde.

Aber der *Rebellion* beizutreten?

Wie hatte Thane zum Terroristen werden können? Er hatte die Rebellen-Allianz doch immer ebenso verachtet, wie sie es tat. Wann hatte sich das geändert und warum? Hatte er die Zerstörung des Todessterns und die Ermordung der Hunderttausende von Menschen an Bord verziehen? Ja, Alderaan war vorher vernichtet worden, als Schachzug, den Krieg zu beenden, bevor er begann, und dieser Zug war fehlgeschlagen. Aber das waren eine Raumstation, ein Planet und ein schrecklicher Tag gewesen. Die Attacken der Rebellen auf imperiale Schiffe und Stützpunkte hörten jedoch nie auf, als könnten sie gar nicht genug Blut vergießen, um ihren Durst danach zu stillen. Hätten sie für ein Prinzip gekämpft anstatt aus sinnlosem Hass auf das Imperium, dann hätten sie Friedensverhandlungen vorgeschlagen oder versucht, ein unabhängiges Sternsystem für sich zu beanspruchen, wo sie unter einer Regierung ihrer Wahl leben konnten. Aber nein. Stattdessen mordeten und mordeten sie immer und immer wieder. Thane war stark, er war ein fähiger Kämpfer, aber ein brutaler Mensch war er nie gewesen. Wie also konnte er Teil eines solchen Schreckens werden?

Vielleicht hat ihm das sein Vater angetan, dachte Ciena, während sie durch die Gänge von Cloud City ging. Ein paar grunzende Ugnaughts eilten an ihr vorbei, aber sie nahm sie kaum wahr. Vor ihrem geistigen Auge stand sie hinter Thane an jenem Tag, als er auf dem K&A-Hindernisparcours zusammengebrochen war, woraufhin sie ihn bandagiert hatte. Damals war sie von den Beweisen für seine Misshandlung fast zu Tränen gerührt gewesen, von dem Wissen, dass die Grausamkeit seines Vaters sich nun auch noch in physischer Gewalt niederschlug – und von der Erkenntnis, wie tapfer Thane seine Verletzungen ertragen hatte bis zu dem Moment, als er gestürzt war.

Wer brutal behandelt wurde, der wurde im Gegenzug manchmal selbst brutal. Schlug Thane nun nach der Welt, die ihn zuerst verletzt hatte?

Nein. Er hatte immer geschworen, dass er nie so werden würde wie sein Vater, und das hatte Ciena ihm immer geglaubt. Aber damit hatte sie nun gar keine Antwort auf ihre Fragen.

„Ich glaub es nicht", sagte Nash Windrider.

Aus ihrer Gedankenversunkenheit gerissen, sah Ciena, dass sie die Landeplattform erreicht hatte, wo ihr Freund vor dem *Millennium Falken* stand. Ihre Beute war geradewegs nach Bespin geflogen, wie Lord Vader es vorausgesagt hatte. *Warum haben wir uns dann überhaupt mit der Jagd durch das Asteroidenfeld aufgehalten?*, dachte sie. *Wir hätten einfach hierherkommen und ihnen die Falle noch früher stellen können.*

Sie trat auf die Plattform hinaus, wo Nash stand und, die Hände in die Hüften gestemmt, das gekaperte Schiff betrachtete. „Als ich es während der Verfolgungsjagd gesehen hab, konnte ich nicht verstehen, warum das Ding nicht längst auf dem Schrottplatz liegt. Jetzt, wo ich es aus der Nähe sehe, stelle ich fest, dass ein Schrottplatz diesen Kübel gar nicht nehmen würde."

„Es ist ein Wunder, dass das Ding überhaupt fliegt." Sie verspürte einen Funken widerwilliger Bewunderung für den *Falken*. Sie hatte das Fliegen in einer V-171 gelernt und wurde manchmal sentimental beim Anblick klobiger alter Schiffe. „Unsere Befehle?"

„Wir sollen den Hyperraumantrieb deaktivieren."

„Warum deaktivieren wir ein Schiff, das wir schon geschnappt haben?"

„Lord Vader hat seine Gründe", erwiderte Nash und hob eine Augenbraue. Die Frage zwischen seinen Worten schien zu lauten: *Willst* du *ihm sagen, dass er im Irrtum ist?*

Ciena nickte. „Verstanden."

Eine Weile arbeiteten sie und Nash schweigend nebeneinanderher. Selbst in der Enge der Maschinengrube des *Falken* kam es ihr vor, als stünde Nash dichter bei ihr, als es eigentlich nötig war. Aber vielleicht bildete sie sich das ein, weil sie gerne allein gewesen wäre, während sie Ordnung in ihre Gedanken über Thane brachte.

Den Hyperantrieb zu deaktivieren, erwies sich als einfach. Wenig später befanden sie und Nash sich an Bord des Shuttles, das sie zurück zur *Executor* bringen würde. Sie brauchten sich jetzt nicht mehr zu verbergen und durften offen fliegen, weil ein weiterer Pilot, nach dem Darth Vader gesucht hatte – ein weiteres Zielobjekt, das in diese Falle gelockt worden war –, gerade gelandet war. In ein paar Minuten würde diese ganze Jagd vorbei sein. Prinzessin Leia würde sich vor Gericht verantworten müssen. An ihren Rebellenkollegen würde man ein Exempel statuieren. Vielleicht würde die Rebellion selbst aufgedeckt …

… und Thane mit ihr.

Sie bewegte sich wie von einem Autopiloten gesteuert durchs Schiff und meldete sich zu ihrer Schicht auf der Brücke, dankbar und froh, dass die nächsten Stunden ereignislos zu werden versprachen. Dieses Versprechen erfüllte sich jedoch nicht – Vaders Verdacht hingegen schon. Tatsächlich entfernte sich der *Millennium Falke* in rasendem Tempo von der Plattform, ihm wäre die Flucht beinahe gelungen – aber dann kehrte er unerklärlicherweise nach Cloud City zurück und tauchte unter die Stadt.

„Was wollen sie denn damit erreichen?" Nashs lange Finger drückten die Knöpfe, die sämtliche Sensoren auf den *Falken* konzentrierten.

„Wer weiß!" Sie hatte fast Mitleid mit diesen Leuten, die sich in Freiheit wähnten, obwohl Darth Vader ihnen in Wirklichkeit die ganze Zeit über zwei Schritte voraus gewesen war.

Obgleich es auf der Brücke der *Executor* nun wieder vor Geschäftigkeit wimmelte, konnte Ciena kaum mehr tun, als diese letzten Augenblicke der Jagd zu beobachten. Dennoch fühlte sie sich seltsam losgelöst von allem, was geschah, selbst dann noch, als Lord Vader auf die Brücke zurückkehrte.

„Sie werden sich jeden Augenblick in Reichweite unserer Traktorstrahlen befinden, mein Lord", bemerkte Admiral Piett.

Durch das starke Kratzen seines Respirators hindurch erwiderte Vader: „Haben Ihre Männer den Hyperantrieb des *Millennium Falken* deaktiviert?"

„Ja, mein Lord."

„Gut", sagte Darth Vader. „Ihre Männer sollen sich zum Entern bereit machen, und benutzen Sie Betäubungsgeschosse."

Normalerweise wäre Ciena ein bisschen stolz darauf gewesen, dass ihre Dienste Anerkennung fanden. Stattdessen fühlte sie sich geradezu unbeteiligt, als wäre dies nur eine Übung oder eine Erinnerung – bis zu dem schrecklichen Moment, als der *Falke* in den Hyperraum sprang und verschwand.

Wie zum Teufel hatten sie das geschafft?

Nash sah sie ungläubig keuchend an. Ciena hätte seine Entrüstung vielleicht geteilt, wäre ihr Blick nicht kurz auf Admiral Pietts Gesicht gefallen. Er war aschfahl geworden, und selbst von ihrem Platz hier unten im Datengraben aus konnte sie den Adamsapfel an seinem Hals hüpfen sehen, als er hart schluckte.

Gleich werden wir umgebracht, dachte sie. *Der Admiral, Nash und ich ... Vader wird uns alle töten. Wir haben unseren Auftrag ausgeführt, aber das zählt nicht.*

Jahrelang war sie froh gewesen, nie persönlich Zeuge einer von Vaders „Eliminierungen" geworden zu sein. Jetzt sah es so aus, als wäre die erste, der sie beiwohnte, ihre eigene.

Doch Vader blieb einfach nur noch ein paar Augenblicke lang schweigend stehen, dann drehte er sich um und verließ ohne ein weiteres Wort die Brücke. Als die Tür hinter ihm zuglitt, sackte Piett kurz zusammen, wie jemand, der eine schwere Last abgelegt hatte und dessen Körper das Gewicht immer noch spürte. Nash lehnte sich, den Kopf in die Hände gestützt, auf seine Monitore. Ciena wartete darauf, ebenfalls Erleichterung zu empfinden, aber ihre Furcht wurde nur dumpfer und tiefer, bis sie das Gefühl hatte, sie wäre ihr bis ins Mark gedrungen.

Als sie am Abend in einer Ecke der Cafeteria des Quadranten vor ihren leeren Tellern saßen, fragte Ciena: „Was glaubst du, warum schließen sich Leute der Rebellion an?"

Berisse hob die Schultern. „Aus dem gleichen Grund, weshalb andere Leute Überfälle begehen oder Geschäfte mit den Hutten machen. Sie können sich in eine normale Gesellschaft nicht einfügen, also hassen sie diejenigen von uns, die es können."

Thane hatte an der Spitze der Eliteflieger-Laufbahn gestanden. Wäre er im Dienst des Imperiums geblieben, dann wäre ihm sicher auch eine frühzeitige Beförderung zum Commander beschieden gewesen, daran hatte Ciena keinen Zweifel. Sie würde eine andere Antwort finden müssen. „Was meinst du, Nash?"

„Wen interessiert's, wie solcher Abschaum anfängt?", erwiderte er allzu leichthin. „Ich will nur sehen, wie sie ihr Ende finden."

„Warum fragst du?" Berisse trank einen Schluck von ihrer Nährmilch. Normale Mahlzeiten standen auf Wunsch zwar zur Verfügung, doch nur die bewährtesten Offiziere konnten sich ihren Genuss erlauben, ohne als weich angesehen zu werden. Ciena hatte zuletzt vor über zwei Jahren ein Stück Brot gegessen.

Sie zuckte mit den Schultern. „Nur so."

„Du bist heute komisch drauf", fand Nash. Mit seinen warmen braunen Augen sah er tief in die ihren. Er war seit ihrem Abschluss auf der Akademie so dünn geworden, dass er schon fast nicht mehr drahtig, sondern hager war – nur seine Augen waren noch dieselben, immerhin. „Was ist los?"

Sie wagte es nicht, die ganze Wahrheit zu erzählen, aber wenn ihr irgendjemand helfen konnte, Thanes Entscheidung zu verstehen, dann war es Nash. „Ich habe in letzter Zeit viel über Thane nachgedacht."

Berisse legte einen Arm um Cienas Schultern. Nashs Lächeln wurde traurig. „Ich kann es immer noch nicht glauben", sagte er leise. „Thane war der Letzte, von dem ich erwartet hätte, dass er Selbstmord begehen könnte."

„Nach dem Todesstern waren wir alle nicht mehr die Alten", meinte Berisse kopfschüttelnd.

„Aber er hatte so viele Gründe zum Leben. Seinen Dienst, den Spitzenplatz als Pilot, Rache an den Rebellen, und … und er hatte dich, Ciena." Bei den letzten Worten geriet Nash ins Stocken, aber er kaschierte es ganz gut. „Das sollte jedem Mann genügen."

Ciena sah ihn nicht an. „Ich frage mich immer noch, warum er so hoffnungslos war."

Nur ein Mann ohne Hoffnung würde vom Imperium zur Rebellion überlaufen. Dass Thane seinen Eid brach, war eine Sache – er hatte eben das Gefühl gehabt, ihn nicht länger halten zu können. Aber sich einer Gruppe von Guerillakämpfern anzuschließen? Er war kein Idealist, also konnte er nicht durch ein bizarres politisches Dogma, das sie benutzen mochten, um die Leichtgläubigen für sich einzunehmen, überzeugt worden sein. Thane tat so, als ob, mehr konnte nicht dahinterstecken.

„Hatte Thane noch andere gute Freunde an Bord des Todessterns? Vielleicht jemanden, von dem du nichts wusstest?" Berisse zögerte und steckte eine lose schwarze Strähne zurück in den vorschriftsmäßigen Haarknoten. „Zum Beispiel … nun ja … ein Mädchen von der Akademie? Ich meine, von früher, bevor er sich in dich verliebt hat! Ihr Tod könnte ihn trotzdem getroffen haben."

Nash gab die Antwort. „Er war nie mit jemandem zusammen, während wir auf der Schule waren. Ich gehe davon aus, dass es auch auf Jelucan niemanden gab, oder?"

„Nein." Ciena hatte ihn ab und zu mit Zweitweller-Mädchen ausgehen sehen, aber nie zweimal mit demselben.

Achselzuckend meinte Berisse: „Vielleicht war es etwas, das auf eurer Heimatwelt passierte. Er war durcheinander nach der Sache mit dem Todesstern, er ließ seine Pflicht sausen, wollte aber nur nach Hause, um sich zu sammeln – und dann ist bei dem Besuch irgendetwas furchtbar schiefgegangen."

„Ich hatte immer den Verdacht, dass das Verhältnis zu seinem Vater zumindest angespannt war. Vielleicht hat er ihn sogar misshandelt", sagte Nash. „Ach, schau mich doch nicht so erschrocken an, Ciena. Ich habe drei Jahre lang mit Thane im selben Zimmer gewohnt. Glaubst du, ich hätte die Narben auf seinem Rücken nie gesehen?" Seine Miene wurde hart. „Ich wette, sein Vater hat im ungünstigsten Moment einen Funken in Thane entfacht. Und da ist er durchgedreht."

„Das traue ich Thanes Vater durchaus zu." Wenigstens das entsprach ganz der Wahrheit. Aber inzwischen hatte Ciena eingesehen, dass auch Nash keine Antworten zu bieten hatte. Thanes Entscheidung, sich der Rebellion anzuschließen, würde ein Geheimnis bleiben, das sie rasend machte – ein Pfeil, der sich in ihrem Fleisch verhakt hatte und sich nicht herausziehen ließ, sodass die Wunde ewig offen blieb.

Sie blieb in Gedanken versunken, bis Nash sie fast den ganzen Weg zurück zu ihrer Kabine begleitet hatte. Ihre Tür lag am anderen Ende des längsten Korridors der Quartiersektion, und so waren sie praktisch allein, als er ihr eine Hand auf den Arm legte.

„Gehst du schon zu Bett?", fragte er in lockerem Ton, aber was er wirklich meinte, war nicht zu überhören.

Ciena hatte vermutet, dass ein solcher Moment kommen würde, nur heute Abend hatte sie nicht damit gerechnet. Kein Wunder, dass Berisse sich schon vorhin zurückgezogen hatte – Ciena würde ihr gehörig den Kopf waschen, weil sie diese Situation nun begünstigt hatte. „Nash ... das ist keine gute Idee."

„Im Gegenteil, das ist eine *wunderbare* Idee." In seinen Augen tanzten Schalk und Vorfreude. „Findest du nicht, dass wir ein bisschen Spaß verdienen?"

So sanft sie konnte, antwortete Ciena: „Ich glaube, du willst mehr als nur Spaß. Und den kann ich dir nicht geben."

Nash legte den Kopf schief. Er widersprach ihr nicht, aber er gab auch nicht auf. „Könnte ich dich eventuell dazu bewegen, mehr deiner Freizeit mit mir zu verbringen? Dann könnten wir uns besser kennenlernen, ohne dass uns Berisse oder unsere anderen Freunde im Weg sind. Mir ist klar, dass der Schritt von Freundschaft hin zu ... na ja, *mehr* eben ... kompliziert sein kann. Aber ich finde, es wäre einen Versuch wert. Und auf dich würde ich auch warten."

Sie trat einen Schritt von ihm weg. Mit dem Rücken stieß sie gegen das Metallgewebe der Wand. Wie albern, sie benahm sich so verlegen und tapsig wie ein Schulmädchen. Mit festerer Stimme sagte sie: „Ich kann nicht."

Seine Miene änderte sich schlagartig, und sie konnte sehen, wie sein Flirten in Bestürzung umschlug. „Was bin ich doch für ein Idiot! Vor einer Stunde haben wir noch über Thane gesprochen. Es hätte mir klar sein müssen, dass das wohl kaum der richtige Zeitpunkt ist. Bitte verzeih mir."

„Ist schon gut. Wirklich."

„Mir fehlt er ja auch, weißt du?" Nash wirkte so angeschlagen, dass Ciena sich richtig schuldig fühlte. Die Lüge, die sie über Thanes Selbstmord erzählt hatte, mochte ihm das Leben gerettet haben, aber sie hatte seine anderen Freunde auf ewig verwundet. „Ich wollte deine Gefühle für ihn nicht herunterspielen."

„Das weiß ich doch." Ciena brachte ein Lächeln zustande. „Lass uns einfach Gute Nacht sagen."

Nash seufzte. „Okay." Er drückte ihr die Hand, nur einen Moment lang, dann ging er davon.

Als ihre Kabinentür hinter ihr zuglitt und sich verriegelte, sackte Ciena auf ihr Bett. Sie fühlte sich so müde, als hätte sie drei Schichten am Stück gearbeitet.

Sie sagte sich, dass sie Nash abgewiesen hatte, weil sie keine Gefühle für ihn hegte. Und das stimmte so weit auch.

Aber sie konnte nicht leugnen, dass der Hauptgrund die Gefühle waren, die sie immer noch für Thane Kyrell hegte.

Ich sollte ihn jetzt hassen. Ich muss lernen, ihn zu hassen. Aber ich kann nicht. Das konnte ich nie. Der kleine Kommunikator in ihrer Ecke der Kabine blinkte – das blaue Licht, das bedeutete, dass die Nachricht keinen imperialen Absender hatte. Für Ciena hieß das, dass es sich um ein Holo von zu Hause handelte. Ihre Finger hatten den Knopf schon fast gedrückt, als sie innehielt. *Soll ich mir das gleich ansehen? Soll ich es mir überhaupt ansehen?* Sie vermisste Jelucan immer noch. Obwohl sie ihre Nährmilch trank, sehnte sie sich jedes Mal, wenn sie die Cafeteria betrat, nach einem Stück Brot. Sie sprach regelmäßig per Holo mit ihrer Familie, anstatt sich auf die zweimonatlichen Kommuniqués zu beschränken, wie der Offizier für innere Angelegenheiten es vorschlug.

Aus ihrer Tasche zog Ciena den kleinen Beutel, in dem sie das Lederarmband aufbewahrte, das sie mit Wynnet verband. Es war lange her, seit sie ihre tote Schwester das letzte Mal gebeten hatte, durch ihre Augen zu schauen.

Zu lange, dachte sie mit dem Aufwallen eines Gefühls, das sie ihre Finger fest um das Beutelchen schließen ließ. *Ich muss mich nicht entscheiden, ob ich eine gute Jelucanerin oder eine gute imperiale Offizierin sein will. Ich kann beides sein.*

Ciena lächelte, als sie das Holo startete und das Gesicht ihres Vaters sah, der ihr entgegenblickte. Doch schon nach nur wenigen seiner aufgezeichneten Worte verging ihr Lächeln.

Ronnadam zog die grauen Augenbrauen so hoch, dass sie fast seine Stirnglatze berührten. „Sie möchten also auf Ihren Heimatplaneten zurückkehren und das für ... eine unbestimmte Zeitspanne."

„Ich habe sieben Wochen Urlaub angesammelt, Sir. Ich bezweifle stark, dass ich diese Zeit aufbrauchen werde."

Der ideale imperiale Offizier nahm keinerlei Urlaubszeit in Anspruch, es sei denn, er musste sich von einer schweren Krankheit oder Verletzung erholen. Ciena hatte nie auch nur um einen Tag ersucht. Bis jetzt.

Ronnadam erhob sich hinter seinem Schreibtisch und legte die Hände auf den Rücken. Seine grünen Augen waren seltsam trüb, als gehörten sie einem sehr viel älteren Mann. „Die Entscheidung, Ihre Urlaubszeit in Anspruch zu nehmen, liegt bei Ihnen. Aber es ist nicht die Dauer Ihrer Abwesenheit, über die ich mich wundere. Ich frage mich, weshalb Sie überhaupt auf Ihren Heimatplaneten zurückkehren wollen."

„Meine Mutter wird vor Gericht gestellt, weil sie Geld der örtlichen Mine unterschlagen haben soll, für die sie als Aufseherin arbeitet ... gearbeitet hat." Die Worte allein klangen für Ciena völlig unwirklich. Ihre Mutter sollte eine Diebin sein? Das war unmöglich. Sie machte sich nichts aus persönlichem Besitz, der über die paar Dinge hinausging, die sie bereits besaßen, und sie waren alle so stolz gewesen auf ihre Beförderung in der Mine. „In den Tälern Jelucans bedeutet es die schlimmste Krise, die eine Person erleiden kann, wenn man ihre Ehre infrage stellt, Sir. Alle, die an die Ehre dieser Person glauben, müssen sich in dieser Zeit um sie scharen. Das ist eine heilige Pflicht."

„Heilig, natürlich." Aus Ronnadams Mund bekam das Wort einen höhnischen Beigeschmack. „Ihnen ist klar, Lieutenant Commander Ree, dass die Anklage gegen Ihre Mutter von der örtlichen imperialen Obrigkeit erhoben worden sein muss, ja? Zweifeln Sie am Urteilsvermögen eines anderen Dieners des Imperiums?"

„Natürlich nicht, Sir. Aber man könnte meiner Mutter das Verbrechen untergeschoben haben, oder vielleicht hat es einen anderen Fehler gegeben, der zu einem ... Missverständnis führte."

Ronnadam schürzte mitfühlend die Lippen, eine Geste, die Ciena eher verspotten als überzeugen sollte. „Hören Sie, wie Sie selbst nach Rechtfertigungen suchen, Ree?"

„Ich möchte kein Urteil aufgrund unvollständiger Informationen fällen, Sir. Ich muss dieser Sache selbst nachgehen." Sie schaffte es, ihm in die Augen zu schauen. „Ganz gleich, wie die Wahrheit aussieht, ich werde mich ihr stellen, Sir."

Er nickte bedächtig. „Ja. Das könnte eine lehrreiche Erfahrung für Sie sein." Er ging gemessenen Schrittes vor ihr auf und ab. „Nehmen Sie Ihren Urlaub, Lieutenant Commander. Wohnen Sie dem Prozess Ihrer Mutter bei."

Ciena versuchte sich vorzustellen, wie ihre Mutter vor einem Richter stand, die Hände in Fesseln. Es gelang ihr nicht.

Ronnadam lächelte. „Und wenn Sie zurückkommen, melden Sie sich umgehend bei mir. Teilen Sie mir das endgültige Urteil über ihre Schuld oder Unschuld mit – und sagen Sie mir, ob Sie dieses Urteil für gerechtfertigt halten."

Egal, wie der Richter entschied, man würde von Ciena erwarten, dass sie das Urteil befürwortete – auch wenn es ihre Mutter in ein Straflager schickte ...

Dazu wird es nicht kommen. Dazu kann es nicht kommen. Der Richter wird am Ende die richtige Entscheidung treffen.

Das sagte sie sich jedenfalls. Das wollte sie glauben.

Aber zum ersten Mal fühlte sich Ciena von ihrem Eid gegenüber dem Imperium nicht gestützt. Das Gefühl, das sie in den vergangenen drei Jahren mit größter Anstrengung im Zaum gehalten hatte, jenes Gefühl, das sie sich nie bewusst zu denken erlaubt hatte, ließ sich nicht länger zurückhalten:

Zweifel.

19. KAPITEL

Thane drückte seinen X-Flügler so tief hinunter, dass er fast die dichten Kronen der Bäume streifte, unter denen die Oberfläche von D'Qar förmlich verschwand. Im Licht der Dämmerung peitschte das Laub unter den anderen Schiffen dahin, als führe ein Sturmwind hindurch. Wenn sich unter ihnen jemand am Boden aufhielt, würde die Corona-Staffel binnen Minuten entdeckt werden.

So lange werden wir nicht hier sein, sagte er sich. Er öffnete den sicheren Kanal. „Corona Fünf, hier ist Corona Vier. Hörst du mich?"

„Ich höre dich", antwortete Kendy. „Ich bekomme hier nur negative Werte. Keine Hinweise auf irgendwelche künstlichen Energiequellen."

„Geht mir genauso."

Die Corona-Staffel war ausgeschickt worden, um auf D'Qar nach möglichen Anzeichen eines neuen imperialen Außenpostens zu suchen. Spione auf Coruscant hatten angeblich von riesigen Materialmengen berichtet, die für die Imperiale Flotte aufbereitet wurden. Niemand wusste genau, wofür sie verwendet wurden, aber es kursierten Gerüchte über eine neue Großschiffsbau-Anlage …

Aber wenn das Imperium mit dem Bau neuer Sternenzerstörer oder irgendwelcher anderen Superwaffen begonnen hatte, dann geschah das nicht auf D'Qar. Sie hatten beide Hemisphären gescannt, die planetaren und solaren Orbits abgesucht und nichts gefunden.

Thane gestand sich ein, dass er lieber etwas gefunden hätte. Dann hätten sie wenigstens erfahren, was das Imperium vorhatte, und sie hätten sinnvolle Maßnahmen ergreifen können – die Fabriken sabotieren, ein paar Überwachungs-Droiden an Schlüsselstellen positionieren und so weiter. So aber blieb ihm nichts weiter zu tun, als weiterhin die Anspannung zu ertragen.

Er sagte: „Corona Zwei, ist deine Suche ebenfalls negativ verlaufen?"

„So ist es. Keinerlei Anzeichen für imperiale Aktivitäten", erwiderte Yendor. „Es sei denn, das Imperium zieht auf einmal kleine Waldbewohner zum Wehrdienst ein."

„Das bezweifle ich." Thane überlegte kurz. „Wir sollten diesen Planeten als potenziellen Stützpunkt für die Zukunft vormerken. Das Imperium interessiert sich nicht dafür, in der Gegend herrscht nicht viel Raumverkehr, und es gibt hier reichlich Wasser."

„Und es ist hier tausendmal besser als auf Hoth", befand Yendor.

„Im Bauch eines Sarlaccs ist es besser als auf Hoth." Thane gab die Navigationscodes ein, die ihn zurück zur Liberty bringen würden.

Der Anführer der Corona-Staffel war offenbar seiner Ansicht. „Verschwinden wir von hier."

Nachdem sie auf ihr Schiff zurückgekehrt waren, widmete sich der Rest der Corona-Staffel in der schwülen Reparaturbucht der Liberty der Wartung ihrer X-Flügler, und es herrschte die übliche Flachserei. „Komm schon", sagte Yendor zum Staffelführer und ältesten Piloten der Gruppe, einer stattlichen Frau, die nur Contessa genannt wurde. „Du kannst mir doch nicht erzählen, dass das hier nicht mehr Spaß macht, als in einem Palast zu leben."

Sie bedachte ihn mit einem schrägen Blick. „Du solltest mehr Zeit in Palästen verbringen."

„Stimmt eigentlich", meinte Yendor. „Da kannst du mir doch sicher behilflich sein, oder?"

„Ehrlich gesagt", schnaubte die Contessa, wenn auch in gutmütigem Ton, „du könntest viel von Smikes hier lernen. Der tut nie so, als hätten wir jede Menge Spaß, wenn es nicht der Fall ist."

„Wir haben nie eine Menge Spaß", ließ sich Smikes unter seinem X-Flügler hervor vernehmen. Er hatte sich ein buntes Tuch um die Stirn gebunden, um des Schweißes Herr zu werden, den jeder Mensch, der auf einem Mon-Calamari-Schiff lebte, in rauen Mengen vergoss. „Wir sind im Krieg. Was macht daran Spaß?"

„Du bist immer so launisch", sagte Yendor gut aufgelegt wie immer. „Aber irgendwann hör ich dich noch mal lachen, und ich hoffe, dann ist ein Protokoll-Droide zur Stelle, um es aufzuzeichnen."

„Sei nicht so hart zu Smikes", mischte sich Kendy ein und warf dabei ihr dunkelgrünes Haar über die Schulter. „Er ist eben ein Griesgram."

„Ich bin kein Griesgram, ich bin Realist", korrigierte Smikes. Tatsächlich war er *immer* griesgrämig, aber er war auch ein großartiger Pilot.

Thane ließ kopfschüttelnd den Blick über die anderen schweifen – sie waren ein so bunt gemischter Haufen, wie man ihn nur finden konnte, Leute, die außerhalb dieser Staffel oder dieses Krieges nie und nimmer zusammengefunden und Zeit miteinander verbracht hätten. Aber wenigstens konnte er sich auf sie verlassen.

Im Gegensatz zu anderen Leuten.

Viel später, nachdem alle mit ihrer Arbeit fertig waren, sagte Kendy: „Ich muss zugeben, dass Spionagearbeit ein bisschen weniger glamourös und aufregend ist, als ich es mir immer vorgestellt habe."

Thane sah nicht von dem aufgeklappten Verkleidungspaneel seines Jägers auf. „Der aufregende Teil dürfte aber auch der tödlichste sein. Damit können wir uns befassen, wenn es so weit ist. Ich tu ja alles, was wir tun müssen, aber lebensmüde bin ich nicht."

Darauf erwiderte sie minutenlang nichts, und Thane blieb in seine Arbeit vertieft. Er hatte schon fast vergessen, dass er und Kendy miteinander gesprochen hatten, als sie in leisem Ton sagte: „Das hat Ciena aber gemeldet."

Er verharrte und starrte in das Gewirr aus Drähten und Chips, das sein Schiff antrieb. Der Schraubenschlüssel in seiner Hand schwebte über der Kupplung, an der er arbeiten wollte. Er sah nicht zu Kendy auf. „Was hat Ciena gemeldet?"

„Sie hat dich als Opfer eines mutmaßlichen Selbstmords auf Jelucan identifiziert. Ich hörte von ein paar anderen unserer Klassenkameraden davon – und ich habe Ciena gleich ein Holo geschickt, weil ich es nicht glauben konnte. Aber sie wollte nicht darüber reden. Damals dachte ich, die Sache sei ihr zu sehr an die Nieren gegangen. Und als ich dann gesehen habe, dass du hier bei der Rebellion bist, dachte ich mir: Hey, Thane hat seine Fährte ziemlich gut verwischt. Aber je mehr ich darüber nachdenke ... Du hättest jeden anderen in der Galaxis leichter täuschen können als Ciena. Ihr beide kennt einander zu gut. Sie hat dich gedeckt, nicht wahr?"

„Ja." Es war, als wäre Thane wieder auf Jelucan und als schlösse er die Tür hinter Ciena, nachdem sie gegangen war. Er hatte geglaubt, dass sie ihn auf jeden Fall melden würde. „Das hat sie."

Kendy stieß einen leisen Pfiff aus. „Ciena Ree hat einen Eid gebrochen?"

„Manchmal sind wir mehr als nur einer Sache gegenüber loyal." Er wiederholte die Worte aus dem Gedächtnis, stockend zwar, aber doch bestimmt. „Kommt es zum Konflikt, müssen wir entscheiden, welche Loyalität wir ehren wollen. Ich nehme an ... ich nehme an, sie hat sich für mich entschieden."

Ciena hatte ihn gedeckt. Sie hatte diese ausgefeilte Lüge konstruiert – obwohl sie doch nie log. Und das alles für ihn. Weil er sie kannte, wie er sie kannte, weil er wusste, wo sie herkam, wusste Thane auch, was es sie gekostet hatte, das zu tun. Der harte Knoten der Wut, den er die vergangenen drei Jahre über in seiner Brust herumgetragen hatte, löste sich endlich.

Aber das machte es nur noch schlimmer, denn seine Wut war sein einziger Schutz davor gewesen, sie zu verlieren.

Das dumpfe Geräusch von Stiefeln auf dem Hangarboden ließ Thane von seinem X-Flügler aufblicken. Kendy war von ihrem eigenen Sternenjäger heruntergesprungen und stand nun neben ihm, die Hände in die Hüften gestemmt. „Warum ist sie dann nicht hier?"

„Ciena?"

„Sie hat immer gesagt, dass ein Eid ewig gilt, dass ein Versprechen ein Versprechen ist, dass man seiner persönlichen Ehre treu bleiben muss", sagte Kendy, und sie klang nun wütend. „Ich dachte, sie wäre gar nicht in der Lage zu lügen. Und jetzt finde ich heraus, dass sie ihr Wort gebrochen hat, um dich zu retten, aber sie dient immer noch der Imperialen Flotte. Wie kann sie das tun? Wenn sie sich dem Imperium deinetwegen widersetzen konnte, warum tut sie es dann nicht um der gesamten Galaxis willen?"

„Dem Imperium ist Ciena nie untreu geworden." Das war Thane zwar zuwider, aber er wusste, dass es stimmte. „Sie hat sich damals und nur dieses eine Mal für ihre Loyalität zu mir entschieden. Das heißt nicht, dass sie ihren Eid gegenüber dem Imperium aufgehoben hat."

„Ich sehe da keinen Unterschied."

„Weil du nicht von Jelucan stammst." *Und du kennst Ciena nicht so wie ich.* Die Kupplung konnte warten. Thane klappte das Verkleidungspaneel zu, verstaute seine Werkzeuge und rutschte vom Schiff, um sich Kendy zuzuwenden. „Hör zu. Wir beide waren auch in der Imperialen Flotte, richtig? Gute Leute können in den Dienst des Bösen geraten."

Kopfschüttelnd verschränkte Kendy die Arme vor ihrer Brust. Die Luft roch nach Schweißbrennern und Maschinenöl, ihr dunkelgrünes Haar glitzerte im harten Licht des Hangars. „Gute Leute können anfangen, dem Imperium zu dienen. Aber wenn sie bleiben, dann hören sie auf, gut zu sein. Man tut einmal etwas, von dem man dachte, dass man es nie tun würde ... man folgt einem Befehl, bei dem es einem den Magen umdreht ... und man sagt sich, es sei nur dieses eine Mal. Dass dies eine Ausnahme sei. Dass es nicht immer so sein werde."

Thane erinnerte sich daran, wie er versucht hatte, die mitleiderregende Versklavung der Bodach'i nicht zur Kenntnis zu nehmen. „Ja, ich weiß."

„Aber man macht so weiter", fuhr Kendy fort. Ihr Blick ging in die Ferne. Inzwischen sprach sie eher mit sich selbst als mit ihm. „Man schließt noch einen Kompromiss und dann noch einen, und wenn du begreifst, was das Imperium wirklich ist, dann ist man schon fast zu weit gegangen, um noch umzukehren. Ich habe es geschafft, aber wenn die anderen nicht genauso empfunden hätten ... wenn ich alleine hätte gehen müssen statt mit einer ganzen Gruppe ... dann wäre ich vielleicht geblieben. Und die Person, die ich dann geworden wäre, mag ich nicht."

Mittlerweile hatte Thane begriffen, dass Kendy versuchte, ihn davor zu warnen, dass es die Ciena, die er gekannt hatte, die ihn gerettet hatte, womöglich nicht mehr gab.

Das stimmte wahrscheinlich. Unterdessen mochte Ciena an einem der Strafmassaker beteiligt gewesen sein, die das Imperium an Welten verübte, die nicht kooperationsbereit waren. Sie konnte in der Schlacht von Hoth in einem der Sternenzerstörer gewesen sein und kaltblütig die Laser auf jene vielen Rebellen-Sternenjäger gerichtet haben, die nicht entkommen waren. Das Imperium hatte ihre Ehre wahrscheinlich zu Härte, Hochmut und Unbarmherzigkeit verkommen lassen.

Aber das alles zu wissen, machte es keineswegs einfacher, es zu akzeptieren.

Thane sagte nur: „Ich schätze, das werden wir nie erfahren. Wahrscheinlich werden wir sie beide nie wiedersehen."

In dem Moment, bevor er sich umdrehte, um den Hangar zu verlassen, erhaschte er noch einen Blick auf Kendys Miene. Sie drückte Mitleid aus.

Obwohl er den Tag über weiter seinem Dienst nachging, grübelte Thane doch dermaßen vor sich hin, dass Yendor ihn schließlich fragte, wer denn gestorben sei, und sogar Smikes versuchte ihn aufzumuntern. Nachdem sie das Briefing über D'Qar zur Gänze abgeschlossen hatten, entschuldigte er sich vom üblichen Gemeinschaftsmahl und dem Kartenspiel nach Schichtende.

Stattdessen verschanzte er sich in einer der selten leeren Computerkabinen der *Liberty*, damit er allein sein konnte.

Einsamkeit war für einen Rebellenpiloten ein seltener Luxus – wie auch für einen Kadetten der Akademie. Nur selten hatte er Gelegenheit, mit seinen Gedanken allein zu sein. Wenn er als Junge allein sein wollte, hatte er sich immer davonstehlen und in der Festung verstecken können. Manchmal war Ciena dort gewesen, doch ihre Anwesenheit hatte ihn nie gestört. Noch bevor sie zehn gewesen waren, hatten sie gewusst, wann sie einander in Ruhe lassen mussten und wie man sich nahe sein konnte, ohne den anderen zu bedrängen. Wie viele Leute verstanden sich so gut?

Jetzt würden wir uns gar nicht mehr verstehen, ermahnte er sich. *Sie ist seit Jahren eine imperiale Offizierin. Alles, was an Ciena gut gewesen war, wurde längst vergiftet. Wenn wir uns jetzt wiederträfen, würde sie mich nicht mehr decken, das steht fest. Ich muss sie vergessen.*

Thane streckte sich, wischte sich über die Stirn und rief die neuesten Nachrichten von Jelucan auf. Seine Heimatwelt zu sehen, weckte in ihm ... was immer das Gegenteil von „Heimweh" war. Der Planet änderte sich von Monat zu Monat und immer zum Schlechteren. Es war unmöglich, die Berichte zu lesen, ohne zu begreifen, dass die schroffe, primitive Welt, auf der er aufgewachsen war, eigentlich gar nicht mehr existierte. Das Mädchen, das er gekannt und lieben gelernt hatte, die Ciena, die es einmal gegeben hatte, war ebenso verloren wie das alte Jelucan.

So ließ er die ersten bedrückenden Bilder vor sich ablaufen, und ironischerweise linderte die Trostlosigkeit den Schmerz, den er in sich fühlte ...

... bis er auf die Nachricht der bevorstehenden Gerichtsverhandlung gegen Verine Ree stieß.

Thane setzte sich so abrupt auf, dass sich das Holo in statisches Flimmern auflöste, weil es die ideale Distanz zum Betrachter nicht so schnell anpassen konnte. *Das kann doch gar nicht sein,* sagte er sich. *Das habe ich mir eingebildet, weil Kendy und ich gerade über Ciena gesprochen haben und ich an sie denken musste.*

Aber dann nahm das Gesicht von Cienas Mutter wieder Form an, und darunter stand: DIE ANGEKLAGTE.

Veruntreuung? Unmöglich. Jemand aus den Tälern mochte vor Wut ausrasten und jemanden schlagen oder sogar umbringen. Verbrechen aus Leidenschaft geschahen dort genauso wie anderswo. Und vielleicht fielen sie auch anderen kriminellen Impulsen zum Opfer und ließen sich zu einem Ladendiebstahl oder dergleichen hinreißen. Aber ein Verbrechen, das so vorsätzlich war wie Veruntreuung, verstieß gegen alles, woran diese Menschen glaubten.

Gewiss gab es auch im Volk der Täler Heuchler, aber nicht in Cienas Familie. Er brauchte nur Ciena zu kennen, um sich dessen sicher zu sein.

Thane presste die Lippen zu einem harten, festen Strich aufeinander. Wenn von der Ciena, die er gekannt hatte, noch etwas übrig war, dann würde dieser Rest das hier nicht überleben. Wenn Ciena die Verurteilung und Inhaftierung ihrer Mutter billigte, dann war sie wirklich für immer verloren. So verloren für ihn, als hätte er sie an jenem Tag über Hoth wirklich getötet ...

Leb wohl, dachte er und erinnerte sich an das kleine Mädchen in ihrem schlichten braunen Kleid, an jenes gefallene Herbstblatt. Es war Zeit, sie für immer hinter sich zu lassen.

Das kann doch nicht Jelucan sein, wollte Ciena zu ihrem Shuttlepiloten sagen. *Sie haben mich ins falsche System gebracht.*

Doch sie wusste nur zu gut, dass sie auf dem richtigen Planeten war. Es hatte sich nur alles verändert. Dichter Nebel schien sich auf Dauer über den Boden gelegt zu haben, und in der Luft lag fettiger Ruß. Die Minen, die Furchen und Spalten in viele der Berge gegraben hatten, schienen die Nebenprodukte des Abbaus nicht zu filtern, und so mussten die Leute hustend darin herumlaufen, und nur wenige trugen ein Taschentuch oder eine leichte Schutzmaske vor Mund und Nase.

Anfangs dachte Ciena, diese Masken würden es ihr erschweren, Bewohner der Täler und Zweitweller auseinanderzuhalten.

Sie hatte zwar schon bei ihrem letzten Besuch hier mehr massengefertigte Kleidung gesehen, aber die beiden Gruppen waren noch zu unterscheiden gewesen. Jetzt war es nicht mehr möglich, Unterschiede festzustellen. Sie hätte nie gedacht, dass sie die bunten langen Mäntel der Zweitweller irgendwann einmal vermissen würde, aber jetzt suchte sie vergebens nach wenigstens einem Schimmer von Purpurrot oder Kobaltblau. Durch die Straßen streiften keine zottigen Muunyaks mehr, die Leute fuhren entweder Hangsteiger, oder sie gingen zu Fuß.

Valentia war ihr schon vor drei Jahren völlig verändert vorgekommen, aber damals war die Stadt immerhin noch wiederzuerkennen gewesen. Jetzt hatte sich die Zahl der Baracken für die Wanderarbeiter so vervielfacht, dass die ursprünglichen aus Stein gehauenen Gebäude kaum noch zu sehen waren. Das Senatsgebäude, aus dem man eine imperiale Garnison gemacht hatte, war jetzt ein richtiger militärischer Außenposten, von einem Kraftfeld umgeben, das in einem kränklichen Grün leuchtete, und an dessen Toren ein ständiges Kommen und Gehen von Offizieren und Sturmtruppen herrschte.

Jelucaner gingen eilends an dem Außenposten vorbei, wie Ciena beobachtete. Sie wollten keine Aufmerksamkeit erregen.

Und alle mieden Cienas Blick.

„Ich hätte dich nicht herbitten sollen", wiederholte Paron Ree vor der Tür ihres früheren Zimmers. „Ich habe nur an mich gedacht und nicht an dich. Was werden denn deine Vorgesetzten dazu sagen?"

„Sie werden sagen, dass ein Fehler gemacht wurde, weil es nämlich so ist." Ciena warf ihre Uniformjacke beiseite. Sie landete auf ihrer Hose und den Stiefeln, die sie schon ausgezogen hatte. Ihre alte Kleidung passte ihr noch, sie roch nur ein bisschen muffig. Die malvenfarbenen Leggings und die Tunika fühlten sich unfassbar weich an. Hatte sie so etwas wirklich jeden Tag getragen? Sie öffnete die Tür und betrat den Hauptraum, wo ihr Vater mit verschränkten Händen vor ihr stehen blieb, als sei er bereit, förmlich

Bericht zu erstatten. Sie ergriff seine Schultern und drückte sie. „Es ist in Ordnung, Papa. Die Wahrheit wird ans Licht kommen." Das Gesicht ihres Vaters blieb angespannt und abgehärmt. „Die Behörden werden den wahren Übeltäter wohl kaum benennen." „Weil sie ihn noch nicht gefunden haben? Na, das wollen wir doch mal sehen." Wenn sie doch nur schon zum Commander befördert worden wäre! Dieser Rang wäre ihr von einigem Nutzen gewesen, wenn sie morgen mit dem Richter sprach. „Verzeih mir meine Offenheit, Papa, aber du siehst nicht gut aus. Isst du auch genug?"

„Jetzt, wo deine Mutter nicht da ist ... verliere ich das Zeitgefühl."

Ciena schwieg. Sie hatte bis vor Kurzem nicht gewusst, dass ihre Mutter eingesperrt worden war, und sie hatte ihrem Vater kaum glauben wollen, als er ihr erzählte, dass Mama nicht einmal Besuch bekommen durfte. Auch das war etwas, das sie morgen mit dem Richter besprechen musste. Sie hatte um eine Audienz gleich am nächsten Morgen ersucht, also würde sie bestimmt bald von seinen Mitarbeitern hören.

Bestimmt.

Ihr Vater hatte ein wenig Fleisch und Wurzelgemüse im Kühlschrank, daraus rührte sie eine einfache Suppe zusammen. Sie hatte lange nicht gekocht, aber sie wusste noch, welche Kräuter man zerstoßen musste und wie der Geruch danach an den Fingern haften blieb. Ihr Magen knurrte, er gierte nach etwas – nach irgendetwas –, das keine imperiale Nährmilch war. (Ciena hatte ein paar Flaschen davon mitgebracht, aber ... die hob sie besser für den Rückflug auf.)

Als die Brühe zu blubbern anfing, trat Ciena vom Herd weg und nahm ihrem Vater gegenüber auf den Bodenkissen um den niedrigen Tisch Platz. Erst nachdem sie sich hingesetzt hatte, merkte sie, dass es sich gar nicht komisch anfühlte, obwohl sie seit Jahren an höheren Tischen aß und dabei auf Bänken oder Stühlen saß. Zu Hause war eben zu Hause.

Paron schüttelte langsam den Kopf. „Es tut so gut, dich wiederzusehen, mein Mädchen." Er strich ihr über die Wange, ganz kurz nur.

„Ich hätte früher kommen sollen."

„Nein. Ich weiß, dass Krieg ist. Du musst tun, was du tun musst." Die grauen Haare an seinen Schläfen überraschten Ciena, allerdings nicht so sehr wie sein Verhalten. Ihr Vater war immer ihr Fels gewesen – unnachgiebig und oft hart, aber immer fair. Immer stark. Jetzt war sein Geist erschöpft, so sehr, dass sie es so deutlich sehen konnte wie die neuen Falten in seinem Gesicht.

„Draußen stehen gar keine Flaggen", sagte Ciena. „Weigern sich die anderen, die Anklage anzuerkennen?" Das wäre ein Akt des Widerstands gegen die Obrigkeit, und doch verdienten wirklich ungerechte Anschuldigungen manchmal diese Reaktion.

„Sie erkennen sie an." Die Stimme ihres Vaters klang gepresst. „Aber es ist niemand gekommen."

Das konnte nicht sein. „Niemand?"

Er nickte.

Sie erinnerte sich an die Tage, als sie im Haus der Nierres geblieben war und ihnen in ihren dunkelsten Stunden beigestanden hatte. Sie hatten gemeinsam gefeiert, als die Ankläger endlich nachgegeben und die imperiale Version der Geschehnisse anerkannt hatten ... Jetzt jedoch erwachten in Ciena Zweifel. „Wie kann irgendjemand, der Mama kennt, glauben, dass sie jemals etwas stehlen würde?"

„Sie wissen ja, dass sie das Geld nicht genommen hat!", entgegnete ihr Vater. „Sie wissen es alle, aber niemand ist bereit, es zu sagen."

„Aber ... sich zu weigern, jemandem, der fälschlich beschuldigt wird, beizustehen ..."

„Das Imperium beschuldigt sie. Wir schulden dem Imperium unsere Treue. Sich gegen das Imperium zu stellen, wäre die schlimmste Ehrlosigkeit überhaupt!"

„Du kannst dich doch nicht gegen Mama stellen." Ciena sah ihren Vater entsetzt an. „Oder ...?"

„Deine Mutter weiß, was die Ehre verlangt, genau wie ich. Hast du das schon vergessen, Ciena?" Sein durchdringender Blick traf sie, und sie wagte nicht, noch etwas zu sagen.

Aber was ist mit der Wahrheit?, dachte sie. *Wie konnte die Wahrheit nicht mehr zählen? Wann wurde es ehrenwert, unverschämte Lügen zu akzeptieren?*

„Verzeih mir meine Wut", sagte ihr Vater, und er klang jetzt noch erschöpfter als zuvor. „Die letzten Tage waren schwierig."

„Ich weiß. Es tut mir leid. Aber jetzt bin ich ja hier."

Es verging eine Stunde. Schweigend aßen sie Suppe und Brot, und all ihre Ängste und Sorgen konnten nichts daran ändern, dass Ciena den Geschmack von richtigem Essen genoss. Vor ihrem heimischen Herd zu sitzen, mit ihrem Vater zusammen zu sein und sogar die Schreie der Salzfalken zu hören ... in diesen Momenten konnte sie sich glauben machen, dass sie nie eine Offizierin geworden war, dass sie Jelucan nie verlassen hatte. Dass alles nur ein Traum war.

Aber lange durfte sie in diesen Tagträumen nicht schwelgen. Die Wirklichkeit lastete mit jeder Minute schwerer auf ihr, weil die Antwort aus dem Büro des Richters nicht kam – so wie keine anderen Bewohner der Täler kamen. Keine Menschenseele.

Der Himmel war schon dunkel geworden, als Ciena sich endlich zu fragen traute: „Papa, warum bist du dir so sicher, dass niemand herausfinden wird, wer das wirklich getan hat?"

„Du kennst die Antwort. Beleidige uns nicht beide, indem du mich zwingst, sie laut auszusprechen."

Sie hatte den logischsten Schluss bereits gezogen: Der Veruntreuer war ein imperialer Offizier, jemand, der im Rang hoch genug stand, um die Unterlagen fälschen zu können. „Der Richter will keine Offiziellen des Imperiums öffentlich befragen? Trotzdem, Mama anzuklagen ..."

„Ciena, hör mir zu. Du bist ein Mitglied der Imperialen Flotte, und darauf bin ich stolz. Alles, was gut am Imperium ist, rührt von dir her und Leuten, die wie du sind." Er tätschelte ihre Hand. „Aber jede Herrschaft und jeder Herrscher hat auch eine schlechte Seite. Hier auf Jelucan haben wir … mehr von der schlechten gesehen. Aber unsere Loyalität wird nicht wanken."

Sie dachte wieder an den rußigen Himmel, an die durch Scharten zernarbten Berge, die aussahen wie die Krallenspuren eines monströsen Tieres. Ihr Vater weigerte sich auch dann noch nachzugeben, wenn alles um ihn herum von Korruption und Ruin sprach.

Es ist nur Jelucan, das Resultat eines einzelnen unehrlichen Gouverneurs. Höhere Offizielle kennen die Wahrheit nicht, andernfalls würden sie handeln.

Das redete Ciena sich ein. Aber selbst in ihrem eigenen Kopf klangen die Rechtfertigungen so lachhaft, dass sie nicht daran glauben, geschweige denn sie laut aussprechen konnte. Sie musste immer wieder an Ronnadams Gesicht denken, als er ihren Urlaub genehmigt hatte, an seine absolute Überzeugung, dass die imperialen Gerichte immer die richtige Entscheidung fällten. Das wusste er, weil ihm klar war, dass die „richtige" Entscheidung nicht diejenige war, die der Wahrheit entsprach – es war immer die Entscheidung, die alles rechtfertigte, was imperiale Offizielle taten. Der Anschein von Gerechtigkeit zählte mehr als die Realität.

Und trotzdem … „Kein *einziger* Angehöriger des Volkes der Täler, Papa?"

Er wies auf den leeren Sand, das Fehlen jeglicher Flaggen.

Daraufhin schien es nichts mehr zu sagen zu geben. Ciena bewegte sich wie in Trance durchs Haus, räumte die übrig gebliebene Suppe weg und spülte den Topf und das Geschirr. Einmal mehr schien ihr die Hälfte ihrer Welt wie ein Traum, aber jetzt war es ihr Zuhause, das unwirklich geworden war. Wie konnte sie an einem Ort sein, den sie so liebte, und sich innerlich trotzdem so klein und schlecht fühlen? Sie sehnte sich beinahe zurück auf die *Executor*, wo die wiederaufbereitete Luft nach Ozon roch und niemand je von der Sicherheit der Regeln abwich.

Der letzte Abschnitt der Transporterreise nach Jelucan hatte zehn Stunden gedauert. Ciena war zu aufgeregt gewesen, um während des Fluges an Schlaf auch nur zu denken. Jetzt, weitere zehn Stunden später, hatte die Erschöpfung sie mehr als nur eingeholt. Ihr war schwindlig, und ihre Augen brannten. Aber in Zeiten der Prüfung blieb im Haus des Beschuldigten immer jemand wach. Normalerweise wechselten sich treue Freunde und Angehörige während der Nachtwachen ab, doch Ciena und ihr Vater waren allein. Und so müde sie auch war, sie wusste, dass ihr Vater noch angeschlagener war.

„Geh ins Bett", sagte sie leise. „Ich halte Wache."

„Du musst dich ausruhen."

„Und du nicht?"

„Nach deiner langen Reise hierher ..." Aber da brach die Stimme ihres Vaters ab. Er hatte nicht einmal mehr die Kraft, ihr zu widersprechen.

Von draußen hörte sie das Brummen eines Hangsteigers. Sie sehnte sich so nach dem Auftauchen eines Freundes, dass sie bei dem Geräusch die Ohren spitzte, aber sie schalt sich sogleich: *Viele Leute fahren auf diesem Weg weiter in die Täler hinunter. Da will niemand zu dir.*

Doch dann blieb der Hangsteiger stehen. Als Nächstes hörte Ciena Schritte und – oh, der Macht sei Dank! – den unverkennbaren Laut, mit dem ein Stock oder Stab in den Sand gerammt wurde.

Mit einem triumphierenden Lächeln klopfte Ciena ihrem Vater auf die Schulter und rannte zur Tür. Wenigstens ein Mensch war loyal geblieben. Ein Mensch stand ihnen bei, ganz gleich, was auch geschah. Ob es einer der Nierres war, dessen blasses Gesicht sich gleich röten würde, wenn er sich dafür entschuldigte, so spät gekommen zu sein? Oder einer der Alten, der sagen würde, er sei das Risiko, sich den Offiziellen des Imperiums zu widersetzen, im Namen ihres ganzen Volkes eingegangen?

Sie riss die Tür auf, bevor der Besucher anklopfen konnte – und erstarrte dann vor Schreck. Es war ihr nicht möglich, sich zu rühren oder irgendein Wort hervorzubringen – außer seinem Namen.

Und so flüsterte Ciena nur: „Thane ...?"

20. KAPITEL

Sooft Ciena auch an Thane gedacht hatte, sosehr er ein Teil von ihr geblieben war, sie hatte wirklich geglaubt, dass sie ihn niemals wiedersehen würde. Und doch stand er jetzt vor ihr, nicht sicher, ob er willkommen war, seine hellblauen Augen unergründlich.

Schließlich ergriff ihr Vater das Wort. „Ja?"

„Mr Ree, ich bin's, Thane Kyrell. Ich habe gehört, was mit Cienas Mutter passiert ist, und … ich würde gerne mit Ihnen Wache stehen. Wenn Sie möchten." Thane deutete auf die Mulde im Sand, in der eine einsame Flagge steckte. „Ciena hat mir einmal erzählt, dass Leute, die nicht zum Volk der Täler gehören, eine einfache rote Flagge mitbringen können, weil wir keine Familienbanner haben. Jedenfalls … glaube ich, dass sie es so gesagt hat." Er zögerte zum ersten Mal, und die Unsicherheit, die sie in ihm ausmachte, ließ Thane vertrauter wirken, wie den Jungen, an den sie sich erinnerte. Aber dieser Moment währte nicht lange – der Junge schien zu verblassen, und zurück blieb ein Fremder. „Hab ich das Ritual richtig in Erinnerung?"

„Ja, das ist richtig." Die Worte kamen ruhiger aus ihrem Mund, als Ciena es für möglich gehalten hatte.

Thane nickte und nahm ihre Worte so steif zur Kenntnis, wie er einst Befehle entgegengenommen hatte. „Darf ich dann bei euch bleiben? Oder soll ich gehen?"

Zwischen den Zeilen lautete seine Frage offenkundig: *Wirst du mich dem Imperium melden?*

Sie hatte geschworen, es zu tun. Ihr Treueeid verlangte es, zumal jetzt, da sie wusste, dass Thane sich der Rebellen-Allianz angeschlossen hatte.

Aber die Unantastbarkeit des Rituals wog schwerer. Jeder, der seine Ehre für die eines anderen einsetzte, verdiente den Schutz dieses anderen Hauses. Und so nickte sie, als ihr Vater sie mit erhobenen Brauen ansah, und trat einen Schritt von der Tür zurück, damit Thane hereinkommen konnte.

Er hatte damals in der Festung, wo sie versucht hatte, ihm den Glauben und die Rituale ihres Volkes zu erklären, aufmerksamer zugehört, als sie gedacht hatte. Er sprach ihren Vater auf die korrekte Weise an und neigte respektvoll den Kopf. „Paron Ree, ich glaube an die Ehre Ihrer Familie."

„Ich danke dir für deine Entscheidung, mit uns Wache zu stehen." Ihr Vater zögerte. Er hatte Thane nur ein paarmal getroffen und nie etwas anderes in ihm gesehen als einen privilegierten, reichen Jungen, der sich an Ciena hängte, um durch sie zum Erfolg zu kommen. Thanes Hand hatte er gewiss noch nicht geschüttelt, aber er tat es jetzt.

Ciena schloss die Tür. Ihre Hände waren so taub vor Schreck, dass sie Mühe hatte, den Riegel vorzulegen. Es war drei Jahre her, seit sie sich verabschiedet hatten. Sie hatte es in jener Nacht bis ins Erdgeschoss hinunter geschafft, bevor sie zu weinen anfing. Sie bezweifelte, dass Thane sich viel länger hatte beherrschen können.

Ich habe ihm gesagt, dass ich ihn melden würde, wenn ich ihn jemals wiedersehe. Ich sagte ihm, dass er festgenommen werden würde, sollte er jemals nach Jelucan zurückkehren. Festgenommen und eingesperrt. Möglicherweise sogar umgebracht. Selbst geringere Fälle von Verrat waren in den vergangenen Jahren zu Kapitalverbrechen erklärt geworden.

Aber Thane war trotzdem zurückgekommen.

„Also ..." Thane stand in der Mitte des Hauptraums, hochgewachsen und imposant, und der Raum mit der Kuppeldecke schien fast zu klein für ihn zu sein. „Was muss ich tun?"

Ihr Vater wies auf den Tisch. „Deine Anwesenheit reicht. Hast du etwas gegessen? Wir haben Suppe, Ciena hat sie gekocht."

„Ich möchte mich nicht aufdrängen ..."

„Du stehst Wache", sagte Ciena. Die Worte klangen schärfer als beabsichtigt. „Du stehst zu unserem Haus. Das heißt, dass du unsere Gastfreundschaft und unseren Schutz verdienst … solange du hier bist."

„Dann hätte ich gern etwas Suppe. Vielen Dank!" Thane ließ sich auf dem Boden nieder und überkreuzte mit einiger Mühe die Beine unter dem niedrigen Tisch.

Papa übernahm es selbst, Thane eine Schale zu füllen, weil es einerseits Teil des Willkommensrituals für ihren einzigen Verbündeten war, und zum anderen meinte er wohl, dass Ciena und Thane miteinander reden wollten. Sie *sollten* miteinander reden, das war Ciena klar. Aber sie hatte keine Ahnung, wo sie anfangen sollte.

Am besten mit dem, was am meisten zählte. „Danke", sagte sie, „dass du für unsere Familie einstehst."

Thane nickte in Richtung der Mulde draußen. „Ich habe gar keine anderen Flaggen gesehen."

„Man hat uns sitzen lassen." Ein bitteres Lächeln verzog ihre Lippen. „Es ist niemand sonst gekommen. Nur du."

Er zögerte, bevor er erwiderte: „Ich weiß, dass deine Mutter unschuldig ist. Keiner aus den Tälern würde so etwas je tun. Am allerwenigsten jemand, der mit dir verbunden ist."

Ihre Blicke trafen sich für einen langen Moment.

Als ihr Vater die Schale mit der Suppe vor Thane auf den Tisch stellte, sah sie, wie langsam er sich bewegte. Er konnte seit der Verhaftung ihrer Mutter vor über einer Woche keinen Moment lang Ruhe gefunden haben. „Vergiss nicht, ich halte heute Nacht Wache", sagte Ciena zu ihrem Vater und legte ihm eine Hand auf den Arm. „Geh ins Bett."

„Ich kann das doch übernehmen", erbot sich Thane. „Jemand muss bis Tagesanbruch wach bleiben, richtig? Wenn es so ist, dann sollte ich das sein."

Ihr Vater nahm offenbar an, die Angelegenheit sei damit geregelt, denn er küsste Ciena auf die Wange und ging ohne ein weiteres Wort in sein Zimmer. Sie hoffte, dass er sich hinlegte und gleich einschlief, zum einen, weil er die Ruhe eindeutig brauchte, zum anderen wollte sie nicht, dass er etwas von dem hörte, was sie und Thane sagen würden.

Sie schwiegen, bis ihr Vater die Tür geschlossen hatte. Cienas Knie fühlten sich wacklig an, als sie auf dem Kissen neben Thane Platz nahm. Ihm so nahe zu sein, rief ihr mit ungeheurer Macht jene Nacht in Erinnerung, die sie zusammen verbracht hatten. Er hatte den letzten Rest seiner jungenhaften Weichheit verloren und war stattdessen auf fast aggressive Weise maskulin geworden – mit seinen breiten Schultern, den festen Muskeln und dem dichten rötlichen Bartschatten entlang seiner ausgeprägten Kinnlinie. Aber sie wandte sich ab, bis sie sein Gesicht nicht mehr sehen konnte, und sagte nur: „Du weißt, dass es gefährlich für dich ist, hier zu sein."

„Ich war vorsichtig", entgegnete er. „Ich habe den Transporter erst nach Einbruch der Dunkelheit verlassen, unter falschem Namen einen Hangsteiger gemietet und bin dann direkt hergekommen. Ich werde auch bei Nacht wieder gehen. Das heißt, ich werde niemandem begegnen, der nicht in dieses Haus kommt. Ich bin in Sicherheit – es sei denn, du meldest mich."

„Inzwischen solltest du wissen, dass ich das nicht tun werde."

„Weil du mir den ‚Schutz des Hauses' schuldest?", fragte Thane, meinte aber eigentlich: *Oder hast du einen anderen Grund?*

Sie gab ihm keine direkte Antwort, schlang die Arme um ihren Oberkörper und sagte: „Ich halte heute Nacht Wache."

„Du bist erschöpft, das ist nicht zu übersehen", erwiderte er so barsch, dass es ihr wie ein Vorwurf vorkam. „Ich habe während des Fluges geschlafen, ich kann also ein paar Stunden aufbleiben."

„Das kann ich nicht zulassen."

„Das hat aber nichts mit dem Ritual zu tun, oder? Andernfalls hätte dein Vater etwas gesagt. Also? Warum nicht?"

Sie war so müde, dass sie ihm die Wahrheit sagte: „Weil ich dir nichts schuldig sein will."

Er lachte, nicht belustigt, sondern überrascht. Thane hatte nicht erwartet, dass sie so wütend sein würde. Offensichtlich hatte er keine Ahnung, dass sie die Wahrheit über seine Verstrickung mit der Rebellen-Allianz kannte, obwohl er es inzwischen wahrscheinlich vermutete. Aber er schien fast genauso wütend auf sie zu sein – trotz der Tatsache, dass sie sich, als sie sich zuletzt gesehen hatten, regelrecht voneinander losreißen mussten.

„Sieh's doch mal so." Thane sprach ganz leise, und fast gegen ihren Willen sah Ciena wieder zu ihm auf. „Ich bin dir bereits etwas schuldig, weil du meinen Selbstmord vorgetäuscht hast, anstatt mich zu melden. Wenn ich also heute Nacht Wache halte, dann sind wir quitt. Keiner schuldet dem anderen irgendetwas. Einverstanden?"

In ihrer Kindheit hatte Ciena schreckliche Geschichten über die grausamen, barbarischen Strafen gelesen, die man in früherer Zeit verhängt hatte, bevor ihr Volk seinen ursprünglichen Planeten verlassen oder auch nur gewusst hatte, dass es auch noch andere Welten gab. Eine dieser Strafen hatte ihr regelrechte Albträume bereitet – man band die vier Gliedmaßen einer Person an vier verschiedene Tiere, die man dann in unterschiedliche Richtungen auseinandertrieb, bis der Körper des Opfers zerfetzt wurde. Diese Folter war ihr nicht aus dem Kopf gegangen, und sie war dankbar gewesen, dass ihr das nie widerfahren konnte.

Jetzt geschah es – nicht mit ihrem Körper, aber mit ihrer Seele.

Sie hatte dem Imperium ihre Treue geschworen, sie hatte dort Freunde gefunden, die sie ihr Leben lang begleiten würden, und sie war ausgezeichnet worden für ihre Dienste. Doch die Schatten, die sie schon vor Langem entdeckt hatte, waren länger und dunkler geworden – der sinnlose Tod so vieler Piloten, der zunehmende Druck, alles abzulegen, was sie einmal gewesen war, die Korruption und Verheerung hier auf Jelucan. Und vor allem konnte sie Alderaan nicht vergessen, eine Welt, die man vernichtet hatte, um einen Krieg zu verhindern, ein Versuch, der völlig fehlgeschlagen war.

Nichts davon zerriss ihr Herz jedoch auf so brutale Weise, wie es das schlichte Wiedersehen mit Thane tat. Er hatte nicht nur seine Pflicht aufgegeben – und sie –, er hatte sich außerdem noch der

Rebellion angeschlossen. Den Leuten, die verantwortlich waren für Judes Tod und diesen elenden Krieg. Das war der schlimmste Verrat, den sie sich nur vorstellen konnte.

Aber als alle anderen sie im Stich ließen, hatte Thane sein Leben riskiert, um ihr beizustehen.

Ciena stand vom Tisch auf. „Gute Nacht, Thane!" Sie dankte ihm nicht dafür, dass er Wache hielt. Sie ging einfach in ihr Schlafzimmer und schloss die Tür hinter sich, ohne sich noch einmal umzudrehen. So erschöpft, wie sie war, erwartete sie, auf der Stelle einzuschlafen, doch stattdessen lag sie noch fast eine Stunde wach und lauschte den leisen Geräuschen, die Thane verursachte, wenn er sich im Haus bewegte. Ciena wusste, dass er nicht zu ihr kommen würde, und sie wollte es auch nicht, aber sie wollte ihn hören. Sie wollte wissen, wo er war, und sicher sein, dass er in ihrer Nähe blieb.

Als Paron Ree am nächsten Morgen aufstand, entschuldigte sich Thane und machte ein kurzes Nickerchen. Inzwischen war er so müde, dass er trotz der Fragen, die ihm auf der Zunge brannten, schlafen würde – dieselben Fragen, die ihn die ganze Nacht über gequält hatten.

Wie zum Beispiel: *Warum ist Ciena so wütend auf mich?* Vermutlich hatte sie herausgefunden, dass er der Rebellion beigetreten war, und das war natürlich schlecht. Bedeutete es, dass das Imperium eine Akte über ihn hatte? Das konnte nicht sein, es sei denn, es gab auch in der Rebellen-Allianz undichte Stellen. Vielleicht war Ciena dafür bestraft worden, dass sie seine Desertion verheimlicht hatte? Auch das hätte erklärt, weshalb es ihr so schwerzufallen schien, ihn anzusehen.

Eine andere Frage war: *Werde ich mich meiner Staffel wieder anschließen können, wenn ich zurückkehre?* Thane hatte General Rieekan seine bevorstehende Abwesenheit gemeldet, ohne ins Detail zu gehen, und man hatte im Gegenzug auch ihm gegenüber keine Einzelheiten genannt. Wahrscheinlich würden seine Relais für die gegenwärtigen Koordinaten der *Liberty* noch funktionieren, wenn er zurückkam – doch sollte die Rebellion auch nur vermuten, dass das Imperium dem Schiff folgte, würden sie abziehen. Dann müsste Thane das aufwendige Verfahren zur Kontaktaufnahme mit der Rebellen-Allianz noch einmal von vorn durchlaufen – Piloten auf verschiedenen Raumhäfen befragen, auf Welten reisen, die mit den Rebellen sympathisierten, in der Hoffnung, die richtigen Gerüchte aufzuschnappen, und so weiter. Diese Prozedur konnte sich hinziehen und war auf jeden Fall gefährlich.

Aber die Frage, die Thane wirklich zu zerreißen drohte, war: *Was mache ich hier eigentlich?*

Thane hatte sich gesagt, dass Kendy recht hatte – das Imperium wollte nicht nur die Leistung seiner Offiziere, sondern obendrein noch ihre Seelen. Jahrelange Gedankenkontrolle und moralische Kompromisse hatten gewiss alles abgeschliffen, was er an Ciena geliebt hatte, bis nur noch Palpatines Erzeugnis übrig geblieben war.

Dann hatte er die Meldung über Cienas Mutter gesehen. Er hatte sofort gewusst, dass Ciena nach Jelucan heimkehren würde. Und genauso schnell war ihm klar gewesen, dass er ebenfalls zurückkommen musste, um sie noch einmal zu sehen.

Wenn das Imperium sie ausgehöhlt hatte, wenn es nichts von ihr übrig gelassen hatte als eine kalte, leere Hülle, dann könnte Thane endlich loslassen. Und wenn sie immer noch dasselbe Mädchen war, an das er sich erinnerte, dann würde Thane zum eifrigsten Anwerber werden, den die Rebellion je gesehen hatte.

Keiner dieser Extremfälle war eingetreten. Das immerhin wusste er. Aber er konnte nicht mehr in Cienas Herz sehen. Sie war ihm ein Rätsel geworden, eines, von dem er nicht wusste, wie es zu lösen war.

Er stand nach seinem Nickerchen auf und schätzte, dass es Vormittag war. Wegen der starken Luftverschmutzung war das schwer zu sagen. Als er den Hauptraum betrat, hob Ciena den Kopf und schaute ihm entgegen. Sie saß auf einem der Bodenkissen, trug Leggings und eine weiße Tunika. Das Haar hatte sie nicht geflochten, sodass die Locken leicht und luftig wie eine Wolke um ihr Gesicht lagen. So hatte sie ihr Haar auch in jener Nacht getragen, als sie im Imperialen Palast miteinander getanzt hatten.

Er war so sicher gewesen, dass Jahre im Dienst des Imperiums sie hart gemacht haben würden. Er hatte versucht, sie sich nur als steife, strenge imperiale Offizierin vorzustellen. Stattdessen war Ciena immer noch anmutig, sanft, ja, zart sogar. Doch Thane wusste, dass dies eher Schein als die Wahrheit war. Er erinnerte sich an die Festigkeit ihrer Muskeln entlang ihrer Glieder und ihres Rückens, so wie er auch immer noch wusste, wie es sich angefühlt hatte, in ihre dunkelbraunen Augen zu schauen, als sie unter ihm lag ...

Reiß dich zusammen, rief er sich zur Ordnung.

Sie wünschte ihm keinen guten Morgen, also entbot auch er ihr keinen. „Wo ist dein Vater?"

„Bei der Arbeit", antwortete sie und deutete auf etwas Brot und Käse, das sein Frühstück sein musste. „Papa arbeitet in der Verwaltung der Garnison. Er bekommt nicht frei, nur weil seine Frau in Gefahr schwebt und sein Herz gebrochen ist. Er darf nicht einmal zu spät kommen."

War das Wut auf das Imperium, was er da hörte? Thane wollte Hoffnung empfinden, doch Ciena blieb so still und undurchschaubar wie am gestrigen Abend. Er nahm sich ein wenig von dem Brot und schaffte es, sich an den verdammt niedrigen Tisch zu setzen. „Was verlangt das Ritual heute von uns?"

„Nicht viel. Es sollte immer jemand hier sein und im Haus Wache halten – aber da uns nur ein Mensch zur Seite steht, kommt es auf diese Regel nicht an." Ciena zögerte, dann fügte sie hinzu: „Ich habe gestern um ein Treffen mit dem Richter ersucht und heute Morgen noch einmal. Ich erhielt keine Antwort. Und ich erwarte auch keine mehr."

„Heißt das, wir könnten eigentlich gehen, aber es gibt nichts, wo wir hinkönnten?"

Sie antwortete nicht. Ihr Blick war auf das runde Fenster geheftet, das nach vorn hinausging und vor dem seine provisorische rote Flagge im Wind flatterte. Der Ruß in der Luft würde sie bald dunkel färben. Er hatte Jelucans Zerfall über die Jahre hinweg verfolgt, aber das machte es nicht leichter, ihn nun mit eigenen Augen zu sehen. Wenn sie doch nur in die Vergangenheit zurückreisen könnten, in die Zeit, als sie noch Kinder gewesen waren, als ihre Welt ihnen noch das Gefühl von Heimat gab und sie einander ohne Worte verstanden hatten …

Und dann wusste er auf einmal, was er tun wollte, wie er herausfinden würde, ob sie noch *seine* Ciena war.

Er sagte: „Flieg mit mir."

Sie wandte den Kopf und sah ihn an. „Du willst fliegen? Jetzt? Heute?"

„Wir können mit den Hangsteigern rauf zum Hangar meiner Familie. Ich wette, die alte V-171 steht da noch."

„Wenn dich deine Eltern sehen …"

„Ich habe mich informiert, bevor ich den Raumhafen verlassen habe. Sie sind geschäftlich auf der anderen Seite des Planeten. Wir haben freie Bahn."

Ciena schien zu zweifeln. „Die V-171 ist vielleicht gar nicht mehr flugtauglich. Es sind ein paar Jahre vergangen."

„Dann sehen wir sie uns mal an. Wenn sie Schrott ist, gut, dann war's das. Aber vielleicht tut sie's ja noch."

Thane sah, wie sie nach einem Grund suchte, Nein sagen zu können. Bis sie endlich „Na schön!" seufzte.

Er schnappte sich seine dunkelblaue Jacke und die Mütze mit mehr Angst als Optimismus. Ciena blieb ihm gegenüber verschlossen, und er war nicht sicher, ob es so nicht besser war. Doch waren sie sich nie näher gewesen, als wenn sie miteinander in der Luft waren. Dort hatten sie einander beigebracht zu fliegen, sie hatten einander kennengelernt und ihre Welt gemeinsam erkundet. Also würde er auch heute nur dort erfahren, ob sie überhaupt noch miteinander konnten.

Die Fahrt zum Hangar gestaltete sich spannender, als Thane

es erwartet hatte. Vor ein paar Jahren waren die Wege in diese Gegend unbedeutend gewesen, jetzt waren sie viel befahren. Jedes Mal wenn sie einen anderen Hangsteiger passierten, verkrampfte sich sein Magen. Fast rechnete er damit, dass jeder Fahrer ein Sturmtruppler wäre, der gleich seinen Blaster ziehen würde. Aber niemand würdigte sie auch nur eines zweiten Blickes. Er und Ciena waren nur zwei weitere Personen, die den Berg hochfuhren, der in Frühnebel und dunkle Minenasche gehüllt war. Ihr Hangsteiger fuhr vor seinem her. Er kam sich vor wie ihr Schatten.

Was immer Dalven inzwischen trieb, zu Hause hatte er nicht vorbeigeschaut, oder zumindest war er seit Jahren nicht mehr im Hangar gewesen. Das Tor war fast zugerostet, und als Thane und Ciena es endlich aufbekamen, wirbelten ihnen Staubwolken entgegen und brachten sie zum Husten. Die V-171 war erwartungsgemäß eingestaubt, doch als er die Steuerelemente drückte, leuchteten sie auf und glommen grün.

Er tätschelte die Flanke des Schiffes und empfand einen absurden Stolz darauf. „Alle Systeme stehen auf Start."

„Dann starten wir." Ciena streckte ihre Hand aus, um per Echse, Kröte, Schlange um den Pilotensitz zu knobeln, bevor ihr bewusst wurde, was sie da tat – jedenfalls ihrer plötzlichen Verlegenheit nach zu urteilen. Thane hielt ihr einfach nur seine Hand hin. Eins, zwei, drei – er wählte Kröte, sie aber Schlange, und die Schlange fraß die Kröte.

„Du hattest damit schon immer mehr Glück als ich", brummte er.

Das trug ihm ein Lächeln ein, flüchtig, aber echt. „Tja, Pech, Kyrell." Sie klang wieder wie sie selbst. „Du bist heute Copilot."

Die vertrauten Vorbereitungen für den Start hatten eine erleichternde Wirkung. Sie wussten wieder, wie sie miteinander zu reden hatten und was zu tun war. Binnen weniger Augenblicke schwebte die V-171 über dem Boden. Während Ciena sie vorsichtig aus dem Hangar manövrierte, sagte er: „Komm schon, holen wir uns ein Stück vom Himmel."

„Alles klar." Und damit rauschten sie in die Höhe, der Sonne entgegen.

Sie harmonierten auf der Stelle. Perfekt. Thane wusste, in welche Richtung sie fliegen wollte, bevor es ihr wirklich bewusst war. Ciena reagierte auf jede seiner Bewegungen, bevor er sie ganz ausgeführt hatte. Es erschreckte ihn beinah, wie wenig sie sich in dieser einen Hinsicht geändert hatten, obwohl der Rest ihres Lebens auf den Kopf gestellt worden war. Sie verstanden immer noch so zu fliegen, als wären sie eins.

Mehrere Tausend Meter weit in der Höhe ließ die Luftverschmutzung nach, bis sie schließlich von der gleichen Helligkeit umgeben waren, an die sie sich aus ihrer Kindheit erinnerten. Die Wolken strahlten weiß, die zerklüfteten Gipfel der höchsten Berge ragten daraus hervor und sahen aus wie Inseln im Schnee. In diesen Höhen ließ sich kein Bergbau betreiben, hier blieb die Natur makellos und unberührt.

Von hier oben aus konnte er beinahe glauben, dass Jelucan immer noch schön war.

Ciena wollte genauso sehr wie er am Himmel verweilen. Das wusste er, ohne dass sie es ihm sagen musste. Geneinsam zogen sie Schleifen durch die Luft, umkreisten die vertrauten Bergzüge, ritten auf den Aufwinden, die immer noch vom Wavers' Peak her wehten. Als sie die Flügel neigte, um diese Strömung zu erwischen, hatte Thane sich bereits mit zur Seite gelegt, und er lachte.

„Du liebst das!"

„Genau wie du." Er konnte das Lächeln in ihrer Stimme hören.

Das hier ist kein Waffenstillstand. Du gehörst immer noch zur Rebellion, sie ist immer noch eine loyale Offizierin des Imperiums. Wir können nicht mehr miteinander teilen als eine gestohlene Stunde, einen einzigen Flug.

Das sagte Thane sich. Aber er konnte es einfach nicht glauben.

Selbst als ein Sturm aufzog, schoben sie die Landung noch so lange hinaus, wie es nur ging. Erst als der Wind derart zunahm, dass es holprig wurde, einigten sie sich wortlos auf den Moment, da es für die V-171 Zeit zum Landen wurde. In dem winzigen

Schiff konnten sie spüren, wie sich das Gewicht des anderen jeweils verlagerte, wenn sie auf die Scherwinde reagierten. Er wusste immer noch, wie sie sich bewegte.

„Komm schon!" Sie waren zehn, und Ciena wollte zum ersten Mal zwischen den Stalaktiten hindurchfliegen. „Wir schaffen das!" Er steuerte das Schiff im Spiralflug auf ihr Ziel zu, das plötzliche Schwindelgefühl erfasste sie beide zugleich und brachte sie zum Lachen.

Ihre Düsenschlitten waren ineinander verkeilt, während sie durch Coruscant jagten, sie lehnten sich aufeinander zu und nahmen Kurs auf die genaue Mitte des letzten Reitgen-Rings und siegten.

„So?" Er konnte den warmen Hauch von Cienas Flüstern auf seiner nackten Schulter spüren. Er war zu überwältigt, um etwas zu sagen, und konnte nur nicken.

Sie landeten die V-171, bevor es zu regnen anfing. Ciena schaltete das Schiff schweigend ab. Die Verbindung zueinander, die sie in der Luft gefunden hatten, löste sich wieder. Als sie ausstiegen und den Hangar verließen, hätten sie auch zwei beliebige Arbeitskollegen auf irgendeinem Raumhafen sein können.

Doch Ciena kehrte nicht zurück zu ihrem Hangsteiger. Stattdessen ging sie zum anderen Ende des Felsabsatzes, auf dem der Hangar stand, dorthin, wo der schmale Felsenpfad von der Hauptstraße abzweigte – in Richtung der Festung. Sie hielt kurz inne und schaute über die Schulter zurück, eine deutliche Herausforderung an Thane, ihr zu folgen.

Er hatte noch nie einer Herausforderung widerstehen können.

Sie sprachen beide kein Wort, bis sie in die Festung hineingeklettert waren. Ciena schaltete eine der alten Lampen ein, die sie dort gelassen hatten, und Thane schaute sich überrascht blinzelnd um. Er hatte eine staubige Ruine zu sehen erwartet – stattdessen waren die Oberflächen sauber und die Decken ausgeklopft. Von dem Drahtmobile, das sie gebastelt hatten, als sie neun gewesen waren, baumelten noch ein paar ihrer Spielzeugraumschiffe. „Hat sich alles gut gehalten", meinte er.

„Ich war gestern hier", sagte Ciena. „Mein Schiff ist gelandet, bevor mein Vater von der Arbeit wegkonnte, und Valentia ... Ich habe es dort nicht lange ausgehalten. Das hier war der einzige Ort, an dem ich sein wollte. Es musste ein bisschen sauber gemacht werden, aber es war nicht so schlimm, wie ich gedacht habe." Ciena drehte sich zu ihm um, und in der aufziehenden Dunkelheit des Sturmes konnte er ihre Miene nicht deuten. „So vieles war noch so wie früher."

Thane trat einen Schritt auf sie zu. „Ciena ..."

„Du hast dich der *Rebellion* angeschlossen." Die Worte platzten aus ihr heraus wie Wasser nach einem Dammbruch. „Wie konntest du das tun? Das sind Terroristen! Sie haben Jude ermordet!"

„Wir sind keine Terroristen. Wenn jemand ein Terrorist ist, dann ist es Palpatine selbst, denn er herrscht durch Angst ..."

„Du sagtest, du würdest nicht zu den Rebellen gehen, das hast du mir ins Gesicht gesagt ..."

„Das war, bevor mir klar wurde, wie schlimm das Imperium wirklich ist. Die Rebellen mögen nicht perfekt sein, aber irgendjemand muss etwas unternehmen!"

„Und da hast du also beschlossen, dass du das Imperium hasst. Du bist bereit, Leute zu töten, mit denen du zur Schule gegangen bist – deine Offizierskollegen, deine Freunde." Ciena trat einen Schritt näher an ihn heran, die Fäuste in die Hüften gestemmt. „Du bist sogar bereit, *mich* zu töten."

„Glaubst du etwa, dass mich das nicht jedes Mal fertigmacht, wenn ich in eine Schlacht ziehe? Ist dir nicht klar, dass ich lieber zuerst sterben würde? Aber ich kann nicht tatenlos danebenstehen, Ciena. Das kann ich nicht."

Sie schüttelte den Kopf. „Gerade *jetzt* musstest du aufhören, ein Zyniker zu sein?"

Thane wollte sie packen und durchschütteln. Er wollte sie anflehen, ihm zuzuhören. Und mehr als alles andere wollte er wieder in der Luft sein, wo sie einander immer noch verstanden. Aber jetzt war der Sturm da. „Das ist alles, was du zu sagen hast? Du hast mich hier raufgeschleppt, nur um mich anzuschreien?"

„Nein."

„Was willst du dann ..."

Ciena zog sein Gesicht an das ihre heran und küsste ihn. Fest.

Die nächsten Augenblicke vergingen wie im Fieber ... Ihre kleinen Hände fuhren unter seine Jacke und legten sich auf seine Brust ... Er spürte sie in seinen Armen ... schmeckte ihre Lippen. Er konnte ihr nicht nahe genug sein. Selbst jetzt, da sie einander eng umschlangen, waren sie noch zu weit voneinander entfernt.

Thane umarmte sie so kraftvoll, dass ihre Füße vom Boden abhoben, dann drängte er sie mit dem Rücken gegen die Wand und nagelte sie mit seinem Körpergewicht daran fest. Ihr offener Mund verschwand unter seinem.

Als sie sich lange genug voneinander lösten, um keuchend nach Luft zu schnappen, flüsterte Ciena: „Wag es bloß nicht aufzuhören."

Er wagte es nicht.

21. KAPITEL

Stunden später saß Ciena in eine Decke gewickelt am Höhleneingang und beobachtete das Abklingen der letzten Ausläufer des Sturms. Der Wind hatte sich schon vor einer Weile gelegt, nur der Regen fiel in den tiefer gelegenen Regionen noch in silbrigen Schleiern. Wie hatte sie vergessen können, dass dieser Anblick so schön sein konnte?

Dies war immer der Ort gewesen, an den sie kam, um zu träumen. Der imperiale Dienst ließ so wenig Zeit für Stunden, in denen man seinen Gedanken einfach freien Lauf ließ, sich vorstellte, was immer man wollte.

Ciena stand auf und ging zurück in die Festung – auf Beinen, die sich immer noch angenehm wackelig anfühlten. Die Felle und Decken lagen im hinteren Teil, in der Nähe des alten Heizgeräts, das sie vor zehn Jahren hier heraufgeschleppt hatten. Es fiel nur wenig Licht so weit nach hinten. Sie verweilte kurz, um Thanes Anblick in sich aufzunehmen, der bäuchlings dalag, mehr schlafend als wach, kaum zugedeckt. Sie lehnte sich mit einer Schulter an die Wand und flüsterte: „Sieh durch meine Augen."

Daraufhin regte er sich. Thane rollte sich herum und lächelte benommen. „Das zeigst du deiner Schwester?"

„Ich soll ihr die schönsten und herausragendsten Augenblicke meines Lebens zeigen. Das ist so einer."

Er streckte einen Arm nach ihr aus, und sie schmiegte sich an seine Seite und zog die Decke über sie beide. Trotz des kleinen Heizgeräts blieb es kühl in der Festung – doch Thane hielt sie warm. Ciena wünschte, sie müssten sich der Welt außerhalb der Festung nie mehr stellen, dass sie immer zusammenbleiben könnten, untrennbar.

„Du weißt es wahrscheinlich schon", sagte sie, „aber ich liebe dich immer noch."

„Und ich liebe dich. Alles andere mag sich ändern, aber das nicht."

Ciena drehte sich herum, damit sie ihn ansehen konnte. Es war so schwer, diese Worte ohne Wut zu sagen, aber sie musste sie aussprechen. „Wenn du es fertiggebracht hast, der Rebellion beizutreten, dann hast du dich mehr verändert, als ich es für möglich gehalten hätte."

„Glaubst du immer noch an das Dogma des Imperiums, dass die Rebellen ‚Terroristen' sind? In Wahrheit sind sie Idealisten. Sie glauben, dass die Neue Republik all die großen und glorreichen Dinge verkörpern wird, die schon auf die Alte Republik nicht wirklich zutrafen. So ein Narr bin ich nicht. Und das werde ich auch nie sein. Aber das Imperium muss gestürzt werden."

„Du hast einen Eid geschworen …"

„Schluss jetzt mit den Eiden, Ciena!" Thane hielt sich zurück, bis er seinen Zorn wieder im Griff hatte. „Tut mir leid. Ich weiß, was Ehre für dich bedeutet. Aber es geht nicht darum, ob wir dem Imperium treu geblieben sind oder nicht. Es geht darum, ob das Imperium uns treu geblieben ist."

Zu viele ihrer eigenen Zweifel rührten sich bei diesen Worten. Im Geiste sah Ciena die Offiziere sinnlos sterben. Sie hörte Penries letzten Schrei. Wurde einmal mehr Zeuge, wie Alderaan explodierte. Und nun musste sogar ihre Mutter leiden.

Sie verbarg ihr Gesicht an Thanes Brust. Sie fühlte sich sicherer, wenn sie in der Wärme seiner Umarmung sprach. „Ich erkenne die Dunkelheit im Imperium. Sie ist ja nicht zu übersehen."

Er drehte eine ihrer Locken um seinen Finger, seine spielerische Berührung stand im Gegensatz zum Gewicht dessen, was er sagte. „Wenn du das siehst, dann verstehe ich nicht, wie du dem Imperium weiterhin dienen kannst – wegen eines Versprechens, das du vor Jahren gegeben hast, als du noch nicht die ganze Wahrheit kanntest."

„Niemand kennt jemals die ganze Wahrheit. Deshalb bedeuten

Versprechen etwas. Sonst wären sie zu leicht, verstehst du das nicht? Wir schauen in die ungewisse Zukunft und versprechen, treu zu sein, ganz egal, was geschieht." Ciena seufzte. „Mir bedeutet mein Eid etwas, aber das ist nicht der einzige Grund, weshalb ich bleibe."

„Warum dann?"

„Weil das Imperium mehr ist als ... als Korruption und Brutalität." Es kostete sie Überwindung, diese Worte zu sagen, aber Thane zwang sie, ehrlich zu sich selbst zu sein. „Es ist auch das Gerüst, das die Galaxis davor bewahrt, wieder ins Chaos zu stürzen, so wie es während der Klonkriege der Fall gewesen ist. Und für jeden kleinen Bürokraten, der sich selbst bereichert, indem er Gewinne abschöpft, gibt es auch jemanden wie Nash Windrider, der ehrlich versucht, das Richtige zu tun. Wenn die guten Leute dem Imperium den Rücken kehren, wird dann nicht alles noch schlimmer? Sind wir nicht verpflichtet, standzuhalten und das Imperium zu ändern, wenn wir können?"

„Du bist immer noch eine Optimistin." Thane zögerte, bevor er fragte: „Wie geht es Nash?"

„Inzwischen geht es ihm besser. Das erste Jahr nach Alderaan war hart, aber er hat es überstanden. Ich glaube, manchmal ist er immer noch einsam." Ciena dachte an den Abend, an dem Nash vor der Tür ihrer Kabine mit ihr hatte anbandeln wollen. Aber sie hatte Nein gesagt, und Thane brauchte davon nichts zu erfahren. „Er spricht manchmal von dir. Ich hasse es, dass er glauben muss, du seist tot."

„Ich auch."

Danach lagen sie eine Weile schweigend da, ihr Kopf auf seine Brust gebettet. Sie dachte zurück an die ersten Monate auf der Akademie, als sie alle noch so voller Vertrauen und sich ihres Platzes in der Galaxis so sicher gewesen waren. War das wirklich erst sechs Jahre her? Es kam ihr vor, als wäre es in einem anderen Leben gewesen.

„Ciena?" Thane klang vorsichtig. „Ich möchte dir eine Frage stellen, die dir vielleicht nicht gefallen wird. Aber hör mich an, ja?"

Nachdem sie ihn nicht schon dafür umgebracht hatte, dass er der Rebellion beigetreten war, war er wohl außer Gefahr, egal, was da nun kommen mochte. „Schieß los."

„Was mit deiner Mutter passiert ... hast du dich mal gefragt, ob das alles ein Test ist? Eines dieser Psychospiele, die das Imperium mit seinen Truppen treibt?"

Wenn sie doch nur noch glauben könnte, dass diese „Tests" sie stärken sollten, dass sie einem größeren Zweck dienten. War sie wirklich einmal wütend auf Thane gewesen, weil er angedeutet hatte, es könnte anders sein? Die Erinnerung an ihre Blauäugigkeit beschämte sie. In der Zwischenzeit hatte Ciena erfahren müssen, dass das Imperium die Loyalität seiner Untergebenen bisweilen auf extreme Weise prüfte. Für Mitarbeiter, die für diffizile Positionen in Betracht gezogen wurden, mochten diese Tests noch zu rechtfertigen sein. Aber mit der Freundschaft zwischen zwei jungen Kadetten zu spielen, nur um die Verbindungen zu ihrer Heimatwelt zu trennen ... das war in seiner Grausamkeit schon fast kindisch gewesen.

Vielleicht prüfte das Imperium sie, indem es ihre Mutter anklagte, doch Ciena bezweifelte das. Was mit Mama passierte, war wahrscheinlich ein Fall schlichter, dummer Provinzkorruption. Alle, die darin verstrickt waren, wussten das, doch niemand würde etwas sagen, weil sie alle zu viel Angst vor den Repressalien der imperialen Offiziellen hatten.

Vom Imperator bis hinab zum kleinsten Verwalter, so vieles musste umgestaltet werden. Wo sollten sie überhaupt anfangen?

„Ich glaube nicht, dass Mamas Fall Teil einer größeren Intrige ist", sagte sie und beließ es dabei. „Traust du deinen Vorgesetzten in der Rebellen-Allianz?"

Sie rechnete damit, dass Thane sofort Nein sagen würde. Er vertraute so wenigen Leuten, und der Abschaum, der die Rebellion anführte, kam für diese Ehre sicher nicht infrage. Ciena war entsetzt, als er sagte: „Einigen. Eigentlich sogar den meisten. Weißt du, dass ich nicht einmal um Erlaubnis fragen musste, um hierherzukommen? Sie vertrauten darauf, dass ich nur aus einem guten

Grund gehen und danach auch zurückkommen würde. Klar, sie träumen den verrückten Traum von dieser perfekten Galaxis, die sie errichten zu können glauben. Aber wenigstens respektieren sie die Leute, die in ihren Diensten stehen."

Ciena konnte kaum fassen, was sie da zu hören bekam. Thane Kyrell hatte endlich Autoritätspersonen gefunden, die er nicht hasste, und es waren Rebellen? Bestimmt redete er nur so, um sie dazu zu bewegen, das Imperium zu verlassen. Sie selbst hätte vielleicht noch verrücktere Sachen gesagt, wenn er dann nur bei ihr bliebe. „Wie lange bist du schon bei ihnen?"

„Seit ein paar Monaten." Sein Daumen strich über ihren Wangenknochen, eine Liebkosung, wie sie zärtlicher nicht möglich war. „Erst habe ich Versorgungsflüge übernommen, aber als der Krieg sich zuspitzte ... Jetzt bin ich öfter im Kampfeinsatz."

„Ich habe dich auf Hoth erkannt, Thane."

„Du *warst* dort?" Sein Gesicht wurde so blass, dass es fast weiß war. „Ich habe mir gesagt ... die Flotte ist so riesig ... ich dachte, die Chance, dass ich gegen dich kämpfen würde, wäre ... Ich habe nicht geglaubt, dass es dazu kommen würde."

„Ich war nie in Gefahr", sagte sie, setzte sich auf und hüllte sich in die Decke. Der Anblick seiner Angst bei dem Gedanken, sie zu verletzen ... sie konnte ihn nicht ertragen. „Es war dein Manöver, das dich verraten hat. Als du zwischen den Beinen des Kampfläufers hindurchgeflogen bist. In diesem Augenblick wusste ich, dass das nur du sein konntest."

„Der einzige Mensch in der ganzen Flotte, der mich an meiner Art zu fliegen erkennen kann ..."

„Vielleicht hat die Macht hier ihre Hand im Spiel und führt uns zusammen, obwohl wir getrennt sein sollten."

Diese Bemerkung ließ ihn das Gesicht verziehen. Thane hatte sich offenbar nicht so sehr verändert, dass er religiös geworden wäre. „Ich glaube mich zu erinnern, dass ich meine eigene gefälschte Kennung benutzt habe, um die Galaxis zu durchqueren und zu dir zu kommen. Die Macht hatte damit nichts zu tun."

Sie hob eine Hand. „Schon gut, schon gut."

Thane setzte sich neben ihr auf und legte einen Arm um ihre Hüfte. Draußen war der Himmel fast dunkel geworden. „Hör zu", sagte er. „Ich weiß, dass du nicht bereit bist, heute mit mir zu kommen. Und vielleicht wirst du es gar nicht in Betracht ziehen, dich der Rebellion anzuschließen."

„Niemals."

„Aber solltest du einmal daran denken, das Imperium zu verlassen, irgendwann … und sei es nur, um hierher zurückzukommen oder um auf einer anderen Welt ein neues Leben anzufangen …"

War er im Begriff, ihr zu versprechen, dass er die Rebellen verlassen würde, um mit ihr zusammen zu sein, wenn sie nur desertierte? Das wollte Ciena gar nicht wissen. „Ich werde das Imperium nicht verlassen, jedenfalls nicht, bevor meine offizielle Dienstzeit zu Ende ist. Wenn irgendeine Chance besteht, dass das Gute im Imperium das Schlechte überwiegen kann, dann ist es unsere Pflicht, es zu bewahren."

„Das Imperium ist bis ins Herz verdorben. Es ist unsere Pflicht, es zu vernichten."

Sie waren sich immer noch uneins, und anscheinend würde es immer so bleiben. Das wusste Ciena. Doch schienen die rauen Tatsachen so fern, als er sie wieder in seine Arme nahm und sie den Kopf an ihn lehnte. Sie und Thane waren nie verliebter gewesen – und nie weiter voneinander entfernt.

Am nächsten Morgen begann der Prozess gegen Cienas Mutter.

Prozess. Der Begriff klang viel zu offiziell und eindrucksvoll für das überstürzte und unlautere Verfahren. Ciena saß auf der halbrunden Tribüne der Gerichtskammer und trug ihre Uniform mit den roten und blauen Rangabzeichen, die sie als Lieutenant Commander des Imperiums auswiesen. Neben ihr hockte Papa mit gesenktem Kopf, als könnte er den Anblick Mamas, wie sie da mit gefesselten Händen vor der Anklagebank stand, nicht ertragen.

Der Ankläger – ein Mann mit kleinen Händen und öligem Haar – verlas eifrig Zeile für Zeile die Indizien. Er hatte keinen einzigen Beweis, der nicht von einem halbwegs bewanderten Datentechniker hätte manipuliert sein können, worauf ein Verteidiger sicher aufmerksam gemacht hätte – wenn Mutter einen Verteidiger hätte haben dürfen.

Aber inzwischen war das nur noch in Zivilangelegenheiten erlaubt, nicht jedoch in Verhandlungen von Verbrechen wider das Imperium.

Ciena konnte Thanes Stimme in ihrem Kopf hören, wie er sie fragte, ob das Imperium ihr treu geblieben sei. Sie wagte es nicht einmal in Gedanken, ihm zu antworten.

Er war spät am Abend aufgebrochen, um ein Nachtshuttle zu erwischen – wohin, das würde sie nie erfahren. Thane hatte sich von ihrem Vater formell und korrekt verabschiedet. Papa war rücksichtsvoll genug gewesen, Ciena und Thane alleine zum Hangsteiger hinausgehen zu lassen. Sie hatten sich so lange und heftig geküsst, dass ihre Lippen ganz angeschwollen waren, was sie gern in Kauf genommen hatte, weil es bewies, dass er wirklich bei ihr gewesen war.

„Was auch aus uns werden mag", hatte sie gesagt, „ich danke dir, dass du meiner Familie beigestanden hast. Du bist ein gewaltiges Risiko eingegangen, um hier zu sein, als ich dich am dringendsten gebraucht habe. Das war ein Zeichen ... größter Loyalität und Freundschaft."

Sein Lächeln war so traurig gewesen. „Ehrlich gesagt bin ich hergekommen, weil ich dachte, ich käme endlich über dich hinweg. Ich hätte es besser wissen sollen."

Ciena versuchte die Aufmerksamkeit ihrer Mutter zu erregen, in der Hoffnung, ihre bloße Anwesenheit würde ihr ein wenig Trost spenden. Doch Mama schaute sie nicht einmal an. Es war, als schäme sie sich, obgleich spätestens jetzt jeder, der etwas mit dieser Scheinverhandlung zu schaffen hatte, wissen musste, dass die Vorwürfe falsch waren.

Dann traf sie die Erkenntnis – ihre Mutter schaute nicht zu ihr, weil sie nicht wollte, dass Ciena sich noch mehr gefährdete, indem sie Mitleid mit jemandem zeigte, den das Imperium anklagte.

Die imperiale Herrschaft war nicht jeder Welt gegenüber so grausam, wie sie es im Falle Jelucans gewesen war. Das immerhin hatte Ciena auf ihren Reisen erfahren. Aber das war egal, denn die Grausamkeit schlug *jetzt* zu und zerstörte ihre Familie und ihr Zuhause.

„Dir ist doch klar, dass wir uns nie wiedersehen können?", hatte Ciena gesagt, während Thane sie noch festhielt. Er hatte seinen Hangsteiger bereits angelassen, das Brummen des Motors ging fast unter im heftigen Wind.

„Das haben wir beim letzten Mal auch gesagt."

„Diesmal ist es anders. Du hättest diesmal nicht zurückkommen sollen, und ich ... ich weiß nicht, ob ich jemals zurückkehren werde."

„Wir sagen einander immerzu Lebewohl", hatte Thane ihr ins Ohr geflüstert. „Wann werde ich es endlich glauben?"

Sie antwortete nicht, weil sie nicht konnte. Selbst wenn sie und Thane sich nie wiedersahen, wusste sie, dass das Band zwischen ihnen irgendwie bestehen bleiben würde. Er war zu sehr Teil von ihr, um jemals, solange sie lebte, ganz verloren zu sein.

Es war ein Trost, aber kein sehr großer.

Der Richter schaute nicht einmal von seinen Bildschirmen auf, als er das Urteil verkündete. „Schuldig der Veruntreuung und des Betrugs an Vertretern des Imperators. Verurteilt zu sechs Jahren Arbeit in den Minen."

Für Ciena war das Urteil wie Gift, das ihr in die Adern injiziert wurde, qualvoll bis ins Mark. *Zwangsarbeit?* Auf Jelucan hatte man diese Art der Bestrafung vor fast hundert Jahren abgeschafft, und selbst damals war sie auf Gewaltverbrechen beschränkt gewesen. Ihre Mutter war eine Frau mittleren Alters, sie war nie besonders groß oder kräftig gewesen. Wie sollte sie diese schwere Erzschlepperei überstehen? Und dank des Einsatzes moderner Minen-Droiden bedurfte es dieser Knochenarbeit auch gar nicht mehr. Das Urteil war primitiv und unzumutbar in einem ... und es war verhängt worden über eine Frau, von deren Unschuld der Richter wissen *musste*.

Verine Ree warf keinen Blick in die Richtung ihres Mannes und ihrer Tochter, als man sie abführte. Ciena begriff, dass man ihnen keine Gelegenheit geben würde, sich zu verabschieden.

„Das ist doch nicht möglich", flüsterte sie, während alle anderen Anwesenden der Reihe nach aus dem Gerichtssaal gingen und nur sie und ihr Vater zurückblieben. „Das ist eine Verhöhnung der Gerechtigkeit ..."

„Sag nichts mehr."

„Natürlich." Wahrscheinlich waren irgendwo im Raum Aufzeichnungsgeräte versteckt. „Wir können nicht noch mehr Schwierigkeiten brauchen."

„Nein, Ciena. Du solltest dich nicht gegen deine Regierung aussprechen, niemals, unter keinen Umständen."

„Papa ... wie kannst du so etwas sagen? Gerade heute?"

Paron Ree faltete die Hände so feierlich wie ein Dorfältester. „Weil wir dem Imperium an dem Tag unsere Loyalität geschenkt haben, als Jelucan ihm angegliedert wurde. Weil wir unser Wort nicht brechen, auch wenn wir im Gegenzug selbst betrogen werden. Sonst sind wir nicht besser als sie." In seinen Augen loderte es, aber seine Stimme blieb leise und ruhig. „Dieses Leben war nie für Fairness und Gerechtigkeit geschaffen. Wir erdulden und obsiegen nicht als rohe Materie, sondern im Reich des Geistes."

Als Kind hatte sie das inständig geglaubt, doch jetzt klangen die Worte hohl. Ciena fand keinen Trost, weder in der Wut noch im Glauben. Sie konnte nichts anderes tun, als die Arme um ihren Vater zu legen und zu hoffen, dass sein Glaube ihm mehr Halt gab als ihr.

„Und wurde auf Jelucan der Gerechtigkeit Genüge getan, Lieutenant Commander Ree?"

„Sir. Ja, Sir."

Ciena stand in Habtachtstellung in ISB-Offizier Ronnadams Büro und blickte an ihm vorbei auf den kleinen runden Ausschnitt der Sternenlandschaft, den das einzige Fenster des Raums zeigte. Die Hände hatte sie fest hinter dem Rücken verschränkt, die Handflächen waren schweißnass.

Captain Ronnadam musterte sie, wie ihr vorkam, viel zu lange. Sein dünner Schnurrbart zuckte einmal, aber sie konnte nicht sagen, ob er belustigt oder verärgert war. „Dann war Ihre Mutter also schuldig."

„Die vorgelegten Beweise waren ganz eindeutig, Sir."

„Sie überraschen mich, Ree." Sein Ton ließ nicht erkennen, ob das gut war, und seine Augen waren schmal. Er strafte sie mit Verachtung, weil sie genau das tat, wozu er sie gezwungen hatte. War er sich seiner eigenen Heuchelei bewusst? Wahrscheinlich nicht. „Nun gut. Sie haben zwei Wochen Urlaub genommen, aber davon abgesehen bleibt Ihre Akte makellos. Ich glaube, wir können in Ihrer nahen Zukunft mit einer Beförderung rechnen."

Ronnadam dachte ernsthaft, dass sie ihre Mutter nur um des Vorankommens willen verriet. Ciena grub sich die Fingernägel in die Handflächen und nutzte den Schmerz, um sich zu fangen. „Danke, Sir!"

Tu deine Pflicht. Bleib auf deinem Weg. In vielen Leuten, die hier Dienst tun, steckt Gutes. Ihnen bin ich es schuldig, meinen Eid zu erfüllen und herauszufinden, wie ich das Imperium vor seiner eigenen Verderbtheit retten kann.

Das war eine noble Einstellung, und es war ihr ernst damit. Doch in Gedanken stellte sie sich vor, dass sie all das zu Thane sagte, und er schüttelte nur den Kopf.

22. KAPITEL

Thane schaffte es gerade noch rechtzeitig zurück zur *Liberty*. Die Corona-Staffel bereitete sich schon auf eine Verlegung vor – nicht so hektisch, wie es unmittelbar vor einem Angriff geschah, aber doch so schnell, dass er sie verpasst hätte, wäre er nur ein paar Stunden später zurückgekommen.

„Mr Kyrell! Wie nett von Ihnen, sich uns anzuschließen", sagte die Contessa, als er durch den Hangar lief, wo die Piloten Astromech-Droiden in ihre Schiffe luden und abgepackte Verpflegungsrationen überprüften. Er nickte ihr zu, wurde jedoch nicht langsamer, bis er direkt mit General Rieekan zusammenstieß.

„Kyrell." Rieekan schaute kaum von seinem Tablet auf. Er stand inmitten des Treibens. Nicht weit entfernt stob von einem Schweißbrenner ein Feuerwerk bläulich weißer Funken auf. Die Luft roch nach Gummi und Treibstoff. „Ausgezeichnet. Sie haben zwei Stunden bis zum Start."

Thane nahm Haltung an, das Kinn leicht erhoben, so wie er es auf der Akademie gelernt hatte. Die alte Ausbildung schlug durch, sobald er begriffen hatte, dass er Mist gebaut haben könnte. „Sir. Ich muss Ihnen Meldung machen, wo ich während meiner Abwesenheit gewesen bin."

„Das ist eine Freiwilligenarmee, schon vergessen? Sie können nach Belieben kommen und gehen, solange Sie alle Sicherheitsprotokolle einhalten."

„Ich bin auf meine Heimatwelt Jelucan zurückgekehrt, um … einer Freundin in Not zu helfen", sagte Thane. Rieekan schaute nicht auf, bis Thane ergänzte: „Meine Freundin ist Offizierin in der Imperialen Flotte."

Das zeigte Wirkung. Rieekan starrte ihn an, und ringsum verstummte der Arbeitslärm. Thane konnte die auf ihn gerichteten Augen beinahe spüren, heiß wie Scheinwerfer.

General Rieekans Dezibel-Level stieg merklich an. „Sie hatten also Kontakt zu einer feindlichen Offizierin."

„Ja, Sir." Weiter erwiderte Thane nichts. Er wusste, dass er es melden musste, aber er wollte verdammt sein, wenn er sich dafür entschuldigte, Ciena gesehen zu haben.

„Das ist höchst vorschriftswidrig, Kyrell", sagte Rieekan. „Aber Sie haben Ihre Verbindung zur Rebellen-Allianz vor dieser Offizierin doch geheim gehalten?"

„Lieutenant Commander Ree wusste bereits, dass ich mich der Rebellion angeschlossen hatte, Sir."

Um sie herum hob Gemurmel an. Inzwischen hatte sich eine regelrechte Schar versammelt. Aus dem Augenwinkel sah Thane die entsetzten Gesichter von Yendor, Smikes und Kendy. Doch er wendete den Blick nicht von Rieekan ab.

„Verdammt, woher wusste sie das?" Rieekans Schrecken war echt. „Wird das Imperium von Doppelagenten mit Informationen versorgt?"

„Nein, Sir. Nicht in diesem Fall. Sie ... sie hatte mich anhand imperialer Schlachtaufnahmen identifiziert." Niemand würde ihm glauben, wenn er zugab, dass Ciena ihn allein an seiner Art zu fliegen erkannt hatte. Sie beide waren die Einzigen, die das verstehen konnten.

Rieekan akzeptierte diese Erklärung, was eine Erleichterung bedeutete, aber Thane war noch nicht aus dem Schneider. „Sind Sie absolut sicher, dass diese Offizierin keine Gelegenheit hatte, Ihr Schiff oder Sie selbst mit einem Peilsender zu versehen?"

„Das ist nicht geschehen, Sir." Er würde nicht auf die vielen Dinge eingehen, zu denen Ciena seine Person betreffend Gelegenheit gehabt hatte. „Das garantiere ich. Ich habe keinerlei Informationen über Angehörige, Stützpunkte und Aktivitäten der Rebellion preisgegeben. Sie hat auch nicht danach gefragt. Es hat sich um eine rein persönliche Angelegenheit gehandelt."

„Persönlich." Rieekan schüttelte den Kopf. „Wir werden Sie und Ihr Schiff scannen. Wenn diese Überprüfung nichts ergibt, lassen wir die Sache fallen."

„Danke, Sir!"

„Und können wir davon ausgehen, dass Sie nie wieder Kontakt zu einem imperialen Offizier aufnehmen werden?"

Thane dachte an ihre letzten gemeinsamen Augenblicke vor Cienas Haus, daran, wie ihre Finger sich um seinen Jackenkragen geschlossen hatten, als könnte sie ihn allein kraft ihres Willens dort behalten. „Ja, Sir."

„Na gut. Und nur zur Information, Kyrell – die Galaxis ist voll von Frauen, die *nicht* für den Feind kämpfen."

Damit ging Rieekan davon. Zwei Droiden surrten auf Thanes X-Flügler zu, um ihn zu untersuchen. So konnte er sich endlich an den Rest der Corona-Staffel wenden. Die anderen Piloten hatten sich bereits eingefunden, in ihren Mienen stand alles Mögliche zu lesen, von Fassungslosigkeit bis hin zu Wut. Smikes ergriff als Erster das Wort. „Du hast deinen Posten verlassen, um deine Ex zu vögeln? Die *Lieutenant Commander der Imperialen Flotte*-Ex?"

Thane ließ sich nicht einschüchtern. „Sie wird bald zum Commander befördert."

Hier und da stöhnte einer auf. Er würde zweifellos für einige Zeit das unbeliebteste Mitglied der Corona-Staffel sein – eine tickende Zeitbombe, jemand, der grundlos Risiken einging. Das kümmerte ihn nicht. Solange niemand an seiner Treue zweifelte. Was sie von seinen Entscheidungen hielten, das war Thane egal.

„Wir müssen alle unsere Vergangenheit hinter uns lassen. Alle. Dazu gehören auch die Leute auf unserer Seite, geschweige denn imperiale Loyalisten." Die Contessa war noch nie wütend geworden, aber jetzt war sie es.

„Das heißt nicht, dass wir uns nie mehr zu den Leuten, die wir lieben, bekennen dürfen", gab er zurück.

„Na toll", stöhnte Smikes. „Jetzt redet er von *Liebe*. So kommen wir nicht weiter."

Yendor, der ruhiger als die anderen war, lehnte sich an eine Strebe des nächsten Sternenjägers und fragte: „Dir ist klar, dass dein imperiales Frauenzimmer uns alle umbringen würde, ja?" Das war's. Thane fuhr Yendor an: „Du kennst Ciena nicht. Ich schon. Und aufgrund dessen habe ich meine Entscheidung gefällt. Keiner von euch war in Gefahr oder auch nur *betroffen*, also geht es euch alle einen verdammten Dreck an."

Es wurde still, und er rückte ab von Yendor, dessen Hände zu der Geste erhoben waren, die auf jedem Planeten die gleiche Bedeutung hatte: *Hey, Mann, krieg dich ein.* Das einzig wirklich Sinnvolle, das Thane jetzt tun konnte, bestand darin, sich bei 2-1B zu melden und scannen zu lassen. Doch als er sich zum Gehen wandte, sagte Kendy kaum hörbar: „Das wird dich zerreißen."

Damit hatte sie nicht unrecht.

„Sie ist immer noch Ciena", erwiderte Thane nur und ging davon.

Kendy würde ihn verstehen. Wahrscheinlich. Sonst aber niemand. Ihm war das egal. Es war seine Sache, ob er die Galaxis durchquerte oder sich das Herz zerriss oder seinen X-Flügler geradewegs in den Kern eines Sterns steuerte.

Der neue Stützpunkt der Rebellenflotte lag auf einem unbewohnten Planeten, der so klein und unbedeutend war, dass er nicht einmal einen Namen hatte, sondern nur eine numerische Bezeichnung: 5 251 977. Diese Welt rotierte langsam, und das hieß, die Tage und Nächte dauerten hier im Vergleich zu den meisten anderen Planeten mehrere Wochen. Fürs Erste verbarg sich die Rebellion in der anhaltenden Dunkelheit.

Als Thane mit seinem X-Flügler zur Landung ansetzte, war sein erster Eindruck, dass man diesmal einen viel größeren Hangar gebaut hatte als sonst. Das Ausmaß des Bauwerks erinnerte ihn eher an imperiale Einrichtungen als an die rasch errichteten provisorischen Bauten, mit denen sich die Rebellen-Allianz im Allgemeinen begnügen musste. Erst als er das Schutztor passierte, ging ihm auf, warum das Gebäude so riesig war – es musste so groß sein. In den vergangenen zwei Monaten hatte sich die Größe der Rebellen-Armada offenbar verdoppelt.

„Was ist passiert?", fragte Thane, den Pilotenhelm unterm Arm, als die Corona-Staffel zur Meldung antrat. Er überlegte, ob das Imperium eine weitere Welt zerstört oder eine andere Gräueltat begangen hatte, die so schrecklich war, dass ein gewaltiger Teil der Galaxis endlich genug hatte.

Die meisten der anderen beachteten ihn nicht, Yendor jedoch antwortete: „Normalerweise rufen sie die Flotte nicht gesammelt an einen Ort. Ein paar Abteilungen werden in der Regel separat irgendwo anders zurückgehalten, nur für alle Fälle, verstehst du? Aber das war einmal. Gerüchte besagen, dass etwas Großes in Planung ist."

„Wir haben auch neue Rekruten", sagte die Contessa und wies auf einige Schiffe ringsum, die nicht der Vorschrift entsprachen. Diese Art von Schiffen waren zwar schon immer Teil der Flotte gewesen, aber diesmal waren es eindeutig mehr als sonst, und es liefen auch mehr Leute umher, die keine Uniform trugen, sondern nur Abzeichen der Rebellion, die eilig auf ihre Overalls genäht worden waren. Obgleich der Krieg sich immer mehr zuspitzte und tödlicher wurde, schlossen sich Rekruten in Scharen der Rebellion an. Wenn das so weiterging, dachte Thane, konnten sie tatsächlich eine Chance haben. Er entdeckte mehrere individuelle Sternenjäger, ein paar dorneanische Kampfschiffe und einen Frachter, der aus den Teilen von mindestens einem Dutzend verschiedener Schiffe zusammengebastelt zu sein schien …

Ein breites Grinsen legte sich über Thanes Gesicht, als er ausrief: „Die *Mighty Oak Apocalypse*!"

Die anderen Angehörigen der Corona-Staffel drehten sich nach ihm um, und ihre Mienen verrieten, dass sie dachten, nun habe er vollends den Verstand verloren. Das kümmerte ihn nicht, denn jetzt strömte die Besatzung aus dem Schiff und rannte auf ihn zu – Brill grinste aus ihrem rosafarbenen Fell, JJH2 rollte ihm pfeifend entgegen, Methwat zeigte seine Version eines Lächelns, und hinter ihnen allen brüllte Lohgarra ihren Willkommensgruß.

„Es wurde aber auch Zeit, dass ihr aufkreuzt!", sagte Thane lachend, während er sich einer wolligen Wookiee-Umarmung ergab. Lohgarra grollte klagend, und Thane wollte die Augen verdrehen. „Ich bin *nicht* zu dünn."

„Wir haben das ganze Schiff überholt", erklärte Brill voller Stolz. „Neue Schilde, neue Dämpfer. Und sie strotzt vor Waffen von mehr verschiedenen Kampfschiffen, als man an den Fingern beider Hände abzählen kann. Oder Krallen. Oder Pfoten. Je nachdem, was man eben hat."

„Klar zum Gefecht, hm?" Nun, da er einen Moment lang Zeit gefunden hatte, um darüber nachzudenken, wunderte es ihn nicht, dass Lohgarra und die *Moa* sich schließlich der Rebellion angeschlossen hatten. Nichtsdestotrotz war es ein großartiges Gefühl zu wissen, dass ihm so viele der Leute, die ihm etwas bedeuteten, jetzt zur Seite standen. Das ließ ihn an den Tag zurückdenken, als er beschlossen hatte, der Rebellion beizutreten, und es erinnerte ihn an den Grund dafür – just als er diese Erinnerung am dringendsten nötig hatte.

An Bord des Super-Sternenzerstörers *Executor* wurde von allen Offizieren und Sturmtruppen erwartet, dass sie sich körperlich und kämpferisch fit hielten. Doch die Anzahl der verlangten Zertifikate verringerte sich mit der Höhe des Ranges. Nachdem Ciena zum Commander befördert worden war, brauchte sie nicht mehr mindestens eine Stunde pro Woche Nahkampf zu trainieren. Das hieß jedoch nur, dass sie mehr Zeit auf die übrigen Fähigkeiten verwendete.

„Ich könnte gut für den Rest meines Lebens auf dieses Ding verzichten", knurrte Ciena, als sie sich den Übungsflammenwerfer auf den Rücken packte. „Sollten wir dieses Ding jemals auf der Brücke brauchen, dann sind wir wahrscheinlich sowieso schon erledigt."

„Ciena Ree beschwert sich über Vorschriften?" Berisse schüttelte erstaunt den Kopf. „Hey, wenn du keine Lust dazu hast – du hast noch Tage Zeit, um deine Pflichtstunden zu erfüllen. Wir soll-

ten es ausnutzen, dass wir hier draußen mitten im Nichts sind."
Theoretisch befand sich das Schiff noch im Hyperraum auf dem
Weg mitten ins Nirgendwo, aber Berisse hatte recht. Da ihr Befehl
praktisch lautete, sich in ein unbewohntes System zu begeben
und dort herumzusitzen und abzuwarten, hatten alle Jungoffiziere mehr Freizeit als üblich. „Wir könnten fragen, ob Nash und ein
paar der anderen freihaben und sich mit uns in einer der Cantinas
treffen wollen, wo wir uns mal gehen lassen könnten ..."

„Ich bleibe hier. Wenn du feiern gehen willst, es hält dich niemand auf."

„Schon gut, schon gut. Du hast seit fast drei Wochen eine
Stinklaune. Wär's jetzt nicht langsam mal Zeit, dich wieder einzu-
kriegen?"

Berisse kannte den Grund für Cienas Laune nicht, und zweifellos vermutete sie auch nicht, dass diese schlechte Laune nur der
Schild war, hinter dem Ciena ihr Elend verbarg. Früher hatte Ciena
ihrer Freundin bedenkenlos fast alles anvertraut – und sie sehnte sich auch jetzt nach ihrem Rat. Berisse war so praktisch ver-
anlagt, so nüchtern, dass sie sich die ganze Geschichte anhören
würde, ohne auch nur zu blinzeln, und wahrscheinlich die perfekten Worte parat hätte, um Ciena darüber hinwegzuhelfen.

Aber das war eben der Punkt – *wahrscheinlich*.

Berisse konnte auch respektlos sein und hatte keine Bedenken,
eine Regel um ihrer praktischen Anwendung willen zu verbiegen,
doch an ihrer tiefen Loyalität gegenüber dem Imperium hatte Ciena nie gezweifelt. Wenn Ciena ihr von der Ungerechtigkeit des
Urteils ihrer Mutter erzählte, dann mochte Berisse zwar mit ihr
fühlen – aber genauso gut konnte es sein, dass sie die Unterhaltung Ronnadam meldete.

Natürlich konnte Ciena die Wahrheit über Thane niemandem
gegenüber zugeben. Diesen Herzschmerz musste sie allein ertragen. Stattdessen war sie gezwungen, sich einzugestehen, dass
sie keinen einzigen Freund hatte, dem sie vollkommen vertrauen
konnte.

„Lass uns einfach ein paar Sachen abfackeln, ja?" Ciena setzte die Flammentruppen-Maske auf und machte die Steuerung bereit. Berisse hütete sich offenbar, ihr zu widersprechen, und begann mit dem holografischen Teil des Simulators. Angreifer aus düsterem grünem Licht kamen auf sie zugerannt, und Ciena drückte den Abzug. Explosionsartiges Feuer schoss hervor und verbrannte ihre Gegner. Dann noch einmal. Und noch einmal. An Kampfeinsätzen hatte sie nie Gefallen gefunden, das Fliegen machte ihr Freude und war ihre Leidenschaft, aber heute ließ sie all den Kummer und die Wut, die sich in ihr aufgestaut hatten, in jeden Feuerstoß einfließen. Als die erste Simulation vorüber war, gab sie Berisse sofort das Zeichen, eine weitere zu starten, und dann noch eine. Die gesichtslosen grünen Hologramme verschwanden einfach, wenn sie einen tödlichen Treffer einsteckten. Ciena ertappte sich bei dem Wunsch, die Programmierung wäre authentischer und anschaulicher. Diesmal wollte sie die Opfer, die sie tötete, auch sehen.

„Ich bin echt froh, dass wir nicht mehr zusammenwohnen", murmelte Berisse, als das letzte Hologramm erlosch. „Ich will nämlich *nicht* die Nächste sein, auf die du sauer bist."

„Stimmt. Das willst du nicht." Ciena schob ihre Maske hoch und wischte sich mit dem Handgelenk über die Stirn. Obwohl sie die ganze Zeit über in Feuerstellung geblieben und der Flammenwerfer nicht unerträglich schwer war, plagte schon Erschöpfung ihren Körper. Sie schlief schlecht, seit sie auf die *Executor* zurückgekehrt war.

Trotz ihrer Müdigkeit hätte sie vielleicht noch eine Runde absolviert, hätte sie nicht die leichte Veränderung der Vibration unter ihren Füßen bemerkt. „Wir haben den Hyperraum verlassen", sagte sie zu Berisse.

„Es erstaunt mich immer wieder, wie du das spüren kannst." Berisse seufzte. „Das war's dann mit der Freizeit, was?"

Obwohl sie nur mitten im Nirgendwo herumsaßen – nämlich im Hudalla-System, das lediglich für seinen größten Planeten bekannt war, den gewaltige Ringe umliefen –, mussten alle an ihre

Arbeitsstationen zurückkehren. Ciena war erleichtert. Nichts half besser, als beschäftigt zu sein.

Doch als sie den Simulatorraum verließen, warf Ciena durch die dreieckigen Fenster einen Blick hinaus ins All. Und was sie dort sah, ließ sie wie angewurzelt stehen bleiben. Anstatt des Planeten Hudalla oder des leeren Raumes sah sie unzählige imperiale Schiffe. Sternenzerstörer, Angriffskreuzer, leichte Kreuzer und annähernd so viele TIE-Jäger wie Sterne ...

„Verdammt, was hat das zu bedeuten?", entfuhr es Berisse. „Sind wir nach Coruscant zurückbeordert worden?"

Ciena schüttelte den Kopf. Nur Kapitäne, Admirale und Lord Vader selbst wussten weit im Voraus über Pläne Bescheid, und deshalb konnte sie nicht mit Bestimmtheit sagen, weshalb das Hudalla-System plötzlich zum Sammelpunkt für fast die ganze Imperiale Flotte geworden war.

Aber sie brauchte sich die versammelten Schiffe nur anzuschauen, um eines zu wissen – was immer geschah, es war wichtig ... und sie würden alle davon betroffen sein.

Die Corona-Staffel hatte ihre nächste geheime Mission gerade einmal zehn Stunden nach ihrer Ankunft auf 5 251 977 erhalten. Zum ersten Mal hatte ihnen nicht Rieekan, sondern Admiral Ackbar von den Mon Calamari ihre Befehle erteilt.

„Fernsensoren haben ein ungewöhnlich hohes Maß imperialer Aktivitäten im Hudalla-System entdeckt", hatte er erklärt. *Ackbar war ein imposanter Mann – größer als jeder Mensch, mit hervortretenden, klugen Augen –, und die gesamte Staffel hatte strammer gestanden und sich stiller verhalten als üblich. „Es gibt eigentlich nichts in dieser Gegend, was für das Imperium oder sonst jemanden von Interesse sein könnte. Warum also ist das Imperium dort dermaßen präsent? Corona-Staffel, Sie werden sich auf den Weg nach Hudalla machen. Beobachten Sie die imperialen Schiffe, und sammeln Sie so viele Daten wie möglich."*

Sie sollten also quasi in ein abgelegenes System hineinspazieren, Informationen über die Imperiale Flotte zusammentra-

gen und sich dann lebend wieder davonmachen? Thane war sich nicht sicher, ob Ackbar nun ein verblendeter Optimist war oder jemand, dem es nichts ausmachte, Leben zugunsten eines ungewissen Erfolgs aufs Spiel zu setzen.

Dann hatte Ackbar sie wegtreten lassen mit den Worten: „Möge die Macht mit Ihnen sein." Aha! Verblendet also.

Während Thane auf dem Bedienfeld die Sensoren seines X-Flüglers überprüfte, dankte er im Stillen für Hudallas gewaltige Ringe. Der Gasriese waberte in Schattierungen von Rot und Violett, aber am bekanntesten war diese Welt wegen ihrer Planetenringe, die zu den größten in der Galaxis zählten. Sie bestanden aus mehreren Millionen Trümmerstücken, die meisten davon kleiner als ein durchschnittlicher Asteroid …

… und doch gerade groß genug, um ein Schiff dahinter zu verstecken.

Wie alle anderen Piloten der Corona-Staffel verankerte auch er sein Schiff an einem der größeren Brocken in Hudallas äußerem Ring. Ihre X-Flügler trieben durch die träge Rotation der zahllosen Trümmer des Feldes, der sanfte violette Schimmer des fernen Sternes dieses Systems warf seltsame Schatten. Die langsame Drehung des Ringes hatte es ihnen erlaubt, ihre Positionen so weit entfernt zu wählen, dass sie nicht gesehen werden konnten. Jetzt befanden sie sich innerhalb der Reichweite ihrer Scanner und konnten so viele Daten und holografische Bilder aufzeichnen, wie sie brauchten, ohne sich Sorgen machen zu müssen, dass man im Gegenzug auch sie scannen würde. Denn ihre Schiffe liefen auf kleinster Energiestufe und waren durch das Geröll des Ringes gut getarnt, sodass kaum Gefahr bestand, dass man sie entdeckte.

Kaum. Thane hasste dieses Wort. Er wusste, wie gewissenhaft imperiale Offiziere aufgrund ihrer Ausbildung waren. Trotzdem, zur Abwechslung standen die Chancen einmal gut für sie. Das ließ ihn hoffen.

„Diese Versammlung ist fast so groß wie die Angriffsflotte, die man nach Hoth geschickt hatte", knisterte Yendors Stimme über

Funk. „Meinst du, jemand hat ihnen weisgemacht, wir hätten auf einem der Hudalla-Monde einen Stützpunkt errichtet?"

Thane antwortete: „Wenn es so wäre, müssten sie ihren Irrtum in der Zwischenzeit eigentlich bemerkt haben. Aber sie sind seit Tagen hier, und es kommen ständig neue Schiffe dazu."

Was führten sie im Schilde? Thane versuchte eine Antwort zu finden, aber es wollte ihm keine einfallen. Wenn man in dieser Gegend des Alls auf eine neue Hyperspur gestoßen wäre, dann hätten ihre eigenen Sensoren sie mittlerweile auch schon entdeckt. Wenn das Imperium einen Angriff plante, dann hätte es zum Sammeln nicht so viel Zeit gebraucht. Auf den Planeten und Monden dieses Systems ließen sich keine irgendwie bedeutsamen Rohstoffe abbauen. Das Ganze war völlig rätselhaft.

Er hatte um den Job gebeten, die einzelnen Sternenjäger nachzuzählen – eine ungeheuer detaillierte und aufreibende Aufgabe, darum hatte die Staffel sie nur zu gern Thane überlassen. Ihn beschäftigte diese Arbeit so sehr, dass er weder allzu viel darüber nachdenken konnte, ob Ciena Teil einer so großen Flotte sein würde, noch kam er dazu, in Erfahrung zu bringen, welche Sternenzerstörer sich hier eingefunden hatten.

Es sieht fast so aus, als hätten sie all diese Schiffe nur zusammengezogen, um damit anzugeben, dachte Thane säuerlich, während er seine Berechnungen fortsetzte und neue Daten ergänzte, wenn seine Sensoren sie lieferten. Aber wozu mitten im Nichts angeben, wo niemand da ist, der einen sehen könnte? Welchen Grund könnte eine derart prahlerische Zurschaustellung haben, eine Konzentration der imperialen Feuerkraft an einem Ort, wo sie keinen Nutzen brachte?

Dann erstarrten seine Hände und ließen lange Zahlenreihen einfach durchlaufen. Thane fluchte leise vor sich hin, als ihm klar wurde, was das hier war.

Das Imperium stellte seine Macht oft zur Schau, mit einem Maß an Theatralik, das er schon absurd gefunden hatte, als er noch dazugehörte. Aber es geschah nie ohne Grund. Meistens sollte eine solche Kraftdemonstration die Leute einschüchtern, die unter imperialer Herrschaft standen, aber manchmal wollten Offiziere ihre Schiffe auch zeigen, um ihre Vorgesetzten zu beeindrucken. Je größer die Zahl von Männern oder Schiffen war, die einem Kommandanten zur Verfügung standen, desto wichtiger war dieser Kommandant.

Diese Flotte war versammelt worden, um jemandes Wichtigkeit zu beweisen. Und nur eine Person in der ganzen Galaxis verdiente dieses Maß an Aufmerksamkeit, Feuerkraft und Ehrfurcht.

Thane flüsterte: „Der Imperator."

23. KAPITEL

Ciena war in den vergangenen Jahren nicht regelmäßig TIE-Jäger geflogen, deshalb war sie überrascht und freute sich, als sie aufgefordert wurde, sich in der Hauptlandebucht zu melden. Vielleicht brauchte sie das, um sich wieder wie sie selbst zu fühlen – ein bisschen zwischen den Sternen herumfliegen.

Nachdem sie die schwarze Montur angelegt hatte, betrat Ciena die Bucht mit ihrem Helm unter dem Arm und sah die drei anderen Piloten, mit denen sie fliegen würde – zwei Fremde und Nash Windrider. Er grinste wie ein Junge, als er sie erkannte. „Was für eine Freude, wieder mit Ihnen zu fliegen, Commander Ree. Ich hätte nicht gedacht, dass Sie sich noch dazu herablassen würden, mit unsereins Dienst zu tun."

„Sei still." Sie wagte ein Lächeln. Nash schien sie freundschaftlich zu necken und nicht so, als hätte er mehr im Sinn. Je schneller sie dieses Thema hinter sich ließen, desto besser. „Ich habe mich immer gewundert, wie du es überhaupt schaffst, TIEs zu fliegen. Wie passt du da rein?"

„Ich liege mit meiner Körperlänge genau einen Zentimeter unter der zulässigen Höchstmarke für TIE-Piloten. Zugegeben, TIEs sind etwas beengter als ein Kriegsschiff, aber das trifft ja eigentlich auf alles zu, nicht wahr? Du hingegen bist weitaus kompakter und solltest leicht zusammenzufalten sein."

„So klein bin ich gar nicht!" Ganz gleich, wie oft Ciena das bestritt, niemand schien ihr oder den eigenen Augen zu glauben.

Nash machte schon den Mund auf, um etwas zu erwidern, als er sich plötzlich straffte, weil Admiral Piett auf sie zukam. Sie nahmen alle Haltung an, die Helme nach vorn ausgerichtet.

Piett hielt sich nicht mit einer langen Vorrede auf. „Die Scanner haben ein paar merkwürdige Werte am äußeren Rand des Hudalla-Rings aufgefangen, inklusive Lebensformen. Möglicherweise handelt es sich um nichts weiter als Metallerz und Mynocks. Aber sollten da draußen ein paar Spione auf der Lauer liegen … nun ja. Sie wissen, was zu tun ist."

„Aye, Sir", antworteten alle wie aus einem Mund. Sie salutierten und machten kehrt, bereit, in ihre Schiffe zu steigen. Doch Piett sagte: „Ree, ich muss kurz mit Ihnen sprechen."

Sie drehte sich um und stand wieder stramm. Warum musste Piett gerade mit ihr sprechen? Ihre Fantasie beschwor Visionen von psychologischen Verhören herauf. Man raunte, die Fragesteller könnten den Moment spüren, in dem jemand zum Verräter zu werden begann. Hatten sie ihre Zweifel mitbekommen?

Stattdessen sagte Piett jedoch: „Sie haben auf diesem Flug eine zusätzliche Aufgabe."

„Ja, Sir?"

„Das sind keine Mynocks da draußen im planetaren Ring. Es handelt sich mit ziemlicher Sicherheit um Spione der Rebellen."

Ciena nickte, ihre Verwirrung verbarg sie. Es ergab keinen Sinn, ihr diese Information mitzuteilen und sie vor Nash und den anderen TIE-Piloten zu verheimlichen. „Wir werden uns darum kümmern, Sir."

Piett hob warnend einen Finger. „Einer der Rebellen muss entkommen. Sie sorgen dafür, dass mindestens einer der Piloten es in den Hyperraum schafft. Darüber hinaus ist es einerlei, ob die anderen überleben oder sterben."

Einen Moment lang war sie konsterniert, doch dann verstand sie. Das Flottenoberkommando wollte die Rebellen-Allianz darüber informiert wissen, dass sich ein großer Teil der Imperialen Flotte sammelte. Warum, das konnte Ciena sich noch nicht vorstellen. Es war auch egal. Man hatte sie mit einer schwierigen, herausfordernden Aufgabe betraut – und geheim war sie obendrein. Das hieß, dass ihre Vorgesetzten nicht an ihr zweifelten. Wenn überhaupt, dann schätzten sie Ciena allenfalls noch mehr als je zuvor.

Und dafür hatte sie nichts weiter tun müssen, als die Unschuld ihrer Mutter zu leugnen.

Ciena versuchte, diesen Gedanken aus ihrem Kopf zu verscheuchen. „Betrachten Sie die Aufgabe als erledigt, Admiral."

Er nickte, ließ sie wegtreten, und sie ging zu ihrem Schiff. In den Pilotensitz zu klettern, war eine Erleichterung. Sie brauchte nicht mehr an ihre Mutter zu denken, sie würde nicht mehr von ihren zunehmenden Zweifeln am Imperium geplagt werden. Die Sensoren waren zu überprüfen, die Luke zu versiegeln, die Waffen bereit zu machen. Gleich würde sie losfliegen und all ihre Sorgen vergessen, indem sie das tat, was sie am besten konnte.

Nashs Stimme erklang über Funk. „Startbereit, L-P-acht-acht-acht?"

Ciena setzte den schwarzen Helm auf. Jetzt hatte sie kein Gesicht mehr, keine Identität. Jetzt war nichts von ihr übrig, nur noch ihre Pflicht gegenüber dem Imperium. „Bereit."

Zu den vielen Problemen, die mit dem Fliegen bei minimaler Energie einhergingen, gehörte auch der Umstand, dass die Wärme in der Kabine beträchtlich sank – nicht so weit, dass es lebensgefährlich gewesen wäre, aber es wurde doch außerordentlich ungemütlich. Thanes Atem bildete bereits kleine Eiskristalle am Rand seines Helmvisiers.

Als könnte er Thanes Gedanken lesen, sagte Smikes über Funk: „Wir hätten für diesen Ausflug unsere Winteruniformen anziehen sollen."

„Stimmt, Corona Drei", antwortete Yendor. „Ich könnte meinen alten Hoth-Parka jetzt ganz gut brauchen."

Die Contessa ergänzte: „Und ich vermisse meine Pelzmäntel. Aber haltet durch. In etwa einer Stunde haben wir uns in der Umlaufbahn so weit von dem imperialen Konvoi fortbewegt, dass wir uns von hier verdrücken können."

„Verstanden, Corona Eins", sagte Thane. Er hatte dem Rest der Staffel seine Theorie bezüglich des Imperators noch nicht mitgeteilt. Wenn sie stimmte, dann war diese Information zu heikel für einen offenen Kommunikationskanal. Nachdem er ein paar Minuten darüber nachgedacht hatte, war er sich ziemlich sicher, dass ihn seine Ahnung nicht trog. Doch die Erkenntnis, dass diese Schiffe zwecks eines Konvois für den Imperator zusammengezogen worden waren, führte zu einer ganzen Reihe weiterer Fragen. Es war viele Jahre her, seit Palpatine Coruscant zuletzt verlassen hatte. Was sollte ihn gerade jetzt vom Sitz der galaktischen Macht fortlocken – und wo wollte er hin?

Und wenn so viele Schiffe an einen Ort befohlen worden waren, hieß das, dass die Imperiale Flotte anderswo in der Galaxis ausgedünnt war. Oder zumindest weit zerstreut. Thanes Adrenalinspiegel schnellte in die Höhe, als er begriff, dass die sinnlose Zurschaustellung imperialer Stärke an diesem Ort anderswo Schwächen zur Folge haben musste. Schwächen, welche die Rebellen zu ihrem Vorteil nutzen könnten …

Seine Sensoren begannen zu blinken, und er fluchte. „TIE-Jäger kommen auf uns zu. Ich zähle vier."

„Könnte es sich um eine zufällige Patrouille handeln?", fragte Kendy.

Möglich. Aber nicht wahrscheinlich. Die TIE-Jäger rückten sekündlich näher.

Thane sagte: „Ich hab ein ganz mieses Gefühl bei der Sache."

„Siehst du, was ich sehe?" Nash klang begeistert, als gingen sie zu einer Party, anstatt in den Kampf zu ziehen.

Ciena biss sich auf die Unterlippe. „Ich sehe fünf Schiffe, wahrscheinlich Sternenjäger. Die Schiffstypen kann ich noch nicht identifizieren, aber ich würde sagen, wir haben es mit X- oder Y-Flüglern zu tun." Eine Handvoll dieser Sternenjäger befanden sich zwar noch in privater Hand, aber zum größten Teil wurden X- und Y-Flügler mittlerweile vor allem von der Rebellen-Allianz benutzt. Pietts Informationen waren zutreffend gewesen – die TIE-Patrouille würde gleich zum Angriff übergehen.

Von fünf Schiffen musste sie mindestens eines überleben lassen.

Am einfachsten wäre dieses Ziel zu erreichen gewesen, wenn sie fünf überleben ließ und den Kampf völlig vermied. Nash und die anderen Piloten waren zu klug, um das, was sie sahen, für etwas anderes zu halten, und das hieß, sie musste, wollte sie es nicht zum Nahkampf kommen lassen, die Rebellen rechtzeitig aufscheuchen, damit sie entkommen konnten.

Sie sagte: „Wenn ich einen der größeren Asteroiden im planetaren Ring zersprengen würde, könnten uns die Sensoren genauere Daten liefern."

Einer der anderen Piloten widersprach: „Dann wissen sie, dass wir hier sind!"

„Ich wette zehn zu eins, dass sie es jetzt schon wissen. Ihre Sensoren sind fast so gut wie unsere." Ciena legte ihre schwarz behandschuhten Finger auf die Kontrollen und spürte den roten Auslöseknopf unter ihrem Daumen.

„Das ist keine gute Idee", sagte Nash. „Wir brauchen keine weiteren Daten, und bei dieser Entfernung hätten sie genug Zeit, um den Sprung in den Hyperraum zu schaffen, bevor wir sie angreifen können."

So viel also zu diesem Plan.

Jetzt musste wenigstens eines der Rebellenschiffe – und möglicherweise vier von ihnen – zerstört werden, und alles irgendeiner taktischen Maskerade wegen. Dabei konnten sie durchaus auch einen TIE-Jäger verlieren.

Noch mehr sinnloser Tod. Noch mehr Zwecklosigkeit. Noch mehr Vergeudung.

Die TIE-Jäger nahmen fraglos ihre Position aufs Korn. Der Kampf schien unausweichlich.

Die Contessa befahl: „Alle Schiffe – Anker lösen und wieder auf volle Kraft gehen."

„Ich glaube nicht, dass wir von hier aus entkommen können, Corona Eins", sagte Yendor, während die Sensoren zeigten, dass er den Befehl ausführte.

„Können wir auch nicht. Sie kommen, um zu kämpfen." Thane

drückte die Kontrollen, die sein Schiff wieder ganz zum Leben erweckten. Rotes und goldenes Licht erhellte das Cockpit. „Waffen bereit?"

Yendor antwortete als Erster. „Corona Zwei bereit."

„Corona Drei bereit", bestätigte Smikes.

„Corona Vier bereit." Thane hielt den Blick, während er sprach, auf die Sensoren gerichtet, falls die TIE-Jäger beschleunigten und zum Angriff übergingen.

Und Kendy meldete als Letzte: „Corona Fünf bereit."

Thane wappnete sich, als die Contessa sagte: „Jetzt bleibt uns nur noch das Überraschungsmoment. Los, kommen wir ihnen zuvor!"

Ciena hatte erwartet, dass die Rebellen-Sternenjäger sich so lange wie möglich versteckt halten würden, in der Hoffnung, dass sie unentdeckt blieben – weshalb sie erstaunt war, als fünf X-Flügler aus dem planetaren Ring hervorbarsten und geradewegs auf die TIE-Jäger zuhielten.

„Ausweichmanöver!", rief sie und schwang ihren TIE herum, damit sie nicht in die Reichweite der gegnerischen Hauptwaffen geriet. Die Rebellen waren ihnen zahlenmäßig überlegen, und das war zweifellos Pietts Absicht gewesen. Dieses Ungleichgewicht räumte mindestens einem der Rebellenschiffe eine gute Chance zur Flucht ein. Sie hasste die Ungerechtigkeit, die es bedeutete, TIE-Piloten ihr Leben aufs Spiel setzen zu lassen, damit sie versuchten, Gegner zu töten, die das Imperium aber am Leben lassen wollte.

Wie sollte sie einen Nahkampf verhindern, der in dieser Sekunde praktisch schon begann?

Ciena justierte ihren Funk, bis sie den Sendemodus eingestellt hatte – ein Multifrequenz-Signal, das alle anderen in diesem Bereich überlagerte und ihre Stimme in alle Schiffe übertrug, die sich in Hörweite befanden, also auch in diese X-Flügler. „Diese Nachricht gilt den unbekannten Schiffen", sagte sie. „Sie haben keine Flugberechtigung für diesen Sektor. Bitte nennen Sie die

Identifikationscodes Ihres Schiffes und des Systems, in dem Sie lizenziert sind, andernfalls müssen wir Sie in Gewahrsam nehmen. Leisten Sie Widerstand, werden wir Sie vernichten."

Sie konnte sich Nashs Bestürzung vorstellen, aber sie hatte das Protokoll nicht verletzt. Stattdessen war sie dem Vorgehen gegenüber unbekannten Schiffen gefolgt, wobei es sich für gewöhnlich um kleine Schmuggler oder vom Kurs abgekommene Vergnügungskreuzer handelte. Wenn die Rebellen schlau genug waren, um zu lügen, ließ sich der Nahkampf vielleicht noch ein, zwei Minuten lang hinauszögern, lange genug, damit sie entwischen konnten.

Nur zog Nash seinen TIE-Abfangjäger bereits hoch und herum, um ihnen den wahrscheinlichsten Fluchtweg abzuschneiden, und damit war ihr Plan vereitelt.

Verdammt, dachte Ciena – bevor über Funk eine andere Stimme ertönte und ihre Wut in Entsetzen verwandelte.

„Diese Galaxis ist einfach nicht groß genug", sagte Thane.

Vielleicht hatte Ciena recht. Vielleicht war es die Macht, die sie zusammenführte, ein ums andere Mal.

Wenn es so war, befand Thane, dann hatte die Macht einen schrägen Sinn für Humor.

Er hatte keine Ahnung, wie Ciena reagieren würde – ob sie sich an das offizielle Vorgehen halten oder ob sie wie zu einem Menschen mit ihm sprechen würde, so wie er mit ihr gesprochen hatte. Als es im Funk knisterte, war er gespannt, aber die vertraute Stimme, die dann erklang, war nicht Cienas.

„Thane Kyrell?" Nash Windriders Fassungslosigkeit war unüberhörbar. „Du lebst?"

„Hallo, alter Freund!" Thane ließ sich nicht von seinen Gefühlen überwältigen. Ciena war da, in einem dieser TIE-Jäger, die auf ihn zurasten, und Nash war ebenfalls da, und in einen Kampf wie diesen hatte er nie geraten wollen. Kendy musste außer sich sein, aber genau wie die anderen war sie vernünftig genug, den Mund zu halten.

Und Ciena empfand sicher genauso. Ebenso wie Nash. Vielleicht verschaffte dieses Durcheinander der Corona-Staffel genau die Zeit, die sie brauchte, um zu entkommen.

Eine Bewegung ließ Thanes Bildsucher verschwimmen, und seine Augen wurden groß, als er feststellte, dass jemand soeben einen TIE-Jäger auf Höchstgeschwindigkeit beschleunigt hatte.

„Ich dachte, du wärst tot", sagte Nash, und dabei klang ein Wort leiser und rauer als das andere. „Das wäre besser für dich gewesen."

So viel zum Thema Wiedersehensfreude.

Einer der Rebellen darf überleben.

Ciena hielt sich an dieser Tatsache fest wie an einer Schleppleine, die sie in Sicherheit bringen würde. Sie würde ihre Pflicht nicht verletzen, wenn sie Thane rettete. Denn das *war* ihre Pflicht. Einer der Rebellen musste von hier entkommen, und sie hatte vor, alles einzusetzen, was ihr zur Verfügung stand, um dafür zu sorgen, dass er der Überlebende war.

Aber das hieß, dass sie Nash aufhalten musste, ohne dass er es merkte.

Nash hatte gegen das Protokoll verstoßen, indem er den Kampf ohne ihren Befehl begonnen hatte, doch würde ihn niemand dafür maßregeln, dass er Rebellenschiffe angegriffen hatte. Die anderen beiden TIEs hatten ebenfalls schon beschleunigt, um ihm direkt zu folgen. Ciena brachte ihren eigenen TIE auf Höchstgeschwindigkeit und setzte ihren Kurs.

Wenn ich von oben komme, wird es aussehen, als würde ich unsere Waffen triangulieren. Aber wenn ich den richtigen Winkel wähle, komme ich Nash in die Quere und kann sein Feuer stoppen.

Es kam Ciena gar nicht in den Sinn zu befürchten, Thane könnte angeschossen werden, bevor sie eine Chance zum Eingreifen hatte. Im Nahkampf garantierten die überlegenen Pilotenfähigkeiten das Überleben – und niemand flog besser als er. Niemand außer ihr …

Das Röhren des Antriebs erfüllte das Cockpit und drang selbst durch ihren dickwandigen schwarzen Helm. Ciena jagte so weit in die Höhe, dass ihr Bildsucher die X-Flügler und das Geröll des planetaren Ringes wie leuchtendes Konfetti auf dem Monitor darstellte – doch als sie im Sturzflug darauf zuraste, nahm alles wieder Form an. Sämtliche X-Flügler vollführten jetzt Ausweichmanöver. Einer von ihnen bewies dabei mehr Gewandtheit als die anderen und legte eine perfekte Drehung hin, mit der er sich durch den äußeren Ring hindurchfädelte. Sie atmete tief ein, um zur Ruhe zu kommen. Ihre Aufgabe war klar – jetzt, da sie wusste, welches Schiff Thane gehörte.

Aber Nash wusste das sicher auch.

Thane suchte sich seine Bahn durch den planetaren Ring und vertraute darauf, dass die Asteroiden ein paar Schüsse, die für ihn bestimmt waren, abfangen würden. „Angriff von Vektor acht-eins-zwei-acht ..." Smikes klang verzweifelt. „Schwerer Beschuss!"

Ein grüner Blitz zertrümmerte einen Brocken so dicht bei Thanes X-Flügler, dass ein Teil der Splitter gegen das Cockpit prasselte. Einen Moment lang glaubte er, es würde entzweibrechen und ihn dem tödlichen Vakuum des Alls ausliefern. Aber es hielt.

„Alle Mann zu den festgelegten Hypersprung-Koordinaten!", befahl die Contessa.

Thane fügte hinzu: „Vergesst irgendwelche Formationen, seht einfach zu, dass ihr irgendwie hinkommt!" Manchmal bot es Schutz, in Formation zu fliegen – in einer Situation wie dieser hingegen war es besser, sich zu zerstreuen. Dann hatten wenigstens ein paar von ihnen die Chance, sich in Sicherheit zu bringen.

Grünes Blasterfeuer umschwirrte ihn, und er verspürte den verräterischen Ruck, der bedeutete, dass er getroffen war. Thane hielt den Atem an, bis er sah, dass die Kontrollanzeigen stabil blieben – kein kritischer Schaden. Beim nächsten Mal würde er wahrscheinlich nicht so viel Glück haben.

„Rebellenabschaum", knurrte Nash. „Ich fass es nicht, dass du so tief gesunken bist."

„Ich fass es nicht, dass du immer noch beim Imperium bist", gab Thane zurück. „Die haben deinen Planeten vernichtet, Nash! Die haben deine ganze Familie umgebracht! Wie kannst du ...?"

„Sprich mir gegenüber nie von Alderaan!" Nash schrie jetzt beinahe vor Wut. „Niemals!"

Auf seinem Sichtschirm sah Thane, dass die anderen Angehörigen der Corona-Staffel mit zwei der TIE-Jäger in einen Kampf verstrickt waren – aber sie waren den Imperialen zahlenmäßig weit überlegen, weil zwei der TIEs sich nur auf Thane konzentrierten. Sie mussten ihn fälschlicherweise für den Anführer halten.

Welcher der grünen Kleckse auf seinem Schirm war Cienas Schiff? Würde er sie töten, oder würde er Zeuge werden, wie es jemand anders tat, vor seinen Augen? Vielleicht aber würde heute auch der Tag sein, an dem sie sich endlich ganz für das Imperium und gegen ihn entschied ... indem sie ihm das Leben nahm.

Dann stieß ein TIE-Jäger von oben herab, so nah, dass Thane ihn durch das Cockpit genauso deutlich sehen konnte wie durch seine Zielvorrichtung – der TIE schob sich zwischen ihn und Nash.

Die Erkenntnis traf ihn so hart, dass ihm die Brust schmerzte – Ciena versuchte, ihn zu retten.

„Geh mir aus dem Weg!", rief Nash.

„Ich nehme von Ihnen keine Befehle entgegen, Leutnant." Ciena feuerte grob in die Richtung von Thanes Schiff, schoss jedoch absichtlich daneben.

Auf ihrem Schirm sah sie einen der TIE-Jäger explodieren – ein weiterer Pilot, der grundlos sein Leben verlor – und dann die sich blitzschnell in die Länge ziehenden Schemen, die anzeigten, dass mindestens zwei der Rebellenschiffe in den Hyperraum gesprungen waren. Danach explodierte auch einer der X-Flügler – das Imperium hatte in dieser Schlacht seinen ersten Gegner getötet.

Thane würde direkt zu den Koordinaten fliegen, wo die ersten X-Flügler in den Hyperraum eingetreten waren. Ciena änderte rasch ihre Flugbahn, um glaubhaft einen Angriff vorzutäuschen, jedoch einen, der abermals Nashs Zielbestimmung stören würde. Sie war wieder zwischen ihnen und schirmte Thane mit ihrem Schiff ab.

Nash schoss trotzdem.

Er traf sie nicht, aber die Blitze sengten so dicht an ihr vorbei, dass sämtliche Warnsignale anschlugen. Die Lichter in ihrem Cockpit blinkten rot. Ciena fluchte.

War Nash so wütend auf Thane, dass er ihn auch dann töten wollte, wenn er dabei erst über Cienas Leiche gehen musste?

Thane erkannte die Chance, die Ciena ihm eingeräumt hatte, und ergriff sie. Mit voller Kraft raste er auf die Koordinaten zu, sah den letzten der anderen X-Flügler direkt vor sich bebend im Hyperraum verschwinden und machte sich bereit zum Sprung in die Lichtgeschwindigkeit.

Es wollte so gern etwas zu Ciena sagen, bevor er ging. Sie musste wissen, dass er begriffen hatte, was sie für ihn getan hatte. Und was es ihm bedeutete.

Aber mit jedem Wort, das er sagte, würde er sie nur an Nash und den anderen TIE-Piloten verraten. Ciena hatte ihn beschützt. Jetzt war es an ihm, sie zu beschützen – indem er schwieg.

Blitze beharkten seinen Sternenjäger, und diesmal nahm er Schaden – aber die lebenserhaltenden Systeme und der Hyperantrieb blieben intakt. Thane gab die Koordinaten ein, legte seine Hand an die Steuerung – und ab ging es.

Die Sterne dehnten sich zu einem endlosen Tunnel, als er davonjagte und Ciena zurückließ.

Danach genehmigte Thane sich einige Augenblicke lang Stille, bevor er sich bei der Corona-Staffel meldete. „Hier Corona Vier. Wie sieht's aus?"

„Verstanden, Corona Vier", antwortete die Contessa mit schwerer Stimme. „Wir haben Smikes verloren."

Smikes – skeptisch, pessimistisch und doch so mutig. Thane wurde bewusst, dass er dem Mann nie klargemacht hatte, wie sehr er ihn bewunderte, trotz seiner Griesgrämigkeit. Jetzt würde er nie mehr Gelegenheit dazu haben.

„Hey", sagte Yendor leise. „Das war deine Ciena da drüben, oder?"

„Ja."

„Ich hab gesehen, was sie für dich getan hat. Also ... jetzt versteh ich, warum du nach Jelucan gegangen bist."

Kendy fügte hinzu: „Du hast recht gehabt, Thane. Sie ist immer noch Ciena."

Eine bessere Entschuldigung dafür, dass die anderen ihn gemieden hatten, würde er nicht bekommen, und es war mehr, als er verdiente.

War Ciena jetzt in Schwierigkeiten? Würde man sie befragen? Thane überlegte, ob sie sich den Verhörspezialisten des Imperiums würde stellen müssen. Der Gedanke entsetzte ihn.

Aber wenn jemand klug genug war, sich eine Erklärung einfallen zu lassen und seinen Kopf aus der Schlinge zu ziehen, dann war es Ciena. Er musste an sie glauben.

Ciena landete ihren TIE-Jäger, ohne ein weiteres Wort mit Nash Windrider zu wechseln. Er war zweifellos außer sich. Er würde sie umgehend an Piett melden.

Zum Glück konnte sie behaupten, auf Befehl gehandelt zu haben, und Piett würde die Wahrheit nie herausfinden. Allerdings kam ihr in den Sinn, dass Piett leugnen könnte, ihr diese Befehle erteilt zu haben. Wenn das Ziel der Mission absolut geheim bleiben musste, würde man dann auch sie opfern? Würde das Imperium eine loyale Offizierin wegen ihrer Loyalität hinrichten, wenn es seinen Zwecken dienlich war?

Früher hätte Ciena das für unmöglich gehalten. Heute nicht mehr.

Sie nahm den Helm ab, holte tief Luft und entriegelte die Cockpithaube. Was ihr als Nächstes auch bevorstehen mochte, sie hatte keine andere Wahl, als sich dem zu stellen.

Als sie von ihrem TIE heruntersprang, sah sie Nash bereits auf sich zustürmen. In seinen Augen loderte der Zorn. Ciena hätte in diesem Moment gern einen Blaster gehabt. Stattdessen blieb sie stehen, während Nash sie erreichte, ihr ins Gesicht schaute – und sie in seine Arme nahm.

„Ich kann nicht glauben, dass er dir das angetan hat", sagte er. „Er wusste, dass du ihn liebst, und trotzdem hat er dich so verlassen ... er hat seinen Tod vorgetäuscht und dich jahrelang leiden lassen ... das ist nicht einmal mehr verachtungswürdig."

Ciena erwiderte Nashs Umarmung, so gut es in der Fliegermontur ging, die sie beide noch trugen. Sie war froh über die Gelegenheit, ihr Gesicht an seiner Brust zu verbergen.

„Verzeih mir, dass ich dich angeschrien habe. Jetzt ist mir klar, wie erschüttert du gewesen sein musst, so untröstlich ... das hätte jedermanns Fliegerei beeinträchtigt, auch deine, klar. Du warst noch schärfer darauf, Thane umzubringen, als ich." Nash seufzte und löste sich so weit von ihr, dass er sie anblicken konnte. Die Wut, die sie vorhin in seiner Miene gesehen hatte, hatte sich in Mitleid verwandelt. „Ich hätte dir die Ehre überlassen sollen. Wenn ich bei Sinnen gewesen wäre, hätte ich das auch getan."

„Ich kann es einfach nicht glauben", sagte Ciena, und das war sowohl wahr als auch ungefährlich.

„Dieser Dreckskerl. Wir haben ihn nie wirklich gekannt, was?" Nash richtete sich auf. „Also gut. Wir müssen Meldung machen. Das wird unangenehm werden."

Es wurde unangenehm. Man schrie sie eine Weile an, weil sie versagt und die Rebellenschiffe nicht alle vernichtet hatten. Cienas heimlichen Erfolg würdigte Piett am Schluss nur mit einem Nicken in ihre Richtung, als sonst niemand hinschaute. Anschließend legte Ciena ihre Ausrüstung ab, duschte schnell und versuchte, ihre Gedanken zu beruhigen.

Thane hätte heute sterben können. Nash hätte ihn getötet.

So erschüttert sie darüber war, Thane im Kampf begegnet zu sein, so tröstlich empfand Ciena die Gewissheit, dass er unversehrt davongekommen war. Sollten sie sich nie wiedersehen, würde ihre letzte Erinnerung an ihn der Moment sein, in dem sie ihm das Leben gerettet hatte. Und während sie unter dem warmen Wasser stand, kam sie zu dem Schluss, dass sie das ertragen könnte.

Aber Nash? Wie konnte er nur so mörderisch wütend auf Thane sein? Sie hatte Verständnis für das Gefühl, verraten worden zu sein – das hatte sie auch gefühlt an jenem Tag, als sie herausfand, dass Thane sich der Rebellen-Allianz angeschlossen hatte. Doch selbst als sie ihn beinahe hasste, hatte sie ihn immer noch auch geliebt. Wohingegen Nash jahrelang um seinen Freund getrauert hatte, dann herausfand, dass er noch lebte, und danach auf der Stelle bereit gewesen war, ihn umzubringen.

Das hatte nichts mit Loyalität gegenüber dem Imperium zu tun. Das war ... Fanatismus.

Das leichte Vibrieren unter ihren Füßen, das von den Triebwerken ausging, veränderte sich wieder. Sie hatten gerade den Hyperraum verlassen. Ciena war so tief in ihre Gedanken versunken gewesen, dass sie gar nicht mitbekommen hatte, wie sie in den Hyperraum gesprungen waren.

Sie trocknete sich ab und schlüpfte in ihren Freizeitoverall, damit sie nachsehen konnte, was vor sich ging. Eine Reihe dreieckiger Fenster säumte die Wand, die zum Bug hin lag, und so konnte Ciena einfach selbst nach draußen schauen. Es schien, dass kein anderes Schiff mit ihnen gekommen war. Warum hatten sie den imperialen Konvoi verlassen?

Um etwas für die Ankunft des Imperators vorzubereiten. Das war die naheliegende Antwort. Aber was? Ciena wandte den Kopf, betrachtete das ganze Sternenfeld und sah, dass sie sich einem Planeten näherten, der von einem großen Mond umkreist wurde, der seinerseits so grün und wolkig war, dass er reich an Wäldern sein musste. Doch auch diesen Mond schien etwas zu umkreisen, etwas Riesiges und Dunkles ...

Dann erkannte sie, was sie da sah, und keuchte auf.

Das kann nicht sein. So etwas würden sie doch niemals wieder bauen.

Aber das hatten sie getan. Ciena konnte nicht leugnen, was sie da sah ...

... einen zweiten Todesstern.

24. KAPITEL

Cienas Hände waren taub geworden, aber sie stand immer noch an derselben Stelle, die Handflächen ans Fenster gepresst, den Blick starr auf den neuen Todesstern gerichtet. *Warum sollten sie noch einen bauen? Der erste war doch nur dazu gedacht, den Krieg aufzuhalten, bevor er begann ... und das schlug fehl ... also warum?*

Sie kannte die Antwort, aber sie konnte sie noch nicht akzeptieren. Stattdessen starrte sie auf diesen gewaltigen Koloss, der eine Raumstation war und regelrecht zu wachsen schien, während die *Executor* sich ihm näherte. Ciena hatte sich oft gewundert, wie ein derart ungeheures Gebilde überhaupt gebaut werden konnte. Die Konstruktion von etwas, das die Ausmaße eines großen Mondes hatte, musste selbst die immensen Mittel des Imperiums aufs Äußerste strapazieren. Jetzt wurde sie selbst Zeuge des Prozesses, denn dieser Todesstern war noch nicht fertiggestellt. Große Teile befanden sich noch im Bau, und sie konnte in die Eingeweide dieses Dings hineinschauen – ein hässliches Gewirr aus Trägern und Stützen, die eine tiefe, leere Dunkelheit umgaben.

Worte, die sie selbst in einer Cantina in Valentia gesagt hatte, hallten durch ihren Kopf und verhöhnten sie: *Der Imperator und die Moffs müssen jetzt einsehen, dass es keinen Nutzen erbracht hat, Alderaan zu vernichten. Es hat die Rebellion nicht gestoppt ... Außerdem wurde Alderaan nur aus dem Grund angegriffen, um einen noch verheerenderen Krieg zu verhindern. Der Krieg hat trotzdem begonnen. Es ist zu spät, die Galaxis davor zu bewahren.*

Kein anderer Grund könnte je die Vernichtung eines ganzen

Planeten und milliardenfachen Tod rechtfertigen. Nur durch die Wiederherstellung des galaktischen Friedens konnte das Imperium diese vielen Toten ausgleichen.

Doch jetzt würden weitere Welten zerstört werden, ohne Grund – nur um Leid und Angst zu verbreiten. *Vielleicht tun sie es, um den Krieg ein für alle Mal zu beenden,* dachte sie. Aber die Ausrede war zu dürftig, als dass Ciena sie auch nur einen Augenblick lang glauben konnte. Wenn sich die Rebellion durch die Vernichtung Alderaans nicht hatte einschüchtern lassen, dann würde auch die Vernichtung anderer Planeten sie nicht aufhalten. Stattdessen würden noch mehr Leute für die Ziele der Rebellen eintreten. Das würde den Krieg nicht beenden, es würde ihn über alles Vorstellbare hinaus anfachen.

Wann immer Ciena einen Albtraum von Alderaan hatte, vertrieb sie ihre Zweifel, indem sie an Jude dachte. Der Verlust ihrer Freundin hatte Ciena immer geholfen, die Waage in ihrem Kopf auszubalancieren, sich in Erinnerung zu rufen, dass diese Toten und die Zerstörung auf das Konto beider Seiten in diesem Konflikt gingen. Heute indes konnte sie nur daran denken, dass Jude, hätte sie den zweiten Todesstern gesehen, davor zurückgeschreckt wäre.

Sie hätte nie gewollt, dass das in ihrem Namen geschieht. Niemals.

Die Kälte war bis in Cienas Knochen gesickert. Endlich nahm sie ihre schmerzenden Hände vom Fenster und rieb sie, um die Blutzirkulation wieder in Gang zu bringen. Aber egal, wie sehr sie es versuchte, ihr wurde nicht mehr warm.

Nachdem ihr Shuttle von der *Executor* am Todesstern angedockt hatte, konnte Ciena mit eigenen Augen sehen, wie viel tatsächlich schon fertiggestellt war. Von außen dominierte die riesige unfertige Halbkugel den Anblick. Drinnen jedoch ankerten sie an einem voll funktionstüchtigen Traktorstrahl. Sie stiegen auf einem Deck aus, das nicht nur fertig, sondern auch auf Hochglanz poliert war, und betraten eine Raumstation, die so hoch entwickelt war wie alle anderen in der Imperialen Flotte. Man hatte sich auf die Ankunft des Imperators gut vorbereitet.

„Dann sind wir also endlich lange genug im Dienst, um den Imperator selbst zu Gesicht zu bekommen." Berisse hielt sich die Finger vor den Mund und versuchte vergebens, ein Lächeln zu verbergen. „Ich weiß gar nicht, warum ich so aufgeregt bin. Wir werden uns mit ein paar Tausend anderen Offizieren zusammendrängen. Wahrscheinlich werden wir noch weniger sehen als in der hintersten Reihe einer Pod-Rennarena."

Nash hatte wie immer zu ihnen aufgeschlossen und ging neben ihnen. Seit dem Kampf im Hudalla-System war er Ciena gegenüber aufmerksamer als je zuvor. „Trotzdem können wir dereinst unseren Enkeln von dem Tag erzählen, an dem wir Palpatine persönlich gesehen haben. Und eine große Zeremonie, na ja, das ist doch mal eine willkommene Abwechslung, oder nicht? Genau das, was du brauchst, Ciena. Etwas, das dich aufmuntert."

Seit Hudalla bekam sie das in allen möglichen Variationen zu hören. Die Ironie bestand darin, dass sie zwar ein gebrochenes Herz hatte – nur eben nicht aus den Gründen, die er annahm.

Doch dieses kleine Ärgernis war nichts im Vergleich zu Cienas Bestürzung. *Wie können sie von der Zeremonie für den Imperator reden? Was zählt das angesichts der Tatsache, dass wir* in einem Todesstern *stehen?*

Dann schaute sie sich um. Ja, sie standen in einem Todesstern, umgeben von Hunderten anderer Offiziere – einige davon waren hier stationiert, andere waren mit der Vorhut gekommen, die man zur Vorbereitung der Zeremonie zur Ankunft des Imperators entsandt hatte. Einige von ihnen hegten gewiss die gleichen Zweifel wie sie, andere hingegen nicht. Ihren Widerstand öffentlich zu äußern, hätte sie geradewegs in den Bau gebracht. Sie konnte von der Selbstbeherrschung ihrer Freunde nur lernen.

Also schwieg Ciena, bis sie alle drei wie durch ein Wunder allein in einem Aufzug landeten. Aus ihrer Kommandolaufbahn-Ausbildung wusste sie, dass man Militär-Aufzüge wegen der Frequenzwechsel nur selten mit Abhörgeräten versah; hier zu reden, dürfte also relativ sicher sein. Sobald die Türhälften zugeglitten waren, sagte sie: „Ich kann nicht glauben, dass man noch einen Todesstern gebaut hat."

Berisse hob die Schultern und lehnte sich, ganz unmilitärisch, an die Wand. „Ich kann nicht glauben, dass es so schnell gegangen ist. Wie lange dauert es, eines von diesen Dingern zu bauen? Sie müssen gleich nach der Schlacht von Yavin damit angefangen haben. Gar nicht schlecht."

Ciena wollte nicht glauben, dass sie Berisse richtig verstanden hatte. „Gar nicht schlecht ...?"

„Na ja, wir *mussten* doch einen neuen Todesstern bauen. Also bitte!" Berisses Stirnrunzeln verriet, wie verdutzt sie über Cienas Reaktion war. „Die größte und mächtigste Station, die in der Geschichte der Galaxis je gebaut wurde, und der Rebellenabschaum jagt sie in die Luft? Den Todesstern nachzubauen war die einzige Möglichkeit, unsere Leute, die dabei umgekommen sind, zu ehren. Hätten wir ihn nicht wiederaufgebaut, dann hätten die Terroristen gewonnen."

„Du scheinst dem nicht zuzustimmen, Ciena." Nashs Ton klang beiläufig, aber sie sah, wie aufmerksam er sie musterte. „Was denkst du denn?"

Sie merkte, dass sie schwitzte. „Ich denke ... ich denke, dass wir einen Todesstern, den wir gebaut haben, auch benutzen wollen. Dass eine weitere Welt sterben wird, genau wie Alderaan."

Berisse schnaubte. „Auf keinen Fall. Sobald die Station fertig ist und die Sache die Runde macht, wird sich dem Imperator niemand mehr widersetzen. Die Rebellion wird eingehen. Wart's nur ab."

Trotz ihrer schmerzhaftesten Zweifel an den Strategien des Imperiums hatte Ciena doch geglaubt, dass eine Herrschaft durch das Gesetz immer besser sei als Chaos – auch wenn dieses Gesetz hart war. Aber in der Zukunft, die Berisse beschrieb, wurde nicht per Gesetz geherrscht. Sondern durch Angst und mithin Tyrannei. Nicht einmal die finstersten Gräuel der Klonkriege waren mit der Zerstörung einer bewohnten Welt vergleichbar.

Und was bedeutete es, dass Ciena Angst hatte, das selbst vor ihren engsten Freunden laut auszusprechen?

Sie suchte nach den richtigen Worten, damit sie verstanden, wie sie es meinte. „Als Alderaan vernichtet wurde, dachten wir, es würde die Rebellion zur Kapitulation zwingen. Dass wir diesen Krieg verhindern würden. Aber wir sind trotzdem seit drei Jahren im Krieg." *Und wenn jemand, der so zynisch ist wie Thane, Rebellenführer findet, die er respektiert und denen er zu folgen bereit ist, dann wird die Rebellen-Allianz nicht so leicht verschwinden, wie ihr glaubt.* „Versteht ihr das nicht? Diese Taktik hat *nicht funktioniert.* Wenn diese Station nicht zum Schutz der Bürger des Imperiums eingesetzt wird, wie sollen wir ihre Existenz dann rechtfertigen?"

Nash straffte sich, seine Augen wurden schmal. Als er antwortete, bereitete ihr seine Stimme eine Gänsehaut. „Willst du damit sagen, dass Alderaan vergebens zerstört wurde? *Für nichts?*"

Ciena hob die Hände. „Nash, bitte, ich will nicht …"

„Hör mir zu", unterbrach er sie. „Alderaan musste sterben, damit die wahre Macht des Imperiums anerkannt wird. Das Ende meiner Heimatwelt war auch das Ende des Imperialen Senats, das Ende zahlloser kleiner Machtkämpfe, die Palpatines Herrschaft in den Anfängen behinderten. Erst danach offenbarte sich die wahre Stärke des Imperiums."

Sein Blick war glasig geworden, fast unkonzentriert, als litte er unter einem Fieber. So musste sein Gesicht während des Hudalla-Kampfs ausgesehen haben.

Er fuhr fort. „Dieser Krieg ist nur die Nachwirkung all der Auseinandersetzungen, die die Galaxis in den vergangenen hundert Jahren geplagt haben, der letzte sinnlose Atemzug derjenigen, die sich uns in den Weg stellen wollen. Durch reines Glück ist es den Rebellen gelungen, den ersten Todesstern zu vernichten. Durch den Wiederaufbau des Todessterns und indem wir ihn so oft einsetzen, wie es nötig ist, um wieder für Ordnung zu sorgen, beweisen wir, dass ihr Glück nicht ewig währt. Wir beweisen, dass wir die einzige galaktische Macht sind und immer sein werden."

Die Aufzugtür öffnete sich und gab den Blick frei auf das Deck der kleineren Landebucht, wo man in Kürze den Imperator willkommen heißen würde. Unzählige Offiziere füllten die Korridore, ein Gedränge, in dem man unmöglich frei sprechen konnte. Ciena fühlte sich verletzlich. Jeder Einzelne von diesen Leuten könnte und würde sie als Verräterin bloßstellen – selbst ihre beiden besten Freunde.

Dann schloss sich Nashs Hand sanft um ihre Schulter. „Du bist noch nicht wieder du selbst", sagte er. „Nachdem du erfahren hast, wie Thane dich belogen hat, überlegst du dir natürlich zweimal, wem du vertrauen kannst, oder sogar, was du glauben sollst."

„Dieser Kampf über Hudalla war einer der schlimmsten Momente meines Lebens", erwiderte sie. Das meinte sie immerhin vollkommen ehrlich.

„Vertraue auf deine Dienste. Vertraue auf uns. Und vertraue vor allem dem Eid, den du geleistet hast, als wir die Akademie absolvierten. Deine Integrität macht dich aus, Ciena. Du wirst nichts falsch machen, wenn du nur dir selbst treu bleibst." Nash lächelte auf jene Weise zu ihr herab, angesichts derer sie sich für gewöhnlich eine Ausrede einfallen ließ, um den Raum verlassen zu können. Die Schwärmerei, die sie ihm so angestrengt auszutreiben versucht hatte, war nun zu ihrem besten Schutz vor einer Anklage wegen Verrats geworden.

Berisse war unterdessen schon weitergegangen. „Worauf warten wir noch? Das Shuttle des Imperators wird gleich hier sein. Beeilt euch!"

Während der folgenden zwei Stunden, in denen man ihnen Anweisungen erteilte und sie in Formation antreten ließ, stand Ciena abseits ihrer Freunde – als Commander hatte sie einen etwas besseren Platz, allerdings standen immer noch Hunderte von Kapitänen, Admiralen und Spitzenschützen vor ihr. Wie benommen tat sie, was von ihr verlangt wurde, und wechselte die Position, wenn die Organisatoren es sich anders überlegten. So hatte sie wenigstens etwas zu tun. Sie versuchte sich abzulenken, indem sie das Machtspiel unter den hohen Tieren beobachtete, aber nicht einmal das half. Mit anzusehen, wie belanglos ihre Sorgen waren und wie oft sie Angst vor Lord Vaders Zorn zeigten, erinnerte Ciena nur daran, dass die Imperiale Flotte, der sie diente, nicht die war, die sie die ganze Zeit über in ihr gesehen hatte.

Dann war es endlich so weit. Lord Vader trat nach vorn, hinter ihm bauschte sich sein schwarzer Umhang. Von fern sah das weiße Shuttle aus wie ein Stern. Als es näher kam, konnte Ciena den charakteristischen grauen Streifen am Bug erkennen, die Markierung, die bedeutete, dass dies wirklich der Imperator war, der da kam.

Zu Cienas Überraschung verneigte sich Lord Vader, als die Ersten das Shuttle verließen. Keiner der anderen Offiziere war angehalten, sich zu verneigen. Was konnte das bedeuten? Doch die Frage verschwand aus ihrem Kopf, war wie ausgelöscht, als Imperator Palpatine in ihr Blickfeld kam.

Palpatines Gesicht erschien tagtäglich auf unzähligen Holos. Wie jeder andere im Imperium hätte sie ihn so gut beschreiben können wie die Angehörigen ihrer eigenen Familie. Sein Haar war gänzlich grau, aber immer noch dicht, Kummer und Zeit hatten nur wenige Falten in seinem Gesicht hinterlassen, seine Haltung war gerade, seine Augen klar. Mit anderen Worten, das Antlitz, das man der Welt zeigte, hatte nichts mit der Wirklichkeit zu tun. Cienas Augen weiteten sich, als sie das Gesicht sah, das die schwere Kapuze nicht komplett verbarg – die unnatürliche Blässe seiner Haut, die unmenschlichen Falten und Runzeln. Er ging mit gekrümmtem Rücken durch die Bucht und ohne ein Wort zu sagen oder auch nur einen Blick auf die Hundertschaften loyaler Offiziere zu werfen, die sich eingefunden hatten, um ihn zu begrüßen.

Sei nicht so kleinkariert. Er ist eben älter geworden, na und? Das ist nur natürlich! Und der Imperator hat sicher andere Dinge im Kopf als so eine alberne Zeremonie …

Die Rechtfertigungen zogen nicht. Was Ciena erschütterte, war nicht nur das Erscheinungsbild des Imperators – es war das Gefühl beinahe bodenloser Bösartigkeit, die von ihm ausging, so stark, dass sie unter dem Ansturm fast ins Schwanken geraten wäre. Selbst über die Entfernung hinweg weckte Palpatine in ihr ein körperliches Grauen, Urinstinkte, die sie zur Flucht treiben wollten.

Nur eine einzige andere Person hatte in ihr je dieses Gefühl ausgelöst: Darth Vader. Ciena hatte sich immer eingeredet, Vader sei eine Anomalie, einzigartig im Imperium. Das war zu einem gewissen Grad auch wahr. Aber das Furchterregendste an ihm, das konstante Gefühl von Niedertracht und Gefährlichkeit, das er auslöste ... das teilte er mit der mächtigsten Person in der Galaxis.

Und ihm habe ich all die Jahre gedient?

Das ist nur ein Albtraum.

Es funktionierte nicht. Thane konnte die eiserne Bank unter sich spüren, den Geruch von Öl und Ozon in der Reparaturbucht riechen. Jedes noch so kleine Detail machte ihm deutlich, dass er hellwach war.

Das ist ein Test. Eine Übung. Die Führung der Allianz will herausfinden, was wir tun würden, wenn wir uns mit dem Worst-Case-Szenario konfrontiert sähen.

Bestimmt nicht. Man würde es nicht wagen, nur einer Übung wegen die gesamte Rebellen-Armada zusammenzuziehen.

Aber wenn es kein Albtraum war und auch keine Übung, dann war es die unleugbare, schreckliche Wahrheit – das Imperium hatte einen zweiten Todesstern gebaut.

Thane kamen Worte von drei Dutzend Welten in den Sinn, die beschrieben, wie er sich fühlte, und eines war unanständiger als das andere. Aber ihm fehlte die Luft, um auch nur eines davon auszusprechen. Er konnte nur auf das rotierende Hologramm vor den X-Flügler-Staffeln starren, während General Madine ihnen ihre Befehle erteilte.

„Wie wollen sie sich noch mal um den Schutzschildgenerator kümmern?", fragte Kendy. „Das Imperium hat doch garantiert

Dutzende von Sturmtruppen unten auf dem Waldmond Endor, wenn nicht Hunderte ..."

„General Solo übernimmt für Major Lokmarcha, der im Einsatz gefallen ist. Solos Team auf Endor wird sich um den Schildgenerator kümmern. Alle, die in diese Operation involviert sind, haben selbst genug zu tun und brauchen sich nicht mit den Aufgaben von anderen zu befassen, Corona Fünf", erklärte Madine streng.

Thane flüsterte Yendor zu: „Wer zur Hölle ist General Solo?"

„Du weißt schon, Han Solo! Kapitän des *Millennium Falken*?"

Der Name des Schiffes kam ihm vage bekannt vor, aber so richtig wusste er nichts damit anzufangen.

Yendors Augen weiteten sich ungläubig. „Komm schon! Er ist einer von den Typen, die Prinzessin Leia vom ersten Todesstern gerettet haben. *Das* weißt du doch noch, oder?"

„Damals war ich noch nicht bei der Rebellion. Ich habe mich ihr erst kurz vor Hoth angeschlossen."

„Ach so. Ich glaube, Captain Solo wurde kurz nach Hoth von einem Kopfgeldjäger geschnappt." Yendors Lekku sank herab. „Du kannst ihn also nicht kennen ... aber ich sag dir, er ist einer von den Besten."

„Das ist er in der Tat", unterbrach ihn General Madine, der offenbar die ganze Unterhaltung mit angehört hatte. Thane und Yendor schauten nach vorne und setzten sich gerade hin. „General Solos Einsatzteam auf dem Waldmond wird von Prinzessin Leia Organa und Luke Skywalker begleitet. Sie werden diesen Schutzschild deaktivieren."

Schon wieder Luke Skywalker. Thane verkniff es sich, die Augen zu verdrehen. Prinzessin Leia hingegen verehrte er. Wenn er jemandem vertrauen konnte, dann ihr.

General Madine fuhr fort: „Unterdessen wird General Calrissian die Sternenjäger anführen, die in den Kern des Todessterns vorstoßen. Die Zerstreuung der Imperialen Flotte verschafft uns diese einzigartige Chance zum Zuschlagen. Da der Bau noch nicht abgeschlossen ist, liegt der Hauptreaktor der Station noch frei und ist angreifbar. Einem Stoßtrupp müsste es gelingen, in den

Todesstern vorzudringen und diesen Reaktor unter Beschuss zu nehmen. Das löst eine Kettenreaktion aus, die den Todesstern zerstören wird, bevor er fertiggestellt werden und zum Einsatz kommen kann."

Und wer ist dieser General Calrissian? Thane entschied, diese Frage nicht laut zu stellen. Wenn es die Rebellen-Allianz glücklich machte, ihre beiden entscheidendsten Missionen aller Zeiten an ein paar nagelneue Generäle zu übertragen, na gut ...

„Corona-Staffel, Ihre Aufgabe ist es, General Calrissian im *Millennium Falken* und den anderen Sternenjägern der Staffeln Gold, Rot, Grün und Grau Deckung zu geben, während sie in den Todesstern vorstoßen", erklärte Madine weiter. „Je weniger TIE-Jäger ihnen den Weg hinein erschweren können, desto besser stehen die Chancen auf einen sauberen Treffer einerseits und ein Entkommen der gesamten Flotte andererseits. Das heißt, Sie werden von TIEs sowohl in als auch außerhalb der Station beschossen werden und möglicherweise auch durch Langstreckenwaffen von größeren Schiffen, die das Imperium noch hierher verlegen kann."

Irgendwann in der nächsten Zukunft, dachte Thane, würde er völlig ausflippen bei dem Gedanken, gegen einen Todesstern in die Schlacht zu ziehen. Im Moment allerdings konnte er die bloße Existenz des verdammten Dings kaum begreifen.

Er hatte Ciena für naiv gehalten wegen ihrer Behauptung, das Imperium würde nie wieder versuchen, eine Welt zu vernichten. Erst jetzt wurde Thane bewusst, dass er das irgendwie auch geglaubt hatte. Die Vorstellung eines zweiten Alderaans war zu gewaltig, als dass er sie wirklich in seinen Kopf bekommen hätte.

Ganz egal, wie hoch die Chancen gegen sie standen, die Rebellen mussten angreifen. Von jetzt an war dies nicht nur die wichtigste Schlacht, die sie zu schlagen hatten – es war die einzige Schlacht, auf die es je wirklich ankommen würde.

Nach dem Briefing ging er durch den Haupthangar, in dem fieberhafte Aktivität herrschte. Viele Piloten überprüften ihre Schiffe, andere nahmen sich die Zeit, Freunde zu umarmen und Hände zu schütteln. Man verabschiedete sich, nur für alle Fälle.

Thane machte zuerst bei der *Moa* halt, wo er Brill die Pfote und Methwat die langfingrige Hand schüttelte und diesmal Lohgarra seinerseits genauso fest umarmte wie sie ihn. Ein Mitglied der Crew der *Moa* zählte allerdings, wie sich herausstellte, zur Corona-Staffel.

„Ich habe schon länger einen neuen Astromech gebraucht", sagte Yendor, während JJH2 in seine Position an Bord des X-Flüglers herabgesenkt wurde. „Du hast gesagt, dieses Kerlchen sei der Beste."

JJH2 piepste neugierig, und Thane lächelte dem kleinen Droiden zu. „Ja, das habe ich gesagt und auch so gemeint. Passt gut aufeinander auf da draußen, verstanden?"

Yendor und JJH2 prüften gemeinsam Systeme, Thane kletterte in sein Schiff. Er hatte seinen X-Flügler bereits nach dem Kampf im Hudalla-System gründlich unter die Lupe genommen, und jetzt hatte er nichts anderes zu tun, als in seinem Cockpit zu hocken und auf den Befehl zu warten, in die Schlacht gegen einen Todesstern zu fliegen – was sich sehr nach Selbstmord anhörte.

Die Rebellen-Allianz hatte es geschafft, den ersten Todesstern zu vernichten, aber da hatten sie Glück gehabt, und darüber mussten sie sich im Klaren sein. Ein Konstruktionsfehler an einer Absaugöffnung? Wie groß war die Chance, dass so etwas passierte? Thane schüttelte den Kopf. Als ehemaliger imperialer Offizier wusste er sehr wohl, wie ein solches Versäumnis bestraft wurde. Keinem Techniker, der am zweiten Todesstern mitgearbeitet hatte, würde ein ähnlicher Fehler unterlaufen. Diese Station würde noch unüberwindlicher sein als die erste.

Für einen Moment erinnerte er sich an die Zeit, als er ein frischgebackener Absolvent der Akademie auf Coruscant gewesen und zum Todesstern geflogen war, wo er seinen Posten beziehen sollte. Als er die Station zum ersten Mal gesehen hatte, flößte ihm ihre schiere Größe eine Ehrfurcht ein, wie er sie noch nie zuvor gefühlt hatte. Es fiel ihm immer noch schwer zu glauben, dass der erste Todesstern untergegangen war – und dass mit dem zweiten das Gleiche geschehen könnte.

Die altbekannte zynische Stimme in seinem Kopf flüsterte: *Du weißt schon, dass du hier aufhören könntest, oder? Das ist eine reine Freiwilligenarmee, vergiss das nicht.* Aber Thane hörte nicht mehr oft auf diese Stimme. Die anderen Mitglieder der Corona-Staffel und die Besatzung der *Moa* waren jetzt seine Familie – und vielleicht sogar die engste, die er je gehabt hatte. Er mochte zwar das Wunschdenken seiner Kameraden nicht teilen, aber er wollte verdammt sein, wenn er sie am Vorabend der gefährlichsten Schlacht, die sie je zu bestehen hatten, im Stich ließe.

Und wenn das Imperium gewann und die Galaxis zu einer Ewigkeit unter seiner harten, korrupten Herrschaft verurteilte?

Thane entschied, dass er lieber kämpfend untergehen wollte.

Es war zwei Tage her, seit Ciena den neuen Todesstern und den Imperator zum ersten Mal gesehen hatte, und diese zwei Tage hatten sie fertiggemacht.

Eine entsetzliche Erkenntnis nach der anderen stürmte auf sie ein, und kaum glaubte sie, eine ertragen zu können, kam die nächste daher und brachte sie abermals ins Wanken. Die schreckliche Präsenz des Imperators – die ungerechte Verurteilung ihrer Mutter – Nash und Berisse, die Völkermord bedingungslos als militärische Taktik akzeptierten – die vielen Piloten, die grundlos gestorben waren, deren Leben ein Kommando vergeudet hatte, das sich um nichts scherte – und Thane, dessen Leben täglich durch das Imperium gefährdet war.

Er hatte in so vielen Dingen recht, dachte sie dumpf, während sie ihre monatliche ärztliche Untersuchung über sich ergehen ließ. Den Schauer, der sie überlief, konnte sie zum Glück auf die kalten Sensoren des Medi-Droiden schieben. *Ich wünschte, ich könnte ihm das sagen.*

Judes Tod hatte Ciena der Rebellion immer noch nicht verziehen. Und sie glaubte auch nicht, dass die Rebellion irgendeine Hoffnung auf eine effektive Regierung zu bieten hatte. Doch obgleich sie nie selbst in Erwägung ziehen würde, sich den Rebellen anzuschließen, verstand sie nun immerhin, warum Thane es getan hatte.

„Es geht nicht darum, ob wir dem Imperium treu geblieben sind oder nicht", hatte Thane gesagt, als er sie in der Festung an sich gedrückt hatte. *„Es geht darum, ob das Imperium uns treu geblieben ist."*

Ein Treueeid blieb bindend, auch dann, wenn der Anlass sich als unwürdig erwies. Er wurde einfach nur bitterer.

Gerade als Ciena wieder in ihre Uniform schlüpfte, hallte ein Alarm durch das Schiff. „Alle Piloten umgehend zu den TIE-Jägern."

Was war da los? Ciena hielt es nicht für möglich, dass die Rebellen jetzt schon von der Station wissen konnten, wo das Geheimnis doch so streng gehütet worden war, dass nicht einmal hochrangige Offiziere auf der *Executor* Bescheid gewusst hatten. Wahrscheinlich handelte es sich um eine Übung oder eine Demonstration der Feuerkraft, um Palpatine zu beeindrucken. Es war auch einerlei, sie wollte dabei sein. Mehr als sonst etwas wollte sie, *musste* sie jetzt fliegen.

Mittlerweile pilotierte Ciena im Dienst kaum einmal etwas, das kleiner war als ein Transport-Shuttle, und selbst das kam nur selten vor. Aber sie hatte ihr Flugtraining nie vernachlässigt und konnte sich jederzeit zum TIE-Fliegen melden.

Sie ging sogleich zum Kommandanten des Schiffes, der ihr seltsam ... selbstgefällig vorkam. „Ich verstehe, Commander", sagte er, und sein dünnes Lächeln schlängelte sich über sein Gesicht. „Natürlich wollen Sie bei diesem Einsatz dabei sein. Davon kann man schließlich noch seinen Enkeln erzählen, nicht wahr?"

Ja, liebe Kinder, einmal, da zog ich für den verruchten, abscheulichen Imperator, der ganze Planeten in die Luft sprengte, eine tolle Schau ab. Laut sagte Ciena nur: „Meine nächste Schicht beginnt erst in sechs Stunden, Sir. Ich bin jetzt zum Dienst bereit."

„Ihr Mut soll Anerkennung finden, Commander Ree. Melden Sie sich umgehend in Startbucht Nummer neun."

Als Ciena die schwarze Montur eines TIE-Piloten anlegte, sagte sie sich, dass bald alles in Ordnung käme, weil sie gleich fliegen würde. Das Fliegen blieb ihre größte Freude und ihre einzige Möglichkeit, allem anderen zu entkommen. Sobald sie keinen festen Boden mehr unter den Füßen hatte und durchs All jagte, war sie frei von allen zermürbenden Zweifeln. Für diese paar Minuten würde sie wieder sie selbst sein.

Im Vorbereitungsgewühl erhaschte sie einen Blick auf Nash, der ihr schalkhaft zulächelte. Er glaubte immer noch an sie. Doch der Stich, den der Anflug von Schuldgefühl ihr versetzte, war schon abgeklungen, ehe Ciena in ihr Cockpit kletterte. Was in der Zukunft auch geschehen mochte, sie würde Distanz wahren zu allen, die sie bislang kannte. Vielleicht konnte sie sich um einen Posten auf irgendeinem abgelegenen Planeten bewerben, die Art von Job, den niemand wollte und der deshalb leicht zu haben war, und vielleicht war das dann ein Ort, wo sie wirklich etwas Gutes bewirken konnte.

Helm? Verriegelt! Triebwerke? Vollen Schub! Ciena wartete auf das Signal für ihre Staffel, dann hob sie ab und flog aus der Landebucht hinaus. Hunderte weiterer Jäger umgaben sie, und das erforderte präzises Fliegen. Dennoch fand sie es beruhigend, selbst die Vibration und das Röhren im Cockpit. Der Start vermittelte ihr immer das Gefühl, die Fesseln abzuwerfen und auszubrechen.

Einen Moment lang stellte sie sich vor, in der alten V-171 über die jelucanischen Berge hinwegzurauschen, Thane hinter ihr, und sie flogen beide, als wären sie eins …

Dann erweiterte sie den Erfassungsbereich ihrer Sensoren und keuchte auf.

Ciena hatte gewusst, dass Hunderte von TIE-Jägern starteten. Nicht gewusst hatte sie, dass man darüber hinaus zahllose weitere imperiale Schiffe in der Nähe zusammengezogen hatte, darunter auch mehrere Sternenzerstörer. Das übertraf all ihre Erwartungen, die Streitmacht war noch größer als die, die man nach Hoth geschickt hatte.

Dann fügten sich die Puzzleteile zusammen.

Wir rechnen mit einem Großeinsatz, und zwar in Kürze. Das heißt, die Rebellen kommen.

Wenn die Rebellen kommen, dann wissen sie Bescheid über den Todesstern und den Imperator. Und wenn wir mit einer so gewaltigen Streitmacht auf sie warten, dann wollten wir auch, dass sie Bescheid wissen.

Deshalb befahl Piett mir, dafür zu sorgen, dass mindestens einer der X-Flügler entkam. Er brauchte jemanden, der den Rebellen meldete, wo der Imperator zu finden war. Wir haben ihnen von Anfang an eine Falle gestellt.

Irgendwie war ihr das von vornherein klar gewesen – warum sonst hätte man die Rebellen ziehen lassen sollen, wenn man ihnen nicht falsche Informationen mitgegeben hätte? Aber sie hatte nicht mehr als ein Täuschungsmanöver darin gesehen, um den wahren Aufenthaltsort des Imperators geheim zu halten. Doch die Falle, die das Imperium gestellt hatte, musste größer und raffinierter gewesen sein – sie selbst hatte dabei nur eine winzige Rolle gespielt. Das war kein gewöhnlicher militärischer Einsatz. Das war der Tag, an dem das Imperium die Rebellion endgültig zerschlagen wollte.

Just als Cienas Hände sich fester um die Steuerung schlossen, spielte ihr Bildschirm verrückt und spuckte so viele Daten aus, dass sie kaum alle erfassen konnte. Im Weltraum rings um den Todesstern und den Mond von Endor hatten sich binnen eines Augenblicks Tausende von Schiffen materialisiert.

Die Rebellen-Allianz war gekommen, und das Imperium war bereit, sie in Empfang zu nehmen.

25. KAPITEL

„Möge die Macht mit uns sein."

Admiral Ackbars Stimme knisterte durch den Funk, als die Rebellen-Armada Kurs auf den Todesstern nahm. Jetzt, da Thane ihn mit eigenen Augen sah, musste er es glauben – aber er sah auch, dass die Station noch längst nicht fertiggestellt war. Sie nahmen es nicht mit einem Todesstern auf, sondern mit der Hülle eines solchen. Es so zu betrachten, half ihm.

Gut, es half ihm nicht besonders viel. Aber im Moment zumindest war Thane mit allem zufrieden, was er kriegen konnte.

Der Schutzschildgenerator müsste inzwischen lahmgelegt sein, sagte er sich, während er seine Sensoren checkte. *Gleich werden wir den Befehl zum Zugriff bekommen.*

Doch der Befehl kam nicht.

Und was den Schild betraf, empfing er gar keine Informationen – weder ob er noch in Betrieb war, noch ob man ihn ausgeschaltet hatte. Stirnrunzelnd tippte Thane auf seine Kontrollanzeigen. Das wäre ein schlechter Moment für einen Systemausfall.

Dann ertönte General Calrissians scharfe Stimme: „Angriffsmanöver abbrechen! Schutzschild ist noch aktiviert!"

Thane fluchte leise. Was war mit dem Endor-Team passiert?

„Wir drehen ab!", befahl Calrissian weiter. „An alle Maschinen – wir drehen sofort ab!"

Sie schwenkten vom Todesstern ab, und Thane machte sich bereit zum Rücksprung in den Hyperraum, um die demütigende, aber unumgängliche Flucht anzutreten. Dann hörte er wieder Admiral Ackbars Stimme: „Ausweichmanöver einleiten!"

Kendy sprach als Nächste. „Sektor siebenundvierzig – sie sind hier."

Thane wurde eiskalt, als er sah, was sie erwartete – das musste die Hälfte der Imperialen Flotte sein, inklusive Dutzender von Sternenzerstörern. Die Rebellion war zu ihrer eigenen Hinrichtung erschienen.

Ciena dachte: *Wenigstens wird es schnell gehen.* Ihr TIE-Jäger raste zusammen mit den anderen voran, um die Rebellenflotte anzugreifen. Aufgrund des schier unfassbaren Ungleichgewichts der Kräfte war sie überzeugt, dass das Imperium diese Schlacht innerhalb weniger Minuten gewinnen konnte. Doch noch während sie den Befehl zum Angriff auf den Medi-Frachter befolgte, stellte sie fest, dass die Sternenzerstörer keine Anstalten machten, in den Kampf einzugreifen. Warum sammelte man so viel Feuerkraft und hielt sie dann zurück?

Dann sah sie, wie der Laser des Todessterns grün zu glühen begann, und da hatte sie ihre Antwort.

Anspannung packte sie, als sie darauf wartete, Endor oder seinen Mond explodieren zu sehen. Stattdessen traf der Laser einen der größeren Rebellenkreuzer. Das Schiff wurde augenblicklich ausgelöscht.

Warum macht man sich, wenn die Station voll einsatzbereit ist, die Mühe, uns in den Kampf zu schicken?

Einmal mehr war alles nur Theater. Nur Show. TIE-Piloten würden zu Dutzenden sterben, wenn nicht zu Hunderten, obwohl eigentlich nicht einer von ihnen hier gebraucht wurde. Der Todesstern hätte die Rebellen allein vernichten können. Aber Palpatine wollte, dass jeder Admiral und General Zeuge dieses Moments wurde, damit sie überzeugt waren von der Unaufhaltsamkeit ihres Imperators.

Wir sterben zu seinem Ruhm, dachte sie bitter. *Und das heißt, wir sterben für nichts. Wieder einmal.*

Ohne die Hoffnung zu überleben in eine Schlacht zu fliegen, erwies sich als der Schlüssel zu einem großen Geheimnis – er kannte kein Halten mehr.

Diese Einstellung hatte ihn einen kühlen Kopf bewahren lassen, als sie erfuhren, dass der Schutzschildgenerator noch aktiviert war, und als er gesehen hatte, wie viele Schiffe der Imperialen Flotte zu dem ausdrücklichen Zweck, die Rebellen-Allianz zu atomisieren, aufgefahren worden waren. Er hatte selbst dann noch die Ruhe bewahrt, als der Todesstern die *Liberty* zerstört hatte, das Schiff, das monatelang das Zuhause der Corona-Staffel gewesen war. Thane dachte an die freundlichen Mon Calamari, die sie willkommen geheißen hatten – jeder Einzelne von ihnen war binnen eines Augenblicks getötet worden.

Thanes Überlebenschancen standen jedoch nicht viel besser. Er sah es so – das Imperium würde ihn heute umbringen, egal, was er tat. Sein einziges Ziel war, die Imperialen dafür zahlen zu lassen – mit Blut.

Über den Lautsprecher forderte General Calrissian die kleineren Schiffe auf, sich möglichst nah an den Sternenzerstörern zu halten – vermutlich, weil sie dort vor dem Todesstern sicher waren. Thane hätte lachen können. Als ob man neben einem Sternenzerstörer sicherer wäre. Dennoch war er dankbar für die Gelegenheit, sich den Schaden, den er angerichtet hatte, besehen zu können.

„Ich fliege dicht an die Triebwerke heran", kündigte die Contessa über Funk an. „Wer kommt mit?"

Thane wappnete sich. „Corona Vier, ich bin direkt hinter dir."

„Corona Fünf ebenfalls. Auf geht's!" Das war Kendy, die fast fröhlich wirkte angesichts der Chance, ein bisschen Chaos zu verursachen.

Yendor antwortete gar nicht, aber die Sensoren zeigten, wie er beschleunigte, so sehr, dass er den Zerstörer noch vor Thane erreichen würde. Oder zumindest hätte er das, wäre Thane nicht auf maximalen Schub gegangen und geradewegs auf das Heck des Schiffs zugestürzt.

Die riesigen Schutzschilde eines Sternenzerstörers konnten einen immensen Beschuss schadlos aushalten. Die Triebwerke hingegen ... an die konnte man herankommen. Sie waren zwar zu tief in das unbezwingbare Schiff eingelassen, um sie zu zerstören, aber selbst wenn es nur gelang, das Schiff zu verlangsamen oder der Crew die Nutzung der vollen Kraft zu versagen, dann war das in einer Schlacht schon hilfreich.

Wollen wir doch mal sehen, wie es ihnen gefällt, für eine Weile im All gestrandet zu sein. Grinsend fegte Thane um das Heck herum, der Rest der Corona-Staffel dicht hinter ihm.

Sein altes Akademietraining setzte wieder ein – es war, als sähe er die schematischen Hologramme aus dem Großschiffskonstruktions-Unterricht wieder vor sich leuchten, und sie zeigten ihm die exakten Stellen, die man treffen musste. Thane zielte und feuerte, wieder und wieder. Bei diesem Tempo würde er seine Energie so weit aufbrauchen, dass er sich nicht mehr mit einem Sprung in den Hyperraum zurückziehen konnte – aber das war nicht mehr wichtig. Es sah so aus, als würde heute die ganze Rebellion umkommen. Thane hoffte nur, dass er kämpfend sterben würde.

Er landete seine Treffer, aber Kendy machte sich noch besser. *Sie ist schon immer die beste Scharfschützin in der Klasse gewesen,* dachte er, während er eine kleine Funkenspur an einem Triebwerk eines Sternenzerstörers aufglühen sah, gerade so lange, wie das Vakuum des Alls brauchte, um sie wieder zu ersticken.

Ein Schwarm von TIE-Jägern schnitt durch ihre Formation, so dicht, dass Thane einen Blick auf einen der Piloten in seinem Cockpit werfen konnte. Er zuckte nicht einmal zusammen, drückte nur mit dem Finger auf den Feuerknopf.

Das Imperium gibt diesen Piloten nicht einmal Schutzschilde. Ein Treffer und sie gehen hoch. Er schoss zweimal und wurde mit dem Funkenschauer und dem schemenhaften Anblick eines TIE-Jägers belohnt, der wild trudelnd außer Kontrolle geriet.

Was nun? Vielleicht sollte er zum Sturzflug auf die Hauptbrücke ansetzen, den X-Flügler einfach hineinrammen und einen imperialen Admiral mit sich in den Tod reißen ...

„Der Schutzschild ist deaktiviert! Ich wiederhole, der Schutzschild ist deaktiviert!"

Thane war davon ausgegangen, dass das Endor-Team tot war. *Verdammt,* dachte er. *Sie haben es geschafft!* Er stellte sich Prinzessin Leia als die alleinige Siegerin vor. Wahrscheinlich hatte sie diesen Schildgenerator mit einem Grinsen im Gesicht in die Luft gejagt.

General Calrissian wandte sich an die Flotte. „Alle Maschinen, mir nach!"

„Na dann!", rief die Contessa über Funk. Jetzt hatte sie nichts Eisiges mehr an sich – jetzt wollte sie Blut. „Corona-Staffel, es geht los."

„Corona Vier bereit." Er grinste, während sie sich wieder formierten und direkt auf die gewaltige Raumstation vor ihnen zuhielten. Es sah aus und fühlte sich an, als tauchte er ein in ein Meer aus schwarzen Metallplatten. „Denkt dran – dieses Ding ist so groß, dass ihr seine Anziehungskraft ausgleichen müsst!"

Thane flog dicht an der Seite des Todessterns entlang, direkt unter dem klaffenden Schlund, dem die Attacke des *Millennium Falken* galt. Unter sich sah er endloses schwarzes Metall, eine feste Oberfläche, die immer noch mit im Bau befindlichen Bereichen durchsetzt war. Über ihm flackerten Explosionen auf und zerplatzten, so wie früher an Festtagen die Feuerwerke auf Jelucan.

Drei TIE-Jäger erschienen über dem Horizont des Todessterns, und Thane hielt sich gar nicht erst mit einem Ausweichmanöver auf. Er beschleunigte, zielte und schoss – und flog geradewegs hindurch zwischen den drei Feuerbällen, die er zurückließ.

Er brauchte sich nicht zu fragen, ob Ciena in einem dieser Schiffe war. Sie wäre schlauer gewesen und hätte zuerst geschossen. Sie hätte sie auch nicht auf die Triebwerke eines Sternenzerstörers losgehen lassen. Sie befand sich zweifellos in Sicherheit auf der Brücke eines dieser Zerstörer, aber Thane wünschte sich beinahe, dass sie es wäre, die ihn erledigte. Dann wären sie am Ende wenigstens irgendwie miteinander verbunden gewesen.

Die Contessa meldete: „Wir sind drin! Der Angriffstrupp des *Millennium Falken* ist in den Todesstern vorgestoßen!"

Und da traf Thane die Erkenntnis – sie mochten diese Sache wirklich gewinnen.

„Warum passt ihr nicht auf die Triebwerke auf?", schrie Ciena die idiotischen TIE-Piloten an, die zugelassen hatten, dass ein idiotischer Rebell die *Subjugator* beschädigt hatte. „Schert euch nach hinten! Los!"

Die Rebellen saßen in der Falle und wussten es, aber offenbar hatten sie vor, so viele Imperiale zu töten wie möglich, bevor sie selbst fielen. Das All war bereits übersät von den Trümmern der feindlichen Sternenkreuzer, die der Laser des Todessterns getroffen hatte. Ciena verspürte einen Ansturm vergeblichen Zorns über die Vergeudung von Pilotenleben durch skrupellose Kommandanten, aber nun richtete sich ihre Wut gegen die Rebellenführer, die Thane in diesen Krieg zurückgeschleift hatten.

Am wütendsten war sie jedoch auf sich selbst. Thane war nur einer der Rebellen, die sterben würden, weil sie in eine Falle getappt waren, die Ciena unwissentlich selbst zu stellen geholfen hatte. Sowohl sie als auch Thane waren Opfer der heimtückischen Intrigen des Imperators und des schrecklichen Gemetzels, das damit begonnen hatte.

Ciena lenkte ihren TIE-Abfangjäger über den Hauptbrückenbereich der *Annihilator*, nur für den Fall, dass ein Rebellenpilot beschloss, direkt hineinzufliegen und mit Glanz und Gloria aus dem Leben zu scheiden. Die anderen TIEs hielten sich strikt an bewährte Angriffsformationen, ihr Rang ging jedoch mit der Freiheit, aber auch der Verantwortung einher, die Schlacht nach eigenem Ermessen zu beurteilen und sich dorthin zu begeben, wo sie am nötigsten gebraucht wurde. Nachdem sie die Oberfläche des Sternenzerstörers geräumt hatte, wendete sie ihr Schiff und überprüfte die Sensoren, um festzustellen, welche Ziele als Nächstes kamen – und dann erstarrte sie.

Die imperiale Garnison auf dem Waldmond hatte versagt. Der Schildgenerator war deaktiviert.

Laut den Anzeigen ihrer Sensoren begriffen die Rebellen, dass sich das Blatt zu ihren Gunsten gewendet hatte. Flugvektoren änderten sich augenblicklich, und die Wolke aus Sternenjägern um sie herum verwandelte sich in Pfeile, die schnurstracks auf die verwundbarste Stelle des klaffenden, unfertigen Todessterns zuschossen – auf den langen Schacht nämlich, der geradewegs zum Hauptreaktor führte.

Aber was hofften sie, dort zu erreichen? Ja, sie konnten auf ihrem Weg hinein einigen Schaden anrichten, aber das Labyrinth aus Trägern und Trossen würde jedes eindringende Schiff demolieren. Da sah Ciena auch schon, wie TIE-Jäger, die sich dichter an der Raumstation befanden, auf denselben Bereich Kurs nahmen, um den Rebellen zu folgen und sie auszulöschen. Das war alles eine so nutz- und sinnlose Verschwendung.

Sie richtete ihr Augenmerk auf den Sternenzerstörer, dem sie am nächsten war, ihre eigene *Executor*. Sie fing erst jetzt selbst an, die Rebellenschiffe direkt anzugreifen. Die Admirale hatten alle gewartet, bis der Todesstern zuerst zuschlug, ein weiteres Beispiel dafür, dass Palpatine eine theatralische Vorstellung jeder soliden Strategie gegenüber vorzog.

Dann sah sie, wie ein angeschossener Rebellen-Sternenjäger wirbelnd außer Kontrolle geriet und direkt auf die Brücken-Deflektorschilde der *Executor* zuraste. Fluchend versuchte sie den X-Flügler aufs Korn zu nehmen, aber er war zu weit weg und zu schnell ...

Ein orangefarbenes Aufflammen markierte seinen Aufprall, und Ciena registrierte voller Entsetzen das Ausmaß des Schadens. Weder dieser Treffer noch die vorherige Beschädigung der Triebwerke des Schiffes konnte für sich allein genommen einen Sternenzerstörer lahmlegen, aber die Kombination aus beidem erwies sich als fatal. Mit offenem Mund beobachtete sie, wie die *Executor* ihre Hauptleistung einbüßte und auf das nächste Objekt mit starker Anziehungskraft zudriftete – den Todesstern.

Nicht einmal ein Sternenzerstörer kann den Todesstern zerstören, rief sie sich in Erinnerung. *Konzentriere dich.*

Aber die Zerstörung der *Executor* bedeutete Berisses Tod ...

Konzentriere dich!

Cienas Atem ging so schnell und hart, dass die Innenseite des Visiers ihres schwarzen Helme leicht beschlug. Sie versuchte, sich zu beruhigen, indem sie sich aufs Fliegen konzentrierte. Wenn sie die Attacken als Herausforderungen an sich als Pilotin betrachtete, als eine Flucht ins All, dann konnte sie das schaffen.

Sie gab die Koordinaten eines gewaltigen Sternenkreuzers der Mon Calamari ein. Wenn es ihr gelang, seine Brücken-Deflektoren auszuschalten, konnte sie den Stand der Schlacht ausgleichen.

Und ich könnte in das Schiff hineinfliegen, wie es dieser Rebellen-Sternenjäger getan hat, nur eben mit Absicht, um diese Schlacht zu beenden. Vielleicht könnte ich damit sogar den Krieg beenden.

Dieser Gedanke war ... verlockend.

Doch noch während Ciena ihre Koordinaten eingab, kam über Funk der Befehl: „Alle Schiffe an den ursprünglichen Koordinaten neu formieren. Umgehend neu formieren."

„Verdammt, was soll das?" Sie verstand nicht, warum jemand einen solchen Befehl erteilen sollte. Ihre ursprünglichen Koordinaten lagen zu weit von den Rebellen und vom Todesstern entfernt, als dass sie von dort aus noch etwas hätten ausrichten können. Ihre Finger huschten über die Sensoren und vergrößerten ihr Blickfeld, damit sie sich ein Bild davon machen konnte, was da vorging.

Und da sah sie die Rebellenflotte, die sich vom Todesstern entfernte. Entweder zog sie sich zurück oder sie ...

Ciena führte diesen Gedanken nicht zu Ende. Jetzt kam es nur noch darauf an, Befehle zu befolgen. Sie musste ihren Geist leeren. *Nicht mehr denken. Nur noch reagieren.*

Als sie sich in rasendem Tempo von der *Annihilator* entfernte, sah sie ein paar TIE-Jäger, die sich langsamer bewegten als der Rest. Sie hatten Schaden genommen, konnten aber noch fliegen. In der Ausbildung trichterte man TIE-Piloten ein, dass die Unterstützung von Flugkollegen die niedrigste Priorität hatte und nur dann zu leisten war, wenn nichts anderes zu tun war. Ciena beschloss zu ignorieren, was sie gelernt hatte. Sie ging hinter ihnen in Position und deckte sie vor gegnerischem Feuer, während sie auf die Sicherheit verheißende Imperiale Flotte zuflogen.

Aber mit jedem Moment fielen sie weiter zurück. Inzwischen hatte sie festgestellt, dass die Rebellen sich in eine andere Richtung zurückzogen. Konfrontation war weniger wichtig geworden, als am Leben zu bleiben.

„Na, macht schon", flüsterte sie den beiden angeschlagenen TIEs zu. Sie mussten sich beeilen …

Thanes Antrieb heulte unter der Belastung auf, als er ihn bis an die Grenzen drängte. Er und der Rest der Corona-Staffel waren hineingeflogen in die Wolke aus Schiffen, die dem *Millennium Falken* mit Höchstgeschwindigkeit folgten und den Todesstern hinter sich zurückließen. Wenn sie nur auf die andere Seite von Endor kämen, dann waren sie abgeschirmt vor diesem Ding …

Über Funk hörte er die Contessa rufen: „Festhalten!"

Jetzt kommt's. Trotz des fast unwiderstehlichen Drangs, nach hinten zu schauen, weigerte sich Thane, den Kopf zu wenden. Wenn dieses Ding hochging, konnte einem die Lichtentladung glatt die Sehkraft rauben. Er wollte verdammt sein, wenn das Letzte, was er je zu sehen bekam, der Todesstern war. Stattdessen packte er sein Ruder und starrte auf die Schiffe, die sich vor ihm befanden. Das geschwungene Hecklicht des *Millennium Falken* wölbte sich direkt über der saftig grünen Oberfläche des Waldmonds. *Haben sie uns gerettet? Haben wir sie gerettet?*

„Wir haben es geschafft!", jubilierte Kendy. „Wir sind aus dem Gefahrenbereich raus."

Geschafft? Thane hatte sein Leben schon abgeschrieben gehabt. Es wollte ihm nicht gelingen, die Worte zu begreifen. *Wir haben es geschafft?*

Dann leuchtete das All auf, als wäre es ein Himmel. Im ersten Augenblick konnte Thane nur denken, wie schön es war. Aber dann folgte die Schockwelle.

Die Schockwelle der Explosion des Todessterns vermittelte das Gefühl, als krachte man gegen massiven Fels. Cienas TIE-Jäger wirbelte unkontrolliert davon, sämtliche Stabilisatoren waren hinüber. Verzweifelt versuchte sie das Schiff auf die Landebucht des nächsten Schiffes auszurichten – wenn sie es schaffte, in einem Stück zu landen, dann hatte sie eine Chance. Der Todesstern war vernichtet. War das Imperium mit ihm untergegangen? Aber sie hatte keine Zeit für Mutmaßungen, noch nicht einmal zum Nachdenken. Ihre Sensoren und die Welt dahinter waren nur noch Schemen, die keinen Sinn ergaben. Übelkeit befiel sie, während sie sich überschlagend auf das Rechteck aus Licht zutaumelte, das ihre einzige Zuflucht repräsentierte. Der zweite Anprall war noch schlimmer. Ciena wusste, dass ihr Schiff über massives Metall schlitterte, gegen Stahl krachte, und dann verschwand die ganze Welt, als der Schmerz sie entzweiriss.

Von der Oberfläche des Waldmonds aus betrachtet glühte das Wrack des Todessterns wie eine goldene Supernova am Nachthimmel. Rings um Thane wurden auf Trommeln und Pfeifen Siegeslieder gespielt. Die Leute lachten, tranken Jet-Sprit und umarmten Freunde, die sie nie wiederzusehen befürchtet hatten. In der Ferne, nahe einem der Freudenfeuer, konnte er Kendy mit jemandem tanzen sehen, bei dem es sich um General Calrissian handeln mochte. Yendor und Brill richteten JJH2 wieder her, der ein paar Schrammen abbekommen hatte. Lohgarra schien eine ganze Staffel unter den Tisch zu trinken. Methwats Gesten nach zu schließen erläuterte er Wedge Antilles irgendein kniffliges Manöver.

Thane saß ganz am Rand der Zusammenkunft, den Rücken an einen Baum gelehnt, fast schon im Dunkeln.

Viele Schiffe der Imperialen Flotte waren nach der Schlacht von Endor entkommen – und viele nicht. Die *Executor*, Lord Vaders eigenes Schiff, war vernichtet worden. Er wusste jetzt, dass es der Sternenzerstörer gewesen war, den er in den Todesstern hatte krachen sehen. *Vielleicht war Ciena nicht an Bord,* sagte er sich – aber sie war inzwischen eine hohe Offizierin. Man würde sie gebraucht haben. Und Ciena hätte sich nie vor einem Kampf gedrückt, also war sie wahrscheinlich auf der *Executor* gewesen, als die ihr feuriges Ende gefunden hatte.

Wenn dem so war, dann war das goldene Leuchten, das am Himmel langsam erlosch, der einzige Grabstein, den Ciena je haben würde.

Ihn tröstete nur, dass er wusste, wie Ciena reagiert haben musste, als sie von der Existenz eines zweiten Todessterns erfahren hatte. Wenn irgendetwas die Kraft besaß, ihre Loyalität und ihren ehernen Eid zu brechen, dann war es das. Thane konnte sich vorstellen, wie sie sich in dem Moment gefühlt hatte, als ihr klar wurde, dass der Imperator vorhatte, noch mehr Welten zu vernichten, dass die Auslöschung Alderaans nicht geschehen war, um einen Krieg zu beenden, sondern um dem Imperium unumschränkte Macht zu verschaffen – sie musste sich zutiefst verraten vorgekommen sein.

Das Imperium war deiner nie würdig, dachte er.

Thane sah einen weiteren Sternschnuppenschwarm, noch mehr Trümmer aus der Schlacht, die bei ihrem Eintritt in die Atmosphäre verbrannten. Wenn sie als Kinder Sternschnuppen gesehen hatten, hatte Ciena immer darauf bestanden, dass sie sich etwas wünschten. Das hatte er nie getan. Er war nicht der Typ, der an Wünsche glaubte.

Heute Nacht allerdings tat er es.

Thane wünschte sich nicht, dass Ciena noch am Leben war – das war bereits entschieden, bereits geschehen, und niemand konnte daran etwas ändern oder auch nur die Wahrheit wissen. Stattdessen wünschte er sich, dass die Neue Republik wenigstens halb so rechtschaffen sein möge, wie die Rebellen glaubten. Wenn er dazu beigetragen hatte, die Macht des Imperiums zu zerstören, dann ließ sie sich durch etwas Besseres ersetzen, und Thane konnte glauben, dass der ganze Krieg sich gelohnt hatte. Auch wenn er Cienas Leben gekostet hatte.

Das hätte Ciena sich auch gewünscht. Und irgendwie war das am traurigsten von allem.

Ciena hatte keinerlei Erinnerung daran, wie man sie aus dem Wrack des TIE-Jägers geborgen hatte – sie entsann sich lediglich vager Eindrücke von kreischend zerreißendem Metall und der schrecklichen Lichtflut, als man ihr den Helm abgenommen hatte. Sie kannte nur noch den Schmerz, der sie entzweischnitt. Irgendwann, während Droiden ihre Schwebetrage zur Krankenstation schoben, hob Ciena mühevoll den Kopf, weil sie ihren Bauch sehen wollte. Einer der Droiden sagte mit flacher elektronischer Stimme: „Es ist nicht ratsam, Ihre Wunde im Moment visuell zu inspizieren. Vom psychologischen Standpunkt aus steht zu vermuten, dass ein Patient diesen Anblick besorgniserregend finden würde."

Ciena schaute nach unten. Eine Metallplatte ragte aus ihrem Bauch. Sie hatte ihren Fliegeranzug zerfetzt und sich just unterhalb des Brustkorbs tief in ihren Leib gebohrt. Das Bild war so grauenhaft, dass es ihr irreal vorkam. Dumpf dachte sie, dass niemand derart verletzt und noch am Leben sein könnte.

Die Chirurgie-Droiden arbeiteten mit voller Leistung und behandelten die Verwundeten nach Höhe ihrer Ränge. Untere Ränge mussten warten. Während Ciena dalag und keuchend darauf wartete, dass die Schmerzmittel-Injektion Wirkung zeigte, erschien eine Gestalt an ihrer Seite, ein TIE-Pilot, der noch die Hälfte seiner Montur trug.

„Ciena", schnaufte Nash. Er ergriff ihre Hand. Sie war froh, dass sie Handschuhe trugen, denn so konnte er sie nicht wirklich berühren. „Halt durch. Du bist bald an der Reihe."

„Admirale ... Kapitäne und Generale ... sie sind zuerst dran." Sie brachte die Worte krächzend hervor.

„Natürlich, aber es wurden relativ wenige von ihnen ernsthaft verletzt. Du gehörst zu den Schwerstverletzten deines Rangs, also wird man dich jeden Moment in den OP bringen."

Ein Schwindelgefühl erfasste Ciena. Entweder wirkte das Schmerzmittel, oder der Blutverlust hatte sie an den Rand des Todes gebracht. Sie zwang sich, Nash in die Augen zu sehen. „Ich muss ... mein Vater ... sag du meinem Vater ..."

Nash schüttelte den Kopf und barg ihre Hand an seiner Brust. „Keine letzten Worte. Hörst du mich? Du wirst nicht aufgeben."

Aber Ciena blieb hartnäckig. Das war zu wichtig. „Sag Papa ...
dass ich ihn liebe und ... und ... ich hätte dem beistehen sollen ...
der uns beistand."

Ihr Vater würde Thane finden und es ihm ebenfalls ausrichten. Wenigstens würde Thane erfahren, dass sie endlich doch die Wahrheit über das Imperium erkannt und dass sie am Ende an ihn gedacht hatte.

Nash erwiderte etwas, aber sie konnte die Worte nicht verstehen. Wieder wurde ihr schwindlig, und diesmal erloschen Geräusche und Licht.

Vielleicht würde sie bald wieder mit Wynnet vereint sein.

„Ciena?"

Warum wollte jemand mit ihr reden? Sie wollte nicht reden. Sie wollte nur schlafen, weiter nichts.

„Ciena, kannst du deine Augen aufmachen? Versuch es bitte."

Sie gehorchte und blinzelte ins Licht. Als sich ihr Blick klärte, sah sie Nash neben ihrem Bett. Jetzt trug er einen Freizeitoverall, und auf seiner Stirn klebte ein kleines Pflaster. Am Fuß ihres Bettes bildeten drei Medi-Droiden einen Halbkreis. Piepend und summend maßen sie ihre Werte.

„Gut." Nash lächelte so, wie man lächelte, wenn man versuchte, nicht zu weinen. „Du bist wieder bei uns."

„Warum bin ich ...?" Ciena versuchte, sich so weit aufzurichten, dass sie ihren Bauch sehen konnte, aber die Bewegung jagte eine furchtbare Schmerzwelle durch ihren Körper. Durch die Zähne atmend sank sie auf ihr Krankenbett zurück.

Nash sprach in leisem, beruhigendem Ton, wie ein Trainer, der ein verwundetes Tier besänftigte. „Du hast die Operation überstanden, obwohl sie sagen, dass es knapp gewesen ist. Aber sie mussten dir die Leber entfernen. Sie war inoperabel verletzt."

Die meisten Glieder und Organe konnte man ohne Weiteres künstlich ersetzen – die Leber zählte zu den wenigen Ausnahmen. Ihre Funktionen waren zu heikel, um sie problemlos zu replizieren.

„Fürs Erste hat man dich an einen Lebenserhaltungsgürtel angeschlossen, so ähnlich wie Lord Vaders Anzug, aber du brauchst ihn nur um deinen Bauch herum zu tragen. Du wirst dich einer intensiven Bacta-Therapie unterziehen müssen. Es kann Monate dauern, um eine Leber nachwachsen zu lassen, bis zu einem Jahr sogar, aber es ist möglich." Er versuchte, aufmunternd zu lächeln. „Ich überlasse es dann dir, wie du monatelang Urlaub nehmen willst, ohne dir einen Verweis dafür einzuhandeln."

Ciena schluckte, doch ihr Mund und ihre Kehle waren zu trocken. „Was geschieht mit der Flotte?"

Nashs Lächeln verschwand augenblicklich. „Der Todesstern wurde zerstört. Imperator Palpatine, Lord Vader und Moff Jerjerrod sind alle umgekommen – wie auch Berisse." Beim Namen ihrer gemeinsamen Freundin geriet er ins Stocken. „Die Rebellion lässt per Massenkommunikation verkünden, dass sie jetzt die Macht in der Galaxis sind. Die Imperiale Flotte formiert sich neu, um den nächsten Angriff zu planen und den neuen Imperator zu ernennen."

„Einen neuen Imperator?"

„Du kannst dir ja vorstellen, wie jetzt nach der Macht gegriffen wird. Zivile Unruhen in der ganzen Galaxis, selbst auf Coruscant. Aber der Stärkste wird siegen, und wir werden den Anführer haben, den wir in diesen schwierigen Zeiten brauchen."

Der bösartigste und skrupelloseste Moff oder Admiral wird die Macht ergreifen. Wir werden keinen besseren Imperator haben, der uns auf den richtigen Weg führen könnte. Stattdessen werden wir noch tiefer im Morast versinken.

„Wein doch nicht", sagte Nash. „Du bist müde. Ich sollte dich nicht um deine Kraft bringen, indem ich dich zum Reden zwinge. Schlaf wieder ein. Du brauchst Ruhe."

Ciena drehte ihren Kopf ins Kissen, anstatt sich zu verabschieden.

Dass sie erneut bewusstlos geworden war, merkte sie erst, als sie wieder wach wurde. Der gedämpften Beleuchtung und der geringen Anzahl menschlichen Personals ringsum nach zu urteilen, herrschte auf der Krankenstation Nachtbetrieb. Der Lebenserhaltungsgürtel um ihre Hüfte fühlte sich schwer und steif an, und die Verbindungsanschlüsse stachen wie Nadeln in ihren Bauch. Wahrscheinlich würden sie so lange wehtun, wie sie das Ding tragen musste. Ciena hob eine Hand, und ein Droide rollte prompt mit etwas Wasser an ihre Seite.

Nachdem sie an dem Schlauch genippt hatte, sagte sie: „Als meine Rüstung abgenommen wurde ... ich hatte einen kleinen Beutel ... mit einem Lederarmband darin ... geflochten ..."

„Die Gegenstände wurden vernichtet", sagte der Droide. Es handelte sich um eines der Modelle ohne Augen. „Sie entsprachen nicht den Vorschriften."

Es verstößt nicht gegen die Vorschriften, etwas in der Tasche zu tragen!, wollte sie protestieren. Aber sie schwieg. Erst jetzt wurde ihr bewusst, dass das Armband ihr einziger wortloser Trotz gegen das Imperium gewesen war – ihr Mittel, mit dem sie sich geweigert hatte, gänzlich zum imperialen Geschöpf zu werden. Jetzt hatten sie ihr das weggenommen. Mehr noch, sie hatten Wynnets Fenster zum Universum geschlossen. Ciena lebte ihr Leben nicht länger für ihre Schwester – Wynnet war für immer ins Dunkel gestürzt.

Ciena hatte kein Vertrauen ins Imperium, keine Loyalität mehr, keine Freunde, und sie besaß nichts, was sie noch mit ihrer Heimatwelt verbunden hätte. Die Galaxis rutschte wieder ab in Chaos und Anarchie. Und sie würde Thane nie wiedersehen. Sie konnte nur noch daliegen, hilflos, während Maschinen sie über qualvolle Monate hinweg wieder fit machten für den Dienst in einer Militärmacht, zu der sie nicht mehr gehören wollte.

Sie schloss die Augen und glitt in den sonderbaren Raum zwischen Fantasie und Traum. Im Geiste landete sie noch einmal ihren TIE-Jäger, aber diesmal hielt sie auf das Deck zu. Wenn sie hart genug aufschlug, würde ihr Schiff explodieren und sie könnte aufhören, sich zu sorgen und Schmerzen zu leiden. Sie könnte einfach aufhören zu existieren.

26. KAPITEL

Während einer „Freistellung aus medizinischen Gründen" wurde absolut nichts von imperialen Offizieren verlangt – in erster Linie deshalb nicht, weil Offiziere, deren Genesungsprozess länger dauerte, oft für dienstuntauglich erklärt wurden. Gerüchteweise behandelten die Medi-Droiden außerdem diejenigen zuletzt, die sich schwere und nur langsam heilende Verletzungen zugezogen hatten, um ihre Ressourcen besser auf jene zu verwenden, die dem Imperium schneller wieder dienen konnten.

Ciena befand sich nun also in dieser besonderen Lage, für mehrere Monate aus medizinischen Gründen vom Dienst freigestellt zu sein und keine Pflichten zu haben. Auf die Raumstation *Zorn* hatte man sie verlegt, weil dort Platz war für eine Person, für die man absolut keine Verwendung hatte. Nash hatte sie aufgezogen, weil sie nun die Gelegenheit hatte, haufenweise Holo-Romane zu lesen oder alte Gewürzwelt-Serien zu gucken, aber Ciena wollte nicht so viel Freizeit haben. Ohne Beschäftigung sah sie sich nur zum Nachdenken gezwungen.

Zumindest durfte sie sich einer Bacta-Therapie unterziehen. Täglich versenkte man sie für wenigstens zwei Stunden in dem zähflüssigen Zeug, bisweilen auch länger. Vorab verabreichte man ihr stets Sedative, um der Klaustrophobie vorzubeugen, die Bacta-Patienten manchmal so in Panik geraten ließ, dass sie sich selbst neue Verletzungen zufügten. Ciena freute sich immer auf den Moment, in dem man ihr den elenden Lebenserhaltungsgürtel abnahm. Noch besser gefiel es ihr, wenn die Nadel in ihren Arm glitt und die durch die Sedative ausgelöste Dunkelheit über sie kam. Manchmal dauerte die Benommenheit danach noch Stunden an.

In den kurzen Phasen, in denen sie wach und bei Kräften war, bestand sie allerdings darauf zu arbeiten. Dienst auf der Brücke kam natürlich nicht infrage, genauso wenig wie Fliegen. Ciena meldete sich daher freiwillig für eine der unschönsten und schwierigsten Aufgaben, vor der die Imperiale Flotte nach der Schlacht von Endor stand – für Ciena war es jedoch einer der wenigen Jobs, die ihr nichts ausmachten. Ihre Aufgabe bestand darin, zu bestätigen, welche imperialen Offiziere noch lebten oder tot waren, herauszufinden, wo sich die Überlebenden aufhielten, und die Familienangehörigen der Toten zu benachrichtigen.

(Diesen Benachrichtigungen sollte sie eigentlich die geringste Priorität einräumen. Aber Ciena verwendete weit mehr Zeit darauf, sich an die betroffenen Familien zu wenden, als nach verschwundenen Überlebenden zu suchen, die desertiert sein mochten. Mittels verwickelter Dokumentation der Vorgänge und einem hohen Maß an Vorsicht gelang es ihr zu verhindern, dass auch nur einer von denen aufgespürt wurde.)

Nach dem Tod des Imperators stürzte die Galaxis in ein noch größeres Chaos, als Ciena es für möglich gehalten hatte. Coruscant blieb in Aufruhr. Großwesir Mas Amedda versuchte, das Imperium zusammenzuhalten, während andere Kräfte es auseinanderzureißen trachteten. Dem Sammeln und Bestätigen persönlicher Informationen räumte man in diesem Durcheinander keinen hohen Stellenwert ein. So konnten sich die Sternenzerstörer nur ihrer eigenen Unterlagen bedienen, und selbst nachdem diese Informationen erfasst und aktualisiert waren, ergab sich ein bestenfalls grobes Bild.

Komplizierter wurde die Situation dadurch, dass weder Ciena noch sonst ein imperialer Offizier sicher sein konnte, wem er nun eigentlich diente. Ein neuer Imperator wurde so oft ausgerufen, dass es inzwischen bedeutungslos geworden war. Niemand schien in der Lage zu sein, die Macht zu festigen. Die Propaganda-Holos sprachen bereits von „Scharmützeln" und „Meuterei". Die Wahrheit war, dass potenzielle Imperatoren die imperialen

Soldaten zwangen, gegeneinander zu kämpfen und ihr Blut nicht im Dienste von Recht und Ordnung zu vergießen, sondern für die politischen Ambitionen eines einzelnen Mannes. Sie schienen willens zu sein, das Imperium in Stücke zu reißen, ehe sie ihre eigene Stellung aufgaben, dachte Ciena voller Verachtung. Der Anoat-Sektor war schon völlig abgeschnitten. Welche Planeten mochten als Nächstes fallen?

Was die Rebellen anging, die hatten ihre Autorität auf eigenen Welten etabliert. Die Berichte, die darüber auftauchten, schienen so sonnig, dass Ciena auch sie für Propaganda hielt, die eben einfach nur von der anderen Seite kam.

Wenigstens gibt es jetzt ganze Systeme, in denen Thane in Sicherheit ist, dachte sie manchmal. *Er ist kein Gejagter mehr.* Ob er noch bei der Rebellen-Armada war? Ciena war sich dessen nicht sicher. Das hing davon ab, ob er beschlossen hatte, dieser „Neuen Republik" so sehr zu vertrauen, wie er der Rebellion vertraut hatte.

Und ob er in der Schlacht von Endor gestorben war.

Die Rebellen mochten an jenem Tag gewonnen haben, aber sie hatten auch schreckliche Verluste hinnehmen müssen. Ciena glaubte – unvernünftigerweise zwar, aber auch unerschütterlich –, dass sie Thane im Kampfgewühl erkannt hätte. Wusste sie denn nicht genau, wie er flog? War sein Flugstil nicht so einzigartig wie ein Fingerabdruck oder ein genetischer Code?

Aber selbst wenn dem so war, hieß es nur, dass sie Thane nicht selbst getötet hatte.

Jeder andere TIE-Pilot hätte ihn töten können. Oder er hätte zu dicht an einen der Sternenkreuzer herangeflogen sein können, wenn der Laser des Todessterns traf. Vielleicht hatte er zu den Piloten gehört, die in die Station hineingeflogen waren und drinnen an den Metallgerüsten zerschellt waren.

Denk nicht darüber nach, sagte sie sich, während sie an ihrem tragbaren Datenterminal saß, den Rücken durch einen medizinischen Spezialstuhl gestützt. In dieser Haltung war der Zangengriff des Lebenserhaltungsgürtels, der die Funktion ihrer immer noch verheilenden Leber übernahm, besser zu ertragen. *Du musst daran glauben, dass er irgendwo noch am Leben ist. Wenn du schon in sonst nichts mehr Vertrauen haben kannst, dann glaube wenigstens noch an Thane.* Und doch hatte sie manchmal das Gefühl, dass er tot sein musste. Die Galaxis konnte sich nur dann so leer, so sinnlos anfühlen, wenn er nicht mehr da war.

Also vergrub sie sich in ihre Arbeit, entwirrte geduldig jeden bürokratischen Knoten, lokalisierte und rettete gestrandete Schiffe und abgeschnittene Garnisonen und half Familien, um ihre Toten zu trauern. Auf diese bescheidene Weise konnte sie in all dem Chaos ein gewisses Maß an Recht und Ordnung aufrechterhalten. Ansonsten schien es nichts zu geben, was sich zu tun lohnte. Ihre einzigen Annehmlichkeiten waren die Betäubung des Bacta-Tanks und Schlaf. Alles andere konnte Ciena mitunter tagelang ignorieren.

Dann wochenlang.

Dann monatelang.

Thane hatte nicht damit gerechnet, dass das Imperium über Nacht zusammenbrechen würde. Einige der siegestrunkenen Optimisten um ihn herum waren am Morgen nach der Vernichtung des Todessterns aufgewacht und hatten davon geredet, dass sie nun endlich in einer befreiten Galaxis lebten, freie Luft atmeten und dergleichen Unsinn. Er hatte seinen X-Flügler zusammengeflickt und auf den unvermeidlichen Ruf zur nächsten Schlacht gewartet.

Er hatte allerdings auch nicht damit gerechnet, fast ein Jahr nach der Schlacht von Endor noch in einem richtigen Krieg zu kämpfen.

„Achtung! Feindfeuer!", rief Yendor über Funk. Thane zog seinen X-Flügler herum und sah eine weitere Phalanx von TIE-Jägern über die Klippen von Naboo hinweg auf sie zurasen. Das mussten die letzten Nachzügler der Angriffstruppe sein, die gestern auf den Planeten herabgestoßen war. Zum Glück hatte die Flotte der Neuen Republik einen Tipp von Überläufern erhalten – als die imperialen Schiffe aus dem Hyperraum kamen, hatten Thanes Staffel und mehrere Dutzend weiterer Sternenjäger auf sie gewartet. Seitdem erledigte er sie einen nach dem anderen, so wie er es auch jetzt wieder tat. Er feuerte auch dann noch, als sein Schiff seitwärts durch die Luft schnitt, und der Anblick dreier explodierender TIE-Jäger bereitete ihm eine grimmige Befriedigung.

Die Kollegen der Corona-Staffel kümmerten sich um den Rest. Der Planet war jetzt gesichert oder wenigstens so gut wie. Kendy fing sich einen Treffer am Steuerbordflügel ein, konnte ihren Sternenjäger aber zusammen mit den anderen sanft auf dem breiten Pavillon vor dem königlichen Palast von Theed landen. Fluchend sprang Kendy aus ihrem Cockpit, die anderen lachten. „Komm schon", sagte Thane. „Du hast schon schlimmere Treffer hinter dir."

„Ja, und ich hab's satt!" Sie schnappte sich ihr Werkzeug und machte sich an die Arbeit.

Die anderen konnten einen Moment lang durchatmen. Die Corona-Staffel hatte sich verändert – die Contessa war auf ihre Heimatwelt zurückgekehrt, um sich zur Präsidentschaftswahl zu stellen. (Die anderen hatten alle versprochen, zu ihrer Amtseinführung zu kommen, falls sie gewann.) Yendor hatte die Führung der Corona-Staffel übernommen, und zwei neue Piloten waren zu ihnen gestoßen – ein Frischling von Nea Dajanam, der andere ein Vertriebener von Coruscant. Thane mochte sie beide, und es gefiel ihm, wie das Team zusammenstand. Er lehnte sich an sein Schiff und genoss die Wärme der Sonne auf seinem Gesicht. Friedliche Momente wie diesen gab es viel zu selten.

Naboo war Palpatines Heimatwelt gewesen. Dadurch war der Planet zu einem Sammelpunkt für imperiale Sympathisanten geworden. Abgesehen von seiner symbolischen Bedeutung war Naboo eine wohlhabende Welt im Mittleren Rand, die Wirtschaft und die Umwelt waren in sehr viel besserer Verfassung als auf den meisten anderen Planeten, die unter imperialer Herrschaft gestanden hatten. Und so war Naboo eine der meist umkämpften Welten in der ganzen Galaxis.

Dreimal hatte das Imperium inzwischen Invasionstruppen geschickt. Dreimal waren sie zurückgeschlagen worden. Thane fragte sich, wie lange es dauern würde, bis sie zum vierten Mal anrückten.

„Hey", sagte Yendor, während er JJH2 vom Schiff herunterhalf. „Ein paar von uns wollen heute Abend nach Otoh Gunga gehen – vorausgesetzt wir werden nicht noch mal alarmiert. Da soll es eine Nachspeise geben, die mindestens vier Hominiden satt macht. Es heißt, sie zergeht im Mund und bringt dich schnurstracks ins Zuckerkoma. Lust drauf?"

„Nein danke", antwortete Thane, aber mit einem Lächeln. Seine Freunde gaben sich alle Mühe, sich um ihn zu kümmern, aber manche Dinge musste man einfach allein hinter sich bringen. „Habt viel Spaß. Ich übernehme die Nachtwache im Hangar."

Yendor schüttelte den Kopf, sein langer blauer Lekku schwang bei der Bewegung, aber er ging ohne ein weiteres Wort davon.

Auf Jelucan gab es ganz spezielle Trauerrituale. Im Volk der Täler jedenfalls. Ciena hatte Thane davon erzählt, und er wusste nicht, ob er alle Einzelheiten korrekt in Erinnerung hatte, aber er versuchte sein Bestes. (Jelucan stand nach wie vor unter imperialer Kontrolle, weshalb Thane nicht Paron Ree um Rat fragen oder ihm auch nur sein Beileid aussprechen konnte.) Thane wollte sich ein Armband flechten und es tragen, damit Ciena durch seine Augen sehen konnte, aber sie hatte ihm erklärt, dass diese Ehre der Familie vorbehalten war. An die Rituale für Freunde erinnerte er sich zwar nur vage, aber auch sie schienen aufwendig zu sein und ein ganzes Jahr lang zu währen. Er hatte sich ein Tuch um den Oberarm gebunden, das er nicht ablegen würde, bevor das Jahr herum war. Nach sechs Monaten hatte er das traditionelle Mahl aus Wein und Brot bereitet, das man über Nacht für die Geister hinausstellte. Er hoffte, dass es kein besonderes Brot sein musste oder irgendein bestimmter Wein. Er hatte das Beste aus dem gemacht, was ihm zur Verfügung stand. Soweit Thane es verstand, musste er nicht allen Freizeitbeschäftigungen entsagen, doch verlangte das Ritual von ihm, dass er wöchentlich mehrere Stunden lang meditierte.

Schön, er verstand sich nicht besonders gut auf diese Meditiererei, aber er gab sich Mühe.

Große symbolische Gesten waren für gewöhnlich nicht Thanes Sache – aber nach Endor hatte er etwas gebraucht, um sich irgendwie zu erden, und er hatte keine Ahnung gehabt, wo er anfangen sollte. In seiner Verzweiflung hatte er Ciena in den Ritualen ihres Volkes gesucht. Und zu seiner Überraschung fand er die Erfahrung heilsam.

Er trauerte um jeden, den er verloren hatte – Smikes, Dak Ralter, die freundlichen Mon Calamari auf der *Liberty*, zahllose weitere Piloten, die er gekannt hatte … und um Jude Edivon und andere Kadetten, die er auf der Akademie gekannt hatte und die auf einem der Todessterne oder in anderen Schlachten gestorben waren. Das Imperium mochte verlangt haben, dass sie ihre Seele opferten, aber irgendwann war der Großteil dieser Leute nicht schlimmer gewesen als alle anderen. Alles, was an Gutem in ihnen war, hatten sie an das Imperium und den Krieg verloren. Und das war ganz gewiss zu betrauern.

Die Meditation hatte Thane noch etwas anderes vor Augen geführt, er hatte eine Einsicht erlangt, die er nicht erwartet hatte – die Neue Republik war den Kampf in der Tat wert gewesen.

Sicher, der Übergang war holprig gewesen, und da der Krieg noch andauerte, konnten Mon Mothma, Prinzessin Leia Organa, Sondiv Sella und andere Führungskräfte keine absolute Stabilität herstellen. Doch der provisorische Galaktische Senat bestand nur aus Vertretern, die das Volk gewählt hatte, und die ersten Gesetze, die erlassen wurden, behoben zumindest die ärgsten Missstände, die das Imperium hinterlassen hatte. Selbst das Gezänk um neue Holos über die Vor- und Nachteile eines jeden neuen Vorhabens war wunderbar, denn es bedeutete, dass man seine Meinung frei äußern durfte, ohne imperiale Repressalien fürchten zu müssen. Ressourcen gingen nicht mehr nur ans Militär, groß angelegte Säuberungen umweltverschmutzter Planeten waren bereits angelaufen, ebenso wie die Reparationen für die Völker, die unter der imperialen Herrschaft versklavt worden waren. (Lohgarra sagte, sie werde ihren Anteil auf neue Maschinen für die *Mighty Oak Apocalypse* verwenden.) Mochte auch noch lange nicht alles perfekt sein, die Galaxis nahm nun Kurs auf Gerechtigkeit und vielleicht auch, eines Tages wenigstens, Frieden.

Thane hatte sich bislang nie als Idealist versucht, aber er hatte das Gefühl, Gefallen daran zu finden.

Während er sich auf eine lange Nacht im Hangar einrichtete, schlenderte Kendy von ihrem X-Flügler herüber. „Na, hast du's hingekriegt?", erkundigte sich Thane.

„So ziemlich. Ich brauch erst noch eine Louar-Klammer, aber ich kann mir morgen eine von Yendor leihen." Sie lehnte sich an die Wand, die Arme verschränkt. Ihr dunkelgrünes Haar floss ungebändigt über ihre Schultern. „Und du? Bleibst du heute Nacht hier?"

„Wie üblich."

„Du wirst hier stundenlang allein sein."

„Ja, stimmt. Ich werde mit einem guten Holo-Roman auf diesem bequemen Stuhl sitzen, unter einem der schönsten Himmel, die ich je gesehen habe, auf einer Welt, wo die Luft noch sauber ist und die Vögel noch singen. Niemand wird auch nur einen Blasterschuss auf mich abfeuern. Nach jahrelangem Krieg entspricht eine friedliche Nacht wie diese meiner Definition von Vergnügen."

„Ach, übrigens, herzlichen Glückwunsch zum achtzigsten Geburtstag!"

„Komm schon." Thane musste grinsen. „Du musst doch zugeben, dass ich nicht unrecht habe."

Kendy lachte. „Schon. Es ist nur … komisch zu sehen, dass gerade du auf einmal so mystisch und spirituell drauf bist."

„Bin ich doch gar nicht." Viele der Rituale hatten sich für ihn seltsam und falsch angefühlt. Trotzdem glaubte Thane, dass er durch den bloßen Versuch etwas erreicht hatte. „Das ist einfach etwas, das ich tun muss."

„Das versteh ich schon. Aber beantwortest du mir eine Frage?" Thane nickte, und sie fuhr fort: „Wie lange wirst du das noch tragen?"

Sie zeigte auf den blauen Stoffstreifen, der immer noch um seinen rechten Oberarm gebunden war. Das war die jelucanische Farbe der Trauer – der Ton des Himmels, in dem sie ihre Toten begruben.

„Wenn ich den Streifen ein Jahr lang getragen habe", erklärte Thane, „werde ich ihn abnehmen."

„Es sind nur noch ein paar Wochen bis zum Jahrestag der Schlacht von Endor. Wirst du dann endlich über Cienas Tod hinweg sein?"

Sie hatte gar nichts verstanden. „Nein. Das ist der Tag, an dem ich mit den Trauerritualen aufhören werde. Aber über Cienas Tod bin ich nicht hinweg. Darüber werde ich nie hinwegkommen."

„Das ist ... melodramatischer, als ich es von dir erwartet hätte, Thane Kyrell."

Er zuckte mit den Schultern. „Das ist nicht melodramatisch. Das ist die Wahrheit." Wie konnte er ihr das nur klarmachen? Bedächtig sagte er: „Was wir füreinander waren ... als ich Ciena verlor, da verlor ich auch ein Stück von mir selbst. Darüber kommt man nicht hinweg. Die leere Stelle, wo vorher sie war, werde ich immer spüren."

Ciena zuckte zusammen und hielt sich die Hand an den Bauch. Die Medi-Droiden hatten sie endlich für voll diensttauglich erklärt, aber der Schmerz lauerte noch immer. Vielleicht würde er das immer tun.

Sie richtete sich auf und strich ihre Jacke glatt. Als sie neue Uniformen angefordert hatte, hatte sie dieselbe Größe bestellt, die sie immer getragen hatte. Doch jetzt schlotterte die Kleidung ein wenig um ihren Körper. Sie hatte im zurückliegenden Jahr zu viel Gewicht verloren. Wenigstens die Mütze passte.

Laut ihrem Dienstplan sollte sie sich als Erstes bei Großmoff Randd auf der Hauptbrücke der *Zorn* melden. Ciena konnte nur vermuten, dass er sie bezüglich ihrer neuen Aufgaben briefen würde. Auch wenn man als Commander seine Befehle für gewöhnlich nicht von jemandem erhielt, der so einen hohen Rang wie den eines Großmoffs bekleidete. Andererseits galten die alten Protokolle heute alle nicht mehr viel. Sie konnte nichts als gegeben annehmen.

Ciena ging in Richtung Brücke, wartete bis zwei Minuten vor ihrer angesetzten Ankunftszeit, dann trat sie ein. Spitzenoffiziere mochten es, wenn man früh dran war, aber nicht *zu* früh. Die Brücke der *Zorn* unterschied sich von der eines Sternenzerstörers – anstatt in Datengräben waren mehr Offiziere an langen Stationsbänken platziert, die den großen achteckigen Raum säumten. Keine Fenster erlaubten einen Blick auf Ponemah, die Welt, um die sie kreisten. Nach fast einem Jahr auf der Raumstation wusste Ciena immer noch nichts über diesen Planeten, nicht einmal, wie er vom All aus aussah. Den einzigen Ausblick bot die gewaltige transparente Kuppel über ihnen, durch die man das endlose Feld der Sterne sah. Ein paar Dinge waren ihr jedoch vertraut, wie etwa das düsterrote Leuchten der Lichter auf Bodenhöhe, die Metallgitterböden und das Gefühl von Anspannung, das an Furcht grenzte. Nichts davon empfand sie als behaglich.

Großmoff Randd stand am anderen Ende der Brücke, seinen Rang sah man ihm allein an seiner steifen, stattlichen Haltung an. Er erläuterte einigen anderen Offizieren gerade Schlachtpläne, die auf einem zweidimensionalen Schirm an einer der kürzeren Wände dargestellt wurden. Ciena ging davon aus, dass sie in Habtachstellung hinter ihm warten würde, bis er sie zur Kenntnis nahm – doch als sie sich näherte, rief jemand: „Commander Ciena Ree auf der Brücke, Sir."

Randd drehte sich um – wie buchstäblich auch alle anderen im Raum. Cienas Augen wurden groß, als sie Nash entdeckte, der fast wie früher lächelte. Warum war er hier? Warum hatten all diese Leute in ihrem Tun innegehalten und waren aufgestanden?

„Ah, Commander Ree." Randd lächelte. „Endlich zurück im aktiven Dienst."

„Ja, Sir." Cienas Miene verriet nichts von der Verwirrung, die sie empfand. Ihr Herz hämmerte allerdings wie verrückt, während sie sich fragte, ob es sich hier um irgendeine Art von Falle handelte. Vielleicht hatte man ihr mangelndes Vertrauen in das Imperium irgendwie bemerkt und wollte ein Exempel an ihr statuieren ...

„Hören Sie mir alle zu", wandte sich Randd an die im Raum Versammelten. „Ree hat tapfer in der Schlacht von Endor gekämpft und beinah ihr eigenes Leben geopfert in unserem Bemühen, Imperator Palpatine zu retten. Während ihrer langen Genesung hätte ihr niemand verübeln können, hätte sie sich die Ruhe gegönnt, die sie brauchte. Stattdessen übernahm Ree die schwierigsten und kompliziertesten Aufgaben, die dazu beitrugen, die Ordnung in der Imperialen Flotte wiederherzustellen. Während andere zu ihrem eigenen Nutzen intrigierten, teilte sie Informationen, ohne im Gegenzug je um besondere Gefälligkeiten zu bitten."

Das war nichts Heroisches. Das war das bloße Minimum, das die Pflicht verlangte. Hatten alle anderen in der Imperialen Flotte ihre Verantwortung gegenüber ihren Offizierskollegen völlig aufgegeben? Trotz ihrer Ernüchterung konnte sich Ciena der Verachtung nicht erwehren, die sie für jene empfand, die sich aus herzlosem Ehrgeiz oder Feigheit vor ihrer Verantwortung gedrückt hatten.

„In diesen Zeiten haben sich nur wenige ihres Ranges als würdig erwiesen. Sie gehören zu diesen wenigen, Ree." Randd trat auf den Schirm zu und ergänzte: „Zweifellos erwarten Sie, dass ich Sie über Ihre neue Aufgabe informiere. Nun, hier ist sie."

Auf dem Bildschirm hinter ihm verschwanden die Schlachtpläne und wurden durch das Bild eines Sternenzerstörers ersetzt – eine Schrifteinblendung identifizierte das Schiff als die *Inflictor*.

Randd sagte: „Hiermit präsentiere ich Ihnen Ihr erstes Kommando, Captain Ree."

Applaus brach auf der Brücke aus, und Nash jubelte sogar. Sie hielt sich die Hand vor den Mund, war zu überrascht, um zu entscheiden, wie sie reagieren sollte.

Cienas erster Gedanke war der wahrhaftigste: *Die Imperiale Flotte ist in schlimmerer Verfassung, als ich dachte.*

Ihre Leistung mochte ja vorbildlich gewesen sein, trotzdem – unter normalen Umständen hätte man einen so jungen Offizier wie sie niemals für das Kommando über einen Sternenzerstörer in Betracht gezogen. Auch wenn sie zum Captain befördert worden war, hätte man ihr kein solches Schiff geben sollen. *Die Machtspiele und Umsturzversuche haben die Reihen ausgedünnt. Alle anderen, die im geeigneten Dienstalter gewesen wären, sind entweder desertiert oder haben sich einer der Splitterflotten angeschlossen – oder sie wurden eliminiert.*

Tief in ihr wollte der Teil von Cienas Seele, der sich ihrer alten Liebe für das Imperium erinnerte, stolz sein auf das, was ihr hier widerfuhr. *Noch keine fünfundzwanzig und schon zum Captain befördert! Kommandantin eines Sternenzerstörers!* Das waren Ehren, von denen sie nicht einmal zu träumen gewagt hatte, als sie noch eine idealistische Kadettin gewesen war.

Nun hingegen war die Beförderung nur eine weitere Bürde, die sie zu tragen hatte. „Sir", brachte Ciena hervor. „Danke, Sir!"

Großmoff Randd schien zufrieden zu sein mit seiner kleinen Show. Er sah darin zweifellos eine Gelegenheit, seinen Untergebenen zu zeigen, dass alles möglich war, wenn sie nur loyal waren und hart arbeiteten. Früher einmal hatte sie das auch geglaubt. Was war sie doch für eine Närrin gewesen!

Benommen folgte sie der Prozession hinunter in die Landebucht, wo sie ihr neues Kommando übernehmen würde. Randd redete die ganze Zeit über weiter. „Commander Brisney wird Ihr ISB-Offizier sein, die Schiffssysteme stehen unter der Obhut von Commander Erisher, und was Ihren Flugkommandanten angeht, nun, ich denke, Commander Windrider kennen Sie bereits."

Sie wandte den Kopf. Nash ging hinter ihr her. Er strahlte immer noch. Erst jetzt fiel ihr sein neues Rangabzeichen auf. Ihres wartete sicher schon auf der Brücke der *Inflictor.*

„Herzlichen Glückwunsch, Ciena", sagte er. „Ich habe kaum noch etwas von dir gehört, seit ich auf der *Subjugator* ausschiffte."

„Es tut mir leid, ich ..."

„Sei nicht albern. Das verstehe ich doch total. Angesichts der Tortur deiner Genesung und all der Arbeit, die du geleistet hast, wundert es mich, dass du auch nur Zeit zum Schlafen gefunden hast." Nash zeigte keinerlei Anzeichen von Neid oder Misstrauen. Vielleicht war er sogar über seine Schwärmerei für sie hinweggekommen in den zehn Monaten, in denen sie sich nicht gesehen hatten. In gewisser Weise war sein argloses Vertrauen noch schwerer zu ertragen. „Ich wollte nur sagen, dass ich mich darauf freue, dich wieder regelmäßig zu sehen."

„Jeden Tag", erwiderte Ciena mit ausdrucksloser Miene.

Nach einer weiteren kurzen Zeremonie auf der Brücke der *Inflictor* befestigte Ciena ihr neues Rangabzeichen an ihrer Uniform und ging mit Großmoff Randd in den Besprechungsraum, wohin er sie zu einer geheimen Konferenz gebeten hatte. Sobald sie Platz genommen hatten, verschwand Randds Lächeln. Übrig blieb nur der kühle Taktiker.

„Wir stehen vor einer großen Auseinandersetzung mit den Rebellen", sagte er. „Wir setzen einen beträchtlichen Teil der Flotte ein, und wenn die verdammte Rebellion eine Chance haben will, diesen Sektor zu behalten, dann müssen sie das Gleiche tun. Das wird voraussichtlich die größte Schlacht seit Endor." Sein langer Finger stach nach einer Kontrolltaste, und über dem Holo-Projektor schwebte ein Planet in Braun, Rostrot und Gold. „Hier haben wir die Wüstenwelt Jakku – an sich wertlos, aber in die Geschichte wird sie schon bald eingehen als die Stätte, an der das Imperium die Rebellion ein für alle Mal bezwungen hat."

Vielleicht, ja. Vielleicht würden aber auch sie geschlagen davonhumpeln. Ciena wusste es nicht, und es war ihr auch egal. Sie begriff nur, dass sie trotz ihrer Desillusionierung hinsichtlich des Imperiums kämpfen musste. Die Alternative wäre, sich den Rebellen zu ergeben, und sie konnte sich vorstellen, wie die mit gefangenen Feinden umsprangen. Und wäre sie von ihrem Posten als Kommandantin eines Sternenzerstörers desertiert, dann wusste nur die Macht allein, was aus ihrer Familie werden würde – vor allem aus ihrer Mutter, die immer noch ihre Verurteilung zur Zwangsarbeit abbüßte. Während ihrer Genesung hatte Ciena kaum Gelegenheit gehabt, über eine Flucht nachzudenken, und jetzt war es zu spät. Es gab keinen Ausweg für sie, nicht mehr.

Alles, wofür Ciena ihr Leben lang gearbeitet hatte, war Lug und Trug. Und nun würde sie diesen Krieg nur deshalb weiterführen, weil sie keine andere Wahl hatte.

Jakku, dachte sie, betrachtete die Welt und malte sich die bevorstehende Schlacht aus. *So sei es denn ...*

27. KAPITEL

Die Vorstellung, ohne seinen X-Flügler in die Schlacht zu ziehen, gefiel Thane nicht. Doch General Rieekan hatte darauf bestanden.

„Wir brauchen Leute wie Sie und Leutnant Idele, die früher auf imperialen Schiffen gedient haben", sagte Rieekan, als Thane, Kendy und weitere Soldaten an Bord eines Transporters gingen. „Die Sache ist ganz einfach – wir brauchen mehr Schiffe, und wir brauchen sie schneller, als sie gebaut werden können, zumal solange sich die großen Montageanlagen noch in der Hand des Imperiums befinden. Wir haben also nur eine Möglichkeit, diese Schiffe zu bekommen – wir müssen sie dem Imperium abjagen."

Thane schaffte es, höflich darauf zu antworten, nicht mit dem Spott, den die Idee eigentlich verdiente: „Sir, bei allem Respekt, niemand hat jemals einen Sternenzerstörer erbeutet. Und sagen Sie nicht, das läge nur daran, weil es noch nie jemand versucht hat. Ja, vor Urzeiten ist es uns einmal gelungen, über Mustafar den Zerstörer eines Gouverneurs auszuschalten, aber seitdem haben die Imperialen ihre Verteidigungsmaßnahmen gegen Eindringlinge verstärkt. Heutzutage sind Sternenzerstörer so gut wie unverwundbar."

„Die heutigen Besatzungen sind nicht mehr so zäh wie früher", hielt Rieekan dagegen. „Wir haben in anderen Schlachten schon erlebt, dass Schiffe bis hin zur Größe von Angriffskreuzern die Seiten wechselten, oder nicht?"

„Auf diesen Schiffen bestanden die Besatzungen aus Tausenden von Mitgliedern. Nicht aus Zehntausenden."

„Wir brauchen nur so viel Sympathisanten, dass es reicht, die Systeme abzuschalten. Und nur ehemalige imperiale Offiziere wie

Sie und Idele können uns zu den empfindlichsten Bereichen führen."

Widerwillig sah Thane ein, dass Rieekan recht hatte. Wenn sie eine der Hilfsbrücken unter die Kontrolle der Neuen Republik bringen konnten, dazu noch den Maschinenraum und ein paar der Geschütze, dann musste es ihnen möglich sein, einen Sternenzerstörer effektiv lahmzulegen. Um das Schiff tatsächlich zu erobern, würde es eines intensiven Kampfes an Bord bedürfen, der Tage, wenn nicht sogar Wochen dauern konnte – aber machbar war es.

Es war riskant. *Sehr* riskant. Aber machbar.

„Ich komm mir hier drinnen so eingepfercht vor", grummelte Kendy, als sie ihre Plätze im Schiffsraum einnahmen und sich auf den schmalen Sitzen festschnallten, die eher denen eines Hoverbikes entsprachen, aber nicht wirklich für eine Reise durchs All taugten. „Wir können nicht einmal aufs Kampfgeschehen hinausschauen."

Thane fand es auch äußerst seltsam, auf die flachen beigefarbenen Wände des Truppentransporters zu blicken, anstatt in die Weite des Alls, und nicht das Summen seiner Triebwerke und das Kreischen seiner Waffen zu hören, sondern nur das Murmeln anderer nervöser Soldaten. „Vielleicht ist es besser so", sagte er, obwohl er es nicht glaubte. „So können wir uns darauf konzentrieren, den Zerstörer zu entern."

Kendy lehnte sich zu ihm herüber und warf einen Blick in die Runde, um sich zu überzeugen, dass niemand mithören konnte, bevor sie sprach. „Keiner von uns war je auf einem Sternenzerstörer stationiert. Ich war nur dreimal überhaupt auf einem und nie länger als einen Tag."

„Wir haben auf der Akademie die Schaubilder studiert", erwiderte er so zuversichtlich, wie er konnte. „Wir erinnern uns beide an die wichtigsten Informationen, insbesondere die inneren Verteidigungsmaßnahmen. Das reicht doch."

Sie seufzte. „Möge die Macht mit uns sein."

Immerzu die Macht. Obgleich Thane ein Jahr lang meditiert

hatte, war er nicht überzeugt, dass es irgendeine allgewaltige Macht gab, die hinter den Geschehnissen in der Galaxis steckte. Egal, sollte Kendy ihren Mut hernehmen, wo immer sie ihn fand.

Vielleicht wäre ihm nicht so unbehaglich zumute gewesen, wäre ihm irgendein Aspekt der Mission vertraut gewesen, aber das war nicht der Fall. Ohne seinen X-Flügler zu sein, war bei Weitem das Schlimmste. Er hätte sich sicherer gefühlt, wenn er TIE-Jäger abgeschossen hätte, anstatt ins Zentrum eines Sternenzerstörers vordringen zu müssen. Aber auch kleinere Details machten ihm zu schaffen. Statt seines robusten Vollschutzhelms trug er nur einen kleinen, der lediglich von einem unangenehmen schwarzen Kinnriemen gehalten wurde. Anstelle seines orangefarbenen Fliegeranzugs hatte er eine schlichte Uniform aus Hose, Hemd und Weste an, die eher an Freizeitkleidung erinnerte als an eine Kampfmontur. Und um den Arm hatte er sich sein graublaues Trauerband gebunden.

Eigentlich hätte er es vor vier Tagen endgültig abnehmen müssen, am Jahrestag der Schlacht von Endor. Da hatte Thane allerdings schon gewusst, dass die Schlacht von Jakku bevorstand, und es war ihm richtig erschienen, das Band auch in diesen Kampf mitzunehmen.

Wenn diese Schlacht vorbei ist, nehme ich es ab, schwor er sich. *Ich werde es verbrennen, wie es das Ritual verlangt, und die Asche werde ich aufheben, bis ich eines Tages nach Jelucan zurückgehe.*

In Gedanken konnte er bereits sehen, wie er die Festung zum allerletzten Mal betrat. Dort würde er die Asche zurücklassen, zusammen mit den alten Spielsachen, den ausrangierten Stiefeln und dem Berg aus Decken und Fellen, auf denen er und Ciena sich geliebt hatten. Dann würde er endlich neu anfangen können.

„Um welchen Zerstörer geht es überhaupt?", wollte Thane wissen. Er fragte sich, ob es einer war, den er schon einmal gesehen hatte.

„Die *Inflictor*", antwortete jemand. Von der hatte er noch nie gehört.

„Wenigstens haben sie uns Blaster mitgegeben", murmelte Kendy. „Mit einem Blaster bin ich noch besser als mit Laserkanonen."

„Dann halt ich mich an dich", sagte er, und sie belohnte ihn mit einem Lächeln.

„Alle Mann", ertönte die Stimme über Interkom, und sie klang unnatürlich ruhig. „Bereit machen zum Aufprall."

Thane schloss die Hände um seine Gurte. *Los geht's.*

Was immer Ciena Ree auch sein mochte, eine Verräterin war sie nicht. In den wenigen Wochen, die sie nun als Kommandantin der *Inflictor* diente, hatte sie ihre Pflicht nach bestem Können erfüllt.

Mochte sie dem Imperium gegenüber auch keine Loyalität mehr empfinden, nahm sie doch ihre Verantwortung für die Hunderttausende von Leben unter ihrem Kommando ernst. Und so hatte sie in der Schlacht von Jakku nicht weniger als ihr Bestes gegeben.

Könnten andere imperiale Offiziere dasselbe von sich behaupten, stünden sie vielleicht nicht am Rande der Vernichtung.

„Statusbericht!", verlangte Ciena, als sie näher an den Datengraben trat.

„Triebwerk drei ist bei sechsundsechzig Prozent Kapazität, Commander." Der junge Fähnrich schaute zu ihr hoch, Panik färbte sein Gesicht rot. „Triebwerk eins und fünf sind noch nicht wieder in Betrieb. Volle Kraft haben wir nur auf den Triebwerken drei und sieben. Zwei, vier und sechs liegen jeweils unter dreißig Prozent."

Verdammt! Wenn ihre Reparatur-Crews Triebwerk zwei wieder auf über fünfundachtzig Prozent hochfahren könnten, wären sie in der Lage, in den Hyperraum zu springen und aus der Schlacht zu entkommen. Wenn sie es nicht reparieren konnten – oder wenn auch Triebwerk drei Schaden nahm –, saß die *Inflictor* fest. Überleben würden sie nur durch einen Rückzug.

Der Hauptsichtschirm zeigte ein katastrophales Panorama. Über der bräunlich goldenen Oberfläche von Jakku zeichneten sich Hunderte von Schiffen des Imperiums und der Rebellion ab, von Fregatten bis hin zu anderen Zerstörern, dazu unzählige Sternenjäger. Unterdessen spielten sich auf kleineren Bildschirmen links und rechts Szenen des Bodenkampfs ab, der sich als noch größere Schlappe erwies. Just als sie hinschaute, erlitt ein Kampfläufer den entscheidenden Treffer, wankte auf seinen schlanken Beinen, kippte zur Seite und prallte so hart auf, dass der Sand unter dem Aufschlag wie eine Flutwelle explodierte. Wo Ciena auch hinsah, griffen die Rebellen an, während das Imperium sich vergebens zu verteidigen trachtete. Der Vorteil hatte von Anfang an beim Gegner gelegen, so eindeutig, dass sie sich fragte, ob die Schlacht nicht eine Falle gewesen war. Vielleicht waren die Pläne des Imperiums, bei Jakku eine Entscheidung zu erzwingen, von irgendeinem Admiral oder Großmoff verraten worden, dem man das Machtspiel vereitelt hatte.

„Wir müssen die Strategie ändern", sagte sie, eigentlich nur zu sich selbst. Die imperialen Kampftaktiken verlangten fast immer nach konzertierten, gleichzeitigen Einsätzen aller an der Schlacht beteiligten Schiffe, die strikt von einem Zentralkommando gesteuert wurden. Und als das Imperium noch kräfte- und zahlenmäßig überlegen gewesen war, waren diese Taktiken auch sinnvoll gewesen. Jetzt, so hatte Ciena den Eindruck, klammerte man sich an die Regeln eines Spieles, das vor über einem Jahr geendet hatte.

Die Rebellen hatten bewiesen, dass kleinere Einsatztruppen effektiv und sogar tödlich sein konnten. Sie griffen oft an mehreren Fronten zugleich an und teilten ihre Streitkräfte zu diesem Zweck auf. Diese Vorgehensweise war riskanter, aber hier über Jakku erzielte sie gute Resultate.

Die *Inflictor* erbebte. Obgleich Ciena nicht mehr als ein schwaches Vibrieren unter ihrem Stuhl wahrnahm, wusste sie, dass der Schaden signifikant war, noch ehe die Kontrollschirme rot aufleuchteten.

„Explosionsartige Dekompression achtern steuerbord!", schrie ein Fähnrich. „Atmosphärenverlust ..."

„Alle betroffenen Decks abschotten!" Ciena wusste, dass sie mit diesen Worten ihr Schiff gerettet hatte – aber sie hatte auch

Hunderte, wenn nicht Tausende zum Tod durch Ersticken verdammt.

Wir können nicht mehr nach den alten Regeln kämpfen. Das ist aussichtslos.

Ciena trat an einen Sichtschirm und rief eine miniaturisierte dreidimensionale Ansicht der Schlacht auf. Wenn sie Großmoff Randd überzeugen könnte, die Flotte aufzuteilen, um die Rebellen-Sternenkreuzer aus verschiedenen Richtungen zu attackieren, und vielleicht sogar einen der mit zwanzig Geschützen bestückten Blockadebrecher in die Atmosphäre zu schicken, um die TIE-Jäger, die nahe der Planetenoberfläche kämpften, zu unterstützen ... dann würden sie die Rebellen zumindest aufrütteln. Sie brauchten jeden Vorteil, den sie erringen konnten.

Würde Randd ihr auch nur zuhören? Sie mochte Kommandantin eines Sternenkreuzers sein, aber er war ein Großmoff, und er hatte ihr unterschwellig zu verstehen gegeben, dass sie ihre Beförderung ganz ihm zu verdanken hatte ...

Einmal mehr wurde ihr bewusst, wie absurd das alles war – wie dumm, wie verschwenderisch –, dass in der Imperialen Flotte der Rang mehr zählte als Ideen. Das machte sie wütend. Das widerte sie an. Sie hasste das Imperium, dem sie diente, hasste die Werte, für die es stand, hasste es, wie alle über Palpatine redeten, als wäre er ein tugendsamer Märtyrer gewesen. Sie hasste sich selbst dafür, dass sie je daran geglaubt hatte. Und am meisten hasste sie, dass das alles war, was sie noch hatte.

Aber dann sah sie die anderen Offiziere, die sich ringsum abstrampelten und nach Kräften bemühten, ihre Pflicht zu erfüllen und zu überleben. Wenigstens ihnen war Ciena es schuldig, ihr Bestes zu tun. Wenn sie schon keine andere lohnende Aufgabe hatte, konnte sie zumindest einfach versuchen, diese Leute nach Hause zu bringen.

„Einen Kanal zu Großmoff Randd öffnen ...", begann sie, dann erzitterte das gesamte Schiff so heftig, dass Offizieren die Mütze vom Kopf fiel und mindestens zwei Analytiker zu Boden stürzten. Ciena stützte sich an der Wand ab. „Was war das?"

„Captain, ein weiterer Riss im Schiffsrumpf, Backbordseite, auf den Decks RR bis ZZ." Das Gesicht der jungen Offizierin verriet ihre Verwirrung. Sie sah zu Ciena auf, das Licht färbte ihre Haut rot. „Aber die Sensoren zeigen kein Vakuum an."

Dann erschütterte ein weiterer Aufprall die *Inflictor*. Und noch einer. Dann ein vierter. Und jeder führte zu den gleichen seltsamen Anzeigen: Löcher im Schiff, die allerdings kein Vakuum zur Folge hatten. Dafür konnte es nur eine Erklärung geben.

Cienas Magen schien nach unten zu sacken. Obwohl sie sich noch nie an Bord eines Schiffes befunden hatte, wenn dieser Fall eingetreten war, hatte sie die Anzeichen dafür doch auf der Akademie gelernt und sie einige Male in ihren Albträumen nacherlebt. „Wir wurden geentert."

Geentert. Auf dem Höhepunkt der Schlacht bedeutete das nur eines:

Ihr Schiff musste sterben.

„Stoßt vor ins Kontrollzentrum für Triebwerk drei", befahl Thane über Funk, während er durch einen Gang pirschte, der schon von dichtem Rauch erfüllt war. „Wenn es uns gelingt, ihren letzten voll funktionsfähigen Hauptantrieb lahmzulegen, haben wir eine Chance."

Thanes Aufgabe war simpler und weitaus entscheidender. Er musste so schnell wie möglich die Selbstzerstörungssysteme ausschalten. Kein imperialer Offizier würde zögern, einen Massenselbstmord zu befehlen, nur um zu verhindern, dass ein Sternenzerstörer der Neuen Republik in die Hände fiel.

Ein Stück voraus sah er in einem senkrechten Korridor Blasterfeuer aufblitzen. Die Echos der Schüsse prallten mit schmerzhafter Intensität von seinen Trommelfellen ab. Durch das blecherne Klingeln in seinem Kopf hörte Thane weitere Funkmeldungen. Im Gegensatz zu Rieekans Vorhersage leistete die Crew der *Inflictor* heftigen Widerstand. Die imperialen Truppen an Bord dieses Schiffes schienen entschlossener zu sein als die meisten anderen. *Hab ich wieder ein Glück*, dachte Thane.

Das Blasterfeuer voraus verebbte, dann reckte Kendy den Kopf um die Ecke. „Hab den Weg für euch Jungs frei gemacht. Kommt schon, beeilt euch!"

Thane rannte an der Spitze des Zuges und hoffte, mit seinen Leuten bis zur Backbord-Hilfsbrücke vorstoßen zu können. Wenn sie die unter ihre Kontrolle bekamen, befanden sie sich in einer sehr viel besseren Position, um den anderen Soldaten der Neuen Republik im ganzen Schiff zu helfen.

Doch just als sie in den nächsten Schiffsbereich stürmten, stellte sich ihnen eine weitere Welle von Sturmtruppen entgegen und nahm sie unter Blasterbeschuss. Thane drückte sich flach an die Wand. Die Luft roch nach Ozon und Rauch, und er sah keinen Ausweg. *Was mache ich jetzt?*

Sie kamen nicht an die Selbstzerstörungssysteme heran – nicht so.

Was bedeutete, dass die *Inflictor* in wenigen Minuten explodieren und sie alle mit in den Tod reißen würde.

Du musst da durch, sagte er sich. *Los!*

„Captain Ree, das können Sie nicht tun!", protestierte eine junge Fähnrichin. Sie konnte nicht älter als siebzehn sein. Die Imperiale Flotte holte diese Leute aus den verbliebenen Akademien, obwohl sie noch viel zu jung waren.

„Ich kann, und ich muss." Ciena nahm ihren Platz ein und bereitete sich geistig auf das vor, was sie tun würde. In sanfterem Ton fügte sie hinzu: „Keine Angst, Fähnrichin Perrin. Wir haben genug Zeit, um zu den Rettungskapseln zu kommen, und die sind alle mit einem Zielfluggerät ausgerüstet, das sie direkt zum nächsten imperialen Schiff führen wird."

Perrin lächelte zittrig. Die anderen Offiziere ringsum schienen sich ebenfalls zu beruhigen. Warum rieten die Vorschriften davon ab, sich in moderatem oder einfühlendem Ton an Untergebene zu wenden, wenn es doch so sehr half?

Zumindest würde ihr die Unbarmherzigkeit des Imperiums nach der Schlacht von Nutzen sein. Wenn das alles vorbei war – und vorausgesetzt sie saßen nicht alle in einem Gefangenenlager der Neuen Republik –, würde Ciena sich rechtfertigen müssen, dass sie die Selbstvernichtung eines Sternenzerstörers ausgelöst hatte, eines der mächtigsten und teuersten Schiffe der Imperialen Flotte. Sie kannte das Spiel gut genug, um zu wissen, dass jede Erklärung, die sie abgab, als ungenügend betrachtet werden würde. Vor Endor hätte das zu einer langen, grausamen Haftstrafe auf Kessel geführt. Heute würde man sie entweder unehrenhaft aus dem Dienst entlassen oder auf der Stelle hinrichten. Ciena musste feststellen, dass es ihr eigentlich egal war.

„Auf mein Zeichen", sagte sie. „Vorbereiten auf Selbstzerstörung. Auslösen in zehn, neun, acht …"

Die *Inflictor* erbebte abermals. Obgleich sie das Imperium so verachtete, war Ciena doch so sehr Kommandantin, dass sie selbst einen Stich ob der Wunden ihres Schiffes verspürte.

Sie zählte weiter. „Drei, zwei, eins. Jetzt!"

Fähnrichin Perrin schob den Hebel nach unten und setzte damit die Selbstzerstörung in Gang. Ciena wartete auf die roten Lichter, die Sirene, die automatische Durchsage, die alle Besatzungsmitglieder zu den Rettungskapseln schickte, das Signal, die Türen zu versiegeln … aber nichts davon geschah. Nachdem die Stille einen Moment zu lange gewährt hatte, erhob sie sich von ihrem Sessel, um die Schaubilder des Schiffes aufzurufen. Blinkende Lichter zeigten Schäden an allen möglichen und unmöglichen Stellen an, insbesondere in einem Bereich nicht weit von der Backbord-Hilfsbrücke entfernt.

„Sie haben sich die Selbstzerstörungssysteme vorgenommen", erkannte Ciena in fast ungläubigem Ton. „Die haben sie ganz gezielt abgeschaltet."

Nur ein ehemaliger imperialer Offizier konnte gewusst haben, wie man das bewerkstelligte. In ihrem Kopf hörte sie die Stimme ihres Vaters, der einst, als sie noch ein Kind gewesen war, zu ihr gesagt hatte: *Alle Verräter sind verdammt.*

„Erwarte Ihre Befehle, Captain", sagte ein Leutnant, der im Datengraben stand. Sie stellte fest, dass alle auf der Brücke – und wahrscheinlich im ganzen Schiff – nicht wussten, was sie jetzt tun sollten.

Sie wusste es.

Die Erkenntnis dämmerte in ihr herauf wie der schönste Tag, den sie je erlebt hatte. Sie konnte ihre Pflicht tun, ihren Eid erfüllen und sich für immer von diesem Wahnsinn befreien.

Ciena kehrte auf ihren Platz zurück und drückte den Knopf, der ihre Stimme an alle Stationen und in jeden Sternenjäger an Bord der *Inflictor* übertragen würde. „Alle Mann das Schiff verlassen. Alle Sternenjäger am nächsten imperialen Schiff sammeln. Alle Mann das Schiff verlassen. Sie haben zehn Minuten."

Die Offiziere ringsum starrten sie an. Nur dieses einzige Mal während ihres Kommandos schrie Ciena sie an: „Worauf warten Sie? Scheren Sie sich zu den Rettungskapseln! Gehen Sie!"

Während alle hinausstürmten, knisterte und summte es im Interkom. Ciena wusste, wer sich da melden würde, noch bevor sie die Stimme hörte. Nur eine Person, die auf ihrem Schiff stationiert war, würde es jetzt wagen, ihren Befehl infrage zu stellen.

Nash schrie: *„Bist du verrückt geworden?"*

„Ich weiß nicht, was Sie meinen, Commander Windrider?"

„Komm mir nicht mit ‚Commander Windrider', nicht jetzt. Wenn die Selbstzerstörung funktionieren würde, hätten wir das automatische Signal gehört. Das sagt mir, dass du vorhast, das Schiff ... auf ... auf irgendeine andere Weise zu zerstören. Du ..."

Ciena lehnte sich in ihren schwarzen Ledersessel zurück, so müde, als hätte sie seit Jahren nicht mehr geschlafen. „Sprich's ruhig aus."

„... du willst die *Inflictor* auf den Planeten stürzen lassen."

Sie machte sich daran, die Koordinaten einzugeben, die das Schiff geradewegs in die Oberfläche Jakkus rammen würden. Sie konnte sich schon alles vorstellen – das Feuer, die Hitze, das Ende.

Dann würde sie ihre Pflicht bis zum Letzten erfüllt haben und doch all den Fesseln entkommen sein, die sie ans Imperium banden. Für immer.

„Ich muss dafür sorgen, dass die *Inflictor* nicht in die Hände der Rebellen fällt, und zwar mit allen Mitteln." Ciena versuchte sich vorzustellen, dass sie mit dem Jungen sprach, den sie auf der Akademie gekannt hatte, dem Jungen, der sein Haar lang getragen und nach alderaanischer Art nach hinten geflochten und der sie mit seinem schelmischen Humor alle zum Lachen gebracht hatte.

„Das ist der einzige Weg, Nash."

„Von wegen. Du kannst die Koordinaten eingeben und dann verschwinden."

„Und das Schiff den Rebellen überlassen? Sie würden die Brücke einnehmen, den Kurs ändern und mit ihrem neuen Sternenzerstörer davonfliegen." Sie legte den Kopf in den Nacken und starrte zur metallenen Decke hinauf, die sich so absurd hoch über ihr erstreckte. Sollten die Ausmaße der Brücke irgendeine Art von Erhabenheit symbolisieren? Nein, diese Größe vermittelte einfach nur ein Gefühl der Leere und Kälte, fand sie.

„Ciena, ich bitte dich." Sie hörte, wie Nashs Stimme brach, selbst über das ferne Röhren seiner TIE-Triebwerke hinweg. „Sag, dass du es wenigstens versuchen wirst."

Das war das Letzte, was sie wollte. Nun, da sie einen Ausweg gefunden hatte, empfand Ciena nur noch Erleichterung. Der Schmerz, den es bereitet hatte, Tag für Tag einfach nur zu existieren, war ihr erst jetzt wirklich bewusst geworden, nachdem er sich von ihr gehoben hatte, und sie brauchte ihn keine Stunde mehr zu ertragen.

„Ich muss jetzt die Türen verriegeln", sagte sie. „Leb wohl!"

Damit unterbrach sie die Funkverbindung zu allen TIE-Jägern. Sie würde Nashs Stimme nie wieder hören.

Während des Prozederes für die Sicherheitsschlösser der Brückentüren dachte Ciena an die anderen Dinge, die sie nie mehr erleben würde. Mit ihren Eltern zusammen sein. Einen Sternenjäger fliegen oder eine V-171, mit der sie über die Wolken von Jelucan aufsteigen konnte. Über Berisses schmutzige Witze lachen. Jude am Morgen aufwecken und hören, wie ihre sonst so vernunftgesteuerte Freundin in ihr Kissen jammerte. Auf dem

Muunyak über die Bergrücken reiten. Einen Düsenschlitten durch Reitgen-Reifen steuern. Mr Nierres weiß glasierte Kuchen essen. Über den Sky Loop rennen, während Coruscant unter ihr glitzerte.

Mit Thane zusammen sein. Mit ihm schlafen. Mit ihm fliegen. „Lebt wohl!", sagte sie noch einmal. Zu allen und allem.

Thane erstarrte in dem Moment, als er die Durchsage hörte. Während die Stimme durch die Korridore der *Inflictor* hallte und allen befahl, das Schiff zu verlassen, versuchte er sich einzureden, dass sie das nicht sein konnte ...

... aber er hätte Cienas Stimme nie mit einer anderen verwechselt.

„Wir haben gerade die Selbstzerstörung lahmgelegt!", rief Kendy. Sie schien die Lautsprecherstimme nicht erkannt zu haben. „Wie wollen sie dieses Ding denn jetzt vernichten?"

Er wusste, was Ciena tun würde, mit einer solchen Sicherheit, als hätte er sich den Plan selbst ausgedacht. „Sie wird das Schiff abstürzen lassen." Hastig griff er nach dem Kommunikator, der ihn mit Rieekan verband. „Wir müssen sofort alle Mann hier rausschaffen. Wenn sie nicht zu unseren Truppentransportern gelangen können, sollen sie es mit den imperialen Rettungskapseln versuchen. Der Weg dorthin ist mit Lichtern markiert."

Wie alle anderen auf der von der Explosion geschwärzten Hilfsbrücke rannte Kendy in Richtung der Kapseln los, bevor Rieekan den Befehl, den Thane vorgeschlagen hatte, erteilte. Doch als sie die letzte Treppe nach unten hinter sich gelassen hatte und die Tür erreichte, merkte sie, dass Thane den anderen nicht folgte. „Was machst du denn? Hast du nicht gehört? Wir haben keine zehn Minuten mehr."

„Ich komm nach", log er. „Geh schon vor." Kendy musterte ihn, gehorchte dann aber Rieekans Befehl und lief los, um sich in Sicherheit zu bringen. Thane blieb allein zurück.

Ciena war am Leben, sie war *hier*, und er musste zu ihr, bevor sie sich und ihn umbrachte.

Thane rannte in eine Ecke der Hilfsbrücke, wo er, wenn ihn die Erinnerung an den Großschiffskonstruktions-Unterricht nicht trog, einen Wartungsschacht finden würde. Und tatsächlich, eine der Metallgitterplatten ließ sich aus der Verankerung lösen, und zum Vorschein kam ein kahler, kalter Tunnel, der nach oben führte. Er hieb mit der Hand auf den Schalter neben der Tür, mit dem sich die Antigrav-Plattform rufen ließ. Damit kam er binnen weniger Augenblicke auf jedes gewünschte Deck.

Als die Plattform kam, sprang er auf und packte wankend den Sicherheitsgriff. Er hatte so ein Ding noch nie benutzt, und sie waren wackliger, als man es ihn im Unterricht glauben gemacht hatte. Ein paar Zentimeter weiter, und er wäre von der Plattform gerutscht und in die Tiefe gestürzt.

Ein tiefer Atemzug, dann gab er den Code ein, der ihn auf das Deck brachte, von dem aus er auf die Hauptbrücke kommen würde.

Während er mit Höchstgeschwindigkeit nach oben flog, zerrte der Wind an seinem Helm, bis er ihn sich vom Kopf riss und einfach fallen ließ. Wie viel Zeit war vergangen? Drei Minuten? Vier? Inzwischen mussten die Triebwerke der *Inflictor* keine Leistung mehr bringen – die Schwerkraft Jakkus würde den Rest erledigen. Schon jetzt zog der Planet den Sternenzerstörer in seinen Untergang hinab.

Mach schon, dachte er und umklammerte den Sicherheitsgriff noch fester. *Mach schon!*

Endlich erreichte er das richtige Deck, trat dort die Sicherheitsabdeckung ein und tauchte hinaus in einen Korridor. Einen Moment lang schaute er sich verwirrt um, dann hätte er sich für seine Dummheit am liebsten geohrfeigt – natürlich war die Hauptbrücke nicht so ohne Weiteres zugänglich. Thane rannte auf die Tür zu und kam dann schlitternd zum Stehen, als die beiden Türhälften vor ihm nicht auseinanderglitten.

„Ciena!", rief er und hämmerte mit der Faust gegen das Metall. Damit machte er nur seinem Frust Luft, denn er wusste, dass sie ihn durch die Sprengschutztüren zur Hauptbrücke nicht hören konnte. Sie waren nicht nur zu dick, um Geräusche durchzulassen, sie ließen sich auch nicht mit einem Blaster oder Laser zerstören. Nicht einmal mit einem Thermaldetonator. Ciena hatte jeden potenziellen Eindringling ausgesperrt und damit auch ihn. Aber ein Kapitän hatte nur bestimmte Möglichkeiten, Schutztüren zu verriegeln.

Thane wusste, welche Ciena gewählt haben würde – er hatte einmal gehört, wie sie es erklärt hatte. Sie hatte sich für die Kapitänsbefehls-Methode entschieden. Jetzt waren die Schutztüren nachhaltig verriegelt für jedermann, der nicht wusste, welches Wort oder welchen Satz sie gewählt hatte, um sich einzuschließen.

Er lehnte seine Stirn gegen das Metall und legte eine Hand auf das manuelle Zutrittsfeld. Eine automatische Stimme forderte ihn auf: „Nennen Sie das Passwort."

Thane beugte sich zum Lautsprecher hinunter und flüsterte: „Sieh durch meine Augen."

28. KAPITEL

Ciena beugte sich über die Navigationsstation, eine Hand flach auf ihrem schmerzenden Bauch, die andere lag auf den Kontrollen. Die Autonavigation hatte mehrfach versucht, ihre Befehle aufzuheben, aber nun war es ihr endlich gelungen, die Automatik abzuschalten. Jetzt brauchte sie nur noch zu warten.

Sie trat zurück und sank in ihren Sessel. Auf dem Sichtschirm vor ihr waren keine Sterne mehr zu sehen, nur noch die sandige Oberfläche von Jakku. Mit jeder Sekunde wurde das Bild der Welt unter ihr klarer. Ciena sah, wie Schatten zu Wüsten und Bergen heranwuchsen. Die Sensoren begannen rot zu flackern, warnten sie vor Atmosphärenrissen in der Schiffshülle. Sie achtete nicht darauf.

Irgendwann verschwamm ihr Blick. Als sie die Hand vors Gesicht hob, waren ihre Finger nass. Ciena blinzelte ein paarmal, um wieder klar zu sehen. Wenn ihr Ende kam, wollte sie nicht zusammenzucken. Sie würde sich nicht abwenden. Es war die letzte Erfahrung, die sie je machen würde, und sie hatte vor, jeden einzelnen Moment bewusst zu erleben, auch den Schmerz.

Ehrenvoll sterben – mehr konnte niemand verlangen …

Die Schutztürhälften der Brücke glitten beiseite.

Ciena sprang auf. Instinktiv griff sie nach ihrem Blaster, aber auf der Brücke trug kein Kommandant eines Sternenzerstörers eine Waffe. Wie hatte es jemand geschafft, hier hereinzukommen?

Dann sah sie Thane.

Der Einzige in der Rebellion – in der ganzen Galaxis –, der das richtige Passwort erraten konnte, dachte Ciena wie benebelt, *und natürlich ist er da.*

Vielleicht träumte oder halluzinierte sie. Ihr Gehirn hatte ein Abbild von Thane heraufbeschworen, damit sie nicht meinte, allein sterben zu müssen. Er trug sogar ein Trauerband um den Oberarm, wie jemand aus dem Volk der Täler, der jetzt schon einer Tragödie wegen trauerte, die sich noch gar nicht ereignet hatte.

Doch dann atmete er erleichtert auf, ein Laut, der so unscheinbar und ihr doch so vertraut war, dass er alle Zweifel auslöschte. Das hier war Wirklichkeit. Es geschah tatsächlich.

„Ciena." Thane kam näher und blieb stehen, als sie einen Schritt zurückwich. Er hielt inne und hob die Hände, wie um ihr zu zeigen, dass er keine Waffe hatte … aber sie sah den Blaster, den er an der Hüfte trug. „Es ist gut. Ich bring dich hier raus."

„Ich geh nicht weg." Die Worte schienen aus weiter Ferne zu kommen, als hätte Ciena sie nicht selbst ausgesprochen, sondern hörte sie nur. „Ich bleibe auf meinem Schiff."

„Wir können uns später lange über Ehre und Pflicht unterhalten, okay? Aber jetzt müssen wir verdammt noch mal hier raus, bevor dieses Ding ganz in die Atmosphäre eintritt."

Rettungskapseln konnten auf Planeten landen, aber sie in der Atmosphäre zu starten, das war gefährlich. Die Temperaturen außerhalb des Schiffes stiegen laut den Anzeigen bereits dramatisch an. Ciena spürte, wie sich ihr Puls beschleunigte. Vor Angst. Aber nicht um sich selbst. „Thane, geh zur nächsten Rettungskapsel."

Er hob sein Kinn an, ganz der sturköpfige, stolze Junge, der er vor so langer Zeit einmal gewesen war. „Nicht ohne dich."

Wut loderte in ihr auf. „Dir ist schon klar, dass ich dich jetzt eigentlich festnehmen müsste, ja? Oder erschießen!"

„Die Vorschriften gelten hier nicht mehr." Thane streckte die Hand nach ihr aus, aber sie wich noch einen Schritt vor ihm zurück. Keine zwei Meter trennten sie jetzt voneinander. Zu beiden Seiten von ihnen blinkten auf den zahllosen Sichtschirmen und Anzeigentafeln Alarmsignale, und Szenen von Kämpfen und Blutvergießen flackerten vorüber.

„Du musst gehen! Kapierst du nicht, dass ich versuche, dir das Leben zu retten?"

„Ich versuche, deines zu retten!" So flehend, so verzweifelt hatte er sie das erste Mal angesehen, als er sie zu überreden versucht hatte, mit ihm vom Imperium zu desertieren. Für Thane hatte sich in den fünf Jahren seither vielleicht nichts verändert. Sie hingegen fühlte sich so viel älter. So viel trauriger. Ausgehöhlt. Aber er blieb da stehen, die Hand ausgestreckt, und glaubte, er könnte sie beide retten. „Komm schon, Ciena. Wir haben nicht mehr viel Zeit."

Thane sah nicht, dass sie keine Zeit mehr hatte. Gar keine.

Was haben die mit ihr gemacht?

Ciena stand vor ihm, und sie sah so dünn aus, als könnte eine Männerfaust sie mühelos zerdrücken. Die Uniform hing an ihr, und dieser Anblick in Kombination mit den hektisch blinkenden Warnlichtern rings um sie herum ließ die Szene wirken wie die hässliche Karikatur einer imperialen Brücke, nicht wie die Realität. Was Thane jedoch am meisten Angst machte, war die Leere in ihren Augen. Darin glänzte nichts mehr von Cienas Geist – er sah nur noch Wut und Verzweiflung.

Aber seine Ciena war noch da drin. Das wusste er, weil sie lieber sterben wollte, als dem Imperium noch länger zu dienen.

„Hör mir zu", sagte er und gab sich alle Mühe, ruhig zu klingen, obwohl die *Inflictor* unter ihrem ersten richtigen Kontakt mit der Atmosphäre von Jakku erbebte. Das war lediglich der Anfang, der Ritt würde von jetzt an nur noch rauer werden. „Du schuldest dem Imperium gar nichts. Die verdienen deine Loyalität nicht und dein Leben noch viel weniger."

„Du weißt ja gar nicht, was Loyalität bedeutet."

„Von wegen, verdammt noch mal! Ciena, wenn ich nicht loyal zu dir stünde, wäre ich dann hier?"

Das Schiff erzitterte abermals. Thane stolperte ein wenig zur Seite, und Ciena musste sich an ihrem Sessel festhalten, um stehen zu bleiben. „Thane, du musst gehen!", rief sie. „Du musst eine Rettungskapsel aufsuchen, jetzt sofort!"

„Ich lass dich nicht hier." Ihm wurde klar, dass es so weit kommen konnte – dass er an Cienas Seite sterben könnte, hier, heute, anstatt mit dem Leben davonzukommen.

Thane wollte überleben. Sosehr er Ciena auch liebte, das vergangene Jahr hatte ihn gelehrt, dass er in der Lage war, nach ihrem Tod weiterzumachen, sogar zu genesen und Frieden zu finden. Aber er wollte nicht als der Mann leben, der sie zurück- und sterben ließ.

Also wiederholte er: „Ich lass dich nicht hier."

„Bitte!" Ciena zitterte jetzt. „Bitte mach mich nicht für deinen Tod verantwortlich. Ich habe in all diesen Schlachten nur um eines gebeten – ich wollte nicht diejenige sein, die dich tötet."

„Und ich wollte, dass du es bist. Weil wir miteinander verbunden sind, auf ewig, du und ich – im Leben oder im Tod. Das weißt du so gut wie ich. Und deshalb müssen wir dieses Schiff *miteinander* verlassen."

Ciena schwieg für einen langen Moment. Das Schiff neigte sich zur Seite, die künstliche Schwerkraft rang mit der tatsächlichen, und in der Folge wurde die *Inflictor* auf Jakku zugezogen. Auf dem Sichtschirm drehte sich die Planetenoberfläche träge. Das Schiff hatte angefangen, in die Atmosphäre zu trudeln.

Da kam Ciena einen Schritt auf ihn zu und dann noch einen. Thane hätte aufschluchzen mögen vor Erleichterung. „Gut. So ist's richtig. Komm mit mir."

Endlich stand sie vor ihm. Ihre Blicke begegneten sich. Und Ciena schlug ihm in den Bauch. Hart.

Als Thane zu Boden stürzte, schnappte sich Ciena den Blaster aus seinem Holster. Er lag da, sie stand über ihm, und er versuchte, wieder zu Atem zu kommen, nachdem er ihm infolge ihres Hiebes weggeblieben war. „So soll es jetzt enden?", fragte er. „Du willst mich erschießen?"

„Natürlich nicht", erwiderte sie. „Ich werde dich betäuben und dich persönlich in eine Rettungskapsel schleppen. Aber ... vorher ... ich möchte nur noch eines sagen ... du weißt, ich tu das nur, um dich zu retten, oder ...?"

Thane trat ihr so kräftig ans Bein, dass sie über einen Meter weit nach hinten stolperte, bevor sie auf den Rücken fiel. Der Blaster schlitterte über den schrägen Boden, außerhalb ihrer beider Reichweite, und Ciena hatte alle Mühe, wieder auf die Beine zu kommen.

Er stand ebenfalls wieder aufrecht, in Kampfhaltung, und seine blauen Augen loderten. „Du willst die harte Tour? Na schön! Dann eben so."

Eine Erinnerung blitzte in ihrem Kopf auf – wie sie sich als Kinder kennengelernt und füreinander gekämpft hatten.

Es sah ganz so aus, als würden sie so auch sterben.

Ciena rannte auf ihn zu, und er konnte ihr nicht weit genug ausweichen, um zu verhindern, dass sie ihn anrempelte. Sie rammte seinen Hinterkopf auf den Gitterboden und schrie ihn an: „Schaff deinen Rebellenarsch von meiner Brücke!"

Thane warf sie ab und drückte sie zur Seite. Noch während sie gegen die Wand rollte, sagte er: „Ich werde dich retten, ob dir das passt oder nicht."

Begriff er denn nicht? Sah er es nicht? Warum raubte er ihr die einzige Chance, dieser Hölle zu entkommen und ehrenhaft zu sterben? Es war, als hätte Thane sie nie wirklich gekannt.

Sie trat wild nach ihm. Ihr Stiefelabsatz traf sein Kinn und ließ ihn zurücktaumeln. Ciena rappelte sich auf, und währenddessen erhaschte sie einen Blick auf den Sichtschirm – das Bild Jakkus war entsetzlich nah, aber es begann zu verschwimmen und schwarz zu werden. Die Außensensoren verbrannten in der Hitze des Atmosphäreneintritts. Die Fenster wurden jetzt von grellem Orangerot ausgefüllt und verwehrten die Sicht, als das Schiff in Flammen gehüllt wurde. Die kämpfenden Streitkräfte in der Atmosphäre und am Boden würden sehen können, wie die *Inflictor* einem Meteor gleich eine feurige Wunde in den Himmel schnitt.

Thane packte Ciena am Bein und zog sie zu Boden. Der Aufprall jagte neue Schmerzen in ihre Bauchwunde. Während Ciena nach Luft schnappte, nutzte Thane seinen Vorteil und drückte ihr mit beiden Händen die Handgelenke auf den Boden. „Komm einfach mit mir mit", keuchte er. „Du musst mit mir kommen, *sofort*."

Sie brachte ihr Bein hoch, rammte ihm das Knie in die Seite und befreite ihre Hände. Sie wollte ihm sagen, er solle aufhören, sich wie ein Idiot aufzuführen, und auf der Stelle zu einer Rettungskapsel rennen, weil es bald zu spät sein würde, wenn es das nicht sowieso schon war ... aber alles, was sie hervorbrachte, war: „Lass mich los!"

Dann legte sie ihre Fäuste aneinander und schwang sie ihm unters Kinn. Wenn sie ihn auf die harte Tour ausschalten musste, na gut, dann eben so.

Der Schmerz schien ihm das Gesicht zu spalten, dennoch sah Thane, wie der Sichtschirm verschwamm und schwarz wurde. Ihre Zeit war um.

Und so tat er etwas, von dem er nie und nimmer geglaubt hätte, dass er es tun könnte – er schlug Ciena.

Aber Ciena war eine zierliche Frau, und er war ein großer Mann. Der gleiche Hieb unters Kinn, der ihn zur Seite hatte taumeln lassen, warf sie zu Boden. Er zuckte vor Schuldgefühl zusammen, aber er konnte nicht aufhören, nicht jetzt ...

Sie stemmte sich hoch. Ihre Schulter traf ihn unter den Rippen in den Bauch und nahm ihm den Atem. Sie krachten beide gegen eine Kontrolltafel, und er dachte: Wenn uns jetzt jemand sehen könnte, der würde glauben, wir wollten einander umbringen, nicht retten.

Die Energieanzeige begann zu blinken, während durch den Eintritt in die Atmosphäre immer mehr Komponenten Feuer fingen. Er hörte ein tiefes, schreckliches Ächzen – das massive Metallgerüst des Sternenzerstörers verzog sich, als die Hitze den Schmelzpunkt erreichte. Durch die kleinen Fenster konnte er nichts von Jakku oder dem Himmel sehen, nur Flammen.

Ciena stieß ihn von sich, im selben Moment kippte der Boden von Neuem. Jetzt konnten sie sich beide nicht mehr auf den Beinen halten und fielen hin. Thane griff um sich, um an einem der Sessel oder an einer Strebe Halt zu finden, irgendetwas, woran er sich hochziehen konnte ...

... als er ein Aufblitzen schwarzen Metalls an der Wand entlangrutschen sah.

Er warf sich darauf. Noch während er sich herumrollte, hörte er Cienas Stiefel auf dem Deck, nachdem sie irgendwie auf die Füße gekommen war. Sie rannte auf ihn zu, das Dröhnen ihrer Schritte wurde schneller – da bekam Thane den Blaster zu fassen.

Ein Daumendruck, auf Betäubung stellen und ... jetzt!

Eine Sekunde lang zeichnete sich Entsetzen auf Cienas Gesicht ab, dann wurde sie von dem blauen Blitz getroffen. Sie brach zusammen und landete so schwer auf dem Boden, dass Thane einen Moment lang fürchtete, er hätte den Blaster auf Töten gestellt. Aber als er über den schwankenden Boden auf sie zukrabbelte, sah er, wie sich ihre Brust hob und senkte.

„Ich bitte später um Vergebung", flüsterte er. Auf den Knien gelang es Thane, Ciena herumzurollen und sich ihren schlaffen Körper über die Schulter zu zerren. Er schmeckte Blut, als er wankend auf die Beine kam und auf die nächste Rettungskapsel zuhielt.

Der halsbrecherische Ritt durch die Wartungstunnel hatte Thanes Erinnerung an den Großschiffskonstruktions-Unterricht aufgefrischt, und daher war er ziemlich sicher, dass er wusste, wo die Rettungskapseln zu finden waren. Er wusste jedoch nicht, ob er es überhaupt schaffen würde, eine zu starten. Wenn die Metallklammern unter der Hitze des Atmosphäreneintritts geschmolzen waren, taugte die Rettungskapsel nur noch als Sarg.

Und sowohl die fliehenden Imperialen als auch die Soldaten der Neuen Republik mochten natürlich schon alle verfügbaren Kapseln benutzt haben ...

Los, los, los, los, los, trieb er sich stumm an, während er stolpernd durch die Korridore des Sternenzerstörers rannte. Die erste Rettungskapsel-Station, die er erreichte, war leer, die Kapsel war längst ins All geschossen worden. Aber gerade als Thane spürte, wie Panik ihre Krallen in seine Gedanken schlagen wollte, gelangte er an eine zweite Station, und dort sah er noch eine Rettungskapsel, die auf ihn zu warten schien.

Er rammte das Knie gegen die Kontrolltafel, und die Einstiegsluke öffnete sich in einer Drehbewegung. Es handelte sich um eine der kleineren Kapseln, aber zwei Leute passten schon hinein. Thane schleuderte Ciena ins Innere, doch als er ihr durch die Einstiegsröhre hinterherkroch, gingen plötzlich die Lichter aus. Es war stockfinster, nur durch das kleine Bullauge der Rettungskapsel fiel der dunkelrote Widerschein des Feuers draußen und legte sich flackernd über Cienas reglosen Körper.

Die Energieversorgung war ausgefallen. Würde sich die Luke schließen? Würde die Kapsel starten? Wenn die Sprengverschlüsse geschmolzen waren, anstatt zu zünden, waren sie verloren.

Thane hieb mit der Hand auf den Startknopf. Noch nie hatte er etwas Schöneres gesehen als die Einstiegsluke, die sich spiralartig schloss. Als sie sich verriegelte, durchlief ein furchtbar tiefes Stöhnen das Schiff, wie der röhrende Todesschrei eines gewaltigen Tieres.

Dann startete die Kapsel, und sie wurden von der *Inflictor* fortgeschleudert.

Der Ruck warf ihn gegen die gekrümmte Wand der Kapsel, und Ciena rollte auf die Seite. Thane kroch neben sie, damit er ihren Körper mit seinem abstützen konnte. Da die Repulsorlifte und Beschleunigungskompensatoren in einer Rettungskapsel begrenzt waren, lag ein rauer Flug vor ihnen, und er war nicht sicher, ob die Landevorrichtungen des Dings so dicht über dem Boden überhaupt funktionieren würden. Durch das winzige Bullauge sah er es nur immer wieder blau aufblitzen, dann golden, dann blau, dann golden ... Himmel und Sand schienen sich unablässig zu überschlagen. Es konnten nur noch Sekunden bis zum Aufprall sein.

Er umschlang Ciena, vergrub sein Gesicht in ihrer Halsbeuge und wappnete sich für den Absturz.

Die Kapsel schlug mit einem harten Ruck auf dem Boden auf ... dann noch einmal ... und noch einmal. Sie hüpfte über den Sand, stellte Thane fest. Er und Ciena wurden an die Wand gedrängt, nie heftig genug, um sie umzubringen, aber immer heftig genug, um wehzutun. Dann erfolgte endlich der letzte Aufschlag, und sie wurden Stück um Stück langsamer, während sich die Kapsel durch die Wüste von Jakku wühlte und ganz allmählich zum Stillstand kam.

Sind wir in Sicherheit? Ich glaube, wir ...

Die Kapsel machte einen Satz nach vorn und in die Luft, so kraftvoll, dass Thane schon glaubte, es sei eine weitere Sprengladung hochgegangen. Doch das tiefe Brüllen, das er dann hörte, verriet ihm die Wahrheit. Die *Inflictor* war soeben auf den Planeten gestürzt, und ihre Rettungskapsel wurde inmitten eines Tsunamis aus Staub und Sand nach vorne geschleudert.

Er schlang seine Arme noch fester um Ciena, während die Kapsel sich ein ums andere Mal überschlug. Durch das kleine Fenster war nur orangeroter Sand zu sehen. Was war, wenn sie begraben wurden? Oder wenn die ohnehin schon strapazierte Kapsel ihre Belastungsgrenze erreichte und aufplatzte? Er wollte nicht, dass sie hier unten erstickten, lebendig begraben ...

Aber dann rollte die Kapsel doch langsam aus und kam wieder zum Stehen, und diesmal offenbar endgültig.

Thane ließ eine gefühlt lange Sekunde verstreichen, dann gestattete er sich, daran zu glauben, dass sie die Landung überlebt hatten. Aber was war, wenn sie tief im Boden steckten? Konnte sein Signalsender dann überhaupt einen Rettungstrupp der Neuen Republik alarmieren?

Er schaltete den Sensor ein, wartete einen langen Augenblick ... und dann sah er, wie die Anzeige grün wurde. Das Signal wurde gesendet.

„Wir haben es geschafft", flüsterte er Ciena zu, die bewusstlos an seiner Schulter ruhte. Vielleicht konnte ihr Unterbewusstsein ihn hören, obwohl sie schlief, und sie unterschwellig wissen lassen, dass alles gut werden würde.

Ein dünner, blutiger Strich markierte eine Schnittwunde auf ihrer Stirn. Thane band sich das Trauertuch vom Arm, um es als provisorischen Verband zu benutzen, und dabei blickte er staunend auf sie hinab.

Von allen Schiffen in der Galaxis habe ich ausgerechnet ihres geentert, dachte er.

Vielleicht … vielleicht hatten Ciena und Luke Skywalker und all die anderen Traditionalisten recht, was die Macht anging. Vielleicht gab es wirklich eine Kraft, die die Galaxis verband und jedermann unfehlbar seinem Schicksal zuführte. Die Macht musste ihn zu ihr geführt haben, damit er sie rettete und sie beide ein gemeinsames Leben beginnen konnten.

Er hatte das Gefühl, all der Zynismus und die Wut seines alten Lebens wären endlich von ihm abgefallen. Er lebte unter der Obrigkeit einer Regierung, die anständig und gerecht war. Er hatte einen hehren Krieg geführt und stand an der Schwelle des Sieges. Er diente mit Leuten, die er sowohl mochte als auch respektierte. Ciena war befreit von den Ketten, die sie an das Imperium gefesselt hatten, und unterlag fortan keinen Einschränkungen mehr. Das galt für sie beide. Wie kam es, dass ein Kerl wie er – ohne Hoffnung, ohne Glauben – seinen Weg hierher gefunden hatte?

Er lehnte seine Stirn an die ihre. Trotz der schmerzhaften Schwellungen und Prellungen seines Gesichts und Körpers, trotz des Blutes, das ihm immer noch aus dem Mund sickerte, trotz der schrecklichen Verfassung, in der Ciena sich befand, und der erstickenden Hitze in der Rettungskapsel hielt er diesen Moment für den freudigsten seines Lebens.

Von oben vernahm Thane Geräusche. Er hob den Kopf und sah, dass die Einstiegsluke der Kapsel erzitterte. Dann glitt sie auf. Ein schmaler Bach aus Sand ergoss sich ins Innere und auf ihre Füße, und im Gegenlicht der grellen Sonne zeichneten sich die Silhouetten eines Suchtrupps der Neuen Republik ab.

„Bin ich froh, euch zu sehen." Er hob Ciena an. „Helft ihr mir mal eben raus?"

„Aber klar, Corona Vier." Ein Mitglied des Teams beugte sich vor, um Ciena durch die Öffnung nach draußen zu ziehen. Thane krabbelte gleich hinterher und ließ sich neben ihr in den Sand fallen.

Der Sanitäter beugte sich herab. „Brauchen Sie Hilfe?"

„Kümmern Sie sich erst einmal um sie", sagte Thane.

Er erwartete, dass der Sanitäter sich daranmachen würde, Cienas Verletzungen zu untersuchen. Stattdessen zückten all die anderen Angehörigen des Trupps ihre Blaster, während der Anführer in die Knie ging, um ihr Magnetfesseln für die Hände anzulegen.

„Was zum ...?" Die Worte erstarben Thane auf den Lippen, als ihm klar wurde, dass die neurepublikanischen Soldaten nur genau das taten, was ihre Aufgabe war. Sie nahmen eine hochrangige imperiale Offizierin fest, die für ihre Verbrechen vor Gericht kommen würde.

Er hatte geglaubt, dass er sie rettete, dass die Macht auf wundersame Weise eingegriffen hatte, um sie beide zu beschützen. Dabei hatte Thane nur eines getan – er hatte sie ins Gefängnis gebracht.

29. KAPITEL

Ciena stand in ihrer Zelle, die Hände vor sich verschränkt. Das Energiefeld, das sie vom Rest des Gefängnisses trennte, war fast vollkommen transparent, es färbte die Welt jenseits davon nur ganz leicht silbrig. Sie hatte sich während ihrer Gefangenschaft kaum einmal die Mühe gemacht hinauszuschauen – manchmal war sie sogar so deprimiert gewesen, dass ihr der Wille gefehlt hatte, auch nur von ihrer Zellenpritsche aufzustehen.

Heute hatte sie jedoch Besuch.

Sie erkannte Thane allein an seinen Schritten, oder vielleicht war das auch nur Wunschdenken. Ciena hatte den ganzen Tag über auf jedes noch so kleine Geräusch von draußen gelauscht, obwohl die Besuchszeit gerade erst begonnen hatte.

Aber diesmal *war* er es.

Thane lächelte, als er sie sah, auch wenn sie den geplagten Ausdruck in seinen Augen sehen konnte. Fühlte er sich schuldig, weil sie wie ein Vogel im Käfig eingesperrt war? *Gut*, dachte sie. Wahrscheinlich war es eher ihr Anblick, der ihn erschütterte, wie sie dastand, dünn und schlicht in ihrer Gefängniskleidung, die fast vom gleichen hellen Braun war wie ihre Haut.

„Herbstlaub", sagte er, mehr zu sich selbst als zu ihr, und dann fasste er sich wieder. „Ciena. Danke, dass du endlich einverstanden warst, mich zu sehen."

Sie nickte nur. Es brachte nichts, ihm zu sagen, dass sie schon nach einer Woche nachgegeben hatte, man ihr aber erklärt hatte, dass er bereits zu einer Mission aufgebrochen war. Das war ein Moment der Schwäche gewesen. Jetzt war sie endlich bereit zu reden. „Es gibt viel zu sagen", begann sie. „Ich weiß gar nicht, wo ich anfangen soll."

„Sag mir, warum ich dich nicht schon früher besuchen durfte."

Ciena wandte den Kopf ab. Sie wollte ihm nicht in die Augen schauen, als sie darauf antwortete. „Ich wünschte, du hättest mich an Bord der *Inflictor* gelassen."

„Wenn du darauf wartest, dass ich mich für deine Rettung entschuldige, kannst du lange warten." Er schwieg kurz, dann fügte er hinzu: „Aber ich verstehe, warum du so empfindest."

„Wirklich?"

„Du wolltest deine Pflicht erfüllen und gleichzeitig dem Imperium entkommen. Selbstmord war der einzige Weg, das zu erreichen – die Waagschalen auszugleichen. Aber du solltest dich nicht gegen das Imperium aufwiegen. Du bist mehr wert als dessen ganzer Rest zusammen."

Da schaute Ciena zu ihm auf, wider ihren Willen berührt von seinen Worten.

Er sah noch besser aus als in ihren Tagträumen. Sein Haar war etwas dunkler geworden und jetzt eher rot als blond. Jemand, der ihn seit seiner Kindheit nicht mehr gesehen hatte, hätte ihn womöglich gar nicht mehr erkannt.

Aber sie würde ihn immer erkennen, an seinem Schritt, an seiner Art zu fliegen oder an seinen Augen. Da war etwas in seinen Augen, das sich nie änderte.

„Du verstehst mich", sagte sie leise. „Aber ich wünschte, du hättest meine Entscheidung respektiert."

„Aber du bist doch froh, am Leben zu sein, oder?" Thane trat näher an die Barriere heran und setzte zögerlicher nach: „Oder nicht?"

Einen Moment lang konnte Ciena nicht antworten. Dann brachte sie endlich hervor: „Es ist zu früh, um das zu sagen."

Darauf schien ihm keine Erwiderung einzufallen. Sie nahm es ihm nicht übel.

Es gab Zeiten, da wünschte sie wirklich, sie wäre gestorben, anstatt sich dieser Schande stellen zu müssen. Dann wieder gab es Momente, in denen Ciena feststellte, dass sie selbst die kleinsten Freuden des Daseins genoss – die einzigen eben, die es in ihrer Zelle gab. Und dann hatte sie das Gefühl, dass sie doch noch nicht bereit gewesen war zu sterben.

Als sie jetzt Thane anblickte, war das ein solcher Moment.

Sie sagte: „Es ist schwer. Alles, wofür ich mein Leben lang gearbeitet habe, ist zerstört worden. Alles, wofür ich gekämpft habe, ist eine Lüge."

„Nicht alles. Letztendlich hast du für mich gekämpft." Sein Lächeln war schief. „Das muss doch irgendetwas wert sein."

Ihre Kehle wurde eng unter den Tränen, die sie nicht vergießen wollte. „Das ist das Einzige, das noch etwas wert ist."

„Ciena ..."

„Es war die perfekte Falle, weißt du?" Sie musste die Hand so fest zur Faust ballen, dass sich die Fingernägel in die Handfläche gruben. Sich auf den Schmerz zu konzentrieren, bewahrte sie vor dem totalen Zusammenbruch. „Ich hatte mich so sehr der Ehre verschrieben, dass ich zur Kriegsverbrecherin geworden bin."

„Es gibt viele Arten von Fallen. Eine Sekunde lang war ich überzeugt, dass wir die ganze Galaxis gerettet haben, dass Wahrheit und Gerechtigkeit gesiegt haben und so weiter ... Ich hatte sogar angefangen, an die Macht zu glauben, stell dir das mal vor ..." Er lachte über seine eigene Torheit. „Also hatte ich genug Hoffnung, um diese unmögliche Chance zu nutzen und dich zu suchen, aber es hat sich herausgestellt, dass ich dich nur ... hierfür gerettet habe. Und jetzt sitzt du hier fest, wo wir uns nicht einmal *berühren* können ..."

„Hör auf. Hör bitte auf." Ciena verbarg ihr Gesicht vor ihm. Sie sah trotzdem, dass auch er sich ein wenig abgewandt hatte.

Eine Weile schwiegen sie beide und rangen um Fassung. Ciena hatte geglaubt, ihr eigener Kummer sei eine zu schwere Bürde, aber nun musste sie auch noch Thanes Schmerz ertragen. Das war zu viel für sie beide – und doch hatten sie keine andere Wahl. Wenn einer verwundet war, dann blutete der andere. Er war ein Teil von ihr. Für immer.

Sie schaffte es, ihren Atem zu beruhigen und ihre Beherrschung zurückzuerlangen. Als sie den Kopf wieder hob, hatte auch Thane sich wieder im Griff. „Und? Bist du in Ordnung? Behandelt man dich gut?" Er ließ den Blick durch ihre kleine Zelle wandern, als inspizierte er sie.

Sie musste die Wahrheit eingestehen. „Ja. Ich bekomme Holo-Romane und einfache Spiele. Ich kann wöchentlich bis zu sieben Stunden Sport im Freien beantragen, unter Aufsicht natürlich, aber die Ärzte sind der Meinung, dass ich nichts Anstrengendes tun sollte, bis meine Verletzung noch ein bisschen besser verheilt ist." Sie strich sich mit der Hand über den Bauch, wie um ihn unbewusst zu schützen.

Er zuckte zusammen. „Ich wäre vorsichtiger mit dir umgegangen, wenn ich gewusst hätte, wie schwer du verletzt warst."

„Ja, ich weiß." Aber das hätte möglicherweise ihrer beider Tod bedeutet, weil er viel Kraft hatte aufwenden müssen, um sie zu bezwingen. Darauf war sie sonderbar stolz. „Na ja, wie auch immer ... Ich schlafe viel. Das Bett hier ist nichts Besonderes, aber es ist halbwegs bequem. Ich werde sehr human behandelt von der Rebellion ... von den Offizieren der Neuen Republik." Sie strich sich eine lose Haarsträhne aus dem Gesicht. Beinah verlegen räumte sie dann ein: „Ich hatte erwartet, unter Folter verhört zu werden. Das Imperium hatte mir eingetrichtert, das sei die Standardvorgehensweise – alles, was ein Gefangener erwarten könnte. Stattdessen wurde ich ärztlich versorgt und über meine Rechte informiert."

„Hast du freiwillig irgendetwas gesagt?" Rasch setzte Thane hinzu: „Ich will dich nicht drängen. Ich bin nicht im Namen der Neuen Republik hier, und das wird auch nie passieren. Du brauchst nie zu befürchten, man hätte mich hierher geschickt, um irgendwelche Spielchen mit dir zu treiben."

Über genau dieses Szenario hatte Ciena tief in der Nacht auf ihrer Pritsche düster vor sich hin gegrübelt. Aber nun konnte sie ehrlichen Herzens erwidern: „Ich glaube dir."

Sichtlich erleichtert fuhr er fort: „Ich habe nur gefragt, weil ... na ja, man würde ein Auge zudrücken, wenn du es tätest."

Als könnte sie diese Aussicht überzeugen. „Mein Eid gilt immer noch, Thane. Auch wenn ich zugebe, dass ich die Neue Republik jetzt in einem anderen Licht sehe, werde ich doch nicht zur Verräterin werden. Und ich akzeptiere auch nicht die Herrschaft der Neuen Republik. Soweit ich weiß, tobt der Krieg noch immer, Chaos hat wieder Einzug in die Galaxis gehalten …"

„Es herrscht eben ein Durcheinander, wenn Planeten versuchen, ihre Regierungen wieder auf die Beine zu stellen nach Jahren …"

Thane seufzte. „Vergiss es. Wir kennen beide unsere Texte."

„Es hat ohnehin keinen Sinn", sagte sie. „Man wird mir gegenüber kein Auge zudrücken, ganz gleich, was ich ihnen erzähle. Ich bin eine Kriegsverbrecherin, schon vergessen? Die Neue Republik wird mich für meinen Dienst im Imperium büßen lassen."

Und vielleicht verdiente sie genau das.

Thane sah sie lange an. Dann begann er zu ihrem Erstaunen zu lächeln und den Kopf zu schütteln. „Du wirst bald hier rauskommen, auch wenn du nicht redest. Aber *wenn* du ein paar Informationen rausrücken würdest, dann kämst du wahrscheinlich nicht einmal vor Gericht."

„Was redest du da?" Ihr Pflichtverteidiger hatte ihr die Liste mit den Anklagepunkten gegen sie gezeigt – sie erstreckte sich über mehrere Bildschirmlängen und ging detailliert auf ihre Einsätze in den Schlachten von Hoth, Endor und Jakku ein. Sie konnte nicht leugnen, dass sie für sämtliche Punkte auf dieser Liste verantwortlich war. „Wir wissen beide, dass ich schuldig bin. Die Neue Republik wird an mir ein Exempel statuieren wollen. Sie müssen beweisen, dass Recht und Ordnung siegen werden, weil es sich eben um eine neue Gesetzgebung und um eine neue Ordnung handelt. Die Grenzen wurden neu gezogen, und ich stehe auf der falschen Seite." Endlich sprach sie ihre schlimmste Befürchtung laut aus: „Ich könnte den Rest meines Lebens in dieser Gefängniszelle verbringen."

„Diese Diskussion hatten wir doch schon, weißt du das nicht mehr?" Er beugte sich vor, sein Gesicht näherte sich dem Energiefeld. „Meine idealistische Phase ist vorbei. Ich habe mich daran erinnert, wie die Welt wirklich funktioniert. Und die Wahrheit,

Ciena, sieht so aus, dass alles auseinanderfällt. Es waren zu viele Leute, die für das Imperium arbeiten mussten, um sie *alle* einzusperren. Da geht es buchstäblich um Hunderte Milliarden Leute, und dabei sind die Truppen, die mit dem Rest der Imperialen Flotte verschwunden sind, noch gar nicht mitgezählt. Glaubst du, die Neue Republik kann da jeden Einzelnen bestrafen?"

„Man wird die Verwaltungsleute und das Reinigungspersonal gehen lassen. Aber nicht die Kommandantin eines Sternenzerstörers."

Doch Thane war davon nicht überzeugt. „Du hast nützliche Talente. Das gehört zu den Dingen, nach denen die Neue Republik Ausschau halten wird, und zwar eher früher als später. Und du hast einflussreiche Freunde – oder vielmehr hab ich die, und ich habe vor, mich mit jedem von ihnen, der dir helfen könnte, lange und eingehend zu unterhalten."

„Ich möchte nicht, dass du für mich um eine Sonderbehandlung bittest", wandte sie ein.

„So ein Pech", meinte er. „Die Karten sind nämlich schon verteilt, Ciena. Jetzt können wir sie nur noch zu unseren Gunsten ausspielen."

Ciena erinnerte sich daran, wie sie diese Auseinandersetzung zum ersten Mal geführt hatten. Sie waren in einer Cantina in Valentia gewesen, das Schicksal hatte sie entzweit wie noch nie zuvor, und sie hatten sich gestritten und einander angefleht, bis sie endlich schwach geworden waren und miteinander geschlafen hatten. Es kam ihr vor, als wäre das in einem anderen Leben gewesen, dass sie neben ihm gelegen und ihn an sich gezogen hatte, und doch hatte sie auch das Gefühl, es wäre erst gestern gewesen. Sie könnte nie vergessen, was sie an jenem Tag für Thane empfunden hatte, und das wollte sie auch nicht.

„Es geht also wieder los", sagte sie mit reuigem Lächeln. „Wir streiten über Ordnung wider Chaos."

„Vielleicht wird das Schicksal diese Frage endlich für uns klären. Wenn du recht hast, dann, ja gut, hast du ein paar harte Jahre vor dir. Aber wenn ich recht habe und die Neue Republik sich für

Freiheit anstatt Vergeltung entscheidet, dann bist in null Komma nichts hier raus." Selbst durch den Silberschimmer des Energiefelds konnte sie die Zärtlichkeit in seinen Augen sehen. „Wie auch immer, du weißt, dass ich auf dich warten werde, ja?"

Ciena hätte alles dafür gegeben, ihn jetzt zu halten, obwohl sie sagte: „Das solltest du nicht tun."

„Du würdest es auch tun, wenn ich es wäre, der in dieser Zelle sitzt."

„Ja ... das würde ich."

Langsam hob sie die Hand und hielt sie flach an den Rand des Energiefelds. Thane tat das Gleiche. Sie spiegelten einander wider, berührten sich fast und waren doch auf ewig getrennt.

„In dem Monat seit der Schlacht von Jakku hat das Imperium keine weiteren Großoffensiven versucht. Quellen berichten, dass alle imperialen Schiffe innerhalb des Kerns und des Inner Rims sich an die ausgehandelten Grenzen halten." Lächelnd fuhr die Frau im Nachrichten-Holo fort: *„Einige namhafte Mitglieder des Kommissarischen Senats haben spekuliert, dass der Krieg zwischen der Neuen Republik und den Überresten des Imperiums endlich zu einem Ende gekommen sein und dass eine endgültige Kapitulation bevorstehen könnte. Die Kanzlerin warnte jedoch in ihrer heutigen Ansprache, dass alle Planeten in höchster Alarmbereitschaft bleiben sollten, und die Flotte der Neuen Republik werde sich vorerst weiterhin in Kriegsbereitschaft befinden. Um beide Seiten dieses Problems zu diskutieren, begrüßen wir ..."*

Nash schaltete die Rebellenpropaganda aus dem Hosnian-System aus. Er hatte bereits alles erfahren, was er wissen musste – nämlich dass die sogenannte Neue Republik das Imperium für bezwungen hielt. Diese Narren.

Sollen sie doch fett und faul werden, dachte er. *Sollen sie einander ruhig auf die Schulter klopfen. Sollen sie nachlässig werden.*

Commander Nash Windrider verließ sein persönliches Büro und ging hinaus in die Hauptlandebucht seines neuen Schiffes, des Angriffskreuzers *Garrote.* Sämtliche Untergebenen strafften sich, als sie Nashs schwere Schritte auf dem Metallboden hörten. Doch keiner von ihnen wandte sich von seiner Arbeit ab, um auch nur einen Blick in Nashs Richtung zu werfen. Gut. Die angemessene Disziplin hatte er bereits wieder etabliert.

Für jemanden, der jahrelang auf einem Sternenzerstörer stationiert gewesen war, mochte ein Posten auf einem Angriffskreuzer wie ein Schritt zurück wirken – aber das Imperium hatte nicht mehr viele Sternenzerstörer. Er war Flugkommandant auf einem strategisch wichtigen Schiff, und das war ein Schritt in die Richtung eines eigenen Kommandos. Nash war stolz darauf, die *Garrote* auf die nächste Stufe des Krieges vorzubereiten, auf den nächsten Angriff.

Auf den nämlich, mit dem die Rebellen nicht rechnen würden.

Er ging zwischen den langen Reihen von TIE-Jägern hindurch, die alle mit stärkeren, neu entwickelten Waffen aufgerüstet wurden. Diese Waffen konnten Energieschilde und die Hüllen von Sternenjägern mit einem einzigen Schuss durchschlagen, und das hieß, der eine Vorteil, den Sternenjäger gegenüber TIE-Jägern hatten – ihre Schilde –, würde aufgehoben sein. Mittels solcher Veränderungen ließ sich der Krieg gewinnen.

Widerlich war nur der Gedanke, dass ausgerechnet Ved Foslo diese Waffen erfunden hatte. Nash hatte immer angenommen, Ved habe seinen Aufstieg einzig dem Einfluss seines Vaters zu verdanken, doch wie sich herausgestellt hatte, besaß sein einstiger Zimmergenosse doch ein paar Begabungen. Seine jugendliche Arroganz war im Erwachsenenalter zweifellos vollends unerträglich geworden.

Nash seufzte, als er sich in Erinnerung rief, dass Ved Foslo von seinen beiden Mitbewohnern auf der Akademie der ihm bei Weitem weniger verhasste war.

Die Vorstellung, dass Thane Kyrell den Krieg überlebt haben mochte, dass er jetzt dort draußen sein und selbstgefällig den momentanen Vorteil der Rebellion feiern könnte, bereitete Nash Übelkeit. Warum hatte Ciena sterben müssen, während Thane überleben durfte?

Aber man konnte vom Schicksal keine Gerechtigkeit erwarten. Vergeltung musste man selbst in die Hand nehmen. Das hatte ihn das Imperium gelehrt.

„Sir? Commander Windrider, Sir?" Nashs Assistent war ihm wie gewohnt auf dem Fuße gefolgt. „Darf ich Ihnen eine Frage stellen?"

„Sie dürfen, Leutnant Kyrell."

Dalven Kyrell stand vor ihm, sein Datapad in den Händen und sichtlich nervös. Er hatte keine Ahnung von der Rolle seines Bruders in der Rebellion. Nash hatte sich entschieden, ihm diese Wahrheit vorzuenthalten und diesen Kyrell als eigenständiges Individuum zu behandeln. Das schien ihm nur fair zu sein. Für sich selbst beurteilt war Dalven jedoch schwach und kriecherisch und lediglich fähig, einfache Aufgaben zu erledigen, die man ihm übertrug. Zum Glück verlangte die Pflicht vom Assistenten eines Flugkommandanten auch nicht mehr. „Ich wollte eine Frage zu der Liste von Offizieren stellen, denen Sie Ihre höchste Empfehlung aussprechen."

Wollte Dalven etwa fragen, warum er nicht auf dieser Liste stand? Sollte das der Fall sein, würde Nash es ihm sagen. „Wie lautet Ihre Frage?"

„Sie haben Captain Ciena Ree für die Große Imperiale Ehrenmedaille vorgeschlagen. Ich glaube, Sie meinten aber die gebräuchlichere einfache Ehrenmedaille ..."

„Ich weiß sehr genau, was ich meinte, Leutnant Kyrell." Nash genoss es, den Nachnamen leicht höhnisch auszusprechen. „Die Große Imperiale Ehrenmedaille ist die höchste Medaille, die wir verleihen können, und ich kenne niemanden, der sie mehr verdient hätte. An Bord ihres Schiffes zu verbleiben, nachdem die Selbstzerstörung versagt hatte ... das Schiff persönlich auf dem Planeten abstürzen zu lassen, damit es nicht in Feindeshand gelangte, und das um den Preis ihres eigenen Lebens ... Captain Ciena Ree verdient es, dass wir ihr ein ehrendes Gedenken bewahren."

„Ja, Sir", erwiderte Dalven unterwürfig, fuhr aber fort: „Ich meinte ja nur ... jemanden für diese Ehrung zu nominieren, das ist ein großer Schritt. Ein Schritt, den andere als ein Zeichen von Parteilichkeit betrachten könnten."

„Normalerweise ja. In diesem Fall jedoch weiß ich aus gut unterrichteten Kreisen, dass eine ganze Anzahl von Kommandanten, Generälen und Admiralen ebenfalls beabsichtigen, sie zu nominieren. Selbst Großmoff Randd wird es womöglich tun. Es mag innere Konflikte im Imperium geben, in dieser Sache stimmen wir jedoch alle überein. Captain Ree starb als Heldin."

„Natürlich", beeilte sich Dalven zu sagen. „Ein schrecklicher Tod."

„Schrecklich? Ich würde einen solchen Tod ruhmreich nennen. Wir wünschten alle, sie wäre noch bei uns, doch das ändert nichts an der Tatsache, dass es kein hehreres Schicksal gibt, als für das Imperium zu sterben. Ich hoffe, dass sich die Gelegenheit dazu auch mir eines Tages bieten wird."

„Natürlich, Sir. Ja, Sir." Dalven schlich davon.

Thane hatte immer erzählt, dass Dalven sich über Ciena lustig gemacht hatte, als sie noch Kinder gewesen waren. Er hatte über ihre Armut und ihre altmodischen Ansichten gespottet – als ob nicht jeder auf Jelucan ein Hinterwäldler wäre. Wenn Nash manchmal daran dachte und sich vorstellte, wie Dalven eine junge, hilflose Ciena verhöhnte, hätte er den Mann gern auf eine geeignete Selbstmordmission geschickt.

Aber er konnte nicht mehr davon ausgehen, dass Thane die Wahrheit gesagt hatte. Thane Kyrell war offensichtlich ein riesengroßer Schwindler.

Nash ging in Richtung der weiten Öffnung der Landebucht. Auf seiner Haut spürte er das leichte Kribbeln des Energieschilds, der den atmosphärischen Druck aufrechterhielt – ein Zeichen dafür, dass er zu dicht am Schild stand. Er blieb trotzdem nahe am Rand stehen, um den vor ihm liegenden Anblick besser auskosten zu können.

In der gewaltigen Wolke des Queluhan-Nebels, tief verborgen in den leuchtenden Schlieren ionisierter Gase, die feindliche Sensoren verwirrten, wartete die Imperiale Flotte. Während die Rebellen-Experten zuversichtlich das Ende und die Kapitulation des Imperiums vorhersagten und glaubten, die Gegner seien untereinander zerstritten und hilflos, sammelten sie im Gegenteil ihre Kräfte und wurden stärker als je zuvor.

Nashs Meinung nach hatten sie zu lange gebraucht, um wieder zu einer vereinten Front zusammenzuwachsen. Interne Auseinandersetzungen hatten es den Rebellen ermöglicht, Boden gutzumachen, den sie ansonsten nicht erobert hätten. Jetzt allerdings hatte die Imperiale Flotte wieder eine Befehlshierarchie etabliert. Sie hatten eine langfristige Strategie entwickelt. Die alten Parteilichkeiten waren beiseitegefegt worden, endlich stand man zusammen und war wieder geeint.

Ihm gefiel die Idee, dass Ciena Ree etwas damit zu tun hatte. Vielleicht war das nur Sentimentalität, aber es ließ sich nicht leugnen, dass ihr selbstloser Akt alle inspiriert hatte.

Du hast uns daran erinnert, was Disziplin wirklich bedeutet, dachte Nash. *Du hast uns daran erinnert, dass für den Sieg kein Preis zu hoch ist.*

Vor sich konnte er im bläulich violetten Leuchten des Nebels mindestens zehn Sternenzerstörer und eine noch größere Zahl leichter Kreuzer ausmachen. Jeder beherbergte zahllose TIE-Jäger, die größtenteils mit den neuen Rekruten bemannt werden würden. Das Training war heutzutage schneller und härter, aber die Piloten machten sich gut. Die Imperiale Flotte mochte nicht mehr so groß sein, wie sie einst gewesen war, doch Nash glaubte, sie könnte sich womöglich sogar als stärker erweisen.

Und dieses Mal würden sie vor nichts haltmachen, bis die Rebellion auf Dauer zerschlagen war. Thane und die anderen würden dafür büßen, dass sie Ciena gezwungen hatten, ihr eigenes Leben zu opfern. Sie sollten für alles bezahlen.

„Wir werden dich rächen", flüsterte Nash, „wenn das Imperium wiederaufersteht."

ENDE

CLAUDIA GRAY ist die Autorin vieler erfolgreicher Romane für junge Erwachsene, darunter die Science-Fiction-Trilogie *Firebird*, die mit dem Band *A Thousand Pieces of You* beginnt, und die übersinnliche *Evernight*-Serie. Seit sie sieben Jahre alt war, ist sie ein Fan von *Star Wars*. Heute behauptet sie, es sei eine wichtige Vorbereitung auf ihre spätere Laufbahn gewesen, als sie den Kleiderschrank ihres Kinderzimmers zu einem X-Flügler-Simulator umfunktionierte.

SIE DACHTE, IHR KAMPF SEI VORÜBER, DOCH DIE SCHLACHT HAT EBEN ERST BEGONNEN ...

Roman, 352 Seiten, ISBN 978-3-8332-3450-7,
auch als E-Book erhältlich

Ahsoka Tano war einst eine loyale Padawan Anakin Skywalkers, die ihr Leben dem Dienst am Jedi-Orden verschrieben hatte. Doch dann zwang der ruchlose Imperator Palpatine die Galaxis unter sein Joch und die Jedi wurden gnadenlos abgeschlachtet. Ahsoka suchte Zuflucht auf dem entlegenen Farmermond Raada und versuchte abseits von allem ein normales Leben zu führen. Aber Ahsoka kann ihrem Schicksal nicht entfliehen. Als imperiale Truppen Raada besetzen, muss die ehemalige Padawan eine Entscheidung treffen. Eine Entscheidung, die alles aufs Spiel setzt, was ihr lieb und teuer ist, aber gleichzeitig auch eine neue Hoffnung bedeutet ...

IM BUCHHANDEL ERHÄLTLICH

www.paninibooks.de

„Wir sind tapfer, Euer Hoheit."

EINE VORGESCHICHTE ZU SCHATTEN DER KÖNIGIN

Als die erst vierzehnjährige Padmé Naberrie zur Königin von Naboo gewählt wird, nimmt sie den Namen Amidala an und stellt sich in den bedingungslosen Dienst ihres geliebten Planeten. In einer Zeit wachsender Unsicherheit für die Galaktische Republik schmieden die Königin und ihr Sicherheitsberater Captain Panaka einen Plan zu ihrem Schutz: Sie setzen dabei auf eine Reihe von Zofen, die ihr als Beraterinnen, Vertraute und sogar als Doppelgängerinnen zur Seite stehen sollen. So unterschiedlich sie auch sein mögen, die Zofen lernen zusammenzuarbeiten mit Blick auf ihr gemeinsames Ziel: die Königin zu beschützen – koste es, was es wolle.

STAR WARS: BÜRDE DER KÖNIGIN
Roman, ISBN 978-3-8332-3636-5

JETZT NEU IM BUCHHANDEL

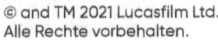

www.paninibooks.de

„Die Waffe eines Jedi-Ritters.
Nicht so plump und so ungenau
wie Feuerwaffen. Eine elegante
Waffe aus zivilisierteren Tagen."

OBI-WAN KENOBI

STAR WARS: DIE LICHTSCHWERT-KOLLEKTION
Gebundene Ausgabe, Großformat, 160 Seiten, € 30,–
ISBN 978-3-8332-3957-1

Lichtschwerter aus allen Winkeln der Galaxis finden in *Star Wars: Die Lichtschwert-Kollektion* zusammen, ergänzt mit eingehendem Hintergrundwissen und eigens geschaffenen Illustrationen. Ausführlich wie noch nie werden die einzigartigen Lichtschwerter von legendären Kämpfern wie Luke Skywalker, Ahsoka Tano, Yoda, Kylo Ren, Rey und vielen anderen präsentiert.

Selten gesehene Waffen aus dem gesamten *Star-Wars*-Universum einschließlich der Filme, Fernsehserien, Comics und Videospiele werden zusammen mit den Figuren, die sie tragen detailgenau abgebildet und beschrieben. Dieses Buch ist das umfassendste Werk zu Lichtschwertern in der Galaxis und ein absolutes Muss für jede gute *Star-Wars*-Sammlung.

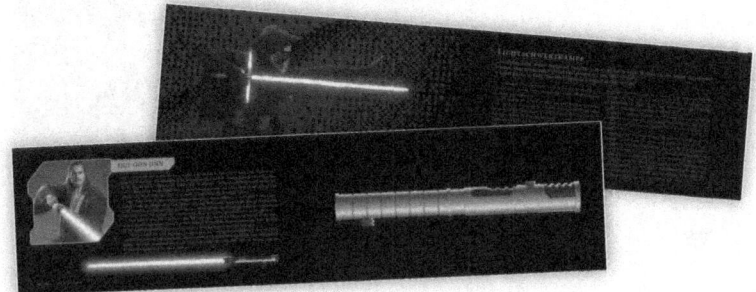

JETZT NEU IM BUCHHANDEL

www.paninibooks.de

STAR WARS
DIE HOHE REPUBLIK

Jahrhunderte vor der legendären Skywalker-Saga
beginnt hier ein ganz neues Star Wars-Abenteuer …

Jugendroman, € 14,–
ISBN 978-3-8332-3944-1

Roman, € 16,–
ISBN 978-3-8332-3943-4

JETZT NEU IM BUCHHANDEL ERHÄLTLICH